Newton Compton Editores

Título original: *Roma Caput Mundi. L'ultima battaglia*

© 2016, Newton Compton editori s.r.l.
© 2024, de la traducción por Consuelo Gallego Perales
© 2024, de esta edición por Antonio Vallardi Editore S.u.r.l., Milán

Todos los derechos reservados

Primera edición: mayo de 2024

Newton Compton Editores es un sello de Antonio Vallardi Editore S.u.r.l.
Pl. Urquinaona, 11, 3.º 1.ª izq. Barcelona, 08010 (España)
www.newtoncomptoneditores.com

Gruppo editoriale Mauri Spagnol S.p.A.
www.maurispagnol.it

ISBN: 978-84-10080-07-2
Código IBIC: FA
DL B 21.213-2023

Diseño de interiores:
David Pablo

Composición:
Sergi Godia

Impreso en mayo de 2024 en Puntoweb s.r.l., Ariccia (Roma), en Italia.

Andrea Frediani

La última batalla
Roma Caput Mundi

Traducción de Consuelo Gallego

Newton Compton Editores
Barcelona, 2024

PRÓLOGO

Constantinopla, junio del año 337 d. C.

Martino Martiniano sacó su espada del abdomen del esclavo que tenía delante de su objetivo, miró la sangre y los restos de intestino que cubrían la hoja y solo entonces se dio cuenta de que era la primera vez.

La primera vez que mataba a un ser humano.

Su objetivo, el prefecto pretoriano Ablabio, miraba aterrorizado al hombre que, con su gesto desesperado, había prolongado solo unos instantes su miserable vida. Martino oyó las risas de los compañeros que le rodeaban. ¿Se reían de sus dudas, o quizá del miedo que mostraba el alto dignatario al que habían venido a matar?

Un soldado avanzó hacia el prefecto apuntándole con la espada, pero otro camarada se interpuso diciéndole:

—Espera. Dejemos que lo haga el muchacho.

Luego hizo un gesto a Martino para que procediera.

El joven sintió que había perdido la audacia que, casi sin vacilar, le había impulsado a asestar el golpe mortal al esclavo. Se encontró con los ojos del prefecto y vio allí a Cristo. Porque Cristo estaba en todos los hombres, y especialmente en los que creían en él. Y el prefecto creía, en caso contrario el gran Constantino no lo habría colocado en la cúspide de la burocracia imperial. Tuvo que recordarse a sí mismo por qué estaba allí y qué había hecho aquel hombre. Tenía que recuperar el ánimo de venganza que lo había llevado al palacio pretoriano junto con los soldados de su unidad. Desde que habían recibido la terrible noticia, los militares se habían visto invadidos por el deseo de tomarse la justicia por su mano.

Apeló a todos los sentimientos oscuros que, como buen cristiano, había mantenido bajo control a lo largo de su corta vida, gracias sobre todo a las preciosas enseñanzas de su madre, y esperó a que armasen de nuevo su mano. Finalmente agarró la empuñadura de su espada, levantó el brazo y avanzó unos pasos hacia su víctima, que retrocedió hasta quedar arrinconado junto a la pared.

Martino sacó fuerzas de la cobardía de Ablabio, capaz de cometer una fechoría atroz, pero incapaz de afrontar con dignidad el castigo por sus pecados, y asestó el golpe con decisión. La punta de su espada alcanzó el cuello del prefecto, que se abrió en un tajo horizontal de lado a lado, como la boca de un animal rabioso abierta de par en par. Martino notó cómo le salpicaba un chorro caliente de olor acre, y en un instante se encontró la cara y el pecho empapados de sangre, entre las risas burlonas de sus compañeros. Vio cómo su víctima se desplomaba en el suelo como un muñeco de trapo y se encogía sobre sí misma en una posición grotesca, y se le hizo un nudo en el estómago de horror y de asco. Se sintió infame, e inmediatamente deseó ir a rezar al Señor para expiar su culpa: lo había hecho precisamente para defender a Cristo y a su Iglesia, y no había nada de malo en que un soldado, entrenado para luchar y matar, utilizara sus habilidades por una causa buena y justa; sin embargo, no pudo controlar la consternación que se apoderó de él por haber acabado con una vida, y no la de un bárbaro, sino la de un hombre que, hasta la víspera, se encontraba entre los intocables del Imperio.

Sus camaradas se agruparon en torno a él y, mientras le felicitaban dándole palmaditas en la espalda, no se privaron de escupir sobre los restos del prefecto, acusándole de traidor y asesino. Algunos incluso le propinaron alguna patada. Un soldado se bajó los pantalones y le orinó encima.

—Ahora dividámonos —declaró el veterano a la cabeza de la unidad—. Tú ve a casa de Flavio Dalmacio. Y asegúrate de que nadie quede vivo. Especialmente el «rey de reyes» —añadió en tono burlón—. Nosotros —y señaló también a Martino— iremos a casa de Julio Constancio, donde haremos nuestra parte.

—¿Y los otros? ¿Todos los demás? ¿El patricio Flavio Optato? ¿Y los senadores que han traicionado? —preguntó un soldado de los más exaltados.

—Estamos en ello, no te preocupes —respondió el oficial—. En este momento, hay mucha gente llorando a sus muertos en Constantinopla. Pero nos corresponde a nosotros, como unidad superior de la guardia palatina, hacer justicia con los verdaderos responsables.

Un coro de aclamaciones acompañó sus palabras. Martino respondió con un rugido de aprobación y, enardecido, siguió decidido a sus camaradas, que salieron del palacio pretoriano para correr con determinación hacia la Propóntide. A cada paso acrecentaba su sensación de ser la espada de Dios; así, pensaba, debió de sentirse el emperador Constantino cuando en el puente Milvio un cuarto de siglo atrás, antes de nacer él, había derrotado a su rival Majencio y salvado a Roma de la idolatría. Se había convertido en paladín de la causa cristiana, hasta ese momento perseguida.

Estaba muy agitado. Ahora se estremecía con el deseo de rematar lo que había empezado. Gracias a los buenos oficios de su madre, amiga íntima del emperador recientemente fallecido, solo había hecho un breve aprendizaje en las legiones tras el periodo de formación y luego se había unido a la guardia palatina. Tenía el privilegio no solo de servir directamente al soberano y de estar en contacto casi a diario con él, sino también de ser uno de los pocos ciudadanos del Imperio en formar parte de esas prestigiosas unidades, que el emperador había querido que estuvieran compuestas en su mayoría por bárbaros. Era bien sabido que Constantino había confiado sobre todo en las virtudes guerreras de los pueblos extranjeros, a los que tantas veces había derrotado en sus innumerables campañas; y ser considerado su igual era motivo de orgullo para el joven. Tuvo la oportunidad de entrenarse junto a los guerreros más valerosos del Imperio y de convertirse a su vez en un soldado aclamado por todos, al igual que su padre, execrado en la memoria de casi todos los civiles, pero aún apreciado, sin demasiada ostentación, entre las filas de la tropa.

A menudo pertenecer a la unidad de un veterano de las guerras en las que había participado Sexto Martiniano bastaba para que el rumor de sus hazañas se extendiera como la pólvora, renovando el mito del hombre invencible y jamás domeñado que se había opuesto a Constantino con increíble tenacidad en cada contienda. Martino lo odiaba, pero al mismo tiempo deseaba ganar sus propios laureles, aunque por una causa más noble. Esperaba forjarse y sobresalir en la campaña contra Persia, que el emperador estaba preparando antes de su repentina muerte; habría sido un prestigioso comienzo para la carrera de un soldado en ciernes. En cambio, ahora se veía obligado a poner a prueba su coraje por primera vez, no contra otros soldados, sino contra civiles indefensos, en la mayor matanza de la historia de Roma. Y su alma se debatía entre la desazón por lo que estaba haciendo y la euforia por encontrarse en el centro de unos acontecimientos que cambiarían la historia del mundo.

Alguien señaló la residencia del hermanastro del emperador. Era un prestigioso edificio de varias plantas con vistas a la Propóntide. Constantino había sido muy generoso permitiéndole vivir a su lado, y él se lo había pagado de aquella manera tan atroz... Merecía la muerte, se dijo una vez más, aunque el juicio correspondía únicamente a Dios. Pero ¿acaso no eran ellos, los soldados, instrumentos del Señor? ¿No habían sido ellos quienes habían favorecido el ascenso y la consolidación del poder de Constantino, ayudándole a derrotar a sus adversarios, desde Majencio hasta Licinio, que habían perseguido a Cristo y a sus seguidores? ¿No era Dios quien movía sus pasos y los protegía, permitiéndoles ganar todas las guerras? Sí, de ellos dependía hacer justicia.

–Tened cuidado. Dentro de la casa también encontraremos a los hijos de Julio Constantino. No os dejéis conmover por su corta edad. ¡Ellos también deben morir! –gritó el veterano, echando abajo la puerta de entrada con una violenta patada.

Martino aminoró el paso, desconcertado. Era justo que el hermanastro de Constantino muriera. Pero ¿los hijos? ¿Cómo podían ser también culpables cuando Galo solo tenía once años y el más joven, Juliano, apenas seis? Con su muerte, la sangre del gran Constantino se extinguiría, y eso le hizo sentirse profundamente incómodo.

Además, si para aquellos bárbaros idólatras de sus compañeros matar niños no era un problema, para él, cristiano sincero y devoto, sí lo era.

Su madre, sin duda, lo reprobaría, se dijo a sí mismo. Entró en la casa con la mente turbada y el alma afligida, preguntándose qué debía hacer.

–Valente, llévate a los niños inmediatamente. Sal por la puerta de atrás –ordenó Julio Constantino al sacerdote que custodiaba a sus hijos cuando empezó a oír violentos golpes contra la puerta de la casa y una gran agitación en el exterior.

Juliano miró a su padre. Le había visto preocupado desde la muerte de su tío, el emperador, pero ahora estaba verdaderamente aterrorizado. Miró a su hermano mayor, Galo, tumbado en el triclinio, y se dio cuenta de que era incapaz de moverse: no iría a ninguna parte, así que él tampoco tenía intención de salir.

El sacerdote trató de levantar al niño enfermo con suavidad, pero Galo estaba como aletargado y no se dejó llevar. Valente miró desconsolado a Julio Constantino, negó con la cabeza y puso un gesto de dolor. El príncipe cerró los ojos y suspiró.

–Ahora ve con Juliano. Pero date prisa –le ordenó.

Pero el niño se quedó en el sitio.

–Yo no me voy a ninguna parte. No sin Galo –declaró solemnemente, mientras los golpes en la puerta se hacían más fuertes.

Luego se oyó un estruendo. La puerta había cedido, y en el suelo del patio resonaba el inconfundible repiqueteo del calzado tachonado.

Soldados. Los soldados estaban irrumpiendo en su casa.

–¿Qué sucede, padre? ¿Tú… lo sabías? –se aventuró Juliano, mientras el sacerdote intentaba tirar de él.

–Tendría que haberos sacado de aquí antes… Sabía que no os dejarían en paz –murmuró Constancio, llevándose las manos a la cabeza–. Jamás podré perdonármelo…

–Ven conmigo, Juliano. ¿No irás a contradecir a tu padre? –insistió Valente.

Pero el niño no se movía. Necesitaba entenderlo. Incluso a costa de su vida. Pensaban que no era capaz de comprender nada solo porque tenía seis años. Sin embargo, lo sabía de sobra; ya hacía tiempo que era consciente de que algo preocupaba a su padre desde la muerte del emperador. A partir de ese momento, se había instaurado en la ciudad una atmósfera de tensión y de espera: el mundo romano se había quedado sin líder, tras más de treinta años de gobierno de Constantino, y parecía que nadie sabía lo que podría ocurrir al día siguiente. La consternación por su marcha había sido sustituida por una sensación de desorientación en la gente, y daba la impresión de que en cualquier momento podría despertarse la bestia.

Y la bestia se materializó de repente en el umbral del triclinio donde se encontraba la familia, bajo la apariencia de un grupo de soldados de la guardia palatina. Sus expresiones, Juliano se percató enseguida de ello, no eran las habituales de los guardaespaldas imperiales, en quienes se podía encontrar alivio y seguridad; eran, más bien, las de asaltantes sedientos de botín y sangre. El niño pensó que así debían de ser los bárbaros que presionaban a lo largo de las fronteras del Imperio.

–¡Aquí está, es él, es Julio Constancio, le reconozco! –gritó uno de los soldados señalando al padre–. ¡Acabemos con ese gusano como se merece!

Otro soldado avanzó hacia el hermanastro del emperador desenvainando la espada. Juliano, aterrado, se fijó en que la hoja estaba ya manchada de sangre. El sacerdote que estaba con él lo abrazó y le cubrió el rostro con las manos, pero el niño logró soltarse, buscando no perderse ningún detalle de la escena. Constancio retrocedió unos pasos, pero se encontró con la pared a sus espaldas y se quedó bloqueado.

Se agachó al ver que el soldado blandía su arma e instintivamente estiró los brazos hacia delante. Juliano lanzó un grito de desesperación y atrajo la atención de su padre. Julio Constancio le miró, y el muchacho vio que su expresión cambiaba de un instante a otro: un momento antes había sido de terror, ahora de orgullo. El príncipe enderezó los hombros, adoptó un porte digno, devolvió por un segundo la mirada a su hijo, entornó los ojos y luego volvió a abrirlos para clavarlos en el rostro de su verdugo.

El brazo del soldado apenas vaciló antes de clavar su espada en el cráneo de Julio Constancio. Juliano vio la cabeza del hombre que lo había criado partida en dos como una sandía, desde la coronilla hasta la nariz. La masa del cerebro se esparció por el suelo y desapareció bajo el cuerpo, que se desplomó a los pies de su asesino. El niño consiguió zafarse de Valente y corrió hacia lo que quedaba de su padre. De repente, se le nubló la vista y, aun a riesgo de tropezar, avanzó unos pasos hasta darse cuenta de que tenía los ojos llenos de lágrimas. Se arrodilló junto a su progenitor, luego vio la espada del sicario bailando a un palmo de su barbilla.

–Vamos, deshazte también de ese mocoso. Hay que borrarlos a todos de la faz de la Tierra –gritó otro soldado.

Juliano levantó la mirada hacia el verdugo, que le observaba haciendo una mueca.

–No puedo hacerlo todo yo. ¡Que se encargue otro! –respondió, aparentemente avergonzado.

Se hizo un instante de silencio.

–Vamos a cargarnos a este mientras tanto –sentenció otro señalando a Galo, que aún yacía abotargado en el pequeño sofá.

La enfermedad que le consumía desde hacía tiempo había obligado al médico, que acababa de marcharse, a administrarle infusiones de hierbas calmantes para que no sintiera dolor.

–Está muy enfermo. No le hagáis daño, si os queda un mínimo de caridad cristiana –intervino Valente–. A pesar de nuestras plegarias no ha mejorado.

–Sí, se le ve bastante mal –comentó un hombre que parecía un oficial–. Podemos ahorrarnos la molestia. Dudo que dure mucho más.

–Está bien. ¿Y este? ¿Qué hacemos con él? –preguntó otro, refiriéndose a Juliano.

–Los niños no son cosa de soldados de verdad. Pertenecen a los reclutas. Martiniano, ocúpate tú. De todas formas, ya has roto el hielo… –declaró el oficial.

Todos parecían aliviados de no tener que cometer un crimen aún más vergonzoso que el de matar a un príncipe de sangre imperial. Las miradas se concentraron en el joven cuyo nombre acababan de mencionar: un soldado cuyo largo cabello no podía ocultar la oreja que le faltaba. Pero lo que más impresionó a Juliano fue precisamente el nombre. Lo conocía bien.

Martino Martiniano miró a su alrededor, desconcertado. Luego fijó la mirada en el niño con expresión abatida. Juliano notó que él tampoco quería hacerlo.

–Te toca, muchacho –comentó un compañero para animarle.

–Venga, muévete –añadió otro.

Martiniano suspiró.

–Entonces lo haré a mi manera. No levantaré mi espada sobre un niño. Dejadme solo –dijo.

Tras unos instantes de silencio, alguien se pronunció:

–Vamos, dejémosle que lo haga.

Sus palabras parecieron una señal de retirada. Los soldados, aliviados por no tener que presenciar la muerte de un vástago de sangre real, se apresuraron a salir. Poco después, solo quedaban en la sala

Juliano, Valente, Martiniano, el cadáver de Julio Constancio y el agonizante Galo.

El soldado suspiró de nuevo, mirando intensamente a los ojos de Juliano, que se puso en pie. El sacerdote se interpuso entre los dos.

—No puedes hacerlo. Tú eres un romano, un ciudadano del Imperio —dijo Valente—. Esos eran bárbaros, en su mayoría, y quizá ni siquiera eran cristianos. Pero tú sí lo eres, ¿verdad?

Martiniano asintió, aunque permaneció en silencio, paseando la mirada entre el sacerdote y el niño.

—¿Y cómo puede un cristiano ensañarse con un niño sin culpa? ¿Con un inocente? ¿Cómo vivirías con semejante peso sobre tu conciencia el resto de tu vida? —exhortó—. El Señor dijo: «Dejad que los niños se acerquen a mí». Ama su pureza, su inocencia. Sabe que son nuestro futuro. ¿Quieres arrebatarnos nuestro futuro?

—No necesitas convencerme, padre. Conozco estas cosas tan bien como tú —replicó secamente el soldado.

—Conozco a tu padre, Martiniano. Es un hombre bueno y valiente —sintió Juliano la necesidad de decir.

No para salvar su vida, ni para convencerle de que le perdonara la vida. Solo quería hacerle saber cuánto le apreciaba.

El joven le miró entre atónito y desconcertado. En su rostro se dibujaban emociones diferentes y aparentemente contradictorias. Juliano se preguntó cómo era posible: adoraba a su padre, sentía un amor incondicional, y no creía que pudiera haber lugar para otros sentimientos hacia un progenitor. Pero tal vez, pensó, era así porque nunca había conocido a su madre, que había muerto al darle a luz; solamente había tenido que preocuparse por su padre, y como Julio Constancio nunca había ocupado un alto cargo, ni llevado una vida pública o realizado misiones lejos de casa, siempre había estado con sus hijos. Ahora se sentía perdido sin él.

—No te creo. Mi padre… está muerto —replicó Martiniano.

—Estaba vivo cuando hablé con él. No ha sido hace mucho —precisó el niño.

—Con permiso —intervino el sacerdote—. El príncipe aquí está en peligro. Debemos encontrar una solución para salvarlo, soldado. Sé que puedo contar contigo.

Martiniano suspiró y asintió.

–Tienes razón –dijo.

A continuación, miró a su alrededor y se acercó a la mesa, que seguía puesta, cogió un recipiente de barro aún lleno de fruta, lo vació y se lo dio a Valente.

–Golpéame en la nuca y luego sal corriendo por la parte trasera con el niño –le sugirió al sacerdote.

Valente lo miró dubitativo, y el soldado le hizo un firme gesto con la cabeza para que actuara de inmediato.

El sacerdote miró a Juliano, este a su vez fijó la mirada en Martiniano y luego asintió como para que el soldado cayera al suelo aturdido.

Fue Juliano quien le agarró la mano y lo arrastró hacia la parte posterior de la casa.

Pero encontró tiempo para volverse un instante y lanzar una última mirada al hombre a quien debía la vida.

CAPÍTULO I

Constantinopla, diez días antes

Minervina estrechó la mano de Constantino y, finalmente, lo vio sonreír y relajarse. La frente del emperador agonizante, tendido en el lecho con las sábanas casi hasta la barbilla, ya no estaba perlada solamente con el sudor del sufrimiento, sino también, y por fin, con el agua bendita con la que el sacerdote le había persignado.

Minervina dio las gracias a Valente con una inclinación de cabeza. El sacerdote estaba guardando en su bolsa los instrumentos con los que acababa de bautizar al soberano que tanto había hecho por la Iglesia cristiana.

–Soy yo quien debe darte las gracias, Minervina –le susurró el sacerdote–. Me has honrado con tu amistad durante todos estos años y con el privilegio de ser tu confesor. Y gracias a ti, a tu constancia y a tu fe, ahora también he tenido el inmenso privilegio de bautizar a nuestro amado soberano, que nos ha permitido pregonar el nombre de Cristo sin temor a ser perseguidos o discriminados. Ha sido gracias a ti, y solamente a ti, no a los muchos sacerdotes que han estado a su alrededor durante estos años, que Constantino finalmente tomara la mano que el Señor le tendió desde que lo eligió como instrumento para derrotar a la idolatría. Fue el Señor quien te puso en su camino y te permitió vivir a su lado estos últimos doce años, desde que se convirtió en el amo absoluto del Imperio.

–Me alegro de haber servido al Señor –admitió Minervina, orgullosa del resultado que habían obtenido ese día, si bien entristecida por la inminente despedida del soberano–. Cuando me presenté en la corte, hace doce años, ni siquiera yo pensaba que me aceptaría. Ya me había rechazado dos veces. Sabía que había elegido el cristianismo sobre todo para obtener beneficios políticos. Pero había una tenue luz en él que me esforcé en alimentar, hasta que se dio cuenta de que, más allá de lo que valoraba en nosotros los cristianos, desde la organización hasta la determinación, había también un mensaje de amor y paz que merecía la pena hacer suyo.

–Casi te has convertido en un apóstol, me atrevería a decir, por cuanto has hecho por nuestra fe. Si pienso también en la influencia que has tenido sobre sus hijos, que serán sus sucesores… –comentó Valente.

–Constantino, Constante y Constancio son cristianos sinceros y devotos, es verdad, y esto me reconforta: estamos en buenas manos –corroboró ella–. El Imperio está en buenas manos. Y estoy contenta de que el emperador se haya reconciliado con el Señor antes de que su vida llegara a su fin. Tenía muchas cosas que reparar, empezando por el asesinato de nuestro hijo Crispo. Se sentía culpable por lo que había hecho, por los crímenes que había cometido y las decisiones, a menudo discutibles, que había tenido que tomar, y buscaba desesperadamente la paz. Esto me facilitó la tarea. Le convencí de que el Señor perdona a cualquier persona y cualquier pecado, así que lo aceptó de corazón. No habría encontrado la paz si él no lo hubiera hecho…

Valente asintió y se dirigió hacia los demás presentes, a los que Minervina se limitó a echar una rápida ojeada, antes de volver a centrar su atención en Constantino: durante el bautismo, de hecho, la estancia se había ido llenando. Por una parte, estaba el consejero más íntimo del emperador, su exmarido Osio, obispo de Córdoba, y junto a él el eunuco Eusebio. Eran los encargados del ceremonial de la corte. Por otra, los parientes más cercanos del soberano que se encontraban en Constantinopla: sus hermanastros Julio Constancio y Flavio Dalmacio, y luego sus sobrinos Julio Dalmacio y Anibaliano, a quienes el emperador moribundo otorgó los más altos cargos. Minervina no pasó por alto la ausencia de la mujer de Anibaliano, Constantina, hija del soberano, e imaginó dónde podía estar. Sacudió la cabeza e hizo un gesto de resignación, consolándose con la presencia de la otra hija del emperador, Elena, bastante más dócil que su hermana. El prefecto Ablabio, el patricio Flavio Optato y algunos senadores también habían llegado, haciendo que la sala estuviera cada vez más abarrotada. Sintió una especie de frustración. Le hubiera gustado estar un rato a solas con Constantino, a quien tenía que hacer una última petición. Y no quería que los demás la oyeran. En especial

Osio, quien, a pesar de su avanzada edad, siempre permanecía alerta y atento a cada detalle. Se notaba que temblaba por no poder estar cerca del emperador moribundo; pero Constantino lo había dejado claro al expresar su voluntad de que fuera solamente Minervina quien se ocupara de él en sus últimos momentos.

El emperador llamó su atención con un suave gesto de la mano, indicándole que le destapara. La mujer le retiró la sábana hasta la cintura, contemplando su túnica de un blanco inmaculado, como correspondía a un bautizado.

–Ahora sabemos que somos bienaventurados en el verdadero sentido de la palabra, que somos dignos de la vida eterna, que hemos recibido la luz divina… –dijo el emperador con un hilo de voz–. Es ciertamente desdichado y bien mísero… aquel que se ve privado de tales dones –pronunció sacando fuerzas de flaqueza.

Minervina asintió.

–¿Lo ves? Ya sientes al Señor dentro de ti: te ha acogido antes incluso de que llegues a su presencia, dándote la paz que buscabas –comentó feliz.

Constantino asintió a su vez.

–Nuestros hijos… ¿Dónde están? –murmuró mirando a su interlocutora con los ojos entrecerrados.

Minervina le sonrió dulcemente, observando su rostro marchito y cansado. El emperador no había cumplido los sesenta años, como ella, pero su intensa vida había marcado y empequeñecido al coloso que había sido.

–Han sido avisados, lo sabes –intentó tranquilizarlo–. Pero solo Constancio está destacado en Asia y puede llegar pronto: le esperamos de un momento a otro. Por otra parte, son césares, y tienen sus propias responsabilidades en las regiones de su competencia.

–Nosotros… necesitamos asegurarnos… de que estén de acuerdo con sus primos –masculló el emperador–. En el nombre de Cristo, deseamos que haya concordia entre ellos.

–Sin duda así será –respondió Minervina, lanzando una fugaz mirada a Dalmacio y Anibaliano, que de acuerdo con las disposiciones del testamento de Constantino se repartirían el poder con sus hijos–. Se han educado en la fe del Señor, y por tanto en el respeto mutuo. No te defraudarán.

En realidad, no estaba tan segura. Hubo un tiempo en que era incapaz de percibir malicia en los seres humanos, y tendía a juzgarlos a todos como buenos y desinteresados. Pero tantos años en la corte con Constantino, y la edad, le habían hecho más sabia y perspicaz, y ahora se sentía en condiciones de juzgar a los hombres por lo que eran y por lo que valían. Había pasado mucho tiempo con los hijos de Constantino mientras vivían en Constantinopla; había incluso tenido la oportunidad, como responsable de la servidumbre del palacio, de influir en su educación, llegando casi a sustituir a su madre, asesinada por Constantino muchos años antes, y a su abuela Elena, fallecida siete años atrás; y, por lo menos en uno de ellos, había logrado moldear su carácter y sus convicciones. Constancio, de hecho, podría haber sido su hijo casi tanto como Martino.

El hijo mediano del emperador era un joven muy devoto, responsable y concienzudo, y simpatizaba con las creencias arrianas que le había transmitido: también a él le había inculcado que el Hijo está subordinado al Padre, y que como ser engendrado y no creado no podía tener una naturaleza plenamente divina. Ella lo había aprendido de ese hombre iluminado que había sido Arrio, junto al que había predicado muchos años antes, y estaba contenta de que ahora una de las principales figuras del Imperio hubiera abrazado sus convicciones.

Menos satisfecha estaba con los otros dos herederos varones, Constantino y Constante. Perezoso y disoluto el uno, torpe y a veces cruel el otro. Ella había intentado mitigar sus defectos y educarlos en el amor y la caridad cristiana, pero llevaban años lejos de su influencia y de la autoridad de su padre, y era imposible saber cuál sería su comportamiento como emperadores. Solo podía esperar que hubieran madurado a medida que aumentaban sus responsabilidades y su edad. En cualquier caso, Osio seguía allí para supervisar la delicada transición del poder, y Minervina estaba convencida de que el obispo seguiría cuidando del Imperio mientras le quedara un hálito de vida.

Solo restaba un aspecto que había que eliminar de su influencia antes de que fuera demasiado tarde. Solamente uno, en el que ella podía estar segura de que no adoptaría una solución de su agrado.

–Debes decir… a Constancio… si no lo conseguimos… que llevará a cabo la expedición… contra los persas… que estábamos preparando –se esforzó en decir Constantino, interrumpiendo sus pensamientos.

—Lo sabe, lo sabe, y estoy segura de que sabrá tomar la decisión más acertada. Recuerda que hay pocos que tengan tus cualidades militares, y una campaña contra el Imperio persa, como sabemos, no es baladí —volvió a tranquilizarlo.

—Por este motivo…, hemos querido asociar al poder a Dalmacio —explicó Constantino—. Es el único que se parece a nosotros… de todos nuestros herederos… como soldado. Aunque el mando nominal de la guerra… sea de Constancio…, el verdadero comandante en el campo será Dalmacio… Él sabe infundir valor a los hombres, con su ejemplo… Como nosotros y como Sexto Martiniano.

Minervina dio un respingo. La alusión a Sexto le permitía por fin presentar la petición que tenía preparada.

—Sí, Sexto Martiniano… ¿Recuerdas tu promesa? —se apresuró a plantear de nuevo.

Constantino la miró sin comprender.

—Durante todos estos años me prohibiste bajar a las mazmorras para visitarlo —le recordó—. Pero también me prometiste que, si te sobrevivía, lo liberarías.

—¿Y cómo sabes que… sigue con vida? Doce años encarcelado es una dura prueba… para cualquiera —replicó Constantino, recuperando de repente su decisión—. Más aún para un hombre incluso mayor que nosotros.

—Me consta que todavía vive —replicó ella con firmeza—. Como también sé que, hasta que te ha sido posible, la última vez hace un mes, has bajado a hablar con él. Sé bien que siempre lo has hecho, cada vez que te encontrabas en Constantinopla. Y que has prohibido expresamente a Osio que lo mande ajusticiar, para no convertirlo en un mártir, con la esperanza de que la gente se olvidara de él. Pero estoy segura de que con el tiempo has desarrollado un gran respeto por Sexto y tal vez, a vuestra manera, os habéis hecho incluso amigos. Lo veo también ahora: cuando hablamos de él, pareces tener más energía. Él siempre te ha dado fuerza, y estoy segura de que, a tu vuelta de cada campaña, te precipitabas al calabozo para contarle tus conquistas: en parte para hacerle sufrir, igual que sufriría un león enjaulado si le hablas de presas; pero también para compartir tu pasión con el hombre que, más que ningún otro en el mundo, es capaz de comprender los sentimientos que suscita. Como tú mismo has dicho, estáis hechos de la misma pasta, aunque hayáis luchado en bandos contrarios. Jamás habrías podido liberarlo sin dar la impresión de debilidad, y lo entiendo; pero ahora puedes, es más, debes, porque tienes un compromiso conmigo y porque Osio y tus hijos mandarían matarlo.

Constantino encontró ánimo para una sonrisa forzada.

–Nos conoces bien.

–Desde luego. Y también le conozco bien a él. Os quería a los dos –admitió–. Así que permíteme liberarlo y vivir con él los años que nos quedan, ahora que estás entregando tu alma a Dios. Yo ya no tengo nada que hacer aquí en la corte. Concédenos al menos esto; lo que te estoy pidiendo es una modesta recompensa después de haber permanecido cerca de ti y haberte devuelto al Señor puro una vez más. Y a Sexto, antes de que partiese para la última guerra entre Licinio y tú, le prometí que algún día me entregaría por fin a él, después de tantos años dedicados primero a ti y luego a Cristo. Cumple tu promesa y permíteme cumplir la mía.

El emperador parecía reflexionar. Minervina le acercó al rostro la carta de autorización para la liberación de Sexto que tenía preparada. Solamente faltaba el sello imperial, que Constantino guardaba en la mesilla de noche junto a su lecho para firmar los documentos más urgentes.

Tras un largo silencio, que el emperador dedicó a leer la carta, Constantino miró hacia el sello, indicándole que lo cogiera. Luego asintió, y Minervina lo estampó en la parte inferior del documento, respirando aliviada. Dobló la carta y se la metió en el cinturón, luego acarició al moribundo, sonriéndole feliz.

Se volvió un instante para observar a Osio; cruzaron sus miradas y, por su semblante, no le cupo la menor duda de que había comprendido lo sucedido. Afortunadamente, el obispo tenía asuntos más urgentes en los que pensar en ese momento. No obstante, debía actuar con rapidez, antes de que su exmarido encontrara tiempo para vengarse de su antiguo rival.

–Ejem… ¿Tu marido no te obliga a estar con él junto a la cabecera del emperador? –dijo Martina, acariciando suavemente el espeso vello entre las piernas de Constantina, desnuda junto a ella en la cama–. De hecho, quizá sería más exacto decir: ¿no sientes la obligación de estar junto al lecho de tu padre?

21

La princesa, cuya boca estaba ocupada jugando con el grueso miembro de un esclavo nubio que estaba de pie junto al tálamo, tuvo que separarse de su chuchería para contestarle.

–Nadie me obliga a hacer nada, y mucho menos el cobarde de mi marido –replicó–. En cuanto a mi padre, dudo que le agradara mi presencia. De hecho, se arriesgaría a acelerar su fin: al verme, podría sufrir un ataque… Siempre me decía que yo era su «Julia», refiriéndose a todos los quebraderos de cabeza que Julia, la hija de Augusto, le dio a su padre… Y me casó con mi primo Anibaliano para fastidiarme: sabía que yo apuntaba a Dalmacio, que siempre fue su favorito.

–Sigues siendo la esposa del «rey de reyes», ¿verdad? Una de las mujeres más poderosas del Imperio en este momento… –comentó Martina, pasando a acariciar la suave piel del muslo de su amiga.

A sus espaldas, también tenía una esclava a su disposición como objeto de placer, pero solo tenía ojos para la hija del emperador. No le desagradaban los hombres, pero cuando estaba cerca era Constantina quien se adueñaba de la escena.

La princesa estalló en una sonora y desdeñosa carcajada.

–«Rey de reyes…». Nunca un título fue tan ridículo y vacío. De los cinco herederos designados por mi padre, Anibaliano es el único que no ha recibido realmente nada –declaró–. En teoría, si el emperador hubiera liderado la campaña contra el Imperio persa y hubiera vencido, habría cedido su conquista a mi marido, y yo habría sido la reina suprema de la creación. Pero solo en teoría, y con un montón de «y si…» de por medio. Nadie ha conquistado jamás el Imperio persa. En cualquier caso, mi padre nunca hará esa guerra, ni mucho menos sus hijos.

–Sin embargo, es uno de los herederos… Tu tío Julio Constancio, por ejemplo, no ha recibido nada…

–Qué va… Él no es heredero de nada –se lamentó Constantina–. Mi padre le ha otorgado una especie de título honorífico para no suscitar demasiadas diferencias con su hermano Dalmacio, que ha recibido Macedonia y Tracia. ¡Eso sí que es un legado concreto! Si hubiera podido, el emperador le habría cedido territorios aún más vastos, pero no podía pasar por encima de sus propios hijos… Si me hubiera casado con él, ¡ahora estaría preparándome para ser augusta! En cambio, yo, la hija mayor del gran Constantino, seré una patricia cualquiera, casada con un idiota del que todos se burlarán –concluyó molesta.

–Solamente tienes veinte años. Quién sabe cuántas oportunidades te brindará tu rango… –procuró tranquilizarla Martina–. Ya disfrutas de una posición bien definida en la sociedad. Yo, que tengo cuatro años más que tú, no poseo nada y no sé qué va a ser de mi existencia. Soy hija de un hombre condenado y de una mujer que solamente se encarga de la servidumbre del palacio imperial; no me interesa casarme, sino estar solamente contigo. Ni siquiera recuerdo a mi padre, y mi madre se avergüenza de mí. Cuando me ve, apenas se preocupa por ocultar su desaprobación hacia mí y su admiración por mi hermano Martino, y no deja de hacer comparaciones entre nosotros. Siempre dice que somos mellizos pero que no podríamos ser más distintos. La detesto, ¡esa estúpida santurrona!

–¡No tanto como odio yo a mi padre! –la secundó Constantina–. ¡Ojalá se muera y nos libre de su engorrosa presencia!

–En cambio yo estoy segura de que habría querido a mi padre si le hubiera conocido –prosiguió Martina–. Desde luego más que a mi madre: por lo que he oído decir, y por cómo me han hablado de él, era justo lo contrario a ella. Sí, estoy convencida de que me habría gustado. Pero el emperador nunca nos ha permitido visitarle durante todos estos años en los que ha estado prisionero en las mazmorras del palacio. Ni siquiera sé si sigue vivo…

–Bueno, pues vamos a comprobarlo, ¿no? –propuso Constantina, levantándose y mirándola a los ojos.

Martina sintió que se estremecía, como cada vez que podía disfrutar de toda la atención de aquella mirada penetrante, de pupilas negras incrustadas en esos enormes e inteligentes ojos, sobre un rostro que no era bello, sino de rasgos duros como los de su padre, pero sí sensual y con personalidad. Y a ella le gustaban las personas con autoridad: sabía que las necesitaba para no perderse por completo, tal y como la impulsaba su naturaleza.

–¿Qué quieres decir? Sabes perfectamente que tu padre ha prohibido a mi madre y a sus hijos cualquier contacto con el execrado Sexto Martiniano, su enemigo más acérrimo…

–No parece que el emperador esté muy consciente últimamente. Me atrevería a intentarlo, ¿te parece? Yo te llevaré hasta allí… –manifestó Constantina resueltamente.

Y Martina sintió que la amaba más que nunca.

–¡Salve, pequeño! –exclamó Constantina al ver a un niño al que Martina identificó como Juliano, sobrino de la princesa. Estaba en compañía de un esclavo, que le mostraba los pasillos del palacio imperial de Constantinopla–. ¿Qué haces aquí?

Juliano corrió a su encuentro y la abrazó. Parecía muy cariñoso comparado con su tía.

–Mi padre ha querido que le acompañara a visitar al emperador, que está muy enfermo –explicó el principito–. Pero solo he podido verle un momento. Han dicho que no debía fatigarse, así que mi padre se ha quedado y yo tengo que esperarle fuera. Como me aburría, le pedí a mi esclavo que me diera una vuelta por el edificio.

Constantina se volvió hacia Martina.

–Siempre ha sido un niño curioso…

–Y tú, ¿qué haces aquí? –le preguntó a su vez Juliano.

–Pues…

Constantina seguía mirando a Martina, que se encogió de hombros.

–Vamos a ver al hombre malo que el emperador ha prohibido a todos que vean. Ella es su hija –especificó la princesa con un atisbo de malicia.

Martina enseguida se dio cuenta de que no existían palabras más adecuadas para despertar la curiosidad de un niño, y eso le molestó. Su padre no era ningún bicho raro.

–¿Y de quién se trata? –preguntó Juliano con un destello de interés en los ojos.

–Sexto Martiniano, ¿verdad? ¿Quién si no? –le respondió la tía.

–¿Sexto Martiniano? ¿El último pretoriano? ¿El césar de Licinio? –exclamó maravillado el muchacho.

–El mismo. Veo que le conoces.

–¿Y quién no? –replicó Juliano–. Cuando se habla de las victorias del emperador, siempre se le menciona. Todos saben que fue su más feroz adversario y que le ha mantenido confinado durante años en las mazmorras construidas especialmente para él en los sótanos del palacio. Dicen que lo tortura y lo atormenta para vengarse y para regodearse. Es para castigarlo por haber defendido a los dioses tradicionales, rechazando el cristianismo.

Martina se estremeció de terror al pensarlo.

–Dudo que sea como dices; en cualquier caso, lo comprobaremos y te lo contaremos –le explicó Constantina.

—De ninguna manera. Yo también quiero ir —se empecinó Juliano.

Constantina parecía desconcertada y Martina le hizo un gesto de desaprobación.

—No creo que sea lo más adecuado —dijo por fin la tía, pero con escasa convicción.

Su perplejidad empujó al niño a insistir.

—Quiero verlo, sin falta. No me perdería esta oportunidad por nada del mundo, así que resígnate a llevarme contigo —dijo.

Constantina abrió los brazos, levantó los ojos al cielo y asintió. Martina estaba segura de que en realidad le producía placer; de hecho, había sacado a relucir el asunto para que se interesara. A veces se divertía siendo perversa, casi sádica; pero también le gustaba por su falta de escrúpulos, e incluso la envidiaba y se inspiraba en ella cuando estaba con los hombres, con quienes solo pretendía divertirse; con su madre, a la que quería herir para castigarla por su constante desaprobación; y con su hermano, a quien siempre deseaba humillar por su obsesiva devoción religiosa.

El esclavo de Juliano tuvo que acatar las decisiones de la princesa, así que le mostró el camino hacia las mazmorras. Juntos descendieron las escaleras que conducían al calabozo que Constantino había construido una década antes junto con el palacio y toda la ciudad. Martina se preguntaba qué morbosas motivaciones habían llevado al emperador a crear una prisión para su padre, y por qué Constantino había querido vivir con su más acérrimo enemigo justo debajo de su cama. Si lo que decía Juliano era cierto, y por lo que también ella había oído, debía ser verdad que había una veta de perversión y locura en aquella dinastía, de la que más le valía mantenerse alejada.

Sin embargo, no pensaba que pudiera ser cierto. Si Constantino hubiera sido tan malvado, si hubiese torturado a su padre, su madre no habría permanecido junto al emperador durante tantos años. Martina estaba segura de que la mujer sentía algo profundo por ambos hombres, con quienes había pasado parte de su vida, y no habría podido soportar que uno le hiciera daño al otro.

Cuando llegaron a la puerta de la mazmorra, un guardia bárbaro les cerró el paso.

—No podéis entrar aquí —dijo con su tosco acento.

—Soy la princesa Constantina, hija del emperador y mujer del rey de reyes Anibaliano. Y deseo entrar a visitar al prisionero –declaró con decisión.

Ahora, observó irónicamente Martina, usaba el rimbombante título del marido para intimidar al soldado.

–Aquí no entra nadie. Órdenes del emperador –rebatió el centinela.

–El emperador tiene las horas contadas –replicó la mujer con un tono amenazador–. Es posible que en este momento haya muerto ya. Mientras que mi marido y yo seguimos aquí, vivos y «poderosos». Y también el padre de este muchacho, que es el hermano del emperador. ¿Quieres que nos acordemos de tu descortesía?

El guardia la miró desconcertado e incómodo. Permaneció en silencio.

–Dame tu nombre, soldado. Lo recordaré. Para una recompensa o un castigo en el futuro, tú decides –intervino con sorprendentes modales autoritarios Juliano.

Entonces el guardia se rindió. Abrió la puerta y les dejó pasar, luego cogió la antorcha que colgaba de la pared y los condujo a través de salas, pasillos y compartimentos malolientes y lúgubres, donde se amontonaban, bajo un manto de polvo, pilas de documentos, herramientas de mantenimiento de edificios, servicios de banquetes, cajas medio abiertas con libros dentro, tejidos; además de cerámicas, medios de locomoción, panoplias, despojos de enemigos bárbaros derrotados, antaño exhibidos en festejos triunfales, botines descosidos y otros muchos enseres que Martina no pudo reconocer. Le lloraban los ojos por el hollín cuando llegaron a una puerta con mirilla cuya cerradura abrió el guardia con un enorme pestillo. El soldado tuvo que forzarla para que al menos pudieran pasar de uno en uno.

–¿Constantino?

Una voz débil y ronca brotó de la oscuridad.

A Martina se le heló la sangre. Pero también percibió la expresión de estupor de su amiga, quien no dudó en preguntar:

–¿Qué significa esto? ¿Mi padre viene aquí?

El guardia se mostró incómodo una vez más.

La princesa le miró directamente a los ojos. Y los suyos eran unos ojos crueles. El soldado lo percibió y respondió:

–Una vez al mes, por regla general, y desde hace años.

Un escalofrío recorrió la espalda de Martina. Entonces era cierto:

le torturaba, incluso en persona. A pesar de ello, el hombre seguía vivo; y había llamado al emperador por su nombre, como si fueran amigos. No entendía nada.

–Será mejor que no le digas que eres su hija –observó Juliano en voz baja, dirigiéndose a ella–. Podría darle un síncope, si hace años que no os veis. En cualquier caso, se sentiría humillado.

A Martina le sorprendió la sensibilidad del chico, que parecía mostrar una madurez excepcional para su edad. Pero no tenía intención de hacerle caso: era su padre, maldita sea, y quizá el único de su familia por el que se sentía atraída.

––Me parece una buena idea. No deberíamos arriesgarnos precisamente ahora, ¿verdad? –opinó Constantina.

–Pero… –intentó oponerse Martina.

Sin embargo, la mirada de su amiga era muy elocuente, y renunció a insistir.

Primero entró el guardia para iluminar la estancia. A continuación, la princesa, luego Juliano y por fin Martina, cuyo olfato se vio asaltado por un hedor fétido en el cual reconoció toda clase de efluvios humanos: en las orgías en las que había participado con Constantina había tenido la oportunidad de oler todos los humores que un cuerpo podía producir. El esclavo del principito se quedó fuera. Martina escrutó en la oscuridad apenas esclarecida por la antorcha, acostumbrando lentamente a sus ojos, velados por las lágrimas que el hollín del pasillo le había producido. Al principio solamente distinguió una silueta oscura agazapada en el suelo sobre el jergón de paja, y luego se fijó en su barba y su pelo largo y gris. Por fin pudo observar sus rasgos. La última vez que le vio debía de tener poco más o menos la edad de Juliano, casi trece años atrás. No le cabía la menor duda de que él no era capaz de reconocerla; pero tenía su cara bien grabada en sus recuerdos, y estaba segura de que lo reconocería.

En cambio, nada en aquel rostro demacrado por el sufrimiento y la soledad, por la angustia y la derrota, arrugado y atormentado, le recordaba al hombre gallardo y decidido que había conocido.

CAPÍTULO II

En cuanto vio a Minervina salir de la alcoba de Constantino, Osio comprendió por su expresión que todo había acabado. La mujer tenía lágrimas en los ojos y el semblante afligido. Le miró y sacudió la cabeza, entrecerrando los ojos. Y también se dieron cuenta de ello el resto de la corte y algunos personajes de rango que llevaban apostados en la antesala desde hacía tiempo. Todos prorrumpieron en exclamaciones de consternación, lamentos y gritos desgarrados. Algunos se pusieron a rezar, otros abrazaban a los que tenían al lado, conscientes de que una era había terminado y de que el futuro ya no sería tan seguro y estable como el emperador había sido capaz de garantizar.

El obispo se había apartado de la cabecera del soberano para ocuparse de asuntos urgentes: la administración debía continuar. Y se había perdido el momento en que Constantino I el Grande, emperador de Roma por la gracia de Dios, conquistador de los sármatas, francos, germanos y solo el Señor sabía cuántos pueblos más, vencedor de Majencio y Licinio, había fallecido. Se reprochó haber sido tan inoportuno: quién sabe lo que le habría revelado a Minervina justo antes de morir, suponiendo que hubiera estado consciente, y a saber qué poderes le habría sonsacado aprovechándose de que estaba moribundo y no del todo lúcido. Pero tal vez fuera precisamente el motivo por el cual el emperador había deseado que la única persona de la que podía fiarse estuviera a su lado en su último adiós a la vida: Minervina nunca se habría aprovechado de él, y Osio, al fin y al cabo, también la había amado por su candor muchos años atrás. Un candor que incluso a él le había llevado a considerarla única en el mundo, una buena persona.

–El emperador me ha firmado este documento con el cual autoriza la liberación de Sexto Martiniano –le dijo Minervina tras acercarse a él, mostrándole un folio de papiro–. Así que ni se te ocurra tocarlo. Iré a buscarle ahora mismo.

Osio esbozó una sonrisa. Después de todo, ya no era tan ingenua como antes. La edad la había hecho por fin más sagaz; y era consciente de que solo las disposiciones de Constantino le impedirían emprender una justa venganza contra aquel pretoriano por haberle robado a su esposa casi cuarenta años atrás.

Pero tenía muchas más cosas de las que preocuparse en ese momento. De Martiniano se ocuparía más tarde. Ahora debía asegurarse de que el Imperio se mantuviera en pie y de que los numerosos herederos que Constantino había designado para sucederle no causaran demasiados problemas. Y de él dependía evitarlo asegurando una transición que no desestabilizara al Estado ni provocara nuevas guerras civiles.

Cuando se despidió de Minervina, llamó inmediatamente al eunuco Eusebio y le invitó a seguirle a su despacho. Tomó asiento detrás de su escritorio y le invitó a sentarse frente a él. Tras unos instantes de reflexión, en los que se preguntó si realmente podía confiar en el eunuco, le dijo:

–Eusebio, tenemos un problema. Un gran problema. Y necesito a alguien que me ayude a resolverlo. Alguien en quien pueda confiar y que no tenga demasiados escrúpulos de conciencia: la conciencia es un lujo que no pueden permitirse quienes administran un Imperio. ¿Estás de acuerdo?

El eunuco, un hombre menudo a pesar de su deficiencia, pero calvo y con el rostro maquillado, con unos modales tan afectados y afeminados como los de sus otros colegas, asintió con decisión.

–Por supuesto, obispo. Sé perfectamente quién ha llevado en realidad las riendas del gobierno estos últimos años. Quién ha gestionado la administración, la burocracia, los asuntos religiosos y las disputas que han inquietado al Imperio, la reducción de los bienes y la influencia de los idólatras en favor de los cristianos, los flujos económicos y el abastecimiento. También sé que el emperador se dedicaba sobre todo a las conquistas, pero delegó en ti todos los demás asuntos. Y me preguntaba precisamente qué hacer ahora que él ya no está, y cómo se comportarán sus herederos.

«Respuesta muy satisfactoria», pensó Osio.

Había un reconocimiento de su papel en el gobierno, una pizca de ambición sana y la dosis justa de adulación, lo que demostraba el afán de Eusebio por ganarse su consideración. Sí, quizá había encontrado al hombre adecuado. Podía seguir adelante y revelarle sus planes.

—Constantino no me escuchó cuando le sugerí limitar el número de herederos al mínimo —empezó diciendo—. El Imperio ha funcionado mejor desde que existe un solo emperador: los días de la tetrarquía han terminado, y el sistema ideado por Diocleciano ha demostrado ser un completo fracaso. Que haya más emperadores solo sirve para provocar guerras civiles y para suscitar la adopción de políticas diferentes en los distintos territorios; en fin, solamente vale para desmembrar el Imperio y dejarlo poco a poco en manos de los enemigos: sobre todo me refiero a los persas de Sapor, que presionan en las fronteras orientales. Si por mí fuera, los tres hijos de Constantino estarían ya de más, sobre todo porque no todos son hombres de valía.

—Y él encima añadió también a los nietos —comentó Eusebio.

—Ya. Siempre decía que Dalmacio era el pariente que más se le parecía, y quiso, además, no solo casarle con su hija Elena, sino sobre todo dejarle Tracia y Macedonia, dos prefecturas clave, por añadidura, que constituyen un puente entre Asia y Europa… —admitió Osio.

—Y luego, para no disgustar al padre de Dalmacio, otorgó también un título a Anibaliano, además de a su hija Constantina… —añadió el eunuco.

—Exacto. Y por ingenuo que parezca, el título de «rey de reyes» incitará a ese muchacho a que se le suban los humos y a presionar a su hermano para que le ayude a conquistar territorios disponibles —corroboró Osio.

—Los dos podrían aliarse para arrebatar prefecturas a sus primos. La guerra civil está prácticamente asegurada. Sobre todo, porque es bien sabido que el prefecto pretoriano Ablabio está más unido a ellos que a los hijos de Constantino. Y es de suponer que Julio Constancio, que quedó fuera de la partición, también reclame algo para sí mismo: ofrecerá su apoyo a quien esté dispuesto a recompensarle —continuó el eunuco.

Por lo que parecía, Eusebio había entendido a la perfección la situación. Y compartía sus preocupaciones; o fingía hacerlo, para obtener algún poder.

–Pues bien –prosiguió el obispo–. Los césares son muchachos todavía inexpertos en el arte de gobernar, algo que yo vengo haciendo desde hace mucho tiempo. Para asegurar la continuidad del Imperio, a pesar de las desafortunadas soluciones adoptadas por Constantino, también debemos asegurarnos de que la gestión del Estado siga en mis manos: aunque tengo setenta y seis años, me encuentro bien y no tengo intención de renunciar a mi papel. Pero no puedo tratar con cinco césares que pronto se convertirán en cinco augustos. No puedo razonar con todos ellos, ni controlar sus ambiciones.

–Claro, me doy cuenta de ello –se apresuró a decir Eusebio–. Cada uno de ellos tiene su propia clientela; sentirán que no se les ha recompensado lo suficiente, e intentarán ampliar su propio legado a costa de los demás, para complacer a sus partidarios…

–Además, todos conocemos el carácter de los hijos de Constantino –continuó Osio–. Su hijo homónimo es un libertino, y encima bastardo: hijo de una esclava, como tú y yo y algunos otros sabemos, a la que Constantino se vio obligado a dejar encinta porque la emperatriz Fausta no le daba hijos.

Omitió decir a Eusebio, no obstante, que él era también el único hijo seguro del emperador; los otros, según había descubierto, habían sido concebidos por la emperatriz Fausta con la semilla de su hijastro Crispo, a quien Constantino había tenido con Minervina. Por esto habían muerto Fausta y Crispo; su mujer, para más inri, ante los ojos de sus hijos y a manos de su propio padre, ganándose así el odio imperecedero de sus herederos.

–Y Constante no se queda atrás. Solamente Constancio parece un hombre responsable, pero es débil e influenciable –añadió.

–Es fácil predecir lo que sucederá –coincidió Eusebio.

–¿Qué? –quiso poner a prueba la agudeza del eunuco.

–Pues que… Constantino y Constante tendrán la mitad de Occidente para cada uno: el primero, la Galia, Hispania y Britania; el segundo, Italia, África y Panonia –enumeró Eusebio–. Podemos estar seguros de que pronto se harán la guerra mutuamente, como ya hicieron en su momento el viejo Constantino y Majencio. Solo es cuestión de ver quién actúa primero. Constancio tiene todo el Oriente, excepto las prefecturas asignadas a Dalmacio. Y si conquista territorios en el Ponto y Armenia, tendrá que dárselos a Anibaliano. Pero ¿por qué debería hacerlo? ¿Y por qué debería dejar atrás una amenaza potencial como Dalmacio?

Osio no ocultó su satisfacción.

—Eres un político nato, Eusebio: has hecho el mismo análisis que yo —le felicitó, aprovechando para halagarle un poco—. Habrá un lugar muy importante para ti en la futura administración: encargado del personal de la corte es realmente poco para un hombre de tu talla.

Al eunuco le brillaron los ojos.

—Estoy dispuesto a hacer cualquier cosa, obispo. Sé que solamente quieres el bien del Imperio, y te secundaré en todos tus planes. Puedes contar conmigo. ¿Qué quieres que haga? —declaró solemnemente.

Osio sonrió.

—Bien, querido Eusebio —respondió—. Estoy seguro de que aún ejerzo una buena influencia sobre los hijos de Constantino. Ojalá pudiera convencerlos de mi visión unificada del Imperio, pero no estoy seguro de que todos vayan a entenderlo. Mejor que se encuentren de frente con el hecho consumado. El primero en llegar será sin duda Constancio, que reside en Antioquía. Para Constante, que está en Milán, y Constantino, que tiene su sede en Tréveris, necesitaremos un poco más de tiempo. Pero para entonces ya tendremos que haber actuado, antes de que las facciones se consoliden y de que Dalmacio, Anibaliano y su camarilla se hagan con el poder.

—¿Qué propones entonces?

Osio suspiró.

—Habrás visto que Minervina ha salido del cubículo del emperador con un folio en la mano. Era un documento que no nos interesa, de momento. Pero, dado que tú sabes imitar muy bien la grafía del emperador que acaba de dejarnos, debemos preparar un documento que sirva a nuestros fines, y hacer correr la voz de que es lo que Constantino ha dictado y suscrito en su lecho de muerte…

Sexto Martiniano se esforzaba por acostumbrar sus ojos a la tenue luz de la antorcha, que normalmente solo iluminaba el reducido habitáculo, en el que yacía desde hacía trece años, durante las horas de comer, o en las raras ocasiones en las que Constantino venía a visitarle. De vez en cuando, los carceleros conversaban con él, siempre mostrando interés y curiosidad por sus hazañas, sobre todo para comprender cómo separar el mito de la realidad; pero, en general, gran parte de su existencia transcurría en una oscuridad absoluta que le producía espectros y le hacía aflorar pesadillas de su pasado.

¿Quién diablos era esta gente? El guardia le había traído a dos mujeres jóvenes y a un niño, precisamente cuando esperaba recibir la visita del emperador, ausente durante más tiempo de lo habitual. Los examinó y observó que se trataba de personas de alto linaje: en la mujer más suntuosamente vestida, que le observaba con unos ojos oscuros y profundos, le pareció reconocer los rasgos de Constantino, y sospechó que se trataba de un miembro de su extensa familia.

Se confirmó poco después.

–Soy Constantina, la hija del emperador, Sexto Martiniano –dijo la mujer–. Esta es mi sierva –añadió señalando a la otra muchacha–, y este niño es Juliano, sobrino del emperador. Por lo visto, no somos los primeros personajes de rango en venir a verte; me acabo de enterar de que mi padre te visitaba con asiduidad…

–Siento que se me haya escapado su nombre. Ahora más de uno sufrirá las consecuencias –respondió–. Yo, por haber revelado nuestro secreto. Tú, por haber violado sus disposiciones viniendo aquí. Sé que no deseaba que me viera nadie más…

–Nadie sufrirá nada. A menos que quieras sufrir tú mismo algún castigo por tu impertinencia, traidor –replicó Constantina contrariada–. Mi padre ya no puede hacernos nada.

Sexto se quedó asombrado.

–¿Qué quieres decir? ¿Le ha ocurrido algo? –preguntó.

–Le ha llegado la hora –respondió su hija con indiferencia, manifestando un desinterés que lo dejó atónito–. Ha pasado a mejor vida.

Sexto experimentó de repente una sensación de soledad. Las visitas de Constantino habían sido los únicos momentos en que se había sentido vivo en aquellos años, y los únicos en que había podido enfrentarse a sus pesadillas. El emperador era el hombre que había encarnado la mayor parte de todo aquello a lo que se había enfrentado, detestado y combatido con todas sus fuerzas: el defensor de los inmigrantes bárbaros y del cristianismo, el destructor de la tradición, el verdugo de sus compañeros pretorianos y de su emperador Majencio, el administrador que había relegado a Roma, su Roma, a un papel secundario en el Imperio; pero, sobre todo, el hombre que le había arrebatado a Minervina, el gran amor de su vida, demoliendo su vínculo y socavándolo hasta el punto de que le resultaba imposible volver a ser lo que era, incluso después de recuperarla.

Por culpa de Constantino, Minervina se había dejado llevar casi hasta el suicidio; el emperador la había maltratado brutalmente, le había quitado a su hijo y luego, según había sabido por sus carceleros, incluso lo había matado. La había hecho sufrir en todos los sentidos, y esto era aún más imperdonable que las fechorías que había cometido en nombre de su ambición, borrando todo aquello con lo que Sexto había crecido y transformando el Imperio romano en una entidad que ya nada tenía que ver con lo que había hecho grande Roma. Un Imperio cuyo ejército estaba formado y liderado en su mayor parte por bárbaros, y donde el poder residía en manos de una pandilla de exaltados que creía en un dios absoluto, cuya existencia pretendía excluir a las demás divinidades; un dios de marginados que había vuelto pusilánimes a los romanos, faltos de valor hasta el punto de renunciar al servicio militar y entregar las armas a los bárbaros, quienes antes o después aprovecharían para hacerse también con el poder efectivo.

—Esa no es manera de hablar de un padre. Y menos aún de un emperador —replicó finalmente a Constantina.

—Se diría que le tienes aprecio —replicó ella—. Sin embargo, te derrotó y te encerró aquí para que te pudrieras. Tal vez incluso te torturó. Al menos eso dicen por ahí.

—Hizo lo que probablemente habría hecho yo también en su lugar. Y ten por seguro que no me ha torturado. Y para terminar te diré que a lo largo de estos años hemos aprendido a respetarnos a pesar de haber mantenido nuestras posiciones.

—Vamos, que os habéis convertido en dos amigotes… —comentó Constantina en un tono sarcástico.

Verdaderamente no le gustaba nada esa joven.

—¿Puedo preguntarte cómo es posible que os respetarais si habéis sido enemigos acérrimos? —intervino el niño.

En su mirada brillaba una luz de profunda y sagaz inteligencia que delataba una madurez muy por encima de su edad.

Sexto sonrió, enternecido. Por fin un miembro de la familia que demostraba ser mejor que la mujer que tenía delante. Y quizá también que los hijos del emperador moribundo: en sus encuentros, Constantino nunca se había mostrado demasiado orgulloso de su propia descendencia, dejando traslucir a veces cierta decepción por el escaso valor de sus hijos.

–En las largas conversaciones que mantuvimos –explicó–, aprendí, si no a compartir, al menos a valorar la visión de Constantino. El emperador era un hombre que tenía amplitud de miras, no era un aventurero en busca de gloria, como tantos otros que se han sucedido a lo largo del último siglo. Constantino tenía su propia receta para salvar al Imperio de la decadencia, aunque presuponía su radical transformación; precipitó el ocaso y promovió la destrucción para reconstruirlo según nuevos criterios. En lugar de dejarse abatir por los bárbaros, se entregó sin dolor. En vez de tolerar la escasa fe que los romanos todavía profesaban a los dioses tradicionales, fomentó la búsqueda de un ser supremo, que hacía tiempo había empujado a muchos a encomendarse al Sol Invicto, Mitra, Cibeles u otros, imponiendo una religión absolutista, un credo intolerante con todo lo que no fuera la fe en un hombre ejecutado hace tres siglos, defensor de los oprimidos y desposeídos. No apruebo nada de ello. Nada. Pero es un planteamiento de largo alcance que requería agallas y determinación. Solo un hombre de su talla habría poseído la capacidad de llevarlo a cabo. Y Constantino, según aprendí de nuestras conversaciones, es un hombre grande. Por otra parte, también él reconoció coherencia, si no grandeza, en querer defender a toda costa la identidad original de Roma, la que le llevó a dominar el mundo, también a costa de dejar que el Imperio pereciera de muerte natural, o de desgaste por el tiempo, como está en su derecho.

–Interesante… –reconoció Juliano–. Entonces tú también tienes amplitud de miras…

–No lo sé –admitió Sexto, y no por falsa modestia–. Solo sé que arrasar en pocos años todo lo que nuestros antepasados, con el favor de los dioses, habían construido era una afrenta a esos mismos dioses que nos habían permitido ser un pueblo elegido. Ningún hombre, ni siquiera el más grande, puede permitirse semejante osadía. Yo me limito a ser un individuo que respeta las tradiciones y a las divinidades que me han otorgado el privilegio de ser un romano.

Y no me identifico con un carpintero hebreo crucificado por los mismos judíos y por nosotros los romanos; de hecho, me sorprende que ahora haya emperadores, príncipes y senadores que simpaticen con él. ¿Qué tenemos que ver nosotros con esa gente? Es un asunto local, que por algún misterioso motivo se ha propagado como una enfermedad por dondequiera que pasa... Pero, más que nada, el dios de los cristianos es como el de los hebreos: intolerante. Los cristianos tienen la pretensión de que su Dios es el único que existe. Es un insulto a la religiosidad de los romanos que, a diferencia de ellos, siempre han respetado todos los credos.

–Cristo es bueno y enseña a ser como él, o mejor dicho, a encontrarle a él dentro de nosotros –se puso a explicar el muchacho–. Tal vez el Imperio sufriera una carencia de bondad, y todos han sentido la necesidad de él. Y además están sus sacerdotes y clérigos, siempre dispuestos a ayudarte y a responder a tus preguntas. Los dioses idólatras están muy lejos, y sus sacerdotes no se dignan estar entre la gente. Todo eso significa mucho.

–Ignoro cómo están ahora las cosas, pero antes de que mis huesos fueran a parar a este agujero los cristianos se peleaban entre ellos por matices doctrinales sobre la naturaleza humana o divina de aquel carpintero –no pudo evitar comentar con sarcasmo–. De todas formas, ¿qué podían hacerle?

Juliano, inesperadamente, soltó una carcajada, y se ganó la mirada fulminante de su tía. Incluso la esclava de Constantina sonrió, de una manera tímida y azorada que le hizo enternecerse. Fue en ese momento cuando se dio cuenta de que esa muchacha le recordaba un poco a Minervina; en la penumbra, le había prestado poca atención. Le sonrió, un momento antes de que ella apartara la mirada y se diera la vuelta. Sintió una punzada en el pecho y se preguntó qué habría sido de su mujer y de sus hijos. Muchas veces, en esos momentos en que el emperador se abría y la confianza entre ellos crecía, había estado tentado de preguntarle; pero nunca lo había hecho por temor a alguna represalia. Ahora habría podido dirigirse a Constantina, pero le parecía una mujer de sentimientos nada nobles, y tuvo miedo de comprometer de alguna manera a Minervina. Quién sabe lo que sucedería ahora en el Imperio sin la mano firme de Constantino... Así que guardó silencio, suspirando.

–Será mejor que nos vayamos. Podrían perdonarme por haberte traído aquí –dijo Constantina a Juliano–, pero no por permitir que este despreciable individuo te meta ideas extrañas en la cabeza…

–A mí no me parece despreciable en absoluto. Es más… –protestó el muchacho.

Pero la mujer ya le había agarrado de la mano y lo estaba arrastrando hacia la salida. Sexto se dio cuenta de que la esclava le lanzaba una mirada, y le pareció que estaba conmovida. Pero un instante después había desaparecido por la puerta, que se volvió a cerrar a sus espaldas.

Nadie se había dignado a saludarle.

Un paso atrás respecto a Constantino, quien, por lo menos, no lo consideraba una bestia.

«¡Señor, Sexto lleva trece años metido en ese tugurio! Debe apreciarle de verdad para haberle permitido sobrevivir. O amarme a mí…», pensó Minervina tras mostrar el acta de liberación firmada por el emperador en favor del prisionero.

Pero realmente ignoraba con qué se iba a encontrar. Únicamente sabía que Sexto estaba vivo; pero en qué estado, solo podía imaginarlo: era un hombre de casi setenta años, privado de la luz y de la libertad desde hacía más de una década, y agotado por una vida de decepciones y derrotas de las que hasta ella era responsable. Pero también temía por sí misma. Sexto siempre había sentido una enorme atracción física por ella, la consideraba la mujer más bella del mundo. Pero no la veía desde hacía una eternidad, y ahora se encontraría frente a una sesentona. Por si fuera poco, no se habían separado amistosamente; cuando se vieron por última vez, a punto él de partir para la guerra contra el mismo Constantino, no faltaron las recriminaciones por su elección en favor de Cristo, algo que él consideraba perjudicial para su relación.

Tiempo atrás, después de dar a luz a los mellizos, Martino y Martina, Minervina había decidido agradecer al Señor el haberle concedido traer al mundo a sus hijos en edad avanzada, haciendo voto de castidad y dedicándose a obras de caridad para expiar su lujuria y poner freno a su naturaleza pecaminosa, sus violentos impulsos sexuales y su desenfrenada propensión al placer, que el propio Sexto, y no sus dos maridos anteriores, le había hecho descubrir. Y esto fue un duro golpe para el hombre. Sus respectivas posturas religiosas siempre les habían dividido, provocando interminables disputas; pero con su decisión, incomprensible para él, había cavado un abismo entre ellos que ya no podría salvar con sus promesas y propósitos para el futuro. Y la derrota de Licinio, que había implicado a todos sus colaboradores más cercanos, empezando por Sexto, que había sido su césar, la había privado de la oportunidad de enmendarse.

Solo con el tiempo, de hecho, se había dado cuenta de lo ingrata e insensible que había sido en sus enfrentamientos. Sexto la había amado desde el primer momento, y nunca había dejado de apoyarla, ni siquiera cuando ella le abandonó por Constantino, o cuando fue repudiada por el emperador. Siempre había estado cerca de ella, y solamente la frustración le había impedido volver a ser el hombre dulce y apasionado que había conocido antes de que ella le infligiera una larga lista de decepciones. Y se había propuesto recuperarlo antes de que los asuntos de la guerra los separasen. En los años en que había vuelto con Constantino, no por amor, sino para redimir a un emperador que había asesinado a su hijo, para guiarlo realmente, también en espíritu y alma, a esa Iglesia cristiana en cuyo nombre había combatido, había esperado encontrarse con Sexto, y había intentado insistentemente que así fuera; pero Constantino se lo había prohibido y ella no pudo insistir por temor a ser rechazada. También estaba segura de que el emperador nunca habría hablado al prisionero de su presencia en la corte. Se había limitado a arrancarle la promesa de liberarlo si le sobrevivía. Y ahora se disponía a hacerlo; pero con el miedo de que él aún estuviera enfadado con ella y no quisiera ni verla.

Cuando estaba en el umbral de su celda, detuvo al carcelero que estaba a punto de abrirla y se quedó mirando al frente, suspirando en preparación para el encuentro. Llegó a la conclusión de que, al fin y al cabo, venía a ofrecerle la libertad y la oportunidad de ser cuidado y de tener a una persona a su lado durante el tiempo que le quedase de vida. Sexto no podía negarse, ni tratarla mal: no había razón para ello.

Autorizó al guardia a abrir la puerta y lo siguió, con lo que quedó inmersa en el mundo tenebroso en el que había vivido el hombre que, cuarenta años atrás en Britania, le había asegurado que la amaría eternamente.

Aun así, tenía miedo. Y cuando vislumbró la oscura sombra del prisionero arrastrándose lentamente por el suelo, le asaltaron la angustia y el pánico. Estuvo tentada de salir corriendo, pero sabía que eso nunca se lo perdonaría. Se quedó paralizada, justo al otro lado del umbral, contemplando cómo aquella sombra se transformaba en una silueta humana, y luego en un hombre de carne y hueso; o mejor dicho, en lo que quedaba de él. Sexto había sido un hombre robusto y fornido, no tan imponente como Constantino, pero vigoroso, y ahora no era más que un frágil anciano, encorvado, con profundas arrugas surcando su rostro y una mata de pelo enmarañado.

Sin embargo, ese mismo semblante apagado y casi fantasmal se iluminó de repente cuando la reconoció. La hendidura que ocupaba el lugar de su boca se abrió en una sonrisa atrofiada, poniendo de relieve la ausencia de dientes. Sexto intentó levantarse del jergón de paja en el que estaba sentado, pero tuvo que bregar con un cuerpo cansado e impotente, anquilosado por la falta de movimiento. Minervina se acercó a él y le ayudó suavemente a mantenerle erguido; después se sentó frente a él con las piernas cruzadas.

–Me has reconocido al instante… –consiguió pronunciar a duras penas con la voz rota por la emoción.

–Mientras conserves… esos ojos tuyos del color del océano, en los que siempre me he perdido, te reconocería en cualquier parte.

–Pero lo demás… lo demás no es más que decrepitud, ¿verdad? –respondió ella con aprensión.

–Lo demás… es elegancia y gracia, como siempre –replicó él sin dudar.

Le acarició la mejilla, pasando delicadamente los dedos por los profundos surcos excavados en su piel.

–Y sensualidad.

–No bromees… Ya sé que no soy más que una pobre vieja, un esqueleto con piel marchita pegada a los huesos… –se protegió–. Pero no importa: quiero decirte que…

Él le puso las manos sobre la boca para que no siguiera hablando.

–No me importa. Estás aquí. Estás viva. Por fin estás conmigo –dijo Sexto.

Acto seguido acercó sus labios a los de ella y la besó, tímidamente al principio, luego, viendo que ella los abría ofreciendo la lengua, con más decisión, hasta que sus bocas se fundieron como tantas otras veces en un pasado lejano. Todo era distinto: el sabor, el olor, la consistencia, sin embargo, las sensaciones eran las mismas que tiempo atrás, cuando con solo tocarse se convertían en una sola persona, en un único ser.

Sexto le puso una mano en el pecho, y ella, increíblemente, como nadie se lo había hecho desde hacía casi veinte años, experimentó un estremecimiento de placer. El escalofrío le atravesó el vientre para terminar entre las piernas. Ella suspiró, y el hombre le estrechó el pezón entre los dedos, intensificando los estremecimientos. Parecía que sus manos nunca se hubieran separado de su cuerpo en aquellos veinte años de espera: sabían de memoria qué hacer y adónde ir. Ni siquiera tuvo tiempo de reclamar una caricia sobre su pubis, porque la mano de Sexto ya había bajado hasta allí. Sus dedos levantaron la solapa de la toga y se introdujeron en el taparrabos, mientras ella estiraba la pelvis hacia él para facilitarle la tarea. Sintió cómo entraba dentro de ella, provocándole un calor intenso entre las piernas y devolviéndole sensaciones antaño frecuentes. Jadeó agitadamente, y solo entonces cayó en la cuenta de que el carcelero, que había salido nada más entrar ella, podía oírlo todo e incluso observar lo que hacían a través de la mirilla. No le importó, se dejó arrastrar por el placer que aquellas manos sabían darle.

En todo ese tiempo sus bocas no se habían separado ni un instante, y cuanto más tiempo pasaban juntas, más se adaptaban la una a la otra. Se sintió impulsada a tocarle también ella. Su mano derecha fue en busca del miembro de su compañero. Lo encontró con facilidad bajo la túnica de lana que Sexto llevaba puesta; primero empezó a masajearlo, luego a apretarlo cada vez con más fuerza. Y cuando sintió el atisbo de una reacción, se excitó tanto que ya no pudo controlarse. El placer que había postergado, incluso resistido, durante casi dos décadas, con solo la insinuación de rozarse, estalló con vehemencia, impregnando todo su cuerpo, haciéndole elevarse muy por encima de aquella inmundicia impregnada con los humores y efluvios de Sexto. Ya no estaba allí, en aquella oscura celda, sino en un mundo aparte, conformado por dos cuerpos y dos espíritus capaces como nadie de fundirse en uno solo. Al parecer, el contacto con su antiguo amante seguía siendo capaz de provocarle el orgasmo con la misma fluidez y asiduidad que la habían convertido en una adicta al placer. No, el Señor no podía haberla creado con aquella capacidad de llegar al éxtasis para luego condenarla porque deseaba alcanzarlo. Si surgía del amor, era lícito, no era pecado, no podía serlo. Y con Sexto solo podía ser amor.

Y recordó cuando él, casi treinta años atrás, fue a sacarla de un lugar sórdido y maloliente, el lupanar donde había decidido trabajar como meretriz para castigarse por haber perdido a Constantino y a Crispo.

Ahora había venido ella a salvarlo. Sí, era amor verdadero. Y era tan feliz como no lo había sido en mucho, mucho tiempo.

CAPÍTULO III

–Al parecer, Constantino es el único emperador que ha reinado después de muerto… –observó Osio con un ápice de ironía, estampando el sello imperial sobre los documentos que Eusebio le acababa de entregar.

El eunuco se los llevó todos, y dejó únicamente el que habían acordado darle a Constancio, que había llegado a Constantinopla la víspera.

La llegada del segundo de los hijos de Constantino permitió que finalmente se pusiera en marcha la ceremonia fúnebre. Se había corrido la voz con una rapidez sorprendente, e incluso Osio había tenido dificultades para abrirse paso entre la multitud que esperaba desde el amanecer en torno al palacio imperial para presenciar la procesión que conduciría los restos sagrados del emperador hasta la parte alta de la ciudad, cerca de las murallas y de la puerta de Adrianópolis, hasta la iglesia de los Santos Apóstoles, donde el emperador había decidido ser enterrado.

Osio se acercó de nuevo al féretro que los soldados estaban colocando en la sepultura, en el centro de la iglesia, en medio de los doce cenotafios dedicados a los apóstoles. Y ya muchos entre los espectadores aclamaban al emperador como el decimotercero de los discípulos de Cristo. Intentó colocarse junto a Constancio, que observaba el ritual con gran atención, ligeramente apartado de sus tíos y primos. Tenía que hablar con él sin falta a la mayor brevedad; incluso antes de que terminara la ceremonia. Tenía pensado entregarle el documento al final del día, pero viendo el consenso que Dalmacio lograba junto a los soldados que lloraban la muerte del emperador debía convencer al hijo de Constantino para que hiciera algo inmediatamente y ganarse sus simpatías; así que mandó a Eusebio a por la carta para enseñársela sin mayor dilación al heredero del trono.

Dalmacio había participado en las últimas campañas de Constantino en el Danubio contra los sármatas y se había labrado un nombre como combatiente; era incluso capaz de reconocer a los soldados con los que había luchado y llamarlos por su nombre, tal y como lo había visto hacer más de una vez durante la procesión que había partido desde el palacio imperial. Constancio, como mucho, había seguido a su padre manteniéndose en la retaguardia, cuando no se había quedado en su puesto para ocuparse de los asuntos de la administración, ámbito en el que parecía más versado.

Se sintió bastante decepcionado por el recibimiento de los militares al heredero del trono. El cuerpo de Constantino había estado expuesto durante casi una semana en el gran salón del palacio, en un ataúd dorado envuelto en paños de color púrpura, rodeado de vasijas doradas en las que ardía fuego constantemente, a disposición de todo aquel que quisiera rendirle homenaje. En el transcurso de aquellas largas jornadas, casi todos los dignatarios, senadores y jefes del ejército de la ciudad se habían sucedido para rendir su último tributo al gran emperador, y Dalmacio y Anibaliano nunca habían faltado a la cita, saludando a todo el que llegaba y departiendo con ellos. En ausencia de los hijos de Constantino, eran ellos quienes hacían los honores, y Osio estaba convencido de que estaban preparando el terreno para derrocar a sus primos. Pero, aunque no fuera eso lo que pretendían, no le importaba: tenía su propio plan y se proponía llevarlo a cabo hasta el final. Cuantos menos emperadores hubiera en el futuro, más fácil y menos arriesgado sería administrar el Imperio.

Sobre todo, para él.

Su mirada se posó en el relicario con el cráneo de san Lucas Evangelista, una de las reliquias más prestigiosas de la iglesia. Y pensó en Elena. En su día, Constantino había querido que el templo se enriqueciera con los restos de todos los apóstoles, y había encomendado a su madre, Elena, la tarea de encontrar reliquias dignas durante su viaje a Tierra Santa. Pero la piadosa mujer solo había sido capaz de conseguir aquel cráneo y el de san Andrés, y Osio ni siquiera estaba demasiado seguro de que no se hubiera dejado engañar por unos judíos ansiosos de endilgar una falsificación a gente crédula. Con el paso de los años, a esas dos reliquias se habían sumado muchas otras, en particular el cráneo de san Timoteo; pero nada más en relación con los doce favoritos de Cristo, cuyos cenotafios estaban tristemente vacíos.

Elena había sido su más preciada colaboradora y, antes que eso, su amante, consolándolo en los momentos más oscuros de su matrimonio con Minervina, cuando su esposa le engañaba con Sexto Martiniano. Había demostrado ser una mujer inteligente y sin escrúpulos para secundar sus planes, y le había apoyado en su largo conflicto con Fausta, la emperatriz, ayudándole a quitarla de en medio… Ellos habían sido los verdaderos artífices del ascenso de Constantino, y su muerte le afectó bastante más que la de su hijo. El emperador y él habían compartido muchos proyectos, pero nunca habían llegado a ser íntimos; con Elena, en cambio, había existido una amistad sincera, quizá la única que tuvo jamás en su larga existencia. O tal vez se tratara de complicidad y solidaridad de intenciones, no sabría decirlo. Lo único que sabía era que la añoraba y que se sentía muy solo sin aquella mujer.

Ni siquiera la vuelta a la corte de Minervina había compensado aquella pérdida: él la apreciaba, y ella a él, pero no había confianza entre ellos. En todos aquellos años, nunca habían ido más allá de una actitud formal. La mujer ya no confiaba en él como antes, y ahora se cuidaba de no abrirse en su presencia. Sexto Martiniano estaba indudablemente implicado: durante el tiempo que habían estado juntos y habían tenido hijos, el antiguo pretoriano debió de abrirle los ojos al odio que se tenían y a las razones que lo habían causado y alimentado. Y tal vez incluso había conseguido convencerla de que él era el responsable de la muerte de sus padres.

Dejó a un lado sus recuerdos y se concentró de nuevo en la tarea que le aguardaba. Impaciente por hablar con Constancio, esperó a que el oficiante terminara su homilía para acercarse al césar. Constancio apenas tenía veinte años y, al no ser en realidad hijo de Constantino, sino de su hijo, no se parecía en nada a su padre oficial: su rostro era un óvalo perfecto, elegante y agraciado, de nariz recta y afilada y boca amplia y bien perfilada. Se notaba, para quien conociera a la madre de su verdadero padre, que había algo de Minervina en él.

–Tengo que hablar contigo –le susurró al oído en cuanto llegó hasta él.

El joven lo miró sorprendido.

–¿Ahora? –murmuró.

También su mujer, la hija de Julio Constancio, le miró escandalizada.

–Es realmente urgente. Te ruego que salgas conmigo un momento. Quiero que leas algo –insistió.

Constancio resopló, miró fijamente a su mujer, extendiendo los brazos en un gesto de impotencia, luego asintió y le siguió hacia la puerta. Salieron al gran patio que rodeaba la iglesia, donde los servidores de Constancio se pusieron en guardia y se apresuraron a rodearlo para protegerlo del gentío. A la ceremonia, de hecho, solamente habían podido asistir los notables de la ciudad, pero la plebe se agolpaba en los alrededores del edificio, incluso en las exedras y fuentes, y a lo largo de las columnatas que bordeaban el complejo. Osio se abrió paso entre la multitud hasta llegar a la entrada de las termas anexas, entonces se detuvo y, rodeado a cierta distancia por los guardaespaldas del césar, le entregó la carta que Eusebio había redactado con el sello de Constantino estampado en ella.

Constancio la leyó primero con curiosidad, luego con asombro y finalmente con indignación. Su expresión de desconcierto confirmó a Osio que había conseguido el efecto deseado.

–No me lo puedo creer… –murmuró el joven–. No es posible.

–Sin embargo, fue tu propio padre quien la escribió –subrayó el obispo–. Así que debemos darlo por verdadero.

–Si es así, tuvo lo que se merecía –sentenció el césar.

Osio no era ajeno al odio de Constancio hacia su padre por haberle visto matar a su madre delante de sus propios ojos.

–No obstante –añadió el joven–, no podemos tolerar semejante felonía.

–Exactamente. Además, porque da a entender claramente que también tú y tus hermanos estáis en peligro. Necesitas el apoyo del ejército lo antes posible –le apremió Osio.

–Entonces, ¿qué hacemos? –le preguntó Constancio.

Osio sintió una oleada de placer. El joven e inexperto césar estaba literalmente pendiente de cada una de sus palabras, y no le cabía la menor duda de que, si jugaba bien sus cartas, podría ejercer aún más influencia sobre él de la que había ejercido con Constantino.

–Déjalo en mis manos –le tranquilizó–. Lo único que tienes que hacer ahora es volver a la iglesia y, antes de que se vaya todo el mundo, dar un bonito discurso en memoria de tu padre, asegurándote de que complazca a los jefes del ejército. Recuerda sus hazañas y procura convencer a todos de que harás esa campaña contra el Imperio persa. Es lo que quieren, pero, como no te consideran un soldado, dudan que lo lleves a la práctica. En realidad, no tiene importancia si lo ejecutas de verdad: lo que importa es que tú lo prometas; luego, cuando tu poder sea firme, podrás permitirte abandonar. Y asegúrate de mostrarte tan decidido como él.

Constancio parecía intimidado. No era un líder, nunca lo sería. Y además era bastante tímido; no era el tipo de persona que resultaba agradable a primera vista, ni era carismático. Osio le vio dudar.

—Recuerda que eres el hijo de Constantino el Grande —le mencionó para infundirle ánimo. No era cierto, pero él no lo sabía—. Solo por eso la gente ya te adora, y eso es una ventaja. El resto depende de ti. Si no quieres arriesgarte a una guerra civil, habla con prudencia y te seguirán a todas partes, al menos mientras se dejen llevar por la ilusión de que aún siguen a Constantino.

Constancio asintió y, tras unos momentos de indecisión, dio media vuelta y se dirigió hacia la iglesia.

Osio soltó un suspiro de alivio. A fin de cuentas, no importaba si hablaba bien, sino que adquiriese confianza en sí mismo, y hablar al público en el funeral de su padre contribuiría a dársela. Lo que realmente contaba era lo que tenía que hacer ahora.

Él también regresó a la iglesia. Pero con la idea de ir inmediatamente después al cuartel de la guarnición.

—Te he hecho llamar, *magister militum*, para encomendarte que veles por el césar Constancio, de quien tengo razones para creer que está en grave peligro.

La declaración inicial del obispo de Córdoba Osio, consejero principal del emperador Constantino y regente del Imperio a la espera de la definición de los nuevos acuerdos institucionales, sorprendió al general convocado a su *tablinum* y a los dos miembros de la guardia palatina que le acompañaban.

Empezando por Martino.

—Y cuando lleguen a Constantinopla los otros dos hijos del emperador, deberás encargarte de que también ellos estén seguros —añadió el prelado con el semblante serio y preocupado.

El general se removió incómodo en la silla donde su anfitrión le había hecho sentar. Martino y su camarada, de pie junto a la puerta, cambiaron el peso del cuerpo de un pie a otro, sin saber cómo comportarse frente a aquellas graves noticias.

–¿Qué te hace pensar que los césares corren algún riesgo, si puedo preguntarlo? –interpeló el comandante.

–Esto –respondió Osio, entregándole una carta–. He esperado a que terminaran las exequias del emperador para hacer partícipe de estas noticias al mismo Constancio y, ahora, también a ti y al ejército. No quería perturbar un momento tan solemne como la última despedida a nuestro amado soberano.

El general asintió, tomó el documento y lo leyó. Después lo dejó sobre el escritorio, consternado. A Martino le asaltó la curiosidad.

–No puedo creerlo… –murmuró entre dientes–. Envenenado… por sus propios hermanos y sobrinos…

–Precisamente aquellos que deberían estar más agradecidos por todo lo que hizo por ellos –comentó Osio–. Habría podido dejar todo su legado solamente a sus hijos, y sin embargo lo repartió también con el resto de la familia.

–Como Julio César, asesinado por quienes más había favorecido… –declaró amargamente el general.

Martino estaba desconcertado. No daba crédito a semejante desgracia. El Imperio corría el peligro de caer en manos de asesinos. Habían privado a Roma del mayor emperador que jamás había tenido, a Cristo de su más tenaz y valiente defensor, y a él de la oportunidad de distinguirse en la conquista del Imperio persa.

–Debemos agradecer su lucidez, que le permitió comprender en su lecho de muerte lo que verdaderamente había sucedido –prosiguió Osio.

–Sí. ¿Cómo habrá llegado a esa conclusión? –se preguntó el comandante.

–Puede que fuera el Señor quien le indicó el camino después de recibir el bautismo. Aunque débil, reunió fuerzas para dictar y firmar esta carta, lo que indica que estaba realmente convencido –dijo el prelado–. Su esposa Minervina, que la recogió de sus manos y estaba a su lado en el momento de su fallecimiento, me la entregó personalmente. En cualquier caso, comoquiera que fuese, debía de estar convencido de que la participación de sus nietos en el poder no era algo bueno para el Imperio. No tuvo tiempo de cambiar su testamento y encontró otra manera de indicar sus últimos deseos…

–¿Que serían?

–Parece claro: su herencia solo pertenece a sus hijos. A nadie más.

Martino aceptó de inmediato. Y se sorprendió de que hubiera sido precisamente su madre quien hubiera recogido sus últimas voluntades. Se propuso volver a hablar con ella, en cuanto le dejaran vía libre, para saber exactamente cómo habían sucedido las cosas.

–¿Por este motivo piensas que Constancio y sus hermanos corren peligro? ¿Crees que los primos tienen mala conciencia y que pretenden eliminarlos a ellos también? –preguntó el general.

–Por supuesto. Esta gente sin escrúpulos estará dispuesta a provocar una guerra civil para conseguir el poder absoluto, y no se detendrán ante nada.

–Pero ahora tienen el poder. Fue el mismo Constantino quien se lo otorgó. Y no será fácil destituirlos.

–Por eso te lo cuento a ti –se apresuró a responder Osio–. Vosotros los militares sois los únicos que podéis arrebatárselo. Y no por las buenas…

El *magister militum* se mostró pensativo.

–Dalmacio en especial es muy querido por la tropa… –objetó.

–Cuando tú y tus hombres digáis a vuestros camaradas lo que ha hecho, dudo que siga siéndolo por mucho tiempo…

El general asintió gravemente y guardó silencio.

–Puedes retirarte, general. Creo que no hay tiempo que perder. Deja que estos valientes muchachos hablen con sus camaradas –concluyó el obispo.

Llegados a este punto, al comandante no le quedó más remedio que levantarse e invitar a sus hombres a seguirlo. A Martino no tuvo que decírselo dos veces. No veía el momento de hacer pagar a esos traidores por sus culpas. El Imperio se hallaba sin guía por su delito, y no tenía intención alguna de perdonarlos.

De camino al cuartel, estuvo tentado de pedir a su comandante un breve permiso para hablar con su madre cuanto antes. Pero luego pensó en la reacción de la mujer ante la infamia de la que había sido testigo. Ella seguía al pie de la letra todos los pasajes de los textos sagrados y se tomaba muy en serio lo de «poner la otra mejilla». También él era muy meticuloso con los preceptos del Evangelio, pero como soldado esto no podía permitírselo de ninguna manera. Tal vez fuera la única exhortación que valía solo para los civiles. A él y a sus compañeros les correspondía defender lo que se había convertido en el Imperio de Cristo, y quien matara al emperador sería considerado igual que su más acérrimo enemigo, o sea, el rey de reyes persa, Sapor. Un buen cristiano no podía dejar impune semejante crimen.

Por ello, decidió hablar con su madre *a posteriori*, para enfrentarla a los hechos consumados y no permitir que flaqueara su voluntad de justicia. Antes de cruzar el umbral del cuartel, sus compañeros ya estaban ocupados informando a sus camaradas. Sin dudarlo, se encontró gritando con ellos para que se hiciera justicia.

–¡Matemos ya a esos traidores!

–¡Malditos bastardos! ¡Degollémoslos como a los cerdos!

–¡Vamos ahora mismo a sacar a esos cobardes de las alcantarillas donde viven!

–¡Vamos, antes de que maten también a los hijos de Constantino! Démonos prisa.

–¡Defendamos a los únicos herederos que merecen suceder a nuestro buen emperador!

–¡Constancio Augusto! ¡Constancio Augusto!

–¡Muerte a Dalmacio! ¡Muerte a Anibaliano!

«Odio». Odio en estado puro. Martino se dio cuenta de que lo sentía por primera vez. Hasta entonces, solamente lo había albergado por su padre Sexto, por no haberlo considerado nunca, por haber hecho sufrir tanto a su madre y, sobre todo, por haber contribuido a dañar la causa cristiana. Pero no lo había aborrecido hasta el punto de desear su muerte. Ahora, en cambio, anhelaba la muerte de esos asesinos con cada fibra de su ser. Es más, esperaba ser él quien se la infligiera.

Se dio cuenta de que todos sus compañeros ansiaban venganza, ya fueran cristianos o idólatras, romanos o bárbaros.

Los traidores tenían las horas contadas.

–Quisiera hablar con mi hija Martina, por favor. Sé que está aquí –dijo Minervina al esclavo que le abrió la puerta.

El hombre la miró perplejo y dudó.

–Debo preguntar, señora –respondió por fin, sin ofrecerle asiento.

Minervina hizo ademán de entrar, pero se detuvo: seguía siendo una de las propiedades que Constantino había asignado a su hija Constantina, y no tenía intención de importunar a la dueña de la casa. Sabía desde hacía mucho tiempo que era allí donde iban las dos amantes, esa mujer y su hija, cuando pretendían pasar unas horas de desenfreno juntas, sin que el rey de reyes Anibaliano, marido de la princesa, se viera implicado. Hasta el momento, Martina no parecía haber encontrado nada mejor que hacer con su vida. Había rechazado a todos los maridos potenciales que había conocido en la corte, sabiendo que una joven tan hermosa como su hija encontraría fácilmente un pretendiente. Pero Martina, rebelde y caprichosa por naturaleza, no tenía intención de atarse a nadie más que a aquella malvada mujer, cuya perfidia reprochaba el propio Constantino. La seguía a todas partes como un perrito faldero, y desperdiciaba su existencia entregándose a los sórdidos vicios de la princesa, en una espiral de envilecimiento que pronto la llevaría a la perdición eterna.

Pero ahora se encargaría ella misma de reconducirla por el buen camino. Tenía una tarea preparada para su hija que no podía eludir y que le devolvería la pureza perdida, al menos en parte, acercándola a Cristo.

Martina apareció al fondo del vestíbulo, junto al esclavo que le había abierto. La vio caminar provocativamente, más voluptuosa que ella de joven, pero con la misma figura escultural y el largo cabello rubio suelto. Según se acercaba, notó que tenía el maquillaje del rostro corrido, lo que convertía su perfecto óvalo en una máscara trágica, el pelo alborotado y el atuendo desaliñado.

Por la expresión de la joven, percibió que no había podido ocultar su desaprobación por lo que estaba viendo.

–¿Ahora también tengo que aguantar aquí tus sermones? Sé que has sido cómplice del gran complot, así que tal vez deberías tener cosas más urgentes en las que pensar –espetó Martina en el habitual tono ácido con el que solía dirigirse a ella.

Minervina no alcanzó a comprender a qué se refería, pero estaba decidida a no perder más tiempo. Renunció a discutir sobre el hecho de que no la dejaran entrar y dijo:

–De hecho, tengo algo muy urgente en lo que pensar y no quiero pelear contigo. Además, necesito tu ayuda.

–Vaya… Pensé que no necesitabas la ayuda de ningún ser humano. El Señor siempre está contigo, ¿no?

La joven no abandonaba su tono sarcástico.

Minervina rogó al Señor que le diese la paciencia necesaria.

–Por fin he sacado a tu padre de la prisión –le comunicó, con la esperanza de ablandarla.

Sabía que Martina no rechazaba *a priori* la figura paterna, a diferencia de su hermano mellizo. De hecho, más de una vez había mostrado curiosidad por conocerlo.

Es más, pareció mostrar un atisbo de interés.

–¿En serio? Por fin nuestra casa dejará de ser el cementerio de beatos que siempre ha sido. En ese caso pasaré allí más tiempo –comentó secamente.

–En lugar de eso, deberías venir enseguida y ayudarme a llevármelo. Tenemos que escapar y necesitamos a alguien que nos asista –declaró con decisión.

La muchacha la miró incrédula.

–¿Estás de broma? ¿Quién creéis que os persigue? El emperador ha muerto, y era él quien quería perjudicar a nuestro padre –replicó.

–Sí. Le quería tanto que lo mantuvo con vida… Pero ahora ya no está para protegerle –puntualizó.

–Es un pobre viejo incapaz de hacer daño a nadie. Pocas personas saben que aún está vivo. Todos piensan que murió en prisión. Y, además, no me imagino quién podría tener algo contra él…

–Tú no sabes nada. ¡Nada! Te aseguro que corre un gran peligro. Debemos llevárnoslo de la capital enseguida, antes de que sea demasiado tarde –insistió.

–Yo no me voy a ninguna parte. Ahora no. Están a punto de suceder cosas que no quiero perderme –protestó Martina–. Y tú deberías saberlo mejor que nadie.

Minervina se mostró sorprendida una vez más.

–¿Qué debería saber?

–Lo del complot, obviamente. ¡Pero si has sido tú misma quien ha informado al obispo Osio!

Minervina no daba crédito a sus oídos.

–¿Yo… qué? ¿De qué complot estás hablando?

–Constantina me lo ha contado todo –continuó Martina con indiferencia–. Fue el eunuco Eusebio quien la informó, para ponerla a salvo, dice, ya que uno de los conspiradores es en realidad su marido. ¿Por qué crees que estamos aquí encerradas? En cualquier momento, alguien le hará el favor de quitar de en medio a ese idiota…

La mujer estaba cada vez más confundida.

–¡Yo no he informado a Osio de nada! ¿Pero a quién se le ha ocurrido semejante dislate? Y, además, ¿qué se supone que harán los conspiradores? –la apremió.

–¿Cómo? El emperador, en su lecho de muerte, te dio una carta en la que denunciaba que había sido envenenado por sus hermanastros y sobrinos. ¡Y tú se la diste a Osio! Y ahora los soldados querrán eliminar a los conspiradores antes de que acaben también con los hijos de Constantino –le explicó Martina, extrañada.

Minervina se sintió desfallecer. Se vio invadida por una sensación de náusea, la cabeza empezó a darle vueltas y tuvo que apoyarse en el quicio de la puerta para no desplomarse en el suelo. Su hija se quedó donde estaba, sin hacer siquiera ademán de sujetarla.

–Yo… no sé nada de esto… Yo solamente he entregado a Osio la carta que autorizaba la liberación de tu padre. Es la que Constantino me concedió en su lecho de muerte –pronunció a duras penas, indignada.

Ahora se daba cuenta de lo peligroso que podía ser Osio. Una razón más para escapar cuanto antes.

Martina la miró estupefacta.

–No cambiarás nunca… Entiendo que no quieras tener nada que ver con eso…

–Pero ¿qué estás diciendo? Es la verdad. La pura verdad –le gritó en la cara.

La joven se encogió de hombros.

–De acuerdo. ¿Y qué si lo es? El Imperio estará mejor con un par de reyes y emperadores menos. Y además Constantina, que en realidad no soporta a Anibaliano, merece algo más que un gobernante sin poder ni territorio que dominar –declaró sin miramientos.

–¿Pero es que no lo entiendes? Esto confirma que tu padre está en peligro. ¡Debemos darnos prisa! ¡Rápido, ven conmigo! –insistió.

–No digas tonterías. Mi padre no tiene nada que ver con toda esta historia –respondió la hija, inamovible.

–En nombre del Señor, te lo ruego, ven conmigo. Ayúdanos a escapar…

–Iré, si es lo que quieres. Tengo ganas de hablar con mi padre, a diferencia de Martino. Pero ahora pienso quedarme junto a Constantina: es un momento delicado para ella.

–¿Y no lo es para nosotros? ¿Para mí y para tu padre?

–Creo que estás haciendo una montaña de un grano de arena. Disfrútalo cuanto puedas. Os dejo para que gocéis de vuestra intimidad un par de días –declaró la muchacha en tono contundente.

Luego se dio la vuelta y cerró la puerta tras de sí, mientras Minervina se quedaba llorando desesperada en el umbral. La mujer deseaba llamar de nuevo, pero se dio cuenta de que sería inútil. De hecho, sería perjudicial, porque solo le haría perder más tiempo. Ahora tenía que correr a la casa que Constantino había puesto a su disposición años atrás. Osio seguramente había aprovechado el enfrentamiento con los parientes del emperador para dirimir sus asuntos personales. Subió a la litera de un salto y ordenó a los porteadores que se dieran prisa. Invadida por una sensación de angustia, el corazón empezó a latirle con fuerza. Debía dejar atrás todas sus pertenencias y huir directamente al puerto para marcharse lejos de allí, tal vez a Roma, donde aún contaba con algunas amistades entre los cristianos, y donde Sexto, como antiguo pretoriano, sería recibido con entusiasmo. Y ella se dedicaría a él como nunca había tenido la oportunidad de hacer.

Pensó en lo extraño que era el amor. Sexto había sido el hombre más importante de su vida, sin embargo, nunca se había preocupado por él, nunca había permanecido junto a él. Había estado al lado de todos los demás hombres que había tenido, amándolos menos o nada y durante menos tiempo, pero nunca había estado junto a él. Había sido esposa del usurpador Aleto, de Osio, en aquel momento senador, concubina de Constantino, y a todos les había dado más que a Sexto. Ahora por fin le llegaba su turno, y esperó que el Señor tuviera piedad de él y le concediera algunos años más de vida, en la paz y en la serenidad que merecía.

Ciertamente, salir de la cárcel le había permitido recuperar la salud y la vitalidad. Minervina le había aseado y le había hecho examinar por un médico, quien le confirmó su robusta constitución y le administró un tratamiento revitalizante. Sus ojos se iban acostumbrando de nuevo a la luz y cada vez los mantenía menos entrecerrados, sus articulaciones agarrotadas se iban aflojando y, a base de breves paseos por el recinto, ya era capaz de caminar cada vez durante más tiempo, aunque con la ayuda de muletas. Y su espalda hundida por el sufrimiento incluso se estaba enderezando, lo que le permitía recuperar al menos parte del porte orgulloso que la había impresionado desde su primer encuentro, cuando aún era una niña.

Sí, podrían ser felices, por fin. Pero todo dependía de la rapidez con que actuaran. Llegó a la puerta principal y la vio abierta. Su corazón, que había dejado de latir con fuerza al dejarse llevar por sus fantasías sobre su futuro juntos en la urbe, empezó a palpitar con frenesí de nuevo, y se le hizo un nudo en el estómago.

Irrumpió en la casa sin pedir siquiera a los porteadores que la siguieran. Cuando entró en el vestíbulo y vio el cadáver de su criada en el suelo, lamentó no haber sido escoltada por los dos esclavos, pero ya era demasiado tarde. Continuó hacia el cubículo de Sexto, vio la puerta abierta y entró. La escena que se ofrecía ante sus ojos era peor que la más funesta de sus pesadillas. Un hombre corpulento estaba extrayendo un puñal del pecho de Sexto, que yacía en la cama sobre un charco de sangre, con los ojos abiertos, ya privados de la luz de la vida. Minervina lanzó un grito desgarrado, se dirigió hacia la pared donde colgaba una lucerna, cogió la vasija de barro que contenía las ascuas encendidas sin prestar atención al ardor que sentía en la palma de la mano y la lanzó contra su atacante.

El hombre intentó esquivarlo, pero le golpeó de lleno en la cara. Emitió un rugido y se llevó la mano izquierda a la mejilla afectada, mientras la vasija caía al suelo y el mueble junto a él se prendía fuego. Tambaleándose de dolor, el asesino terminó de sacar la daga del cadáver de Sexto al mismo tiempo que Minervina se abalanzaba sobre él. El hombre le asestó una estocada de revés, y la mujer sintió un dolor punzante en el abdomen y perdió repentinamente el equilibrio. Miró hacia abajo y vio sangre brotando de su vientre, hasta que se dio cuenta de que estaba atravesado. Desgarrado. Abierto de lado a lado. Vio que le salía algo de dentro. ¿Sus propias entrañas? Se dejó caer en la cama, justo sobre el cuerpo de Sexto, y vio por un lado al asesino intentando alcanzar la salida, y por el otro las llamas, que ya se habían extendido por todo un lateral de la habitación, lamiendo las patas de la propia cama. A duras penas consiguió acomodarse junto al cadáver de su hombre y, haciendo un último esfuerzo, logró abrazarlo, contemplando con ojos velados por las lágrimas la expresión de espanto con que la muerte le había alcanzado.

Respirando con dificultad, vio que el fuego llegaba ya hasta la puerta. Entonces se dio cuenta de que los porteadores ni siquiera habrían podido entrar a sacarla de allí. Y se alegró.

Finalmente estaban unidos para siempre. Apenas habían vivido juntos, pero habían conseguido morir el uno al lado del otro, y resucitarían juntos el día del Juicio Final, viviendo eternamente en la gloria del Señor. Porque estaba segura de que Cristo sabía que Sexto había sido un hombre bueno y justo, a pesar de su idolatría, y le salvaría también a él. Después cerró los ojos, feliz, y se dejó arrastrar al más allá, confiada en que despertaría en presencia de Dios.

CAPÍTULO IV

Sirmio, Panonia, agosto del año 337 d. C.

Osio observó complacido a los dos jóvenes, que consideraba criaturas en sus manos. Eran inexpertos y estaban algo confundidos, y eso era suficiente para él. Se miraban con desconfianza, hasta el punto de hacerse rodear cada uno por un enjambre de guardaespaldas; y esto era «muy conveniente» para él. Constancio se sentía incómodo por la masacre en Constantinopla de tres meses antes, que le había debilitado y le hacía influenciable; Constantino era violento e irascible, y, desde que había llegado a Sirmio, ya le había visto un par de veces reprender a sus subordinados por nimiedades: era un exaltado. Ambos eran hijos de Crispo, se rumoreaba, pero ninguno de ellos valía lo que su supuesto padre. Él sí que habría sido un gran emperador, como el soberano que lo había engendrado con Minervina; con Crispo, sin embargo, ya no habría podido llevar las riendas del Imperio, como aún era capaz de hacer a sus casi ochenta años.

El recuerdo de Crispo le hizo sentir una punzada en el estómago. Él también tenía cierto sentimiento de culpa; y no estaba relacionado, como en el caso de Constancio, con la masacre de tíos y primos de los tres césares que se habían reunido en Sirmio, sino con la propia Minervina. No podía perdonarse su muerte, que se había visto obligado a ordenar para eliminar al único testigo de su intriga sobre la presunta carta de Constantino. Si por él hubiera sido, habría dicho al sicario que matase solamente a Martiniano, a quien pretendía hacer pagar por numerosas culpas; pero la razón de Estado le había inducido a añadir el asesinato de su exmujer.

De todas formas, no podía soportar la idea de dejar con vida a alguien que había matado a la única persona, aparte de Elena, capaz de amarle. Por eso había mandado atar al sicario a una silla y le había torturado personalmente, primero arrancándole una por una las uñas de las manos y de los pies, luego los dedos, mientras un médico le atendía cauterizando las heridas con un hierro candente para hacerle sufrir aún más y mantenerlo con vida hasta que hubiera terminado con él. Después le arrancó la lengua y, más tarde, las orejas; para acabar dejándole ciego. Lo tuvo así un par de días, con guardias y enfermeros encargados de prolongar su agonía; finalmente regresó y completó el trabajo: quemó y luego extirpó todo su aparato genital, lo golpeó con un hierro al rojo vivo por todas partes y, finalmente, lo sacrificó como a un cerdo.

Esperaba sentir los mismos escalofríos de placer que había saboreado en la época en que torturaba a los cristianos, durante las persecuciones, cuando todavía no era obispo; pero con el tiempo llegó a la conclusión de que se había acostumbrado al placer del poder, como consejero del emperador, y lo de ser torturador era solo una pálida sombra. El arrebato, por tanto, no había servido para mitigar su sentimiento de culpa. Pero al final se había dicho a sí mismo que ahora más que nunca tenía en sus manos el destino del Imperio, con todas las responsabilidades que ello conllevaba, y no podía dejarse debilitar ni zarandear por cuestiones personales; él no era un novato como Constancio, que parecía verse condicionado por los acontecimientos que habían causado la muerte de sus parientes.

Y ahora que se encontraba frente a frente con el hermano más joven, por primera vez en años, Constancio no sabía ni cómo comportarse. La tenía tomada con el mayor, Constantino, porque se había permitido intervenir en la disputa religiosa de Alejandría, que se encontraba en una provincia perteneciente a Constancio; y la tenía también tomada con Constante, que no había acudido a Constantinopla ni siquiera en las semanas posteriores al funeral de su padre. Y no por piedad ni respeto filial, del cual carecían los tres. Pero él le había exhortado a hacer valer sus razones: con la eliminación de algunos de los herederos al poder de Constantino el Grande, el orden institucional quedaría completamente reestructurado; si los dos hijos menores no resultaban suficientemente decididos, el mayor, Constantino, reclamaría con toda seguridad el título de augusto, relegando a los otros dos al título inferior de césares.

–Me ha tocado cargar con todo el peso de la sucesión –acertó a decir finalmente Constancio, pero en un tono quejumbroso, no en el más autoritario con el que debería haber reclamado un derecho adquirido–. Ninguno de vosotros se dignó a acudir a la capital para echarme una mano, no diré para hacer frente a la conspiración o para los funerales, sino tan siquiera para ayudar a resolver asuntos administrativos, para enfrentarse a los sármatas que amenazaban la frontera danubiana y a los que «yo» derroté o para sustituir a todos los funcionarios vinculados a los conspiradores…

–¿Sustituir es masacrar a otros familiares y amigos? –fue la pronta y previsible respuesta del joven césar de dieciséis años.

Constancio se puso rígido.

–He velado por nuestros intereses, y deberíais estarme agradecidos –replicó.

–Ya velaré yo por mis intereses –rebatió el hermano–. Ni siquiera hubo un juicio: solo ejecuciones sumarias. Y quizá tampoco una investigación para establecer si nuestro padre estaba delirando.

Osio comprendía la indignación del muchacho: había sido muy amigo de Anibaliano, con quien había jugado a menudo de niño.

–El ejército reaccionó, y no pude oponerme, aunque me habría gustado –se justificó Constancio torpemente–. Todo sucedió demasiado rápido. En cualquier caso, un juicio habría corrido el riesgo de volverse contra nosotros. Las indagaciones que hicimos más tarde revelaron que un esclavo de Julio Constancio confirmó las acusaciones, afirmando que había oído hablar a su amo con Dalmacio de sus planes para asesinar a nuestro padre. De todas formas, los soldados eliminaron a cualquiera que pudiese hablar.

En realidad, fue el propio Osio quien había hecho declarar a ese esclavo para sus fines. Luego, había dispuesto que fuera liquidado para que no se retractara tras recibir la recompensa.

–En cualquier caso, podría haber sido contraproducente si no hubiera surgido ninguna prueba. Y Constantino y yo habríamos sido autorizados para ajusticiarte por lo que has hecho. Y luego, ¿quién me dice que tú no intentarás hacer lo mismo conmigo, o con Constantino? ¿O con ambos? –insistió Constante.

Constancio miró a Osio, sin mediar palabra, tal vez esperando que interviniera para especificar que había sido idea suya. Pero el obispo consideró oportuno guardar silencio por el momento. Habría intervenido, sí, pero para decir otra cosa.

–Es fácil hablar cuando se pasa el tiempo en una región marginal del Imperio jugando a ser emperador –reaccionó Constancio–. Tú no tenías que asumir ninguna responsabilidad. Habrías dejado que la situación se te fuera de las manos, comprometiendo el destino de los tres. Tenías que mostrar determinación para asegurarte el apoyo del ejército.

Constante calló por unos instantes. El hermano había encontrado un buen argumento, difícil de rebatir.

–En fin, yo antes que nada me habría alegrado por la muerte de nuestro padre –dijo finalmente–. Se lo merecía, por la manera en que mató a nuestra madre. Luego, os habría esperado a vosotros para decidir todos juntos cómo proceder –declaró con expresión menos hosca.

–¡No puede ser! ¡No estarás pensando que habrías sido capaz de manejar el poder tú solo, mientras pudieras! Ahora eres consciente de que estarás bajo la tutela de uno de nosotros, como hermano menor –replicó Constancio.

Osio se mostró complacido con aquella aclaración: para alimentar futuras rencillas con su hermano Constantino, había repetido a Constancio hasta la saciedad que uno de los dos tendría que ejercer la tutela sobre Constante hasta que este alcanzara la mayoría de edad. Y podía estar seguro de que sería una fuente de tensiones entre los dos hermanos mayores, que tenían casi la misma edad: Constantino y Constancio habían nacido con siete meses de diferencia, pero no porque, como creían ellos y todo el mundo, Constancio hubiera nacido prematuramente, sino porque eran hijos de madres distintas.

–¿Tutela? ¿Pero de qué tutela hablas? Yo soy tan césar como vosotros. ¡Y por tanto seré augusto como vosotros! –protestó irritado Constante, avanzando hacia su hermano y dando la impresión de querer agredirlo.

Los guardaespaldas de Constancio, entre los que se encontraba Martino, el hijo de Minervina y Martiniano, instintivamente extendieron sus lanzas hacia delante, y lo mismo hicieron los de Constante como reacción.

Era el momento de intervenir. Osio se interpuso entre los dos hermanos, manteniendo las distancias con los brazos y dirigiéndose al menor:

—Y serás augusto, pero dentro de dos años. Hasta entonces, deberás someterte a un tutor: es la ley. Pero ya verás que gozarás de suficiente autonomía en tus territorios. La cuestión es simplemente qué tutor asignarte entre Constancio y Constantino.

Constante le miró con recelo, pero pareció relajarse. Tras reflexionar unos instantes, dijo:

—Si de verdad debo elegir un tutor, entonces será mejor el más lejano, es decir, Constancio.

—Sabia decisión —coincidió Osio—. Pero también hay otra razón por la que deberías aliarte con él…

Era el momento de presentar la manzana de la discordia. Esperó a captar toda su atención y, en voz baja para que no le oyeran los soldados de alrededor, declaró:

—Constantino es vuestro hermanastro y es bastardo. Vuestro padre lo engendró con una esclava.

Y disfrutó con la expresión de asombro de los dos jóvenes.

Martino miró a su alrededor y tuvo la impresión de encontrarse en mitad de un campo de batalla a punto de entablar una lucha a muerte. Sin embargo, no había enemigos cerca: solo estaban los tres herederos supervivientes de Constantino el Grande y sus guardaespaldas. Pero el encuentro entre los tres hermanos destilaba tanta tensión o más que los momentos previos a una batalla campal, como más de un veterano había dicho. Todos eran conscientes de que aquella reunión determinaría el destino de Roma. Y no había nada en la actitud ni en el semblante de los hermanos que hiciera pensar que estaban de acuerdo: parecían tres contrincantes que, en lugar de repartirse el Imperio, querían disputárselo.

Su comandante se lo había advertido a él y a todos sus compañeros: al menor signo de agresión por parte de uno de los dos hermanos hacia Constancio, todos debían rodear al césar en círculo y extender sus lanzas hacia delante para defenderlo aun a costa de sus vidas. Y todos tenían la obligación de mantener la vista fija en los demás guardaespaldas para impedir cualquier reacción urdida por los otros dos césares.

Martino no tenía duda de que los hombres de Constantino y Constante habían recibido las mismas disposiciones. Aquel calvero frente a Sirmio, donde se habían colocado los estrados para los tres césares, podía convertirse de hecho en un campo de batalla, con al menos trescientos soldados dispuestos a despedazarse unos a otros a la menor señal de amenaza.

Mejor que masacrar civiles, bien mirado. Aún tenía muy presente la justicia sumaria de la guardia palatina en Constantinopla tres meses antes, en la cual él había sido uno de los protagonistas. Con el tiempo, al igual que muchos de sus camaradas, se había arrepentido de haberse dejado arrastrar por el ímpetu y el instinto de venganza, y si hubiese podido dar marcha atrás, habría abogado por un juicio para los conspiradores; y solo alivió en parte su conciencia el haber salvado al hijo pequeño de Julio Constancio, Juliano, a quien Constancio acabó perdonando y enviando a paradero desconocido. Se alegraba de haberlo hecho, y tal vez aquel gesto había salvado su alma; le habría gustado hablarlo con su madre, pero eso ya no era posible.

Todavía no había conseguido hacerse a la idea de que había muerto durante aquella masacre. Durante días y días se había abandonado a la desesperación, pidiendo que le relevaran de sus obligaciones diarias y permaneciendo en su litera, tratando de comprender cómo había podido ocurrir aquello. Después había ido a buscar a su melliza Martina, pero se enteró de que se había ido a Roma súbitamente, y ello le hundió aún más en su abatimiento. Aunque era una descarriada falta de fe y hacía tiempo que no se hablaban, estaba unido a ella como solo pueden estarlo los mellizos, y se sentía abandonado: de repente, ya no tenía familia, a pesar de que hacía tiempo que había elegido el ejército como su principal hogar. Muy a su pesar, no lograba tampoco consolarse por la muerte de su padre: siempre se había sentido rechazado por él, y su idolatría le habían inducido a detestarle; cuando su madre le comunicó que le había liberado, se negó a ir a visitarle, pero en su interior sabía que antes o después habría cedido y enseguida se sintió deseoso de bombardearle con preguntas sobre las hazañas que soñaba emular.

Le contaron que alguien entró en casa de sus padres, quizá para robar, y provocó un incendio en el que Sexto y Minervina encontraron la muerte. Pero, reflexionando sobre las causas que provocaron la tragedia, estaba convencido de que tenían algo que ver con el papel de su madre en la denuncia de la conspiración contra el emperador. Tal vez alguien deseaba eliminarla; puede que fueran los propios asesinos de Constantino los que la habían quitado de en medio. Y decidió pedir aclaraciones al obispo de Córdoba, que había recibido de ella la carta acusatoria escrita por Constantino en su lecho de muerte. Pero el anciano prelado, que en aquel momento se hallaba sentado a corta distancia de los tres césares, solamente le recibió tras semanas de antesala, y se limitó a encogerse de hombros, apoyando el argumento del ladrón. Martino salió frustrado de aquel encuentro y molesto por la escasa humanidad del obispo. Al fin y al cabo, había estado casado con ella: lo normal habría sido que estuviera pesaroso y que indagara. A todas luces, se había convertido en un hombre de poder antes que en un hombre de la Iglesia.

Jamás se volvería como él, se dijo a sí mismo. Nunca permitiría que su papel de soldado se impusiera y anulara su espíritu cristiano, y el arrepentimiento que siguió a la masacre de Constantinopla le confirmó que él no era como ese hombre.

Precisamente por esto, se puso a rezar al Señor para que se instaurara una verdadera concordia entre los tres hermanos, por el bien del Imperio y para preservar el valioso legado que Constantino les había dejado. Había que derrotar a los persas de una vez por todas, y también a los bárbaros, que seguían presionando a lo largo de las fronteras a pesar de las muchas lecciones que les habían infligido Constantino y, más recientemente, el propio Constancio.

Miró fijamente al muchacho al que había jurado proteger a costa de su vida, no solo aquel día, sino desde que Constancio se había hecho cargo de la guardia palatina de su padre. Conocía a los otros dos hermanos muy de pasada, pues los había visto ocasionalmente en la corte cuando eran pequeños y su madre los llevaba con ella cuando iba a ver a Constantino; Minervina nunca le había hablado de ellos en términos muy halagadores, y viéndolos en persona tampoco le despertaban demasiada simpatía. Por el contrario, su madre se había esforzado repetidamente en alabar la madurez de Constancio, aunque sobre todo había magnificado su devoción, que ella misma había forjado. De hecho, mientras estaba a su servicio, Constancio se había mostrado más receptivo a sus enseñanzas de fe, que eran las que ella misma había recibido del presbítero Arrio y a su vez había transmitido a sus hijos. Constancio seguía, pues, su mismo credo, lo que le hacía digno de consideración. Había llegado a conocerle durante los tres meses que había estado a sus órdenes, luchando para él a lo largo del Danubio; el césar era algo más joven que él, y si ciertamente no daba la impresión de ser un líder, ni de tener una mente brillante y aguda, podía decirse, sin embargo, que era una persona que se preocupaba por el destino del Imperio, no era gratuitamente cruel, ni estaba consumido por la ambición.

Sin lugar a dudas, por tanto, si surgiera una guerra civil entre los tres hermanos, elegiría servirle a él, incluso si la suerte no le hubiera asignado a su guardia.

Después de Constantino, no sería fácil encontrar un emperador tan valeroso, hábil y con amplitud de miras. Constancio parecía lo mejor que quedaba de su herencia, y se alegró de que el Señor le hubiera permitido militar a su lado. Apretó la lanza en el puño y adoptó una posición marcial, con todos los músculos tensos y actitud vigilante para velar por su emperador en su primer gran reto: la partición del Imperio.

–¿Has estado alguna vez en Roma, Martina?

La voz de Constantina surgió entre los chirridos del carruaje y el empedrado del camino que les conducía a la urbe. Martina miró perezosamente por encima de la ondulante cortina que cubría el vehículo y vislumbró el contorno de las imponentes murallas que el emperador Aureliano había construido hacía más de sesenta años. Había llegado justo a sus pies, y pronto las franquearía y comenzaría una nueva vida.

Aunque ella no tenía ningún interés en iniciar una nueva vida. Ni en continuar con la antigua.

–De niña. Y durante poco tiempo –se limitó a responder.

Había estado poco locuaz durante el viaje desde Constantinopla. Una larga travesía por mar durante la cual, por primera vez, se vio asaltada por todos los fantasmas que durante más de veinte años había guardado en un recoveco de su mente, manteniéndolos a raya con la búsqueda constante del placer.

Constantina, como de costumbre, no prestó atención a su melancolía y fingió indiferencia. No sabría decir si era porque no le importaba demasiado o porque realmente quería animarla y distraerla.

—Yo nunca —declaró—. Tiene gracia, ¿verdad? Soy la hija del emperador que más ha hecho por Roma en los últimos siglos, que incluso se la robó a un usurpador, y yo jamás la había visitado… Pero ten por seguro que pienso dejar aquí mi huella. Ahora que me he quedado sin marido y he perdido la oportunidad de ser recordada como reina o emperatriz…, ya que con ese idiota de Anibaliano lo habría conseguido. Mientras espero la oportunidad de reivindicar mis derechos de nacimiento, intentaré hacer algo memorable. Y entonces, con suerte, encontraré aquí a alguien digno de mi mano…

A Martina le habría gustado dejar a Constantina con sus propias ambiciones, que siempre le habían parecido vanas. Ella jamás había sido así, entre otras cosas porque nunca había sabido qué hacer con su vida, como siempre le recordaba su madre. Pero ahora, más que nunca, lo único que quería era dormir y no volver a despertarse.

Y borrar de una vez por todas sus remordimientos.

—Pero dudo que aquí haya gente con agallas para auparse al poder —continuó Constantina—. Para hacerme notar, será mejor que me involucre con la comunidad cristiana de Roma… Mi padre solía decir que esta ciudad seguía siendo el bastión de la idolatría, debido al peso de la tradición; por eso construyó Constantinopla: deseaba una capital que pretendiera ser también un centro del cristianismo, sin la amenaza constante de senadores nostálgicos aferrados a sus dioses y tradiciones. Así que hay que apoyar a los cristianos para contrarrestar la invasión de los idólatras. Ahora vayamos inmediatamente a rendir homenaje al obispo Julio, que tomó posesión, por si no lo sabes, poco antes de la muerte de mi padre. El obispo de Roma tiene mucho peso en la jerarquía eclesiástica, y le gustaría tener aún más peso: es bien sabido que quien dirige a los cristianos en Roma deriva su autoridad directamente de san Pedro, y pretende ejercerla sobre todos los demás obispos, tanto en Occidente como en Oriente. Y otros discrepan, por supuesto, entre otras cosas porque en algunos lugares la comunidad cristiana presume de orígenes más antiguos. Pero ya verás que nos recibirá con los brazos abiertos: para él, disponer de los recursos de la hija del emperador será un gran aliciente, y ten por seguro que no escatimaré en donaciones…

De todos modos, decidan lo que decidan mis hermanos en Sirmio, el responsable de esta parte del Imperio residirá probablemente en Milán y me dejará hacer. Quién sabe, incluso podría convertirme en una especie de gobernadora en la sombra en favor de mi hermano…

Martina habría querido decirle que se callara de una vez por todas. Pero conocía la crueldad de Constantina, y a pesar del profundo lazo que las unía, sabía bien que era mejor no contrariarla. Si ese día se sentía parlanchina, simplemente le tocaba aguantarla.

–Pero quédate tranquila… –continuó la princesa–. No nos perderemos nada de lo que nos deleitaba en Constantinopla. Sé que mi querida niña necesita distraerse y apartar de su mente las cosas malas que la atormentan. ¡Cielos, esta es la ciudad de las bacanales, de las fiestas paganas donde reinaban el desenfreno y el sexo! ¿Quieres que no quede ni rastro de ello, incluso después de la labor moralizante de mi padre? Estoy segura de que encontraremos algo con lo que divertirnos –concluyó, acariciándole la nuca.

Igual que se hacía con los cachorros, se dijo Martina.

–Pero también deberías buscar un marido adecuado.

No, no quería callarse, pensó la muchacha mientras intentaba distraerse contemplando las primeras construcciones que divisó tras cruzar el umbral de la Porta Portuense: las Termas de Aureliano y, justo detrás, la imponente Naumaquia de Augusto. Por lo que recordaba, el puente Probo pronto la conduciría al corazón de la ciudad, y la llevaría al pie del Aventino, donde vivirían.

–Tienes que tener un marido, ¿sabes? –Constantina seguía a lo suyo–. No queremos que se hable de ti, querida. No te haría ningún bien: sigues siendo la hija de un hombre que aquí puede ser visto como un héroe, pero que en el resto del Imperio se consideraba un traidor. A ver si te encuentro uno adecuado a tu renta. Y no temas: esto no condicionará de ningún modo nuestra relación. Elegiré para ti a uno que sea como Anibaliano, un idiota que se conforme con haberse casado con una mujer hermosa, pero que no esté siempre encima y que además sea presentable. Puedes fiarte de mí, no te obligaré a yacer con un viejo baboso solo porque sea rico: con tus cualidades no necesitas prostituirte.

En ese momento, en lo que a ella se refería, Martina sentía que podía acostarse hasta con la persona más desagradable del mundo.

Era lo que se merecía, porque ella misma se sentía como tal. Su único deseo era castigarse por el desprecio que había mostrado frente a su madre cuando había venido a pedirle ayuda. Se miró los cortes ya cicatrizados de las muñecas y recordó cuánto había odiado a su amiga cuando la sacó de la bañera y la salvó de la muerte. Solo el suicidio parecía tener sentido para ella, tras enterarse de la trágica muerte de sus padres. Que ella, tal vez, habría podido evitar si hubiera mostrado una pizca menos de egoísmo. De modo que, en cuanto recibió la noticia, y tras visitar su casa destruida y ver los cuerpos carbonizados de sus padres, no dudó en volver a la casa donde conoció a Constantina con la intención de poner fin, de una vez por todas, a una vida cuyo propósito ya no veía.

Durante los días posteriores al rescate, la princesa estuvo vigilándola de cerca para que no lo intentara de nuevo, y al menos un par de veces sus sirvientes tuvieron que detenerla, quitándole a la fuerza la horquilla que pretendía clavarse, o haciéndole vomitar los corazones de manzana que se había tragado para asfixiarse. A partir de entonces había caído en una especie de apatía, de resignación, y había aceptado sin entusiasmo ni disgusto la propuesta, la orden más bien, de trasladarse a Roma.

Lo importante era que la urbe podía ofrecerle el olvido que anhelaba. Era consciente de que toda su vida había sido una búsqueda del olvido: los problemas y las diferencias que habían tenido sus padres y la falta de una figura paterna le habían hecho crecer viendo con horror cualquier relación de pareja. Quizá fuera ese el motivo por el que se había ligado a Constantina, pensaba: sabía que nunca se convertirían en pareja, y le iba bien así. La amiga había sido un refugio, más allá de las relaciones superficiales y perversas que había entrecruzado con personajes ocasionales, por quienes se había dejado mimar durante todos aquellos años.

Ahora ya no veía ningún motivo para no seguir buscando el olvido. Tenía, en todo caso, razones para arrastrarse aún más al fondo. Sentía que era la única manera de sobrevivir.

CAPÍTULO V

Constancio examinó a sus dos hermanos intentando comprender su nivel de determinación. Especialmente en relación con Constantino. Desde que se enteró por Osio de la verdad sobre sus orígenes, lo valoraba de manera totalmente distinta. Le quería, como se tenía que querer a un hermano, pero siempre le había molestado su indolencia y su tendencia a aprovecharse sin medida de los demás. De niños, el lazo que se había formado entre ellos por haber sido testigos del delito de su padre, con una conciencia mucho mayor que la del más joven Constante, los había unido en una complicidad de víctimas, en el odio común hacia el emperador; pero después, con el paso del tiempo, su naturaleza tan distinta les había alejado y les había vuelto casi hostiles el uno con el otro; Constancio se sintió aliviado cuando su padre los destinó a sus respectivas posesiones. Habían transcurrido años desde entonces, y ahora que volvía a verlo después de tanto tiempo, sabiendo aquello que les había revelado Osio, se daba cuenta de que su hermano realmente no tenía nada de su madre Fausta.

Y no debería estar allí con ellos.

Era precisamente esto lo que Osio le había señalado. Habría sido oportuno que él también hubiera sido eliminado junto con los tíos y los primos. Pero ahora era tarde, había añadido el obispo: el ejército aclamaba a los tres emperadores y cualquier intento de eliminarlo terminaría en una guerra civil que Constancio aún no estaba preparado para afrontar. Era mejor hacer una coalición con Constante y limitar lo más posible las demandas e intereses territoriales de Constantino para ponerle en una posición de desventaja y lanzar un ataque tenaza cuando llegase el momento.

Pero para hacerlo debía obtener la tutela sobre Constante, y no sería fácil al no ser él el hermano mayor. O mejor dicho, sí lo era entre los legítimos; pero de poco servía si no podía proclamarlo a los cuatro vientos. Solamente cabía esperar que fuera suficiente con decírselo a Constantino. Le habría gustado hacerlo la víspera, en cuanto su hermano llegó a Sirmio, pero el otro césar hizo alarde de desapego y mandó decir a sus secretarios que se reunirían directamente al día siguiente de forma oficial; un comportamiento que pretendía claramente remarcar su superioridad sobre los otros dos césares y su intención de hacerse proclamar augusto manteniendo a los demás en una posición subordinada.

Realmente era hora de recortar sus ambiciones, y Constancio le agradeció íntimamente a Osio por haberle preparado para no dejarse aplastar.

–Has hecho bien en quitar de en medio a los demás, hermano: lo habría hecho yo mismo si hubiera estado en tu lugar –fue la sorprendente declaración inicial de Constantino, que evidentemente pensaba de manera muy diferente a Constante.

Pero esto no cambiaba nada.

–Sin embargo, no me jactaré de ello –aclaró Constancio, sincero–. Me convencí de que era por el bien del Imperio. Si fueron capaces de matar a nuestro padre, es lícito creer que luego se habrían asociado contra nosotros, y la guerra civil habría sido inevitable –explicó.

Constantino asintió.

–Efectivamente, has actuado con sabiduría. Pero la próxima vez, para iniciativas de este tipo o de cualquier otro, deberás pedir permiso a tu hermano mayor –afirmó, lanzando la piedra que cabía esperar–. Por cierto, estaría bien definir cuanto antes la jerarquía, ¿no creéis?

Constante hizo un mohín e intervino antes de que Constancio pudiera responder.

–¿Y qué propones? Es más, ¿qué dispones? –declaró con sarcasmo.

Constantino no lo captó.

–Bien, me he tomado la libertad de preparar junto con mis colaboradores un proyecto que sinceramente espero que aceptéis sin reservas –expuso–. Debemos dar la impresión de cohesión frente al ejército. Considero justo desempeñar el papel de augusto, como hermano mayor que soy, y tomar bajo mi jurisdicción los territorios que poseía nuestro padre, es decir, todo Occidente y África. Tú, Constante, estarás bajo mi tutela como césar, y tendrás los territorios danubianos que nuestro padre había asignado a Dalmacio. Y tú,

Constancio, podrás tener todo Oriente, y esto te equiparará a mí en términos territoriales; pero debes hacer comprender a nuestros súbditos que existe una jerarquía, mantendrás el título de césar…

Constantino permaneció a la espera de la réplica de sus hermanos, visiblemente complacido por su propia exposición. Constancio miró a Constante, y por un instante temió que su hermano menor quisiera echarse encima del mayor. Con una mirada fulminante, le ordenó que se estuviera quieto, pero los puños cerrados de Constante y los músculos tensos del cuello dejaban claro que el muchacho estaba haciendo grandes esfuerzos por contener su ira. Temió también que los soldados de Constantino se percatasen y saltaran a protegerlo, con lo que desatarían una trifulca que podría ser fatal para todos ellos.

–¡Ni se te ocurra arrebatarme Italia y África, nuestro padre me las destinó a mí! –exclamó Constante irritado.

–Uf… Desde luego no pienso tener en cuenta la voluntad de ese uxoricida –respondió Constantino con autosuficiencia–. Asesinó a nuestro hermanastro Crispo, además, y podría habernos quitado de en medio a cualquiera de nosotros solo por capricho. Ahora nosotros debemos razonar como si él no hubiera dejado ninguna disposición. También porque, de hecho, las circunstancias ya han desmentido su testamento, ¿verdad?

Constancio pensó que había llegado el momento. Su hermano estaba demasiado decidido como para convencerlo con otra solución que no fueran amenazas.

–Las circunstancias desmienten también un eventual papel tuyo de augusto. Nadie aceptaría a un emperador único que lleva la sangre bastarda de una esclava –declaró.

Se dibujó una pérfida sonrisa en el rostro de Constante. Constantino, en cambio, se mostró indignado.

–¿Qué pretendes con eso? –replicó a su vez amenazante–. ¿Estás dispuesto a difundir calumnias sobre mí para arrebatarme lo que es mío por derecho?

–No quiero quitarte nada –rebatió Constancio, envalentonado por la prepotencia de su hermano–. Lo único que pretendo es evitar que tú nos quites a nosotros lo que nos corresponde por derecho. No tengo intención de decir la verdad sobre ti, que hemos sabido hace no mucho, a menos que nos obligues a ello.

–¿La verdad? ¿Y quién te dice que sea la verdad?

–Hay testigos. Tú eres nuestro hermanastro y eres el único, de nosotros tres, que no tiene sangre pura. Nuestro padre te engendró con una esclava: ni siquiera tendrías derecho a un trono. Da gracias al Señor de que estemos dispuestos a compartirlo contigo –intervino Constante con una actitud bastante más intimidatoria que la del hermano.

–Mercenarios, sin duda. ¿Cómo osas afirmar que mi sangre no es pura? ¡Es más pura que la vuestra! –reaccionó Constantino.

–Piénsalo: naciste solamente unos meses antes que yo. Es evidente que tenemos madres distintas –procuró hacerle razonar Constancio.

–¡Vaya estupidez! Todos saben que tú fuiste prematuro… ¡O quizá seas tú el hijo de una esclava! –insistió Constantino.

Constancio hizo una mueca.

–Ya te lo he dicho, podemos probarlo: no somos hijos de la misma madre, y la nuestra era la emperatriz y la legítima esposa del emperador. Tú no pretendas tener un poder abusivo, y nosotros no se lo diremos a nadie –declaró.

Constantino de repente relajó los músculos de la cara, hasta ahora contraídos, y se permitió incluso una sorprendente sonrisa.

–Tampoco somos hijos del mismo padre… –dijo.

Constancio abrió los ojos de par en par.

–¿Qué quieres decir con eso? –quiso saber.

–Verdad por verdad, así que pongamos las cartas boca arriba: vosotros dos sois mis sobrinos. Y medio hermanos al mismo tiempo…

Constancio estaba confundido. ¿A qué estaba jugando su hermano? Pero Constante era mucho menos reflexivo.

–Haré que te comas tus palabras… –le amenazó, avanzando de nuevo hacia él.

Pero Constancio se apresuró a interponerse entre los dos.

–Yo ya sabía que era hijo de una esclava. Me lo dijo nuestro padre en un momento de desesperación. Pero vosotros no sabíais que sois hijos de su primogénito, Crispo… –continuó Constantino.

Ninguno de los dos hermanos encontró fuerzas para hablar. No obstante, ambos con la mirada le invitaron a proseguir. Constancio temía sus palabras, pero al mismo tiempo estaba deseoso de saberlo.

–¿Realmente nunca os habéis preguntado por qué mató a nuestra madre? –los acosó Constantino–. ¿Y antes de eso a Crispo? No me digáis que os creísteis ciegamente la patraña de la conjura que corría por ahí. En realidad, es tan cierta como la que te inventaste tú, Constancio, a propósito de su muerte.

–¿Por qué no te lo creíste?

–Bueno, tal vez yo también habría fingido creerlo si nuestro padre, o más bien «mi padre», no se hubiera desahogado conmigo cuando aún era pequeño –replicó el hermano mayor–. Un día, yo tendría unos doce años, exasperado por nuestra actitud cerrada hacia él, me llevó aparte y me explicó, buscando mi comprensión, que había matado a nuestra madre, o más bien a la «vuestra», porque ella deseaba a Crispo desde que era un niño. Mira qué casualidad, mientras Crispo era pequeño, el emperador y la emperatriz no fueron capaces de tener hijos, pero luego, cuando Crispo se desarrolló, nacieron cinco, uno tras otro, incluidas nuestras hermanas…

–No es verdad. No puede ser verdad –articuló Constancio.

Pero, por dentro, el joven sentía que era cierto.

–Por supuesto que lo es. ¿Y ahora qué? ¿Qué hacemos? –les apremió Constantino, asumiendo una actitud irónica–. Vosotros decís por ahí que yo soy hijo de una esclava, y yo diré a la gente que ni siquiera sois hijos de un emperador, sino de un condenado por traición. ¿O preferís que diga que sois un engendro de la naturaleza, hijos de una mujer enferma que engatusaba a adolescentes?

–Entonces, este sería el joven del que debemos ocuparnos…

El obispo Eusebio de Nicomedia observó a Juliano con mirada severa, luego se dirigió de nuevo a la abuela del chico.

–Señora, esperemos solamente que el Señor nos ayude a liberar su mente de los demonios que la infestan a causa de la infame casta de la que nació…

–Te recuerdo, obispo, que la «infame casta» a la que te refieres también incluye a la madre, es decir, mi hija Basilina, que murió al darle a luz –precisó la mujer.

El prelado torció el gesto, Juliano no habría sabido decir si de apuro o de desprecio.

–Claro, claro… No quería decir que también ella fuera culpable como su marido, es evidente –se justificó–. Sin embargo, el hecho de que el Señor la llamase a su presencia justo cuando nació su párvulo dice mucho de lo que llevaba dentro tu pobre hija. La amenaza que él representaba le impidió sobrevivir a su nacimiento, obviamente. Y ahora nos toca a nosotros contener el peligro de que este niño se vea dominado por los mismos impulsos que llevaron a su padre por el camino de la perdición, si esa es la voluntad del césar Constancio.

Juliano no comprendía por qué el viejo obispo le consideraba una amenaza. Ni por qué la tenía tomada con su padre. Era cierto que había oído decir que Julio Constancio había cometido felonías inconfesables, tanto que nadie se atrevía a hablar de ellas en su presencia; pero con él siempre había sido cariñoso y atento, y todo el mundo le decía, mientras vivía, que no era capaz de hacer mal a nadie.

En realidad, era él quien tenía miedo. Miraba al viejo fijamente y captaba destellos de ferocidad en sus ojos; temía que le hiciese acabar igual que su padre. Tampoco le tranquilizaba demasiado la presencia de su abuela, a quien le acababan de confiar sin haberla visto nunca. A estas alturas había aprendido que los mayores no siempre eran capaces de defenderle: si no lo consiguió su padre, no podía pretender que lo lograra una pobre anciana, aunque la impulsaran buenos propósitos, como parecía. Era consciente de que le debía la vida al diácono Valente y, sobre todo, al gesto espontáneo de un joven soldado cuyo nombre no olvidaría: Martino. Pero estaba igualmente seguro de que bastaría con un capricho de las personas que tenían el poder para que su vida se disolviera en un instante, como la de su padre o, según había oído, las de sus tíos y primos. Puede que en ese momento el alma de su hermano Galo se hubiera reunido con Dios; no había vuelto a saber nada de él desde que los habían separado: ignoraba si habría muerto por la enfermedad que padecía o por mano de alguien, ni siquiera la abuela lo sabía.

–¿Te has molestado en comprobar el grado de devoción de este niño, señora? –preguntó el obispo a la abuela–. Debemos saber si hay terreno fértil sobre el que laborar, o si tendremos que utilizar mano dura para inculcarle los principios cristianos que frenen sus impulsos malignos…

La mujer extendió los brazos.

–Ilustre obispo, Juliano acaba de llegar a Nicomedia –pareció justificarse–. No puedo decir que le conozca. Pero sin duda me ocuparé de velar por su educación –respondió mirando con ternura a Juliano, que se sintió reconfortado por su actitud.

Era la primera persona, desde aquel fatídico día en que había conocido el horror, que le había mostrado algo de dulzura.

–No, señora. El emperador me ha confiado a mí la tarea de dirigir su formación. Y puede estar segura de que le asignaremos preceptores que sepan educarlo en los valores cristianos. Tú únicamente deberás ocuparte de alimentarlo y de mantenerle sano hasta que el césar decida lo contrario –precisó el prelado.

Juliano no entendió gran cosa del discurso del obispo, pero sacó la conclusión de que su vida pendía de un hilo, y se sintió desesperado. Solo y desesperado.

–Tú, Juliano –le ordenó el prelado desde su escaño sobre un escabel.

Las antorchas que colgaban de las paredes le conferían una luz siniestra, poniendo en evidencia algunos rasgos de su rostro y produciendo sombras en otros, de manera que lo convertían en una especie de demonio deforme aterrador. El niño, instintivamente, se escondió tras la estola de la abuela, pero luego recordó la dignidad que había evidenciado Sexto Martiniano, a pesar de su penosa condición, y decidió mostrarse fuerte. Siempre sería el nieto del gran Constantino, de hecho, su único nieto superviviente: demostraría que era merecedor de la tradición que pesaba sobre sus frágiles hombros.

–¿Te consideras un buen cristiano? ¿El prójimo te provoca sentimientos de amor? ¿Rezas suficientemente durante el día? ¿Te lee alguien el Evangelio? –le acosó el obispo.

Juliano se sintió confundido. Estaba claro que aquel viejo no le provocaba sentimientos de amor. Y desde que fue testigo de la muerte de su padre, rezaba mucho menos de lo que le habían enseñado. De hecho, no: se percató de que rezaba menos desde que había conocido a Sexto Martiniano. El breve encuentro con aquel hombre carismático había debilitado de manera sorprendente las convicciones religiosas que le habían inculcado a fuego desde que tenía uso de razón. Desde entonces, empezó a cuestionarse si era justo dejar de lado a todos los dioses que habían engrandecido Roma y su Imperio, enorgulleciendo a sus ciudadanos; y si de verdad no existían en absoluto, como le enseñaban sus preceptores. Algunos habían protegido a los romanos en los momentos más oscuros de su historia contra los enemigos más acérrimos, dándoles la fuerza para levantarse de nuevo tras las atroces derrotas, pero desde luego no había sido Cristo. Cristo había vivido solamente tres siglos antes que él, por más que los sacerdotes afirmasen que había existido desde el origen de los tiempos. Pero los romanos no le habían venerado a él, ni tampoco al Dios de los hebreos, del que parecía haber manado el credo cristiano; y sin embargo habían sobrevivido y habían prosperado durante siglos sin su apoyo.

Hasta había recibido algún sopapo de sus tutores cuando se permitió expresar dudas sobre sus enseñanzas durante el corto periodo entre su visita a Martiniano y la muerte de su padre. Esto lo había convencido de guardarse sus preguntas para sí mismo, al menos hasta que encontrara a alguien que estuviera contento de responderle.

Así que no reveló nada de sus pensamientos al prelado, que aguardaba impaciente y severo a su respuesta. Se limitó a decir:

—Me refugio en Cristo en cada momento del día. Únicamente en él encuentro el consuelo necesario para huir del dolor que siento tras enterarme de la traición de mi padre y de muchos de mis parientes. Y estoy convencido de que mi salvación está en Cristo; solo él me permitirá seguir un destino diferente al suyo.

El obispo le miró con desconfianza, luego, por fin, relajó su expresión y esbozó una sonrisa.

Al parecer, su respuesta había sido satisfactoria.

Osio recibió de Constancio el folio, comprobó que el joven hubiera estampado su firma junto a la de Constante y, satisfecho, se lo entregó a Constantino. La atmósfera en la tribuna construida ante las murallas de Sirmio, frente a las fuerzas alineadas de los tres jovencísimos amos del Imperio, se hizo de golpe aún más tensa. Aún más tensa. El hermano mayor cogió la plumilla y mantuvo el brazo suspendido en el aire. Primero observó el documento, luego miró a Osio y por fin a los hermanos, para acabar dirigiendo sus ojos a los soldados, que aguardaban con inquietud sus deliberaciones.

Osio notó que Constancio y Constante estaban nerviosos, esperaba que no mostrasen su ansiedad delante de las tropas. Debían demostrar a los soldados que eran personas merecedoras de entregarles sus vidas, y no podían permitirse parecer débiles o inseguros.

–¿Y si no firmo? –siseó por fin Constantino con aire desafiante.

Osio exhaló un profundo suspiro. Al menos él debía mostrarse enérgico.

–Entonces, tal y como te dije ayer, sacaré a la luz las pruebas de que eres hijo de una esclava y no tendrás derecho a ser augusto –dijo secamente.

Los tres hermanos habían pasado otros tantos días discutiendo sobre el reparto del Imperio, y solo su intervención había conseguido zanjar el asunto: le había bastado mostrar a Constantino un documento escrito por Fausta, la emperatriz fallecida once años antes, en el que afirmaba que ese niño no era su hijo, para hacerlo palidecer.

Cuando los otros dos césares le informaron del resultado de las negociaciones del primer día, al principio se sintió desconcertado: no se esperaba que Constantino supiera de quién era hijo, y no había imaginado que tuviera en su mano un arma tan poderosa para imponer su voluntad. Pero luego recapacitó: no había acumulado medio siglo de experiencia en el gobierno para dejarse engañar por un chiquillo. Así que fue a preparar un testimonio sobre la sangre bastarda del joven, sabiendo muy bien que Constantino no podría alegar nada más que las supuestas declaraciones de su padre. Conocía de memoria la letra de Fausta, y justo después de su muerte se apoderó del sello de la cancillería imperial, con la certeza de que algún día le serviría.

–Pero no podréis quitarme el poder que ya tengo. Y encontraré la manera, tarde o temprano, de demostrar que no sois hijos de un emperador. ¿Cómo lo haremos? –insistió Constantino.

–Bastardo… Estábamos de acuerdo –susurró Constante, dirigiendo a los soldados una mirada preocupada.

–No. Vosotros me obligasteis con vuestro chantaje. No estábamos de acuerdo en absoluto. ¿Queréis decir que soy el hijo de una esclava? ¿Y qué? Mi padre era hijo de una tabernera, o tal vez incluso de una puta. Pero eso no fue un impedimento para la carrera del hombre cuyo nombre llevo –replicó el hermano mayor.

Osio se sobresaltó. La alusión a Elena en esos términos le dolió, y deseó aún más la ruina del joven heredero al trono. Sin embargo, debía mantener la calma.

–Perdóname, mi señor –le interrumpió forzadamente–. Pero la

sangre bastarda a la que te refieres tú comprometió la carrera de tu padre, en efecto, excluyéndole del colegio imperial. Solo gracias a su enorme determinación y a su extraordinario talento militar pudo imponerse a todos sus rivales. ¿Crees que tú eres igual de hábil?

Constantino tragó saliva amarga.

–¿Y quién te dice que no lo sea? A mi edad, mi padre todavía no había conseguido nada… –declaró.

–No soy de la misma opinión. Como tribuno, ya había ganado varios honores en Oriente, combatiendo siempre en primera línea y llevando a cabo hazañas memorables –refutó–. Tú has defendido las fronteras del Rin a lo largo de los años, por supuesto, pero ¿alguna vez luchaste de verdad o, más bien, dejaste que lo hicieran tus hombres?

–Yo… puedo hacerlo, si quiero –balbuceó el joven.

–Lo sabía. ¡Eres un pobre hombre con aires de grandeza! –intervino Constante, mientras Constancio, con más instinto fraternal, se apostaba entre ellos y los soldados para ocultar la tensión creciente en el grupo.

Osio hizo un gesto con la mano para que se callara.

–Constantino, pongamos que consigues mantener el poder durante un tiempo. Y luego demuestras quién es su padre –intentó razonar con él–. El único resultado que conseguiríais, al final, sería deslegitimaros mutuamente. Y no tardaría en levantarse algún general ambicioso y marchar contra vosotros. Sabiendo que no tenéis título para gobernar, cualquiera se sentiría con derecho a aspirar al trono, como ocurría antes de Diocleciano y de vuestro padre. Y todo lo que Constantino el Grande construyó pacientemente se disolvería en pocos años, llevando al Imperio a la ruina. No tendrías ni un momento de paz y acabarías sucumbiendo. ¿Es eso lo que quieres?

Constantino rechinó los dientes y apretó los puños, molesto.

–Y viceversa, si todos ponéis al mal tiempo buena cara, el Imperio será vuestro –continuó Osio–. Tres hermanos que se lo dividen, además de ser tres hijos oficiales del emperador más amado del último siglo, gozarían de un crédito prácticamente ilimitado. Ya visteis en Constantinopla lo que vuestros soldados son capaces de hacer por vosotros. Os querían únicamente a vosotros como augustos: ¡ni siquiera a otros parientes de Constantino! Sois la prolongación natural del poder de aquel gran soberano, y nadie se atreverá a levantar la mano contra ninguno de vosotros. El Imperio es vuestro, ¡no lo echéis todo por tierra!

Constancio intervino:

—Constantino, si no quieres hacerlo por nosotros, hazlo por el Imperio. Hemos odiado a nuestro padre, pero no podemos negar que salvó Roma, y no estaba solo: gracias a él, el Señor ilumina nuestro camino y todos pueden rezar y venerarlo sin temor. Ahora que conocemos las motivaciones de sus crímenes hacia nuestra familia, quizá podamos ser más indulgentes con él y reconocer todo lo bueno que hizo por el Imperio y por la Iglesia cristiana, que nosotros tenemos el deber de defender y preservar. Piensa qué sucedería si se hiciera realidad el escenario previsto por Osio: el Imperio estaría a merced de los bárbaros y de los oportunistas idólatras, que retomarían las persecuciones a los cristianos. ¿Podrías asumir esta responsabilidad por pura ambición? Yo no...

Osio no salía de su asombro. Constancio se había tomado bastante mal la revelación de su hermano. Él se vio obligado a confirmársela, justificándose por no habérselo dicho antes pensando en la necesidad de preservar el equilibrio entre ellos, que se habría comprometido enormemente si se enteraban de que eran hijos de su hermanastro. El joven se había pasado un día entero tremendamente confuso, rozando la desesperación, y Osio tuvo que encerrarlo en el palacio de Sirmio para que nadie lo viera en ese estado. A diferencia de Constante, quien, tras un primer momento de desorientación, había llegado a la conclusión de que era mejor ser hijo del amante de su madre que de su asesino.

Pero después Constancio había encontrado consuelo en la fe: había rezado largamente y, gracias a su devoción, que daba sentido a todas las cosas, se había recompuesto y había vuelto a ser él mismo, lúcido y perfectamente capaz de continuar las negociaciones con Constantino, aunque había sido necesaria la intervención del obispo para llegar a una solución compartida.

Una solución que, en ese momento, las dudas y el resentimiento de Constantino ponían en jaque.

Finalmente, el joven resopló y, con un gesto teatral, estampó su firma, a la que Osio se apresuró a agregar su sello. Constancio y Constante respiraron aliviados. Osio se levantó y se dirigió a la parte delantera del palco, entregando el documento al pregonero, a quien ordenó que lo leyera. Mientras tanto, los tres hermanos avanzaron a su vez hacia la balaustrada y, levantando los brazos en señal de saludo, recibieron el tributo de la tropa. Cuando cesaron los gritos de los soldados, el pregonero comenzó a leer el documento en voz alta.

—Nosotros, Flavio Claudio Constantino II, Flavio Julio Constancio II y Flavio Julio Constante I, recibimos y aceptamos con gratitud el legado que nuestro padre Flavio Valerio Constantino I, en su infinita sabiduría, nos ha dejado y, con la ayuda y la protección del Señor Dios nuestro, creador de todas las cosas, en su nombre asumimos el papel de augustos y nos convertimos en siervos de Cristo. Nos esforzaremos sin descanso en conservar el Imperio de Roma, que nuestro padre consolidó y llevó a una prosperidad como hacía tiempo que no tenía, tal y como nos lo ha dejado, en la concordia entre nosotros y todos nuestros súbditos, según la fraternidad que Cristo nos ha enseñado y de la que nos haremos apóstoles principales. Recompensando al emperador Constantino con una vasta descendencia, Dios quiso que el Imperio se dividiera en tres partes: la Galia, Hispania y Britania las asignó a su primer hijo, Constantino; Oriente y, en suelo europeo, Tracia, a su segundo hijo, Constancio; Italia, África, Panonia, Dacia y Macedonia a su tercer hijo, Constante, cuya tutela será asumida, durante los dos años venideros, por Constancio. Así lo ha querido el Señor, en su infinita misericordia y bondad.

Y mientras los soldados prorrumpían en gritos entusiastas de aclamación, Osio observaba a Constantino, que intentaba disimular su insatisfacción con una sonrisa de circunstancia. Y pensó que sería fácil aprovechar su codicia para llevarlo a la ruina y quitarse de en medio al menos maleable de los tres emperadores. Era una lástima que Constantina se hubiera marchado de Constantinopla antes de haber podido hablar con ella; era el puntal en el que se habría apoyado para desarticular el recién construido orden institucional. Pero no le importaba: no sería ningún problema encontrar la manera de hacerle daño a su ambición…

CAPÍTULO VI

–¿Conoces a Eusebio, el gran chambelán de mi hermano Constancio?

Constantina se acercó a Martina acompañada por un hombre menudo e inquietante, con cara de pájaro depredador y los típicos ojos porcinos de quien siempre parece ansiar más de lo que tiene, tenga lo que tenga.

–¿Dónde te habías metido? Estaba incómoda aquí sola. Al fin y al cabo, estamos en tu casa –se lamentó la muchacha.

En efecto, su amiga había desaparecido hacía un rato y, viendo de qué dirección venía, dedujo que se había recluido en el *tablinum* con aquel desagradable individuo. Y ella se había visto obligada a hacer los honores en otra recepción de la hija de Constantino con la mejor sociedad de Roma. Pero no se sorprendió demasiado: a Constantina no le gustaba tener que rendir cuentas a nadie por su comportamiento. Siempre hacía lo que le venía en gana.

–¿De qué te quejas? –replicó molesta la princesa–. Por lo menos durante un rato todos los ojos estaban mirándote a ti, ¿no? Has tenido la ocasión de ser la mujer más bella y admirada de la sala… Y puede que finalmente hayas podido atrapar a alguno, dado que ninguno de los que te he presentado en estos dos años te ha parecido bien como marido…

Constantina, además, se creía más hermosa que ella, pero únicamente era más poderosa y ello, indudablemente, ejercía una gran influencia en su atractivo. Pero la verdad, pensaba Martina, era que la mujer se parecía demasiado a su padre, conocido por sus marcados rasgos, para ser realmente bella: a ella le gustaba porque era más bien andrógina, y no tenía que forzar demasiado sus impulsos sexuales para sentirse atraída por ella.

Decidió no replicar. Últimamente, Constantina se había vuelto más intolerante. No sabría decir si se debía al hecho de haber rechazado los buenos partidos que había elegido para ella, o si es que estaba insatisfecha por la falta de oportunidades capaces de colmar su desmedida ambición. Discutían a menudo, aunque la tensión se disipaba poco después con frenéticas relaciones sexuales, pero luego empezaban de nuevo, y tanto las peleas como el sexo se volvían cada vez más salvajes.

–Ya sabes lo tímida que soy… –se limitó a decir, bajando la mirada.

–No me parece que lo seas cuando nos encontramos en la alcoba… –observó maliciosa Constantina, quizá para hacerla sentir incómoda frente a un extraño como Eusebio.

Pero lo dijo contenta, incluso complacida, dedicándole una sonrisa amigable. Parecía insólitamente de buen humor, como no la veía en mucho tiempo.

–De todas formas, en caso de que no hayas tenido ocasión de conocerle en la corte de Constantinopla, quería presentarte a nuestro buen amigo Eusebio, que ha tenido la cortesía de venir a visitarme personalmente desde Oriente –prosiguió Constantina.

–No, no creo que hayamos tenido nunca la oportunidad –se adelantó Eusebio–. Recordaría a una joven tan encantadora. Pero conocía a tu madre Minervina. Una mujer santa –especificó, saludando con una inclinación de cabeza–. Te pareces mucho a ella, Martina. Espero que te parezcas a ella también en el carácter: siempre tenía una palabra buena para todos y fue la única persona capaz de aliviar las penas que aquejaron el ánimo del emperador Constantino en sus últimos años de vida.

Martina habría querido responderle con el rencor que sentía surgir en su interior hacia aquel hombre repugnante que la enfrentaba sin piedad al fantasma de su madre. Pero, con los ojos de Constantina clavados en ella, se limitó a responder con naturalidad.

–Mi madre era una buena persona que se había propuesto seguir al pie de la letra los preceptos de Cristo. Es difícil ser tan consecuente y firme, pero todos debemos intentarlo –declaró.

–¿Qué te trae aquí a Roma, gran chambelán? –añadió, con la intención de desviar rápidamente la atención sobre un tema tan desagradable.

Eusebio miró a Constantina, quien se tomó la molestia de responder por él.

–El bueno de Eusebio ha venido a ofrecer una oportunidad, que ayer estuvimos discutiendo y hoy hemos perfeccionado. Debo darle las gracias junto con Osio de Córdoba por haberme devuelto a la vida: la existencia de la anónima matrona romana no me agrada, de hecho, me deprime. Pero es posible que ahora las cosas cambien.

Recibió una mirada de reojo del eunuco, y se sintió en el deber de añadir:

–No te preocupes. No tengo secretos para Martina. Es mi mejor amiga.

Martina estaba a punto de continuar la conversación, pero la atención de la princesa se centró de repente en otra cosa. Señaló a un joven que estaba cortejando a una muchacha.

–Ese es el hombre que me gustaría presentarte hoy, Martina –dijo Constantina–. Y no me digas que no te gusta o que no te cae bien. He organizado la recepción especialmente para que lo conozcas. Así que me harás el favor de no ser tan remilgada esta vez –le ordenó perentoriamente, invitándola a levantarse y a seguirla.

Martina suspiró y miró al joven mientras se acercaba a él. No estaba mal, era alto y desgarbado, pero con un rostro agradable y rasgos elegantes. Se notaba que pertenecía a una familia ilustre. A lo largo de estos últimos años, Constantina ya le había presentado a unos cuantos. Los había rechazado a todos, incluso cuando su interés se había hecho manifiesto y a veces insistente, simplemente porque no le apetecía desempeñar el papel de esposa y madre. No se sentía digna ni capaz de mantener la sonrisa y la disponibilidad constante para un marido, ni de seguirlo donde él quisiera y renunciar a los placeres y a las distracciones que siempre había buscado antes de la muerte de sus padres, pero que más tarde se convirtieron en una necesidad prioritaria para poder combatir las pesadillas que la atormentaban desde entonces.

–¡Virio Nepociano! –empezó diciendo Constantina cuando el joven se percató de su presencia–. ¡Por fin tengo el honor de recibir en mi casa a mi primo! ¡Ya era hora de que regresaras a Roma! ¿Tu madre cuándo vuelve?

El joven le devolvió una sonrisa afectuosa, que impactó a Martina por la expresión ingenua que transmitía a aquel noble rostro.

–¡Prima! Sí, finalmente el emperador nos ha permitido regresar a Roma –explicó–. Y en unos días mi madre estará aquí, para gran satisfacción suya: la atmósfera de Milán es siempre triste, con el cielo plomizo, y aunque el augusto ha hecho de todo para que nos encontráramos a gusto, añorábamos la urbe hasta tal punto que, al final, tu hermano ha decidido dejarnos volver…

También su voz era dulce y delicada. Martina se dejó arrullar por su sonido: era algo torpe y desmañado, pero no podía negar que resultaba agradable. Sobre todo, porque le parecía diferente a todos esos personajes presumidos de la alta sociedad que le habían presentado hasta ahora: nada más conocer a un hombre, era capaz de juzgarlo, y estaba segura de que jamás se lo encontraría en una de las orgías en las que Constantina y ella participaban.

–Querido Nepociano, déjame que te presente a mi más querida amiga, Martina –le dijo la princesa, dirigiéndose luego a ella–. Mira, Martina, él es hijo de mi tía Eutropia, hermanastra de mi padre, que mi hermano ha querido tener consigo en la corte desde aquel desagradable episodio que llevó a la muerte a muchos de nuestros parientes. El ejército también hizo justicia con su padre, el yerno del emperador, aunque luego no se presentaron pruebas concluyentes contra él. Lo sentí mucho por él, ya sabes, Nepociano: estoy segura de que no tuvo nada que ver con la conspiración, pero los soldados debieron de meterle en el mismo saco…

–Así fue, de hecho. En cuanto se supo lo que había pasado en Constantinopla, la guarnición vino a nuestra casa y le mató como a un perro. Fue espantoso…

–Incluso su madre, como bien sabes, fue asesinada durante aquellas purgas, seguramente también por error –le interrumpió Constantina, refiriéndose a Martina–. Como podéis ver, ya tenéis algo en común, además de la belleza y la juventud.

Martina se ruborizó, no solo por pudor, sino por la incomodidad: la princesa no tenía ningún escrúpulo a la hora de airear su drama para ayudarla a impresionar a su primo. Pero también Nepociano parecía azorado, y se quedó callado con la mirada baja.

–¡Vaya! Mira quién está aquí. Eusebio, ven conmigo, tengo que presentarte sin falta al obispo Julio, que está muy interesado en nuestros asuntos personales… –terminó diciendo Constantina, cogiendo al eunuco por el brazo y dirigiéndose hacia el prelado, mientras Martina constataba con estupefacción la presencia, en una fiesta profana, del más alto representante de Cristo en la urbe.

Nepociano carraspeó, examinó todas las paredes de la estancia, dirigió la mirada más allá de las puertas que daban a la terraza, y por fin dijo:

–No ha sido muy amable por su parte hablar de nuestros padres… Se nota que todavía estás sufriendo por ello. Y siento mucho lo de tu madre, que seguramente era tan inocente como tu padre.

Martina esbozó una sonrisa forzada pero sincera. Era raro encontrar a una persona con tanta sensibilidad entre la aristocracia romana.

–Si no te importa, preferiría no hablar de ello. Como bien has dicho, para mí la herida sigue abierta –se limitó a declarar.

Nepociano asintió con aire serio.

–Vamos fuera a respirar un poco de aire fresco. Puede que así recuperes un poco de buen humor… –la animó.

Martina asintió.

–Buena idea.

Atravesaron las puertas hacia el hemiciclo de la *domus augustana*. Constantina era una de las pocas personas del mundo que tenía el privilegio de habitarla. Llegaron hasta la balaustrada de la terraza y miraron hacia abajo. La mujer cayó en la cuenta de que era la primera vez, desde que había llegado a la urbe hacía dos años, que contemplaba Roma desde lo alto. A pesar de frecuentar a menudo el palacio imperial, rara vez salía a la terraza y si lo hacía se perdía en sus pensamientos sin fijar la mirada sobre algo en particular. Por algún motivo, se encontraba suficientemente relajada como para poder distinguir con claridad edificios por los que solía pasar sin siquiera reparar en ellos: el Aventino, con las espléndidas residencias a sus pies, un poco más allá el Circo Máximo, el Foro Boario y el Tíber a su costado, en mitad del cual se recortaba el perfil de la isla Tiberina, el Emporio, el puerto fluvial con sus barcos y sus tiendas. Y muchos templos, diseminados por todas partes, de los que no recordaba el nombre, que aún seguían en pie a pesar de la reafirmación del cristianismo. Muchos se habían convertido en iglesias.

La luz rosada de la puesta de sol envolvía el escenario confiriendo a los edificios un aura divina, capaz de teñir del modo más eficaz la atmósfera sacra que todavía destilaba la urbe, a pesar de su decadencia política. La ciudad ya no valía nada, el poder estaba en otra parte, en Constantinopla, en Milán, en Tréveris, las tres sedes imperiales desde hacía varias generaciones antes que la suya; pero la gente, cuando hablaba del Imperio, seguía llamándolo «romano», a pesar de los esfuerzos de Constantino por concentrar la atención sobre su nueva capital, la Nueva Roma, Constantinopla. Pero Constantinopla tenía una historia anterior como Bizancio, una historia que no pertenecía a los romanos, sino más bien a los griegos, e incluso a los persas; Roma era, más que cualquier otra ciudad, la patria de cada habitante del Imperio. Tal vez sería también la suya, si hubiese consentido que la hechizara con sus memorias.

Nepociano pareció leer sus pensamientos.

—Milán podrá ser la capital, pero Roma posee una magia propia… —comentó tras un largo silencio.

Martina le dedicó una sonrisa espontánea. Se dio cuenta de que era la primera sonrisa de aquella velada que no era forzada o de circunstancia. No, no de aquella velada: de todas las veladas a las que Constantina la había obligado a acudir para socializar. Tampoco era como la sonrisa secreta que sacaba de noche, cuando podía dar rienda suelta a sus instintos más bajos y primitivos, a menudo con el rostro velado por una máscara. Sí, aquel chico parecía sentarle bien. Se acercó a él hasta rozarle el brazo para que pudiera apreciar discretamente su perfume.

Y decidió darle una oportunidad.

—Hijo mío, vengo observándote en estos últimos años y, aparte del afecto que me unía a tu madre, he podido apreciar tu dedicación a la causa de nuestro amado emperador Constancio y tu gran sentido de la responsabilidad. Podría decir, sin temor a equivocarme, que eres uno de los guardias palatinos más prometedores del Imperio. Tu madre estaría orgullosa de ti.

El comienzo del obispo Osio de Córdoba, sentado detrás de su escritorio en su *tablinum*, dejó de piedra a Martino, que había acudido con cierta aprensión a la repentina e inesperada convocatoria del venerado consejero imperial. Y la generosa alusión a su madre fue conmovedora. Nunca había tenido relación con aquel hombre tan inalcanzable, que sabía era el eje de la política imperial, ni antes de la tragedia que había golpeado a Minervina, ni después, a pesar de sus intentos de obtener explicaciones. Con todo, hubo un tiempo en que había deseado que fuese él su padre natural, en lugar de aquel traidor de Sexto Martiniano.

Reunió el coraje para responder:

–Te agradezco las bellas palabras que me has dirigido y sobre todo las referidas a mi madre. Sé que la apreciabas de verdad. Por este motivo, quizá, habría esperado que se hubieran indagado más a fondo las circunstancias de su muerte.

El obispo se puso rígido, y Martino temió haber ido demasiado lejos. Pero tenía guardada esa recriminación desde hacía demasiado tiempo como para no aprovechar la ocasión.

–Martino Martiniano –replicó Osio con un tono más formal que el anterior–, no creas que por mi posición lo puedo todo. Hay cosas que van más allá de mis posibilidades. Y vosotros, que no tenéis muchas responsabilidades, enseguida os apresuráis a juzgar a los que están por encima. ¿Crees que no habría castigado a quien provocó la muerte de una persona muy querida para mí si hubiera podido? –concluyó con un atisbo de indignación.

Martino bajó la cabeza, apurado. Efectivamente, había ido demasiado lejos, y se imaginó que, si no hubiera sido el hijo de Minervina, lo habría pagado caro. El obispo le pareció sincero, y llegó a la conclusión de que probablemente tenía razón.

–Te pido perdón, señor. Disculpa mi ignorancia y mi soberbia, pero a pesar del tiempo que ha pasado sigo conmocionado por aquel suceso, como puedes comprender –dijo con toda la humildad que le fue posible.

–No hay nada que perdonar, querido Martino –se apresuró a decir Osio–. Tu juventud y el afecto que te unía a tu madre son las mejores excusas. Cambiando de tema, si te he mandado llamar aquí hoy es porque te tengo en alta consideración, y no serán unas desafortunadas palabras fuera de lugar las que vayan a comprometer la opinión que tengo de ti.

Martino soltó un suspiro de alivio. Y, al mismo tiempo, aumentó considerablemente la curiosidad que le acuciaba. No recordaba haber hecho nada particularmente loable como para granjearse el aprecio de un alto dignatario imperial; en aquellos dos años, había pasado la mayor parte del tiempo al servicio de la guarnición en Constantinopla, y solo raramente se había desplazado a la frontera de Siria para prevenir eventuales movimientos de las tropas persas. Eran pequeñas misiones de reconocimiento en el curso de las cuales no había sucedido nada.

–En fin, necesito una persona de confianza para llevar a cabo una misión en Occidente. Debo enviar tropas al augusto Constante, que está en grave peligro, y he pensado asignártelas a ti –añadió Osio.

El joven se sintió desorientado. Era poco más que un recluta, al fin y al cabo, sin ninguna experiencia de guerra, y el obispo le asignaba una tarea de veterano; y encima al mando de un ejército.

–Yo… estoy confundido, obispo… Nunca he comandado a nadie –logró articular.

–Lo entiendo –afirmó Osio en tono comprensivo–. En realidad, serás responsable de unos centenares. Y será una misión que no deberemos airear demasiado.

–¿Es una orden que proviene directamente del emperador? ¿Ha requerido él expresamente mi nombre? –quiso saber Martino, cada vez más halagado.

Osio le miró perplejo.

–¿Qué tiene que ver el emperador? Él no se ocupa de estos asuntos. Soy yo quien se preocupa por mantener el equilibrio del Estado.

De nuevo, el joven se sintió azorado. Llegó a la conclusión de que cuanto menos hablara, mejor.

–Obviamente, te propongo esta misión porque me consta que quieres crecer y hacer carrera –prosiguió el obispo–. Tal vez un hombre con más experiencia tendría reticencias y no se comprometería a fondo. En cambio, lo que yo necesito es alguien que no se haga demasiadas preguntas y que cumpla su cometido con dedicación absoluta, con el convencimiento de que se trata del bien del Imperio a pesar de las apariencias. Serás bien recompensado, te lo aseguro, con el grado de centenario: serás el centenario más joven del ejército imperial.

A Martino le brillaban los ojos. Era una oportunidad increíble para hacer una carrera digna de su padre y se apresuró a dar un consentimiento incondicional.

–Es un honor que deposites tanta confianza en mí, obispo Osio. Te aseguro que haré lo que sea para devolverla.

Si el hombre que se había casado con su madre, un hombre de Iglesia y una de las máximas autoridades de la cristiandad, decía que era por el bien del Imperio, debía ser así.

—Era exactamente lo que quería oír —apreció Osio—. Tal y como te he dicho, nuestro Constante está en peligro. En breve estará inmerso en una campaña a lo largo del Danubio contra los sármatas, pero su hermano Constantino se aprovechará para reivindicar Italia y África, ya que nunca ha aceptado tener que cedérselas al hermano menor. Constante todavía no lo sabe, ni tampoco Constancio, pero yo sí. Por lo tanto, quiero que tú, con tus hombres, os instaléis cerca de Aquilea, por donde Constantino seguramente pasará para invadir Italia, y que hagas todo lo posible para impedírselo. Y cuando digo todo, quiero decir «todo». Hablemos claro: debes encontrar la manera de matarlo.

Martino estaba desconcertado. ¿Matar a un emperador consagrado por Dios?

—Pero… si estás al tanto de esta conjura, ¿por qué no informar a Constante y dejar que él se encargue? —preguntó espontáneamente.

—Me parece lógico. Si Constante tomara las medidas de contra-ataque, Constantino no osaría ni siquiera intentarlo, y el Imperio estaría continuamente amenazado por su ambición: en el futuro podría dar un golpe en cualquier momento, y puede que yo no sea capaz de evitarlo —explicó Osio—. También podría ocurrir cuando yo ya no esté, dado que el Señor no me ha concedido la inmortalidad. Entonces, el Imperio estaría abocado a nuevas guerras civiles. ¿Es eso lo que quieres?

Martino estaba horrorizado ante la perspectiva.

—No, no, ¡por supuesto que no! —replicó—. ¡Haré lo que sea para que esto no suceda!

—Muy bien. Entonces, puedo contar contigo —observó complacido el obispo—. Y me tranquiliza saber que, cuando el Señor me llame a su presencia, habrá hombres como tú al mando del ejército, hombres que llevan el Imperio en su corazón. Estás destinado a tener una carrera brillante, Martino Martiniano. Como tu padre, pero del lado correcto y con la protección del Señor, que sabrá recompensarte dignamente por haber defendido su nombre y lo que ha sido conquistado en su nombre, a costa de mucha sangre y muchos mártires.

El joven se sintió orgulloso. El obispo había tocado las cuerdas apropiadas. Y la comparación militar con su padre lo ensalzaba: algún día, también él se convertiría en un héroe del Imperio. Pero de un Imperio cristiano, el que ennoblecía sus acciones, algo que nunca había sucedido con Sexto Martiniano.

–Aquí estamos, por fin. ¿Pero qué hacemos en Aquilea? –preguntó Martina a Constantina, observando de lejos las murallas de la ciudad que, desde hacía siglos, constituía el baluarte de entrada a Italia al pie de los Alpes–. Solamente he comprendido que tiene algo que ver con la visita de Eusebio de hace unos meses. ¿Por qué no me cuentas nada? –protestó.

–Comprendo por qué te quejas: te he obligado a separarte de tu amado Nepociano –respondió sonriendo la princesa, mientras se asomaba por la cortina del carruaje y contemplaba también la ciudad más allá de los cascos de los soldados que escoltaban la caravana.

–En otras circunstancias, me habría alegrado de haberte consentido una distracción de la monotonía de Roma.

Martina se sintió molesta. Estaba bien con Nepociano, como no se sentía desde hacía tiempo. Ese joven la amaba con pasión y franqueza, y ella se dejaba mimar por su amor. Pero aún no estaba convencida de merecer una felicidad semejante, y se había negado repetidamente a las propuestas de matrimonio del primo de Constantina. Así que había seguido alternando los encuentros con él con las noches de perversión a las que la arrastraba Constantina, y había optado por mantener una actitud distante con el joven, para no implicarse demasiado en sus sentimientos. Nepociano era un hombre bueno, la colmaba de atenciones y de regalos, se mostraba siempre solícito, y no quería hacerle sufrir, ni que se hiciera ilusiones de que era diferente a la mujer disoluta que su madre siempre le había reprochado que era. Solía decirse que debía cortar la relación, destinada a fracasar. Nepociano era tan ingenuo y puro que tarde o temprano le haría daño. Pero no conseguía renunciar al calor que le proporcionaba aquel joven. Y se sentía culpable por su egoísmo, viviendo en parte con disgusto esa relación que Constantina no solo había fomentado, sino que había impuesto.

–Eres tú quien prácticamente me ha obligado a estar con Nepociano –rebatió enojada–. No entiendo por qué te lamentas ahora si echo de menos sus atenciones.

Constantina suspiró.

–Creo que te gustó desde el principio, ¿no es así? –replicó.

–Sí, para pasar un rato agradable en la cama. No para ser su amante a perpetuidad.

–Querida mía, el motivo por el que he alentado vuestra unión tiene en cierto modo algo que ver con este viaje. Si hubiera podido, yo misma me habría casado con él, créeme –respondió, y Martina sintió una punzada involuntaria de celos–. Me habría sido útil para mis objetivos. Pero, por desgracia, una persona de mi posición no puede elegir un marido: lo harán mis hermanos, y seguro que de ningún modo habrían consentido que me uniera a un miembro de la familia imperial cuyo padre fue ajusticiado por traidor. Legitimaría eventuales aspiraciones imperiales por parte de Nepociano.

–¡Déjame en paz! ¡Nepociano no es el clásico hombre ambicioso y sin escrúpulos! ¡Solo piensa en el amor y la poesía! –replicó.

–Te aseguro que junto a mí se habría vuelto ambicioso. De todas formas, conociendo tus virtudes en la cama, estaba segura de que se enamoraría perdidamente de ti y, de esta manera, le vincularíamos a nosotras. No pasa nada si no quieres casarte con él; cuando llegue el momento, hará lo que le pidamos –estipuló la princesa.

Martina se dio cuenta de que era únicamente un instrumento en las manos de los poderosos. Puede que Constantina la amara, pero sin duda la utilizaba, igual que había utilizado a muchas otras personas. Comprendió que era una razón más para abandonar a Nepociano, que se estaba arriesgando a meterse en un juego más grande que él. Pero también se daba cuenta de que, ahora más que nunca, Constantina no se lo permitiría.

–No te he dicho nada porque no quería que se te escapara algo estando con él. Como tú misma has reconocido, es un muchacho ingenuo, y habría podido revelárselo a personas equivocadas. Está en juego la seguridad del Imperio –le explicó Constantina, sin aclarar demasiado.

–¿Y ahora puedes?

–Ahora puedo, porque nos quedaremos aquí hasta que todo haya terminado.

Martina esperó a que Constantina se explayara de una vez. Y al mismo tiempo, temía saber lo que le revelaría. Es más, por primera vez se percató de que era ella a quien realmente temía.

–Se está llevando a cabo una conspiración, Martina. Y tengo el deber de evitarla. El artífice es mi hermano Constantino, que pretende apoderarse de la parte del Imperio perteneciente a Constante. Estamos aquí para impedirlo –explicó la princesa.

Martina estaba consternada. Si era cierto, acababan de catapultarla al centro de los eventos decisivos de la historia imperial. Y en absoluto era su intención: no le interesaba la política, y no pretendía inmiscuirse. Estuvo tentada de decirle que se callara: cuanto menos supiera, mejor para ella. Pero la curiosidad le tomó la delantera.

–¿Y cómo vas a evitarlo?

–Por eso no te preocupes. Son asuntos demasiado complicados para tu cabecita. Te bastará con saber que estás aquí para alegrar los momentos de tranquilidad de tu princesa y que en Roma tu Nepociano te espera deseoso de complacerte –respondió secamente Constantina.

–Pero al menos podrás decirme qué tiene que ver Nepociano en todo esto, ¿verdad?

La princesa dudó unos instantes.

–Digamos que, si las cosas salen como pretendo, mi primo podría recibir un buen regalo, como la prefectura de Roma, y entonces me estaría agradecido. A mí y a Constante… En la actualidad, el prefecto es un hombre de Constantino de cuando vivía mi padre y que Constante no ha podido sustituir. Y esto representa un enorme fastidio para mi hermano menor y para el obispo de Roma Julio. A través del prefecto, Constantino se entromete en los asuntos religiosos, y se permite el lujo de intervenir incluso en las disputas internas de los territorios pertenecientes a Constancio, además de los de Constante.

Martina suspiró. También pretendían corromper a aquel muchacho, el alma más cándida que había conocido. Y la estaban utilizando a ella, con sus artes sensuales y con su belleza, para atraparlo. Sintió asco por su amiga, y también por sí misma.

Constantina pareció intuir sus pensamientos.

–Si estás pensando que desempeñarás un papel poco digno en este asunto, estate tranquila: es por el bien del Imperio. Piensa que

Nepociano es una persona honesta y que, por tanto, es mejor darle responsabilidades importantes a él antes que a gente sin escrúpulos.

«Ya –pensó Martina–. Una persona honrada pero seguramente también muy manipulable».

–Ten cuidado, amiga mía. No me decepciones. En estas cosas, uno no puede permitirse cometer errores; de lo contrario, no hay amistad ni afecto que valgan –le advirtió Constantina con un destello de malicia en los ojos que le heló la sangre.

CAPÍTULO VII

–Señor, te ruego que me concedas la fuerza y la determinación para hacer cuanto sea necesario en aras de defender el Imperio y tu nombre, impidiendo que alguien, empujado por la ambición, lo debilite y lo entregue a los bárbaros y a los idólatras, y a todos aquellos que han pisoteado, vilipendiado y martirizado tu fe. Haz de mí un hombre mejor y más sabio, haz que siempre sea capaz de alejar las tentaciones que Satanás me propone, y hazme digno de ti. Haz que nunca me deje arrastrar por mi ambición de ser un gran soldado, y concédeme humildad para actuar no por mi beneficio personal y para satisfacer mis anhelos, sino por el bien común…

Martino se hallaba arrodillado junto a su catre, con las manos unidas sobre las sábanas, procurando recitar sus plegarias matinales. La luz del alba se filtraba suavemente por la ventana de su cubículo, la primera habitación privada que había tenido a su disposición desde que se había enrolado en el ejército. Aún no tenía el grado de oficial, pero había sido suficiente dar al comandante de la guarnición de Aquilea la carta de presentación de Osio para ser tratado como tal. Pensó que si no lograba llevar a término la misión, todo habría sido un sueño, y pasaría mucho tiempo antes de que gozara de los mismos privilegios que en aquellos días. O tal vez, si fracasaba, sería para siempre un soldado raso, y puede que incluso le expulsaran de la guardia palatina.

Las noticias sobre Constantino llegaban a la ciudad de manera fragmentada. Corría la voz de que había cruzado ya los Alpes, pero más hacia occidente, y que no descendería directamente hacia Roma. Pero no era de extrañar: Constante estaba en Panonia, lejos, y su hermano tenía todo el tiempo del mundo para obtener la rendición de las ciudades itálicas más septentrionales. No podría prescindir de ello si no quería arriesgarse a encontrarse aislado en territorio enemigo, con una amenaza a sus espaldas, mientras avanzaba hacia la urbe. Según decían, estaba teniendo éxito en su intento, aprovechando la desorientación de los mandos de las guarniciones, que, en ausencia de las noticias que él había tenido, pensaban incluso que Constantino había entrado en Italia con el consentimiento de Constante.

En cualquier caso, la estrategia prudente del emperador daba tiempo también a Martino para decidir cómo detenerlo. Una vez se supo que había irrumpido en la península, pensó en adelantarse hacia el oeste para acercarse a él y espiar sus movimientos, para alzar la ciudad contra el invasor, o para sorprenderlo de alguna manera. Pero luego había optado por esperar, convencido de que el emperador estaba reduciendo progresivamente su ejército para presidiar las ciudades que ocupaba. Actuaría cuando Constantino se sintiera seguro y con pocos efectivos. Mientras tanto, Martino languidecía desde hacía días en aquella ciudad fronteriza, preguntándose qué hacía en los confines de Italia la princesa Constantina, que había llegado a la ciudad unos días antes que él. Sabía que, tras la muerte de su marido, se había trasladado a Roma, llevándose a Martina con ella. Su hermana melliza se había marchado sin siquiera despedirse, infligiéndole un nuevo dolor. Tampoco le había escrito nunca a lo largo de aquellos años. Llegó a pensar que sus lazos se fortalecerían tras la muerte de sus padres. Al fin y al cabo, eran mellizos, y él, al menos, no podía cortar aquello que los unía más allá de sus diferencias. En cambio, se topó con otra decepción, y desde entonces había procurado olvidarse de que tenía una hermana. En realidad, unos días antes, había estado tentado de presentarse ante Constantina para preguntarle por Martina; pero luego temió comprometer su misión al revelar su identidad a un personaje de rango, y había renunciado sin lamentarlo demasiado.

–Señor, el emperador ha sido avistado a pocas millas de aquí.

La declaración del soldado que acababa de entrar en su habitación desbarató en un instante todos sus planes. Martino se levantó de un salto y miró a su subalterno con los ojos abiertos de par en par.

–¿C... cómo? ¿Cómo es posible?

El soldado hizo un gesto despreciativo. Era mayor que él, y seguramente detestaba estar bajo las órdenes de un joven inexperto. Martino se reprochó por haber dejado traslucir el pánico que lo atenazaba y procuró retomar el control de sí mismo, inspirando profundamente y asumiendo una expresión decidida.

–¿Estamos seguros de que se trata de él? –logró articular por fin.

–Diría que sí –respondió irónicamente el soldado, que no se lo había tragado–. Puesto que envió a un heraldo para presentarse y para pedir los honores de la ciudad…

Martino resopló, fastidiado por la actitud de su subordinado.

–¿Y cuántos hombres trae consigo? –preguntó.

–Suficientes para aniquilarnos en un instante, aunque nos atrincherásemos.

Al joven le habría gustado llevarse las manos a la cabeza, pero hizo el esfuerzo de permanecer impasible y se puso a pensar. No podía hacer nada excepto fingir ser parte de la guarnición. Y resistir un asedio era impensable: por muy poderosas que fueran las murallas de Aquilea y por muy pertrechadas que estuvieran con máquinas arrojadizas, el número de soldados era demasiado exiguo como para pensar en guarnecer todo el perímetro.

–¿Tienes órdenes, señor? –le apremió su camarada en tono burlón.

–Sí –dijo resoluto, aunque no se sentía para nada seguro–. Di a todos los hombres que formamos parte de la guarnición, y dada la presencia de la princesa Constantina, seguramente el alto mando permitirá al emperador entrar en la ciudad. Mientras tanto, yo iré a hablar con el comandante.

El soldado asintió, perplejo, mientras Martino se ponía la coraza y el yelmo y se dirigía hacia el aposento de su superior, a quien encontró ya totalmente pertrechado, a punto de salir.

–¿Qué piensas hacer? –le preguntó sin más preámbulos.

–Vaya una pregunta… Recibir al emperador como es debido –respondió el hombre, molesto–. Ya he mandado a un ordenanza para comunicarle al augusto la presencia en la ciudad de su hermana.

Martino no se sorprendió. Al parecer, tampoco aquel hombre reconocía la avanzada de Constantino como lo que era: una invasión en toda regla. Y él, por su parte, se guardaría muy mucho de decírselo. Se preguntaba si Osio había actuado sabiamente escogiendo no informar a Constante: ciertamente, con su estrategia paciente y reflexiva, el obispo había evitado por el momento la guerra civil; pero si fracasaba en su misión no faltarían los problemas en el Imperio.

Se resignó a lo inevitable y siguió al comandante hacia la entrada principal, donde con el tiempo se fueron congregando dos flancos de multitud. Por aquellos lares nadie habría nunca imaginado conocer a un emperador, y todos estaban deseosos de ver a uno. Aunque no fuera el adecuado.

Vio llegar también a Constantina, quien se colocó cerca de la puerta, seguida de un amplio séquito. Había mucho entusiasmo, y encontró paradójico que la gente no se diera cuenta de lo que estaba aconteciendo. Pero el pueblo romano daba tan por descontada la concordia entre los tres hijos de Constantino que no imaginaba que pudieran hacerse la guerra, ni siquiera que uno de ellos pudiese jugarle una mala pasada a otro. Se cerraron las puertas y un grupo de la guardia palatina a caballo traspasó el umbral. Los soldados se detuvieron un poco más allá y miraron a su alrededor en busca de posibles peligros, luego se dispusieron en semicírculo, obligando a la gente común a dispersarse para hacer sitio. Frente a la entrada, solo quedaban Constantina y su comitiva. Fue entonces cuando Martino vio una figura familiar al lado de la princesa. Era como mirarse en un espejo: Martina.

Tuvo el impulso de correr hacia ella. Pero era la dama de compañía de Constantina, y no podía permitirse revelar su identidad sin arriesgarse a comprometer su misión. Justo en ese momento entró en la ciudad Constantino, avanzando a caballo, luego se bajó de la montura y recibió el abrazo de su hermana.

En medio de la multitud exultante, los dos hermanos parecían muy contentos de verse. Parecían dos personas que tenían un encuentro. Y de repente, se le ocurrió que de verdad podía ser así.

Esto Osio no lo había calculado.

Martina salió muy alterada del palacio del gobernador de Aquilea. Por enésima vez, había intentado hablar con Constantina para pedirle explicaciones, pero la princesa la había ignorado. Hacía días que no la recibía, es decir, desde que había llegado su hermano a la ciudad.

Y lo que más le preocupaba era que no se trataba de Constante, en nombre del cual había afirmado actuar, sino de Constantino.

No acababa de entender el juego de su amiga. Al parecer, había acudido a Aquilea para encontrarse con el invasor, quien, por su parte, una vez atravesados los Alpes y obtenido el homenaje de las ciudades más cercanas a la frontera, había sabido adónde dirigirse. Era obvio que Constantina había mantenido correspondencia con él y que habían acordado reunirse allí.

Tras esperar durante horas inútilmente a ser recibida en palacio, deseaba tomar una bocanada de aire fresco para aclararse las ideas e intentar comprender el berenjenal en el que se había metido. Estaba claro que su hermana formaba parte del complot para destronar a Constante, por motivos que se le escapaban, pero que seguramente estaban ligados a su ilimitada ambición. Y si el emperador legítimo de aquella parte del Imperio reaccionara contra sus hermanos y atacara Aquilea, ella se hallaría en medio. No tenía miedo a morir, pero morir con la etiqueta de traidora, que había acompañado también a su padre, comprometería la carrera militar que tanto importaba a Martino.

Llegó a la conclusión de que debía huir de allí. Pero si luego Constantina se salía con la suya se lo haría pagar caro, y no habría un solo rincón en el Imperio donde la princesa no pudiera encontrarla. Además, sin ella no sabía qué hacer: hacía años que dependía de aquella mujer, sobre todo emocionalmente, y temía no encontrarse bien con nadie más.

Y no sabía estar sola.

Consideró la posibilidad de volver con su hermano, de reunirse con él tal y como Martino le había pedido al día siguiente de la muerte de sus padres. Pero no existía en el mundo una persona más distinta a ella que su mellizo, y estaba segura de que al cabo de un tiempo terminarían por no soportarse; para empezar, él la obligaría a vivir la vida casta y monacal de su madre, la misma, por otra parte, que vivía él. Se le escapó una sonrisa. Martino no era la clase de soldado que iba a los lupanares, bebía hasta emborracharse o violaba a las mujeres en las guerras. Sospechaba incluso que era virgen, y seguro que nunca había manifestado abiertamente impulsos sexuales.

Exactamente lo contrario que ella, que no lograba contener su lujuria. Una vez su madre, desesperada con sus amoríos, le confesó que ella en el pasado había sido igual: desenfrenada, incontenible y pasional hasta la obsesión cuando encontraba a alguien capaz de enardecer sus sentidos. No obstante, especificó haber aprendido a dominarse hasta el punto de anular del todo sus impulsos, y aquello era lo que esperaba que también hiciese ella. Martina le había respondido que no veía ninguna razón para hacerlo, alegando que el Señor no podía censurar a quienes perseguían el placer antes que el deber si no hacían daño a los demás y solamente a sí mismos. Y todavía lo pensaba: no había nada que le gustara más que el sexo, sabía que poseía un talento especial para dar placer a las personas, y no veía por qué tenía que renunciar a ello.

Si se hubiera quedado sola, se habría convertido en meretriz, y no por necesidad, sino por vocación. Estaba segura de ello. Puede que lo hubiera hecho aun quedándose con su hermano.

De repente, sus pensamientos parecieron materializarse. A corta distancia de donde se encontraba, encabezando una patrulla de soldados, vio a Martino. Avanzaba justo en dirección hacia ella, pero se mostraba como el típico fanfarrón pavoneándose, con la mirada perdida, y no se había percatado de su presencia.

No, no podía ser una coincidencia… Su hermano estaba en Aquilea, a centenares de millas de donde debería estar, en un territorio disputado entre dos emperadores de cuyas fuerzas no formaba parte. En el mismo lugar donde se encontraban Constantina y Constantino. Estaba sucediendo algo grande que se le escapaba.

Con todo, en aquel momento le pareció que lo único importante era haber coincidido con su hermano. Accleró el paso y gritó su nombre. Cuando Martino la vio, pareció desorientado. No echó a correr hacia su hermana, como Martina se esperaba, sino que miró a su alrededor con cautela, incluso con miedo. Redujo la marcha hasta pararse, confundiendo a los soldados que estaban con él. Le vio hablar con ellos, luego los demás se alejaron mientras el joven se quedó parado mirándola, con su habitual expresión de reproche hacia ella. Pero no le importó: estaba demasiado contenta de verle y se acercó a él sin vacilar.

—No pareces muy contento de verme —empezó diciendo provocativamente—. Yo, en cambio, sí lo estoy.

Le echó los brazos al cuello, pero Martino permaneció rígido, con los brazos en el aire.

—Yo… no me esperaba verte, vaya —respondió con precaución.

—¿Y yo qué debería decir? —le acosó ella—. Eres un guardia palatino de Constancio que se encuentra en el territorio de Constante, pero en una ciudad en la que se ha instalado Constantino. Eres tú quien está fuera de lugar, mucho más que yo...

–Constantino está aquí para ver a su hermana, ¿no?

Su tono ahora era formal, casi inquisitivo.

–Eso parece... Pero ha sido una sorpresa para mí también. No sabía que Constantina fuera a encontrarse aquí con el emperador. Y, francamente, por si te interesa saberlo, el asunto apesta –confesó.

–Sí. Aparentemente hay muchas cosas que no sabemos... Y tú, ¿cómo estás? No eras tú misma la última vez que te vi en Constantinopla.

A Martina no le pasó desapercibido su intento de cambiar de tema. Pero decidió seguirle la corriente.

–Tienes razón. Estaba conmocionada. No tengo tu fuerza interior: me divierto más porque carezco de tu fe, pero también sufro en mayor medida, porque no sé encontrar una justificación para las desgracias. Aunque Constantina me ha ayudado durante todo este tiempo. Y me comprende... –explicó.

–Ya. No es como nuestra madre ni como yo, que no te entendemos en absoluto... –respondió Martino con sarcasmo–. Nosotros que nos permitimos reprocharte tu comportamiento lujurioso. Ella sí te comprende: todo el mundo sabe cómo pasa las noches. Bueno, cómo las pasáis las dos, supongo. Vaya una manera de llorar a su marido. Y valiente manera también de ser cristiana.

–Cada uno vive como considera oportuno. Será el Señor quien la juzgue cuando su alma tenga que rendirle cuentas, no tú.

–Y no será indulgente contigo, de eso puedes estar segura –señaló su hermano, tan duro como siempre.

–En esto estamos de acuerdo –coincidió–. Más de lo que crees. Me pesa en la conciencia la muerte de nuestros padres.

Martino le lanzó una mirada interrogativa. Ella decidió liberarse de la carga que llevaba encima desde aquel aciago día.

–El motivo por el que no he querido hablar contigo hasta ahora es que estaba avergonzada. Y por la misma razón me marché sin despedirme –explicó–. Aquel día, nuestra madre vino a decirme que había liberado a nuestro padre y que necesitaba mi ayuda para escapar. Se sentía en peligro y, según parece, tenía razón... Pero yo no di importancia a sus temores y le respondí que ya iría a su casa más tarde. ¡A pesar de que no veía el momento de hablar con nuestro padre! Y entonces pasó lo que pasó… ¡Nunca me lo perdonaré!

Las palabras le salieron en torrente, todas juntas, algo que nunca le había sucedido con Constantina. Se sintió mejor. Al menos hasta que se encontró con la severa mirada de su hermano.

–Espera –dijo Martino–, ¿nuestra madre se sentía en peligro? Entonces, sin lugar a dudas, tiene que ver con la carta escrita por Constantino en su lecho de muerte que entregó al obispo Osio.

Alguien debía de haberla amenazado, tal vez por haber divulgado aquella denuncia del emperador contra sus hermanastros… Se la hicieron pagar.

–Yo no… –intentó decir Martina.

–¡Señor! ¡Se acerca el augusto Constante!

Un soldado corrió hacia Martino.

Su hermano se quedó extrañado unos instantes, luego la miró y le dijo:

–Vete a casa y quédate allí encerrada, no salgas pase lo que pase.

Entonces agarró a su camarada por el brazo y se lo llevó, mientras ella se quedaba allí parada. Constantino, Constantina, su hermano, y ahora el augusto Constante. Todos allí en Aquilea… Pero ¿qué estaba ocurriendo?

–¿Están aquí todos tus hombres, comandante?

El augusto Constantino observaba decepcionado las escasas fuerzas de la guarnición de Aquilea, que había hecho reunir frente a la entrada. Martino se encontraba lo suficientemente cerca del emperador como para oír sus palabras cuando se dirigía directamente a su interlocutor.

El comandante asintió, extendiendo los brazos con un elocuente gesto de impotencia, y el soberano negó con la cabeza.

–¿Qué podemos hacer? No durarían ni una hora en el asedio de nuestro hermano, aunque los complementáramos con nuestros hombres –se lamentó el emperador.

Martino suspiró. Estaban al borde de la guerra civil que Osio había procurado evitar. Y de él dependía impedir esa contingencia. Pero no sabía cómo: Constantino quería que la ciudad resistiera a Constante el tiempo suficiente para ponerse a salvo retirándose hacia el oeste. Pero no quería renunciar a los soldados que le protegerían en el caso de que su hermano consiguiera llegar hasta él y atacarlo por el camino. También existía el riesgo de que alguna guarnición del piedemonte, una vez enterada de la llegada del legítimo soberano, cerrara el paso al fugitivo y lo forzara a luchar entre dos fuegos. Constante se había movido en el momento justo, y Martino tenía la impresión de que también sus movimientos formaban parte de los planes de Osio; pero si él no cumplía el papel que le había asignado el obispo todo habría sido en vano. En el mejor de los casos, crecería la tensión entre los dos hermanos, lo que llevaría a una tregua armada que Constantino habría podido romper en cualquier momento; en el peor escenario, Occidente se vería desgarrado por nuevas masacres. Debía jugarse el todo por el todo. Dio un paso adelante y se acercó al emperador. Inclinó la cabeza y, sin osar dirigirse hacia el soberano directamente, dijo a su comandante:

–Disculpe, general, pero quizá podría sugerir al augusto que, mientras tanto, se vaya solo con un pelotón pequeño y que después le siga el ejército…

El comandante le miró sin decir nada, pero Martino, por el rabillo del ojo, notó que Constantino le miraba con interés.

–Adelante, soldado –le instó el emperador.

Un sudor frío le recorrió la espalda a Martino. Se lo estaba jugando todo: puede que incluso la vida. Carraspeó y se explicó:

–Bien, me atrevería a decir que si te repliegas únicamente con el mínimo de tus hombres, mi señor, podrás moverte más ágilmente y pronto estarás fuera del alcance de tu hermano, independientemente de la resistencia de Aquilea. De hecho, en este caso, puede que la defensa ni siquiera sea necesaria, lo cual ahorraría a la ciudad sufrimientos inútiles. Comparado con el ejército de Constante, serás infinitamente más rápido y pronto estarás a salvo; los alrededores de Aquilea están llenos de bosques y de montes cubiertos de vegetación, y borrarías fácilmente tu rastro, aunque Constante enviara exploradores detrás de ti. Entonces, solo tendrías que esperar al resto de tu ejército, que te seguiría de cerca.

Constantino se lo quedó mirando, sometiéndole a un riguroso examen. Luego, asintiendo con convencimiento, declaró:

—Y una vez fuera de peligro, sin tener el aliento de nuestro hermano en el cogote, podremos evaluar con calma si regresar al norte de los Alpes o reunir todos nuestros efectivos y enfrentarnos a él…

Martino observó que el comandante estaba visiblemente aliviado ante la perspectiva de no tener que afrontar un asedio contra su legítimo emperador, al que solamente había traicionado bajo coacción. Ahora también parecía estarlo Constantino. Vio al emperador hablar con su Estado Mayor y convencerlo de que se trataba de la mejor solución. Ya fuera por servilismo o por convicción, sus subordinados se apresuraron a darle la razón.

Todo iba bien. Ahora solo tendría que esperar a que el emperador partiese con una pequeña escolta, y luego salir con sus hombres y seguirle. Sería fácil sorprenderle en el camino y hacerle prisionero, llevárselo a Constante, que no debía de andar lejos, y dejar que fuese su hermano quien decidiera su destino.

—Soldado, ¿cómo te llamas? —le preguntó de repente el emperador.

De ninguna manera podía decirle su nombre. Miró de modo intimidatorio a uno de sus subalternos y dijo:

—Marco Aquinio, mi señor.

—Bien, Marco Aquinio, parece que te has ganado un buen puesto en primera fila. Nos gustaría que vinieras con nosotros; un hombre como tú sería muy valioso. Eres joven, pero con un gran sentido común. Y quizá no estés tan apegado a Constante, si has sido tan diligente en ayudarnos.

Esto no era una petición, sino una orden.

Ahora la situación se complicaba extremadamente. Se arrepintió de haber hablado. Pero ahora no podía negarse.

—Mi señor, es un honor que no merezco —respondió, escogiendo cuidadosamente sus palabras—. Te seguiré con gusto, pero sentiría abandonar a mis hombres. Te pido por tanto poder llevarlos conmigo. Son una veintena —dijo, deseando que el emperador no se llevara a muchos más con él.

Siguieron unos instantes de silencio, durante los cuales Martino elevó una plegaria al Señor para que le consintiera ahorrar tantas vidas humanas: bastaba con que el augusto aceptara su propuesta.

Y cuando Constantino dijo «sea», soltó un suspiro de alivio.

Lo peor estaba por llegar. Pero, por lo menos, se había situado en condiciones de intentarlo.

Es curioso, se dijo Martino, cómo en momentos decisivos de la vida uno se fija en aspectos cotidianos a los que no se suele prestar atención. El rocío depositado sobre las hojas de los arbustos y los árboles; la bruma matinal que lo vuelve todo mágico, irreal, casi intangible; el canto de los grillos y las cigarras en el bosque; el trinar de los pájaros en las ramas; el resoplido y el paso de los caballos que conducían a la pequeña columna lejos de Aquilea; el olor a musgo húmedo en el suelo que bordeaba el camino de tierra a medio pavimentar por el que transitaba la tropa; una ardilla correteando por el tronco de un árbol. Todos sus sentidos se aguzaban, resonando en él, ante sus ojos, en sus oídos y en sus fosas nasales, sensaciones incesantes de una intensidad inaudita, casi insoportable; era un asedio, pero también una emoción; la amplificación de sus facultades le hacía sentirse divino. Tal vez el Señor acababa de investirle con la fuerza que necesitaba para cumplir su cometido.

Veinte contra cincuenta. En otras condiciones, habría sido imposible. Pero Martino podía contar con el elemento sorpresa. Se había situado con sus hombres en la retaguardia de la columna que salió de Aquilea poco antes del amanecer, tras haberles instruido sobre lo que pretendía hacer, al menos por encima. En realidad, no tenía las ideas claras, dependería de las circunstancias. Debía esperar el momento y el lugar adecuados para actuar. También el ejército de Constantino había partido al mismo tiempo, pero había tomado el camino principal hacia Verona y marchaba a pie como una enorme serpiente. Su pelotón, en cambio, estaba constituido solamente por caballeros, con el emperador a la cabeza rodeado de sus guardaespaldas, un puñado de germanos acorazados y bien pertrechados, contra los que no sería fácil enfrentarse: eran veteranos que ya habían estado al servicio de Constantino el Grande, sus rostros estaban llenos de cicatrices, sus expresiones eran feroces, despiadadas y audaces, su complexión imponente y endurecida por la vida salvaje que habían llevado antes de alistarse en el ejército imperial. Eran los mejores que el padre del actual emperador había escogido entre los miles de bárbaros que había vencido a lo largo del Rin en el curso de sus numerosas campañas. Y también eran los más fieles a su memoria, y por tanto a su hijo: defenderían con uñas y dientes a su señor de cualquier amenaza.

No, desde luego que no sería fácil. Realmente necesitaba la ayuda del Señor. Si Cristo quería que el Imperio construido en su nombre por Constantino el Grande permaneciera dividido entre dos emperadores, le ayudaría; de lo contrario, le dejaría morir, sin siquiera acogerlo en su seno el día de la resurrección de los muertos.

Sus hombres le miraban perplejos, no había duda de que compartían sus temores. Más de uno le había manifestado su intensa preocupación, y le costó trabajo encontrar a veinte que aceptaran la misión. No todos los que había seleccionado, decantándose por los más experimentados y aptos, habían aceptado una misión aparentemente suicida. Así que tuvo que contentarse con los más ambiciosos, o simplemente los más sobornables, pero no necesariamente los más valientes. Sin embargo, podía estar seguro de que, al igual que él, lo darían todo: la alternativa era la muerte. Ya no podían dar marcha atrás. Observó al emperador, que no se había dignado a dirigirle una palabra desde que había dispuesto que le acompañara. Era un personaje altivo, que procuraba permanecer a distancia del común de los mortales para dar la impresión de ser inaccesible y tocado por la divinidad. También Constancio, a quien había servido durante aquellos tres años, tendía a mantener la misma actitud; pero Martino tenía la impresión de que para «su» emperador era una mera necesidad, un papel que interpretar con espíritu de servicio, mientras que para Constantino era una manifestación de soberbia: el simple hecho de ser hijo de Constantino el Grande le hacía sentir superior a los demás. Y llevar el nombre del padre y ser el hijo mayor, por lo que parecía, hacía que se creyera el mejor de los tres hermanos.

El Señor no apreciaba la soberbia, por tanto, Martino se sintió animado a actuar: sí, es posible que gozara de su ayuda.

La columna seguía avanzando en silencio, con el arrepentimiento típico de los combatientes obligados a renunciar a una empresa a la que se habían lanzado con los mejores propósitos. Ninguno hablaba o reía para no acrecentar el mal humor del soberano, frustrado en sus planes de hegemonía. Cuando calculó que el grueso del ejército había recorrido una distancia suficiente que evitara cualquier intervención de apoyo al emperador, Martino decidió que había llegado el momento. Empezó a alertar a sus hombres lanzando elocuentes miradas, después estudió los alrededores. Necesitaba un claro para poner en práctica el plan con el que pretendía anular de un plumazo la desventaja numérica.

Esperó a que los árboles del bosque se enralecieran, y cuando estimó que había espacio suficiente para la acción, cerró los ojos, emitió un profundo suspiro y levantó el brazo. Entonces desenvainó su espada. En un silencio invadido por los sonidos de la espesura, sus caballeros extendieron sus lanzas hacia delante y se abrieron en abanico, formando una herradura. Cada uno de ellos se posicionó junto a un guardaespaldas imperial, y el mismo Martino se plantó frente a un enorme germano.

Haciendo acopio de fuerzas, el joven clavó la espada en la clavícula del guerrero, en el único lugar de su cuerpo que no estaba protegido por la armadura. Y relegó a un rincón de su mente el hecho de que el primer soldado que había matado había sido por la espalda. Al mismo tiempo, los veinte hombres atravesaron con sus lanzas a los guerreros que tenían más cerca. En un instante, veintiún hombres cayeron de sus monturas con gemidos ahogados. Sus caballos se encabritaron, lo que dio inicio a un coro de relinchos que llamó la atención de los soldados que estaban al frente de la columna.

–¡Otra vez! –gritó entonces Martino, que espoleó mientras se acercaba al guerrero más cercano.

Asestó un espadazo en el cuello de su adversario. Sin embargo, el hombre se percató del peligro en el último momento e inclinó la cabeza lo suficiente como para amortiguar el impacto con el collarín. El golpe le alcanzó de todos modos, lo que le aturdió y le hizo tambalearse en la silla, pero tuvo el reflejo de utilizar su lanza para mantener alejado a Martino. El joven experimentó un atisbo de contrariedad: se esperaba que el elemento sorpresa le favoreciera también en el segundo ataque, y había calculado que, transcurridos unos instantes, el emperador quedase en inferioridad numérica, con al menos cuarenta hombres fuera de combate. Pero, mirando a su alrededor, observó que muchos de sus soldados se encontraban en la misma situación: algunos enemigos habían visto la suerte que habían corrido sus camaradas y tuvieron tiempo de reaccionar. El resultado era que los combatientes de Constantino aún conservaban su superioridad numérica.

Solo le quedaba esperar que los suyos se revelasen hábiles en el cuerpo a cuerpo. Presionó a su oponente, aprovechando su aturdimiento, y consiguió desequilibrarlo, hasta que finalmente cayó de la silla. Entonces valoró la situación de nuevo: afortunadamente, algunos hombres se habían reunido alrededor de Constantino, preocupándose más por protegerlo de posibles golpes de lanza que de brindar apoyo a sus compañeros enzarzados en la pelea. Mientras tanto, en los casos en que se habían liberado del adversario directo, sus soldados habían flanqueado a sus compañeros, obligando a los enemigos a protegerse de las lanzas provenientes de múltiples direcciones.

Se arrimó a su vez a un subordinado que estaba teniendo dificultades con un adversario aparentemente más hábil que él. El guardaespaldas imperial movía su lanza con pericia, parando las embestidas del rival y abriéndose paso para responder. En pocos instantes, el bárbaro consiguió atacar a su enemigo dos veces, pero con golpes débiles que apenas consiguieron arañar su loriga. Este último se tambaleó en la silla, y el otro aprovechó para propinarle otra estocada, justo mientras Martino le asaltaba por su flanco al descubierto. El germano alcanzó el estómago de su oponente en el mismo instante en que el joven bajaba la hoja hasta su muñeca; el tajo cortó limpiamente la mano del bárbaro, pero un momento después de que su lanza se hubiera clavado en el objetivo. Una lluvia de sangre inundó a Martino mientras el arma, con la mano inerte aún agarrada a la empuñadura, permanecía clavada en el cuerpo del soldado herido, que cayó al suelo.

Martino remató a su víctima asestándole un nuevo tajo en el cuello. Luego cabalgó hacia otro de sus soldados en apuros. Pero justo entonces vio que se le unía otro enemigo, que atravesó a su rival en el flanco mientras su camarada le daba en el muslo.

Ahora no había enemigos directos. Los supervivientes del enfrentamiento se habían amontonado alrededor del emperador, que estaba tan protegido por sus hombres que Martino no podía verle la cara. Contó mentalmente al menos trece enemigos, de los cuales había dos aparentemente heridos, mientras que entre los suyos, tras una rápida ojeada, había un caído y un par de heridos, pero todavía en condiciones de mantenerse en la silla.

Cuando estaba a punto de ordenar un nuevo ataque, los adversarios se dieron la vuelta y se lanzaron al galope hacia la espesura.

Se golpeó el muslo con la hoja de la espada, contrariado. Si huían, todo habría sido en vano.

CAPÍTULO VIII

Martina se encontró al borde de un barranco. No sabía cómo había acabado allí. Un momento antes, en su lecho, y ahora en medio de la nada, contemplando un horizonte sin cielo, un paisaje sin mares ni montañas, sin árboles ni casas… Solo dos figuras humanas en la lejanía, muy muy pequeñas. No, en realidad, no tan pequeñas: se estaban acercando y sus siluetas se iban haciendo cada vez más nítidas…, un hombre y una mujer. Ancianos. Muy viejos. Comprendió que se trataba de sus padres antes incluso de reconocerlos.

Se tambaleó, desorientada. Estaban muertos. Si los estaba viendo, entonces ella también estaba muerta. Y ni siquiera sabía cómo. Pero no le importaba. Se lo merecía, o mejor dicho, no se merecía vivir, era una carga para todos, nadie la quería, ni siquiera Constantina, quien desde hacía días no encontraba tiempo para verla. Ni Martino, que no hacía más que censurarla.

Estaba sola.

Los dos ancianos se acercaron. Parecían decididos a leerle la cartilla. No, no podía sostenerles la mirada… ¡Qué vergüenza! Mejor estar muerta. No, ya estaba muerta, qué necia. Entonces, mejor desaparecer. Se dio la vuelta y miró al fondo del barranco: era como el horizonte, nada más allá de la oscuridad. Mejor, hacerse tragar por la nada le parecía un destino más reconfortante que cualquier otra expectativa. No había construido nada, carecía de ambición, y la nada era lo único que se merecía.

Se dejó caer al vacío con los ojos cerrados. Antes o después sentiría un tremendo impacto, imaginó estrellarse contra el suelo y perder el conocimiento, no pensar más. La nada…, la perspectiva más cautivadora que le pasó por la mente.

Pero no se estrelló. De repente, la sostuvieron muchas manos, que atenuaron su caída y la tendieron suavemente en el suelo.

Abrió los ojos, se vio rodeada por decenas, centenares de hombres y mujeres.

Todos desnudos.

No identificaba a nadie. No, bueno, sí. A uno le conoció en una orgía en Constantinopla, mucho tiempo atrás. Fijándose bien, reconoció a otra persona. Y también a dos hermanos con quienes Constantina y ella se habían entretenido una noche en Roma. Otros muchos rostros no le decían nada, pero podían ser otros participantes de los notorios convites a los que había acudido con la princesa. A cada instante recordaba a alguno. Sí, los había conocido a todos en sus noches locas…

Se abalanzaron sobre ella y le arrancaron la vestimenta. Luego los hombres hicieron cola para tomarla, mientras las mujeres reían, reían y reían. Pero esta vez no le resultaba agradable. Nunca había contado cuántos individuos la habían poseído, nunca tenía suficiente; a veces, incluso, desafiaba a los demás a continuar, jamás se sentía satisfecha. Pero ahora le molestaba. Es más, le repugnaba. Sentía dolor en las partes íntimas, olores desagradables, sabores nauseabundos.

De repente, los rostros de todos los que la rodeaban se transformaron en máscaras monstruosas, demoníacas, bestiales. Tuvo miedo y se puso a gritar, intentando liberarse.

–¿Qué te pasa? ¡Tranquila, no te haré nada!

La voz de Constantina. La miró, la tocó y finalmente la abrazó, aterrorizada.

–Pobre niña… Has tenido una pesadilla. Debe de haber sido horrible –dijo la princesa, acariciándole la frente perlada de sudor y retirándole el cabello que se le había pegado a la piel.

–Estás… estás aquí, por fin… Me has… dejado sola, hasta ahora… –se lamentó Martina, sin comprender, todavía, si había sido un sueño o la realidad.

–Tienes razón. Pero tenía asuntos muy importantes que atender. Cuestiones de las que dependía el destino del Imperio –respondió Constantina.

Martina se incorporó, luego miró a su alrededor. Sí, ahora estaba en Aquilea: reconoció el paisaje a través de la ventana. Había vuelto a la conciencia.

–¿Qué tiene que ver mi hermano en estas cuestiones, si puede saberse? –le preguntó, una vez que su mente recobró la lucidez.

Constantina frunció los labios intentando esbozar una sonrisa, pero no respondió.

—Me lo imaginaba —declaró Martina, poniéndose rígida—. No pensaba que mi hermano se convirtiera en un traidor. No es su estilo…

La princesa puso una expresión de sorpresa.

—¿Traidor?

—Sí. Como tú. ¿Acaso no has traicionado a Constante por Constantino, favoreciendo su golpe de Estado?

Al oír estas palabras, Constantina prorrumpió en una sonora carcajada.

—Bueno, esta era la idea que debía dar a Constantino y, al parecer, lo he conseguido —respondió divertida.

Martina le lanzó una mirada de incredulidad.

—En fin, a estas alturas, será mejor que lo sepas —se dejó llevar Constantina—. Hemos venido aquí porque escribí una serie de cartas a Constantino para invitarle a invadir los territorios gobernados por Constante. Le aseguré que había urdido una serie de contactos entre los senadores y la nobleza itálica para que le recibieran con los brazos abiertos y licenciaran a su legítimo emperador. Y también le di un plazo para actuar, aprovechando que mi otro hermano se encontraba lejos.

—Entonces, has sido tú quien ha provocado esta invasión… —exclamó pasmada Martina.

—Digamos que me las he arreglado para hacer realidad sus ambiciones, de las que todos estábamos al corriente. Hasta que Constantino no estuviera libre de actuar, el Imperio habría estado de continuo bajo la amenaza de una guerra civil. De este modo, hemos decidido nosotros cuándo provocarla, para salir vencedores. Pero he actuado de acuerdo con la corte de Constantinopla. Fue Osio de Córdoba quien me ofreció esta posibilidad. Convinimos en que debía atraerlo hasta Italia y reunirnos en Aquilea, diciéndole que quería guiarle hacia Roma y abrirle el camino sin combatir gracias a mis contactos. En realidad, debía mantenerlo aquí anclado a la espera de que Constante regresara y le cogiera por sorpresa… Algo que está sucediendo tal y como habíamos planeado.

Martina estaba horrorizada por la capacidad de intrigar de los personajes a los que estaba ligada. También le debía mucho a Osio por la ayuda que le había proporcionado a su madre cuando ambos estaban en la corte años atrás.

–¿Tú qué obtienes a cambio? –quiso saber.

–El bienestar del Imperio… Y perspectivas sobre la sucesión –respondió sibilina la princesa.

–¿Y mi hermano qué tiene que ver en todo esto? –la apremió.

–Tu hermano tiene un papel crucial –se apresuró a responder la mujer–. Para que Constantino pasara a la acción, Constante debía estar lejos. Por tanto, no podíamos estar seguros de que regresara a tiempo para impedir su avance hacia Roma. Yo tenía la tarea de retener a Constantino aquí en Aquilea el mayor tiempo posible, pero como ves se fue esta mañana, y podría conseguir salvarse. Y es aquí donde entra en juego tu hermano: Osio lo envió a Italia para cuidar de Constantino, con un golpe de mano, por si mi hermano no llegaba a tiempo para derrotarlo en una batalla campal. Osio considera inteligente a Martino, por eso le encomendó tan delicada tarea. Y, de hecho, tu hermano partió esta mañana con el augusto; veremos qué noticias nos llegan…

Martina reflexionó.

–O quizá Osio considera a mi hermano sacrificable…

Constantina se encogió de hombros.

–Podría ser. Osio es un político, más que un hombre de Iglesia. ¿Dónde está la diferencia? De todas formas, le ha ofrecido una oportunidad espléndida para un jovenzuelo que lleva poco tiempo en el ejército. Si lo consigue, tendrás un hermano muy importante…

«Pero si no lo logra, ni siquiera tendré ya un hermano», pensó Martina, que se sintió más que nunca una marioneta en manos de los poderosos.

–¿A qué esperamos? ¡Vamos a por ellos! ¡Y siempre atentos al emperador! –gritó Martino a sus hombres, espoleándoles, y salió al galope sin esperar su respuesta.

Enseguida se dio cuenta de que no podía ir muy rápido. El pelotón ya mermado de Constantino había abandonado el camino y se había adentrado en el bosque; Martino divisaba las siluetas de los soldados, que iban a toda velocidad entre los troncos de los árboles. Pero también ellos tenían dificultades para avanzar: la pendiente era cada vez más pronunciada, y a cada paso los caballos corrían el riesgo de dañarse con una piedra saliente del terreno o con un bache. El rumor de la maleza pisoteada le indicaba la dirección que debía seguir incluso cuando los adversarios desaparecían de su vista, tras hondonadas y depresiones o en el interior de una zona más espesa de matorrales. A medida que la pendiente se hacía más pronunciada, pensó que avanzaría más deprisa a pie. Entonces dio orden de desmontar y subir andando. Sus hombres avanzaban esparcidos, pasando por encima de hojarasca y arbustos, tirando de los caballos con las riendas, y pronto vio que habían recuperado terreno: los soldados del emperador, de hecho, se obstinaban en seguir sobre sus monturas. Aguzó la mirada, pero no logró distinguir a Constantino: la neblina era aún muy densa, y en la espesura del bosque los fugitivos eran formas indeterminadas. Debía rastrear uno a uno hasta dar con su presa.

Persiguió a un hombre que, solo cuando estuvo cerca, se dio cuenta de que no era el soberano. Era un soldado que se había retrasado. Pero de todos modos era un obstáculo que quitar de en medio, y debía enfrentarse a él, aunque le hiciera perder tiempo. Más allá de su corpulenta figura, podía divisar un reducido grupo de guerreros, y era allí, con toda seguridad, donde se encontraba el emperador, bien rodeado por sus hombres.

Cuando estaba casi encima de él, el guerrero se volvió y lo encaró con una mirada feroz. Martino vaciló un instante, atemorizado por la enorme corpulencia del hombre, que lo sobrepasaba en altura gracias a la pendiente, y no pudo hacer otra cosa que oponer la hoja de lado al golpe que su adversario le descargó con una fuerza inaudita de arriba abajo.

El impacto fue tan violento que le hizo perder el equilibrio y cayó de espaldas entre el follaje que cubría el terreno de la pendiente. Antes de que pudiera levantarse, un subordinado tomó su lugar y atacó al guardaespaldas como un poseso. Pero no le dio tiempo a asestarle ningún golpe, porque la lanza de su rival le atravesó de lado a lado a la altura del abdomen, destrozó los anillos de la loriga y asomó por el costado. El bárbaro hizo palanca con el asta de su lanza para empujar a su víctima hacia los dos perseguidores que se acercaban. Los soldados de Martino fueron embestidos por su compañero ya cadáver, perdieron el equilibrio y se deslizaron por la ladera, concediendo un tiempo precioso al grupo de fugitivos.

Martino, nuevamente en pie, notó que aquel endemoniado no se había quedado atrás porque no pudiera más, sino que se había colocado en la retaguardia para sacrificarse, facilitando así una vía de escape a su emperador. Y lo estaba consiguiendo: si hubiera resistido más, Constantino y sus hombres pronto habrían desaparecido hacia la cima de la colina, y entonces habría sido casi imposible rastrearlos en el monte.

Un soldado intentó sortearlo pasando de lejos, y su ejemplo fue seguido enseguida por un compañero. Pero el guerrero, que se cernía como una colosal estatua de granito sobre sus adversarios, cogió una piedra, la arrojó contra ellos y atinó en el casco del que iba delante. El soldado se desplomó como un saco vacío, y el otro se tropezó con él. El bárbaro desenvainó su espada y se abalanzó sobre ellos, aplastó el cráneo del hombre aturdido de un pisotón, y con una estocada increíblemente rápida para un individuo de su tamaño cercenó limpiamente la cabeza del otro.

Martino fue presa del pánico. Un único hombre estaba masacrando a todos los suyos, haciéndole perder de vista al emperador. Intentó subir al lugar que había dejado libre su antagonista, pero este cogió la lanza de una de sus víctimas y la arrojó hacia él. El joven se percató a tiempo y se apartó, pero acto seguido oyó un grito de dolor por detrás.

Al darse la vuelta, vio que el tiro había alcanzado de lleno en el pecho a uno de los suyos.

Ahora sus hombres empezaron a dudar. Ninguno tenía el valor de enfrentarse a semejante bestia. Debía ser él quien los enardeciera, pero se dio cuenta de que era el primero en tener miedo. Se esforzó por encontrar una solución.

—Ataquémosle por varios sitios: ¡no podrá enfrentarse a tantos hombres por la espalda, de frente y a los lados a la vez! —ordenó.

Los suyos se expandieron en abanico hasta conseguir acercarse al enemigo desde casi todas las direcciones.

—¡Todos juntos, vamos! —dijo Martino, avanzando hacia el enemigo, cuyo semblante se había vuelto, si cabe, aún más salvaje.

—¡Ahora! —gritó, y junto a los demás se abalanzó sobre el guerrero, que giraba sobre sí mismo blandiendo la espada.

Una quincena de lanzas apuntaba hacia el bárbaro. Sin dejar de dar vueltas, esquivó a algunos, dio manotazos, contuvo a más adversarios, pero otros consiguieron hacer mella en su marmórea figura y abrieron brechas de las que brotaban chorros de sangre. Sin embargo, las heridas no debilitaron su hazaña, ya que continuó impidiendo con vehemencia que cualquiera pudiera acercarse a él lo suficiente como para asestarle el golpe decisivo. Martino tuvo que esquivar más de una vez sus ataques, y en una ocasión sintió la punta de la hoja arañarle la coraza a la altura del pecho.

El joven se dijo a sí mismo que, si quería conquistar su estima, debía mostrarse más valeroso que los demás. Asimismo, tenía que acabar con él lo antes posible: el tiempo pasaba y las posibilidades de alcanzar al emperador se iban reduciendo. Lanzó un grito para infundirse valor y dio un salto hacia el gigante, que parecía tener ojos en la nuca y se movía como un rayo. El hombre percibió su intento y se dio la vuelta, pero Martino ya se había abalanzado sobre él, justo a tiempo para hundirle la espada en el cuello, y consiguió derribar al coloso.

No obstante, a pesar del golpe, el guerrero todavía fue capaz de lanzar embestidas. Un soldado incauto, convencido de que lo tenía a su merced, se le acercó. El gigante no podía golpear a Martino porque este estaba prácticamente encima, pero fue capaz de alargar el brazo y asestar un golpe paralelo al suelo, con lo que cortó de cuajo el pie del legionario. El hombre se derrumbó gritando y agarrándose el muñón. Mientras, Martino daba un cabezazo en el mentón del oponente y, acto seguido, se distanció lo justo para cargar el brazo y, con todas sus fuerzas, volver a hundirle la espada, esta vez en la boca. Un instante después, la cara del guerrero estaba clavada en el suelo.

Los soldados elevaron un grito de triunfo, y Martino notó que todos le miraban con admiración. Pero no era el momento de disfrutar de aquella pequeña satisfacción. Ordenó a un legionario herido levemente que se quedara junto al hombre que había perdido el pie y exhortó a los demás para que le siguieran hasta la cima. Aún se encontraban en superioridad numérica, y pretendía sacar ventaja de ello.

Retomó el ascenso de la colina, pero no había ni rastro de Constantino. ¿Habría permitido realmente el sacrificio del guerrero la huida del emperador? Tras vagar un buen rato por el bosque, hizo callar a sus hombres unos instantes, con la idea de captar cualquier ruido que indicase la presencia de los fugitivos en las inmediaciones, pero no oyó nada que se saliera de los sonidos habituales del sotobosque. No, no podía terminar así; no debían de andar muy lejos. Especuló sobre qué dirección podrían haber tomado, y miró a su alrededor. Había árboles, muchos árboles, pero también formaciones rocosas que indicaban que estaban cerca de la cumbre del monte.

Un enorme bloque de piedra sobre un manto de agujas de pino le impedía la vista hacia la montaña. Ordenó a un soldado que subiera un poco más arriba y la rodeara para escudriñar el terreno en esa dirección. El hombre iba caminando fatigosamente, pero cuando llegó a su altura una figura se materializó de repente frente a él. En el instante en que Martino tardó en percatarse de que se trataba de un guerrero de Constantino, el adversario descargó un sablazo transversal que rebanó el cuello del legionario. Inmediatamente después, otras figuras surgieron de detrás de la roca y se abalanzaron sobre ellos.

Esta vez, pensó Martino justo antes de oponer su espada a la primera estocada de la lanza, fueron los hombres de Constantino quienes le habían sorprendido.

Juliano ordenó al cochero que detuviera el carruaje y se puso a observar la larga cola de entrada al hipódromo de Nicomedia. Se fijó, en particular, en la cantidad de niños que esperaban entrar, agarrados de la mano de sus padres o de los esclavos. Y le sorprendió su variada extracción social: entre ellos había aristócratas, con elegantes vestimentas y actitud altiva, pero también había pobres diablillos vestidos con harapos.

«Hasta ellos pueden permitirse ir a ver las carreras de carros».

Adoptó una expresión triste, que enseguida percibió su preceptor Mardonio.

–Hijo, no debes envidiar a esos chicos. Se trata de un entretenimiento efímero, que te brinda placer solo en el momento en que se lleva a cabo. Las carreras de carros a las que tú asistes son más duraderas y te hacen ser mejor persona.

–¿Ah, sí? ¿A qué carreras te refieres? Yo como mucho he visto correr a dos lagartijas en la villa de mi abuela… –respondió el niño con sarcasmo.

–¿Te has olvidado de la espléndida carrera de carros que estudiamos la semana pasada en la *Ilíada*? –rebatió el eunuco.

–La he estudiado y aprendido de memoria… –le restó importancia Juliano, que no entendía adónde quería ir a parar su maestro.

–Precisamente. La has interiorizado. Forma parte de ti. Y te aseguro que es mucho más épica y memorable que cualquier carrera que puedas ver en este o en cualquier otro hipódromo del Imperio –le explicó el preceptor, acalorándose con su característica voz endeble, que obligaba al muchacho a aguzar el oído.

A veces, Juliano sospechaba que el eunuco exageraba su tendencia a susurrar para forzarlo a prestar mayor atención a sus palabras.

–No encontrarás nada más hermoso, sobre todo porque está vinculada a acontecimientos que han forjado la historia de la humanidad.

–Es una historia, tú lo has dicho, no es real. La realidad está ahí –contestó tristemente, señalando al edificio mientras el carruaje, tras una indicación del maestro, retomaba la marcha hacia el campo en dirección a la finca de su abuela.

–En absoluto, querido Juliano –rebatió el eunuco–. No me digas que no has pensado muchas veces en aquellos versos que ahora eres capaz de recitar. Te habrás imaginado la escena, habrás esbozado a los héroes que participaron y te habrás entusiasmado mientras seguías sus gestas. ¿Quiénes son los aurigas que corren hoy comparados con los héroes homéricos? Si hubieras visto hoy estas carreras, mañana ya te habrías olvidado. En cambio, estos versos inmortales, de una fuerza inaudita, son capaces de entrar tan dentro de ti que los llevarás contigo mientras vivas. Piensa en el contexto: la mayor guerra jamás librada. Piensa en las circunstancias: Patroclo está muerto, Aquiles está furioso y dentro de poco matará a Héctor, y todos los griegos celebran los juegos en honor del héroe caído.

Juliano asintió, e intentó imaginarse la escena. Eumelo, Diomedes, con los caballos arrebatados a Eneas, Menelao… y luego Antíloco; su padre, el viejo Néstor, dando consejos, mientras los caballos se impacientan, justo antes de partir.

El que solo confía en el carro y en el jinete,
   aquí y allá vaga sin sentido;
inciertos vagan los caballos,

y ya no puede gobernarlos.
Pero el auriga experto,
aunque menos valiente conduce,
siempre tiene su mirada en la meta,
y va directo a ella, y sabe cómo aminorar,
sabe cómo sujetar las riendas con manos firmes,
y observa al rival que va por delante.

Los veía, ahora sí: contemplaba las bigas «rasurar el suelo, dando sublimes saltos», levantando una polvareda «como una tormenta», mientras las túnicas de los aurigas ondeaban al viento. Observó cómo rebasaban la meta. Un alto alerce, y «entonces brillaron las proezas de cada uno, entonces se desplegaron todos los carros del estadio». Vio a Febo temblando de cólera, «lágrimas de ira y dolor inundaron las mejillas del héroe, contempló la biga de Eumelo alejarse a toda velocidad, y la suya correr más lento por falta de látigo». Entonces se estremeció ante la intervención divina que hizo que la biga de Eumelo se rompiera, y siguió trepidante, mordiéndose el labio, la caída del auriga en el polvo, con la cara estampada contra la rueda y Diomedes pasando por encima de él…

Se dio cuenta de que había cerrado los puños por la tensión y el sudor…, igual que si hubiera seguido una carrera en directo. Miró a Mardonio, que sonreía satisfecho.

–¿Ves? –le dijo el preceptor–. ¿No ha sido una maravilla revivirla?

Juliano asintió, pero no podía volver a casa de aquel agradable viaje a Nicomedia sin provocarle otra vez. Se secó la frente sudorosa con el dorso de la mano y comentó:

–Por supuesto, no se encuentran acontecimientos tan épicos en el Antiguo ni en el Nuevo Testamento…

Mardonio se indignó, mirándole de reojo.

–¿Bromeas? ¿Cómo te atreves a afirmar que no es épica la Pasión de Cristo? ¿Y la matanza de los inocentes? –le reprobó–. Si luego vamos atrás en el tiempo, antes de la llegada del Salvador, tenemos donde elegir: ¿la Creación no es el acto más épico de todos? Y ahora, vamos, dime algún otro. Mejor aún, digamos uno por cabeza, y el que se quede sin argumentos, esta noche se queda sin cenar…

Juliano aceptó divertido el reto.

—Pues bien: también la historia de Adán y Eva con la manzana y la serpiente, la expulsión del paraíso terrenal, es una aventura realmente épica… –reconoció.

–¿Y qué me dices del Diluvio universal y el arca de Noé? –respondió a su vez, divertido, Mardonio.

–Bueno, entonces hablemos primeramente de la historia de Moisés, hijo del faraón y luego rechazado por la corte.

–Y la liberación de la esclavitud en Egipto, las siete plagas, el cruce del mar Rojo, el vellocino de oro, la peregrinación por el desierto durante cuarenta años, la caída de Jericó…

–Ahora que lo pienso: también la historia de José vendido por sus hermanos y después convertido en gran dignatario egipcio…

–¿Y Daniel en el foso de los leones?

–¿Y David que vence a Goliat?

Juliano se quedó parado de repente, como si hubiera caído en la cuenta de algo.

–Pero todas son hebreas. ¿Qué tienen que ver con nosotros los cristianos? –siguió desafiando.

Mardonio frunció los labios con una media sonrisa. Juliano sabía cuán débil era la fe de su preceptor. Había sido también el maestro de su madre Basilina. Su abuela lo había conservado después de que su hija se casara con Julio Constancio; y cuando aseguró al obispo Eusebio que ella se encargaría de la educación del nieto, había evitado dar detalles sobre la formación del hombre a quien pretendía confiárselo. Mardonio era un godo que se había educado en la cultura griega, de la que era un ferviente admirador. Se había bautizado y había afrontado el estudio de las escrituras cristianas con gran devoción, pero su legado cultural seguía siendo clásico.

A Juliano le gustó enseguida: si bien lo educaba para crecer como un perfecto cristiano en la forma, Mardonio no perdía la ocasión de recordarle cuánta gratitud se debía a los artistas, a los filósofos y a los pensadores que no habían oído hablar de Cristo y que habían vivido siglos y siglos antes que él. En el plano espiritual, le había parecido enseguida similar a aquel Sexto Martiniano al que había conocido fugazmente en Constantinopla, y se había encariñado mucho con él. Su compañía, y el amor a su abuela, habían hecho de aquellos tres años en Nicomedia una época feliz y tranquila, a pesar del hecho que lo había provocado y de las amenazadoras expectativas del obispo Eusebio.

–No te olvides, Juliano, de que también Jesucristo era judío –respondió el eunuco–. En la historia de los hebreos, según los cristianos, se anuncia la venida del Redentor.

Juliano sonrió. Cuando le preguntaba algo relacionado con la cultura clásica, el maestro respondía con entusiasmo y convicción, y de manera muy contundente. Pero cuando sus cuestiones se referían al Señor y a la Iglesia cristiana el preceptor respondía con frases hechas y bastante menos apasionadas.

En efecto, le tenía aprecio, y esperaba que le acompañase en su educación durante muchos años.

CAPÍTULO IX

La situación se había dado la vuelta. Ahora eran ellos, los hombres de Constantino, quienes podían neutralizar la ventaja numérica con el efecto sorpresa. Martino contó hasta once, lo cual significaba que él tenía cuatro más; pero aquellos bárbaros también contaban con la ventaja de la pendiente a su favor, eran guerreros con más pericia y su fuerza física se multiplicaba con el impulso viniendo desde arriba.

Lo experimentó en carne propia, cuando acabó embestido por otro individuo que le sacaba al menos una cabeza, y que era mucho más ancho de espalda. El hombre se le echó encima casi rugiendo y, aunque Martino tuvo la rapidez de reflejos de parar el golpe interponiendo la espada, la potencia del impacto le hizo perder el equilibrio y le catapultó al suelo. El otro le atacó, y el joven lo vio cernirse sobre él blandiendo la espada. Tuvo que rodar de costado para evitar la nueva arremetida, pero terminó encontrándose con la cabeza metida en un zarzal. Se le llenó la cara de espinas y arañazos, y durante unos instantes, el escozor le obligó a cerrar los ojos. Solo sabía que tenía que seguir moviéndose si no quería convertirse en un blanco fácil para el adversario. Siguió rodando entre las agujas de pino, clavándose en la espalda y en los hombros las piedras salientes del terreno, hasta que por fin fue capaz de ver.

La silueta del bárbaro seguía encima de él, y solo el instinto de supervivencia le permitió evitar el siguiente embate, que fue a parar al suelo a un dedo de su casco. Aprovechando la pendiente, el romano continuó rodando hacia el valle para zafarse del alcance de la espada enemiga, y finalmente logró levantarse. Justo a tiempo para parar otro ataque, que de nuevo le hizo tambalearse. Oía a su alrededor el fragor de las otras espadas, los gritos de instigación y de dolor de los combatientes, pero no tenía tiempo de mirar ni de reojo para comprobar si iban ganando; al fin y al cabo, si todos los demás bárbaros eran tan duros de pelar como el suyo, sus quince hombres no bastarían.

Pero mientras tanto debía concentrarse en su oponente, que seguía acosándole con sus ataques. Martino no podía más que defenderse, con el riesgo de resbalar a cada momento sobre el terreno blando del sotobosque empapado por el relente nocturno. Se dio cuenta de que no podía vencerlo con su habilidad en el duelo. Intentó protegerse detrás del tronco de un árbol, de este modo ganaría algún tiempo para pensar cómo ser más eficaz. Luego se puso detrás de unos matorrales, manteniéndolo a distancia. Pero el otro saltó sobre la vegetación, aplastándola con su peso, sin darle un momento de respiro.

Martino se fijó en unos zarzales, aún más altos, a su derecha, y tuvo una idea. Se colocó detrás rápidamente esperando que el enemigo arremetiera contra esta otra barrera. Y el bárbaro no tardó en seguirle. Dio un nuevo salto para pasar por encima del obstáculo, aterrizó sobre él aplastando la mayor parte de las ramas, pero cuando intentó dar un paso más para golpear al joven se encontró con los tobillos y los pies atrapados entre las raíces de la maleza. Acabó perdiendo el equilibrio y bajó la guardia. Martino, que había seguido con atención sus movimientos, salió como un rayo y le asestó un golpe en la base del cuello. El guerrero abrió los ojos como platos, miró incrédulo a su asesino y finalmente se desplomó sobre un charco de sangre.

El romano extrajo la espada carmesí y por fin miró a su alrededor. En el intento de esquivar los golpes de su rival, había acabado alejándose de sus compañeros, a quienes veía en la lejanía aún ocupados con sus respectivos contrincantes. Al parecer, sus filas se habían reducido notablemente y ahora ambas formaciones estaban casi en paridad numérica. Por un momento pensó en unirse a ellos y apoyarlos, pero entonces se percató de que ya nadie le prestaba atención. Era una ocasión perfecta para resolver el asunto de una vez por todas. Si los guardaespaldas eran once, significaba que solamente uno se había quedado con Constantino. Y acercarse a los compañeros implicaba únicamente darle más tiempo al emperador para escabullirse.

Tomó la decisión en un instante. Sin prestar atención al combate, escaló la pendiente manteniendo la distancia con los demás, dio un rodeo y llegó hasta la roca tras la cual se habían escondido los enemigos. Como imaginaba, el soberano no se había quedado allí esperando. Retomó su ascenso mirando hacia arriba para buscar a su presa, atisbando detenidamente entre los troncos, arbustos y ramas, mientras los sonidos del combate se iban atenuando en el bosque. Llegó a un acantilado y tuvo que parar para intentar averiguar por dónde lo habían rodeado los fugitivos. Entonces sus ojos se posaron en el terreno a su derecha, donde distinguió claramente manchas de sangre fresca.

¡Claro! Con Constantino había permanecido un hombre herido, por resultar inútil para sus camaradas en la emboscada. Y ello significaba no solo que avanzaban en esa dirección, sino que se movían con menos agilidad de lo esperado. Envalentonado ante la perspectiva de llegar hasta ellos rápidamente, retomó la marcha de buena gana, y el renovado entusiasmo le hizo olvidar el cansancio acumulado durante el combate que acababa de librar. Había logrado vencer a un guerrero feroz y experimentado, y esto acrecentó la confianza en sus propias posibilidades; tal vez algún día, entre las filas del ejército, se escucharían de él los mismos elogios que todavía oía decir de su padre como soldado y comandante. Incluso los militares cristianos seguían loando sus gestas, reconociendo su valor y su espíritu indómito; esto le molestaba, pero al mismo tiempo le enorgullecía y le confería cierta responsabilidad, lo que le impulsaba a emularle a pesar del desprecio que aún sentía hacia él.

Observó la presencia de los fugitivos incluso antes de verlos, gracias al ruido que hacían al pisar las ramas caídas. Se quedó quieto un momento intentando identificar su procedencia, entonces reemprendió decidido su escalada, y finalmente localizó sus siluetas entre los árboles. Comprobó que avanzaban con lentitud, y decidió cortarles el paso. Ascendió pegado a ellos, procurando no ser visto, los rebasó y, al cabo de un trecho, viró en su dirección, caminando a media ladera. Cuando llegó a su altura, se agazapó detrás de un árbol y los esperó.

Cuando los oyó jadear, apretó con fuerza la empuñadura de su espada. Apenas se asomó de su escondite, vio al emperador por delante del guardia, que avanzaba penosamente sujetándose un muslo, en el que resaltaba una gran mancha oscura. Se estremeció de emoción, esperó a que subieran unos pasos más y cuando llegaron a su altura se plantó delante de ellos.

El augusto, instintivamente, dio un salto hacia atrás, buscando protegerse detrás del corpulento soldado.

–¡Mátalo, imbécil! ¡Haz algo útil! ¿A qué esperas? ¿No ves que abulta la mitad que tú? –gritó histérico.

Martino habría preferido que se rindieran para poder regresar con el emperador y salvar a los supervivientes de la emboscada, demostrando a los guardaespaldas que ya era inútil pelear, pero se resignó a enfrentarse al adversario. Aun así, no cometió el error de infravalorarlo porque estuviera herido. Y, de hecho, fue el bárbaro quien atacó primero, mostrándose de repente decidido y capaz. El romano paró su golpe y se mantuvo a distancia para evaluarlo. El muslo izquierdo presentaba un desgarro por el que debía de haber perdido bastante sangre; era evidente que tenía dificultades para mantenerse sobre la pierna maltrecha y para moverse hacia los lados. Suficiente: el joven contraatacó hacia la derecha, obligando a su oponente a hacer fuerza con la extremidad herida. El hombre paró el golpe de Martino, pero su expresión de sufrimiento dejaba patente cuánto le había costado.

Debía insistir. Mientras tanto, por el rabillo del ojo, vio que el emperador se estaba escapando. En consecuencia, tenía que darse prisa. Acosó al adversario, acribillándole a golpes siempre en el mismo lado y obligándole así a apoyarse sobre la pierna lesionada, hasta que cediera. Al enésimo golpe, el hombre tuvo que apoyar la rodilla en el suelo, y después también la otra para evitar desequilibrarse. Sin embargo, encontró la manera de lanzar ofensivas desde esa posición, impidiendo que Martino se acercara y le diera el golpe de gracia. El joven empezó a ponerse nervioso: aquel hombre estaba favoreciendo la huida de Constantino. Tomó la decisión de arriesgarse para dar la partida por concluida. Se movió rápidamente para abalanzarse por la espalda de su antagonista, pero este se giró y le plantó cara. Entonces Martino se lanzó sobre él enfilándole con la espada. Le clavó la punta en la axila, pero justo cuando su hoja penetraba en el cuerpo del bárbaro, sintió una quemazón insoportable en el brazo izquierdo.

Su oponente se desplomó en el suelo con gemidos entrecortados, al tiempo que soltaba la empuñadura de la espada, teñida de rojo por la sangre de Martino, y finalmente dio una fugaz sacudida, antes de dejar escapar un largo suspiro y permanecer inmóvil, con los ojos muy abiertos. El joven se miró el brazo justo por encima del codo, y vio un tajo tan grande como el del muslo del bárbaro. Era necesario vendar la herida para detener el copioso flujo de sangre que corría por su antebrazo, pero no había tiempo. Se encaminó hacia donde había visto huir al emperador y lo divisó entre los arbustos. Estaba claramente mejor entrenado que el soberano y vio cómo rápidamente le ganaba terreno. Le gritó que se detuviera, pero este prosiguió sin darse la vuelta, hasta que Martino se le echó encima. El joven, no obstante, sintió que las fuerzas le abandonaban: la sangre seguía brotando de la herida, debilitándole a cada paso. Decidió jugarse el todo por el todo antes de desmayarse por el esfuerzo: calculó la distancia y luego dio un salto hacia delante y atrapó con los brazos las piernas del fugitivo. Cayeron juntos, Martino sobre los talones de Constantino.

Una vez en el suelo, el joven se preparó para bloquear al soberano, pero se percató de que este no se movía. Se levantó y le miró detenidamente. Vio que la cabeza del emperador estaba pegada a la base de un árbol. Supuso que habría ido a parar contra el tronco y que se habría desmayado, pero después se fijó en la posición antinatural de la cabeza respecto a los hombros. El cuello estaba lívido y comprendió que se le había partido con el impacto, lo cual le produjo la muerte inmediata al joven soberano. Permaneció unos instantes contemplando el cadáver. Realmente, un final sin gloria para el hombre que había heredado el Imperio de Constantino el Grande. Pero ahora no había tiempo para reflexiones. Arrancó un trozo de la túnica del emperador y se vendó la herida, luego se obligó a hacer algo repulsivo para él y, finalmente, caminó resueltamente valle abajo hacia el lugar donde había dejado a sus hombres. La fatiga empezó a dejarse sentir y estuvo varias veces a punto de caer rodando. Pero no paraba de repetirse que, si pudiera salvar aunque fuera a uno solo de sus hombres, habría valido la pena. Sin tener noción del tiempo transcurrido, empezó a oír el ruido de las armas; buena señal, se dijo, significaba que alguno todavía seguía vivo. Se acercó, veía borroso por la debilidad y tuvo que apoyarse en un árbol para no caerse. Reconoció a tres de sus hombres aún vivos, llenos de heridas, alineados uno junto al otro sobre un montículo rodeado de arbustos. En las proximidades, cinco guerreros buscaban un hueco para asestar el asalto final.

–No… no hay necesidad de seguir luchando… –intentó decirles, percatándose de que su voz era demasiado débil como para ser oída.

Se vio obligado a acercarse un poco más, hasta llegar casi justo detrás de los guardias imperiales. Pero no se tenía en pie. Cayó de rodillas, y solo entonces pudo emitir unas palabras.

–Dejad de pelear…, basta. Todo es inútil…

Algunos guerreros se dieron la vuelta; también sus hombres se detuvieron y se quedaron mirándole.

–El augusto Constantino… ha muerto… Soltad las armas –declaró a duras penas, levantando el brazo y mostrando la prueba de sus palabras.

Martina contempló con orgullo a su hermano mientras recibía la corona de laurel directamente de las manos del augusto Constante. Juntos, ambos jóvenes no sumaban medio siglo de vida, sin embargo, aquella escena que transcurría en el suntuoso espacio frente al palacio de los decuriones de la ciudad, en medio del júbilo de la multitud, le pareció la más deslumbrante que había presenciado jamás. El pueblo aclamaba al emperador del mismo modo que, hasta hacía pocos días, había estado dispuesto a vitorear a su hermano. El decurión hizo lo mismo, inclinándose ante el emperador y obligando servilmente a sus subordinados a poner en práctica todas sus instrucciones.

Y después todos gritaban el nombre de Martino. Su hermana estaba conmovida. Por un momento, olvidó que ambos eran solamente instrumentos a merced de los poderosos, una vez olvidadas sus diferencias, y pensó cuántas veces las masas habían celebrado las hazañas de su padre, en una época en la que ella todavía no existía o no tenía relación con él. Las personas que le habían conocido, y su madre misma, le habían relatado numerosas veces sus gestas, alabando su integridad moral con la misma intensidad con la que reprochaban sus tendencias, y no podía soportar la idea de no haber conseguido jamás que se las contara él personalmente. Por eso, ahora consideraba la escena como una pequeña compensación por lo que se había perdido en el pasado.

–Debes estar orgullosa –le susurró Constantina, procurando hacerse oír en medio del clamor de la multitud a sus espaldas; por lo menos, el hecho de ser la acompañante de la princesa le había brindado a Martina el privilegio de disfrutar del espectáculo en primera fila–. Es cierto que ambos, imberbes como son, no dan la idea de ser, respectivamente, el emperador y su más celebrado héroe de guerra… –añadió, demostrando haberse fijado en las mismas paradojas que ella.

Martina sonrió amargamente; no podía olvidar que ninguno de los dos hijos de Constantino presentes en la celebración habría llorado a Martino si hubiera perecido en el intento.

–Sí. Por supuesto que estoy orgullosa de él. Ha madurado mucho desde la última vez que le vi en Constantinopla tras la muerte de nuestros padres…

Constantina entrecerró los ojos.

–En realidad, parece más joven que tú, aunque seáis mellizos. Y no porque tú aparentes más años de los que tienes –quiso justificarse rápidamente–. Tiene aspecto… de niño, y eso le hace parecer tan joven como Constante, que de hecho tiene cuatro años menos que él. Siempre me has dicho que era una persona muy devota. ¿No está casado?

–Oh, no, estas cuestiones no le interesan… –respondió.

–Vaya… ¡No me digas que es virgen! –exclamó maliciosamente la princesa.

–¿Sabes qué? Creo que sí… No es de esos soldados que frecuentan los lupanares. Siempre prefería pasar el tiempo ejercitándose en el arte militar o rezando. Por eso nunca nos hemos llevado bien.

Constantina adoptó una expresión pensativa y no respondió. Ambas amigas se limitaron a observar la clausura de la ceremonia, en la cual el obispo de la ciudad elevaba preces al Señor dándole gracias por haber enviado un ángel para salvar al Imperio y haber protegido al augusto Constante. Martina siguió distraída de las plegarias del prelado, reflexionando sobre la actitud de Constantina, que, a pesar de haber perdido a un hermano con quien no había tenido diferencias anteriormente, no mostraba ningún signo de tristeza. En algunos aspectos habría querido ser como ella: era la mejor manera de no tener recaídas emocionales frente al sufrimiento provocado por las tormentas interiores. Pero se dio cuenta de que aún le quedaba mucho camino por recorrer en este sentido.

Una vez terminada la ceremonia, Constantina la animó a seguirla para dar la enhorabuena al héroe. No hizo falta decírselo dos veces, así que enseguida se encontraron frente a Martino, mientras Constante se había apartado con sus secretarios para dictarles una serie de disposiciones.

–¡Según parece, mi querida amiga tiene un hermano mellizo de gran valor y coraje! –empezó diciendo la princesa, que desde luego no necesitaba presentarse.

Dos días antes, Martina le había explicado a su hermano, durante un fugaz encuentro, el papel que había desempeñado la princesa en todo el asunto en el que estaba involucrado.

Martino sonrió, azorado. Se mostraba aturdido y a disgusto frente a tantos halagos; siempre había sido una persona sencilla y honesta. A su hermana le recordaba a Nepociano; su amante, sin embargo, era bastante más capaz de captar las simpatías del prójimo, no era tan estricto como él, ni tan decidido.

–Te lo agradezco, señora –respondió el joven, inclinando la cabeza–. Solamente he cumplido con mi deber, y estoy contento de haber servido bien al emperador y al Señor, quien ha dispuesto que fuese él quien ocupara el trono en esta parte del Imperio. No obstante, siento haber causado la muerte de tu hermano. Espero que no me lo tengas en cuenta.

–¡De ninguna manera! –lo tranquilizó Constantina con entusiasmo–. Y, para demostrártelo, quiero invitarte esta noche al convite que organizaré en mi residencia en cuanto parta el augusto. Verás, lo vas a pasar bien: encontrarás a muchas mujeres deseosas de conocer al personaje del momento…

Martino acogió con una expresión de estupor y perplejidad la propuesta; no era una persona mundana y, como bien sabía Martina, la alusión a las mujeres no podía interesarle menos. Pero, sobre todo, la muchacha miró consternada a su amiga: intuía cómo acabaría aquel banquete, y no era ni el ambiente donde su hermano se sentiría cómodo, ni el lugar donde quería que él la viera. De todas formas, a Martino no le quedó más remedio que aceptar, condescendiente.

–Bien, ya hemos cumplido. ¡Hasta esta noche! –declaró Constantina, zanjando de este modo la conversación, y cogió del brazo a Martina para presentársela al emperador.

–Constantina, podías haberme preguntado antes de tomar esta iniciativa… ¿No crees que me puede incomodar que mi hermano me vea en ciertas circunstancias? Ya te he dicho que él no aprueba…
–intentó protestar.

–¿Desde cuándo debo pedirte permiso para invitar a alguien a mi casa? No creo que tú hayas puesto nunca ninguna pega cuando se trata de divertirse. Y, además, verás que le va a venir bien y se espabilará un poco. Tengo la sensación de que necesita… –replicó la princesa, adoptando esa mirada suya que Martina no se atrevía a contradecir.

Luego se acercó a su hermano, y reclamando su atención dijo:

–Ilustre augusto, me gustaría presentarte a la hermana de tu salvador…

Pero Martina ya no escuchaba. Estaba pensando cómo justificaría su propia conducta delante de su hermano aquella noche.

Martino se encontraba a disgusto en aquel entorno. Seguía diciéndose que se habría sentido así en cualquier banquete: no estaba acostumbrado a los ambientes mundanos, ni a mantener relaciones de conveniencia o de circunstancia. Siempre había soñado con ser soldado, y la única compañía que compartía y con la que se sentía cómodo era la de sus camaradas.

La comida, para empezar, no era de su agrado. Estaba habituado al rancho básico de los soldados, mientras que en la mesa desfilaban sin solución de continuidad platos que entraban por los ojos, pero que molestaban a la nariz, con aromas especiados que le echaban para atrás. Y cuando alguna de las mujeres que le rodeaban le convencía para probar algo, se tenía que aguantar las ganas de escupirlo en el plato; el sabor era exactamente como el olor: insoportable. Incluso los nombres rozaban el ridículo: ubre de cerda en salsa de atún, salchichas con bechamel, huevos con hojas de ruda, pastel de boquerones fritos y de ortigas… y luego varios tipos de pollo relleno: numídico, pártico, bardo…

Las mujeres se le echaban encima y, además de intentar darle de comer, no paraban de hacerle preguntas estúpidas y vanas. Y este era el otro aspecto que le molestaba. Sabía que en la alta sociedad los hombres y las mujeres comían en mesas separadas, incluso cuando estaban en el mismo *triclinium*. En cambio, en aquel banquete las mesas eran mixtas, y él había ido a parar a una mesa más los tres divanes en torno a ella, con más mujeres que hombres. En particular, en su *triclinium* yacían dos matronas, que habían parecido muy distinguidas al principio de la comida, pero que ahora, a punto de probar los primeros dulces que llegaban a la mesa, estaban montando un espectáculo que su madre habría calificado de obsceno.

La de la derecha, que apenas tendría unos años más que él, había bebido bastante vino no muy rebajado con agua, y parecía estar un poco perjudicada. Hablaba de forma inconexa, sonreía sin parar, hacía preguntas, pero no escuchaba las respuestas. Y mientras tanto se restregaba contra él, le acariciaba e intentaba abrazarlo, y no se desanimaba a pesar de sus intentos de separarse. Al otro lado, la madre, una mujer más madura y de formas decididamente más generosas, le sometía al mismo asedio, aunque parecía más lúcida y consciente. Y desde luego no parecía en absoluto escandalizada por el comportamiento de su hija.

Y ambas le preguntaban sin el menor reparo sobre su oreja. Martino nunca había llevado bien su defecto físico y no le apetecía recordar el rapto del que su hermana y él habían sido víctimas durante la segunda guerra entre Constantino y Licinio, dieciséis años atrás, cuando un sicario le había cortado una oreja. De modo que contestaba con evasivas a las preguntas incómodas, haciendo creer que la había perdido en la guerra. Lo cual, al parecer, había acrecentado su interés por él. Martino se sentía abrumado ante tantas atenciones, y no le paraban de llorar los ojos a causa de las innumerables esencias con las que ambas mujeres se habían impregnado. Se preguntaba si también su padre, tras sus proezas, había sido objeto de interés hasta ese punto. Y quién sabe cuántas veces debió de engañar a su madre, con todas las oportunidades que le habrían surgido de relacionarse con mujeres deseosas de divertirse con soldados condecorados, tal y como lo hacían con los gladiadores más famosos.

Su vergüenza creció cuando el hombre frente a él, tendido a su vez entre dos mujeres en el mismo *triclinium*, palpó el seno de una de las dos y le metió la mano por debajo de su *vestis cenatoria*. La mujer, también bastante achispada, soltó una ruidosa carcajada y a continuación le besó con avidez. Pero el hombre acababa de dar un trago de vino y cuando se unieron las dos bocas se le salió el líquido, que fue a caer sobre la túnica de la muchacha.

–Mira lo que has provocado… –dijo el hombre negando con la cabeza–. Ahora tendrás que quitártela, o te mojarás… Se la daremos a una esclava para que se ocupe de ella.

Llamaron a una muchacha que llevaba unos dulces para servir en la mesa. Le ordenaron que dejara la bandeja en la mesa, luego la invitada se quitó la túnica y dejó al descubierto un cuerpo escultural, y el hombre conminó a la esclava para que se despojara de la suya y se pusiera la mojada. Martino observaba la escena sin dar crédito, incapaz de articular palabra. Nunca había visto a una mujer desnuda tan de cerca, y se quedó fascinado y horrorizado al mismo tiempo. Sintió escalofríos entre las piernas, que aumentaron hasta convertirse en punzadas de dolor.

Su vecino cogió la jarra de vino y obligó a la esclava, que ahora llevaba puesta la indumentaria empapada, a arrodillarse. La muchacha obedeció resignada y sin ningún entusiasmo. Luego el hombre le vertió en la cabeza el contenido de la jarra e incitó a la chica desnuda a beber todo lo que cayera en su boca. Su compañera no se lo hizo repetir. Se puso de rodillas también ella y empezó a besar con avidez a la esclava por todas partes, lamiéndole el cabello mojado y luego el rostro, el cuello y los brazos, y por todos los lugares donde había llegado el vino.

La otra mujer sentada al lado del comensal metió la mano bajo la túnica del vecino y empezó a masturbarle.

Martino estaba escandalizado. Miró con desesperación en dirección hacia la mesa donde estaban sentadas la anfitriona y su hermana, pero vio a Constantina ocupada untando algo dulce en el grueso pene de un esclavo nubio. Descompuesto, buscó la mirada de Martina, pero no la veía: por todas partes había escenas similares. Al parecer, la llegada de los postres había sido una especie de señal para dar inicio a una nueva clase de velada. Sintió una mano hurgándole bajo su túnica. Se giró y vio a la mujer mayor desnuda de cintura para arriba, colocando los buñuelos sobre sus voluptuosos pechos y embadurnándolos con miel. La mujer le sonreía con una mirada lasciva y le susurraba con los labios entrecerrados en busca de un beso:

–Mmm… Pero si… no tienes nada que envidiar a los nubios…

Por si esto no fuera suficiente, sintió que algo húmedo se metía en su oreja. Notó que la hija de la señora le estaba lamiendo.

–¿En serio, madre? –dijo la muchacha.

También ella dirigió su mano hacia la entrepierna de Martino.

El joven no sabía qué hacer. Habría querido gritar que le dejaran en paz, despotricar contra la dueña de la casa, que permitía este tipo de actos en contra de todos los preceptos más elementales de la Iglesia que ella proclamaba apoyar y decía ser adepta. Pero tuvo miedo de provocar su odio y siguió callado. Percibía el latir de sus sienes, en parte a causa de la indignación y la vergüenza, pero también por la cantidad de vino que había bebido. Sintió náuseas y, por instinto, retiró las manos de las mujeres de su pubis. Experimentó dolor cuando despegaron sus dedos y los echó de menos. Deseó hacerlo él mismo: era algo que había visto hacer a menudo a sus compañeros de habitación pero que jamás se había atrevido a probar ante el temor de sentirse sucio, sórdido, y de alejarse del Señor.

La madre se sorprendió, pero la hija estaba demasiado borracha para dejarse disuadir fácilmente. Volvió a poner la mano donde estaba y esta vez no se limitó a acariciar, sino que empezó a apretar. Martino quería quitársela de nuevo, pero lo encontró demasiado agradable y se quedó con su propia mano en el aire. La madre aprovechó para agarrársela y llevársela hasta su amplio seno. Martino notó sus dedos pringados de miel, pero antes de entender lo que ocurría la mujer se puso a chupárselos.

«Satanás…». Esto es lo que hace Satanás. Te tienta con las delicias y después te arroja a la perdición, te arrastra al abismo. Estaba ocurriendo. Los sacerdotes le habían avisado. Su madre le había advertido: no hay que ceder, después es imposible resistirse… Lo sabía muy bien, le había dicho. Había sido una pecadora incapaz de gobernar sus propios impulsos.

Miró a su alrededor, pero todo había cambiado. Tenía la vista desenfocada, y todo parecía dar vueltas. Se fijó en que muchos convidados se habían desnudado. Algunos se habían echado en las mesas, y copulaban bajo la mirada de los demás comensales tendidos sobre los divanes dispuestos alrededor. Había mujeres danzando desnudas sobre las mesas, mientras otros extendían sus manos para tocarles los carnosos glúteos y los torneados muslos. No podía más. Vomitó la comida y el vino que había ingerido encima de una bandeja de fruta, y resonaron en sus oídos las risotadas de sus dos compañeras de triclinio. La madre no se dejó intimidar por lo que acababa de suceder, le agarró la barbilla con los dedos y le besó voluptuosamente, luego descendió hacia su entrepierna e intentó meterse su pene en la boca.

Esto fue demasiado. Martino lanzó un grito y se levantó, fue corriendo hacia la mesa de Constantina y Martina. La princesa todavía estaba ocupada con el nubio, pero ahora era él quien le daba placer, con la cabeza rapada entre las piernas de ella. El joven reconoció a Martina entre una maraña de miembros, tan enredada que no pudo identificar cuáles eran los suyos. Antes de apartar su asqueada mirada, se fijó en que su hermana estaba de rodillas sobre el triclinio; tenía un hombre debajo, y de frente, abrazada a ella, una mujer. Cruzaron sus miradas un instante, antes de que Martina la desviara y volviera a dedicarse a su compañera. La oía jadear, con suspiros roncos y profundos, y no pudo soportarlo más. Salió de la sala y abandonó la casa, decidido a marcharse esa misma noche y no volver a buscar a su hermana melliza nunca más.

Pero con un fuego en su interior que le incendiaba las sienes y el bajo vientre.

CAPÍTULO X

Martino contempló el imponente espectáculo de las tropas persas que atravesaban el Tigris y lamentó una vez más la decisión del emperador. Negó con la cabeza e hizo ademán de hablar de ello con su *optio*, que yacía a su lado en la cima de la colina elegida por la tropa de reconocimiento, pero el suboficial se le anticipó:

–Es increíble –comentó–. A pocas millas de aquí tenemos un ejército formidable con el que podríamos bloquear al enemigo para que no cruce el río, y en lugar de ello estamos aquí parados viendo cómo los persas construyen con toda la calma un puente y fortifican su cuartel. Ni siquiera enviamos patrullas de vigilancia que eviten movimientos de tierra para el campamento… ¿Qué clase de emperador tenemos? Su padre ya los habría hecho retroceder.

Los demás soldados a sus espaldas murmuraban asintiendo, y Martino no pudo por más que estar de acuerdo. Pero era el comandante de la centena, y no podía permitirse secundarlos. Es más, tenía el deber de reprenderlos.

–El augusto sabe lo que hace –declaró, esperando ser convincente a pesar de su perplejidad–. Considera a los persas demasiado peligrosos para enfrentarse a ellos en una batalla campal, y prefiere dejar que se desgasten avanzando en territorio hostil, sin poder abastecerse. Veréis que el rey de reyes se verá obligado a retroceder sin haber conseguido nada, y con su prestigio por los suelos.

Se oyó alguna carcajada por detrás. El suboficial en cambio no dejó escapar la oportunidad para seguir cuestionando la estrategia.

–Por supuesto. Mira, centenario, mi familia y yo somos de estas tierras. En el pasado dejamos que Sapor asolara estas provincias porque fuimos incapaces de reaccionar; ahora tendremos que arrasarlas nosotros para impedir que Sapor se abastezca. El resultado siempre es el mismo; y a pesar de que Constancio esta vez haya reunido un ejército que, de haber sido comandado por alguien tan bueno como su padre, fácilmente podría haber derrotado a los persas.

—El augusto tiene su propia estrategia, y como buen cristiano, se preocupa por las vidas de sus soldados. No quiere malgastarlas en un conflicto inútil, mientras puedan evitarse las batallas —insistió Martino, también con fuertes reservas sobre la solución adoptada por el emperador.

Las tropas de Sapor nunca habían estado tan vulnerables como ahora. Sus columnas estaban ocupadas con la construcción de los puentes y solamente uno estaba terminado. Los soldados fluían lentamente y desembarcaban en la orilla opuesta en pequeños grupos, que incluso un reducido pelotón podría haber hecho retroceder hasta el agua, si tan solo el augusto hubiera enviado una verdadera vanguardia para llevar a cabo un reconocimiento, en lugar de grupos de exploradores. De los otros dos puentes, solo se habían terminado los pilones; mientras tanto, los pertrechos bajaban por el río en balsas que llegaban a la orilla opuesta sin ser molestadas; incluso en ese caso, unas cuantas divisiones de arqueros habrían bastado para hacer perder el control a los remeros y provocar que las embarcaciones fueran arrastradas por la corriente, con lo que privarían a los persas de víveres.

—Si quieres conocer mi opinión, el augusto ni siquiera es un buen cristiano, cree en las descabelladas teorías del tal Arrio e impide a los obispos verdaderamente cristianos que vuelvan a sus sedes, tal y como dispuso su hermano Constante —insistió el *optio*—. Y, por lo menos, Constante está cosechando prestigiosas victorias sobre los francos y los germanos; no se queda mirando a los enemigos que devastan el Imperio.

Martino suspiró. Si su madre siguiera viva, habría sufrido mucho con las divisiones entre los cristianos que azotaban al Imperio aún más que las persecuciones, y que tenían su apogeo en el conflicto religioso cada vez más acusado entre los dos emperadores: uno, Constancio, arriano como él; el otro, Constante, niceno como Constantino el Grande.

—Pero ¿qué puedes esperar de este? —oyó susurrar a un soldado a sus espaldas.

—Es el protegido del emperador: le hizo el favor de matar a su hermano y por eso llegó a ser centenario tan joven, y además también es arriano. ¿Cómo no va a defenderle hasta la muerte?

–Habría preferido servir a las órdenes de su padre –respondió otro–. Sería un idólatra, pero al menos debía su rango a su valor y no a sus tareas como sicario; además, prefiero a los idólatras antes que a los arrianos. Por lo menos no violan nuestro credo y, para terminar, ahora nos respetan. Si Martiniano realmente quería eliminar a un emperador, habría sido mejor que matara a Constancio; ahora tendríamos dos gobernantes nicenos, no un arriano y un niceno escupiéndose el uno al otro.

Martino apenas podía contener su indignación. Le entraron ganas de agredir a los dos soldados y hacerles tragarse sus palabras, pero con eso solamente habría confirmado sus comentarios y no se habría comportado como un buen cristiano. Debía mantener la calma: tenía una importante misión que llevar a cabo, y una vez más el emperador había puesto su confianza en él. Era consciente de que la tropa le era hostil. Los demás oficiales tampoco ocultaban su desprecio hacia él. Y cada vez por un motivo diferente. Podría decirse que era el oficial más detestado del ejército. Los idólatras le odiaban porque era cristiano, los cristianos nicenos porque era arriano. Y todos le detestaban porque había hecho carrera demasiado rápido y gracias a un asesinato político, simulando ignorar que fue una acción bélica y no un homicidio; o porque era el hijo del valeroso Sexto Martiniano, y ningún hijo podía ser nunca digno de semejante padre.

Su vida en el ejército se había convertido en un infierno desde que había ascendido gracias a los honores de la hazaña de Aquilea. Sí, el pueblo llano le vitoreaba como si fuera un héroe y, sobre todo, Constancio y Osio le tenían en alta consideración; pero de poco servía su estima ante el desprecio y la envidia de los hombres bajo su mando. Además, sabía bien que el emperador y el obispo le protegerían solo hasta que les conviniera; al menos eso es lo que le había dado a entender su hermana, en una de sus últimas conversaciones antes de que decidiera romper definitivamente su relación.

Puede que la única esperanza para ser apreciado por sus compañeros, que antes de la hazaña de Aquilea le juzgaban con la indulgencia debida al hijo de un héroe de guerra, era realizar otra gesta valerosa, pero entre las filas del ejército, en medio de un campo de batalla y en primera línea. Solamente entonces demostraría ser un verdadero soldado y el digno hijo de su padre, al menos ante sus ojos. Odió a su padre una vez más por la tremenda herencia que le había dejado, además de por el afecto que le había negado; pero al mismo tiempo le envidiaba por haber sabido conquistar el aprecio y la admiración incondicional de sus camaradas. Después siguió observando, cada vez más desconsolado, los progresos de los persas. Su vanguardia se estaba formando a poca distancia de la orilla para proteger a los peones empleados en los trabajos de construcción del campamento.

Se puso en marcha. Ahora sabía cuántos eran, qué estaban haciendo y dónde se colocarían. Tenía suficientes elementos de los que dar referencias al emperador, y el sol todavía estaba alto para llevar a cabo la misión antes de regresar a la base.

–Vamos –dijo a los subalternos, subiéndose al caballo–. Nos dirigiremos a Singara y haremos lo que hemos venido a hacer.

Los hombres le siguieron de mala gana, y el pelotón volvió sobre sus pasos. Martino se dirigió hacia una granja por la que habían pasado cuando se dirigían al Tigris. Una de las pocas todavía habitadas en una región ya devastada por años de invasiones e incursiones. Había oído decir que Mesopotamia había sido en su día una tierra agradable y próspera; pero desde que había llegado allí solamente había visto desierto y restos de incendios; únicamente unos pocos y tenaces campesinos y colonos habían permanecido aferrados a sus tierras, regando obstinadamente la tierra y sembrando un cereal que tenía pocas esperanzas de madurar antes de que un nuevo ejército lo barriera con la fuerza de choque de sus columnas en marcha. Cuando tuvo la granja a la vista, centró su atención en la vasta plantación de trigo que se extendía a su alrededor. Esta vez, Sapor había pospuesto la invasión con el fin de reunir un mayor número de tropas y penetrar más profundamente en territorio enemigo; de este modo, los agricultores habían tenido tiempo de hacer madurar el grano, que ahora podía representar una preciosa fuente de sustento para los persas. Dio órdenes a los suyos de quemar los cultivos y los depósitos y prosiguió hacia la vivienda. Ya había ejecutado antes lo que se disponía a hacer, pero no por ello le costaba menos. De hecho, seguía avergonzándose como la primera vez. Descendió de su montura y llamó con fuerza a la puerta junto con los dos hombres que había querido llevarse consigo, por si acaso los ocupantes de la casa causaban problemas. No había tiempo que perder. Salió a abrir un anciano, que le miró horrorizado y se quedó petrificado en el umbral.

Martino dirigió su mirada más allá del campesino y se fijó en una mujer de edad avanzada que debía de ser su esposa, sentada a la mesa en el centro de la estancia, con un niño y una muchacha.

«Una hermosa muchacha».

–Hemos venido en nombre del emperador, buen hombre. Debemos llevaros con nosotros. Meted lo esencial en vuestro carro, enyugad los bueyes y seguidnos a Singara –declaró con decisión, para no dar alternativas al hombre.

El campesino le miró ceñudo.

–Esta es mi tierra. No me iré. He vendido muchas veces mis productos a los persas; no me harán ningún daño. Todos hacemos lo mismo por aquí –dijo valientemente.

–No tengo ninguna duda. Pero ahora el rey persa está avanzando con sus efectivos. Es peligroso quedarse aquí; puede que tenga lugar una gran batalla –insistió.

–Tendrás que sacarnos a la fuerza, soldado. Nosotros no nos moveremos de aquí –replicó el hombre, aunque después, mirando por detrás de Martino, cambió de expresión repentinamente.

–Pero… ¿qué está pasando? ¿Qué estáis haciendo, desdichados?

El centenario se dio la vuelta. Se divisaban columnas de humo en los campos, que se elevaban y se perdían en el aire tembloroso por el calor. Al parecer, sus hombres ya habían prendido fuego a las mieses. El campesino salió corriendo para intentar llegar a los cultivos, pero uno de los soldados le cortó el paso, le abofeteó y le empujó contra la pared de la vivienda. El anciano se golpeó en la cabeza y cayó al suelo. Martino se enfureció con su subordinado e, instintivamente, le abofeteó a su vez. El otro intentó reaccionar, pero luego se dio cuenta de que no podía pegar a un superior y se quedó con el brazo en el aire, lanzándole una mirada cargada de odio.

Mientras tanto, la muchacha se había puesto en pie y, desde el umbral, había presenciado lo ocurrido con el padre; se precipitó a socorrerlo y se arrodilló a su lado. La madre y el niño, en cambio, se quedaron paralizados junto a la mesa. Martino observó sus expresiones de terror y se vio reflejado como un demonio en sus rostros.

El viejo estaba volviendo en sí, y el centenario le dio las gracias al Señor por que no hubiera habido daños mayores. La joven miró a Martino de arriba abajo. Tenía los ojos húmedos, unos enormes ojos verdes como la hierba impregnada por el rocío, y el semblante orgulloso, un bello rostro de rasgos angulosos y bien definidos enmarcados en una espesa cabellera color negro.

Martino se estremeció, no solo por su belleza sino por el desprecio manifiesto que se leía en aquellos ojos. Era maravillosa y, sin quererlo, de repente su rostro se superpuso a uno de los cuerpos desnudos que tanta turbación le habían provocado en Aquilea cuatro años antes. Rechazó ese pensamiento, pero en ese preciso instante la joven se levantó y le escupió en la cara, para volver después a ocuparse de su padre, a quien ayudó a levantarse.

Martino se quedó sin palabras, luego se alejó de ella como si se hubiera quemado, mientras daba órdenes a los soldados para que ayudaran a aquella gente a cargar sus enseres en el carro. Y pensó en lo espantoso que había sido aquel día. Había visto al ejército persa entrar en el Imperio sin ser molestado, y ahora sería difícil detenerlo; había cedido a la ira y había abofeteado a un subordinado, haciendo crecer probablemente la inquina que le tenían los soldados; se había dejado llevar por la lujuria, imaginando actos impuros con aquella muchacha, cuyo desprecio se ganó enseguida. Su madre le había advertido muchas veces que sería difícil ser cristiano y soldado al mismo tiempo. Pero cada vez le parecía más difícil ser cristiano a secas, reprimiendo sus impulsos y cumpliendo sus deberes.

Tal vez fuera este el desafío que le pedía el Señor.

–¡Martino Martiniano informando, mi señor!

Constancio levantó la cabeza inmersa en los papeles que le llegaban de Constantinopla, apoyó los codos en el escritorio, en el interior de su pabellón en mitad del campamento, en los alrededores de Singara, y miró al hombre a quien debía la extensión de su Imperio. Siguió observándolo sin autorizarle a proseguir, preguntándose si le apreciaba por haber resuelto un buen embolado o si le detestaba por haber matado a su hermano. Sabía perfectamente que la iniciativa había salido de Osio, y que el obispo lo había hecho por su propio bien y por el del Imperio; como también sabía que Martino era un ferviente cristiano, un soldado valeroso y un súbdito leal; pero el centenario siempre sería un hombre que no se había arredrado ante la perspectiva de asesinar a un emperador, un miembro de su familia, un hijo de Constantino el Grande... y su hermano.

Si Martino era capaz de tanto, algún día podría matarle también a él si lo consideraba necesario o si alguien se lo hacía creer. Tuvo que premiarle y aclamarle públicamente como un héroe, pero si por él hubiera sido lo habría mandado matar por haber osado levantar la mano sobre la sangre de Constantino el Grande. Y si había decidido perdonarle por lo que había hecho era solo porque se trataba del hijo de Minervina, una mujer a la que apreciaba tanto que había adoptado su visión cristiana, más incluso que la de sus preceptores.

Hizo un gesto al centenario para que hablara. El joven permaneció erguido en posición de firme, se aclaró la voz y dijo:

–Los persas están atravesando el Tigris por tres puentes, mi señor. He visto al menos cincuenta mil hombres, y mucha caballería pesada de catafractos. Están construyendo un vasto campo un poco más allá del río. Pero sin duda quieren dar un salto hacia delante... No obstante, toda la región desde el Tigris hasta Singara es tierra arrasada; tendrán que seguir adelante..., a menos que los detengamos.

¿Un atisbo de reproche en esa última frase? Constancio era consciente de que muchos de sus principales suboficiales desaprobaban su estrategia de esperar, y seguramente Martiniano compartía con ellos su perplejidad, aunque se guardaba bien de manifestarla. Pero no le importaba: ellos no eran responsables de millones de vidas, y no tenían que preocuparse de conservar un ejército que servía para contener las incursiones a lo largo de las fronteras, tanto en Oriente como en Occidente, en el norte y en el sur. Era fácil, para quien solo lideraba a un puñado de hombres, juzgar las malas acciones de quien los gobernaba a todos... Y, además, ellos no luchaban a diario con la sombra de Constantino el Grande. Ni con la conciencia de haber provocado la muerte de muchos miembros de su propia familia.

Miró de nuevo a Martiniano y se preguntó quién era él, en realidad, para reprocharle nada. Le guardaba un rencor ciego por haber matado a su hermano, pero ni siquiera él se había achantado a la hora de autorizar a Osio para que actuara contra el hombre que supuestamente había matado a Constantino el Grande hacía siete años. Sabía bien cuáles serían las consecuencias de su aquiescencia, y sin embargo había dejado que el obispo azuzara a los soldados contra sus tíos y primos…

—Puedes retirarte, centenario —acabó diciendo.

Deseaba estar solo. Quería reflexionar sobre la estrategia que seguir, y presentarla con firmeza a su Estado Mayor; así dejarían de decir de una vez que se mostraba vacilante. Pero también pretendía quitarse de encima la correspondencia más urgente, para no tener que enfrentarse al ejército de Sapor con el otro asunto que más le atenazaba en aquel momento. Una vez que el centenario se marchó, retomó la lectura de la última carta de Osio.

Mi señor, termino exhortándote una vez más a no secundar las pretensiones de tu hermano, que demasiadas veces ha querido entrometerse en los asuntos eclesiásticos que atañen a los territorios de tu pertenencia. El obispo Atanasio no debe volver a entrar en Alejandría, no solo por tratarse de un elemento perturbador cuya personalidad y soberbia van más allá de su papel, sino también para no ofrecer a Constante un precedente que sirva de acicate a otras pretensiones en el futuro, y que constituya un pretexto para extender su influencia en sus territorios.

Constancio dejó la carta sobre la mesa y suspiró. No podía culpar a Osio, por las dos razones que su asesor había citado en la misiva. Atanasio era un firme defensor del credo niceno, según el cual el Padre y el Hijo eran consustanciales, hechos de la misma sustancia y por tanto eternos y divinos de la misma manera. Pero en Alejandría y en muchas otras ciudades de la parte oriental del Imperio se había difundido la doctrina de Arrio, la misma que había adoptado Minervina, según la cual el Hijo no podía existir en el mismo momento que el Padre, y había sido creado. Si Atanasio hubiera entrado de nuevo en posesión del obispado de su ciudad, seguro que habría impulsado una agresiva obra de apostolado para contrarrestar las posiciones arrianas y restablecer las nicenas, con lo que habría desestabilizado la parte del Imperio de su pertenencia y legitimado sus mismas posiciones religiosas. Y después, sin duda, habría abierto el camino a otros obispos, todos aquellos a los que Constante pedía reintegrarse en sus sedes, y cada uno de ellos habría supuesto un potencial agente y partidario de su hermano.

Osio tenía razón. Constante nunca se había mostrado demasiado interesado en los asuntos religiosos, ni desde niño. Si se había obstinado en la defensa de los obispos depuestos y del credo niceno, podía ser solo para tener el pretexto de extender su propia esfera de control. No le había bastado con incorporar gran parte de los territorios de Constantino II sin ni siquiera discutir con su hermano cómo repartirlos. Constancio se había quedado tan estupefacto con su prepotencia que había tardado en reaccionar, hasta que la nueva división apareció como un hecho consumado a los ojos de sus súbditos. Se esperaba que Constante mostrara un poco de gratitud por lo que había hecho por él, salvándolo de las intrigas del hermano; pero luego, sometido a sus decisiones, tuvo que dejarlo pasar para no dar la impresión de que los hijos de Constantino no hacían más que pelearse entre ellos. Esto es lo que le había sugerido Osio, quien le había recordado más de una vez cómo un estado permanente de lucha entre ellos podría incitar a otros pretendientes a usurpar el trono.

De este modo, se había visto obligado a aceptar que, de los territorios del hermano muerto, solo le tocara Tracia. Y se lo había tenido que tragar. Constante era el más joven de los tres herederos de Constantino, y sin embargo tenía en su mano dos tercios del Imperio. Y encima se había permitido hacerle reproches por haber defendido sus derechos al día siguiente de la muerte de su padre… En realidad, se había manchado las manos con delitos atroces, y el remordimiento que le perseguiría durante el resto de su existencia le hizo asignar gran parte del Imperio a su hermano menor. Constante debería darle las gracias al Señor por que él considerase que ya se había derramado suficiente sangre: la que el padre había vertido en sus guerras civiles con Majencio y Licinio, la de Constantinopla siete años antes, y la que los soldados perdían diariamente a lo largo de las fronteras contra los bárbaros, cada vez más audaces y feroces.

Él no se mancharía más las manos con la sangre de un familiar, ni con la de un soldado, si no era estrictamente necesario. Y tampoco fomentaría la discordia religiosa persiguiendo a los arrianos –de quienes aprobaba la doctrina como una de las posibles interpretaciones de la naturaleza de Cristo– solo porque los nicenos y su hermano menor lo desearan. Osio no tardaría en obtener su respuesta: mantenerse firme. Y lo mismo harían sus subordinados del Estado Mayor: siempre consideró que sería difícil imponerse en una batalla campal contra los persas, y no tenía intención de desperdiciar hombres. Y seguía pensando lo mismo. También les haría frente.

Martino se preguntó si sería el sentimiento de culpa o la atracción lo que le empujó a ir a buscar a aquella joven. Quería creer que se trataba del primer motivo, pero se daba cuenta de que nunca había ido a visitar a los evacuados tras haberlos obligado a desalojar su casa y destruir su propiedad. Desde aquella vez en Aquilea en que había sido presa de impulsos incontrolables, había luchado largamente consigo mismo por no ir con sus camaradas a los lupanares, por no abordar a las muchachas en la calle, y por no participar en las violaciones de grupo durante las incursiones al otro lado de la frontera. E igualmente había resistido duramente, por las noches en el cuartel, a los impulsos de tocarse, como veía o sentía hacer a sus compañeros, aunque cada vez más a menudo, por las mañanas, encontraba su taparrabos y su túnica manchados de semen, que salía por sí solo y a costa de dolores y molestias.

Pero había resistido, y estaba orgulloso. No se había dejado vencer por la tentación de Satanás, que bajo los deliciosos desnudos de ángeles caídos a la tierra, como le parecían muchas mujeres, intentaban arrastrarlo al camino de la perdición. Hacía falta muy poco, decía siempre su madre, para pasar de la más pura y legítima pasión sentimental por una mujer al placer efímero, a dejarse arrastrar por un torbellino de lujuria como el que había seducido a su hermana. Y de allí a perder el contacto con Cristo había un paso. Él, en cambio, pretendía permanecer bien firme en su cercanía al Señor: solo la moral cristiana y sus enseñanzas podrían permitirle mantener su humanidad en un mundo despiadado y feroz, donde los soldados disfrutaban atormentando incluso a los civiles, y donde los gobernantes estaban dispuestos a cualquier vileza para conservar su poder.

Pero en aquella muchacha había un orgullo que no solamente la mostraba hermosa ante sus ojos, sino que también la hacía parecer pura, cristalina, de buenos principios, incapaz de fingir o de adular, ni de permitirse otros motivos que no fueran los sentimientos. O quizá, se dijo, la veía de esta manera porque tenía una necesidad desesperada de encontrar una mujer así: era el único modo en que se habría permitido abandonarse al placer de una relación sentimental sin sentirse sucio o culpable, y sin que le volvieran a la mente aquellas terribles imágenes de Aquilea, que le habían perturbado y horripilado al mismo tiempo. A fin de cuentas, la saliva que le había resbalado por la cara cuando ella le había escupido le había hecho desear saborearla con un beso, un beso que nunca había dado a una mujer.

Al llegar frente a la puerta de las viviendas donde el ejército había alojado a los evacuados más recientes, dudó en llamar, preguntándose una vez más si estaba haciendo lo correcto. Pero el emperador tenía previsto marchar contra el ejército persa al día siguiente y, si bien Constancio tenía únicamente la intención de disuadir a Sapor de entrar en batalla, no se podía excluir un enfrentamiento. Y sería el primer encuentro campal en el que participaría Martino. Podría estar muerto antes de que terminara el día, y no soportaba la idea de no volver a ver a aquella muchacha antes de que esto sucediera.

Cuando por fin se decidió a llamar, le abrió un hombre que, al ver su indumentaria, le dejó entrar sin hacerle preguntas. Martino se fijó en que el edificio estaba lleno de gente, y cada núcleo familiar se había marcado su propio espacio amontonando sus pertenencias una sobre otra a modo de barrera para crear un poco de intimidad. La habitación emanaba un hedor acre a sudor, humores humanos y excrementos, infinitamente más insoportable que el de un barracón de soldados. La sola idea de haber obligado a aquella muchacha a vivir en un lugar semejante le hacía sentir mal. Miró a su alrededor y por fin la vio, inclinada sobre su padre, que yacía en un catre con toda la familia en torno a él. Se acercó con temor, hasta que vio al niño darle un codazo a su hermana, señalándole. La joven se dio la vuelta y le lanzó una mirada que no prometía nada bueno, pero Martino decidió no dejarse desanimar. Al fin y al cabo, era él quien estaba en deuda, aunque lo hizo cumpliendo con su deber.

—¿Cómo está vuestro padre? —preguntó sin dirigirse a ninguno en particular.

La joven no solo no respondió, sino que siguió mirando al anciano. Fue el niño quien habló.

—Está mejor. El médico ha venido a verle y ha dicho que se repondrá. Pero todavía le da vueltas la cabeza. Casi se rompe el cuello y le duele mucho. Se pasa casi todo el tiempo durmiendo.

El chaval se ganó una mirada incendiaria de su hermana, mientras que la madre parecía resignada. Martino se sintió más torpe que nunca.

–Yo… quería pedir disculpas por el comportamiento de mis hombres… Teníamos un ejército enorme a nuestras espaldas, y órdenes precisas y directas del emperador…

Seguía pesando el silencio por parte de la joven. Y seguía con la cabeza inclinada sobre su padre.

–¿Habrá una batalla?

El niño parecía excitado con la idea de codearse con un soldado.

–Esperemos que no. El emperador desea únicamente expulsar a los invasores que traspasan las fronteras. Si se puede hacer sin perder vidas humanas, mejor –respondió sin apartar la mirada de la muchacha.

–¡Entonces dadles una buena lección! –prosiguió el niño.

–¿Cómo te llamas? –preguntó al chaval, en un intento de relajar la tensa atmósfera.

–Jonás.

–¿Y tu hermana?

–Ella se llama Raquel.

Judíos, a juzgar por sus nombres. Los únicos a los que su madre no incluía en su amor por el prójimo. No los odiaba, pero desconfiaba de ellos porque nunca olvidaba que habían matado a Jesús y que no reconocían ni su resurrección, ni su divinidad. Alguna vez, incluso, le había oído decir que eran peores que los idólatras. Pero era comprensiva y conciliadora comparada con algunos sacerdotes que, en sus homilías, arremetían con vehemencia contra aquel pueblo, culpable según ellos de todos los males y de haber disfrutado, en el pasado, con las persecuciones sufridas por los cristianos, además de enriquecerse con los bienes de los que se apoderaban después de denunciarlos. Eran gente pérfida, traicionera, corrupta, según le habían enseñado. Despreciaban a aquellos que llamaban «gentiles», es decir, a toda persona que no perteneciera a su pueblo, que consideraban el elegido de Dios. Los enemigos de la humanidad. Pero al mismo tiempo su madre les había enseñado que a todas las personas, incluso a ellos, había que tenderles la mano, porque Cristo acogía a todos, también a los que no le amaban. Si en la cruz había pedido al Padre que perdonara a quienes le habían matado, los hombres no tenían derecho a juzgar más severamente a los responsables de aquel atroz delito.

Paradójicamente, se sintió aliviado. Si Raquel era hebrea, estaría más atento que con una cristiana, y no correría el riesgo de caer en una pasión desenfrenada; le bastaría con tener siempre presente aquel inconcebible crimen que pesaba sobre los hombros de su pueblo.

–Raquel, espero que aceptes mis disculpas por haber tenido que cumplir con el desagradable deber de haberos traído aquí –declaró, dirigiéndose a la muchacha, que continuaba sin mirarle–. No pretendo que me agradezcáis el haberos salvado la vida, y siento mucho lo que le ha sucedido a tu padre, pero me pesa ir contra el enemigo sabiendo que tú me consideras responsable de vuestras desgracias. Te ruego que me perdones para que pueda afrontar el duro desafío que me espera mañana con el corazón más aliviado.

Más silencio. Desanimado, estaba a punto de irse, cuando la chica, por fin, levantó la mirada hacia él. Y esta vez su semblante no estaba rígido, le brillaban más los ojos, y si no mostraba una sonrisa, lo que se atisbaba en sus labios fruncidos podía considerarse un gesto de amabilidad. Tenía la boca apretada y no decía una palabra, pero parecía que por fin había conseguido entrar en razón.

Tenía ganas de oírla hablar. Si su voz era melodiosa como sus ojos, le haría sentir mejor, a la vista del reto que le aguardaba.

–¿Puedo pedirte, Raquel, que me desees buena suerte para mañana?

La joven enrojeció levemente, luego bajó la cabeza de nuevo, evitando mirarle. Martino estaba decepcionado. Era obvio que a los hebreos no les importaba nada que no perteneciera a su pueblo. O quizá, simplemente, se había fijado en su defecto físico y había sentido repulsión. Emprendió la marcha, pero a los pocos pasos Jonás le alcanzó.

–¡Espera! Debes saber que mi hermana no habla por propia voluntad… –le dijo el rapaz.

–¿Y eso por qué? –quiso saber, sorprendido.

–Sucedió hace dos años –explicó Jonás–. Los soldados cristianos vinieron a requisar los productos que ella estaba ayudando a mi padre a llevar a lo largo de la frontera para vendérselos a los persas, como hace todo el mundo por aquí en tiempos de paz. Iban junto a otros campesinos y comerciantes, que sin embargo eran cristianos. Pero solo requisaron nuestras mercancías. Mi padre no protestó, pero ella sí, hasta llegó a insultarlos a pesar de que mi padre le decía que se estuviera callada.

–¿Y qué le ocurrió? –le apremió.

–Dos de ellos la sujetaron, uno cogió el cuchillo, le sacó la lengua de la boca y le cortó la punta. Aún habla, pero de una forma que puede provocar hilaridad…

Martino estaba horrorizado. Miró en dirección a la esquina donde la había dejado, pero Raquel ya no se encontraba allí. De repente, sintió que alguien le agarraba el brazo.

Era ella, junto a él, y asentía sonriéndole con los labios apretados.

Y se sintió mejor. Mucho mejor. Tal vez una mujer con un defecto físico aceptaría el suyo.

–¡Ya está bien! ¡Me voy a cazar zorros!

Juliano miró pasmado a su hermano mayor, Galo, lanzar por los aires el Evangelio de Marcos, bajo la nariz aguileña del también pasmado preceptor Jorge de Capadocia, y salir corriendo del *tablinum*. Estuvo tentado de seguirle, por una vez, pero los ojos severos del sacerdote se posaron sobre él, paralizándole literalmente.

–No te atrevas… –siseó Jorge–. Ese chico es una pésima influencia para ti. No es bueno que sigas su ejemplo si quieres ser un buen cristiano. Vuelve y háblame del pasaje de la Resurrección.

Juliano suspiró. Cuánto echaba de menos la dulzura y la inteligencia de Mardonio… Desde que se había trasladado a Macellum, en Capadocia, se había reunido de nuevo con su hermano, que había recuperado la salud, pero al mismo tiempo había perdido a las dos personas más queridas, las únicas que realmente se habían ocupado de él desde que se quedó huérfano: su abuela y su preceptor. El reencuentro con su hermano le había llenado de gozo, en un primer momento, pero luego se había dado cuenta de que Galo había cambiado mucho durante estos años en que habían estado separados. Ya no era aquel muchacho a quien su larga enfermedad había vuelto sumiso, casi esclavo de las personas de su entorno. Ahora era un adolescente de diecisiete años pletórico, que Jorge había definido como indolente e insoportable, perezoso e irritante. Y Juliano, por una vez, no podía estar más de acuerdo con su lúgubre tutor.

En parte, comprendía a su hermano. Estaban confinados en una jaula de oro, una enorme finca de la que no podían salir, estaban estrechamente vigilados todo el día, obligados a llevar una vida sin estímulos que no fueran intelectuales; y Galo, lo captó a la primera, no era de estímulos intelectuales. Era insoportable, es cierto, pero como cualquier joven de su edad que vivía como un recluso, tenía ganas de alternar con la alta sociedad a la que le había destinado su ilustre nacimiento, de asistir a espectáculos teatrales y deportivos, de reunirse con chicos de su edad e irse de juerga. A veces el propio Juliano encontraba irrespirable el ambiente opresivo de la hacienda, esa especie de presidio, y solo podía imaginar cuánto sufría su hermano, cuyo carácter era mucho más expansivo que el suyo.

–¿Entonces? ¿Qué me dices de la Resurrección? ¡De memoria, vamos!

Jorge siempre le sacaba de sus pensamientos. Como no conseguía controlar la impaciencia de Galo, acababa concentrándose en él, y lo oprimía con cargas de estudio casi insostenibles y con un martilleo constante sobre los textos sagrados, los cuales pretendía que aprendiera de memoria como si fuera a convertirse en sacerdote. Pero desde luego no tenía la menor intención de hacerlo.

–«Resucitado en la mañana del primer día de la semana, se apareció primero a María Magdalena, de quien había expulsado siete demonios» –comenzó a declamar–. «Esta fue a anunciarlo a aquellos que habían estado con él, y los encontró de luto y llorando. Pero cuando se enteraron de que estaba vivo y de que ella lo había visto no quisieron creer. Después de esto, se apareció a dos de ellos bajo otra apariencia cuando iban de camino al campo. También ellos volvieron para anunciarlo a los demás; tampoco quisieron creerles. Finalmente se apareció a los Once, sentados a la mesa, y les reprochó su incredulidad y dureza de corazón, por no creer a los que le habían visto resucitado de entre los muertos. Y les dijo: "Id por el mundo y predicad el Evangelio a todas las criaturas. Quien crea y se bautice se salvará, pero quien no crea será condenado. Y estas serán las señales que acompañarán a los que creen: en mi nombre expulsarán los demonios, hablarán nueve lenguas, cogerán las serpientes con la mano y si beben algún veneno mortífero no serán dañados; impondrán las manos sobre los enfermos y estos sanarán". Y el Señor Jesús, después de hablar con ellos, subió al cielo y se sentó a la derecha de Dios. Y ellos partieron, predicaron por todas partes, y el Señor obraba con ellos, y confirmaba la palabra con los prodigios que la acompañaban».

–Muy bien, muy bien –comentó complacido Jorge–. Tal vez haga de ti un buen cristiano, después de todo. ¿Qué significado tienen para ti estas apariciones?

Juliano añoró una vez más a Mardonio. Con su antiguo preceptor, dedicaba horas y horas al estudio de los autores romanos del siglo anterior, profundizaba en las disciplinas de dialéctica y retórica, y solo una pequeña porción del tiempo que pasaba con los libros se dedicaba a las Sagradas Escrituras. Con Jorge, la relación era al contrario: textos sagrados hasta la náusea y, si acaso, retórica y dialéctica aplicadas a sus explicaciones.

–Si tuviera que comparar con el texto que le has dado a mi hermano, diría que tiene un significado muy ambiguo.

Jorge le miró de soslayo.

–La palabra de Dios no deja espacio para la ambigüedad. ¿Qué quieres decir con eso? –preguntó receloso.

Juliano tuvo miedo; su preceptor tenía la mano dura cuando algo no le gustaba. Pero no pudo callarse.

–Pues bien, me dijiste que el texto de Marcos que me has dado a mí era uno de los más antiguos, ¿verdad?

–¡Cierto! –se acaloró el sacerdote–. El augusto Constancio, que te tiene mucho cariño y que aún llora la muerte de tu padre, lo ha mandado sacar de la biblioteca de Alejandría. Dicen que llevaba allí más de dos siglos. Es una auténtica reliquia, quizá una de las primeras redacciones del Evangelio. Y como Marcos fue el primer evangelista en poner por escrito la vida de Jesús, es realmente una de las escrituras más antiguas en circulación. ¡Tenlo en cuenta! –especificó amenazador.

Juliano apenas pudo contener un mohín. Jorge no perdía ocasión para recordarle a él y a Galo que Constancio estaba muy ligado a ellos. Pero, si era así, ¿por qué les tenía prácticamente encarcelados y no había venido nunca a visitarlos? Y si de verdad sentía tanto la muerte de su padre, ¿por qué nunca, estando en Nicomedia, había oído decir que había sido él quien había ordenado su muerte? Palabrería y chismorreo, ¿o había algo de verdad en ello? Desde luego no lo descubriría gracias a Jorge. Pero era hora de volver al texto. Juliano esperaba que el preceptor no tuviera en cuenta su observación como una polémica.

—Entonces, el texto que le has dado a Galo es más reciente. Un manuscrito redactado, supongo, en una época posterior al mío…

—Naturalmente, jamás daría a ese irresponsable una reliquia como esta… Sin embargo, estoy seguro de que puedo fiarme de ti.

—Quizá no te hayas dado cuenta, pero el mío termina con el párrafo anterior —declaró triunfante—. Es decir, cuando las dos Marías y Salomé encuentran la tumba vacía y un joven vestido con una túnica blanca les anuncia que Jesús de Nazaret, el crucificado, ha resucitado.

—¿En serio? —El preceptor se mostró maravillado. Cogió el texto, lo comprobó y asintió—. Pues vaya…, ¿y cómo lo has citado con tanta seguridad?

—Bueno, cuando me has dicho que me aprendiera de memoria el pasaje de la Resurrección según Marcos con el que termina el Evangelio, al no encontrarlo en el mío, fui a mirar el de Galo —mejoró el chiquillo.

—¡Bravo! Es comprensible que un texto tan antiguo pueda estar estropeado y mutilado.

Y con estas palabras Jorge zanjó la cuestión.

—A mí no me parece mutilado —objetó Juliano, empezando a temblar. Le mostró la última página, y no parecía que faltase nada.

—En cambio me parece más probable que el último párrafo se haya añadido en una época posterior. Los más antiguos, lógicamente, carecían de él.

Jorge volvió a mirarlo de soslayo. Juliano conocía bien aquella mirada y sabía lo que le esperaba. Pero Mardonio le había enseñado a usar la lógica, y nunca fallaría en ese principio.

—¿Y qué quieres decir con eso? —declaró en tono amenazante el sacerdote.

—Que lo que en la época de la muerte de Jesús era solo una habladuría, luego se convirtió en una certeza. Y que alguien se preocupó de evidenciarla en los textos mediante añadiduras… –precisó tembloroso.

Juliano se inclinó sobre la mesa para amortiguar la violencia del sopapo; le asestó una sonora bofetada en la coronilla.

–Esta noche te quedarás sin cenar y pasarás toda la noche, hasta el amanecer, rezando en voz alta al Señor por haberle ofendido negando su resurrección. Y yo estaré allí verificando que lo haces y que te ganas su perdón –ordenó Jorge.

Justo en aquel momento, Galo irrumpió en la habitación.

–Tenemos visitas. Son viajeros de alcurnia a los que se les ha partido el eje del carro y que nos han pedido ayuda y hospitalidad –declaró solemnemente y bastante contento porque aquello representaba una novedad sensacional en la tediosa vida de la hacienda.

A sus espaldas, un hombre, una mujer y una niña, que Juliano, olvidándose de lo que le esperaba, calculó que sería casi de su edad, de unos doce años. Pero, sobre todo, la encontró muy hermosa. Y estaba seguro de que no era por ser la primera chica que veía en mucho, muchísimo tiempo. Era guapa de verdad.

CAPÍTULO XI

–Señor, Dios del universo, de los cielos y de la tierra, cuida de tu siervo y ayúdalo a proteger tu Imperio, el Imperio que mi padre te ha dado, y aleja a los impíos que aborrecen tu nombre y persiguen a tu rebaño. Haz que hoy y en los días venideros los soldados que combaten bajo tu enseña, con el símbolo de tu Hijo en el escudo, no tengamos que sufrir ni morir a manos del enemigo, o por mi mano, por mis errores y mis deficiencias. Dame la fuerza para tomar decisiones sabias y previsoras, para no dejarme llevar por la impulsividad y la ira, y para observar siempre con ojo atento y sensato los acontecimientos que mis decisiones hayan provocado, para que también este día termine con éxito en tu nombre.

Constancio se puso en pie masajeándose las rodillas, que había tenido apoyadas largo tiempo en el duro terreno de la colina elegida como punto de observación. Hizo un gesto con la cabeza a su Estado Mayor, que aguardaba el fin de sus oraciones: ahora podía volver a dedicar toda su atención a los despliegues, que se enfrentaban un poco más allá de la ciudad de Singara. El joven emperador observó la llanura que se extendía hacia el Tigris y vio pulular a los soldados. Por un momento, sintió la tentación de bajar entre sus hombres y ponerse a la cabeza; seguramente sentiría una emoción estremecedora ante sus gritos de júbilo, y ante la excitación de los muchos veteranos que volverían a ver a un miembro de la dinastía de Constantino dirigiéndolos personalmente en la batalla.

Pero él no era Constantino el Grande. En realidad, ni siquiera era su hijo. Era hijo de Crispo, quien, según decían, fue igual de valiente y decidido. Pero él tampoco era Crispo. Carecía del temple para lanzarse al corazón de la batalla, no poseía la fuerza física ni de su padre verdadero ni del presunto, que habían sido dos colosos. Era consciente de ello y había aprendido a aceptarse como era desde la época en que era césar, cuando su padre le dio la oportunidad de liderar las primeras campañas él solo en el Danubio.

«Tenía miedo». Temía por su vida a pesar de las plegarias que dirigía al Señor para que lo protegiera. Osio lo había comprendido enseguida, y le había aconsejado que hiciera pasar su cobardía por el deseo de mantener inalterada la distancia entre el representante soberano del Señor en la tierra y el pueblo llano, tanto en la guerra como en la vida civil. Era un monarca revestido de divinidad, y no podía descender a la sangre y al barro como el común de los mortales. Y los soldados lo aceptaban así: sus espías en la tropa referían que los legionarios no encontraban nada de qué burlarse en su comportamiento, y también ellos mismos, antes de una acción bélica, rezaban al Señor para que mantuviese a su emperador fuera de la pelea y lejos del peligro.

Pero, observando la disposición de los dos ejércitos, llegó a la conclusión de que tal vez aquel día no habría ningún riesgo. Sapor solamente había avanzado una porción de sus efectivos hasta la parte de atrás del campamento romano, dejando detrás a la caballería acorazada y los arqueros, es decir, sus puntos fuertes. Estaba claro que aquel día no pretendían entablar un combate, sino únicamente tantear las defensas del adversario. Y Constancio había aprovechado la ocasión para demostrarle que no le había permitido cruzar el Tigris sin ser molestado porque tuviera miedo, sino para poder atacarle más fácilmente en un territorio bajo su propio control. Así que, en cuanto supo que el enemigo avanzaba con un ejército mermado en sus filas, se apresuró a sacar al campo todas las tropas disponibles y a alinearlas en posición de combate con todos sus pertrechos, pero solo para intimidar al rey persa e inducirlo a que negociara un nuevo tratado de paz.

Era una estrategia eficaz, estaba seguro de ello, aunque le costó lo suyo imponérsela a su Estado Mayor. Tenía la triple ventaja de manchar el prestigio del rey enemigo, que tendría que regresar a Persia sin haber terminado nada, de asegurar una paz duradera y de evitar la muerte de un solo romano. Eso es lo que pretendía hacer desde el principio de la campaña, y Sapor, con su avanzadilla parcial, se lo estaba sirviendo en bandeja de plata. Sus oficiales, en cambio, en cuanto se enteraron del acercamiento enemigo, insistieron en un decidido contraataque, animándole a aprovecharse de las reducidas filas de los persas para infligirles una sonora derrota.

Demasiado arriesgado, había concluido. Los caballeros y los arqueros enemigos podrían haberse incorporado en cualquier momento para apoyar al ejército principal. De todos modos, cualquier combate, aunque hubieran ganado, habría provocado considerables pérdidas entre los romanos, y siempre que existiera la posibilidad de evitarlo, él la habría aprovechado. La masacre con la que había conseguido el poder, y que pesaba sobre sus hombros desde hacía siete años agitando su conciencia, guiaba cada una de sus decisiones en la guerra: jamás pondría en peligro la vida de los hombres que habían confiado en él.

—Míralos, mi señor —le hizo notar un general junto a él—. Serán por lo menos diez mil menos que nosotros. Y no traen ni tropas acorazadas ni tiradores. Podríamos comérnoslos de un bocado. A una señal tuya desplegaremos nuestras fuerzas; los soldados no esperan otra cosa que vengarse de años de invasiones y devastaciones.

Constancio tuvo que esforzarse para no manifestar demasiado abiertamente su incomodidad.

—Debe de haber un motivo por el cual Sapor ha avanzado sin sus mejores fuerzas. Es evidente que o bien pretendía llevar a cabo alguna escaramuza para desgastarnos, o bien atraernos a una trampa empujándonos a un contraataque que nos acercara al resto de su ejército —explicó pacientemente—. En cualquier caso, no nos conviene pelear. Si no combatimos, será él quien se desgaste, por falta de recursos, y tendrá que volver a casa.

—Pero su campo se encuentra a quince millas de aquí. Incluso si escaparan, les atraparíamos mucho antes de estar al alcance de los otros persas. Tendríamos algunas bajas, es cierto, pero sería un pequeño precio que pagar por una gran victoria, mi señor —objetó otro general.

Los tenía a todos contra él, y su confianza empezaba a resquebrajarse.

—El hecho de que nuestros soldados estén dispuestos a morir por nosotros no significa que debamos aprovecharnos a la ligera. Somos emperadores, no carniceros —explicó.

Pero la expresión perpleja de sus generales le incomodaba. ¿Qué estaba haciendo mal?

—Los persas que tenemos delante son en su mayoría tropas ligeras:

corren más rápido que las nuestras, y nos arrastrarían un largo camino antes de que pudiéramos alcanzarlos.

Alguno negó con la cabeza. Los observó por el rabillo del ojo, aunque procuraban no ser vistos.

–Jamás hemos tenido una ocasión semejante para alcanzar una victoria –intervino otro–. Y puede que nunca se repita. En estos últimos años han estado yendo y viniendo, asediando ciudades y pasando a cuchillo a los campesinos y a las guarniciones fronterizas. Discúlpame, mi señor, pero la gente tiende a pensar que…, en fin…, no eres lo suficientemente audaz.

–Y tú sabes también que algunos gobernadores provinciales son propensos a pensar que son mejores defensores del Imperio que ciertos emperadores que pasan por ineptos. No tardarían en convertirse en usurpadores –añadió otro.

–¿Qué está sucediendo? ¡Se retiran! ¡Mi señor, se retiran!

Un general reclamó su atención. Al parecer, los persas habían decidido replegarse. Constancio se sintió satisfecho: su demostración de fuerza había resultado eficaz. Ahora Sapor mandaría emisarios para pedir un tratado de paz.

–Mi señor, ahora son vulnerables como cuando atravesaron el Tigris. ¡Ataquémoslos! –insistió un oficial.

–Sí, aprovechémonos. ¡Que se den a la fuga y Sapor tendrá que concedernos una paz sin condiciones!

Constancio intentó apaciguarlos.

–¿Pero no veis que ya hemos vencido sin ni siquiera luchar? ¿Qué necesidad tenemos de arriesgarnos a una batalla? ¡Recordad que tienen amplias reservas aguardando en su campo! –objetó.

–¡Pero no llegaremos a su campo! Los bloquearemos en pocas millas y los exterminaremos con facilidad. Cuando lleguen sus refuerzos, únicamente podrán recoger a los heridos –insistió otro.

Llegó un mensajero a caballo.

–Mi señor, los hombres reclaman un contraataque. ¡Casi todas las unidades están dispuestas a arremeter contra el enemigo a la fuga!

Constancio se sintió desorientado. Si todos le decían que atacase, puede que fuera él quien estaba equivocado. Y los soldados debían percibir el estado de ánimo del enemigo. Quizá los persas estuvieran realmente asustados. A lo mejor Sapor no tenía ninguna estrategia, y solo había intentado una aproximación, pero la disposición de las tropas romanas le había disuadido.

–Mi señor, si no atacamos ahora nunca lo conseguiremos.

–Sapor podría volver a cruzar el Tigris y decir que fue capaz de atravesar impunemente el territorio romano sin ni siquiera ser molestado por el gran ejército desplegado frente a él.

–Y comandado por el emperador en persona.

–Te llamará cobarde, seguro. No creo que deje pasar la oportunidad de avergonzarte delante de todo el mundo…

Constancio se dio por vencido. De repente, su estrategia no le parecía tan eficaz.

–Dad la orden de ataque –dijo por fin, lo que provocó gritos de júbilo entre sus oficiales.

El asombro de Martino crecía con cada milla que su unidad recorría hacia el Tigris. Cuando el Estado Mayor dio la señal de seguir al ejército enemigo que se replegaba, no consiguió compartir el entusiasmo de la mayoría de sus camaradas. Al igual que habían observado algunos veteranos de su centena, los efectivos del ejército de Sapor no podían estar al completo: debía existir una reserva al acecho en alguna parte, que en cualquier momento podría desplazar el equilibrio del encuentro a favor de los persas. Además, ya estaba bien entrado el día, y combatir lejos del propio campo con la oscuridad al acecho era una elección realmente peligrosa.

Pero al parecer, pocos compartían sus dudas: la escasa resistencia de los adversarios excitaba los ánimos, y la exaltación de los romanos crecía según se iban acercando al río. Tampoco podía dar la razón a sus camaradas: nunca sería tan fácil masacrar a los célebres persas como en aquella ocasión, y todos estaban cogiéndole el gusto. Incluso él. Los guerreros de Sapor estaban sobre todo centrados en regresar a su campo y, aunque muchos se esforzaban por retirarse combatiendo, formando grupos homogéneos que se cerraban como un erizo, otros se limitaban a huir, ofreciendo la espalda al enemigo, que no tenía más que correr más rápido que ellos, levantar el brazo y atravesarlos con la espada. Sin embargo, la dispersión de las filas le preocupaba. Y mientras él también blandía su espada golpeando a quien estuviera a su alcance, miraba a derecha e izquierda para controlar que su centena no rompiese las líneas; y en cuanto alguno se dejaba llevar por el ímpetu y abandonaba su posición para ensañarse con un fugitivo, usaba el silbato para llamarlo a filas. En alguna ocasión, incluso, reprendió a alguno personalmente, tirando de él y reconduciéndolo a su sitio entre sus compañeros. Gracias a su constante vigilancia, su unidad permaneció razonablemente compacta y Martino pudo controlar a todos sus miembros, pero no podía decirse lo mismo de las demás formaciones: observaba, hasta donde le alcanzaba la vista, al ejército imperial desparramarse por toda la llanura y correr en columnas sin coordinación alguna entre ellas. Muchos soldados estaban fuera del alcance de la voz de sus oficiales, y ya no eran capaces de oír las órdenes destinadas a su unidad. Por tanto, en muchos sectores del ejército ya no había tropa, y Martino temió que los romanos no fueran capaces de soportar un eventual contraataque enemigo.

Calculó que habían recorrido algo más de diez millas. Se giró un instante y vio el sol en el horizonte ya reducido a poco más de medio disco rojizo. Pronto caería la noche, y los romanos se hallaban lejos de sus líneas: una paradoja, ya que se combatía en territorio imperial. Deseó fervientemente que llegara la orden de los altos mandos de replegarse; si la batalla se interrumpiera en aquel momento, seguro que podría celebrarse una victoria, aunque fuera solo provisional. Había visto caer a pocos legionarios, mientras que el camino entre el campo de Constancio y el Tigris estaba regado de cadáveres y heridos persas.

Como primera batalla campal de su vida, le pareció incluso sencilla. La mayoría de sus adversarios, que le daban la espalda, eran tan impersonales que ni se inmutaba cuando los atravesaba o los cortaba en pedazos. No verles la cara le facilitaba la tarea: parecían títeres, más que seres humanos, y esto le permitía acallar un poco su conciencia cristiana.

Pero aún no había puesto realmente a prueba su habilidad en el duelo; necesitaba algo más que masacrar enemigos a la fuga para conquistar la estima de sus subordinados. Sin embargo, esperaba no tener que demostrarlo ese día, habría sido una mala señal para el ejército romano.

–¡El campo! ¡El campo de Sapor! –oyó gritar a la tropa más avanzada.

Al parecer, habían llegado demasiado lejos. Encontrarse frente al campamento enemigo en el crepúsculo, a doce millas de distancia de sus propias líneas, ponía de improviso a los romanos en una situación de clara desventaja táctica. Martino observó las colinas que rodeaban la llanura donde bullían los dos ejércitos, y tuvo miedo. Cada una de ellas representaba una potencial rampa de lanzamiento para los afamados caballeros acorazados que ninguno había visto todavía en el campo de batalla.

Miró a sus camaradas y comprendió que no era el único que había olfateado el peligro. Los veteranos, y también otros oficiales, procuraban frenar a los más exaltados. La guardia palatina, de la cual su unidad formaba parte, mostraba una disciplina mayor respecto a las legiones y se detuvieron para reorganizarse y esperar órdenes; pero más adelante el joven oficial escuchó los gritos que tanto había temido oír.

–¡Entremos! ¡Está desprotegido!

–¡Sí, han huido! ¡Aprovechémoslo!

–¡Vamos a repartirnos el botín del rey de reyes! ¡Nos haremos ricos con su pabellón!

–¡Capturémoslo! ¡Tomemos su harén! ¡A sus mujeres!

No era posible. Los oficiales debían de haber perdido el control de sus legionarios: no podían permitir una locura semejante. Buscó a su comandante, recorriendo parte de la línea, y por fin lo encontró intentando reunir a sus hombres.

–General, nosotros la guardia palatina debemos obligar al resto del ejército a reagruparse de nuevo y llevárselo íntegro al emperador. ¡No podemos permitir el asalto al campo enemigo! –le gritó.

El general asintió.

–Es lo que tengo intención de hacer, por eso estoy congregando a mis hombres –procuró explicar entre el clamor que le envolvía–. ¡Haz lo mismo con los tuyos y desplázate a un lado; intenta cortar el camino a los legionarios y ponerles freno para que no sigan avanzando!

Martino se apresuró hacia donde estaban sus hombres y los concentró a toda prisa. Luego los condujo hacia la primera línea, que no era más que una soldadesca difusa, compuesta por legionarios provenientes de todas las unidades; se habían detenido a poca distancia del baluarte fortificado del campo persa y esperaban solamente llegar al número suficiente para lanzar el asalto. No había oficiales liderándolos, únicamente soldados particularmente enloquecidos a los que les brillaban los ojos ante la perspectiva de hacerse con un buen botín. Mientras tanto, los persas en retirada se agrupaban cerca de las entradas, que se mantenían entreabiertas para evitar una salida repentina que también habría provocado la irrupción de los romanos. Quienes, a su vez, seguían acumulándose y aplastándose los unos a los otros en el estrecho espacio comprendido entre el valle y las pendientes laterales. Martino se vio asaltado por la angustia: hasta hacía poco los romanos eran los amos del campo, mientras que ahora se encontraban en una situación más que vulnerable. Explicó a sus hombres qué debían hacer, luego empezó a empujar hacia atrás a los legionarios más adelantados. Muchos agitadores protestaron, algunos intentaron quedarse donde estaban, pero la presión compacta que ejercía la formación de falange adoptada por Martino era más eficaz que cualquier intento aislado o mal coordinado de resistencia, y poco a poco el joven oficial consiguió crear una brecha entre el ejército romano y la cola del persa. Pero cuando vio a un legionario en las inmediaciones desplomarse de repente, alcanzado en el cuello por una flecha que le asomaba por la nuca, comprendió que solo había hecho un favor a los persas: sus arqueros podían tirar contra los romanos sin temor a herir a sus camaradas. Miró las almenas a lo largo de la trinchera, y vio materializarse a centenares de tiradores. Sin embargo, el dardo que había alcanzado al soldado provenía de un lateral, no del frente. Dirigió la mirada entonces hacia las colinas, pero su silueta estaba difuminada en la oscuridad, que, mientras tanto, se había hecho más cerrada. Le pareció ver movimiento a lo largo de las pendientes, y cuando los gritos de dolor y los silbidos se multiplicaron, no le cupo duda de que los arqueros estaban dispuestos también en las colinas. En el curso de unos instantes, los romanos se convirtieron en el blanco de miles de arcos procedentes de tres direcciones distintas. Martino estaba horrorizado: en esas doce millas que separaban un campo del otro, acababa de medirse con una muerte visible, enfrentándose a enemigos que podía tocar, a espadas que podía ver y cuya trayectoria podía prevenir. En cambio, ahora los dardos daban en el blanco sin anunciarse, y cuando la víctima oía su siniestro silbido, ya era demasiado tarde para evitarlo.

El joven veía a los hombres a su alrededor caer de repente por el impacto, y otros se acurrucaban detrás de los cadáveres de sus compañeros para evitar el mismo fin. Silbidos, chasquidos, gritos de dolor: la secuencia se repetía cada vez con más frecuencia, cada vez más espantosa. Un soldado salió disparado por el impacto de una flecha clavada en otro que había sido alcanzado y cuya punta le atravesó la espalda. Otro se encontró con el pie clavado en la tierra, otro con un dardo en el ojo que intentaba sacarse desesperadamente tambaleándose y gritando como un animal enfurecido.

Después la lluvia de dardos cesó, tan de repente como había empezado. Martino estaba a punto de lanzarse a socorrer a uno de sus hombres, herido en un costado, cuando sintió un temblor en la tierra bajo sus pies. Era como un zumbido que se extendía por todo el valle, profundo, potente, inquietante. El joven levantó la mirada una vez más hacia las colinas. Ya era casi de noche, pero tenía la impresión de que las colinas se movían.

En efecto, venían hacia él. Los soldados debieron de sentir lo mismo: percibió sus semblantes conmocionados, asustados, desorientados. El zumbido aumentó hasta hacerse casi insoportable. Parecían cascos de caballo al galope. Pero eran pesados, mucho más pesados de lo que debieran. Como si se tratara de caballos enormes, monstruosos. Y fue entonces cuando se dio cuenta de a quién debía enfrentarse.

La caballería de catafractos.

–*Magister militum* para Iliria, ¿eh? Es un hueso duro de roer, mi querido Eusebio, con todos esos bárbaros idólatras presionando sobre el Danubio… –comentó Jorge de Capadocia, estando todos tendidos en sus triclinios del comedor, mientras los esclavos servían los entremeses.

–Ni que lo digas, aunque no tanto como el que le ha tocado a nuestro emperador actual, con ese enajenado de Sapor –respondió el invitado–. Cuando recibí la comunicación llegada de Constantinopla, pensé que era una orden para unirme a la expedición en Mesopotamia. En cambio, he recibido esta agradable sorpresa: un cargo de altísima responsabilidad, que me permite volver a los lugares donde serví siendo un oficial de rango inferior.

–Pero antes, según me dijiste, pasas por Constantinopla… –continuó Jorge.

–Sí, antes de embarcarme para Europa. Me ha convocado el obispo Osio de Córdoba. En realidad, la carta que me comunicaba el ascenso y el traslado era suya –explicó el general.

–Ese hombre siempre en la brecha… Y pensar que tiene más de ochenta años. Desde luego está tocado por la gracia divina –comentó el sacerdote.

–Sin duda. A su edad, no sé cómo lo consigue. Todavía tiene en sus manos las riendas de la administración imperial, como en tiempos de Constantino el Grande.

–Y no solo eso: ahora más que nunca estas divisiones de nuestra Iglesia, con las disputas doctrinales sobre la naturaleza de Cristo, requieren una mayor dedicación –declaró Jorge con amargura–. Además, sabe manejarse con destreza poniendo freno a la obstinación de los herejes… Encima, ahora que los arrianos se están multiplicando en varias ramificaciones, las tesis que difunden son cada vez más audaces, y terminaremos oyendo que Cristo no es más que un hombre… El emperador, a mi entender, es demasiado tolerante con ellos.

Juliano estaba escasamente interesado en el debate. Mejor dicho, habría estado más interesado si le hubieran permitido conversar con la hija del nombrado *magister militum*, la joven Eusebia. La habían sentado en el diván con su madre, y no tenía posibilidad de hablar con ella. Se limitaba entonces a dedicarle miradas furtivas de vez en cuando, procurando que ni ella ni los demás se dieran cuenta, mientras mordisqueaba una aceituna. La muchacha tenía un encanto principesco, un rostro ovalado de extraordinaria gracia y perfección, sin aristas ni defectos, enmarcado por una cabellera sedosa y rizada de color negro. Y cuando los presentaron aquella tarde, ella le sonrió de una manera que no había podido olvidar: un gesto cálido, comprensivo, como el de una hermana mayor, a pesar de su corta edad. Con Galo no solía hacer confidencias, eran demasiado distintos y además su hermano le trataba con instinto de superioridad; allí en Macellum se sentía más solo que nunca, sobre todo después del cariño que le había rodeado en Nicomedia, y si hubiera tenido una amiga con quien hablar, habría sido ella.

–Entonces, querido Jorge, tú también tienes una enorme responsabilidad –manifestó Eusebio, desviando la conversación de los temas religiosos, que obviamente le incomodaban.

Era un hombre de guerra, pensó Juliano, y las discusiones doctrinales sobre sutilezas teológicas no debían de interesarle demasiado; por otra parte, Juliano mismo se sentía muy confundido y perplejo cuando Jorge aludía a los conflictos religiosos que acuciaban al Imperio. Y no entre idólatras y cristianos, como antaño, sino entre los mismos cristianos, que ahora, después de haber vencido y no tener un enemigo de quien defenderse, rivalizaban entre ellos, contraviniendo las reglas más elementales de ese Evangelio que se vanagloriaban de profesar.

—La educación de estos dos jovencitos es una tarea muy delicada —prosiguió Eusebio—. Son los dos únicos herederos varones de la familia de Constantino y de los dos emperadores, por el momento. A menos que, naturalmente, nuestros amados Constante y Constancio sean bendecidos con una extensa prole. Debes estar muy bien considerado en la corte de Constantinopla para haber sido consagrado a este cometido.

—Es un honor gozar de la amistad de Osio, efectivamente —admitió Jorge complacido—. Y sobre el hecho de que sea una difícil tarea, tienes toda la razón. Juliano me hace sudar: es disciplinado y se aplica en el estudio, pero está desarrollando una vena polémica que en ocasiones lo empuja a poner en duda incluso la palabra del Señor. Pero haré de él un buen cristiano, puedes estar seguro. Galo, en cambio, no se esfuerza en absoluto, y me desespera: no tiene la agudeza de su hermano menor, y encima encuentra irrelevantes todos los asuntos que no tienen que ver con los placeres; puedes castigarlo cuanto quieras por su indolencia, pero al día siguiente hará exactamente lo mismo que ha causado su castigo. Aun así, le enderezaré a él también, tampoco me cabe la menor duda.

Juliano se estremeció al pensar en los métodos que Jorge era capaz de usar para inculcar sus propias ideas a los pupilos. Galo, en cambio, puso una sonrisita desdeñosa, corroborando su habitual actitud desafiante.

Eusebio asintió con seriedad, y se quedó ensimismado en sus pensamientos.

—Jovencito, tienes diecisiete años, ¿qué te gustaría hacer de mayor, ya que no estás interesado en una formación cultural? ¿Soldado tal vez? —preguntó a Galo.

El muchacho se encogió de hombros.

–Soy un noble, señor –respondió con indiferencia–. De hecho, soy uno de los aristócratas más ilustres del Imperio. Y los patricios ya no se ensucian los pies en el fango de las campañas militares. Eso es cosa de bárbaros, como nos enseñó nuestro gran tío Constantino.

Juliano se preguntó si sería consciente de que estaba ofendiendo a su invitado, militar de carrera, o si, como le ocurría a menudo, las palabras le salieron de la boca antes de articular un concepto lógico en la cabeza.

–Nosotros los nobles hemos nacido para viajar, administrar nuestras propiedades, tomar decisiones políticas… Y, sin embargo, estoy confinado aquí dentro sin hacer nada –añadió su hermano.

–Pero es por vuestra seguridad. El emperador os tiene en gran estima, y no desea que os suceda lo que aconteció a vuestros padres –explicó Jorge–. A su debido tiempo, podréis ocupar vuestro lugar en el mundo, y no será un puesto en el anonimato, estoy convencido de ello.

–Uf… Hace siete años que murió nuestro padre. A mi edad, mi tío Constante ya era todo un césar –protestó Galo, aventurándose en temas más que peligrosos.

Juliano le había advertido muchas veces que no hiciera comparaciones inoportunas. Pero su hermano no acertaba a valorar el peso de sus propias palabras.

–Debes tener paciencia, hijo. También a ti te llegará tu oportunidad –decretó sibilino Eusebio–. ¿Me ves a mí? Tengo una edad avanzada, y creía haber llegado ya al culmen de mi carrera como comandante de la legión en Siria. Y, sin embargo, aquí me tienes, *magister militum* para Iliria, uno de los cargos más importantes del Imperio. Nunca se puede predecir qué te reserva el destino…

–¡Vaya!

Juliano miró a su lado, y vio rodar una ciruela hacia él. Provenía del triclinio de Eusebia, que había gritado agobiada, se había levantado y venía en su dirección para recogerla. Por cortesía, el chico se levantó también para cogerla y dársela, pero llegaron al fruto a la vez, arrodillados, con los rostros uno frente al otro. Juliano la contempló fascinado.

–Oí decir a mi padre en Siria que tenía que pasar por aquí antes de llegar a Constantinopla. No nos encontramos por casualidad… –le susurró la niña, y él se quedó de piedra.

Luego Eusebia le sonrió, se apartó, se levantó y volvió a tenderse en su diván, tragándose a continuación la regañina de su madre para que la próxima vez estuviera más atenta y dejara a los esclavos recoger lo que se le caía al suelo.

Juliano volvió a sentarse en el triclinio con sentimientos encontrados, y siguió mirando hacia su invitada. La había juzgado bien: esa chica era exactamente la amiga que le habría gustado tener.

Y además le había puesto sobre aviso. El carruaje estropeado era solo un pretexto.

Y, por lo que parecía, tampoco era una visita de cortesía.

Sombras. Sombras inmensas que sacudían la tierra a su paso. Espectros multiformes que envolvían en silencio grupos de soldados aterrorizados. Demonios monstruosos que no tenían nada de humano. Aludes devastadores de masas centelleantes al claro de la luna, que arrollaban todo lo que encontraban a su paso. Todo esto eran los caballeros catafractos a los ojos de Martino. Había oído hablar de ellos muchas veces, y siempre con terror, a los soldados que habían tenido la ocasión de encontrárselos antes. Los describían como invencibles, imposibles de detener, atajar, matar. Quien había luchado con ellos deseaba no volver a encontrárselos nunca más; quien nunca se había enfrentado a ellos esperaba terminar su carrera militar sin tener que hacerlo.

Martino, en cambio, siempre había rezado para cruzarse con esas bestias acorazadas de pies a cabeza. Solo así podría forjarse rápidamente una reputación como soldado, y esperar ponerse a la altura de su padre. O morir en el intento.

Sus siluetas no se definieron hasta que estuvieron demasiado cerca para conseguir evitar el impacto. Martino pudo verlos de cerca, tras años de conocerlos solamente de oídas. Vio una estatua que se movía. Hombre y caballo, un bloque único hecho de un solo material, el metal laminado que los revestía a ambos sin dejar un solo palmo indefenso, a excepción de las patas del animal. Y de pronto le asaltó el pánico: ¿cómo herir a un ser que no tiene puntos débiles? Sabía que los galos al servicio de Craso, en Carras, cuatro siglos antes, se habían metido debajo de los caballos y les habían cortado los corvejones… Pero su valor no les había evitado ser masacrados hasta el último hombre. Con todo, los veteranos les habían confirmado que era la única manera. Además, en la guardia palatina había un soldado que se había jactado de haber derribado uno de aquella manera.

Algunos romanos se limitaron a huir. Pero no había espacio. Los caballeros se abalanzaban desde las colinas por ambos lados: delante estaban los soldados de infantería enemigos que se iban ensamblando frente al campo, y detrás la aglomeración de los romanos mismos. Martino se quedó en el sitio, como hipnotizado, observando al jinete que encabezaba la cuña; se encontraba en su directriz, pero había muchos soldados delante destinados a ser arrollados antes que él. El impacto fue una explosión de huesos fracturados, extremidades despedazadas, metal desmoronado. La estatua moviente acosó y aplastó al menos a tres soldados delante de Martino, que quedaron enterrados bajo los escudos que habían procurado en vano oponerse al choque intentando formar una pequeña falange. Su lanza, una interminable pértiga de más de tres hombres de longitud, alcanzó y atravesó la garganta de un soldado que parecía estar completamente fuera del alcance del caballero persa; su cadáver se precipitó sobre sus compañeros inmediatamente detrás, y les hizo caer, más por el terror que por el impacto.

El joven sintió que debía lanzar alguna orden a sus hombres, que estaban a sus espaldas, pero realmente no sabía qué hacer. Y el primer guardia palatino destinado a ser embestido era precisamente él. La colisión con los legionarios había ralentizado, aunque no bloqueado, el avance de los catafractos. El jinete que iba en cabeza estaba flanqueado por los demás, que se habían abierto paso a través de la confusa formación romana de la misma manera, confiando en su fuerza aplastante. ¿Y cómo podía oponerse a semejante poderío? Sin duda sus hombres esperaban una orden, pero él carecía de una solución. Estuvo tentado de mandar a todos que se arrastraran y se metieran bajo el vientre de los caballos, como habían hecho los galos en Carras. Pero, en el mejor de los casos, acabarían aplastados por las pezuñas de las bestias, o con la espalda atravesada por las enormes lanzas de los jinetes.

Observó atentamente al jinete más cercano en busca de algún

punto débil. No tardaría en apuntarle con su arma, y aunque no le atravesara con ella, el caballo acorazado le arrollaría. Tal vez había algo que podía hacer… a la desesperada, no veía alternativa.

No dio la orden. No le habrían oído en medio del griterío. Contaba con el hecho de que, al ver lo que estaba haciendo, los demás le imitaran. Y, mientras el jinete se llevaba por delante a otros legionarios, se quedó quieto mirándole fijamente, como si quisiera desafiarle. Agarró la espada con fuerza, plantó bien los pies en la tierra y esperó su turno. Ahora era el único en pie: entre él y los caballeros, una melé de muertos y heridos, soldados tambaleantes o que se arrastraban por el suelo con los huesos hechos trizas, aturdidos o desmayados. El caballero se fijó en él. Levantó su lanza apuntándole. Espoleó a su caballo, al que le costaba trabajo avanzar por encima de los cuerpos amontonados. Extendió la lanza hacia Martino. Cuando estaba a pocos palmos de él, el joven se arrodilló de repente y el arma le pasó por encima de la cabeza. Ahora tenía a su lado el hocico y el pecho acorazado del caballo. Se impulsó con los tobillos, se giró sobre sí mismo con las piernas flexionadas para desplazarse hacia la derecha, al lado opuesto de la lanza, luego dio un salto y con los brazos se aferró al lomo del animal por detrás de la silla, y se montó en él de un brinco.

Se encontró de repente justo detrás del jinete, un bloque de metal que intentó aprovecharse de su corpulencia para deshacerse de él, dándole golpes con la espalda. Pero Martino lo abrazó y se ciñó a su cintura, buscando una abertura donde introducir su espada. Decidió probar en el cuello, resguardado por la cota de malla que colgaba de su casco. Pero el rival contrapuso el brazo, protegido por unos brazaletes muy gruesos, por lo que la espada resultó inútil. Entonces Martino no se lo pensó dos veces y se puso a empujar al persa con las manos para tirarle de la silla. El hombre, impedido por la pesada armadura, fue incapaz de defenderse; se tambaleó unos instantes, luego cayó y rodó por el suelo, de donde le resultó imposible levantarse antes de que el caballo de otro de sus camaradas le pasara por encima. Martino oyó un grito ahogado y escuchó el crujido de los huesos, pero el volumen del persa desequilibró al animal que lo pisoteaba y se le debió romper una pata, porque justo después el animal también se desplomó y aplastó con su propio peso la pierna de su jinete. Martino oyó un grito de triunfo proveniente de sus filas. Acto seguido, vio a algunos de los suyos dar un salto hacia delante e intentar realizar la misma maniobra. Pero uno fue alcanzado de lleno en la cara por la lanza enemiga. Otro consiguió esquivarla poniéndose también de rodillas, pero fue incapaz de evadir el pecho del caballo, que le arrastró al menos dos pasos hacia atrás. Otros tres consiguieron encaramarse a la montura, aunque uno enseguida salió despedido y su compañero perdió el equilibrio, se cayó y acabó bajo los cascos del animal que tenía justo detrás. Sin embargo, el tercero lo consiguió: tras una lucha sin cuartel, logró echar a su oponente de la silla y tomar las riendas del caballo. Los demás guardias palatinos se armaron de valor y ampliaron sus filas para apuntarse al mismo desafío. Mientras tanto, un jinete enemigo se plantó al lado de Martino, quien intentó golpearle con su lanza. Pero estaban tan juntos que la longitud del arma penalizó al persa, que tuvo que utilizarla como bastón para golpear al romano. Martino se acurrucó sobre sí mismo, agarró las riendas, encajó el golpe y luego, antes de que el enemigo pudiera volver a intentarlo, descargó un espadazo que acabó chocando contra el escudo redondo que llevaba el catafracto en su brazo izquierdo.

El adversario agarró la lanza más cerca de la punta, e intentó asestar una estocada. Martino se echó hacia atrás y la esquivó por un pelo, luego volvió a levantarse, descargó toda su fuerza en un nuevo envite que atinó en el cuello del caballero y logró atravesar la malla de hierro que lo protegía. Los anillos metálicos se le clavaron en la carne y de repente la cabeza se le quedó colgando hacia delante, luego se desplomó sobre la montura.

Martino miró a su alrededor. La acción de los catafractos en su sector se había debilitado. Ahora estaba rodeado de los suyos y ya no podían hacer uso de su mejor arma, la potencia de su impulso. Puede que hubieran logrado neutralizarlos. Después posó su mirada un poco más allá, en dirección al campo enemigo. La infantería, que hasta hacía poco había buscado refugio al otro lado de la barricada, se había fortalecido gracias a la intervención de la caballería, y ahora marchaba de nuevo contra los romanos.

Una masa oscura, débilmente iluminada por las antorchas de las gradas, se abalanzó sobre los soldados que habían sobrevivido a la carga de los catafractos.

CAPÍTULO XII

Desde que los romanos terminaron cayendo en la trampa preparada por Sapor, se había creado un clima de tensión entre Constancio y su Estado Mayor. El emperador había avanzado hacia el Tigris manteniendo la debida distancia de los combates, y cuando le dijeron que frente al campo enemigo había estallado una encendida batalla nocturna, perdió su habitual autocontrol y dejó escapar numerosas expresiones de ira sobre sus oficiales, que lo habían aconsejado mal. Luego se arrepintió y rezó al Señor para que le devolviera la humildad y, sobre todo, para que le ayudara en aquel delicado trance.

−¿Cómo va? Desde aquí no se ve nada… −preguntó a un correo que llegaba del frente, incluso antes de que el soldado desmontara y se postrara ante él.

A pesar de la imperiosa pregunta, el hombre siguió con las formalidades, haciéndole perder un tiempo precioso.

−Mi señor, es una trifulca confusa en la que no es posible determinar quién domina la situación −manifestó después de levantarse otra vez tras haber hecho la inclinación−. He conseguido hablar con un comandante de legión, al que también costaba trabajo entender cómo iban las cosas en su sector −explicó−. Sus hombres no formaban una línea unida, a muchos ni siquiera los veía, y las pocas antorchas encendidas eran solo un favor para los arqueros persas, que merodeaban por el campo de batalla en busca de un blanco visible. Obviamente, no tenía la menor idea de cómo se las estaban arreglando en otros sitios…

Constancio resopló.

−¿Y nuestra guardia palatina?

El emperador estaba muy preocupado por sus tropas especiales. Las había mandado a primera línea porque no imaginaba que tendría lugar un auténtico y verdadero conflicto campal, y para poner freno a la tropa regular. Y ahora, la flor y nata de sus soldados, los hombres responsables de su seguridad, estaban allí, en la oscuridad más absoluta, en algún lugar rodeados de enemigos invisibles. Se arriesgaba a perderlos a todos, y solo porque se había dejado arrastrar por la arrogante exaltación de sus consejeros. Creían que podrían comerse de un bocado a un peligroso adversario como Sapor, al que temía con razón, y ahora estaban siendo castigados…

—No se sabe nada, mi señor —respondió el correo—. También he preguntado por ellos, pero la última vez que han sido vistos estaban precisamente en la línea que dividía nuestra infantería de la persa, y también estaban entre los primeros en ser embestidos por los jinetes catafractos.

El emperador se llevó las manos a la cara desesperado. Entonces los había perdido. A todos. Tendría que reconstruir casi desde cero su guardia palatina. Pero por cómo parecía que estaban yendo las cosas, existía el riesgo de que tuviera que reconstruir el ejército al completo.

—Mi señor, si nosotros tenemos problemas para luchar en la oscuridad, ellos también los tendrán… —se aventuró uno de sus oficiales, en un torpe intento de tranquilizarlo.

—Además, los persas están en desventaja, porque no pueden usar a sus temibles arqueros —intervino otro.

Constancio golpeó con la mano el asta de la silla, sobresaltando al caballo.

—Estamos en plena noche, los nuestros tienen el campo enemigo delante y los adversarios les cierran también por los flancos, están lejos de su retaguardia, a más de diez millas, ¿y os atrevéis a decir que estemos tranquilos? Les hemos empujado a una carnicería, ¡esa es la verdad!

Ninguno se atrevió a replicar. Constancio les lanzó otra mirada incendiaria, y todos inclinaron la cabeza, avergonzados. El joven emperador pensó que, al margen del resultado, tendría que deshacerse de todos ellos. Lo mismo habrían hecho, sin duda, sus predecesores más decididos, que no tenían reparos en castigar a sus subordinados por el menor defecto; Sapor, desde luego, los habría mandado ejecutar.

Pero también era consciente de lo precario que era su poder. No tenía el carácter ni la experiencia de Constantino el Grande, ni su falta de escrúpulos: la gente le quería porque creían que era su hijo, no porque hubiera hecho cosas extraordinarias. En consecuencia, no era su intención suscitar descontento entre los suyos y dar un motivo para rebelarse a los generales capaces de atraerse las simpatías de la tropa.

Suspiró. Para ser el soberano supremo del Imperio más poderoso del mundo, no poseía un gran poder. Incluso su hermano menor tenía más que él. Más territorios, y enemigos menos temibles que un rival tan audaz y obstinado como Sapor, con su monstruoso aparato militar, organizado y compacto, que era capaz de manejar: algo completamente distinto en comparación con las primitivas tribus bárbaras que presionaban débilmente a lo largo del Rin y del Danubio, divididas y pendencieras incluso entre ellas.

El Señor le había asignado una tarea realmente ingrata. Siempre tenía miedo de no estar a la altura. Por suerte, contaba con Osio, que solía tomar las mejores decisiones; pero el octogenario obispo no viviría mucho más, y tendría que aprender a arreglárselas solo; se trataba de la supervivencia del Imperio del que era responsable.

—Los nuestros llevan horas combatiendo en el frente —dijo por fin, tomando una decisión que le atemorizaba—. No estamos con ellos, y tampoco podemos ver qué están haciendo. Por tanto, no estamos en disposición de dar órdenes para adoptar soluciones vencedoras, ni para sacarles de aquel atolladero. Deberíamos esperar al alba, impotentes, y confiarnos al Señor con la esperanza de que nos los devuelva sanos y salvos. Pero no podemos. No debemos quedarnos aquí esperando sin hacer nada. Nuestro padre habría actuado, habría cabalgado hacia la pelea y se habría puesto a la cabeza de sus tropas, infundiendo valor y animándolas a reaccionar. ¡Así que haremos lo mismo!

Entonces espoleó a su caballo, hizo un gesto con el brazo a sus escuderos para que le siguieran, y se puso en camino hacia la primera línea. Pero algunos de los generales y guardaespaldas se apresuraron a colocarse delante de él, cortando de raíz su intento.

—¡Apartaos! ¡Fuera de aquí! ¡Dejadnos ir! —gritó Constancio.

—¡Mi señor! ¡Es una imprudencia! ¡Obtendrás el efecto contrario! —le gritó un oficial.

–¡Harás que te maten, y tus hombres perderán toda esperanza! –se desgañitó otro.

–¡Y dejarás el Imperio sin líder! Sapor no tardará en apoderarse de Siria, y quién sabe de qué más! –añadió un tercero.

Esta última consideración fue la que le frenó. Constancio aflojó las riendas y se desplomó, abatido, sobre las crines del caballo. Y se dio cuenta de que estaba sollozando. Ya no era el emperador imperturbable y majestuoso, hierático como una estatua, resplandeciente y deslumbrante vestido de púrpura con incrustaciones de piedras preciosas que aparentaba ser en sus apariciones públicas y en las ocasiones formales: solo era un niño asustado, con un peso demasiado grande para sus hombros. Se avergonzó de la penosa escena que estaba ofreciendo a sus súbditos, muchos de los cuales habían servido bajo Constantino el Grande; estaba convencido de que le comparaban con él sin piedad.

No, jamás estaría a la altura del hombre que todos creían era su padre. Por mucho odio que sintiera hacia él, tenía que admitir que había sido un verdadero emperador, un verdadero soldado, un verdadero hombre.

Él no era nada de eso. Y nunca lo sería. Habría llevado a la muerte a miles de personas inútilmente. Al igual que, quizá, había matado baldíamente a sus tíos y primos. Seguramente habrían sido mejores soberanos que él.

¿Cuántas horas llevaban combatiendo? Martino no tenía idea. Sin el sol ni la luz diurna para orientarle, había perdido la noción del tiempo. Tampoco sabía contra quién estaba peleando… En la oscuridad, los enemigos no eran más que sombras indefinidas, siluetas que avanzaban hacia él; había que esperar hasta el último momento para discernir si eran romanos o persas: si de la negrura despuntaba una cimitarra y un turbante, significaba que tenía frente a él a un hombre al que debía matar si no quería morir.

Miró a su alrededor a la tenue luz de las estrellas y se preguntó si él también estaría en las mismas condiciones que sus compañeros, a los que apenas reconocía. Cuando se cruzaban con él, veía a los soldados cubiertos de polvo, con los ojos desencajados y moviéndose con una lentitud exasperante: se diría sin duda que se ofrecían como víctimas propiciatorias a sus enemigos, si no fuera porque los persas también habían sido reducidos al mismo estado.

Era consciente de que sus movimientos eran igual de lentos, y cada vez que le desafiaba un rival surgido de la nada, temía no ser capaz de lidiar con la situación. Pero, tras los primeros y poco expeditivos golpes, se daba cuenta de que ambos peleaban con armas parecidas y en condiciones similares. Se odiaba a sí mismo por no poder trasladar a la acción lo que tenía en mente, los movimientos, los golpes, las trayectorias que solía hacer con su espada; sentía como si unas cadenas invisibles le retuvieran, impidiéndole liberar toda su energía.

Ya no quedaban despliegues, ni tampoco formaciones, ni simples agrupaciones. Ninguno pretendía mantener una línea o formar una falange. Cada uno combatía para sí mismo, sin seguir ningún mando. Martino imaginaba que los demás oficiales estarían actuando como él, que ya ni se molestaba en dar órdenes: todos los intentos anteriores de coordinar los movimientos y las acciones de sus hombres se habían visto frustrados por la progresiva fatiga y la creciente oscuridad, lo que impedía cualquier intento de cohesión. Así que luchaba simplemente para llegar vivo al amanecer; seguiría igual de cansado, pero al menos desaparecerían las sombras y tendría la oportunidad de urdir algo para salir de aquel infierno.

Puede que muchos lo hubieran hecho ya, no tenía forma de saberlo. A lo mejor muchos habían abandonado, aventurándose en la oscuridad, en una dirección que solamente podían presumir fuera la de la retaguardia. O lo habían intentado y habían terminado en manos del enemigo; era imposible discernir lo que le aguardaba en la oscuridad. Quizá su unidad era la única que permanecía en el campo de batalla, y cuando se hiciera de día se daría cuenta de que solamente le quedaban un puñado de hombres rodeados de enemigos. Pero ellos eran la guardia palatina, y no podían ni soñar con marcharse antes de que la batalla hubiera concluido. El único indicio de que romanos y persas seguían luchando, aunque a una considerable distancia de su estrecho sector, eran los inquietantes sonidos que surgían de las profundidades de la noche: el fragor de las armas; los alaridos, ya solo de dolor y no de estímulo; los lamentos de los heridos; las órdenes de algún oficial, romano o persa, aún con la ilusión de que alguien los escuchara.

Se tropezó con un cuerpo. Le había pasado a menudo durante aquella noche infinita. Oyó que gemía, y vio que era un legionario romano herido. Luego se fijó mejor: no, ni siquiera estaba herido. Se había tirado al suelo extenuado, para descansar, esperando que todos, en medio de la oscuridad, lo confundieran con un cadáver. Quién sabe cuántos habría como él. Estuvo tentado de levantarlo a patadas, pero de repente sintió una quemazón devastadora en toda la parte izquierda de su cuerpo. Se miró el brazo y vio que tenía un profundo desgarro, mientras que lo que le había atacado se escabullía en la oscuridad: una larga, larguísima lanza, y esto solo significaba una cosa.

Acto seguido apareció ante sus ojos: un catafracto, no una estatua a caballo, sino un monstruo de metal de su misma altura, acababa de surgir de las tinieblas. Portaba entre las manos el arma con la que le había herido desde lejos, con los jirones de su piel aún colgando de la punta. El dolor de la herida, por lo menos, revitalizó a Martino. El joven se las arregló para evitar otra embestida, moviéndose más rápido de lo que habría sido capaz un momento antes. Pero no sabía cómo atacar. No había encontrado más catafractos desde que había caído la oscuridad: al no poder efectuar sus temibles cargas, los persas habían renunciado a ir a caballo. Sin embargo, en el transcurso de la noche había oído a alguien gritar que aquellos hombres de metal seguían vagando, desmontados, por el campo de batalla. Y ahora le tocaba a él.

El único momento en que podía suponer una amenaza para su oponente era cuando el persa retiraba su lanza para cargar sus brazos y asestar un nuevo golpe. Aguardó a que el enemigo volviera a clavar su arma, la esquivó por un palmo, y luego se lanzó sobre él, levantando el brazo para asestarle un tajo. Le encontró con la guardia baja y creyó haberle condenado; pero cuando la hoja tocó el metal de su pecho, no ocurrió nada. El hombre seguía en pie.

Martino se dio cuenta de que ya no poseía la fuerza necesaria para romper una coraza; sus golpes podrían haber resultado eficaces contra un guerrero pertrechado como mucho con una cota de malla, pero con una coraza laminada era prácticamente imposible. Consternado, tuvo que hacer frente a una nueva embestida, que sorteó arrojándose al suelo. Aunque poco después se encontró a merced del persa. Su contrincante ni siquiera jadeaba; no emitía sonido alguno, solo se oían las escamas metálicas de su armadura, que chocaban entre sí con cada movimiento. Tenía el rostro recubierto de metal y ni siquiera parecía humano. El enemigo levantó ambos brazos y blandió la lanza con todas sus fuerzas. Martino hizo acopio de la energía que le quedaba y se movió ligeramente. Fue suficiente. La punta de la lanza se clavó en el suelo justo debajo de su axila izquierda. Si no se hubiera apartado, le habría atravesado el corazón. Antes de que su rival la retirase, el romano la atrapó entre el brazo herido y el pecho, y dio un tirón. La vibración de la larga asta provocó que el persa se tambaleara, y Martino aprovechó para levantarlo con los pies y hacerle perder el equilibrio. El hombre cayó al suelo dándose un pesado batacazo y el joven aprovechó para echársele encima. Agarró la espada a modo de puñal y se la caló con fuerza en la nuca. Esta vez la malla de hierro cedió, y la hoja pudo penetrar en profundidad, con lo que la cabeza del guerrero quedó clavada en la tierra.

Martino cayó redondo encima, jadeando por la fatiga y el pánico. Se había salido con la suya una vez más.

Dio una ojeada a su alrededor para ver si corría un peligro inminente, y vio que se encontraba junto al baluarte enemigo. El perfil de una empalizada. Y le pareció que no había nadie encargado de vigilarla; debía de ser un sector alejado de alguna de las entradas. Observó con más atención: no estaba construida como las romanas, detrás de un foso. Era una simple fila de palos sobre un cúmulo de tierra.

Fácil de arrancar.

«Aquí necesitamos otro concilio. El de Sárdica del año pasado no resolvió nada», pensó Osio, releyendo los informes sobre los desórdenes provocados por las controversias cristológicas en Alejandría.

Y eran tremendamente parecidos, en sus causas y efectos, a los desórdenes ocurridos en Antioquía solo unas semanas antes. Casi veinte años después del Concilio de Nicea, en el que él y Constantino habían creído dar por fin unidad a la Iglesia, escindida por disputas doctrinales y de forma, la situación era, si cabe, aún peor. El sínodo que había convocado en la frontera entre los dos imperios de Constante y Constancio el año anterior había acabado en una especie de riña entre los obispos oficiales y los depuestos y exiliados, con una serie de excomuniones y reincorporaciones que no habían aplacado las polémicas. De doctrina, en esas condiciones, se pudo hablar poco o nada. El obispo se preguntaba si no habría hecho mejor, en su momento, apostar por el mitraísmo más que por el cristianismo; puede que entonces el Imperio estuviera más unido, bajo el punto de vista religioso, él habría tenido menos problemas que resolver y el emperador tendría una base más estable sobre la que ejercitar su propio poder.

Todos esos matices sobre la naturaleza de Cristo estaban complicándole enormemente el camino hacia los objetivos políticos que se había propuesto: la unidad del Imperio bajo un único soberano, como había sucedido en los últimos doce años del reinado de Constantino. Tras haberle ayudado a eliminar a todos sus rivales, de Maximiano a Majencio, de Licinio a Maximino Daya, Osio había gozado de la embriaguez del poder absoluto, la posibilidad de extender sus tentáculos a cada provincia del Imperio, gracias a la fe ciega que el emperador tenía en él. Después de su muerte, había logrado quitarse de en medio a una buena parte de sus herederos, pero aún quedaba mucho por hacer para consolidar el reino de Constancio, antes de poder librarse también de Constante.

En un lado del escritorio estaba la carta que había llegado la víspera desde Roma, la enésima que le enviaba Constantina. Sabía de sobra qué le estaba pidiendo la hermana del emperador, y le irritaba la idea de tener que tragarse una vez más su insatisfacción por no haber sido todavía recompensada por el papel que desempeñó en la muerte de Constantino II. Llevaba cuatro años sugiriéndole que esperase, que aguardara al momento oportuno, pero la mujer se impacientaba y no sabía ya cómo pararle los pies. Por ese motivo, entre toda la correspondencia que había recibido aquel día, había decidido dejar la misiva de la princesa para la última; pero los asuntos más urgentes que tenía que atender no le hacían sentirse mejor.

Empezó a pensar si realmente podía organizar un nuevo concilio. Mientras que hubiera dos emperadores, sería difícil. Constancio y Constante discutirían por quién de los dos debería presidirlo, y habría constituido una razón más de fricción entre los hermanos. Los obispos, además, no sabrían a quién dirigirse y se encontrarían en un gran aprieto; y él no tendría ningún control sobre los occidentales, que en su mayor parte elegirían a Constante. Desde el momento en que el cristianismo había sido declarado religión oficial, era su responsabilidad que sus representantes reconocieran al emperador como referencia y líder absoluto; de ese modo sería él, Osio, que estaba detrás de Constantino, quien determinara todas las decisiones sobre donaciones, construcción de basílicas, cargas eclesiásticas o desarrollo de comunidades. Pero solamente podía ser el consejero de un único emperador, y mientras hubiera otro presente, había muchas decisiones en las que no podría influir. Con gran perjuicio para el Imperio, naturalmente.

Dio un puñetazo en la mesa, y enseguida la artritis que padecía volvió a atormentarlo. En definitiva, cualquier tema que afrontara, siempre se veía obligado a volver al punto de partida: tenía que conseguir que Constancio se convirtiera en el único señor del Imperio. Solamente así lograría otorgar a Roma una política homogénea y cohesionada, una religión unitaria y oficial; y, sobre todo, sería la única manera de tener todo bajo control. En definitiva, Constantino había logrado organizar un concilio ecuménico e imponer un canon solo después de su victoria sobre Licinio y Martiniano, que además le había entregado la parte oriental del Imperio.

Ciertamente, Constancio no se estaba revelando como una gran inversión. Estaba bien lejos de poseer la habilidad y el carisma de su padre; le costaba trabajo mantener unidos sus propios dominios, y aún más hacer frente a la presión de Sapor. Su actitud pasiva hacia los persas le había enemistado con la clase militar y había provocado el odio de los ciudadanos de las provincias hostigadas por las incursiones enemigas. Y a pesar del inmenso ejército que había movilizado para la campaña en curso, no había ninguna garantía de que fuera a producir ningún beneficio.

No obstante, se mostró benevolente y deseó sinceramente encontrar la manera de eliminar las discordias internas. Si bien tendía hacia el arrianismo, Osio había podido convencerle de que buscara un compromiso con la línea oficial establecida en Nicea. El obispo había estado tentado más de una vez, en el pasado, de ofrecer sus servicios a Constante tras haber corroborado los límites de su hermano, pero enseguida se dio cuenta de que el emperador occidental era mucho menos fiable e influenciable.

Así que había renovado su apoyo a Constancio, estudiando con el emperador un modo de pacificar a la Iglesia y procurando respetar lo establecido en Nicea casi veinte años antes. Si hubiera sido por él, habría dejado que cada uno considerase a Cristo como le pareciera más oportuno: totalmente divino, divino y humano, solamente humano... Pero existían demasiados fanáticos y exaltados por ahí, y ello no hacía más que atizar las disputas y autorizar a que cada uno se sintiera un poco teólogo y elaborara una nueva teoría para hacerse con seguidores y gozar de popularidad: no solo arrianos, que consideraban al Hijo subordinado al Padre, sino también sabelianos, que rechazaban todo lo establecido en Nicea, novacianos, obispos depuestos que querían ser restituidos, donatistas, anomeos, una versión más radical de los arrianos... Había perdido la cuenta de las diversas corrientes.

Era realmente necesario, tal y como había hecho en Nicea, establecer una línea oficial con la que conformar a todos, so pena de ser excluidos de la Iglesia. Pero aún estaba lejos de una solución que pudiera considerarse aceptable incluso para los grupos más extremos. Lo que sí sabía, en cambio, era que Constancio se lo permitiría y Constante no. Mientras Constante estuviera en el poder, no habría unidad religiosa. Solamente esperaba vivir lo suficiente para imponerla.

En conjunto, Constantina tenía razón, había que darse prisa en reunir el Imperio. Pero con el tiempo, se había dado cuenta de que no podía mantener la promesa que le había hecho: poner un césar de la familia de Constantino en el lugar de Constante, casarlo y dejarlo subordinado a Constancio. La joven era demasiado ambiciosa y voluntariosa; sin duda se escaparía a su control y habría empujado a su marido a hacerse augusto, llevando al Imperio a su anterior situación. Es más, basándose en lo que había leído entre líneas en su carta, también existía la posibilidad de que no se contentara con la mitad del Imperio...

No, debía encontrar otra solución. Se resignó a abrir su misiva y a darle la recomendación habitual. Trabajarse a su primo Nepociano, en espera de la ocasión para ponerle en el trono.

Pero él ya tenía otros planes. Solo tenía que encontrar a la persona adecuada.

Martino contó un centenar de soldados entre los de su unidad y otros hallados por los alrededores. Luego se ajustó el vendaje del brazo, separó a unos diez hombres del resto de la tropa y les dijo:

—Vosotros, id a buscar a otros soldados y decidles que podemos entrar en el campamento enemigo por este lugar. Haced que todos se reúnan aquí y encontrarán la empalizada derribada. ¡El campamento será nuestro en un abrir y cerrar de ojos!

El joven se sentía invadido por una nueva linfa vital. Había estado a punto de abandonarse a la fatiga y tumbarse a descansar después de que le hirieran, pero el descubrimiento de que el campo enemigo estaba allí mismo, le devolvió las fuerzas. Y lo mismo ocurrió con todos los demás hombres que había conseguido encontrar para llevárselos consigo. Ya no estaban postrados de dolor ni desanimados como antes, sino arrojados de nuevo como cuando, antes de que cayera la noche, estaban convencidos de que estaban a punto de conquistar un enorme botín. Al joven oficial le había bastado exponer aquella renovada posibilidad a todo el que encontraba para hacerse con un pequeño ejército a su disposición.

Hizo una señal a aquellos que se quedaron con él para ayudarle. Juntos, treparon por la barricada y empujaron los postes, que cedieron con una facilidad pasmosa. Primero derribaron unos pocos y luego los utilizaron como palanca para desclavar los demás, hasta que se abrió un hueco lo bastante grande como para que pasaran tres hombres uno al lado del otro. Y no se veía a nadie en las inmediaciones: solo algunas antorchas al fondo, que iluminaban tenuemente zonas aisladas del campamento. Se preguntaba cuántos persas estarían dentro del baluarte y cuántos todavía fuera. Dijo a sus hombres que se agazaparan y se adentró con un solo objetivo en mente: matar a todo el que encontrara para que cundiera el pánico en el ejército enemigo e inducirles a rendirse.

—Centenario, allí hay una antorcha. Usémosla para iluminar las tiendas —le sugirió un soldado.

—No. Habría demasiada luz y verían que somos pocos. Mejor actuar al abrigo de la oscuridad para hacerles creer que somos muchos. Ni siquiera utilizaremos las antorchas para ver por dónde andamos —respondió, y nadie encontró ninguna objeción.

Vio una fogata. Alrededor, un grupo de soldados comiendo un

rancho improvisado; debían de ser un centenar ellos también. Excelentes víctimas para empezar. Indicó a los suyos que se extendieran en abanico y que siguieran agachados para no ser vistos hasta el último momento y que los persas no tuvieran tiempo de coger sus armas. Cuando consideró que estaban a la distancia precisa para sorprenderles, con un gesto del brazo dio la señal de asalto. Los romanos se abalanzaron al unísono, atacando a los persas de manera concéntrica y rodeándolos. Martino degolló al hombre que había escogido sin que el guerrero lograra defenderse con las manos. El siguiente, en cambio, se protegió por instinto de su oponente con los brazos y se encontró con el corte limpio de uno de ellos.

No necesitaron mucho tiempo para originar una matanza. El joven mató a otro que se había agachado para coger un arma del suelo, atravesándole la espalda. Luego un guerrero, para escapar de su espada, dio un salto hacia atrás y se cayó en el fuego. Se le incendió la ropa y enseguida se convirtió en una pira ardiente; empezó a tumbos y acabó encima de un compañero herido, al que también prendió en llamas.

Mientras tanto, los gritos de las víctimas habían causado conmoción en el campamento. Martino y sus hombres acababan de aniquilar al primer grupo de soldados, y de repente apareció un segundo grupo, mucho más pequeño, blandiendo todo tipo de armas. Algunos ni siquiera llevaban la armadura porque no les había dado tiempo a ponérsela, pero se lanzaron valientemente al ataque empuñando la lanza. El joven oficial no dudó en pasar su lama a un adversario con una cimitarra. El choque del metal produjo chispas que iluminaron la oscuridad. Pero duró poco: el romano amagó una estocada hacia el hombro derecho de su rival, luego cambió de lado su espada, le golpeó en el izquierdo y le atravesó de parte a parte. Otro persa se abalanzó sobre él mientras aún tenía su arma clavada en el cuerpo de su última víctima, pero Martino consiguió desplazar a su antagonista haciendo palanca con la espada, y el recién llegado acabó golpeando a su compañero agonizante, y se encontró con la lanza inmovilizada en el cadáver. Entonces Martino extrajo la hoja y, dando un salto, le degolló.

Miró a su alrededor. No había nadie más que atacar, y le pareció raro. Oía ruidos y gritos, pero provenían de la otra parte del campamento. Hizo recuento y vio que en el interior de la empalizada no había muchos más soldados; de ser así, no habría traspasado la fortificación tan fácilmente, ni habría avanzado hasta el corazón del campamento sin toparse con enemigos avisados. Debían seguir todos fuera. Divisó unos cuantos bajo la siniestra luz de las antorchas. Pero eran pocos y aislados, y salieron corriendo en dirección contraria, donde Martino seguía escuchando ruidos. Seguramente se estaban concentrando en la puerta de atrás para huir hacia el Tigris.

En cualquier caso, no parecía haber resistencia. Sus soldados empezaban a preguntarse dónde estaría el pabellón de Sapor, el objetivo más codiciado. Era difícil localizarlo. Seguían avanzando hacia el interior. Pasaron por tiendas pequeñas y bajas, que abrían de vez en cuando para comprobar que no había nadie dentro. Llegaron a una zona donde los alojamientos eran más amplios; quizá los de los oficiales, y seguía sin verse un alma. Y finalmente vieron el perfil oscuro de una tienda imponente que destacaba sobre todas las demás, ubicada a una distancia prudencial.

No había ningún centinela delante.

Estaba claro que el rey no se hallaba en el campamento.

Mientras tanto, Martino seguía oyendo ruidos provenientes de la zona por donde había entrado con su columna. De pronto surgieron otros romanos.

–¡Démonos prisa! ¡El botín es nuestro! –se apresuró a gritar uno de sus soldados, con el único pensamiento de repartir lo que encontrara en la tienda del gran rey.

Martino asintió dando permiso para entrar. Pero se quedó fuera intentando comprender lo que estaba ocurriendo con el ejército de Sapor. No le interesaba el botín, no era un saqueador y su recompensa, en caso de que la tuviera, serían los honores y los ascensos que ambicionaba obtener por destacar como combatiente. Y la mayor de todas, que alguien le comparase con su padre por su valor. Pero solamente por su valor.

En el pabellón real resonaron gritos de júbilo. Los soldados, como cabía esperar, estaban muy satisfechos con lo que habían encontrado. Pero él no, seguía dándole vueltas a la excesiva facilidad de aquella victoria. Habían conquistado el campamento enemigo, y el emperador podría apuntarse un tanto. Pero si no estaba el ejército persa, no podría decirse que era una victoria plena.

En cualquier caso, era una victoria. Entonces comprendió por qué los soldados que quedaban en el campamento se habían concentrado en la parte opuesta, hacia el Tigris.

Sapor había evacuado el grueso de sus tropas y estaba regresando a casa.

Constancio tuvo que bajarse del caballo para estirar las piernas. No podía combatir, no podía dormir, no podía observar la batalla. Se sentía impotente ante unos eventos que, quizá, estaban decidiendo el destino de su Imperio. Frente a él, oscuridad absoluta. De vez en cuando, de aquella negrura surgía un correo que le anunciaba únicamente circunstancias aisladas, que solo aumentaban su angustia: traía noticias de un sector en el que no cesaban los combates, o de una unidad que ya no tenía enemigos contra los que luchar y se había parado a descansar; o de otra que buscaba agua, después de todo un día de marcha y buena parte de la noche combatiendo.

Pero nada relevante. Nada que le reconfortara o le tranquilizara. Tampoco sabía cuántos hombres le quedaban. Temía aventurarse a la mañana siguiente en el campo de batalla y verlo cubierto de esos cadáveres romanos que él había enviado al matadero dejándose convencer por su Estado Mayor. Ya no había diálogo entre el emperador y sus oficiales. Por un lado, estaba Constancio, en medio de sus guardaespaldas, que le separaban como un muro del resto de su Estado Mayor. Y ninguno se atrevía a acercarse a él. Los oficiales estaban avergonzados por su decepción, y temían ser castigados. Y se sentía más solo que nunca. Ni siquiera encontraba consuelo pensando en su mujer Constancia. Le habían impuesto como esposa a la hija de su tío Julio Constancio cuando era césar, y entonces era demasiado joven para poder crear ningún tipo de intimidad. Luego, cuando creció, se interpuso entre ellos el resentimiento de la joven hacia él desde que se enteró de la responsabilidad de su marido en la muerte de su padre. Y en los escasos intentos que habían tenido, no por sentir placer el uno con el otro sino por procrear, se había mostrado tan tensa y rígida, que él no había conseguido hacer nada. Constancio enseguida se dio por vencido, pero no por ello se había dedicado a otras mujeres o se había buscado una confidente o una amante; la continencia era un deber para él: estaba obligado a dar a todos sus súbditos ejemplo de cómo se comporta un buen cristiano, y nunca se dejaría llevar por la lujuria.

Al final, se sentía un extraño, tanto en palacio, donde su mujer le miraba con odio y no le dirigía la palabra, como en las frecuentes campañas militares, porque no era un soldado. Ya no había nada que le hiciera sentirse bien, excepto la oración, y lamentó que el destino no le hubiera hecho nacer en el seno de una familia cualquiera, concediéndole así la posibilidad de seguir su vocación de hombre de Iglesia. Cuanto más tiempo pasaba, más se daba cuenta de ello: tenía que haber sido sacerdote. El enésimo mensajero emergió de la oscuridad y entró en el área iluminada por las antorchas del emplazamiento imperial. Constancio advirtió su llegada antes de verle gracias al ruido de los cascos del caballo al galope, que rompía el silencio nocturno. Se resignó a recibir otra decepción más.

–Mi señor, ¡hemos conquistado el campamento enemigo! –anunció triunfante el soldado, bajándose del caballo.

Constancio despertó de su letargo. Los demás generales se acercaron.

–¿Estás seguro? ¿Cómo es posible? –preguntó el emperador.

–Estoy seguro, mi señor –le confirmó el correo–. Ha sido una iniciativa de la guardia palatina. Encontraron una sección vulnerable y entraron. Luego siguieron los demás, y ahora el campamento es nuestro.

Constancio se golpeó la palma de la mano con el puño. Entonces el Señor le amaba de verdad y le había premiado su devoción. Y era «su» guardia palatina la que había resuelto aquella desagradable situación. Los recompensaría a todos. Se giró hacia sus oficiales y notó que le miraban con la satisfacción de quien, por fin, tenía la razón.

–Pero… ¿y Sapor? ¿Le hemos capturado? –apremió al correo.

El hombre le devolvió una mirada avergonzada.

–Ejem…, esta es la mala noticia –intentó explicar–. El gran rey ya se había marchado cuando los nuestros entraron en el campamento. A decir verdad, la mayor parte del ejército persa se había ido ya. Habían dejado solamente una débil retaguardia para escudar sus movimientos…

El emperador cerró los ojos y suspiró. Ahora la conquista del campamento enemigo le parecía poca cosa en comparación. Si la mayor parte del ejército persa y el gran rey se habían retirado, se trataba de una victoria solo nominal, nada más.

—Mi señor, Sapor no debe de llevarnos mucha ventaja. Seguro que intentará atravesar el Tigris, y con todo su ejército detrás, irá despacio. ¡Aún estamos a tiempo de atacar a los persas por la espalda y de sorprenderlos mientras cruzan el río! —exclamó un general, en absoluto desalentado por las noticias.

—¡Pues claro! ¡Estarán indefensos! ¡Les dispensaremos esa masacre que les ahorramos cuando construyeron los puentes y entraron en territorio imperial! —declaró otro.

—¡Esta vez los tenemos en un puño! ¡Puede que a Sapor no, pues habrá sido el primero en escapar, pero a sus tropas sí! —intervino un tercero.

Constancio reflexionó, luego hizo un gesto negativo con la cabeza.

—Demasiado arriesgado —declaró—. Nuestros hombres están extenuados. Llevan desde esta mañana marchando y combatiendo, y están agotados por el calor. Además, vosotros también habéis oído que están sedientos. No podemos pedirles demasiado… Tienen que descansar.

Uno de los generales no pudo ocultar un gesto de rabia, aunque luego intentó enmascararlo moviendo exageradamente los brazos.

—Mi señor, tus soldados son capaces de cualquier hazaña. No seas tan blando con ellos; son en su mayoría bárbaros, están habituados a la fatiga y al sacrificio —insistió—. Tu padre los eligió a propósito cuando decidió confiar en los pueblos que conquistaba reclutándolos para sus ejércitos. Y además se forjaron con quien seguramente se habría atrevido a ello. Constantino el Grande era un soldado valiente, siempre dispuesto a arriesgar el todo por el todo. No le temía a nada, y fueron esta valentía y determinación las que le permitieron llegar a emperador, a pesar de los obstáculos. Si no se hubiera arriesgado, mi señor, ahora tú no tendrías ningún Imperio que administrar, ya que la corona habría ido a parar a alguno de sus rivales y a sus respectivos herederos.

—Sí, mi señor. Se lo debes. Estás en deuda con tu padre. Él habría seguido la acción. No se habría quedado satisfecho —rebatió otro.

Le indignó aquella comparación con Constantino. Ya estaba harto de que lo parangonaran con aquel uxoricida, que ni siquiera era su padre.

181

Era rehén de su sombra, como de costumbre. Derrotado nuevamente, asintió gravemente, y de inmediato sus oficiales se apresuraron a dar una serie de instrucciones que él ni siquiera escuchó.

No era él quien tenía el mando, sino la memoria de Constantino el Grande.

CAPÍTULO XIII

Martino negó con la cabeza, y con él los veteranos que tenía más cerca y que habían aprendido a respetarlo tras la conquista del campamento enemigo. Perseguir a alguien en plena noche era un desatino, y más si había que hacerlo cansado, hambriento, sediento y con el botín a cuestas.

Todos los soldados murmuraron cuando les llegó la orden del emperador: Constancio felicitaba a sus tropas por haber expugnado valerosamente el campamento de Sapor, pero les pedía un último esfuerzo para capturar al soberano, o para privarle de una parte de su ejército.

La clásica decisión proveniente de los altos mandos, es decir, de aquellos que no toman decisiones en el campo, sino a millas de distancia, los llamados oficiales. Los militares que se encontraban en el meollo de la acción sabían que la empresa estaba condenada al fracaso, y los soldados no estaban dispuestos: unos jadeaban de sed, otros no podían tenerse en pie, y los más no querían moverse del campamento hasta el amanecer para no tener que abandonar el botín que habían conseguido en el fugaz saqueo.

Y encima todavía era noche cerrada. No era fácil encontrar el camino y localizar los tres puentes que los persas utilizarían para cruzar el Tigris. A Martino le costó hacer levantar a algunos de los suyos, que habían consumido sus últimas energías buscando agua dentro del campamento. Pero los persas, conscientes de la importancia que tendría tras una jornada de combates, no habían dejado ni gota. Él mismo la necesitaba para enjuagar y limpiar la herida del brazo, que le escocía a rabiar. Otros ni se planteaban abandonar el botín, y se pusieron en marcha con los sacos a sus espaldas. Martino se preguntaba cómo podrían ser de utilidad en caso de pelea; para ellos la batalla había terminado ahí: aquel día habían sido capturados por el pecado de la codicia, que los había vuelto inútiles como soldados.

El joven fue de los primeros en salir por la puerta oriental del campamento persa. A sus espaldas, alguien se encargó de prender fuego a las tiendas, y acto seguido un resplandor difuso se elevó por encima del baluarte. Los romanos se dividieron en varias columnas a medida que avanzaban, cada unidad portaba al menos un par de antorchas. Martino miró al cielo procurando orientarse con las estrellas, pero su luz estaba empolvada con un velo de opacidad. Dirigirse hacia el este podía no ser tan fácil. Y no tardó en descubrir que no era el único problema: mantener unido al ejército era aún más difícil.

–¡No aguanto más! ¡Necesito beber!

–¡Yo también! ¡Tengo la garganta seca! Con todo el polvo que he tragado hoy…

–¡Yo tengo que hincarle el diente a algo, si no me voy a desmayar!

Estos eran los comentarios que se escuchaban en las filas de la columna. Raros entre la guardia palatina, más frecuentes entre los legionarios, cuyos oficiales, en cambio, seguían hablando sin parar sobre lo absurdo de todo el asunto.

–Centenario –se acercó uno de los suyos–, manda a alguno de nosotros a buscar agua. Por aquí había afluentes del Tigris. Si damos con ellos, saciaremos nuestra sed, ¡y luego los liquidaremos!

Martino se quedó pensando unos instantes, entonces respondió:

–Perderemos tiempo. Cuantos más seamos, menos persas encontraremos en esta orilla. Además, no me fío de ellos: enviar soldados significa perderlos, o hacerles correr el riesgo de toparse con alguna patrulla enemiga.

El hombre hizo una mueca, pero no halló nada que objetar y volvió a las filas. Sin embargo, la insolencia de algunos legionarios a lo largo del camino había convencido a los oficiales de las legiones. De la columna empezaron a despegarse algunos hombres con antorchas que enseguida se convirtieron en pequeños puntos luminosos en la oscuridad. Martino soltó un improperio silencioso; al final, como de costumbre, serían los guardias palatinos quienes atacarían la cola del ejército enemigo en fuga.

Suponiendo que dieran con él. El joven no estaba para nada seguro de ir en la dirección correcta. La luz de las teas iluminaba el terreno solo unos pocos pasos por delante, y el único punto de referencia eran las colinas laterales, hacia las cuales se dirigían los equipos en busca de agua. Veía la oscura silueta recortarse en el cielo un poco menos sombrío y, al igual que los demás, recordaba vagamente su posición respecto al Tigris. A sus pies, brillaban las lucecitas de los camaradas.

Al cabo de un rato, regresaron dos hombres que habían dado una batida de reconocimiento.

–Vamos, solo tenemos que desviarnos un poco; hay un riachuelo allí, al pie de aquella colina –señalaron.

Los soldados gritaron de júbilo.

–¡Vamos! ¡Ahora perderemos tiempo, pero lo recuperaremos después marchando más rápidos y seguros!

–Eso, quizá se nos escape alguno ahora, pero ¡luego pelearemos mejor con su retaguardia y liquidaremos a muchos más!

Los demás oficiales parecían inclinados a aceptar la propuesta. Pero Martino dudaba. Y lo mismo ocurría con los otros dos centenarios de la guardia palatina y con el comandante.

–Señores, no podemos hacerlo. Los soldados se dispersarían. Emplearíamos demasiado tiempo en reconstruir las filas, y nosotros tenemos el deber de llegar los primeros –apuntó al general.

Este hizo un mohín y se quedó pensando largamente, mientras tanto, las otras unidades de regulares se iban desplazando.

–Pero tienen razón –dijo por fin–. Es preferible combatir con hombres bien alimentados que extenuados y sedientos. El agua podría redoblar sus fuerzas, y necesitamos esa energía; seguro que los persas están mejor que nosotros.

Los soldados aprobaron a coro, y Martino no pudo hacer nada más. Se limitó a censurar, por dentro, el comportamiento de su comandante, al que consideraba irresponsable, dado el cargo que ocupaba: no mostraba la consideración debida con la guardia palatina, la flor y nata de las tropas imperiales, los soldados más cercanos al emperador que servirían de ejemplo para todos los demás. Si un día el Señor le permitiera alcanzar ese rango, impondría una disciplina mucho más férrea.

Trató, al menos, de obligar a su centena a mantener la cohesión, evitando que los hombres rompieran las líneas y salieran corriendo hacia el curso de agua, como estaban haciendo las demás unidades. Observó que algunas llamas de delante se habían apagado; obviamente, pensó, quienes las sujetaban se habían agachado para beber, sin preocuparse por mostrar el camino a los que les seguían. Otra falta de disciplina que él habría procurado evitar. Pero entonces, más fuerte que las risas de los soldados que le precedían, le pareció oír gritos de dolor en la oscuridad.

Aguzó el oído para intentar distinguir de dónde provenían. Nadie parecía haberse percatado entre todos los que le rodeaban y, al cabo de un rato, le entró la duda de si estaría confundido. Pero después oyó claramente otros y se quedó quieto, ordenando a los suyos que se detuvieran y permanecieran en silencio.

Sí, eran gritos de dolor, también los suyos los oían ahora. Y provenían de las filas anteriores, las de las antorchas. Eran los que estaban junto al río los que chillaban.

De repente, un silbido. Martino miró hacia su derecha y vio desplomarse al hombre que llevaba la antorcha. Una flecha le había atravesado la garganta y le salía por la nuca, levantándole la parte posterior del casco. El soldado más cercano a él se precipitó a recoger la antorcha antes de que se apagara en el polvo. Se agachó, la agarró, se volvió a levantar e inmediatamente después un dardo le atravesó la espalda. La tea cayó otra vez al suelo.

–¡Las antorchas! –gritó Martino–. ¡Las antorchas les están señalando nuestra posición! ¡Están apostados en la falda de la colina! ¡Apagadlas!

El joven examinó el perfil del promontorio. Había diseminados unos cuarenta arqueros, que esperaban agazapados a sus perseguidores, seguros de que pasarían por ahí para saciar su sed. Los persas podían verlos a ellos, pero ellos no podían ver a los persas. Los soldados, aterrorizados por aquel enemigo invisible, lanzaron al suelo las antorchas instintivamente, mientras que por delante se oían más gritos de dolor y el chapoteo de cuerpos que caían al agua.

Les estaban agrediendo de nuevo. Martino ordenó la retirada, pero entre tinieblas y sin antorchas, ninguno sería capaz de mantenerse unido a los demás. En pocos minutos, la victoria se había transformado en una derrota. Sapor podría escapar sin que nadie se lo impidiera, igual que entró en territorio romano. Y las pérdidas de

Constancio, que hasta ahora habían sido manifiestamente inferiores a las del enemigo, aumentarían considerablemente. No conformarse con la conquista del campamento había sido un error garrafal.

Constancio se daba perfecta cuenta. Lo leía en los semblantes taciturnos de los soldados formados frente a él, lo interpretaba en su silencio, en la manera en que se mantenían alejados de la tribuna que ocupaba junto a su Estado Mayor. Si supieran... No era culpa suya. O, por lo menos, la culpa no era «toda» suya. Habían sido sus generales quienes, enviándolos en vano al combate y a la muerte, habían transformado una victoria en una derrota.

O tal vez sí fuera culpa suya. Era el emperador. Era el último responsable de todo. Al menos a los ojos de cualquiera de sus súbditos. ¿Cómo iban a saber ellos contra qué tenía que luchar? Su inexperiencia, el peso de la memoria de su padre, las coacciones de sus generales, de los obispos, de los gobernantes... ¡Ya le gustaría verlos en su lugar! Le detestaban, se veía a la legua. Los había enviado al fracaso nada menos que dos veces, haciéndoles caer en dos trampas diferentes; les había hecho marchar bajo un calor aplastante durante un día entero sin alimento, y les había obligado a combatir toda la noche contra un enemigo invisible; y ni siquiera había compartido con ellos sacrificios, esfuerzos y peligros, como habría hecho su padre. Y toda esa farsa que había organizado no cambiaría las cosas. El ejército de Sapor había atravesado el Tigris sin ser molestado, y al alba el recuento de muertos había sido despiadado: miles de romanos habían sido atravesados por las flechas de los arqueros persas emboscados en las colinas. Y en esas condiciones, la conquista del campamento del gran rey, ya reducido a un cúmulo de escombros chamuscados y humeantes, era un pobre resultado, solamente válido para hacer propaganda.

Hizo un gesto al maestro de ceremonias para que hiciera venir al palco al primer premiado. Martino Martiniano subió confiado y sonriente las escaleras. Por lo menos, había un hombre que no parecía enojado con él y que sabía ver el lado positivo de las cosas: era el digno hijo de Minervina, a la que Constancio recordaba como una niñera llena de ternura y siempre optimista.

El maestro de ceremonias colocó al centenario cerca del emperador. A Constancio le habría gustado devolverle la sonrisa, pero hacía tiempo que se había propuesto dar una imagen severa que no le permitía familiarizar con los soldados. Por tanto, permaneció inmóvil, con la mirada fija al frente.

El pregonero, como es costumbre antes de un discurso, hizo señas a la tropa para que se callara; Constancio observó con amargura que no era necesario. Todos guardaban silencio.

–¡Soldados, el emperador está orgulloso de vosotros! –declaró el pregonero, dando comienzo al falaz discurso que tenía intención de transformar aquel fracaso en un triunfo–. Habéis hecho retroceder a los persas hacia la frontera, habéis expugnado su campamento, quitado al gran rey Sapor sus posesiones y obtenido un rico botín, y finalmente, ¡habéis obligado al enemigo a volver a casa con el rabo entre las piernas! Habéis salvado al Imperio, con la ayuda del Señor Dios nuestro y gracias a los planes de largo alcance elaborados por nuestro emperador junto con sus colaboradores de mayor confianza y experiencia. De ahora en adelante, el pueblo os agradecerá y elevará plegarias a Cristo en vuestro favor. ¡Y los persas se lo pensarán dos veces antes de volver a amenazar a un Imperio que la protección del Señor ha convertido en invencible!

El pregonero se quedó parado para permitir a los soldados tributar la acostumbrada ovación. Constancio sintió un escalofrío en la espalda; sabía que esta vez no sería espontánea. De hecho, siguieron unos instantes de gélido e incómodo silencio. Los hombres mantuvieron la cabeza baja largo rato, hasta que los oficiales empezaron a aplaudir y a celebrar el nombre del emperador. Poco a poco, también los legionarios les fueron imitando, aunque con una convicción bastante menos calurosa. Se oyeron tímidas y poco entusiastas aclamaciones como «¡Constancio *persicus*!» y «¡Emperador!». A Constancio se le encogió el corazón, y no pudo por menos que comparar aquella mísera ovación con las anteriores rendidas a las arengas al inicio de la campaña. Esperaba poder enmascarar el fracaso de la batalla de Singara, al menos con la población civil.

El pregonero retomó la palabra:

–Estas memorables hazañas, orgullo de la historia y de la tradición del Imperio de los césares, se deben al valor y a la determinación de todo el ejército, pero en particular al coraje de algunos hombres que, despreciando el peligro y ante una multitud de enemigos, han derribado las acérrimas defensas de los persas y expugnado su campamento, determinando así el éxito final de la batalla. Entre ellos, una mención especial para la guardia palatina que, una vez más, se ha demostrado digna del delicado papel que desempeña al lado del emperador. ¡Con ellos en el campo, es como si el emperador mismo estuviera junto a la tropa! Y entre la guardia palatina, el hombre a quien debemos la hazaña que ha sido clave en el conflicto, es el centenario que podéis admirar todos en este momento, a la vera del emperador: él, en plena noche, tras haber abatido a un número infinito de enemigos, llegó hasta el borde de la empalizada y, solo y con sus propias manos, derribó sus postes, al tiempo que se defendía con su espada del contraataque de los defensores en las almenas. Varias veces le hicieron retroceder, hiriéndole incluso en un brazo, y otras tantas volvió a intentarlo, extenuándolos hasta que se le unieron sus camaradas, que le ayudaron a vencer toda resistencia y, junto con él, penetraron en el campamento, donde masacraron a un gran número de enemigos, con lo que obligaron a los demás a huir sin intentar siquiera enfrentarse a ellos. Soldados, aquí está el héroe del que os estoy hablando: ¡Martino Martiniano!

Por el rabillo del ojo, Constancio se fijó en la expresión pasmada del centenario, que evidentemente no se reconocía en la descripción de sus gestas redactada por el Estado Mayor. Martiniano había hecho un detallado informe sobre los hechos, que le fue notificado, pero la necesidad de dar un héroe a la tropa había convertido la penetración en un campo semiabandonado, en una hazaña épica para entregar a la memoria colectiva. El emperador notó también que a algún soldado se le escapaba una sonrisita, sobre todo entre la guardia palatina alineada en la primera fila; sabían perfectamente cómo habían ido las cosas en realidad, y se preguntaba si por casualidad no se habría creado una brecha ente Martino y sus camaradas, quienes podían legítimamente creer que el oficial había exagerado su propio papel para pavonearse en perjuicio de la contribución de los demás.

Sin embargo, la ovación que venía de las filas posteriores dedicadas al centenario parecía sincera, y seguramente fue más espontánea que la que los soldados le habían tributado antes. También ellos necesitaban un héroe, alguien en quien creer, puesto que ya no creían en su emperador.

–Martino Martiniano –prosiguió el pregonero– se merece una de las condecoraciones más prestigiosas del ejército romano: la corona castrense, por haber conquistado un campamento enemigo. Pero el emperador, siempre generoso, ha establecido que, para la ocasión, se le otorgue también la corona cívica, que se confiere a quien ha salvado a un ciudadano romano; y Martino Martiniano, con su valentía, salvó a numerosos ciudadanos romanos, por tanto, se ha ganado el derecho a conquistar ambos honores, ¡que nuestro amado soberano le concederá personalmente!

La repetida ovación convenció a Constancio de que había tomado la decisión correcta. Y poco importaba si los demás miembros de la guardia palatina miraban de soslayo a Martiniano; ahora el resto del ejército tenía al héroe que reclamaba. El ordenanza le tendió las dos coronas. Martiniano fue instado a ponerse frente a él y, finalmente, las miradas de los dos hombres se encontraron. Constancio leyó desorientación en la del centenario, pero también honestidad y disciplina. Parecía un hombre de fiar, y deseó promoverlo para misiones de mayor responsabilidad; sin embargo, el hecho de que fuera el hijo de un conocido enemigo de su padre complicaba mucho las cosas… Sin decir una palabra, le puso la corona castrense en la cabeza, luego, con un gesto, le instó a que se diera la vuelta y se mostrara a la tropa. El joven obedeció y dejó que lo admirasen con la diadema coronada por una empalizada estilizada. Tras dejar espacio para una nueva ovación, el oficial fue invitado a girarse y, con el premio bajo el brazo, recibió del emperador la corona cívica, otra diadema con hojas de roble y bellotas. Y mientras Martiniano recibía otro tributo de la multitud, Constancio empezó a pensar en cómo restaurar su propio prestigio, y si este centenario podría serle útil al respecto.

–Cada vez me maravillo. Y eso que llevamos años haciéndolo –confesó Nepociano, mirando con expresión de embeleso y de adoración a Martina, que estaba tumbada sobre él tras haber alcanzado el orgasmo por enésima vez desde que había llegado.

–Según parece, mi madre también gozaba de estas habilidades –le explicó con voz jadeante, moviéndose de nuevo lentamente sobre él–. Pero a diferencia de mí, eligió no seguir sacando provecho de ello y llevar una vida de castidad; pensaba que la hacía vivir en el pecado y que la desviaba de su devoción a Cristo.

–Una… verdadera desgracia… para tu padre –comentó el amante, suspirando de placer él también.

–Mi padre… tuvo muy mala suerte… en su vida.

–Sin embargo, muchos lo consideran aún… el mejor soldado… de los últimos tiempos… Los cristianos lo ponen a la altura de Constantino, los paganos, incluso más arriba… –replicó él.

Martina prefirió abandonarse al placer. Hablar de su padre le provocaba un sentimiento de culpa adicional, añadido al de no haber impedido la muerte de sus padres; cuando rechazó ayudar a su madre, también perdió la oportunidad de conocerle mejor. Se concentró en el calor que irradiaba de su pubis hacia todo su cuerpo y después de algunos movimientos más violentos de su pelvis sintió que ardía por todas partes. Estaba llegando de nuevo: ese pico de placer que alcanzaba con una facilidad asombrosa la hacía adicta a esa sensación hasta el punto de querer más y más, y cada vez más. En las orgías en las que había participado con Constantina, los hombres que no la conocían se quedaban fascinados con sus habilidades, y todo el que percibía cuánto disfrutaba, terminaba por concentrar toda la atención en ella. De este modo, casi siempre se encontraba rodeada de más de un hombre a la vez, con Constantina que se masturbaba frente a ella exhortándola a satisfacerles a todos a la vez con todos los orificios y las artes de que disponía.

Tenía la absoluta certeza de ser la atracción de circo de su amiga, la bagatela que la princesa paseaba por ahí para exhibirla y así llamar la atención de la gente. Alardeaba de sus dotes sexuales por la tarde y luego la incitaba a ponerlas en práctica durante la noche, pidiéndole expresamente que diera espectáculo con sus orgasmos múltiples, las enardecidas eyaculaciones, las elásticas posturas que era capaz de mantener durante largo rato, y disfrutaba con las expresiones de incredulidad y excitación de los presentes. Y Constantina no tenía escrúpulos en hablar de ello con desconocidos, incluso en actos públicos y reuniones sociales, hasta el punto de que ya no había matrona en Roma que no la mirara con desaprobación o con envidia, después de saber que su marido había querido catarla. En una ocasión, de hecho, fue a su casa la mujer de un senador para que le enseñara cómo desarrollar sus dotes, o al menos que le explicara cómo darle el máximo placer a su marido.

Por culpa de Constantina, se había convertido en la mujer más famosa y comentada de la urbe. O por méritos propios, teniendo en cuenta los espléndidos regalos con los que sus admiradores la colmaban. Si su padre fue aclamado por ser un héroe extraordinario, y su hermano, tras sus primeras hazañas, iba por el mismo camino, podía decirse que ella estaba ganando notoriedad igualmente, aunque de un modo menos elogioso.

Y ya no le agradaba. Sobre todo, desde que había conocido a Nepociano.

Si hubiera deseado casarse y dedicarse a un solo hombre, tener hijos y envejecer con él, habría sido con Nepociano. Sabía con certeza que la amaba con un sentimiento puro, que iba más allá de sus habilidades sexuales. Y también estaba segura de que habrían podido ser felices juntos. Tal vez por fin podría dar sentido a su existencia, que aún no había tomado una verdadera dirección. Pero había demasiados obstáculos para que esto sucediera. Ahora había perdido el momento adecuado. Además, Constantina se lo habría tomado como una afrenta: la consideraba de su propiedad, y en las raras ocasiones en que ella le había insinuado que quería abandonar aquella vida disoluta, la princesa le había respondido desdeñosamente que ella había nacido para ello, y que debía estar agradecida al Señor porque sus talentos le habían proporcionado la amistad de la hermana del emperador. Si no hubiera sido por ella, decía sin preocuparse por si hería su sensibilidad, habría sido una puta cualquiera.

Por lo menos, debía agradecerle el haber conocido a Nepociano. Con él, al fin, había comprendido la diferencia entre placer y desamor. Nunca se había sentido tan motivada y deseosa de conocer a una persona como cuando estaba a punto de verse por primera vez con ella.

Y además, mientras tanto, Nepociano se había casado. El joven era el sobrino de Constantino el Grande, y aunque podía escoger libremente a sus concubinas, su consorte debía ser objeto de negociación política. Dos años antes, los que llevaban de relación, Constantina y su madre

Eutropia, habían organizado su matrimonio con la heredera de una de las más prestigiosas familias romanas. Martina era consciente de que un miembro de la familia imperial jamás habría podido casarse con la mujer que más estaba en boca de todos en Roma, por añadidura hija del más acérrimo enemigo de Constantino; y pronto se había resignado, sobre todo después de comprobar lo poco atractiva que era la esposa de su amante, y que el hecho de casarse no había enfriado mínimamente la atracción que él profesaba por ella. Nepociano había seguido haciendo el amor con ella con el mismo arrobamiento, y como prueba de ello, en dos años su mujer no se había quedado encinta. Y a ella le bastaba con eso; no podía poseerlo por completo, pero le era suficiente saber que las atenciones de Nepociano eran todas para ella. Sintió cómo su amante perdía el control y llegaba también al orgasmo. Se le inundó el estómago cuando ella se levantó y lo cubrió con su flujo. Esa era la señal de que, al menos durante un rato, podían yacer el uno junto al otro sin moverse salvajemente. Nepociano le pasó el brazo por el cuello y se quedó mirando al techo con expresión soñadora, y fue entonces cuando Martina cerró los ojos y se abandonó a la tibieza de su intimidad.

–No me agrada que participes en las orgías de mi prima –le dijo él de repente, provocándole casi un respingo–. Quiero que seas solo mía. Te amo.

Martina abrió los ojos y se volvió hacia él para contemplar su elegante perfil con la piel brillante por el sudor del coito. ¡Cuánto le gustaba oírle decir que la amaba! Así se sentía menos sucia, menos inútil; a lo mejor aún había algo en ella que generaba sentimientos puros y honestos. Ella le habría amado, aunque solo fuera por cómo la hacía sentir con sus declaraciones de amor, que él nunca escatimaba.

–Y tampoco me gusta que se hable de ti como se habla por ahí –añadió el hombre.

–¿No te resulta gratificante saber que consigues satisfacer plenamente a la mujer más lujuriosa de Roma? –respondió ella con amarga ironía.

–No bromees. No soporto que los demás hagan y digan de ti lo que quieren.

–Tu prima dice que soy yo quien les hace hacer lo que yo quiero. Harían cualquier cosa por hacer el amor conmigo.

–Mi prima te utiliza para sacar provecho de sus relaciones. Para ella eres moneda de cambio.

–Pero también me aprecia. Siempre ha cuidado de mí, desde muy joven –siguió diciendo, pero con escasa convicción.

–De todas formas, no soporto que vayas con otros.

–¿Estás celoso? –le sonrió, acariciándole la nariz.

–¿Y si lo estuviera? –contestó él, ceñudo.

–Suena raro, viniendo de un hombre casado. Quién sabe si piensas en mí mientras haces el amor con tu mujer.

–No lo hago casi nunca, y lo sabes. Tú y yo lo hacemos muy a menudo y puedes ver lo excitado que estoy cuando te veo… –protestó Nepociano.

–Es ese «casi» lo que te priva de justificaciones. Dejemos las cosas así, Nepociano. Sabes bien que es tu prima quien decide lo que debo o no debo hacer –le respondió resignada.

–¿Y si lograra convencerla? ¿Serías feliz?

Martina hizo un gesto de escepticismo.

–Por supuesto que lo sería. Yo también sufro lo mío, ¿qué te crees? A veces querría que se olvidaran de mí, y que no me señalaran por la calle como la «puta» de Roma. ¿No crees que ahora a mí también me molesta que alguien que no seas tú me ponga las manos encima?

Nepociano suspiró, mirándola con unos ojos enamorados que le provocaron un escalofrío. Solamente él la miraba de aquella manera, todos los demás la veían como un juguete.

–Bueno, ya verás como la convenzo –respondió él, y la besó apasionadamente.

Y Martina esperó de verdad que lo consiguiera.

Martino entró en el refugio de los evacuados en Singara con aprensión. El corazón le latía de emoción, y no lograba entender los motivos. Probablemente, se dijo, no era capaz de dominar sus sentimientos. Le costaba resignarse a la idea de que ahora Raquel regresaría a su casa, o a lo que quedaba de ella, y él no la volvería a ver nunca más. Les había dado muchas vueltas a las posibles soluciones para encontrar la manera de seguir viéndola, pero dudaba que fueran factibles. Y sabía también que difícilmente los judíos se mezclaban con los gentiles, y menos si eran cristianos. Sin embargo, esa muchacha había conseguido por fin purificar los impulsos que sentía hacia el universo femenino, permitiéndole aceptar como regalo de Dios lo que siempre había considerado pecaminoso.

O ella o ninguna. Únicamente con Raquel se sentía capaz de violar la castidad que se había impuesto sin sentirse sucio y condenado. Sin sentirse como su hermana.

–¡Aquí llega el héroe del Imperio!

Jonás lo vio desde lejos y se acercó a saludarle con expresión arrobada. Detrás de él, el resto de la familia mantenía una actitud más comedida, aunque Raquel, radiante incluso desde la distancia, se permitiera una fugaz sonrisa.

–¿Es cierto que has conquistado tú solo el campamento del gran rey? –se apresuró a preguntarle el niño en cuanto pudo.

Martino lo cogió en brazos y lo levantó por los aires.

–Los relatos bélicos siempre tienden a exagerar la realidad –se limitó a decir.

Si supieran de cuántos engaños eran víctimas los ciudadanos del Imperio… En cuanto el emperador entró en Singara con su guardia palatina, mientras el resto de la tropa construía el campamento fuera de la muralla, los rumores inventados sobre la supuesta victoria de los romanos se extendieron como un reguero de pólvora, perfectamente orquestados por los pregoneros que el régimen había soltado por las calles. Su nombre estaba en boca de todos, y mientras andaba por las calles de la ciudad sentía que los transeúntes le señalaban, algunos se acercaban a él y le daban las gracias, se arrodillaban en su presencia y le ofrecían regalos e incluso a sus hijos pequeños para que le tocaran y les diera buena suerte.

Todo el asunto, que en otras circunstancias podría haber sido halagador, tenía sin embargo una larga serie de implicaciones negativas. Martino siempre había deseado alcanzar una fama a la altura de la de su padre, pero sentía que la había robado con las mentiras que se contaban sobre él, y eso no le agradaba en absoluto. Una cosa era llevar a cabo una acción de guerra eficaz, facilitada además por un enemigo no muy propenso a resistir, y otra muy distinta que te hicieran los honores de un héroe que solamente había llevado al ejército romano a un triunfo inexistente. Tarde o temprano alguien descubriría la verdad, y todos le odiarían por farsante.

Sus camaradas ya le detestaban. Las honras recibidas habían provocado la envidia de muchos, conscientes de que sus hazañas deberían haber sido más ponderadas, y habían terminado empeorando su situación dentro de la guardia palatina. Si antes los soldados se mostraban escépticos con él, ahora no ocultaban su desprecio, alegando que había acaparado para sí todo el mérito de la caída del campamento enemigo, magnificando su papel en detrimento del de ellos y contando un montón de patrañas sobre la verdadera resistencia de los persas. Y el relato que el emperador había difundido entre la tropa había reforzado su convicción de que se trataba de un arribista recomendado. Ya había notado que sus compañeros más cercanos se dedicaban a relatar al resto de la tropa, las legiones que inicialmente lo habían aclamado, cómo habían sucedido realmente los hechos; pero su resentimiento les empujó incluso a dejarle en mal lugar, restando importancia a su papel. Hasta había alguno entre los legionarios que empezaba a mirarle con desconfianza; pronto sería el hombre más despreciado del ejército imperial y, frente a esto, la estima del emperador tenía muy poco valor.

Ahora se sentía más solo que nunca, y esperaba que al menos Raquel le diera ese consuelo que tan desesperadamente necesitaba. Habría querido rogar al Señor que le ayudara, pero sabía que Cristo no aprobaría que llegara tan lejos por alguien que pertenecía al pueblo que había acabado con su vida.

–¿Es verdad que mataste a todos aquellos persas? –insistió el rapaz. No quería desilusionarle.

–Bueno, he matado a muchos de ellos, sí. Pero también mis compañeros –admitió.

–¿Ya no debemos temer que nos vuelvan a invadir?

–Durante un tiempo no, espero. Aunque he de deciros que vivís en una región muy peligrosa. –Aprovechó la ocasión para llevar la conversación hacia donde él tenía en mente. Pero no era el niño a quien debía decírselo.

Soltó a Jonás mientras se acercaba al resto de la familia. Sonrió a Raquel y se mostró respetuoso frente al padre, que parecía restablecido, pero le miraba con resentimiento.

–Señor, me alegro de verle repuesto. Espero haber pagado mínimamente la equivocación que cometí contribuyendo a hacer más segura la zona donde vivís –se presentó al anciano–. Pero no será así por mucho tiempo, y no siempre las guarniciones fronterizas serán capaces de contener las incursiones enemigas. Sapor es un rey muy emprendedor y agresivo, y aunque derrotado, no ha estipulado ningún tratado de paz con el emperador.

–Te agradezco tus atenciones, pero nosotros los judíos solamente tenemos una tierra a la que estemos vinculados, y es la que Dios nos ha asignado. Si lo consideramos oportuno, sabremos cómo comportarnos.

El anciano respondió con una actitud muy contenida, pero ya era algo que se mostrase dispuesto a mudarse de allí.

–En fin, como sabrás, en Constantinopla hay una comunidad hebrea muy considerable –prosiguió Martino–. Creo que en la capital podríais encontrar perspectivas muy favorables. Donde está la corte imperial siempre se hacen buenos negocios –arriesgó.

–Déjame que eso lo evalúe yo. También hay comunidades hebreas importantes en Antioquía, Nicomedia, Alejandría y en muchos otros lugares, si quisiéramos tomar en consideración la eventualidad de trasladarnos –respondió obstinado el hombre.

–Pero en Constantinopla –se atrevió con un nudo en la garganta– también podríais contar con mi apoyo para obtener un trato especial por parte de la administración imperial. Pertenezco a una ilustre familia senatorial y tengo mis influencias.

El hombre frunció el ceño.

–¿Y por qué harías esto por nosotros? –preguntó suspicaz.

Martino lanzó una mirada a Raquel, quien se la devolvió, intrigada.

–Os he cogido cariño, señor. Y siento… simpatía por vuestros hijos –dijo acariciando la cabeza de Jonás.

El viejo puso una cara, si cabe, más seria todavía.

–A ti te gustaría comprar a mi hija, ¡esta es la verdad! –reaccionó.

No, las cosas no podían ir de esta manera.

–Pero ¿qué estás diciendo? –protestó–. Yo no quiero comprar a nadie, solo ayudar a quien tiene dificultades y…

–¿Piensas que los judíos somos tan sobornables como para aceptar cualquier compromiso? –le atacó el anciano–. Sé lo que pensáis los cristianos de nosotros, que somos unos gusanos repugnantes dispuestos a cualquier cosa por dinero, que somos unos asesinos. ¡Vete y no intentes humillarme más! –gritó, tambaleándose por el esfuerzo; la mujer se apresuró a sujetarlo, mientras que de los espléndidos ojos verdes de Raquel brotaba una lágrima.

Parecía que al hombre le iba a dar un ataque de un momento a otro. La mujer hizo un gesto a Martino para que se fuera y no empeorase más las cosas. Al oficial, desconcertado y compungido, no le quedó otro remedio que obedecerla, lanzando una última mirada furtiva a Raquel.

Se dio media vuelta y se dirigió hacia la puerta, pasando entre los otros evacuados sin dedicarles una mirada y atropellando a un par de ellos al pasar. Antes de cruzar el umbral, sintió que le tocaban el brazo, se giró y vio a Raquel una vez más. Como antes de partir a la batalla.

–No te preocupes. Yo le convenceré –le dijo con una tierna sonrisa.

Y a Martino le pareció la voz más melodiosa que jamás había oído.

CAPÍTULO XIV

–Son más que nosotros. Muchos más –comentó el *magister militum* para Iliria Eusebio, uno de los generales del Estado Mayor de Constancio, observando desde lo alto de la colina donde se había apostado el emperador la larga serpiente de godos que discurría por la desolada llanura de Tracia.

El soberano contempló desconsolado aquella tira de metal reluciente en medio de un paisaje árido y sombrío, marcado por el invierno más frío de los últimos años.

Tan gélido que había congelado el Danubio con una capa de hielo, permitiendo a los bárbaros cruzarlo en un momento en que las guarniciones fronterizas no esperaban ser atacadas.

El emperador analizó los estragos que habían causado en aquella provincia, que llevaba semanas en sus manos, con las unidades de *limitanei*, confinadas en los fuertes fronterizos, sin poder hacer otra cosa que permanecer atrincheradas en sus bastiones. Así que los invasores se habían ensañado con granjas y aldeas, de las cuales aún se elevaban columnas de humo en la lejanía. Quien no había podido huir a tiempo a la ciudad había terminado como esclavo, en el mejor de los casos; en el peor, sus restos estaban diseminados entre los escombros. Constancio habría querido llegar antes. Lo había deseado con todo su ser. Al menos habría evitado el cruel destino que había golpeado a la ciudad de Nicópolis, donde sus habitantes, cansados de esperar ayuda y con apenas provisiones, se habían aventurado al exterior en busca de vituallas, con lo que ofrecieron a los godos la posibilidad de contraatacar y penetrar en sus muros.

Lo que nadie podía imaginar era que los bárbaros se movieran también en invierno. Y él necesitaba tiempo para reunir en la zona amenazada un ejército suficiente para combatirlos. Tras el discutible suceso con los persas en Singara tres años antes, no podía equivocarse: le urgía desesperadamente una victoria clara para devolver la confianza a sus súbditos y recuperar el respeto de los soldados. Constante, en Occidente, seguía cosechando éxitos a lo largo del Rin, y él debía mantener el ritmo para evitar desagradables comparaciones que habrían minado su poder en Oriente, ya comprometido tanto por los escasos resultados obtenidos contra los persas, como por los continuos conflictos entre las diversas corrientes cristianas, para los que aún no había logrado encontrar una solución unitaria.

Enormes manchas de un blanco sucio recubrían el terreno al sur del Danubio. El cielo plúmbeo de la aviesa estación envolvía el horizonte y derramaba una capa de sombra sobre el desolador escenario de una tierra arrasada.

Esta vez no podía tratar de estipular un tratado de paz antes de haberlos derrotado; les había permitido durante demasiado tiempo, e impunemente, devastar los territorios en los que tenía la soberanía. Ahora debía hacer como su padre, que infligía mazazos tremendos a los invasores y luego les tendía la mano, para ofrecerles participar de las ventajas que podían conseguir sirviéndole a él y al Imperio. Y tenía que mostrarse decidido si quería obtener el máximo rendimiento de sus hombres y el fin de las incursiones que, puntualmente, azotaban cada año aquella región del Imperio.

—Son más que nosotros. ¿Y qué? Cada soldado romano vale por dos de ellos —respondió, a pesar de ser consciente de que sus legionarios eran en gran parte bárbaros también.

Pero la disciplina que el ejército imperial había inculcado a sus hombres era un valor añadido que les hacía superiores a sus congéneres del otro lado de la frontera.

—Por supuesto, mi señor —se apresuró a corregirse su subordinado—. Me refería a que no podemos atacarles frontalmente. No conseguiríamos romper una formación más profunda que la nuestra, ni siquiera con nuestra disciplina superior.

—Sin duda sería preferible una maniobra de circunvalación… —intervino otro general.

—Pero, de este modo, deberíamos dividir nuestras fuerzas. Y es peligroso, dado que estamos en minoría… —objetó un tercero.

—Y todavía ignoramos qué intenciones traen esos bárbaros —añadió otro más—. Si se dividen ellos también, podríamos salirnos con la nuestra, pero si permanecen unidos y nuestros contingentes no les agreden al mismo tiempo, nos arriesgamos a facilitarles la tarea…

–¡Faltaría más! Son solo bárbaros, desconocen cualquier tipo de tácticas o estrategias. Su única baza es la fuerza física y su ferocidad; les machacaremos de cualquier manera que decidamos hacerles frente –no pudo reprimirse otro.

La discusión empezó a acalorarse. Constancio estaba trastornado. Nunca había sido un gran estratega, y encontraba fundadas las objeciones de ambas partes: de quien sostenía el ataque por la fuerza, y de quien optaba por hacerles un cerco. Era consciente de que la decisión le correspondía al comandante supremo, y todos se esperaban de él que cortase de raíz la discusión; pero tenía un miedo cerval a tomar la opción equivocada. Además, temía que los consejos de sus generales estuvieran dictados por motivos personales; entre ellos seguramente había alguno que se regodearía con una derrota suya, o incluso su caída, mientras que a otros les consumía la ambición y estaban ansiosos por liderar una acción decisiva que les permitiera ganar adeptos en detrimento suyo.

Siguió observando a los godos en marcha, procurando abstraerse de la palabrería de sus generales. Eran en su mayor parte infantería, y no parecían tener conocimiento de la presencia de un gran ejército romano en la región. Avanzaban con lentitud, tratando de mantener una cohesión para evitar eventuales misiones de combate enemigas. Constancio había salido a su encuentro con una pequeña vanguardia, que podía pasar desapercibida, para estudiar personalmente la situación en primera línea, dejando al grueso del ejército a una decena de millas de distancia. Pero, al parecer, no le estaba sirviendo para aclararle las ideas. Es más, el ejército enemigo frente a sus ojos le hacía sentir aún más confundido. Deseó dirigirse al Señor, como hacía siempre que se encontraba en estado de tribulación, aunque sabía que la tropa le llamaba irónicamente el sacerdote, por su tendencia a ponerse a rezar en los momentos cruciales de una campaña, en lugar de estar a la cabeza de su propio ejército.

Necesitaba una sugerencia imparcial; el Señor no le ofrecería una solución, sino que lo protegería una vez que hubiera adoptado una. Miró a su alrededor, para ver a quién podía dirigirse, y por fin sus ojos recayeron en Martino Martiniano, que se hallaba, como de costumbre, erguido frente a su propia centena, la única unidad que le había acompañado siempre en la avanzadilla de reconocimiento.

Martiniano podía ser la persona adecuada. El oficial era algo mayor que él, apenas cuatro años, pero ya se había ganado notables méritos en el campo de batalla. Y sus informadores le habían mencionado que era uno de los cabos más cumplidores, más devotos a Cristo y más fieles a la corona; un joven de corazón puro y de ideales nobles, que no albergaba más ambición que servir mejor a su emperador. Sí, era perfecto.

–Señores, necesitamos que nos concedáis tiempo para nuestras plegarias. Nos bastará con un hombre de escolta. ¡Centenario, acércate! –ordenó, dirigiéndose a Martiniano.

El hombre, algo sorprendido, le siguió y, cuando se hallaban a la debida distancia de los demás, Constancio se detuvo, se bajó del caballo y se arrodilló, pidiendo al oficial que permaneciera cerca de él.

–No dejes que se note que estás hablando con nosotros. No gesticules y habla en voz baja –le dijo con autoridad–. Tú has oído las opiniones del Estado Mayor, centenario. ¿Qué harías en nuestro lugar? Tendrás alguna idea en mente…

El joven se mostró francamente impresionado e incluso emocionado. Levantó una ceja y, aclarándose la voz, reflexionó durante unos instantes, cambiando varias veces el peso del cuerpo de un pie a otro.

–Bien, mi señor –dijo por fin–. Creo que el movimiento de pinza sería el más eficaz.

–¿Y cómo lo llevaríamos a cabo? –le apremió, instándole con la mano a continuar.

–Yo… dividiría el ejército en dos partes y luego, con el favor de la noche, me acercaría haciendo un gran giro para poder posicionar nuestros dos contingentes en los flancos del enemigo –explicó–. Reduciremos su fuerza, atacándolo lateralmente y por más sitios.

Constancio asintió.

–Que así sea, pues –manifestó–. Ahora aléjate un poco y déjanos rezar.

Pero Martiniano permaneció en su lugar.

El emperador rompió la etiqueta, que exigía que un soberano nunca mirara a la cara a su interlocutor y giró el cuello, para mirarlo de reojo de abajo arriba.

–Ejem… Y haría algo más, mi señor –se aventuró el oficial.

Constancio quedó a la espera.

–Confiaría el liderazgo de uno de los dos brazos de la maniobra a vuestra guardia palatina, mi señor –declaró Martiniano, lo que le arrancó una fugaz sonrisa.

Cuando un gajo de sol anaranjado despuntó sobre el horizonte en dirección al estrecho entre Europa y Asia, donde se encontraba Constantinopla, Martino se sintió reconfortado. Había marchado durante toda la noche a la cabeza de la columna de circunvalación, pisando nieve y en la oscuridad más absoluta, arriesgándose a chocar a cada paso contra los yermos árboles de la llanura tracia, con la angustia de ser atacado por bandas de saqueadores. Desde la puesta en marcha de la maniobra, a última hora de la tarde del día anterior, iba pensando cuánto le había afectado la batalla nocturna de Singara, donde tuvo que luchar con sombras escurridizas que solo percibía en el último momento. Eran espectros que seguían acechándole en sus pesadillas nocturnas, e incluso cuando estaba despierto. Y no tardó en comprender que lo mismo sucedía en la mente y en el ánimo de sus camaradas, que habían vivido la misma experiencia hacía tres años. A la tenue luz de las antorchas bajas para que el enemigo no las advirtiera, se había fijado en su tenso semblante, y notó que tendían a mantenerse alejados de los puntos de luz; sin duda, ellos también recordaban la masacre que los arqueros persas, ayudados por las teas que les permitían localizar los objetivos, habían llevado a cabo sobre sus compañeros en busca de agua.

Tuvo que esperar a que la oscuridad diera paso al día para que algunos empezaran a relajarse y a conversar con los de al lado. Con él no, como es natural; nadie hablaba jamás con el hombre más detestado de la guardia palatina. En aquellos tres años la actitud de sus compañeros hacia él había empeorado, si cabe. Le consideraban más que nunca un arribista, el ojito derecho del emperador, el que se había apropiado indebidamente de todos los méritos de lo poco bueno que habían sacado en Singara; y el desapego entre él y los demás se había acentuado hasta marcar una distancia insalvable.

Martino sufría. Habría preferido mil veces ser apreciado por sus compañeros e ignorado por el emperador, y no viceversa. Quería convertirse en un héroe a la altura de su padre, pero no al precio de su popularidad. Sexto Martiniano, por lo que él sabía, había sido amado por los hombres que comandaba, al menos en el culmen de su carrera; incluso todavía se hablaba de él y algunos veteranos lamentaban su pérdida.

Pero si ese era el camino que el Señor había establecido para él, lo recorrería sin quejarse. Al menos, eso le habría dicho su madre. Y además, de todas formas, tanto para el ejército regular de las legiones como para la gente común, seguía siendo un héroe.

Hasta el momento la vida no le había reservado grandes satisfacciones, pensó mientras escrutaba la llanura en busca de godos. Había perdido de manera dramática a sus padres y todavía no lograba entender cómo enfrentarse al recuerdo de su padre, odiado y admirado a partes iguales; había roto con su hermana, que avergonzaba su nombre con una conducta escandalosa de la que murmuraba toda Roma, y cuyos ecos llegaban incluso a Constantinopla, era un héroe pero su carrera se había detenido en el grado de centenario, y no había hecho ningún amigo entre los camaradas; las mujeres le daban miedo, y no había tenido oportunidad de ver a la única que realmente le interesaba.

Para ocupar su mente y apartarla de tristes pensamientos necesitaría una guerra a cada instante. Únicamente en el campo de batalla se sentía realizado, pues allí descargaba todas las tensiones y las frustraciones que había acumulado y se abocaba hacia una causa justa: la defensa del Imperio construido por Constantino en nombre del Señor.

Se concentró en la operación. No había bárbaros a la vista, pero se apreciaban sus huellas en el paisaje. Habían tenido tiempo de saquear ese territorio a conciencia. El perfil de las ruinas de una aldea campaba en medio de la llanura no muy lejos de él. Hizo una seña a los suyos para avanzar en aquella dirección, y al cabo de media hora la columna había llegado a los límites de aquello que hasta hacía pocos días había estado habitado. Reinaba un silencio sepulcral, roto únicamente por los pájaros y por el ladrido de los perros que buscaban alguna sobra de comida, o quizá a sus amos desaparecidos. La nieve caída recientemente había recubierto con una pátina blanca los restos ennegrecidos de las pequeñas construcciones de piedra, que ya no tenían tejado, puertas ni ventanas.

Martino llevó consigo a un pelotón y se dispuso a dar una batida, pero de repente se quedó parado a la entrada del poblado cuando vio una pila de cuerpos calcinados, también cubiertos por la nieve. Luego se acercó y observó que a todos les faltaba la cabeza. Fijándose mejor, se dio cuenta de que se trataba de personas ancianas, pero también había algún niño de corta edad: eran todos aquellos que los godos no se habían llevado para convertirlos en esclavos. Oyó murmullos a sus espaldas; los soldados pedían venganza, y alguno se atrevió a decir que no esperaría más y que saldría ya mismo al galope para hacérselo pagar a los bárbaros.

A lo lejos se divisaba la otra entrada del pueblo. Martino hizo un gesto para que le siguieran y, a lo largo de la calle principal, no vio más que devastación. Se fijó en una especie de empalizada que obstruía la entrada, y se acercó hasta allí. El horror que había experimentado momentos antes al ver los cuerpos amontonados no le perturbó tanto como el espectáculo que se materializó ante sus ojos cuando pudo distinguir los detalles: una serie de estacas con las cabezas clavadas en la punta.

A cada una de ellas le habían sacado los ojos, algunos de los cuales habían sido perforados con un dardo, todavía insertado en el globo ocular. Una evidente advertencia para las guarniciones fronterizas: si osaban salir de sus fuertes, tendrían el mismo fin. Pero las guarniciones no saldrían, servían para frenar las infiltraciones y las incursiones, no para enfrentarse a una verdadera invasión, como en aquella circunstancia.

Cuando vio dos cabezas de niños, mucho más pequeñas que las demás, en el mismo estado, sintió que se le hacía un nudo en el estómago que le obligó a encogerse, invadido por la náusea. Y se le ocurrió pensar que algunos de los hombres bajo sus órdenes, los mismos que no le dirigían la palabra, quizá hubieran sido capaces de cometer atrocidades semejantes antes de que Constantino el Grande les reclutase para el ejército imperial. De hecho, incluso en la élite del ejército imperial.

–¡Tenemos que hacerles pagar! ¡Esos canallas merecen el mismo tratamiento! ¡Los despellejaremos vivos! ¡Arderán a fuego lento!

Los gritos de indignación del grupo le confirmaron sus pensamientos. E incluso los ciudadanos romanos se dejaron envolver por las maldiciones de los bárbaros.

Tal vez, al menos en esto, podía estar de acuerdo con su padre: la inclusión de los bárbaros en el ejército había modificado también sus costumbres. Ahora la brutalidad se hallaba en ambas partes. Deseó aún más ascender en la jerarquía del ejército para desempeñar un papel más importante en la cadena de mando e impedir a los bárbaros que les alcanzaran; con ellos tomando decisiones, el cristianismo y sus preceptos perderían su significado. Ninguno habría ofrecido la otra mejilla; ninguno habría perdonado jamás; ninguno habría hecho justicia, solo habrían buscado venganza.

Ruido de cascos al galope. Los exploradores que había mandado a la vanguardia estaban de vuelta. Pasaron entre aquellos macabros postes y tiraron de las riendas, hasta frenar a unos pasos de él.

–Centenario, los hemos avistado. Se han puesto en marcha hace poco. En dirección al oriente. Vienen hacia nosotros –anunció el primero del escuadrón.

Hacia el oriente. Hacia Constantinopla. Estaba claro: viendo que nadie había osado enfrentarse a ellos durante un mes haciendo estragos, habían decidido apuntar al blanco más importante, pensando que el efecto sorpresa les habría favorecido también contra la capital del Imperio.

Pero no lo conseguirían.

No mientras él tuviera la posibilidad de impedírselo.

Se elevaban columnas de humo hacia el oscuro cielo. Humo blanco: no eran más devastaciones de los godos, sino la señal de que la otra columna estaba en posición. Martino miró al general que se había puesto al mando de su columna, el *magister militum* para Iliria Eusebio, y esperó la orden de ataque.

Los bárbaros ya se habían percatado de la presencia de los dos ejércitos romanos y se estaban preparando para recibirlos. El centenario observaba la enorme mancha brillar sobre el terreno nevado, bajo un cielo cargado de nubes grises que prometía más nieve. A diferencia de los romanos y de los persas, los godos carecían de una formación en sentido estricto, con filas compactas y unidas. Muchos estaban simplemente colocándose según su propia iniciativa, cada uno por su cuenta, para enfrentarse a los ataques en los flancos. Blandían escudos redondos y espadas largas, batiendo las hojas contra los broqueles y emitiendo gritos de guerra que resonaban con fuerza en la atmósfera cubierta del campo desnudo y blanco. Estaban dispuestos a luchar, confiados por su número y por la aparente dispersión de los efectivos romanos.

El general levantó el brazo y de repente lo bajó. Parecía saber lo que hacía, y su presencia en primera línea, a pesar de su edad y de su cargo, lo atestiguaba sin lugar a dudas. Martino se sintió seguro. Las trompetas resonaban más fuerte que los gritos bárbaros, pero después también las filas romanas prorrumpieron en alaridos salvajes, y el fragor del metal que batía rítmicamente marcó el inicio de la marcha contra el enemigo. El despliegue imperial se amplió ligeramente, con las unidades de cola flanqueando a las de la primera fila a ambos lados, formando una falange compacta y de mayor tamaño; el objetivo era penetrar las filas enemigas lo más rápido posible, hasta reunirse con la sección opuesta de la formación imperial para dividir el ejército contrario y aislar sus divisiones.

Martino se mantuvo a la cabeza de la tropa, al lado del general, junto a su centena, a la que habían confiado la tarea del primer choque, el que abriría el camino al grueso del ejército. Constancio le había complacido, y se preguntaba qué habrían pensado de él sus compañeros si hubieran sabido que eran los más expuestos a la muerte precisamente a casusa de su diligencia. Dado su afán de venganza, habrían podido agradecérselo, pero era más probable que aprovecharan la ocasión para criticarle nuevamente. Menos mal que el emperador le impuso el secreto de su conversación.

Allí estaban los guerreros godos. Ahora los veía claramente, con sus rostros mugrientos, su espesa cabellera rubia colgando de sus yelmos cónicos hasta los hombros, sus barbas cubriéndoles media cara, los extraños motivos zoomorfos pintados en sus escudos. Entre los muchos que ni siquiera llevaban cota de malla, cada uno usaba una indumentaria diferente; algunos vestían prendas de colores vivos, otros de tonos apagados, la mayoría estaban tan cubiertos de barro y polvo que parecían guerreros hechos de arcilla. Nada que ver con los persas, cuyos uniformes les hacían parecer un solo soldado replicado hasta el infinito.

Pero todos tenían una característica en común: el semblante hostil y agresivo de quien vendería caro su pellejo. Alguno incluso, observó cuando se aproximaba al choque, mostraba un gesto de placer. Estaban muy seguros de sí mismos, o vivían para la guerra. O ambas cosas, pensó, percatándose en ese preciso momento de que era la primera vez que se encontraba atrapado entre el choque de dos ejércitos. Los veteranos, cuando todavía hablaban con él, le habían comentado que aquel era el momento supremo de la guerra, de la batalla, como el orgasmo en el acto sexual. No había nada, ni un duelo, ni una carga de caballería, que pudiera estar a la altura del «impacto».

Y los que se hallaban justo en medio, es decir, los que estaban en primera línea en ambas formaciones, sufrían toda la presión de las filas de retaguardia de los camaradas, que empujaban para lograr la ruptura, y de las filas delanteras de los adversarios, que a su vez presionaban para impedir que la primera línea cediera. En los episodios de guerra que había vivido hasta el momento, no había experimentado nada similar: en Singara había perseguido a un enemigo que se estaba replegando, y después había luchado con las sombras. Y en los demás casos, se había tratado de encuentros de menor entidad, en los que no estaban implicados grandes ejércitos.

La sola idea le hizo temblar, y se reprochó haberse puesto a pensar en ello precisamente en ese momento. Pero luego se dijo que él mismo lo había querido; le había pedido al emperador que le pusiera en primera línea, mientras habría podido perfectamente quedarse a buen recaudo en cualquier parte de la retaguardia junto a Constancio, como su guardaespaldas. Pero siempre había oído decir que su padre estaba en primera línea en todo momento, incluso cuando era césar. Y siempre había salido airoso, aunque no gozara de la protección del Señor.

Cuando estaba a pocos pasos de distancia de la primera línea de los godos, los bárbaros pusieron sus lanzas en ristre, listos para clavarlas. Primer paso: evitar aquellas lanzas. Segundo paso: clavar el arma en el barullo. Tercer paso: abalanzarse sobre un enemigo y matarlo o desestabilizarlo. Cuarto paso: abrirse paso y continuar la penetración. Quinto paso: seguir con vida y vencer.

Esta era la lección que había aprendido durante su adiestramiento. No perdía de vista las puntas de lanza que se extendían a su paso. Era un oficial y usaba espada, mientras que la guardia palatina a su alrededor había extendido sus lanzas hacia delante, como todos los demás legionarios a lo largo de la fila.

Cuando estuvo a tiro del enemigo, descargó un golpe con el que esquivó la lanza izquierda, y se movió justo en la misma dirección para evitar así también el ataque de la otra pica. Con un espadazo de revés, cortó el cuello del bárbaro que tenía delante. El guerrero se tambaleó, pero sus compañeros acudieron en su ayuda y se mantuvo de pie, protegiéndose del ataque de Martino.

Ya había dado los tres primeros pasos, y con relativa facilidad. Pero abrir una brecha le parecía una tarea insuperable. Sintió a sus espaldas a los compañeros presionándole y creyó asfixiarse; terminó literalmente en los brazos del hombre que había matado, embadurnado con la sangre que le brotaba del cuello degollado y con dos ojos vítreos mirándole fijamente. A su alrededor oía el fragor de las armas chocando unas contra otras, cruzándose, hundiéndose en los cuerpos; en sus oídos resonaban los gritos de dolor y de ánimo, la respiración jadeante de los combatientes, por la nariz percibía el sudor acre de los que le rodeaban, el fétido aliento de quien resoplaba, el olor metálico de la sangre, e incluso el hedor de la orina y de las heces.

Los veteranos tenían razón: no había nada como el impacto entre dos ejércitos. Y su padre se había encontrado ahí en media docena de ocasiones.

Finalmente, el cadáver empezó a rodar hacia el suelo. Sobre su cabeza apareció la de un bárbaro aún más alto y corpulento. Llevaba la lanza en la mano, pero ahora las filas estaban tan apretadas que no podía moverla con la misma rapidez de quien empuñaba una espada. Con un ágil juego de dedos, Martino cambió el agarre y cogió la espada a modo de puñal, levantó el brazo y golpeó. El gesto del godo se transformó en una mueca grotesca cuando la hoja le entró por la boca y, tras destrozarle todos los dientes, le salió por la nuca.

El bárbaro se tambaleó y luego se inclinó hacia un lado al tiempo que el cadáver que tenía delante también acababa a los pies de Martino. Y mientras ambos se desplomaban en el suelo, en un instante se abrió la brecha. El joven oficial gritó a sus camaradas que aprovecharan la oportunidad; no parecía que hubiera a su alrededor otro espacio para avanzar. El resto de los guerreros godos frente a él avanzaban a duras penas entre dos cadáveres, que estorbaban a su paso. Tras extraer la espada de su última víctima, Martino saltó por encima de los cuerpos y los utilizó como rampa para dar un brinco y abalanzarse sobre otro rival. Le asestó un rodillazo en el estómago, lo que le a doblarse boqueando, entonces le propinó otro profundo tajo entre el cuello y el hombro, tras perforar la cota de malla.

Oyó a los suyos acercarse, mientras los adversarios dudaban, preguntándose cómo cerrar el espacio que habían concedido a los romanos. Martino suspiró. Había cumplido el cuarto paso. Ahora solamente le quedaba el quinto.

Seguir vivo.

Martina estaba harta. Quería volver con Nepociano, de quien Constantina la había arrancado para asistir a aquella reunión con el obispo de Roma Julio, en mitad de la nada, y solo para hacer compañía a su hermana menor Elena, recién llegada de Constantinopla.

Y Elena era tremendamente aburrida, Martina tenía la sensación de que era triste por naturaleza.

–¿Lo ves, Elena? Aquí nos enterrarán a las dos, y no hay un lugar más digno, te lo aseguro –declaró Constantina con tono entusiasta–. Claro que eso acontecerá dentro de mucho tiempo, y después de haber tenido todas las satisfacciones del mundo –precisó, viendo la expresión perpleja de su hermana.

Pero Martina seguía pensando que aquella mujer no era capaz de manifestar ningún entusiasmo.

–¡Por supuesto que es digno! –asintió convencido el obispo Julio, que desde hacía diez años había asumido el gobierno de Roma, quizá más que el prefecto mismo nombrado por Constante–. El mausoleo que inauguramos hoy servirá como baptisterio de la basílica que quería tu padre Constantino el Grande sobre la tumba de una de las mártires más amadas de nuestra ciudad y, si se me lo permites, de toda la cristiandad.

–¿Conoces la historia de Inés, Elena? Su personalidad te habría encantado, estoy segura –dijo Constantina con una sonrisa que dejaba entender la ironía de su consideración.

–¿Quién no la conoce? –respondió Elena con la voz débil y apagada que Martina había notado desde el momento en que las presentaron–. El prefecto de Roma se prendó de ella cuando apenas contaba doce años de edad. Pero Inés no deseaba renunciar a su voto de castidad, hecho en nombre de Cristo, y renunció incluso a ser vestal. Entonces fue condenada a la hoguera, pero las llamas se apartaron de ella y ni siquiera la rozaron, y mientras le empezó a crecer el pelo para cubrir su desnudez. Tuvieron que degollarla –explicó, dejando adivinar un rayo de luz en su voz.

Desde que Elena había llegado a Roma, Martina no la había oído pronunciar más de una frase. Constantina había acertado en su descripción cuando le anunció que tendría que hacer compañía a su hermana: era una mujer absolutamente devota de Cristo, y si por ella hubiera sido, se habría pasado la vida en un retiro espiritual, ejercitando la caridad cristiana con los pobres. Por lo menos, Martina estaba convencida de que a la princesa no se le ocurriría involucrarla en sus orgías. O quizá sí, solamente para observar su reacción: Constantina habría sido capaz.

–Es un auténtico placer, además de un verdadero honor –intervino el obispo Julio–, tener con nosotros a una mujer tan devota y gran conocedora de los sufrimientos que los cristianos han padecido antes de que vuestro ilustre padre venciese a los idólatras. Estoy convencido de que, juntas, podréis hacer un bien verdadero a esta comunidad y a esta Iglesia, que aún debe luchar para convencer a sus correligionarios de que lleven a cabo la misión que les ha sido confiada por Cristo a través de su vicario Pedro: guiar a la humanidad entera hacia el día del Juicio Final.

–Yo también estoy segura –coincidió Constantina–. Por eso he escogido Roma para erigir mi mausoleo. Y por eso he invertido tanto dinero en terminar la basílica que lleva el nombre de mi padre, y que mi tumba convertirá en mausoleo. Roma debe llegar a ser el centro de la Iglesia cristiana para dar continuidad y unidad a la religión que profesamos en esta parte del mundo. Sin embargo, incluso en la misma Constantinopla o en Milán, las dos capitales imperiales, se están afianzando cada vez más amenazadoras interpretaciones de la palabra del Señor, y sería un grave problema si prevalecieran: el cristianismo no volvería a ser como el Señor lo concibió, sino un producto de la falacia humana, de mentes condicionadas por sus ambiciones y por su deseo de fama.

Martina sabía demasiado bien adónde quería ir a parar el discurso de la princesa. Nadie les superaba en ambición a ella ni a Julio, y su asociación, iniciada antes de la muerte de Constantino II, estaba fortaleciendo a ambos. Desde que se habían aliado, las arcas del obispado se habían llenado notablemente, dándole una voz más prepotente en las disputas entre las que se debatía la cristiandad de Oriente y Occidente, mientras que Constantina había ampliado su red de clientela y, a pesar de su conducta disoluta, pasaba por ser una cristiana devota y la mayor benefactora de la urbe: la gente la paraba por las calles, celebraban su nombre venerándola como a una santa, y alguno se aventuraba a decir que habría merecido ser augusta y hasta emperatriz. Y Martina conocía demasiado bien a su amiga como para saber exactamente lo que deseaba; su papel en el asunto que había llevado a la muerte a su hermano, por otra parte, lo demostraba ampliamente. Pero a ella no le importaba. Mientras que la dejara verse con Nepociano, y mientras Nepociano no tuviera ojos más que para ella, era feliz. Sus encuentros con el senador llenaban su vida, vivía expectante, sobre todo desde que su amante había obtenido de su prima que Martina no participara más en sus fiestas. En su momento, la joven había dado poco crédito a la voluntad de Nepociano de alejarla de esas bacanales, convencida de que Constantina jamás renunciaría al elemento catalizador de su desenfreno. Sin embargo, el senador había obtenido su consentimiento con una facilidad que ni ellos se lo creían. De este modo, había terminado reservando para su único amante todas sus artes amatorias, todos los prodigios con los que había sido dotada, viviendo finalmente con serenidad, y no como una condena, el enorme potencial que había heredado de su madre, y era feliz así. Por fin había dejado de buscar un sentido y una meta a su vida, y se contentaba con cumplir con Nepociano, firmemente convencida de que entregarse a un hombre puro, de nobles sentimientos, dignificaba su existencia.

Todos juntos entraron en el edificio de planta circular recién terminado, adosado al ábside de la basílica. Una vez dentro, Martina se vio envuelta por los rayos de luz que penetraban por las doce aberturas dispuestas alrededor de la cúpula. Otras tantas parejas de columnas delimitaban el espacio central, rodeado por un deambulatorio abovedado.

–Digno de una emperatriz… –susurró Julio, dando a Martina la confirmación de sus pensamientos.

No es casualidad que Constantina le devolviera al obispo una sonrisa llena de satisfacción.

–¿Veis qué maravilla de mosaicos cubren la cúpula? –señaló, y Martina admiró la belleza de las representaciones: escenas fluviales con querubines pescando en aguas ricas en peces y crustáceos. En medio del río había islotes de los cuales salían candelabros en forma de cariátide que llegaban como radios al centro de la cúpula; algunas ramas enmarcaban medallones en dos líneas paralelas con escenas bíblicas.

Se colocaron más allá de las columnas pareadas, donde la bóveda presentaba mosaicos igual de espectaculares, con motivos geométricos y palomas, pavos y ramas repletas de frutas. También había figuras femeninas, y a Martina le pareció reconocer a Constantina en una de ellas. También Julio debió de tener la misma sensación porque expresó:

–¿Sois aquella, mi señora?

–Puede ser… Un pequeño tributo del artista hacia mi persona –comentó complacida.

Pero Martina estaba segura de que había sido una petición expresa suya.

–¡Ah! ¡Queríais darme una sorpresa! –exclamó Julio, mirando en una de las hornacinas.

Martina observó a san Pedro recibiendo de Cristo, representado como un niño imberbe, un rollo en el que estaba escrito «El Señor da la paz»; el cartucho descansaba sobre una colina de la que surgían cuatro ríos. Se preguntó por qué el obispo se mostraba tan complacido.

–¡Exacto! –explicó Constantina–. Deseo que también este mausoleo firme la alianza estipulada desde hace tiempo entre la Iglesia de Roma y la dinastía de Constantino. No quería perder la ocasión de remarcar que Cristo ha elegido a vuestro predecesor y a nuestra familia para guiar a la Iglesia, y por tanto al mundo entero.

Julio estaba henchido de orgullo.

–Vuestra contribución a la causa cristiana, princesa, y en especial a la ortodoxia defendida por esta sede obispal, son encomiables –declaró con evidente adulación–. La pureza de vuestras intenciones, vuestra devoción y vuestra generosidad son un ejemplo para todo el que desee contribuir a difundir la palabra de Cristo en la tierra. Gracias a vos, los herejes serán derrotados y los idólatras marginados, y se profesará el respeto que Cristo merece en todos los confines de la tierra. ¡Seréis recordada con la misma veneración que se profesa por santa Inés, y por cada mujer que se haya sacrificado por Cristo, como símbolo de amor y altruismo, castidad y pureza, por los siglos venideros!

Martina estuvo tentada de poner los ojos en blanco frente a aquel aluvión de palabras vanas, cuya evidente falsedad se leía incluso en los ojos divertidos de Constantina. Por lo menos, el obispo había tenido el buen gusto de evitar los banquetes de la princesa.

Pero no sus diáconos, que se dejaban ver con cierta frecuencia…

Martino tuvo que cambiarse de mano la espada, de la derecha a la izquierda. Tenía el brazo dolorido y se resentía con cada movimiento, cada vez estaba más lento en sus golpes. Por suerte, los godos solamente ofrecían ya la espalda, y no parecía existir el riesgo de ser sorprendidos por rivales más lúcidos y decididos que él. Notó, con gran satisfacción, que se las arreglaba bien también con la izquierda. A veces entrenaba, pero sin regularidad, más que nada por diversión y curiosidad, solo para ponerse a prueba. Ahora también podía permitirse el lujo de hacerlo en el combate.

La batalla estaba ganada. La pinza se había desarrollado con éxito y, finalmente, el emperador consiguió su primera victoria explícita. Muchos loaban ya a Constancio como *gothicus maximus*. Y la huida hacia el Danubio de los bárbaros supervivientes no dejaba dudas de que sería celebrado como tal. Tras aproximadamente una hora de presión, los godos habían cedido y habían empezado a buscar espacio para evitar el dominio del enemigo, pero se encontraron cortados en dos mitades exactas por la confluencia de las fuerzas romanas, producida en el mismo centro de su formación. Muchos habían acabado rodeados, y no habían podido hacer más que soltar las armas y rendirse, mientras que otros no habían dudado en darse a la fuga, sin oponer resistencia a los romanos que se habían lanzado a perseguirles. Martino logró herir a dos bárbaros en retirada con golpes certeros, uno en el hombro y el otro en el muslo; ambos tuvieron que pararse y, poco después, terminaron en manos de sus compañeros, que lo seguían de cerca. Tras comprobar que era capaz de asestar golpes de corte, decidió ponerse a prueba con los de punta, para los cuales se requería una fuerza mayor. Observó a un godo que, de un violento empujón con el escudo, había derribado a un romano, y salió detrás de él. Debía ser un hueso duro de roer, precisamente porque era uno de los pocos que no se había deshecho del escudo para correr más rápido hacia el Danubio, adonde se dirigían todos los fugitivos en desbandada. Pero no le importó: su padre lo habría hecho, por lo que oía decir.

Le gritó que se detuviera para enfrentarse a él, pero el otro no le oyó o no le entendió. Siguió tras él y, al no llevar escudo, consiguió ganar terreno y ponerse casi a su altura, aunque él también estaba agotado. Le asestó un golpe para obligarle a parar y defenderse, y al bárbaro no le quedó más remedio que hacerlo, si no quería ser atravesado por la espalda. Se plantaron el uno frente al otro y, al ver la determinación y la robustez del adversario, Martino temió haber cometido una estupidez, pecando de soberbia. Sus compañeros seguían persiguiendo a los fugitivos, y lo dejaron atrás. Tendría que arreglárselas solo, puede que alguno de sus camaradas se alegrara si se dejaba el pellejo. Seguramente, si le hubieran visto en apuros, habrían seguido adelante.

Sacudió un primer golpe, pero su rival lo paró cruzando la hoja con la suya. La fuerza del brazo del enemigo hizo que el suyo temblara y retrocedió, acusando el golpe; entonces estuvo tentado de pasarse de nuevo a la derecha. Pero le dolía el hombro y no estaba seguro de que fuera buena idea. Intentó dar otro golpe, siempre con el objetivo de hincarla hasta el fondo, pero esta vez se encontró con el escudo. Con la intensidad de la vibración temió perder la empuñadura, pero había decidido combatir de una manera y no podía engañarse a sí mismo, así que continuó. Su rival pasó al contraataque breándolo a golpes, y Martino se limitó a placarlos oponiendo la hoja. Pero con cada impacto, su espada reculaba cada vez más cerca de la cara, y el romano se vio obligado a agacharse para absorber la potencia de las embestidas.

Mientras se defendía, estudiaba los movimientos y la técnica del enemigo para buscar sus puntos débiles y encontrar la ocasión de batirle. Observó que, para conseguir impulso, el godo tendía a abrir la guardia moviendo hacia fuera el brazo del escudo. Sin embargo, para darle Martino habría necesitado usar el brazo derecho, y no tenía intención de hacerlo. Retrocedió para esquivar la lluvia de golpes, luego dejó que su oponente se acercara, amagó un ataque por la izquierda, contra la espada enemiga, y de repente dio un salto a la derecha. Arremetió hacia delante con fuerza, apuntando al abdomen del bárbaro, en ese momento no protegido por el escudo, y consiguió alcanzarle. Pero la punta de la espada no logró atravesar la malla de hierro e, inevitablemente, se hizo añicos contra la protección.

Consternado, observó al godo, que soltó una ruidosa carcajada.

—¿Eso es todo? —dijo, chapurreando en latín.

Luego pasó al contraataque, retomando la paliza de acometidas. No necesitó darle demasiadas: a la tercera, Martino perdió el agarre de la espada, que se le cayó de la mano y se hundió en la nieve blanda. Las risotadas del bárbaro fueron en aumento. El romano trató de coger el arma, con un ojo puesto en el adversario para supervisar sus movimientos. Su rival se acercó con calma y seguridad, convencido de tenerlo en un puño. El centenario se arrodilló y extendió el brazo izquierdo para recoger el arma. En cuanto tuvo al bárbaro encima, Martino alargó una pierna y le hizo una zancadilla. Al godo se le cruzaron los tobillos, perdió el equilibrio y cayó de bruces. Martino tuvo el tiempo justo de poner de punta su arma, y fue el propio peso del godo el que permitió que la hoja lo atravesara mientras caía.

El romano se hizo a un lado y su oponente se hundió pesadamente en la nieve con un batacazo sordo y la punta de la espada sobresaliendo por la espalda.

Martino jadeó y miró a su víctima. Lo había conseguido. Y con la mano izquierda.

—Nuestras más sinceras felicitaciones, Martino Martiniano. Eres el único, por lo que hemos visto, que ha tenido las agallas de enfrentarse a un rival cara a cara. ¡Y encima con la izquierda!

La voz del emperador le hizo darse la vuelta. Constancio estaba allí, a caballo, rodeado de su séquito de oficiales y guardaespaldas.

Se levantó sin aliento, manchado de sangre, nieve y barro, e inclinó la cabeza en señal de respeto, preguntándose cuánto tiempo llevaría allí el emperador.

–Tu intención me honra, mi señor. Únicamente he hecho lo que consideraba oportuno, confiando en la protección de Cristo a aquellos que combaten por su causa –contestó humildemente.

Constancio espoleó a su caballo y se acercó hasta él, dejando atrás a sus acompañantes, mientras su guardia le cantaba «*Imperator, gothicus maximus*».

–La victoria es completa, Martiniano. Nos has proporcionado un inestimable consejo, y no lo olvidaremos –le dijo en voz baja–. Si un emperador pudiera tener amigos, tú serías uno de ellos. Por eso ahora, antes de regresar a Constantinopla para disfrutar del merecido triunfo, nos acompañarás a Capadocia, a un lugar donde debimos ir hace mucho tiempo –añadió.

Martino volvió a inclinar la cabeza, sin saber qué decir. Lo único que sabía era que daría la vida por un emperador capaz de hablarle de aquel modo.

CAPÍTULO XV

Constancio examinó la entrada de la hacienda de Macellum y pareció satisfecho. Altos cipreses se erguían a lo largo del muro que delimitaba la propiedad; cuando él y su escolta atravesaron la verja, recibidos por un enjambre de esclavos, se abrió ante él una avenida enmarcada por un laberinto de setos muy bien cuidados con formas geométricas, parterres y caminos trazados con habilidad y esmero. Observó que había un estanque enorme donde nadaban docenas de peces, y una gran variedad de arbustos que en verano, cuando estuvieran en flor, sin duda ofrecerían una espectacular algarabía de colores. Luego examinó los edificios, empezando por la amplia construcción de la villa, con la escalinata y el pórtico que daba acceso al zaguán cubierto que precedía la entrada, donde le esperaban las personas que había venido a visitar. Al lado, la *pars rustica*, las dependencias de los criados y del servicio, frente a la cual otros esclavos habían abandonado sus actividades cotidianas para presenciar el extraordinario acontecimiento de la visita de un emperador.

Después de todo, sus dos primos no tenían tanto de que lamentarse. Tal vez hubieran vivido aquellos años en una prisión, pero era una jaula dorada, en la que habían disfrutado de la oportunidad de crecer con un bagaje cultural que sería la envidia de cualquiera en el Imperio. Habían contado con los mejores preceptores y habían sido alimentados y atendidos con rigurosidad. Teniendo en cuenta el terrible final que había sufrido su padre, podían considerarse afortunados, no solo por no estar muertos, sino por haberse educado en un ambiente confortable y privilegiado.

Y, entonces, ¿por qué se sentía tan culpable?

Había hecho todo lo que estaba en su mano por ellos, sopesando las circunstancias. Eran dos muchachos peligrosos, y ningún otro emperador, en su lugar, les habría dejado con vida: representaban un riesgo para la estabilidad del Imperio, además de para su trono, pero también eran un recurso. Ahora era su deber establecer si eran una cosa o la otra. Echó de menos a Osio, mucho más capacitado que él para juzgar a las personas. Temía ser demasiado indulgente con ellos, y estar condicionado por la culpabilidad hacia esos dos parientes que, por orden suya, se habían quedado huérfanos a temprana edad. Por más que se repitiera que habían sido las circunstancias las que determinaron su triste destino, no podía fingir que no había tenido nada que ver con ello.

Vinieron a su encuentro acompañados por Jorge de Capadocia, el hombre que Osio había escogido como preceptor. Constancio creyó reconocerlos, si bien, en realidad, no los había visto nunca: se había marchado de Constantinopla a cumplir con sus obligaciones de césar al poco de nacer ellos. El mayor mostraba el vigor de sus veinte años. Los informes lo calificaban de irresponsable, perezoso intelectualmente y ávido por dedicarse a los placeres más que al estudio. Constancio se fijó en que no bajaba la cabeza, es más, que le miraba directamente a los ojos, algo inaudito para un súbdito y que denotaba una soberbia manifiesta. Mucho más humilde parecía la actitud del hermano menor, el joven Juliano, de dieciséis años, al que habían descrito como un ratón de biblioteca, profundamente devoto en sus estudios, tanto de lo sacro como de lo profano; una especie de filósofo en ciernes perdido en su mundo abstracto y conceptual: enseguida le pareció torpe y desmañado, carente por completo de personalidad. Constancio apenas pudo reprimir una sonrisa: como miembro de la dinastía, Juliano era bastante poco representativo, y desde luego no daba la impresión de ser una amenaza.

—Mi señor, nos honra que te hayas dignado a visitarnos. Tus primos estaban realmente deseosos de conocerte y de mostrarte el afecto y la consideración que te profesan, además de la gratitud por haberles preservado de los males del mundo y por haberles cuidado durante todos estos años —dijo Jorge de Capadocia.

Constancio esperaba que no fueran solo palabras. Jorge se habría encargado también de convencerles, en caso necesario, de que la muerte de su padre había sido provocada por una iniciativa espontánea de los soldados, a la que él no había podido oponerse.

—Y nosotros estamos realmente contentos de tomarnos un tiempo fuera de nuestros muchos compromisos para visitar a nuestros queridos primos –respondió el emperador mientras un ordenanza le ayudaba a desmontar del caballo.

Juliano se aclaró la voz.

–Ha llegado a nuestros oídos tu gran victoria sobre los godos, que te ha permitido añadir el título de *gothicus maximus* al de *sarmaticus maximus* –declaró solemnemente–. ¡Que el Señor te conceda más triunfos como estos y al Imperio la protección y prosperidad que de ellos se derivan!

Constancio asintió complacido.

–Gracias, primo. Y tal vez algún día, con motivo de una nueva victoria en la guerra, te pediremos que nos escribas un panegírico. Sabemos que dominas el arte de la retórica y acabas de darnos una muestra de ello.

Juliano sonrió cohibido. Galo sintió el deber de intervenir.

–Yo también te deseo que coseches muchas victorias más, mi señor –manifestó–. Y me gustaría participar en ellas sirviéndote, como mi rango implica.

Por lo menos, se dijo el soberano, Galo no hacía mucho por ocultar su resentimiento respecto a la vida que había llevado hasta ahora. No disimulaba, y esto era bueno, pero por otra parte también podía significar que había acumulado un odio irreprimible hacia él; carecía de importancia si era por considerarle el asesino de su padre, o por haberle recluido durante los últimos diez años.

–También lo esperamos nosotros, primo Galo. Con entusiasmo. Significaría que los soldados te aceptarían de buen grado a sus órdenes, olvidando los desgraciados sucesos que los llevaron a cometer atroces fechorías hace diez años –respondió, entrando en la casa precedido por Jorge.

Galo estaba a punto de replicar, pero intervino Juliano.

–Los soldados de entonces se hallaban muy conmocionados por la muerte de su emperador, y debieron de escuchar rumores sin fundamento –manifestó–. Pero vuestro inteligente liderazgo a lo largo de estos años les ha inculcado un gran respeto por todos los miembros de la familia imperial, sin excluir a ninguno.

Constancio asintió, reflexionando mientras se acomodaba en el triclinio asignado para él. Si las palabras de Juliano no eran simple adulación, el muchacho parecía haber sido educado en el respeto hacia la figura del soberano, y no parecía albergar ningún resentimiento por el destino que les había sido impuesto. Puede que no representara ningún peligro después de todo. A lo mejor podía dejarlo libre para que cultivara su brillante intelecto fuera de aquella prisión dorada; tal vez, por inofensivo que fuera, ayudaría a devolver a la dinastía el afecto del pueblo que las disputas entre los herederos habían minado tras la muerte de Constantino el Grande.

–Aprecio mucho, mi señor, tu gran esfuerzo por encontrar una línea doctrinal que ponga de acuerdo a todos aquellos que tienen dificultades para dar sentido a la relación de consustancialidad entre el Padre y el Hijo –declaró Juliano, introduciendo en la conversación del banquete temas que iban más allá de la victoria imperial en Tracia.

Sabía bien que Constancio estaba allí para evaluarles a su hermano y a él y, por su parte, se había propuesto pasar el examen. Ya estaba cansado de aquella vida de recluso.

Constancio se quedó mirándolo con gran interés, esperando que expusiera su punto de vista.

Alentado, prosiguió con el discurso que se había preparado.

–Nuestra Iglesia, que tanto hizo tu extraordinario padre por liberar de la persecución, se ha enfrentado a numerosas discrepancias internas desde que los idólatras dejaron de oprimirla: primero la querella entre los que no abjuraron de su fe en los momentos más oscuros y los que, en cambio, se sacrificaron en favor de los emperadores y entregaron los textos sagrados a las autoridades; luego las disputas sobre la fecha de la celebración de la Pascua, después sobre qué textos determinar como canónicos y oficiales, entre los múltiples producidos en el seno de las diversas comunidades cristianas; y ahora, hace al menos un cuarto de siglo que la parte de la divinidad en Cristo es el motivo de disputa más extendido. Sé que tú estarías a favor de una interpretación más ceñida a las tesis de Arrio, según el cual Cristo, el Hijo, habiendo sido creado por el Padre, Dios nuestro, es considerado en cierto modo un subordinado. Con una parte menos de divinidad, digamos. En caso contrario, tendríamos dos dioses, lo que constituiría el principio de un panteón. De hecho, al igual que Arrio, te sientes en el deber de tutelar el monoteísmo, donde se concilia mal la existencia misma de un Hijo de Dios, Dios mismo, muerto y resucitado para salvar a los hombres. Un Dios debería ser único, ingénito, eterno, mientras que Cristo, al parecer, no lo es; o lo es en la medida en que Hércules lo sería respecto a su padre Júpiter, para los paganos. ¿Estoy en lo cierto?

Constancio sonrió y asintió.

—Podríamos decir que sí, en efecto —admitió—. Pero debes tener en cuenta, por una parte, a los nicenos, que se basan en las afirmaciones deliberadas en Nicea hace más de veinte años: Padre e Hijo son de la misma sustancia, *homousioi*, por lo que no importa si uno ha venido después del otro, ni cuál es la parte de divinidad en el Hijo. El verbo se hizo hombre en Cristo, quien por tanto tendría dos naturalezas, humana y divina. Por otra parte, están los que niegan absolutamente que Cristo fuera divino, afirmando que no podemos tener dos dioses y que el término *homousios* no existe en las Sagradas Escrituras. Para ellos, Jesús fue un maestro más que un redentor. Un hombre que podía haber indicado a todos el camino de la salvación según una interpretación personal, mostrando a cada uno que la redención se puede obtener individualmente. En este sentido, la Iglesia, los ritos y los sacramentos pierden valor, ya no serían de origen divino, y podrían convertirse en un instrumento en las manos de la administración imperial, y por tanto del emperador. En consecuencia, es comprensible que un soberano, que ambiciona tener el control de los asuntos religiosos como una especie de pontífice máximo de la antigüedad, prefiera esta versión. Pero tampoco puede abrazarla del todo, porque vuestro padre apoyaba otra, que por el momento es la ortodoxa… Por eso comprendo que estés buscando un compromiso.

Jorge de Capadocia se apresuró a intervenir, incómodo.

—Mi señor, estoy consternado. Te pido que perdones su arrogancia. Estudia mucho, se aplica tanto que pretende saberlo todo, incluso cómo gestionas tu gobierno… —dijo, mirando de reojo a su pupilo.

Constancio negó con la cabeza.

—Podríamos decir que el muchacho muestra una gran perspicacia. Y también cierta clarividencia. Son precisamente estos los problemas que debe afrontar quien ostenta la responsabilidad de millones de seres humanos, de sus expectativas y esperanzas —comentó sin inmutarse—. Nos hemos esforzado por establecer fórmulas que expliquen la naturaleza de Cristo sin ofender a nadie y sin negar del todo su divinidad: sería la imagen invariable del Padre, inmutable e inalterable, de la esencia de la divinidad. No significa que sea eterno como el Padre, pero tampoco que no lo sea. Sin embargo, nuestro hermano Constante, impulsado por el obispo Atanasio, que hemos depuesto varias veces por su intransigencia, no estaba satisfecho y fomentó más disidencia. Ahora hemos encontrado una nueva fórmula: el Hijo es «igual al padre en todas las cosas», pero tampoco esta ha conseguido conciliar las diferentes posiciones...

—Efectivamente. Los monarquianistas nunca la aceptarían —replicó Juliano, sin hacer caso a las miradas reprobatorias que seguía lanzándole su preceptor, y cada vez más ansioso por demostrar su preparación—. Están obsesionados por la exigencia de tener que salvaguardar la unidad divina. Para ellos Cristo es Dios y uno con el Padre, por lo que fue el Padre quien sufrió en la Pasión. Y los sabelianos no se quedan atrás: para ellos Dios es único y se manifiesta de varias formas, como Padre en el Antiguo Testamento, como Hijo en el Nuevo y como Espíritu en la santificación de las ánimas. Algunos grupos extremos jamás aceptarán ningún compromiso. Ni de una parte ni de la otra: tampoco los nicenos se contentarán con fórmulas tan ambiguas.

No añadió, como le habría gustado, que precisamente por este motivo el cristianismo estaba mostrando sus límites: hacer confluir en un único dios todos los impulsos religiosos y místicos del ser humano le parecía una proeza imposible. Cuanto más profundizaba en el estudio de los textos sagrados, más encontraba inadecuadas, incoherentes e ilógicas las respuestas que daban a su exigencia de buscar lo divino. Hacía tiempo que había dejado de polemizar con Jorge y prefería continuar con su propia búsqueda él solo, alternando el estudio de los textos cristianos con los de filosofía, ligados a los antiguos dioses. Si consiguiera convencer a Constancio de que era digno de su confianza, a lo mejor el emperador le permitiría salir de su aislamiento, y ello le daría la posibilidad de cotejar con otras mentes más iluminadas que la de su obtuso preceptor.

—En realidad, los extremistas, por el momento, están apaciguados —explicó Constancio—. Hemos tenido que satisfacer a los nicenos readmitiendo a Atanasio en Alejandría, y tu antiguo preceptor Valente, obispo de Mursa, que tendía hacia las tesis más monarquianistas, ha dado marcha atrás. Pero no tenemos dudas de que se trata solamente de una tregua: deberemos enfrentarnos a esta inestabilidad religiosa durante todo nuestro reinado. Sin embargo, hay que entenderlo: Cristo vino a la tierra hace solamente tres siglos, y hasta ahora su palabra únicamente se ha profesado en secreto. Esto ha causado mucha confusión sobre su interpretación, y también bastante instrumentalización. Se necesita tiempo para imprimir una dirección común, y ojalá podamos contribuir a ello, antes de que el Señor nos llame a su presencia para rendir cuentas de nuestros actos.

—Estoy convencido de que lograrás lo que te propones, mi señor —se apresuró a complacerlo Juliano—. Tus actos parecen sabios y coherentes, y es sin duda lo que él espera de ti. El Señor te premiará en esta vida con un reino lleno de gloria, y en aquella que comenzará con el Apocalipsis y la resurrección de los muertos, Cristo te escogerá seguramente como uno de sus apóstoles para estar a su lado, junto a vuestro padre.

Constancio pareció incluso conmoverse con sus palabras, y Juliano se alegró. Su conciencia estaba tranquila: ciertamente, deseaba a toda costa causar buena impresión en su primo para terminar ocupando su puesto en el mundo; pero Constancio parecía ser un hombre honesto, quizá no tan brillante como su padre, pero seriamente comprometido a gobernar el Imperio buscando el bien común. No era un arribista ambicioso, a juzgar por su actitud y por los actos que conocía de él que habían llegado a sus oídos, sino un soberano que se tomaba en serio su papel de servir a la comunidad. Como los emperadores verdaderamente grandes, Augusto y Marco Aurelio, sobre todo; aunque no era grande en absoluto, y se veía a la legua. Era un hombre corriente, sencillo, que el destino había investido con una enorme responsabilidad, y que intentaba no dejarse aplastar.

Nunca sería un héroe, para ningún ciudadano del Imperio ni para él, que estaba fascinado por los personajes homéricos y mitológicos. Y tal vez se transformase en un tirano, si se viera abrumado por el miedo. Por tanto, no podía quererle ni admirarle, pero podía apreciarle y reconocer sus esfuerzos, su buena voluntad y su buena fe. Seguro que su hermano era peor persona que él, como lo sería cualquiera que intentara perjudicarle sin tener las atribuciones necesarias.

Constancio era el mal menor en un Imperio azotado por las tensiones y los cambios de época, que habría necesitado un nuevo genio. Y a pesar de su actitud rígida y distante, comedido en sus emociones y sus comentarios, incluso en una ocasión privada y agradable como aquella, afrontaba sus deberes con humildad y perseverancia.

Exactamente como habría hecho él, si la suerte le hubiera reservado la posibilidad de ser emperador.

Martino no paraba de mirar a aquel muchacho a quien, diez años antes, había salvado la vida. Se había fijado cuando llegó a la finca y durante la cena, que había presenciado como uno de los dos guardaespaldas con acceso al triclinio para proteger al emperador, aunque se limitó a quedarse de pie junto a la puerta durante todo el tiempo, sin decir una palabra.

Se preguntó más de una vez si Juliano le habría reconocido. Rara vez se habían cruzado la mirada, y muy fugazmente: el joven príncipe le había ignorado y no había mostrado en modo alguno haberse dado cuenta. Habría deseado acercarse a él y recordarle el episodio, pero habría infringido el protocolo, y además habría tenido que darle demasiadas explicaciones al emperador. Sin contar que al chico podía no hacerle gracia recordar aquella desagradable escena, que debía de haber marcado su vida.

En cierto sentido, se sentía responsable de aquel infeliz príncipe, que había sido privado de su padre, de su propia herencia e incluso de la libertad. Se preguntaba si sería feliz o no, pero podía imaginarse que estaba extremadamente insatisfecho con su condición de recluso, y que culpaba a su primo el emperador. Se preguntaba también qué sentimientos albergaría hacia Constancio, y si creía en las habladurías que con el tiempo habían circulado sobre su padre; según algunos, no había sido provocada por una iniciativa de los soldados para vengar a Constantino el Grande, sino una maquinación urdida por el mismo Constancio y, quizá, por sus hermanos, para deshacerse de cualquiera que pudiese obstaculizar su reparto del Imperio. Martino nunca había creído en esas acusaciones, como casi ninguno de los militares que habían perpetrado la violencia en aquellos días sangrientos; eran rumores que circulaban entre la gente común y entre los senadores. Y sirviendo a Constancio, a lo largo de aquellos años, se había convencido de que no era un hombre capaz de semejante crueldad. Si mantenía aislados del mundo a sus dos primos, era por su propia seguridad, o tal vez porque temía que, hasta que llegaran a su madurez, habrían podido ser un instrumento en manos de personas ambiciosas y sin prejuicios, capaces de derrocar su trono.

Sin embargo, en general, Juliano parecía un muchacho equilibrado, y se alegró de haber contribuido con su gesto a proporcionar al mundo un exponente de la dinastía de Constantino el Grande que, a medida que crecía, se estaba revelando como una persona de gran cultura y agudo intelecto. Quizá algún día Constancio le permitiera ocupar un cargo importante, y el Imperio seguramente saldría beneficiado. A lo mejor el emperador estaba allí precisamente para ello, para evaluarles a su hermano y a él…

El soberano anunció que necesitaba ir al baño, pidió que le indicaran el camino, hizo una seña a Martino para que le atendiera y salió de la estancia. El triclinio no tardó en vaciarse, y un sirviente vino a explicarle dónde dormiría la escolta aquella noche. Martino anotó mentalmente las instrucciones, después se quedó esperando a Constancio, observando por el rabillo del ojo a Juliano y a su preceptor, los únicos que quedaban en la habitación, además de los esclavos que recogían la mesa, y que discutían en voz baja, bastante animadamente. Había notado que, durante la cena, muchos de los sabios discursos que Juliano había pronunciado habían molestado al sacerdote, y este había tenido que frenar el impulso de reñirle delante del emperador. Martino imaginó que el joven no soportaba a su preceptor.

De repente, el viejo se puso serio, resopló y salió del comedor dando grandes zancadas, dejando a su pupilo plantado.

–Martino Martiniano, no recuerdo si te di las gracias por lo que hiciste por mí. Si no lo hice, lo hago ahora, aunque estarás de acuerdo en que no puedo hacerlo públicamente –fue la sorprendente declaración del muchacho en cuanto se quedaron solos. Juliano se acercó a él y, aprovechándose de su silencio, añadió–: Un centenario…, sin duda demasiado joven para un grado semejante. Debes ser muy valeroso, además de magnánimo.

A Martino le costó recuperarse de su asombro.

–Príncipe, me sorprende y me honra que te acuerdes de mí –acertó a decir.

–¿Cómo se puede olvidar a quien te ha salvado la vida? –replicó, sonriendo–. Era muy pequeño en aquel entonces, pero jamás olvidaré tu rostro, ni lo que hiciste por mí.

–Yo… hice lo que me pareció justo… y cristiano. Entonces era joven, una de mis primeras experiencias como soldado, y me dejé arrastrar por los acontecimientos –dijo como si quisiera justificarse de la muerte del padre de Juliano.

–Pero no te dejaste llevar hasta el punto de asesinar a un niño que no sabía ni entendía nada de lo que estaba sucediendo –precisó el príncipe–. Aquel muchacho, que tendría pocos años más de edad que yo ahora, demostró en ese momento que podría convertirse en un hombre excepcional, y lo rápido que has ascendido en tu carrera sirviendo a mi primo lo demuestra. Si alguna vez llegara a desempeñar algún cargo importante, te querré yo también a mi lado.

Martino estaba emocionado. Con la mala fama que tenía entre sus camaradas y su incapacidad para hacer amigos, esas palabras eran extremadamente valiosas para él. Su afecto por aquel muchacho creció al instante.

–Sinceramente así lo espero –respondió–. Estoy seguro de que seréis un excelente gobernante o administrador… –añadió, evitando cuidadosamente cualquier referencia a una corona.

El otro soldado le hizo señas de que había visto regresar al emperador y que necesitaba escoltarlo a su cubículo. Martino asintió y miró a Juliano, quien le dijo:

–Ve, Martiniano. Espero oír hablar de tus hazañas en los años venideros. Significará que sigues creciendo… y que yo estaré fuera de aquí enterándome de lo que acontece en el mundo.

Luego le tendió la mano y el centenario se la estrechó con entusiasmo antes de despedirse.

Se puso al lado del emperador, quien le aguardaba en el vestíbulo, y le acompañó a su dormitorio. Se quedó en el umbral mientras Constancio, mostrando signos de cansancio, se desplomaba sobre la cama y esperaba a que su esclavo personal le ayudara a desvestirse. Se quedó junto a su compañero por si recibían alguna orden más, luego se despidió y se dispuso a marcharse.

–Un momento, Martiniano. Quédate aquí –dijo el emperador.

El centenario y su camarada se miraron, y el segundo se alejó. Martino dio un paso hacia el interior de la estancia.

–Centenario…, ¿qué piensas de nuestros primos?

La pregunta le cogió por sorpresa. Se trataba de los primos del emperador, nada más y nada menos, personas con las que había que ser muy cautos, en cuanto a valoraciones, si el que preguntaba era quien les había tenido encerrados durante diez años.

Seguía dudando.

–Habla libremente, Martiniano. Si no, no te lo pediría –le animó el emperador.

Era la segunda vez que Constancio le pedía consejo, y siempre sobre asuntos muy delicados.

–Mi señor, puedo decir que me han causado una buena impresión –se limitó a decir.

–¿Los dos? –lo apremió el emperador.

Era una pregunta capciosa: Galo no había estado especialmente brillante y, quizá, había dejado traslucir cierto resentimiento hacia su primo. Pero ¿cómo podía decirlo de manera explícita?

–Bueno, el príncipe Juliano me ha parecido… un conversador muy hábil. Y también tengo la sensación de que os aprecia sinceramente. Galo… parece que no ve el momento de disfrutar de una mayor autonomía. De hecho, no hace mucho por ocultarlo y eso habla a su favor: no es un hipócrita y tal vez deseaba enviaros un mensaje claro. Es menos diplomático que su hermano, pero estoy seguro de que él también sabe hacerse querer.

Constancio guardó silencio unos instantes y se quedó mirando la pared, con los ojos fijos en un punto indefinido. Luego añadió:

–Bien. Puedes irte, Martiniano. Gracias por tus opiniones.

Martino inclinó la cabeza para despedirse y cerró la puerta tras de sí, preguntándose si, igual que su gesto de diez años antes, sus palabras habrían influido sobre el destino de Juliano.

Osio tendió la mano y se dejó ayudar por los dos esclavos para subir las escaleras de la piscina de su *tepidarium*. A su edad, una superficie resbaladiza era más peligrosa que una horda de bárbaros a las puertas de su lujoso palacio, una pequeña fortaleza en el centro de

Constantinopla, que rivalizaba con la residencia imperial. Era uno de los hombres más ricos del Imperio, y desde hacía tiempo, pero todo su dinero no podía comprar el rejuvenecimiento que necesitaría para consolidar la ingente obra de renovación del Imperio puesta en marcha por Constantino.

Los siervos le cogieron por los brazos y le acomodaron en una silla cerca de la pila. Le secaron con delicadeza su piel marchita, le atusaron los pocos pelos que le quedaban en la cabeza, luego le frotaron con lociones relajantes, y por fin le aplicaron ungüentos para atenuar los signos de la edad. Como de costumbre, el obispo tuvo que reprender a sus dos esclavos por la excesiva presión que ejercían sobre sus extenuados miembros, castigados por las contracturas musculares, y sus articulaciones, minadas por la artrosis. No era raro que hiciese azotar a alguno por haber acrecentado los dolores que sufría; en una ocasión, el año anterior, el corazón de uno de sus antiguos criados, que le había servido fielmente toda su vida, había cedido tras ser castigado por haberle provocado dolor y quejidos al presionar con demasiada fuerza las torturadas vértebras cervicales ya soldadas entre sí.

Observaba divertido las reacciones de sus dos siervos a sus respingos, escudriñando sus ojos aterrorizados, su frente perlada de sudor y sus movimientos cautelosos; sabían lo que les podía ocurrir al menor paso en falso. Disfrutaba más que nunca inspirando terror en las personas; a su edad, la sensación de poder del que se alimentaba era el único placer que le quedaba. Había enterrado a todos sus enemigos y a cualquiera que hubiese obstaculizado su ascenso, había sobrevivido a todos los que habían contribuido, a sabiendas o no, a llevarle donde estaba ahora, y no tenía intención alguna de sentarse a disfrutar de los resultados de sus esfuerzos y hacer balance de su vida; el gusto por ese poder que había perseguido durante tan largo tiempo se alimentaba por sí solo: que lo ejercitara sobre todo el Imperio, o solamente entre los muros de su casa, era una adicción a la que no conseguía renunciar. Acababan de empezar a vestirlo, cuando otro sirviente vino a anunciarle la llegada del eunuco Eusebio. Osio soltó un suspiro de alivio: ya era hora de que regresara el gran chambelán. Dio orden de que le hicieran pasar directamente a su baño termal y comenzó a temblar de impaciencia. De su misión en Occidente dependía el destino del Imperio. Su destino. Era tan delicada que la habría llevado a cabo personalmente si sus condiciones físicas se lo hubieran permitido. Hubo un tiempo en que había cumplido cometidos de ese tipo. Pero ahora se veía obligado a confiar en su secuaz más cercano, un hombre –si podía llamarse así a aquel individuo privado de virilidad– de habilidad probada, ambicioso y carente de escrúpulos, para poder delegar en él lo que no era capaz de hacer por sí mismo. Únicamente esperaba haberlo juzgado correctamente. Hasta el momento nunca había confiado a nadie una tarea tan importante.

–¡Aquí estás, por fin! –le saludó apenas apareció la delgada silueta del eunuco en el umbral de la puerta–. Te lo has tomado con calma…

–Perdóname, mi señor, pero el viaje hasta Milán es largo, como sabes. Y, además, he tenido que quedarme varias semanas en Italia para comprobar las credenciales de nuestro hombre y asegurarme de que es de fiar –respondió Eusebio compungido.

Osio le había otorgado el tercer cargo más importante del Imperio, después del emperador y él, pero el eunuco, consciente de deberle todo, en su presencia se comportaba como el más insignificante de los esclavos. Sin embargo, el obispo hacía bien en no subestimarle: tenía tan pocos principios como él, y estaba decidido a conservar ese poder que había obtenido siguiendo servilmente sus indicaciones. Probablemente, estaría esperando su muerte para sustituirlo como auténtico gobernante en la sombra del Imperio, aprovechándose de la debilidad de carácter de Constancio.

–¿Y?

–Pues bien, como siempre, vuestra amplitud de miras es encomiable –respondió sin dudar Eusebio–. Parece ser la persona más adecuada.

–Perfecto. ¿Qué has descubierto sobre él? –le apremió.

–El ejército estaría de su parte. Sobre todo, si le permitiéramos disponer del dinero suficiente para comprar a los comandantes de las legiones itálicas –explicó Eusebio.

–Eso no supondrá ningún problema. Será dinero bien gastado.

–En cambio, los senadores estarán mucho menos dispuestos a apoyar a un medio bárbaro –prosiguió el eunuco–. Pero supongo que es precisamente por esto que vuestra elección ha recaído en él. No debe gozar de un apoyo incondicional, de lo contrario no podríamos quitarle de en medio. Sin embargo, a los senadores tampoco les gusta Constante; cada vez se oyen más rumores sobre su comportamiento disoluto, sobre sus discutibles tendencias sexuales, sobre sus poco moderadas costumbres, sobre sus despilfarros en banalidades para mantener un lujo desenfrenado, todo lo contrario que su hermano. Y esto le está mermando incluso el apoyo de la Iglesia romana, que también le está muy agradecida por lo que hizo el emperador en favor del partido niceno.

–Excelente. Pero él… ¿cómo es?

–Es tosco, naturalmente, como todos los de sangre bárbara y como todos los soldados de carrera –respondió Eusebio sin titubear–. No es del tipo intrigante, y de hecho quería actuar de inmediato. He tenido que explicarle que cada cosa ha de hacerse a su debido tiempo, que se necesita más tiempo para allanarle el camino, y que para él también es mejor construirse alianzas sólidas que le permitan sobrevivir al golpe de Estado sin precipitar a Occidente al caos.

–Por supuesto. No se debe hacer caer a Constante si luego ocupa su puesto no quien le ha eliminado siguiendo nuestras directivas, sino el primer oportunista capaz de recoger la corona –coincidió Osio–. Pero ¿crees que es un hombre controlable?

El eunuco vaciló.

–Eso… no podría afirmarlo con absoluta certeza. No hay duda de que es ambicioso. Hasta qué punto, es imposible saberlo –admitió–. No obstante, existe un porcentaje de riesgo en todo este asunto. Solo nos queda desear que, incluso si el poder se le sube a la cabeza, el hecho de ser mitad germano no le permitirá nunca gozar de los recursos para imponerse sobre Constancio. Y, por ende, sobre «nosotros».

Osio asintió, pensativo. Eusebio tenía razón, era un riesgo, pero con Constantina como aliada lo sería incluso más. Y, en cualquier caso, lo que estaba en juego valía la pena por el peligro que el Imperio estaba a punto de afrontar.

Nada que no esperase, por tanto. Únicamente había algo que no le gustaba en el relato de Eusebio: aquel «nosotros»…

Martino no se esperaba recibir de sus compañeros de la guarnición de Constantinopla una acogida como héroe, pero al menos que le hicieran algún cumplido. Al fin y al cabo, y todos lo sabían perfectamente, gracias a su decisión de que fuera la guardia palatina la que combatiera en primera línea durante el ataque al flanco de los godos, el cuerpo de la guardia al completo, escogida por el emperador, había recibido una gratificación especial en peculio de la que también se habían beneficiado los que se habían quedado en casa.

El emperador le dio las gracias delante de todo el ejército, en el Danubio, no por haberle aconsejado la táctica, sino por haber liderado la acción decisiva. Recompensarle había sido una elección personal de Constancio: al no poder admitir en público que había consultado a un simple centenario, el emperador le había atribuido un mérito que, eso sí, en realidad era compartido con muchos de sus camaradas. El resultado había sido el mismo de siempre: sus compañeros se habían molestado por su visibilidad en detrimento suyo, y una vez más habían corrido la voz de que era un oportunista. Una voz que le había precedido en los cuarteles de la capital, donde la atmósfera de su recibimiento había sido más gélida que nunca.

Los soldados enmudecieron en cuanto entró en el dormitorio, ninguno le había saludado y todos miraban a cualquier parte menos a él. Martino suspiró, preguntándose si también su padre habría padecido ese problema. Desde niño había elegido el ejército como su hogar, pero cuantos más reconocimientos cosechaba, más fuera de lugar le hacían sentir sus compañeros. Miró a su alrededor, esperando encontrar al menos una mirada de aprobación, pero los pocos con quienes cruzó su semblante, le lanzaron una mirada de desprecio. La mayoría siguió ignorándole y, al cabo de un rato, mientras se despojaba de su equipamiento, retomaron sus conversaciones.

Y no tardó en comprender que le estaban provocando.

—Los hay con suerte. Matas a un bárbaro y parece que hayas exterminado tú solo a todo el ejército godo.

—Basta con tener las amistades adecuadas en las altas esferas, y con un poco de descaro puedes transformar una simple marcha en un acto heroico…

—Sí, ¿pero sabes cuántos culos tienes que lamer? ¡Yo no tendría saliva suficiente!

—Su padre sí que era un valiente… Modesto y humilde, siempre compartía el mérito de sus hazañas con sus compañeros.

Martino temblaba de rabia. Jamás habían sido tan despiadados con él. Le estaban haciendo odiar al ejército. Le habría gustado liarse a puñetazos, pero habría traicionado todos los principios cristianos que su madre le había inculcado. Y lo único que conseguiría sería acrecentar su odio. Decidió rezar al Señor para que le diese fuerzas para soportar aquella situación en la picota.

–¿Ves lo que significa ser de buena familia? El padre era un héroe, la madre la concubina de Constantino, y el hijo tiene el camino allanado…

–Bah, en mi opinión el camino se lo ha allanado él solo con los hijos de Constantino. A lo mejor entre él y Constancio…

–Podría ser. El emperador no ha tenido hijos. Quizá tenga ciertas tendencias…

–No te creas… ¿Te acuerdas de aquella judía que vino a buscarlo hace un año? Si se lo monta con las judías, es que no es marica.

–Pues yo sí creo que «es» marica. ¿Y quién los quiere?

A Martino se le hizo un nudo en el estómago. Volvió la mirada a los dos que acababan de hablar, se levantó de su catre y se acercó a ellos.

–¿Quién vino a buscarme hace un año? –preguntó con tono intimidatorio.

–Que te den, lameculos –le respondió uno de los dos, un veterano que no solía tener miedo a expresar sus opiniones delante de cualquiera.

El otro le miró atemorizado: Martino era un oficial y podía dar parte.

El joven no pudo frenar su rabia. Se le escapó un codazo que acabó en plena nariz del soldado. La cara se le llenó de sangre, al igual que el brazo de Martino, que agarró al veterano por el cuello de la tunicela y lo levantó.

–No daré parte, soldado. Prefiero resolver la cuestión entre nosotros –le susurró.

Entonces le dio un rodillazo en el bajo vientre que obligó al hombre a encogerse. El soldado intentó levantarse y reaccionar, pero todavía estaba aturdido con la nariz machacada. Martino le dio unos instantes para recuperarse y luego, cuando el otro intentó propinarle un puñetazo, aprovechó su lentitud para bloquearle el brazo y golpearle a su vez. Le dio de lleno en la boca con los nudillos, y eso le destrozó los dientes y le partió el labio. Ahora el rostro del hombre era una máscara de sangre. El soldado se tambaleó y a Martino le bastó con un empujón para volver a sentarlo en el banco.

Entonces el centenario se volvió hacia el otro, en medio del silencio sepulcral de los compañeros.

–Creo que no va a poder hablar más. Así que te toca a ti contarme lo de la judía –dijo, masajeándose la mano para hacerle entender que estaba dispuesto a destinarle el mismo tratamiento.

–Bah… Era solo una judía que nos dejó una carta para ti… –aclaró, levantando las manos en señal de rendición–. No te dijimos nada porque sabemos que vosotros los cristianos detestáis a los judíos. Y, además, tampoco era nada del otro mundo. Recuerdo que no hablaba, seguramente ni conocía el idioma.

–La carta. Dame la carta –le amenazó.

–No… No la tengo. La tiramos.

Martino le agarró el cuello con ambas manos. Luego soltó a su presa.

–Seguramente, para divertiros, le echasteis un vistazo antes de tirarla…

El hombre apartó la mirada, apurado, sin decir palabra.

–Solo tenía un nombre y una dirección aquí en la ciudad.

Fue otro soldado quien habló. Debían de haberse reído a base de bien a sus espaldas.

Martino dejó en paz al hombre que tenía delante y se dio la vuelta.

–Desembucha –ordenó sibilante.

Un soldado se interpuso.

–El nombre no lo recuerdo. Y la dirección estaba en el barrio judío, por supuesto. La calle principal. No sé más.

El joven miró a su alrededor, preguntando con los ojos a todos los demás si tenían más información. Callaron, pero el modo en que lo miraban, ahora, no dejaba entrever solamente desprecio. Se leía también respeto. Al parecer, había tenido que dar una paliza para obtener lo que llevaba años buscando. Pero no podía perderlo de golpe preguntando por Raquel. Ahora tenía que arreglárselas él solo. Se vistió de nuevo a toda prisa y salió del cuartel en dirección al barrio judío.

Un año… Quién sabe lo que habría pensado aquella pobre muchacha al ver que no había dado señales de vida durante todo ese tiempo. Por su parte, él había terminado por convencerse de que

Raquel no había conseguido persuadir a su padre para mudarse, y se la había imaginado a menudo, de día y de noche, sobreviviendo en aquella peligrosa región, donde se habían producido posteriores incursiones persas, aunque no de la importancia de aquella que los había llevado a la batalla de Singara tres años antes.

Sin embargo, se había mudado. Y lo había hecho por él, evidentemente. Debía de sentir algo serio si había venido a buscarle. De repente, la hostilidad de sus camaradas ya no le parecía tan importante. Pero tuvo miedo de haber perdido a Raquel, después de tanto tiempo, y apretó el paso. No sabía si todavía la encontraría.

Puede que se hubiera trasladado nuevamente; o quizá estaba en Constantinopla solo de paso… Se adentró en la judería pesaroso y angustiado. Ahora el miedo se había transformado en pavor creyendo que la había perdido. Ansioso, empezó a preguntar a la gente por el nombre del padre para ver si lo conocían. Y cuando la tercera persona a la que había interrogado le indicó una casa en las inmediaciones, le dio un vuelco el corazón. Además, observó que era una casa grande; parecía que a aquel judío le habían ido bien las cosas. Se acercó con el corazón latiéndole cada vez más fuerte. Entró en el patio del edificio y pidió indicaciones sobre la ubicación del alojamiento. Estaba en el tercer piso. Subió las escaleras, llegó a la puerta y finalmente llamó. Tras una breve espera, le abrió un muchacho que, en el primer momento, no reconoció. Pero cuando el chico exclamó «¡Martino Martiniano!», se dio cuenta de que era Jonás con tres años más.

–Has crecido… –fue lo único que logró articular.

–También tú… a ojos del emperador, según dicen –replicó el muchacho.

Efectivamente, para la gente del pueblo era un héroe. Tendía a olvidarlo, porque ya nunca estaba entre civiles.

–Seguí defendiendo el Imperio, como cuando os hice mudaros. Eso es todo…

Hubo unos instantes de silencio embarazoso. Jonás no le invitó a entrar.

–Me alegro de verte, pero no quiero que lastimes más a mi hermana. Vosotros los gentiles no nos tenéis mucho aprecio a los judíos –dijo por fin Jonás.

–Eso no es cierto. Déjame hablar –insistió.

El muchacho vaciló. Volvió la cabeza, luego le miró de nuevo.

–Lo último que deseo en el mundo es hacerle daño a Raquel, te lo aseguro –enfatizó.

Y lo miró implorante, esperando convencerlo de su buena fe.

Jonás suspiró.

–Espera aquí. Te lo ruego. Por suerte para ti mis padres han ido a una ceremonia –dijo.

Luego entró de nuevo y desapareció de su vista.

Martino esperó en el umbral, con el corazón que se le salía por la boca, sorprendido por la importancia que estaba dando a una mujer que había visto de manera fugaz tres veces, y hacía tanto tiempo que casi ni se acordaba de cómo era.

Apareció de repente. Reconoció sus rasgos marcados, sus ojos verdes, su cabello negro, la nariz pronunciada pero elegante. Y notó su expresión tensa, desconfiada, temerosa.

Raquel se quedó mirándole de lejos, sin acercarse a él. Fue Martino quien traspasó el umbral y avanzó hasta casi tocarla. La miró largamente en silencio, perdiéndose en el color intenso de sus ojos.

–Me acabo de enterar hoy mismo de que estabas aquí y que me buscaste –le dijo–. Ha sido una gran alegría, pero también una gran tristeza, porque tenía miedo de no encontrarte. Llevo tres años esperando este momento.

Y cuando vio que de aquellos profundos ojos verdes surgía una lágrima, comprendió que también ella había estado esperándole.

CAPÍTULO XVI

–Hermanos, esta que os leeré es la primera sesión nocturna del juicio a nuestro Señor Jesucristo que tiene lugar en casa del sumo sacerdote, tal y como nos cuenta el Evangelio de Mateo, que casi ignora la sesión de la mañana –declaró Juliano, tras examinar detenidamente el gran auditorio del que disponía en la basílica de los Santos Apóstoles de Constantinopla–. Lo mismo hace Marcos, mientras que Juan y Lucas se explayan en ambas sesiones.

Desde que se había convertido en lector público de las Sagradas Escrituras, podía escoger los pasajes sobre los que disertar y difícilmente optaba por parábolas o fragmentos que no tuvieran que ver con un momento fundamental de la vida del protagonista. Solía elegir los que suscitaban más dudas por sus contradicciones y las evidentes invenciones, pero, obviamente, en público debía limitarse a dar una explicación ortodoxa; no obstante, de vez en cuando disfrutaba soltando alguna punzada para sorprender a la audiencia.

Empezó a simular que leía. En realidad, conocía el pasaje de memoria.

–Y ellos, después de haber arrestado a Jesús, le llevaron ante Caifás, el sumo sacerdote, donde ya se habían congregado los escribas y los ancianos. Pedro le siguió de lejos hasta el patio del sumo sacerdote, una vez dentro, se sentó entre los siervos para ver el desenlace. Y los sumos sacerdotes y todo el sanedrín se pusieron a buscar alguna prueba contra Jesús para condenarlo a muerte; pero no consiguieron encontrar ni una sola, a pesar de los numerosos falsos testimonios. Finalmente, dos dieron un paso adelante y dijeron: «Este declaró: "Puedo destruir este templo de Dios y reconstruirlo en tres días"».

Juliano dejó transcurrir unos instantes para que los asistentes reflexionaran sobre el relato, luego explicó:

–Jesús realmente dijo algo parecido, pero la interpretación de los testimonios es tendenciosa. Él, en efecto, había dicho, como podemos leer en Juan 2, 19, que su cuerpo resucitaría al tercer día.

Retomó la lectura del texto.

–Y levantándose el sumo sacerdote le dijo: «¿No respondes nada? ¿Qué es eso que estos dicen de ti?». Pero Jesús callaba. Y el sumo sacerdote le dijo: «Te ruego, por Dios vivo, que nos digas si tú eres el mesías, el Hijo de Dios». Jesús le respondió: «Tú lo has dicho. En verdad os digo que de ahora en adelante veréis al Hijo del hombre subir a los cielos y sentarse a la derecha del Padre».

Se detuvo una vez más.

–Así que, como veis, en un primer momento Jesús se limita a decir que las cosas son como ha dicho el sumo sacerdote: «Tú lo has dicho». Pero luego se deja llevar y cita las profecías de Daniel 7, 13 y el salmo 110 que se refieren a él mismo diciendo que, de ahora en adelante, ¡el pueblo hebreo le verá solo en su gloria, en la de la resurrección, el triunfo de la Iglesia y el Juicio Final! Pero escuchad cómo reacciona el sumo sacerdote.

Volvió a leer.

–Ahora el sumo sacerdote se rasgó las vestiduras diciendo: «¡Has injuriado! ¿Para qué necesitamos más testimonios? Ahí lo tenéis, habéis oído la blasfemia; ¿qué os parece?». Y ellos respondieron: «¡Es culpable!». Entonces empezaron a escupirle en la cara y a abofetearle, algunos le daban golpes, diciendo: «Si de verdad eres el profeta o el mesías, dinos quién te ha pegado».

Terminó de explicar.

–A los ojos de los judíos, blasfema quien sostiene que es igual a Dios o al Hijo de Dios, y según la ley debía ser condenado a muerte, aunque el sanedrín, dependiente de Roma, tenía que dirigirse al procurador para las ejecuciones. Aún hoy los judíos consideran a Jesús un impostor y un farsante, por supuesto. No le creyeron, o al menos, una parte de ellos no le creyó; si cuando llegó a Jerusalén el pueblo lo acogió como a un rey, es de suponer que eran muchos quienes seguían su predicamento. Seguro que en una época en que Galilea estaba dividida entre simpatizantes de los romanos y los que estaban en contra, entre conservadores y progresistas respecto a la ley mosaica, Jesús tuvo que irritar al menos a una facción poderosa que consiguiera hacerlo ajusticiar por los romanos. Que luego el pueblo entero haya preferido a un ladrón como Barrabás, poco después de haberlo recibido como a un rey, es cuando menos increíble… –dejó escapar.

Hacía tiempo que encontraba absurdo que nadie se diera cuenta de la obviedad más patente de los Evangelios; consolado por la lectura de textos más puramente históricos como los de Flavio Josefo, que había estudiado en profundidad, para él era evidente que Jesús dirigía sus ataques contra los saduceos que colaboraban con los romanos, que precisamente formaban el sanedrín, y que se lo hicieron pagar. Pero solamente ellos, además de los romanos: el pueblo judío no tenía ninguna responsabilidad sobre su muerte. Concluyó su lección y bajó del púlpito, notando que el diácono le lanzaba una mirada furibunda. En cambio, la gente se le acercó y le felicitó, alabándolo por su elocuencia y aclamando su nombre. Rodeado y seguido por un enorme séquito de personas, le costó trabajo salir de la basílica, como solía ocurrirle cada vez más, incluso cuando paseaba por las calles de la ciudad. Cuando alguien le reconocía, clamaba su nombre y otros se unían a él, curiosos por conocer a aquel nuevo exponente de la dinastía reinante de quien nadie había oído hablar durante años. Y a muchos no se los quitaba de encima hasta que llegaba a su casa: le perseguían en la biblioteca, en las termas, en la escuela, por donde quiera que fuera. En sus escasos actos públicos, Constancio siempre se mostraba inmóvil como una estatua, hierático, sobre un podio, separado de la multitud por una hueste de cortesanos y guardaespaldas; en cambio, con él la gente se sentía contenta y halagada de poder hablar de tú a tú con el primo del emperador. Y su popularidad aumentaba día a día. Un año antes, cuando Constancio decidió que su primo no representaba ningún peligro y le permitió trasladarse a estudiar a Constantinopla, nadie tenía idea de quién era; podía ir a todas partes sin que nadie le molestara, dedicarse a sus estudios con toda tranquilidad y seguir incluso caminos alternativos, relacionándose con filósofos fuera de los círculos cristianos y con estudiosos de visión menos conformista. El aparato doctrinal cristiano se estaba volviendo cada vez más restrictivo para él y sentía que necesitaba algo más para encontrar respuesta a sus numerosas preguntas.

Pero cuando se corrió la voz en la ciudad de su presencia, algunos exponentes del clero que habían oído hablar de su gran erudición, se habían sentido obligados a pedirle que hiciera lecturas públicas de las Sagradas Escrituras en las iglesias, una tarea a la cual no se había podido negar; era consciente de que Constancio lo tenía vigilado y tenía que compensar sus dudosas amistades con demostraciones públicas de su ortodoxia para convencerle de que no tenía pájaros en la cabeza. No siempre lograba adecuarse a lo que la corte esperaba de él, pero en general creía ocultar bien su búsqueda interior, que cada vez lo alejaba más del tipo de religiosidad que se daba por descontado que debía seguir por el solo hecho de pertenecer a la familia imperial. En cualquier caso, aquellas lecturas públicas habían atraído la atención del pueblo llano, y en poco tiempo se había convertido en una celebridad. Ese día, pues, el aforo de la basílica donde estaba enterrado su importante tío había favorecido la afluencia de una gran multitud, y no paraba de estrechar manos y de recibir palmadas en la espalda.

Pero de repente sintió que alguien le agarraba del brazo. No, esto era demasiado, se estaban poniendo desagradables, se dijo. Se dio la vuelta hacia el autor de la descortesía y se encontró con una mirada dura, muy distinta a los ojos extasiados con los que le miraba la gente que le rodeaba.

—Vengo de parte de tu primo el emperador. Ven conmigo —se limitó a decir el hombre.

Juliano se resignó a seguirle, y no fue fácil llegar a la salida de la iglesia y a un rincón de la calle lo suficientemente reservado como para permitirle hablar con privacidad.

—Debes regresar a Nicomedia con tu hermano —declaró el hombre secamente.

«¿Qué se me ha perdido a mí en Nicomedia? Mi abuela ya está muerta», pensó Juliano, que se encontraba a gusto en Constantinopla. Incluso Galo, que frecuentaba ambientes completamente distintos y, como mucho, solo era visto en el circo por gente común y corriente, se habría resistido: ya había creado su propio círculo de amigos con los que compartía juergas diurnas y nocturnas.

—¿Para qué? —se limitó a preguntar.

Pero podía imaginárselo.

—Tu primo el emperador considera que estáis demasiado expuestos. El clamor que se ha producido en torno a vuestra presencia es excesivo y le pone en un aprieto —explicó fríamente el enviado.

Juliano entonces se dio cuenta de que su cara le resultaba familiar: seguramente era uno de los sabuesos que su primo le había asignado desde que lo liberara y, tal vez, puede que lo hubiera visto entre la multitud.

El príncipe hizo un mohín. La vergüenza estaba solo en la elección de los motivos por los que Constancio quería sacarlo del escenario principal: su popularidad eclipsaba la del emperador, sus conocidos nunca habrían tenido la aprobación de la corte, sus lecturas públicas –que no se ajustaban a las de la línea oficial– debían de haber molestado a más de un prelado, quizá entre los mismos que le habían pedido que le custodiara.

–¿Y si me niego? –se atrevió a decir.

–Eso no se contempla. Y, en el mejor de los casos, volverías a Capadocia.

No, confinado en aquella prisión dorada no. Fueron los años más oscuros de su vida, y en Nicomedia, tal vez, se reencontraría con Mardonio. Podría ser peor, bien mirado. Asintió y esperó a que el insensato de su hermano no pusiera obstáculos. Le había dicho una y mil veces que no llamara la atención si quería seguir siendo libre y ocupar, algún día, un cargo importante.

Él también lo deseaba, y mucho. Aunque el emperador no había hecho nada por prepararlo para tener responsabilidades.

–Yo… no lo aguanto más, Martina, no soporto esta vida de mentira. Quiero divorciarme de mi mujer y casarme contigo.

Las palabras de Virio Nepociano resonaron en los oídos de Martina como la más dulce de las melodías, mientras el hombre caía rendido sobre ella jadeando después de haberla poseído con su habitual intensidad. Llevaba años esperando oírselo decir. Solamente aguardaba y le bastaba con que él lo deseara: sabía perfectamente que era imposible.

Se lo dijo.

–Me encanta oírlo. Me haces muy feliz.

–Pero quiero hacerlo «de veras» –rebatió él con convicción–. Sabes que no me interesa el poder. ¿Qué podría pasarme si me divorciara y escogiera una nueva esposa? No tengo responsabilidad en el gobierno, aparte de la prefectura de la urbe. Puede que Constante, para castigarme, me retirase el cargo, pero ¿crees que me importa?

–Sabes bien que los soberanos prefieren confiar los puestos más delicados a sus parientes y amigos. No creo que aprobara… –insistió ella, pero en su interior esperaba que su amante tuviera la valentía de seguir adelante con su propósito.

–¿Y entonces qué? ¿Crees que me metería en la cárcel? ¿Me acusaría de alta traición? Lo dudo… –respondió Nepociano, separándose de ella y tendiéndose a su lado.

Era tan ingenuo… Pero precisamente por esto, era aún más único y extraordinario. Estaba más enamorada que nunca, a pesar de tantos años de relación clandestina.

–Sería un escándalo aquí en Roma. Divorciarse de una mujer de buena familia y virtuosa como la tuya, para unirte en matrimonio con una mujer de mi reputación… Traerías el descrédito a la familia imperial –especificó.

Nepociano pareció abatido por su reflexión y se quedó pensativo unos momentos.

–Bueno, podríamos escaparnos… –propuso.

–¿Y adónde? ¿A Oriente con Constancio? ¿Crees que se lo tomaría mejor que Constante? Es más beato y mojigato que él…

Su amante resopló.

–Nos esconderemos en algún lugar y pasaremos nuestra vida en el anonimato. ¿Crees que me pesa?

–No existe ningún lugar en el que los dos emperadores no puedan encontrarnos. Ni entre los persas.

El hombre la cogió por el cuello y la besó apasionadamente.

–Encontraré la manera, ¡te lo prometo! –le susurró al oído, y ella sintió un escalofrío en la espalda.

Después de tantos años, la excitaba más que nunca compartir intimidad con él. No echaba de menos en absoluto las orgías en las que había participado desde que era poco más que una adolescente. Con Nepociano tenía todo lo que deseaba y, además, también esa pasión que jamás había soñado con disfrutar: un elemento que hacía más intenso y memorable cualquier momento transcurrido en su compañía. Aún mantenía algunos encuentros a solas con Constantina, y tanto ella como Nepociano sabían que era imposible renunciar a ellos sin incurrir en la ira de aquella terrible mujer; pero su amiga ya no le pedía que la acompañara en las noches de jarana a las que arrastraba a parte de la alta sociedad romana. Y por ello Martina le estaba agradecida: con el tiempo, había vuelto a sentir por ella un gran afecto; a pesar de que tendía a ser cruel, la princesa siempre se había portado bien con ella.

Le miró mientras se vestía, disfrutando de su físico grácil y musculoso, digno de un atleta olímpico, que le distinguía de los más robustos y achaparrados de la familia imperial. Sí, habría sido bonito huir juntos, casarse, incluso quizá entrar en el mundo de los niños: estaba segura de poder convertirse en una buena madre, y más aún de ser la más fiel de las esposas. En aquel momento lamentaba más que nunca que su amante perteneciera a una dinastía vinculada a la razón de Estado; si se hubiera enamorado de un hombre normal, de un hombre cualquiera, habrían podido ser completamente felices.

—Entonces, nos vemos mañana —se despidió su amante, la ciñó con un brazo y la besó apasionadamente por enésima vez.

Ella se levantó del lecho y, aún desnuda, le siguió hasta el vestíbulo.

Pero justo en ese momento llamaron a la puerta imperiosamente. Martina retrocedió para que no la vieran; solamente los guardaespaldas del prefecto de la urbe sabían dónde se encontraba Nepociano en ese momento. El hombre fue a abrir y Martina, escondida detrás de una jamba, le oyó conversar acaloradamente con alguien. Tras unos instantes oyó cerrarse la puerta y sus pasos en dirección a ella. Cuando vio su expresión desencajada, comprendió que había sucedido algo grave. Su semblante había perdido el candor habitual.

—Han asesinado al emperador… —murmuró Nepociano con la mirada ausente.

Martina estaba consternada.

—¿Cuál de los dos?

—Constante. En Milán.

Se le ocurrió que podía estar ahí la mano de Constantina, como cuando le tocó a Constantino II.

—¿Se sabe quién ha sido? —quiso saber, con un ápice de aprensión.

—Magnencio, el comandante de sus guardaespaldas. Un medio bárbaro, le conozco.

—¿Seguro que ha sido él?

—Diría que sí. Ya se ha proclamado emperador en su lugar.

Martino estaba más emocionado que nunca. Jamás se había sentido así, ni cuando entró en batalla por primera vez, o cuando fue premiado por el emperador, tampoco cuando conoció a Raquel, ni cuando la había visto de nuevo años después.

No, estaba más entusiasmado que en ninguna otra circunstancia porque Raquel y él habían decidido hacerlo por primera vez.

La invitó a entrar en el apartamento que había decidido alquilar y en el acto sintió que el corazón aumentaba el ritmo de sus latidos. Y casi podía sentir también las pulsaciones del de ella; no tenía más que mirarle el rostro para comprender lo asustada que estaba ella también. Así que tenía que esforzarse por darle confianza y parecer seguro de sí mismo, aunque no lo estaba en absoluto y ella lo sabía; en aquellos tres años en los que se habían estado viendo con asiduidad, ambos se habían revelado ser vírgenes, y esto les había unido aún más, hasta casi convertirlos en un solo espíritu. Ella le había confesado que nadie la había querido nunca por culpa de su defecto, que sobre todo le hacía ser tímida y torpe, hasta el punto de hacer rehuir a los hombres que mostraban interés en ella. Y él le había declarado que había elegido dedicar su vida a la carrera militar y al Señor, y esto, simplemente, excluía los placeres de la carne, algo que le habría hecho sentir sórdido.

De este modo, durante tres años se habían visto en tabernas, comiendo juntos, o paseando por la calle: casi cada día, cuando no estaba ocupado con las campañas o de servicio acompañando al emperador. Se habían limitado a conversar, intercambiándose algún abrazo y algún beso fugaz; ella solía apoyar solamente los labios sobre los de él, avergonzándose de su mutilación, y él no insistía para no ponerla en un aprieto. Luego rezaba por las noches; rezaba intensamente pidiendo al Señor que le ayudara a no tener pensamientos impuros con ella.

Al fin y al cabo, era una relación clandestina. El padre de Raquel desaprobaba el idilio, y más de una vez le había ordenado a su hija no solo que no se viera con él, sino que no se dejara ver por ahí en compañía de un gentil. Desde el principio Martino había procurado conquistarle de mil y una maneras, cumpliendo las promesas que le había hecho en Siria y enviándole personas con las que pudiera hacer buenos negocios e incluso consiguiéndole pedidos en la corte. Pero el viejo siempre se había negado a dar su brazo a torcer, no tanto por orgullo, como le había dicho a Raquel, sino porque no quería sentirse en deuda con un gentil, interesado en su hija para más señas.

Al cabo de un tiempo, Martino se dio por vencido y se resignó a verse con ella a escondidas. Por amor a Raquel, dejó de lado todos sus prejuicios sobre los judíos, pasando por alto el monstruoso crimen que habían cometido y su absurda obstinación en no reconocer a Cristo como el Hijo de Dios; pero ahora, debido a la terquedad del padre, no le quedaba más remedio que aceptar que entre los judíos y los cristianos nunca podría haber diálogo; si no hubiera sido por Raquel, incluso habría aprobado las restricciones que la administración imperial estaba empezando a adoptar respecto a ellos. Se preguntaba a menudo si hacía bien en amar a una hebrea. Le había implorado perdón al Señor muchas veces, convenciéndose de que en su caso más que nunca las culpas del padre no podían recaer sobre su hijo. Raquel era una persona de bondad infinita, y no tenía la culpa de haber nacido en una comunidad que no había sido tocada por la luz de Cristo, ni tampoco era responsable de que sus antepasados hubieran perpetrado aquel horrendo crimen. Bastante había sufrido ya en la vida, como para interferir en ella privándola de la posibilidad de amar. Había tanto amor en aquella muchacha, que si hubiera sido cristiana sin duda habría hecho mucho bien a los demás. Aquella manera suya de hablar le enternecía, además de lo que expresaba con sus palabras: nunca discutía con nadie, era piadosa y honesta, dulce y también decidida, y le hacía sentir mejor persona. Tampoco le hacía avergonzarse por que le faltara una oreja, e incluso solía acariciarle el muñón que tenía en su lugar para que se sintiera a gusto, y Martino, por primera vez, se había sentido libre de contarle a alguien cómo la había perdido.

Así que se había decidido, y ella había acogido con entusiasmo su propuesta. El Imperio gozaba de cierta tranquilidad desde hacía un tiempo y, si bien Sapor siempre amenazaba con una ofensiva, no había acontecido nada relevante en los últimos años. Martino se sentía relajado y feliz, ya no le importaban las envidias ni las hostilidades de sus compañeros, y hacía unos días le había confiado que no podía existir nada malo en el sentimiento que albergaban el uno por el otro. Por tanto, entregarse a los placeres de la carne no podía ser pecado; su pureza interior no mermaría, estaba seguro.

–Ya está. Lo comprobé cuando contacté con el propietario. Está limpio –le dijo una vez que cerraron la puerta a sus espaldas.

Raquel asintió y se quedó callada. Hacía tiempo que ya no se avergonzaba de hablar en su extraño idioma cuando estaba con él, pero en aquella circunstancia estaba demasiado tensa como para intentar siquiera abrir la boca.

Martino se esforzó en aparentar desenvoltura, pero cuando entraron en la habitación sintió un nudo en el estómago.

–Mira, ¿ves? Sábanas blancas, limpias como nosotros –dijo en broma para ayudarla a relajarse.

Sabía que tendría que hacerlo todo él, y no tenía la menor idea de cómo comportarse. En más de una ocasión, en los días precedentes, había estado tentado de pedir consejo a algún camarada, pero, aparte del odio del que era objeto, no tenía intención alguna de ponerse en ridículo delante de ellos revelando que era virgen a los treinta y cinco años.

Ella le sonrió nerviosa.

–No está mal –dijo, mirando a su alrededor, y luego se sentó en el borde de la cama con la cabeza baja y los brazos apoyados en los muslos.

Martino se sentó junto a ella y le ciñó la cintura tímidamente.

Ahora era su turno de tomar la iniciativa.

Martina no conseguía contener su inquietud. No era de extrañar, con el Imperio desolado por el asesinato de Constante y la usurpación de Magnencio. Pero lo que en realidad le importaba era que Nepociano no había vuelto a visitarla ni le había dado noticias. No aspiraba a que su amante, en aquellas dramáticas circunstancias, continuara teniéndola en el centro de su atención, pero al menos deseaba que diera señales de vida de alguna manera. En cambio, hacía ya una semana que había desaparecido por completo de su vida. Claro que era el prefecto de la urbe y un miembro de la dinastía constantiniana. Él, más que cualquier otro en Occidente, debería haber sido catapultado a la primera línea para hacer frente a la emergencia y entender cómo lidiar con la usurpación. Martina imaginaba las presiones que estaba recibiendo, por un lado y por otro, para posicionarse. Oía decir que Magnencio había tenido el descaro de pedir a Constancio que lo reconociera como colega, justificando el homicidio de su hermano con la necesidad de dar al Imperio un soberano más valorado por el ejército; al parecer, la conducta violenta y escandalosa del menor de los hijos de Constantino el Grande había puesto en contra a muchas personas.

No es casualidad que muchos en las calles expresaran abiertamente su satisfacción por la muerte de alguien a quien definían como un tirano. El mismo Nepociano le había contado varias veces cómo las medidas y el comportamiento de Constante, abiertamente homosexual, irritable y codicioso al exigir impuestos que alimentaban sobre todo el lujo desenfrenado del que se rodeaba, le habían granjeado numerosos enemigos entre los senadores con los que trataba en los asuntos sobre la administración de la urbe. Por tanto, quizá en Roma había quien presionaba para aceptar a Magnencio como emperador, y Nepociano debía salir del paso entre la necesidad de permanecer fiel a su dinastía y la de complacer a parte de los ciudadanos. Y pensar que su amante nunca había querido saber nada de la política. Probablemente se sentía desorientado, temeroso, y le habría gustado estar cerca de ella para que le consolara y le diera fuerzas para afrontar cuestiones que le superaban a él, a ambos y a su amor.

No podía esperar más a los acontecimientos. Llevaba días encerrada en casa aguardando una indicación suya, o de Constantina, pero su amiga tampoco había dado señales de vida. Tenía curiosidad por conocer su papel en el asunto, si es que había tenido algo que ver, y cómo pretendía comportarse ahora que Occidente estaba en manos de un bárbaro. No podía ir a buscar a Nepociano a su casa ni al Senado, naturalmente, pero podía ir a verla a ella; seguramente la princesa no se negaría a recibirla.

Quería presentarse lo mejor posible y llamó a su doncella para que la maquillara y peinara. Durante aquellos días de espera se había dejado estar, omitiendo su cuidado personal y sin hacer nada. Se dio cuenta de cuánto llenaba su vida Nepociano: estos últimos años había vivido esperando sus encuentros, y ahora que no podían verse, se sentía vacía, perdida, sin una meta nuevamente, como antaño; pero Constantina siempre había estado ahí para apoyarla.

Se miró al espejo mientras la doncella empezaba a aplicarle el maquillaje y, de repente, se percató de que ya no era una jovencita.

Algunas arrugas arañaban su piel en torno a los ojos, el cuello no estaba tan liso como antes, la papada empezaba a manifestarse, la frente mostraba algunos surcos. Treinta y cinco años empezaban a ser demasiados. Tal vez fuera lo más natural desear un marido, una familia, una estabilidad. Hasta ahora, siempre había pensado que permanecería eternamente joven, vital, atractiva para todos los hombres que conocía, y nunca se había planteado el problema del paso del tiempo. Sin embargo, ahora que tenía a alguien que le importaba, de repente se encontró preocupándose por su edad. Había vivido más de tres décadas y no había hecho absolutamente nada de lo que enorgullecerse, nada que presentar a sus padres el día de la resurrección para expiar su culpa por haberles dejado morir.

Cuando estuvo lista, encontró la litera con los porteadores esperándola justo en la puerta. Les ordenó que la llevaran al Palatino, al palacio de los césares, donde tenía el privilegio de residir la hermana de los emperadores. Era un trayecto corto: una de las propiedades de la familia de Sexto Martiniano estaba justo en la ladera del Aventino, casi encima del Circo Máximo y frente al complejo de los palacios imperiales.

Era la primera vez que salía desde que había llegado a Roma la noticia de la usurpación. El breve espacio entre las dos colinas le hizo comprender cuánto había cambiado el ambiente. Puede que muchos temieran la agresión de tropas del norte: Magnencio tenía el ejército en sus manos y, si Roma no hubiera aceptado su autoridad, no cabía duda de que la habría impuesto por la fuerza. Por eso las calles estaba semivacías, y los pocos ciudadanos obligados a transitarlas lo hacían apresuradamente y de modo circunspecto. Reinaba un clima de espera, sabían que los acontecimientos, de una manera u otra, se producirían en cualquier momento. Cualquiera que no tuviera intención de aceptar a Magnencio sabía que podía contar con la reacción de Constancio; pero también sabía que el emperador estaba ausente, ocupado con los persas, y que pasaría mucho tiempo antes de que pudiera restaurar las cosas. Tiempo que Magnencio aprovecharía para consolidar su propio poder… y eliminar a quien hubiera intentado oponerse.

Cuando llegó frente a la entrada del palacio, vio una multitud de guardias desplegados en la plaza. Se anunció, pero tuvo que esperar un buen rato antes de que alguien la invitara a pasar. Finalmente, accedió al interior y fue escoltada hacia los apartamentos privados de Constantina, en los que tantas veces había estado sin ningún acompañamiento.

—¡Aquí estás, querida amiga! —exclamó al verla la princesa, que salía justo en aquel momento, de punta en blanco, de su habitación—. Me alegro de verte precisamente en el momento más delicado de mi vida. Si hubiera tenido tiempo, te habría llamado yo misma, pero, créeme, ¡los acontecimientos se están precipitando!

—¿Hay algo más que puedas decirme, además de lo que todos saben? —le preguntó con aprensión.

—Por supuesto. De hecho, tendrás la primicia. Has llegado en el momento justo para el anuncio —respondió Constantina.

Martina se fijó en que, efectivamente, su amiga iba vestida como para las grandes ocasiones, con una túnica color púrpura y profusas alhajas en los brazos, alrededor de las muñecas y el cuello.

—¿Qué anuncio?

—Ya lo verás. Ven conmigo a la sala de audiencias —respondió sibilina la princesa.

Cuando entraron en el gran salón, ya estaba abarrotado. Había cortesanos, senadores y sacerdotes amontonados en todos los rincones, y el único sector despejado era el del trono sobre un pedestal apoyado en la pared del fondo. Constantina abandonó a su amiga entre el gentío, se dirigió hacia el podio y se sentó en el trono. Al poco, Martina vio salir a Nepociano de entre la multitud. Siguió con un nudo en el estómago todos sus movimientos hasta que llegó junto a la princesa. El secretario invitó a la audiencia a permanecer en silencio y, súbitamente, el vocerío se apaciguó.

La mujer tuvo un oscuro presentimiento de desgracia un instante antes de que Constantina se levantara y empezara a hablar.

—Queridos senadores y amigos, como sabéis, mi hermano ha sido vilmente asesinado por un tosco bárbaro que, ahora, pretende nuestra obediencia como nuevo augusto —declaró la princesa—. Espera confirmación de su presunto papel por parte de mi hermano, el augusto Constancio, que como os podéis imaginar nunca llegará. Ah, claro: ¡Constancio llegará para castigar a ese asesino como se merece! Pero hasta entonces nosotros tenemos el deber de preservar la legitimidad institucional, que prevé un miembro de la familia de Constantino el Grande en el trono de Occidente, como el Señor ha querido. Y para legitimar esta necesidad, os anuncio que los miembros serán dos: yo, hermana del augusto Constancio e hija de Constantino el Grande, ¡y mi futuro esposo Virio Nepociano, que es sobrino de mi padre!

Martina fue la única en la sala que no se unió a la ovación. Le faltaron las fuerzas y se desplomó.

Raquel era una estatua de sal. Hacía un esfuerzo por sonreír, pero los músculos de su cara se contraían formando una máscara de aprensión. Martino acercó el rostro al suyo, poniéndole una mano en el muslo, y la besó delicadamente en la mejilla. Ella se quedó con la mirada fija en un punto, absolutamente inmóvil. Martino se sintió desalentado, pero luego pensó en lo que le había dicho: estaba aterrorizada ante la idea de desilusionarlo, temía revelarse una amante poco satisfactoria, no solo por su minusvalía, sino también por la falta de experiencia. Martino se había cuidado mucho de decirle que tenía esos mismos miedos, y ahora se encontraban allí, por primera vez solos, con una habitación a su disposición, sin saber qué hacer. Se obligó a seguir adelante. De la mejilla pasó a la boca, ejerciendo una ligera presión sobre la barbilla para dirigir sus labios hacia los suyos. La respiración de la mujer se hacía cada vez más intensa, y Martino sintió cómo jadeaba cuando ambas bocas se acercaron la una a la otra. Ella tenía los labios cerrados, como siempre, pero esta vez ambos sabían que debía abrirlos. Ya le había mencionado que para él no era un problema y que no debía temer su juicio: nunca había besado a una mujer antes que a ella y no podría apreciar la diferencia entre una lengua normal y una cortada.

Intentó entreabrirle la boca suavemente con sus propios labios, mientras con la mano le apretaba el muslo y luego pasó a acariciarle la cintura. Percibió cómo temblaba y se estremecía. Opuso resistencia, pero cada vez menos. Sus labios empezaron a separarse lentamente y sus bocas se fundieron entretejiéndose. Martino trató de entregarse a aquella sensación sin precedentes, pero sintió crecer en su interior el tormento de la impureza y la abyección en el que temía hundirse, el pánico de llegar a ser como su hermana, adicta a los placeres de la carne.

Y cuanto más disfrutaba, más miedo le entraba. En aquel momento, odió a su madre por haberle inculcado aquel sentimiento de culpa por cada forma de placer que experimentaba.

Pero no pudo parar. Por fin, la boca de Raquel se abrió lo suficiente como para permitirle introducir la lengua, que llegó a tocar algo igualmente blando. Cuando contactó con lo que quedaba de la lengua de Raquel sus partes bajas empezaron a latir. Se veía que faltaba algo, pero para él todo era más de lo que había probado antes. Su lengua daba vueltas en torno a un muñón más ancho que largo, pero igual de suave. La de ella permanecía inmóvil, así que fue él quien agitó el mundo que se estaba formando en sus bocas, moviendo la suya cada vez con más fuerza.

Entonces se acordó de que también contaba con las manos. Las extraordinarias sensaciones experimentadas con la boca le habían hecho olvidar que sus dedos estaban acariciando un cuerpo maravilloso. Y mientras una mano seguía ciñéndole la cintura, la otra subía hasta llegar a las costillas, que se movían hacia delante y hacia atrás con la respiración de ella. Se armó de valor y volvió a subir hasta lamer la parte inferior de su pecho con la parte superior del dedo índice. Sintió cómo intensificaba sus jadeos y temió que se apartara.

Pero Raquel no lo hizo. De hecho, movió por fin uno de sus brazos inertes, lo llevó hasta su rostro para acariciarlo, después a la sien donde le faltaba la oreja y luego le rodeó el cuello. Por último, la mujer se abandonó al beso y abrió por completo la boca hasta casi envolverla con la suya. Y fue precioso: Martino se sintió casi poseído, devorado, mojado por su saliva y envuelto en su aliento. Y las pulsaciones en el bajo vientre, los escalofríos y los espasmos fueron en aumento, hasta hacerse incontrolables. La excitación se mezcló con el miedo a cometer un pecado, y el sentimiento de angustia condicionó en cierto modo la felicidad que experimentaba en aquel momento. Habría deseado dejarlo: una vez cruzado el umbral se condenaría, para convertirse en esclavo de los placeres de la carne que, tarde o temprano, le apartarían de Dios.

Pero no fue capaz de parar. Sintiendo el temblor de Raquel aumentar a cada toque de su índice en su seno, puso la mano entera. Casi como si tuvieran vida propia, sus dedos palparon y luego apretaron ese seno, sintiéndolo ceder a la presión mientras las yemas se hundían en una suave almohada. La oyó gemir de placer, y aquellos sonidos celestiales le excitaron aún más. Advirtió sus propios jadeos, mientras sus bocas se encerraban en un laberinto del que creía no poder escapar.

Deseaba verla desnuda, estar en contacto con su piel, sentir su olor, su textura, y se preguntó cómo quitarle la ropa sin turbarla, sin hacerle pensar que era una bestia ávida de placer, un animal hambriento y depravado. La ansiaba con todo su ser, pero se odiaba por haber llegado a un estado de excitación absolutamente fuera de su control, y comenzó a acariciarla por todas partes, cada vez con más fuerza, sin atreverse a quitarle la ropa ni a pedirle a ella que lo hiciera.

Entonces las manos de ella empezaron a tocarlo a él también por todas partes, le aterrorizaba la sola idea de que pudieran terminar entre sus piernas: si ya era incapaz de controlarse con esto, ¿qué pasaría después? Por suerte, Raquel lo abrazó y siguió acariciándole los brazos, la espalda y el rostro.

Proseguían en la misma posición del principio, sentados en el borde de la cama, uno al lado del otro, pero ahora ceñidos en una maraña de miembros en la que Martino ya no sabía dónde terminaba él y dónde empezaba ella. También se confundían sus suspiros, roncos y profundos.

«Señor, te ruego que me ayudes, ¿qué debo hacer? ¿Hasta dónde puedo llegar sin sentirme un monstruo depravado? ¡Dame una señal, hazme saber qué es lo correcto, explícame por qué una sensación tan hermosa tiene que provocar tanta vergüenza!».

De repente ella se separó de él, se puso de pie, se alzó sobre él con toda la majestuosidad de su figura y se quitó el vestido, para dejarse admirar en ropa interior y con los ojos bajos, tal vez por vergüenza, o quizá por miedo a encontrarse con la mirada reprobatoria de él.

Pero Martino se quedó extasiado, y cuando Raquel, viendo que no movía un dedo, se armó de valor y se quitó también la última prenda que le quedaba, dejando al descubierto un espeso vello entre sus muslos, sintió el impulso de levantarse también él y arrodillarse frente a ella, acto seguido apoyó desesperadamente la cabeza entre sus piernas y se sumergió entre el vello húmedo y el olor particularmente acre y penetrante que rozaba su cara.

CAPÍTULO XVII

Martina se había propuesto mil veces mantener la calma. Y mil veces se había respondido que no sabía si sería capaz. Encontrarse cara a cara con la mujer que creía su amiga, y que en cambio la había traicionado, humillado y ofendido, concediéndole la felicidad y dando un sentido a su vida para luego, sin previo aviso, arrebatarle todo de golpe, era un dolor que debía afrontar si quería comprender qué había sentido en realidad Nepociano por ella.

Entró en el *tablinum* del palacio imperial atenazada por la inquietud, consciente de tener que enfrentarse a una de las personas más peligrosas del Imperio; del mismo modo que le había ocultado sus oscuros tejemanejes, y no sería la primera vez, Constantina podía olvidar en un instante la amistad que las unía, incluso el cariño, y ejecutarla sin pestañear. Pero en ese momento no le importaba: su vida estaba destrozada, hecha añicos, y ya no tenía nada que perder.

Cuando encontró un pretexto para hablar con ella, no le fue negado el encuentro. Sin embargo, había una multitud de personas, incluso de alto rango, esperando hablar con la nueva emperatriz. Puede que todavía contara algo en el alma de aquella ambiciosa mujer, y eso la animó a entrar en la estancia con una actitud optimista, con la presunción de quien sabe que tiene razón. Aunque era consciente de que la razón, frente a los poderosos, poco o nada contaba.

La encontró en su escritorio, tras montañas de papeles. Imaginó que, si antes era un punto de referencia para muchos de los prebostes de la ciudad, ahora las peticiones y las solicitudes para estrechar las alianzas con ella se habían disparado. Por fin era lo que siempre había deseado ser: una emperatriz, a pesar de tener una espada de Damocles sobre la cabeza y sin que su puesto tuviera ningún reconocimiento oficial.

—¿Martina? Como ves, estoy desbordada. Seamos breves.

Así la recibió, sin siquiera levantar los ojos de los documentos que estaba examinando, y ella notó cómo le subía la cólera.

–Sabías cuánto le quería –se limitó a decir.

Constantina finalmente se dignó a mirarla. Y fue una mirada de soslayo.

–¿Eres consciente de la banalidad de tu comentario en este momento? –replicó secamente–. No seas una mujerzuela.

–¿Mujerzuela? ¿Querer de verdad significa para ti ser una mujerzuela? Claro, tú no sabes lo qué es amar… –protestó, acercándose a ella.

–Cuidado con lo que dices –la amonestó Constantina–. Podría olvidarme de que somos amigas de toda la vida.

–Yo diría que ya lo has olvidado. Me has robado a mi hombre.

Constantina soltó una sonora carcajada.

–¿Tu hombre? Mi primo es cosa mía. Siempre lo ha sido, aunque esté casado con otra, que por cierto no eres tú… –dijo con tono abiertamente burlón.

Martina puso los ojos como platos.

–¿Qué quieres decir con eso?

–Quiero decir que te lo presenté por un motivo concreto. Desde luego no para hacerte feliz. Me alegro de que os haya ido bien, era lo que esperaba, pero Nepociano siempre ha sido mi objetivo. Debes comprender que la vida de un miembro de la familia imperial no está a tu disposición, sino a la mía y a la razón de Estado. Al margen de lo que pueda sentir por ti, Nepociano siempre ha estado destinado a otras tareas y cometidos.

Martina la miró sin entender nada.

–Él no estaba interesado en otras tareas ni cometidos. Nunca lo ha estado. No es como tú. Como los de vuestra familia –murmuró.

–Precisamente por eso os presenté –explicó Constantina–. Yo deseo el papel que me espera, como hija de Constantino el Grande, y siempre he sabido que necesitaba un hombre para llevar a cabo mi propósito. Y solamente podía ser él. Así que os presenté, sabiendo que se enamoraría de ti como jamás lo haría de mí y, llegado el momento, tendría una excelente manera de apelar a sus motivaciones.

–¿Qué… qué manera? No estoy de acuerdo.

–Por supuesto que no. Pero ahora se preocupa tanto por ti que está dispuesto a hacer cualquier cosa que yo le pida, siempre y cuando no te pase nada a ti... –replicó Constantina, subrayando la amenaza implícita que contenían sus palabras.

Martina no daba crédito.

–Me... me has utilizado...

–Igual que lo hacía en mis fiestas, después de todo –admitió la mujer–. Y tú nunca has tenido nada que decir. Conozco perfectamente tu capacidad para enredar a los hombres. Estaba de acuerdo con la corte de Constantinopla para quitar de en medio a Constante como hicimos con Constantino, pero ese tal Magnencio se me ha adelantado, y ahora tendré que luchar por lo que me corresponde por derecho. Al menos hasta que Constancio venga en mi ayuda.

Estaba horrorizada con su falta de escrúpulos. Aquella mujer no se detenía ante nada. Se preguntaba cómo había podido amarla durante tanto tiempo.

–Le estás arrastrando hacia algo muy peligroso. Él nunca lo habría querido –dijo.

–Es su destino. Es el sobrino de Constantino el Grande. Incluso mi tía Eutropia está de acuerdo. No podía negarse, y ahora, gracias a ti, también tiene un óptimo motivo para cumplir con sus deberes.

–¿Puedo... puedo hablar con él? –pidió.

–Por supuesto que no. Ahora necesito toda su atención.

–Te... te odio.

Las palabras salieron de su boca sin control.

–No tienes motivos. Cuando hayamos arreglado el asunto con Magnencio, te lo devolveré intacto –le explicó Constantina–. Con la única diferencia de que estará casado conmigo, en lugar de la mujer de la que se acaba de divorciar. Además, tendrás una ventaja: no haré nada para obstaculizar vuestros encuentros, ni tendrás que utilizar los ardides que tramabas hasta ahora. Ten un poco de paciencia y déjanos despachar esta cuestión sin poner palos en las ruedas. Debes entender que Nepociano es el único, en este momento, de quien Constancio puede fiarse para asignar el Occidente a un miembro de su familia. ¿Puedo contar entonces una vez más con tu comprensión?

Las palabras parecían amables, pero el tono no admitía réplicas: no era una petición. No había nada que hacer. Tal vez fuera así realmente. Puede que Constantina tuviera razón. No podía pretender que un miembro de la dinastía reinante eludiera sus obligaciones.

–Espero que no le hayas metido en problemas –se limitó a decir, haciendo las paces.

Martino se quedó largo rato con el rostro entre las piernas de Raquel, de pie frente a él, apretándole las nalgas y buceando en un mundo de olores y sabores desconocidos. Sentía cómo jadeaba cada vez más fuerte, y se dio cuenta de que le gustaba sentir la presión en ese punto. Luego vio que también él debía liberarse de su vestimenta, pero le daba reparo; tenía pudor incluso con sus compañeros, a quienes no deseaba despertar sus más bajos instintos.

Se despegó vacilante. Pero mientras estaba aún pensando en cómo comportarse, fue Raquel quien, jadeando anhelante, se abalanzó sobre él, le desabrochó el cinturón y le quitó la dalmática. La mujer acarició sus torneados pectorales, sus músculos perfectamente definidos, luego sus dedos se aferraron al borde de los pantalones y se los bajó de un único y rotundo movimiento, y lo dejó en calzones nada más. Martino se sintió avergonzado, sobre todo cuando notó lo abultada que estaba la prenda. Pero ella le sorprendió de nuevo, arrodillándose frente a él y apoyando la mejilla sobre su pene erecto, de momento escondido tras la tela.

Raquel le agarró las nalgas y apretó con fuerza, tal y como había hecho él, apoyando la cara en su pelvis. Martino sintió explotar algo por dentro y deseó fervientemente que se lo metiera en la boca. Pero, por otro lado, algo le decía que era impropio, incluso horrendo, y que le sumiría en la perdición para siempre, además de condenar a Raquel, a sus ojos, a ser considerada como una cualquiera, igual que su hermana. Estaba bien entregarse a los placeres de la carne si había amor, pero abandonarse hasta dejarse arrastrar por la perversión no habría sido cristiano.

Mientras seguía debatiendo consigo mismo sobre cómo comportarse, fue ella quien le bajó la ropa interior y tomó la iniciativa. Martino vio su pene erecto desaparecer entre los labios de ella, y una oleada de placer irradió todo su cuerpo desde la pelvis hasta hacer prisionero a su cerebro, lo cual le indujo a dejarse caer en el lecho y a tumbarse boca arriba.

Ella le siguió y él, horrorizado y al mismo tiempo feliz por su atrevimiento, la dejó hacer. La mujer comenzó a succionar mientras sus manos le acariciaban por todas partes. Martino notaba sus uñas arañándole con fuerza el pecho, los costados, los muslos, a la vez que escuchaba sus estremecedores gemidos. Parecía devorarlo, casi como si se lo fuera a arrancar, y lloró de emoción; jamás pensó que fundirse con una mujer sería algo tan intenso y poderoso. De repente, ella se enderezó y se le subió encima. Insertó su miembro dentro de sí y comenzó a moverse furiosamente de un lado a otro y de arriba abajo, alternando profundos suspiros con gritos que Martino nunca hubiera imaginado que saldrían de esa boca. Y se oyó a sí mismo proferir sonidos que jamás habría pensado en emitir. No pudo evitar extender los brazos hacia delante y apretar ambos pechos de la mujer, que danzaban provocativamente sobre su nariz. Entonces comenzó a secundar los frenéticos movimientos de cadera de ella, haciendo lo mismo con la suya. Y cuanto más se movía, más lejos se sentía de Cristo y más cerca de Satanás, a quien estaba dando vía libre para secuestrarlo. Lo sabía, sabía que el diablo le estaba llevando consigo, pero no se resistía. Se estaba aprovechando de una judía, enemiga de Cristo, y se había rendido ante ella con extrema facilidad. Era pusilánime, un depravado, un cobarde. Pero no lograba despegarse. Seguía dejándose llevar por sus desenfrenados movimientos de meretriz y acariciando sus senos, odiándose a sí mismo por no ser capaz de renunciar y odiándola a ella por haberle arrastrado a semejante vileza. Y cuando sintió un calor intenso quemándole el bajo vientre y la judía empezó a gritar como nunca habría imaginado posible, gritó también él, e intensificó sus movimientos, haciéndola estremecerse, hasta que aquel ardor estalló fuera de él. Finalmente se abandonó a una sensación de éxtasis que vio reflejada en el bello rostro de Raquel, empapado de sudor, con el cabello azabache rizado sobre la frente mojada, mientras se inclinaba sobre él y, con expresión feliz, buscaba su boca. Sus labios se fundieron de nuevo, entre una respiración dificultosa y pesada. Luego ella se separó y se derrumbó a su lado, tras lo cual le susurró al oído:

—E amo.

Martino la contempló turbado.

Sí, habría sido bonito si hubiera sido solo así. Si hubiera sido solamente puro amor. Pero él sabía que era Satanás tentándole.

Se levantó de un salto y, en un abrir y cerrar de ojos se puso apresuradamente la dalmática y los pantalones, y abandonó la habitación sin dirigirle una palabra o una mirada a Raquel.

Le pareció oírla sollozar mientras cerraba la puerta a sus espaldas.

—No debes preocuparte, ya te lo he dicho.

Constantina se lo repitió por enésima vez.

—Si no debo preocuparme, entonces, ¿por qué estás haciendo el equipaje? —le respondió Martina irritada, siguiendo los movimientos de los esclavos que se afanaban en meter en los baúles las prendas de la augusta.

—Nunca se sabe —respondió enseguida la amiga—. Acabo de enterarme de que el comandante de las tropas enviadas por Magnencio es Marcelino, y esto me ha hecho pensar que el asunto es más complicado de lo que suponía. Puede que antes de que acabe el día nos veamos obligadas a marcharnos, aunque Nepociano le haga retroceder.

Martina estaba cada vez más nerviosa. La emperatriz le había hecho venir a palacio diciéndole que trajera consigo sus cosas, y juntas esperaban el éxito de la batalla que decidiría el destino de Roma.

En un primer momento, Martina había creído simplemente que iba a mudarse con ella, pero cuando vio que también Constantina estaba preparándose para marcharse, no pudo contener su angustia: realmente existía la posibilidad de que Nepociano perdiera la batalla.

Y sabía bien lo que esto significaba: quien desafiara al usurpador no podría esperar seguir con vida.

—Entonces, permíteme que lo entienda —apremió la amiga—. ¿Por qué la presencia de este Marcelino complicaría las cosas?

Constantina soltó un bufido.

—No es eso, ya verás que todo va a salir bien —la tranquilizó—. Es una cuestión que me atañe solo a mí, más que a nadie. Marcelino es el administrador del erario, un puesto donde le colocó Osio de Córdoba; ese viejo tiene el control de casi todo el flujo de dinero del Imperio, como sabrás. Por tanto, es de imaginar que Marcelino sea un hombre de Osio; ¿qué hace entonces liderando el ejército enviado por Magnencio contra Nepociano? Tengo la sensación de que Osio tiene algo que ver con la usurpación de Magnencio, y esto significaría que me ha traicionado; estábamos de acuerdo, desde hace años, en que sería Nepociano quien sucediera a Constante como

258

césar de Constancio y conmigo a su lado. También es verdad que este Magnencio podría haber salido a la palestra sin su conocimiento, pero empiezo a dudarlo: nada sucede en el Imperio sin que Osio sea informado o, si me apuras, sin que lo haya decidido él. Si, en cambio, como empiezo a pensar, Magnencio ha actuado por indicación de Osio, habrá sido para excluirme de la lucha por el poder, y ello significa que el obispo no se detendrá ante el resultado de una batalla, sin importar cuál sea; aunque consigamos la victoria, tendremos en contra a la mitad del Imperio de todas formas.

Martina fue presa del desaliento. Al parecer, Constantina había dado con la horma de su zapato, y realmente Nepociano había acabado aplastado entre personajes con ambiciones desmedidas, sin escrúpulos y dispuestos a todo con tal de hacerse con el poder. Constantina tenía razón, para él los peligros no terminaban con la batalla e, incluso ganándola, tendría siempre que guardarse las espaldas.

—Pero tenemos que pensar las cosas una por una. Y por ahora concentrémonos en vencer esta batalla —precisó la augusta, como se hacía llamar, si bien la noticia de su propia investidura, después de solo veintiocho días, no había llegado aún a Constantinopla, o dondequiera que estuviera su hermano Constancio, para obtener la confirmación oficial de su cargo.

Nepociano se había precipitado con una pequeña milicia fuera de la muralla de Roma para enfrentarse al ejército de Marcelino proveniente del norte. Se había apostado en Saxa Rubra, más o menos en el punto donde, casi cuarenta años antes, se habían enfrentado las tropas de Constantino y Majencio, poniendo fin a la lucha en el puente Milvio, y estuvo dos días esperando la llegada del enemigo. Y aquella mañana, un mensajero vino a informar a la augusta de que la batalla había comenzado al amanecer.

Martina tenía la impresión de que Nepociano, incluso en la guerra, estaba absolutamente supeditado a Constantina. Era ella quien tomaba las decisiones, igual que Cleopatra había impuesto las suyas a Marco Antonio varios siglos atrás, cuando se enfrentó a Octavio en Accio.

—¿Por qué le has enviado fuera? —no pudo reprimirse decir—. Si hubiéramos esperado al enemigo dentro de la muralla, Magnencio habría tenido que renunciar o asediarnos. Y sabes bien que nadie ha logrado conquistar Roma con un asalto o un asedio; en tiempos de tu padre, lo intentaron Severo y Galerio sin éxito. Y si Marcelino nos hubiera asediado, habría permanecido ante la muralla el tiempo suficiente para que tu hermano Constancio llegara en nuestra ayuda…

Constantina hizo un gesto de indiferencia con la mano.

–¿Estás de broma? ¿Dejar que mi hermano me salve para estar después supeditada a él? Yo quiero que Nepociano se convierta en augusto, y quiero ser emperatriz. Si Constancio nos salvara, mi futuro marido se quedaría en césar, y mi papel no tendría importancia. No, tiene que vencer él solo, y debe hacerlo desde el puesto en el que venció su gran tío; de esta manera, la gente le aclamará como emperador y le amará como hizo con mi padre, y hará lo mismo conmigo. Y a Constancio no le quedará más remedio que aceptar el hecho consumado. Se verá obligado a compartir el Imperio. A Osio que le aspen, sin duda quiere seguir ejercitando el control sobre todas las cosas. Por eso el maldito viejo está intentando fastidiarme, ¡bien sabe que conmigo en el poder, su larga mano no podría ir más allá del oeste de Tracia!

Martina sacudió la cabeza, trastornada. ¡Pobre Nepociano! Incluso si las cosas salieran como esperaba Constantina, sería sencillamente un instrumento en sus manos. Ella quería ser emperatriz a toda costa, y por esto, y solo por esto, no para frenar la usurpación de Magnencio, le había puesto en peligro fuera de las murallas de Roma.

Habría podido vencer con una estrategia más prudente, pero le exponía al riesgo de una derrota sin paliativos únicamente para satisfacer sus propias ambiciones. Empezó a odiarla. Allí, en aquel preciso instante, dejó de justificarla, de quererla, de tener en cuenta todo lo que Constantina había hecho por ella.

–Mi señora, tengo noticias del césar Nepociano.

Un esclavo hizo entrar a un mensajero polvoriento en la habitación.

–¿Y bien?

Constantina esperó a que hablase.

–El césar manda decirte que, según lo acordado, está a punto de replegarse más allá del Tíber: Marcelino caerá en la trampa, como está previsto. Todo está saliendo a pedir de boca.

Constantina asintió y despidió al soldado con un gesto de la mano.

–¿Ves? –dijo a Martina–. No tienes motivos para preocuparte: mi primo sabe lo que hace. Decidimos repetir la misma táctica que adoptó Majencio contra mi padre, pero sin sus errores. De este modo Nepociano demostrará al mundo entero que un sobrino de Constantino el Grande sabe sacar lo mejor de una solución en la que otro emperador, como Majencio, falló. No he pasado nada por alto para legitimar su papel –precisó complacida.

Martina, sin embargo, observó que no hizo ninguna señal a los criados para que interrumpieran los preparativos de un eventual viaje.

–Que yo sepa, la táctica de Majencio se reveló absurda –apuntó Martina–. Mandó cortar el puente Milvio y construir un puente de madera, con la esperanza de que Constantino le persiguiera y, al cruzarlo, provocara su derrumbe, de modo que acabara ahogándose en el río. Pero fue el propio Majencio quien acabó así, y a mi padre también le habría pasado lo mismo si mi madre no le hubiera salvado. Sé estas cosas precisamente porque mi madre me las contó.

–Yo también lo sé, ¿qué te crees? –puntualizó Constantina–. Precisamente por ello propuse a Nepociano una pequeña variación táctica: un segundo puente de madera, más resistente, al lado del otro y frente al cual reunirá a sus tropas. Cuando Marcelino esté a punto de alcanzarlo en retirada, él y su ejército tomarán ese puente, y al enemigo no le quedará más remedio que cruzar el otro, mucho más precario. Y acabarán como Majencio…

Martina esperaba que así fuera. Empezó a morderse las uñas de los nervios, imaginando que tendría que esperar mucho tiempo antes de recibir más noticias. Sin embargo, al cabo de apenas una hora, un nuevo correo irrumpió en la estancia.

Y estaba cubierto de sangre, además de polvo y barro.

–Mi señora –anunció–. Hemos sido derrotados. El enemigo nos ha sorprendido mientras atravesábamos nuestro puente y nos ha tenido anclados allí mientras un contingente utilizaba el otro puente para atacarnos por la espalda. Hemos tenido muchas bajas, y muchos otros se han rendido.

–¿Y el césar? –se apresuró a preguntar Martina, con el corazón latiéndole tan fuerte que apenas podía oír su propia voz.

El soldado se dirigió a la augusta.

–El césar Virio Nepociano siempre se mantuvo en primera línea.

Ha sido uno de los primeros en caer, mi señora, mostrando un gran heroísmo.

Martina sintió que se desmayaba. Antes de perder la conciencia, tuvo tiempo de oír a Constantina gritar a la servidumbre para que cerrasen los baúles y preparasen el carruaje, al tiempo que amenazaba de muerte a todo aquel que no le permitiera llegar sana y salva, y cuanto antes, a Iliria.

—Hemos venido en cuanto nos hemos enterado.

Osio encontró al emperador en su *tablinum* sin que Constancio se hubiera dignado a anunciar su llegada. Y lo encontró muy disgustado. Por suerte, se había preparado para afrontar la situación sin importarle su reacción.

—¡Mi señor! Me alegro inmensamente de verte aquí en Constantinopla. ¡Espero que tu repentina marcha de Antioquía no dé pie a Sapor para invadir Siria! —exclamó.

Había dado vía libre a Magnencio contando con el hecho de que el emperador se quedara en Oriente para enfrentarse a la amenaza de los persas, y así poder gestionar la situación sin interferencias. Pero se saldría con la suya igualmente, en lugar de hacerlo por correspondencia, convencería a Constancio de sus estrategias personalmente.

El soberano extendió los brazos, frustrado.

—En este momento, no sabemos qué es más grave —dijo, y, tras acercarse al escritorio del obispo, se dejó caer en la silla de un modo muy poco solemne—. Si la muerte de nuestro hermano y la presencia de un usurpador, o la previsible invasión de Sapor. En cualquier caso, hemos dejado la responsabilidad de la defensa de Nísibis al *comes* Luciliano. Sabe lo que hace.

—Mi señor, me siento en el deber de darte mis más sentidas condolencias por el vil asesinato de tu hermano —declaró Osio—. Pero, al mismo tiempo, creo que, dado el cariz que estaba tomando su gobierno, su muerte puede considerarse más un bien que un mal para el Imperio. Tú mismo te has quejado de él más de una vez, ya fuera por su política o por su conducta sumamente censurable.

Constancio suspiró.

—Querido Osio, como siempre, tú sabes ver con más lucidez que nosotros los acontecimientos; nosotros jamás diríamos algo así de

Constante, pero no hay duda de que, en algunas ocasiones, parecía que fuésemos parte de dos imperios distintos, igual que lo somos Sapor y nosotros. Sin embargo, nos entristece lo que le ha sucedido. Aunque era el único hermano varón que nos quedaba, y el único con quien podíamos compartir el Imperio, por linaje y por experiencia.

Osio asintió con seriedad. El emperador estaba precisamente introduciendo el discurso que pretendía presentarle.

—¿Se sabe exactamente cómo ha ocurrido? —le apremió Constancio.

—Por lo que he podido averiguar —explicó el obispo—, tu hermano estaba, como de costumbre, ocupado con sus refinadas actividades de gran calado, cuando se produjo la usurpación: estaba cazando en los bosques de la Galia. En un banquete, ofrecido por el intendente de finanzas Marcelino en honor a su hijo, el comandante de la guardia imperial Magnencio apareció de repente con una diadema en la cabeza y púrpura sobre los hombros. El ejército galo no tardó en aclamarlo augusto. Así que a Constante no le quedó más remedio que escapar hacia Hispania, pero le alcanzaron antes de cruzar los Pirineos, y le ajusticiaron sin siquiera juzgarlo.

El emperador torció el gesto.

—Eso es lo que sucede cuando se está ocioso en lugar de gobernar. Siempre habrá alguien que opine que sabe gobernar mejor que tú. Bueno, él se lo buscó…

Osio se relajó. En general, se lo estaba tomando bien.

—El entusiasmo con el que el ejército recibió su muerte dice mucho sobre su mala fama —comentó.

—Pero también dice mucho sobre la reputación de este Magnencio… —observó certeramente Constancio.

El obispo asintió. En realidad, ni siquiera él había previsto una reacción semejante. Y esto complicaba sus planes en cierto modo, haciéndolos más arriesgados. A lo mejor se había precipitado liquidando a Constantina demasiado pronto. Ahora su apoyo le habría venido bien.

—Lo que tal vez no sepas, mi señor, porque me llegó la noticia ayer mismo, es lo acontecido en Roma.

Constancio extendió los brazos.

—¿Qué más ha ocurrido, pues?

—Tu hermana Constantina ha tenido la brillante idea de enfrentar a Magnencio con el único miembro varón de la familia imperial presente en el lugar: tu primo Virio Nepociano. Se han proclamado augustos, con la intención de arrebatar al usurpador como mínimo el control de Italia y África.

Constancio abrió los ojos como platos. Se frotó los puños con rabia, pero luego cambió su expresión.

–Si no conociéramos la ambición desmedida de nuestra hermana, podría calificarla como una buena idea –confesó–. Está claro que espera que vayamos en su ayuda y que, una vez pasada la crisis, le confirmemos el título.

–Puede que sea como dices. Pero nunca lo sabremos: Nepociano ha sido derrotado y asesinado por Marcelino y tu hermana ha huido de Roma. Quién sabe si estará viniendo hacia aquí.

«Afortunadamente», pensó; Constantina lo había urdido a la perfección: debía haber intuido que él la había abandonado y no se había dado por vencida, poniendo en práctica el plan que habían acordado tiempo atrás. Si realmente Constancio hubiera acudido en su ayuda, como estaba obligado a hacer, aquella malvada mujer habría obtenido ese poder absoluto en Occidente que él no tenía la menor intención de concederle.

El emperador negó con la cabeza.

–¡Nuestro primo Nepociano muerto! ¡Él también! Ese Magnencio tiene sobre su conciencia a dos de nuestros parientes…

Se hundió en la silla, desconsolado, y Osio vio lágrimas corriendo por sus mejillas.

–Ya. Sin embargo, te ha enviado una carta proponiéndose como tu colaborador, piénsalo –quiso sorprenderlo de nuevo–. Dice que se vio obligado a asumir la púrpura porque el descontento que Constante había generado era tal que muchos habrían intentado hacerlo en su lugar. Al menos, reconócelo, lo ha hecho para mantener el orden en Occidente y está dispuesto a acatar tus disposiciones. Afirma que ha evitado la anarquía o, en el peor de los casos, la fragmentación de parte del Imperio. En cambio, desea colaborar contigo bastante más de lo que habría querido Constante.

Eran los pretextos que habían acordado él y Magnencio, a través del eunuco Eusebio, mucho tiempo atrás. Si Constancio, siempre con problemas en la frontera oriental, hubiese acabado reconociéndolo, el usurpador se habría limitado a seguir siempre las disposiciones de Osio, como césar dependiente del emperador.

Pero ahora que todo el ejército estaba de su parte, y el Senado, con la eliminación de Nepociano, parecía haberse adherido a su causa, Osio no estaba tan seguro de que fuera a ser tan maleable. Nunca había estado seguro tampoco de que Constancio hubiera dejado que el asesino de su detestable hermano se saliera con la suya; ahora que Magnencio había eliminado también a su primo, podía dar por descontado que el emperador se vengaría. Y estaba listo para un plan de reserva. Siempre tenía un plan de reserva para cada contingencia.

Finalmente, Constancio reaccionó con un poco de energía. Se puso en pie de un salto y dio un puñetazo en la mesa, lo que hizo tambalearse las pilas de documentos que había sobre ella.

–¿Colaborador? ¿Ese asesino? ¡Preferimos renunciar a nuestra corona! ¡Tendrá que pagar por todos sus crímenes! –exclamó, todavía con lágrimas en los ojos.

–Efectivamente –admitió Osio–. Y para más inri es un idólatra. No podemos dejar una parte del Imperio a un pagano. Sería un paso atrás de décadas, y terminarías añorando a tu hermano quien, aunque mantuviera una política religiosa distinta a la nuestra, seguía siendo cristiano. Además, ten presente que, si Nepociano ha sido derrotado tan fácilmente, ha sido porque el Senado romano no se ha alineado abiertamente con él; en Roma, la mayoría de los senadores aún venera a los dioses tradicionales, y no están en absoluto descontentos con lo que está ocurriendo. Dejar a Magnencio en el poder significaría encumbrar al partido idólatra, que aún cuenta con muchos adeptos importantes.

–Entonces estamos de acuerdo. Debemos actuar –admitió Constancio–. Jamás habríamos deseado una guerra civil, y siempre hemos rechazado llevarla a cabo incluso en los momentos de mayor tensión con nuestro hermano. Pero ahora es el mal menor. Solo que, en cuanto Sapor se entere de que nos hemos marchado a Occidente a toda prisa con buena parte de nuestros efectivos, aprovechará para lanzar una ofensiva a lo grande contra Siria…

Osio estaba bien preparado para aquella objeción.

–No si dejas a alguien que te reemplace, al menos formalmente, aquí en el Oriente… –respondió con confianza.

Constancio reflexionó.

–Sí. Pero ¿a quién? Si Nepociano siguiera vivo… Un miembro de la familia, pero sin suficiente experiencia en el gobierno como para utilizar contra nosotros las fuerzas militares que dejaríamos a su disposición.

–Pensándolo bien, tenéis a dos candidatos… –le sugirió Osio.

Y a ambos podría manejarlos a su antojo. Desde luego a Constantina, seguro.

El emperador le miró sin comprender: nunca había sido demasiado espabilado. Luego, por fin, se le iluminó el semblante. Pero poco después volvió a oscurecerse. Aunque ello no preocupó al obispo: había previsto su escepticismo. Pero también estaba seguro de convencerle para que asignara el título de césar a Galo y lo coronase en Antioquía.

Martina se desplomó sobre el viejo general reprimiendo a duras penas una sensación de náusea. Por suerte, aquel hombre no había deseado besarla; su barba de varios días, su aliento fétido y sus profundas arrugas lo convertían en una máscara monstruosa, y ella agradeció al Señor que Constantina no se lo hubiera exigido.

–Increíble… –jadeó Vetranión–. Pero ¿cómo lo hace para mantener esa posición tanto tiempo? Yo… me siento inundado de sus fluidos… como si flotara en una bañera… Y nunca he aguantado tanto sin correrme…

–Es porque todo lo hace ella –declaró complacida Constantina, que había asistido a sus innumerables coitos cómodamente sentada en un diván–. Tú no necesitas hacer nada para experimentar placer. Y tu miembro la penetra con facilidad por cualquier sitio: sus orificios son suaves y cálidos… Sabía lo que decía cuando te la presenté, ¿verdad?

–Ni… que lo jures. Es excepcional, tal y como prometías –coincidió el *magister militum* de Iliria.

Martina sintió que se le humedecían los ojos. Hubo un tiempo en que incluso se sentía orgullosa cuando Constantina la exhibía de aquel modo y todos hablaban de ella maravillas; ahora le invadía el asco y habría deseado estar en otro lugar. No hacía más que pensar en Nepociano y en lo felices que habrían sido juntos si la princesa, la augusta, o como diablos se considerase en ese momento, no le

266

hubiera arrastrado a una situación que le había provocado la muerte. Y maldecía a su propio cuerpo y a su exuberante sexualidad, que todavía le permitían maravillar y convertirse en un objeto de deseo, a pesar de que su mente ya no estaba predispuesta para el placer. Pero Constantina se lo había dejado bien claro: estaban en guerra, y no podía dar marcha atrás. Por el bien del Imperio, afirmaba, el trono debía volver a un miembro de la familia de Constantino, y era preciso utilizar todas las armas a su disposición para que ello sucediera; si rehusaba usar los dones que el Señor le había concedido para un fin más elevado que su propio placer, como por ejemplo la salvación del Imperio, la guerra civil y la muerte de decenas de miles de personas pesarían sobre su conciencia.

Constantina sabía perfectamente a qué tenía que apelar. Martina siempre había vivido con el cargo de conciencia por permitir lo ocurrido a sus padres, y la idea de echarse encima también la responsabilidad de eventuales masacres la había convencido para someterse a aquella enésima humillación. De modo que, cuando llegaron a Naisso, cuartel general del flamante responsable de defensa de la Iliria, el viejo Vetranión, se había dejado utilizar una vez más para satisfacer los recónditos fines de la mujer que le acababa de arrebatar su única razón de vivir.

Tuvo que esperar hasta llegar a la ciudad para descubrir los nuevos planes de su amiga. Puede que siempre hubieran estado ahí en la reserva en caso de que la tentativa con Nepociano no hubiera llegado a buen puerto. Había estado callada durante todo el viaje, destruida por el dolor, mostrándose apática desde aquel enésimo golpe, y Constantina, entretenida con la abundante correspondencia que había puesto en marcha para organizar su nueva línea de acción, no había hecho el más mínimo esfuerzo para sacarla de su letargo.

Sintió cómo le hurgaban por dentro los dedos callosos del viejo general, quien durante un rato se divirtió constatando la veracidad de las palabras de su anfitriona.

–Sí, es extraordinaria. Debería haber sido puta… Pero en realidad lo es, ¿no? Es tu puta… –comenzó sin siquiera mirarla a la cara.

–Y también puede ser la tuya, si quieres –le ofreció la augusta–. Basta con declararte césar, casarte conmigo y ponerte a disposición de mi hermano.

Vetranión empujó a Martina a un lado y se puso los pantalones y la dalmática, mientras reflexionaba sobre la propuesta de Constantina.

—Escucha, augusta —consideró—. Cuando me escribiste tus propuestas, me quedé impresionado. Jamás me habría esperado que una mujer de tu rango pudiera interesarse en mí y que me considerase capaz de enfrentarme a un usurpador tan poderoso como Magnencio. ¡Y mucho menos ser tu marido!

—He estudiado tu carrera, Vetranión. Eres un general muy hábil, y mi hermano no te ha puesto a la cabeza de la Iliria por casualidad. Sin embargo, eres el hombre adecuado para tomar las riendas del Imperio en este momento crítico. Por eso te quiero a mi lado —lo halagó Constantina.

Pero Martina estaba segura de que lo consideraba simplemente un viejo inútil e idiota.

—Tendría que desbaratar el matrimonio que pensaba celebrar con la hija de mi antecesor, Eusebia. Es una mujer muy hermosa, joven y rica… —objetó Vetranión.

—¿Te puede ofrecer el Imperio? ¿Y has pensado que también contarás con la sensualidad desenfrenada que te brindo a través de mi amiga Martina? —insistió Constantina—. Intenta imaginar la intimidad con una virgen como esa Eusebia en comparación con la de nosotras dos juntas… Por no mencionar la gratitud del emperador por haberle ayudado a salvar el Imperio. En cuanto a fortuna, ¿crees que mi hermano no sabrá recompensarte con creces lo que te habría enriquecido Eusebia?

Vetranión suspiró.

—Si me lo pones así, no puedo rechazarlo, ¿verdad? —dijo sonriendo, mientras daba una palmada en la nalga desnuda de Martina, aún tendida en el lecho.

La mujer dio un respingo del asco, pero procuró que no se le notara. Constantina le había ordenado que fuera complaciente de todas las maneras posibles.

—Muy bien, entonces estamos de acuerdo. Mañana te levantarán tus tropas sobre sus escudos, y te proclamarán césar —declaró Constantina, y puso fin a la discusión.

Vetranión inclinó la cabeza en señal de respeto y se despidió como si fuera un subalterno, algo que efectivamente era, pensó Martina.

Sin embargo, la perspectiva de compartir cama con aquel hombre durante los próximos años le parecía tan espantosa que no pudo reprimirse. En cuanto salió por la puerta, se dirigió a Constantina.

–No puedes obligarme a hacer esto. Me estás matando lentamente... –le imploró.

–Te mataré si no lo haces, puedes estar segura, querida mía –le dijo Constantina con una sonrisa malvada, acariciándole la mejilla con aparente ternura, que contrastaba con sus feroces palabras–. Como te he dicho, en este momento no puedo permitirme el lujo de dar la cara por nadie. Ni siquiera por una querida amiga como tú.

–Pero no lo aguanto más. Antes me mataré –dejó escapar.

Los ojos de Constantina brillaron con una luz más siniestra que nunca. Se le acercó y le echó el aliento en la nariz:

–Hazlo y me aseguraré de que tu hermano no vea otro amanecer. Me consta que aún le importas, aunque no quiera verte más.

Luego se echó a reír de nuevo mientras se alejaba de ella.

–Además, ¿crees que yo quiero quedarme con ese viejo baboso? ¿Y de verdad piensas que mi hermano ratificaría su nombramiento de césar? Eres una auténtica estúpida...

Martina la miró boquiabierta.

–Es que tú usas a todo el mundo...

–Igual que alguno que yo me sé me ha utilizado a mí... Todos tenemos que hacerlo para sobrevivir. Y también por el bien del Imperio. He apuntado a Vetranión porque la Iliria es el territorio clave en esta guerra civil. Si Magnencio se apoderara también de esta región, mi hermano tendría poco que hacer: constreñido entre dos reinos poderosos como el de Sapor al este y el de Magnencio al oeste, acabaría aplastado; no tiene el temple de mi padre y no sobreviviría. Pero ahora que he conseguido arrebatar al usurpador su influencia sobre la Iliria, tiene más posibilidades de salirse con la suya y me estará agradecido. Muy agradecido. Y cuando llegue aquí y ponga a Vetranión en su lugar, podré pedirle lo que tengo en mente con la seguridad de ser recompensada... Y tú no estarás obligada por mucho tiempo a que ese viejo asqueroso te sobe con sus sucias manos, te lo prometo.

Martina renunció a contestarle. Como de costumbre, tenía razón. Tal vez fuera como decía Constantina, pero también estaba segura de que, después, la princesa le pediría otra cosa, y luego algo más. Sería su esclava durante toda la vida, o por lo menos mientras gustara a los hombres, y luego la despacharía cuando ya no la necesitara, como a Vetranión, y como hizo con Nepociano.

Nepociano… Le había asesinado su prima, y no mostraba ningún remordimiento. Nunca la había visto sentir lástima por él o suspirar por su triste destino. En efecto, le habría gustado suicidarse para poner fin a toda esta inmundicia. Pero ¿por qué hacerlo cuando Constantina le acababa de dar una razón para vivir? Matarla a ella.

CAPÍTULO XVIII

Guerra, por tanto. Y no en Oriente, como se preveía desde hacía tiempo, sino donde menos se esperaba: en Occidente, y una vez más contra otros romanos.

Martino escuchó el sonido de la trompeta al amanecer. Los soldados y los oficiales contaban solamente con un par de horas para despachar sus quehaceres antes de reunirse y ponerse en marcha. Oyó a los demás, en las habitaciones contiguas, despertarse sobresaltados, al contrario que él, que se quedó en el catre. Y es que no había pegado ojo. Llevaba tiempo sufriendo de insomnio, daba vueltas y más vueltas en la cama sin encontrar la paz, martirizado por el cargo de conciencia, por las dudas, por la vergüenza. Entonces se arrodillaba en el borde del lecho, unía sus manos y rezaba, rezaba al Señor para que mitigara su tormento y le diese respuestas.

Pero cuanto más rezaba, más convencido estaba de que las respuestas debía encontrarlas dentro de sí mismo. Desde aquel día, su vida se había convertido en un infierno. No se le iba de la cabeza la expresión desesperada de Raquel cuando se apartó de ella, y en sus oídos resonaban sus últimas palabras: «E amo». Se había repetido cientos de veces que era eso precisamente lo que quería oírle decir, y es lo que él habría querido decirle también, si hubiera tenido el valor.

Pero había salido huyendo. Atemorizado por sus propios sentimientos hacia alguien que no fuera el Señor, y encima por el hecho de ser una judía, no había sido capaz y se había comportado como un cobarde. Se había enfrentado muchas veces a la muerte en la batalla, había llevado a cabo hazañas por las que era aclamado y envidiado, el pueblo y el emperador le consideraban un héroe, pero en realidad era un bellaco. Frente a un sentimiento intenso y puro, lo único que hizo fue escapar. Y lo malo es que no se hacía daño solamente a sí mismo, sino que se lo hacía también, y sobre todo, a la persona que más amaba en el mundo. Que amaba y odiaba al mismo tiempo por haber sacado a la luz sus contradicciones.

Hacía días que quería ir a verla, hablar con ella, darle explicaciones, pedirle perdón e incluso su ayuda para superar sus miedos. Ella, al fin y al cabo, había superado los suyos; temía resultar ridícula por su mutilación, y sin embargo lo había pasado por alto; temía ser rechazada, y sin embargo había logrado abandonarse al placer que la fusión de sus cuerpos había provocado. Ella era más fuerte que él.

Sentía vergüenza y bochorno. Varias veces había estado a punto de ir a buscarla, y luego se había quedado a mitad de camino, vencido por el miedo a que le afeara su inapropiada conducta. Pero ahora estaba a punto de ir a la guerra. Pasaría mucho tiempo antes de tener la posibilidad de verla de nuevo. Tal vez no la viera nunca más, y la dejaría con la duda de si habría salido huyendo por la aversión, por el disgusto ante su exhibición, o simplemente porque no la amaba.

Y precisamente era todo lo contrario. Se había quedado prendado de ella, hasta el punto de temer perder el control y de transformarse en algo en lo que no se habría reconocido o, mejor dicho, en algo que conocía demasiado bien: su hermana. ¿Y cómo conseguiría explicarle algo tan complicado? ¿Le creería?

Tomó la decisión de intentarlo. Ya no tenía nada que perder. Le quedaba poco tiempo antes de pasar revista a su unidad. Sin siquiera afeitarse ni peinarse, se puso a toda prisa el uniforme, por si acaso no pudiera pasar luego por su barracón. Después corrió a las cuadras, donde se encontraba su caballo, y dijo al mozo que se lo preparara. Esperó impaciente a que el hombre cumpliera con su labor, y sin perder un segundo se montó y espoleó al animal, lanzándose al galope cuando todavía se encontraba en el patio del cuartel adyacente al palacio imperial. Los centinelas tuvieron que hacerse a un lado para que no se los llevara por delante, pero él hizo caso omiso y prosiguió su carrera en dirección al barrio judío.

Se preguntaba cómo recuperaría la confianza y el amor de Raquel en el breve tiempo del que disponía. Debía persuadirla de que le esperara: a su vuelta, hablaría largo y tendido y ella se convencería de su buena fe. Pero en escasos minutos tendría que disculparse, pedirle perdón, decirle que la amaba, que le había gustado muchísimo lo que habían hecho y que no veía el momento de volverlo a hacer… y que se casaría con ella si la ley no castigara con la pena de muerte los matrimonios entre cristianos y hebreos. Deseaba estar con ella más que nada en el mundo. Exacto, si lograra decirle todas estas palabras de un tirón, quizá ella justificaría su comportamiento de hacía unas semanas y, al menos, le habría concedido una nueva cita aclaratoria a su vuelta. Sí, debía aspirar al resultado mínimo.

Irrumpió en la judería aún al galope, como una flecha en medio de la gente que iniciaba sus tareas cotidianas, a pesar de que apenas había salido el sol. Se arriesgaba a atropellar a alguien antes de llegar a la vivienda de Raquel. Desmontó de un salto, ató las riendas del caballo y atravesó el portón. Solo entonces le entró la duda, la misma que había tenido las otras veces que había ido hasta allí. Pero se dijo que debía seguir adelante. La amaba demasiado y no podía dejar de intentarlo.

Llegó hasta la puerta de su alojamiento, se armó de valor y llamó con decisión. Aguardó con el corazón palpitante a que le recibieran, y cuando vio entreabrirse el quicio se estremeció. Apareció Jonás, pero en su semblante no se esbozó la más mínima sonrisa.

Permaneció oscuro, duro, distante.

—No, esta vez no —dijo el muchacho antes de que él abriera la boca.

Y volvió a cerrar la puerta.

—¿Dónde has estado?

Juliano miró de reojo a su hermano. No le gustaba en absoluto el tono agresivo con el que le había recibido.

—Dando una vuelta por la ciudad. Tenía ganas de dar un paseo… —mintió.

—¿Ah, sí? ¿Y este «paseo» no te ha llevado por casualidad a la escuela del retórico Libanio? —le provocó Galo.

Juliano se sorprendió.

—Pero ¿qué pasa, ahora me sigues? ¿No tienes nada mejor que hacer?

Esa larga reclusión le estaba poniendo cada vez más nervioso. Podían salir de la finca de su abuela y circular por Nicomedia, es verdad, pero más allá no podían ir, y ahora que se habían hecho mayores les resultaba muy difícil sobrellevar esa limitación. Por otra parte, al vivir siempre juntos, estaban aflorando de manera más evidente las grandes diferencias de carácter y de mentalidad, y la intolerancia mutua se había convertido en el sentimiento predominante.

—No he sido yo quien te ha seguido, ¡faltaría más! —se justificó su hermano—. Pero sabes perfectamente que nos vigilan, y deberías evitar ciertas compañías, de lo contrario acabarás causándonos problemas a los dos.

—¿Y? ¿Cómo te has enterado? —le apremió.

—Han venido a contármelo, eso es todo. Y me han pedido que te advierta para que no lo vuelvas a hacer.

Juliano resopló.

—Por si te interesa, he ido hasta la escuela y me he quedado parado allí delante. Pero no he tenido el valor de entrar, precisamente porque sabía lo que podría pasar —explicó a Galo, confesándole la verdad—. Eso también te lo habrán dicho, ¿no?

El hermano asintió con una mueca.

—De hecho. es peligroso para nosotros. Frecuentar a retóricos paganos es la mejor manera de permanecer encerrados de por vida. ¿Crees que no estoy enterado de que has encontrado la manera de seguir sus enseñanzas?

Juliano abrió los ojos como platos.

—¿Ahora te dedicas a leer mis cartas?

Era cierto, al no poder asistir a las clases del retórico que más admiraba, había acordado con uno de sus alumnos que le llevara cada día los apuntes.

—Para nada —reaccionó aún más alterado Galo—. Esto también lo saben. Deben de tener espías dentro de la escuela, y no me sorprende en absoluto: los idólatras siempre son considerados sospechosos y las autoridades los observan, sobre todo desde que Magnencio ha tomado el poder en Occidente. Su soberanía podría animarlos a apoyarlo también aquí en Oriente.

Juliano puso un gesto de enojo. No podía hacer nada de lo que deseaba… Solamente le permitían relacionarse con sacerdotes y retóricos modestos, cuyo único mérito era ser cristianos. El maestro con quien le habían obligado a estudiar en la escuela, Ecebolio, no le llegaba a la suela del zapato a Libanio: se limitaba a enseñarle a hablar para no decir nada, evitando las expresiones simples, naturales y directas sobre un hecho concreto o un sentimiento real. El joven encontraba su verbalismo insoportable, una forma carente de sustancia donde la ignorancia se enmascaraba con el abundante y empalagoso uso de imágenes metafóricas, como el canto melodioso de los cisnes, los prados húmedos de rocío alfombrados de hierba tierna y tupida, el aroma de las flores, la primavera en persona... Por desgracia para él, la alternativa eran los sacerdotes con quienes le tocaba hablar cuando venían a buscarle a casa o cuando tenía lecturas públicas en las iglesias. En ellos, el lema «¡Cree!» había sustituido por completo a la razón; ante cada historieta de los Evangelios, el intelecto tenía que rendirse, y enseguida ya no supo de qué hablarles. Eran ignorantes, hasta el punto de que solo leían la Biblia, un texto para el cual, en conjunto, no se necesitaba una inteligencia muy preclara.

Apenas conocían a los autores griegos y los detestaban *a priori*, de un modo acrítico, solamente porque genios como Aristóteles y Platón no conocían a Cristo. Era la misma actitud absolutista y obtusa con la que los cristianos más fanáticos afrontaban su espiritualidad: con anteojeras, fingiendo no ver la rica cosecha de fenómenos y entidades sobrenaturales que rodeaban al hombre, y que no podían atribuirse todos a una única deidad.

Por otro lado, estaba Galo. Pero Galo no era un gran conversador, todo lo contrario. Y tenía una especie de complejo de inferioridad respecto a él, le detestaba y le envidiaba al mismo tiempo por haber aprovechado aquellos años de confinamiento con el estudio, mientras que, para él, aburrido y perezoso, habían transcurrido de una manera más lenta e irritante. Ninguno de los dos había sido preparado para ser un hombre de Estado, a pesar de la cortesía y los cumplidos que Constancio había prodigado cuando fue a visitarles a Capadocia, muchos años atrás; el soberano había seguido excluyéndolos de la trayectoria a la que por nacimiento estaban predestinados, un camino que ambos habrían deseado recorrer y que Galo, aún más que él, sentía como una exigencia irreprimible: eran los sobrinos de Constantino el Grande y esto, en lugar de ser un privilegio, se estaba transformando en una condena.

Él, Juliano, se había construido una razón y había aprovechado para elevarse cultural y espiritualmente a través de una búsqueda interior que distaba mucho de haber concluido. Pero Galo..., Galo apuraba al límite cada vez más, y su hermano temía que hiciera alguna tontería, y no de las que estaba cometiendo él con sus equívocas relaciones: alguna tontería de verdad, como fugarse o rebelarse. Con las convulsiones que se estaban produciendo en el Imperio, la muerte de su primo Constante, las usurpaciones, los conflictos religiosos, el resurgimiento del paganismo, la amenaza persa y la infiltración de los bárbaros, no le habría sorprendido que su hermano hubiera tomado alguna iniciativa para insertarse en la lucha por el poder.

–Encuentra algo que hacer, hermano. De lo contrario, te pasarás la vida juzgando lo que yo hago, y acabaremos por no soportarnos más –terminó diciendo.

–Para tu información, ya lo he encontrado, si tú no me lo arrebatas con tus estupideces… –respondió su hermano con aire desafiante.

–¿Ah, sí? ¿Y qué es, si puede saberse?

–César.

Juliano sonrió con sorna.

–Claro. En tus sueños, te gustaría…

–Lo siento por ti, pero es lo que seré en breve –respondió su hermano con otra sonrisa sarcástica–. El hombre que me ha traído información sobre ti, también me ha entregado una carta de nuestro primo. Lleva su sello. Se disculpa repetidamente por todo lo sucedido y por haberme mantenido lejos de las tareas que me esperaban por derecho propio, pero ahora pretende remediarlo. Con la muerte de Constante y la amenaza de Magnencio, tiene la intención de marchar a Occidente para restablecer el orden, pero necesita un césar de la familia aquí en Oriente para disuadir a Sapor de sus propósitos de invasión. Por tanto, pronto iré a Antioquía y desde allí gobernaré el Imperio –concluyó complacido. Después le mostró ostentosamente la misiva, señalando el sello imperial.

Juliano no daba crédito. Entonces, su vida podía cambiar realmente. Pero ahora, ¿qué sería de él?

Constancio se apartó por unos momentos de su habitual actitud hierática, abandonando su inmovilidad y su mirada fija para dar una ojeada a su alrededor. Los habitantes de Naisso, además de la guarnición, que habían aceptado el golpe de Estado de Vetranión, le aclamaban con sorprendentes manifestaciones de júbilo. Cabía haber esperado de todo en un lugar donde había prendido la usurpación, excepto que acogieran con entusiasmo al emperador destronado.

Al parecer, Constantina había hecho un excelente trabajo.

Y mientras se dirigía hacia el palacio imperial de la ciudad donde había nacido su padre, pensó en cómo se podía conciliar la propuesta de su hermana con la decisión, apenas tomada, de nombrar césar a su primo Galo. Ahora, la presencia del tal Vetranión era realmente demasiado. Pero, por otra parte, si no hubiera secundado las propuestas de Constantina, se habría arriesgado a tener que combatir a dos usurpadores: con un chasquido de dedos de su hermana esas manifestaciones de júbilo en las calles podían transformarse de un momento a otro en una revuelta abierta. El *magister militum* para Iliria disponía de un gran número de tropas, y sin duda le habría hecho pasar un mal rato si Constantina hubiera decidido arremeter contra él; e incluso si lo hubiera conseguido, seguramente no habría tenido después fuerzas suficientes para enfrentarse a Magnencio. Por el contrario, los ejércitos del antiguo general habrían sido probablemente decisivos para una victoria, en vista del enfrentamiento con el usurpador galo.

Estaba a merced de su hermana, esta era la realidad. Y Constantina lo sabía, a juzgar por el tono imperioso de la carta que le había enviado para comunicarle sus planes. La recibió cuando ya se había puesto en marcha desde Constantinopla, y no tuvo oportunidad de hablar con Osio. Echaba de menos su consejo que, sobre todo en una situación tan delicada, habría sido más valioso que nunca. Pronto debería tomar una decisión drástica, y tendría que hacerlo solo, bajo presión, con su hermana dispuesta a sacar provecho…

Llegó hasta la entrada del palacio, donde encontró a Constantina; no la veía desde hacía trece años, pero no había cambiado mucho, a no ser por su expresión, que se había vuelto más audaz, altiva y segura de sí misma. A su lado, un viejo que debía de ser el usurpador, y luego una serie de dignatarios, entre los cuales se fijó en una muchacha de belleza fuera de lo común. También en ese caso, no pudo evitar renunciar a su inmovilidad, demorándose más de lo necesario en dirección a la joven, que se encontraba en un extremo del despliegue de la corte improvisada de su hermana; solo cuando estuvo cerca de Constantina se dio cuenta de que había girado el cuello de un modo casi antinatural, y recuperó bruscamente la postura que solía mostrar a sus súbditos.

–Mi señor, Naisso se congratula de acoger a su emperador, así como el *magister militum* de Iliria Vetranión se alegra de ponerse a vuestro servicio como césar y ayudaros a aniquilar a quien amenace vuestra autoridad –declaró en voz alta Constantina, dando unos pasos hacia delante.

Constancio se bajó del carruaje ayudado por sus pajes, luego fue al encuentro de su hermana y la abrazó, ignorando por completo a Vetranión: no era más que un usurpador, en teoría, y saludándolo habría avalado públicamente su iniciativa de arrogarse un título que solo a él le correspondía conferir.

–Nos alegramos de verte, hermana –dijo, omitiendo voluntariamente el título de augusta que Constantina se había atribuido incluso en la carta–. Ciertamente tenemos muchas cosas de las que hablar.

–Por supuesto. Mientras tanto, ¿puedo presentarte al *magister militum* de Iliria? Aguarda tu confirmación del título de césar que, en estas circunstancias concretas, ha tenido que adjudicarse… –respondió su hermana.

Vetranión dio torpemente un paso hacia delante, dobló las rodillas e inclinó la cabeza. Constancio permanecía con la mirada al frente, y se limitó a decir:

–Ya veremos.

Constantina arqueó una ceja y esbozó una sonrisa. Luego añadió:

–También tenemos que presentarte a Eusebia, la hija del anterior *magister militum*. Hizo un gesto, y la espléndida muchacha que había llamado su atención entre los cortesanos se acercó, inclinando la cabeza.

Constancio se quedó prendado. De cerca era aún más bella: su piel delicadamente blanca contrastaba con los ojos y el cabello de un negro profundo como la noche, lo que la convertía en una criatura casi irreal, una aparición impalpable.

–Lamentamos el fallecimiento de tu padre Valente, un valeroso y recordado general que sirvió fielmente al Imperio durante toda su vida y en las provincias más dispares –declaró–. Pero también nos alegramos de tener la oportunidad de ofrecerte personalmente nuestras condolencias.

—Mi señor, os agradezco vuestra comprensión. Al menos mi padre ha muerto en su tierra natal; cuando sintió próximo el momento, dejó Naisso y se trasladó a Macedonia, donde ha expirado su último aliento con serenidad –respondió la muchacha con deferencia.

—Nos alegramos. Es la recompensa justa para un hombre de tanta valía –comentó Constancio.

—Ejem –le interrumpió Constantina–. El emperador ahora tiene cuestiones urgentes que resolver. Es necesario abordarlas enseguida, mi señor.

Constancio apenas pudo contener un gesto de disgusto. Quería seguir hablando con esa muchacha. Hasta donde recordaba, nunca en su vida se había quedado tan impresionado por una mujer; ciertamente, su esposa no le producía ese efecto.

Asintió con seriedad y se fue con su hermana. También Vetranión hizo amago de seguirles, pero Constantina se lo impidió con el brazo.

—Primero nosotros dos solos, si no te importa, no veo al emperador desde hace mucho tiempo –declaró imperiosa, con el tono de quien da una orden.

El viejo general la miró indeciso y luego, con aspecto de perro apaleado, asintió. Constancio, por una parte, se tranquilizó: Vetranión era en realidad un esbirro de su hermana, pero, por otra, se inquietó: Constantina sabía bien lo que quería y no sería fácil manejarla.

Una vez en el *tablinum* del palacio, la mujer no dudó en sentarse en la silla del escritorio del gobernador, dejándole a él la de enfrente. Después señaló algunos documentos.

—¿Ves esto? Son informes que indican la presencia de agentes de Magnencio en la diócesis de Iliria. Si no hubiera actuado a tiempo, impidiendo que el usurpador tomara posesión de la diócesis, estarías realmente en apuros, y no habrías podido ir más al oeste de Tracia –dijo.

—Sí, se lo has quitado a un usurpador para dárselo a otro… –comentó Constancio provocativamente.

Constantina soltó una carcajada.

—¿Y ese te parece un usurpador? Vetranión hará lo que yo le diga, en todos los sentidos… –especificó, dando a entender a su hermano exactamente lo que Constancio se temía.

—O sea que, si tú le dijeras que abandonara sus caprichos, ¿lo haría sin problema? —la desafió.

—Sin mi apoyo no es nadie. Los soldados jamás le seguirían.

—Por tanto, ¿quieres que confirmemos tu papel para contar con sus tropas?

—¿Y si es así?

—No podemos permitirlo —objetó Constancio—. Aceptar una usurpación sería una muestra de debilidad. Además, los cargos imperiales deben recaer únicamente en miembros de nuestra familia: era la intención de nuestro padre y estamos convencidos de que aún es la solución más sabia.

—Estoy de acuerdo —le sorprendió Constantina.

—¿Estás de acuerdo? Pero entonces…

Constancio estaba confundido.

—Quiero que me confirmes a «mí» en mi cargo. Solamente a mí.

—¿Augusta? ¿Tú sola? Debes de estar loca si crees que vas a ser emperatriz en solitario…

—No, sola no. Con un miembro de nuestra familia como esposo, naturalmente. Había escogido a Nepociano, pero encontró la muerte.

Constancio empezó a comprender adónde quería ir a parar. Pero decidió esperar a que se lo dijera ella.

—Continúa —se limitó a decir.

—Están nuestros primos Juliano y Galo, por supuesto. Y Galo ha llegado a la edad para poder ser nombrado césar y permitirle reinar. Si no te fías de él porque has asesinado a su padre, debes saber que yo estaré a su lado para controlarlo.

Precisamente era esto lo que más le preocupaba. Constancio suspiró. Tenía que decírselo.

—¿Sabes que acabamos de instalar a Galo en Antioquía como césar? No podíamos dejar desprotegido el Oriente ante las amenazas de Sapor.

Constantina no pestañeó. Su impasible semblante se iluminó con una amplia sonrisa.

—¿Ves? Entonces todo está en su sitio. Seré su esposa. Tú ahora piensa en eliminar a Magnencio. Procedamos pues a anunciar a Vetranión que no será césar, y a las tropas que estarán directamente bajo tu mando…

Constancio habría deseado más que nunca tener a Osio junto a él. Él sí que habría sido capaz de contener la furia de su hermana.

El emperador ocupó su lugar en el podio, donde ya estaba sentado Vetranión, y Martino se puso a su lado, de pie, para examinar a los soldados del usurpador que circundaban la tribuna. Él y sus hombres tenían la misión de velar por la seguridad del soberano, aunque el resto del ejército de Constancio estaba a espaldas de las tropas ilíricas, en la llanura que se extendía detrás del Danubio, e intervendría enseguida en caso de revuelta. Pero no se podía excluir que un exaltado, escondido entre el gentío, lanzase algún objeto al emperador.

Ignoraba qué había sucedido desde la llegada del soberano a Naisso en adelante. Constancio había dicho a su Estado Mayor que su hermana le había tranquilizado: no se produciría ningún enfrentamiento con las tropas de Vetranión. El usurpador estaba dispuesto a ponerse a su servicio si se confirmaba su cargo de césar.

Pero, por lo que había averiguado, Constancio no había confirmado nada. Es más, parecía que había quitado a Vetranión incluso el grado de *magister militum* para Iliria. La víspera había sido tensa; al estar de guardia en los apartamentos imperiales, había oído gritos mientras el soberano, su hermana y el usurpador estaban reunidos en el *tablinum*. Así pues, había estado toda la noche alerta, temiendo un golpe de Estado. Ahora se sentía aturdido y somnoliento, pero el tenso semblante de los soldados en primera fila le mantenían vigilante. El emperador le había confiado su seguridad, y no le decepcionaría.

No obstante, hablar a las legiones de un usurpador era un riesgo enorme, y él se había permitido desaconsejárselo. De hecho, podría ser una locura. Jamás habría pensado que Constancio fuera capaz de un gesto de valor semejante: lo consideraba un hombre cauto y prudente, por no decir algo peor, y ahora, de repente, tenía las agallas de arengar a una muchedumbre que, al más mínimo gesto de su comandante, habría podido tomar las armas contra él. Era admirable, ciertamente, pero también inconsciente. Sintió el deber de intentarlo una última vez.

—Mi señor, no tenemos ninguna garantía de que Vetranión no les instigue contra ti. Renuncia mientras estemos a tiempo, es demasiado arriesgado… —se atrevió a decir.

Constancio hizo un mohín.

–No temas. Hemos acordado que la primera arenga sería nuestra. Ya verás, será suficiente. En cuanto llegue nuestra hermana empezamos –respondió, aparentemente sereno.

Martino se quedó atónito una vez más ante la firmeza de sus nervios, y no pudo por menos que admirarlo. Luego se dispuso a esperar a Constantina, que apareció poco después. Y detrás de ella el centenario reconoció con estupor a Martina: al parecer su melliza había seguido a su ama hasta allí. Sus miradas se cruzaron por primera vez en diez años, durante los cuales no se habían intercambiado ni una sola carta. Las vicisitudes con Raquel le habían marcado, haciéndole comprender que con la dureza y la falta de comprensión no se llegaba a ninguna parte; habría podido dedicarle una sonrisa, pero su recuerdo en aquella orgía en Aquilea volvió a perseguirlo, como lo hizo durante tanto tiempo después de vivirla, y se puso serio.

Se odió a sí mismo por no seguir el ejemplo de Cristo, que había perdonado incluso a las meretrices. Se sentía un mal cristiano: amaba a una judía y no lograba perdonar a su propia hermana melliza. Inaudito. Pensó de nuevo en ir a saludarla, si el emperador le diera tiempo. Pero enseguida Constancio se puso en pie y levantó los brazos al cielo para atraer la atención de los soldados.

–¡Soldados! –empezó diciendo el soberano–. ¡En este palco veis a dos de los hijos vivos de Constantino el Grande, el hombre, el emperador y el gran caudillo a quien muchos de vosotros habéis servido hasta hace catorce años! El recuerdo de sus hazañas aún sobrevive entre nosotros, que estamos orgullosos de ocupar un Imperio forjado por un personaje que no ha tenido par en la historia. El Imperio por el que vosotros combatís ahora es un Estado velado por Cristo, un Estado tan poderoso como el de los tiempos de Marco Aurelio, un Estado al que cada uno de vosotros, sin duda, está orgulloso de pertenecer. Como tampoco hay duda de que todos vosotros deseáis preservarlo tal y como nos no dejó nuestro padre. Y nosotros, que somos sus hijos y sus legítimos herederos, tenemos más interés que cualquier otro en defenderlo de los ataques de quien desea desmembrarlo, o hacerlo volver al caos y a la idolatría que reinaban antes del advenimiento de Constantino el Grande. Esperamos de verdad que vosotros nos ayudéis a conseguirlo. Necesitamos vuestra colaboración, porque el Imperio está sometido a amenazas internas y externas. Y una de las internas la tenéis ante vuestros ojos.

Interrumpió su discurso unos instantes, con el fin de dejar a sus soldados tiempo para reflexionar. Luego continuó, con más vehemencia aún.

–Todos vosotros habéis entrado en el ejército con la convicción de servir a Constantino el Grande y a su familia, ¡pero en los últimos tiempos alguien se ha arrogado el derecho de comandaros sin tener en cuenta a sus superiores! Ese –y señaló a Vetranión– ha ido incluso más allá: no solo se ha nombrado césar sin que nadie se lo autorizara, sino que incluso ha sacado a nuestra hermana, la princesa Constantina, una promesa de matrimonio, con la intención de legitimar su posición, esperando que nosotros avalásemos esta despreciable conducta. De hecho, ha retenido como rehén a nuestra hermana, ¡chantajeándonos para obtener el Imperio! El muy necio pensaba que nosotros aceptaríamos este abuso y que confirmaríamos su usurpación, solamente porque tenemos problemas con el levantamiento de Magnencio en la Galia. Pero no es así; en nosotros reside la fuerza de Constantino el Grande, y su determinación de mantener el Imperio unido. Y estamos seguros de que gran parte de su fortaleza y de sus convicciones se ha transmitido también a vosotros, que habéis militado a sus órdenes; ¡tampoco vosotros deseáis ver el Imperio disgregado, dividido en reinos que se hacen la guerra entre ellos, para el regocijo de los bárbaros y de los persas! ¡Estamos convencidos de que no queréis tener que matar a soldados que, quizá, hasta hace poco tiempo, sirvieron en vuestras mismas unidades, y a lo mejor os salvaron la vida alguna vez! ¡No nos cabe duda de que dejáis a vuestras familias por una causa justa, para defender el Imperio de los ataques de los enemigos extranjeros, y no deseáis estar lejos de vuestros hijos para combatir con otros romanos! Si es así, ¡ayudadnos a mantener el ejército unido bajo un único comandante, el hijo de Constantino el Grande, y no reconozcáis a este hombre que os ha instigado contra vuestro legítimo emperador, violando la sacralidad de su familia con el rapto de su hermana!

Entre los soldados corrieron murmullos. Se oyó algún grito aislado de aprobación, pero nada más que tranquilizara; los semblantes de los legionarios en las primeras filas permanecían duros, desafiantes.

No se produjeron las aclamaciones que, tal vez, Constancio hubiera esperado. Martino se llevó la mano a la empuñadura de la espada, dispuesto a saltar para proteger al emperador. Y a medida que transcurría el tiempo sin gritos de júbilo, crecía la preocupación del centenario. Miró a su hermana: si hubiera desórdenes, ella también se vería involucrada. Pero la notó sorprendentemente tranquila, casi hastiada. Era una inconsciente…

De repente, Vetranión se adelantó. Martino miró a Constancio, que seguía imperturbable. Pero ¿qué estaba sucediendo? La muchedumbre parecía decantarse por el usurpador, y permitirle hablar podía ser una imprudencia. ¡Habría podido azuzarla contra el emperador!

Sin embargo, Vetranión se puso de rodillas ante Constancio. Martino vio con asombro sollozar al viejo general, cabizbajo, y luego besar los pies del emperador, diciendo que estaba arrepentido de lo que había hecho, que se sentía avergonzado, que se había equivocado y que merecía un justo castigo. Cuando Constancio le puso la mano en la cabeza, se levantó y, casi arrastrándose, se dirigió hacia la multitud, gritando:

–¡Soldados! ¡Marchad unidos bajo este gran soberano, digno hijo de Constantino el Grande, al cual serví durante años y a quien debo toda mi fortuna! Me he puesto a disposición de nuestro ilustre emperador, pero lo he hecho del modo equivocado, pensando que haciéndome césar Magnencio no habría amenazado mi diócesis. He actuado por iniciativa propia, sin pedir permiso a nadie, y ahora es justo que pague por mi error. ¡Me someto a la voluntad de mi único soberano!

Las expresiones severas de los soldados en la primera fila se transformaron en disgusto. Los gritos de aclamación hacia Constancio empezaron a abundar, hasta que se convirtieron en un único coro. Martino se sintió aliviado, pero aún más sorprendido. En la inesperada y recuperada concordia entre el emperador y su subordinado rebelde debía de haber intervenido el Señor. Constancio le hizo un gesto para que se llevara a Vetranión y Martino ordenó a dos soldados que lo custodiaran. El viejo, que ahora parecía realmente decrépito, con el rostro bañado por las lágrimas y marcado por el dolor, no opuso ninguna resistencia y se dejó sacar del palco. Martino le siguió y, al llegar a la altura de su hermana, no pudo por menos que pararse. No había logrado hacerse perdonar por Raquel, pero debía intentar perdonar a Martina, y que le perdonara por su intolerancia.

–Yo… me alegro de verte –le susurró, apartándola un poco.

Martina le sonrió. Pero era una sonrisa amarga.

–Yo también. Eres todo lo que me queda, y nunca podría odiarte.

–He estado preocupado por ti, ¿sabes? No debiste arriesgarte a venir aquí. Era peligroso. Por suerte, todo ha salido bien: el Señor, en su infinita bondad, ha dispuesto lo mejor –prosiguió, tratando de mostrarse cariñoso.

Su hermana puso un gesto burlón.

–¿Peligroso? Eres el ingenuo de siempre… El Señor no tiene nada que ver en esto.

–¿Qué quieres decir? Existía el riesgo de que Vetranión y sus soldados se rebelasen…

–Riesgo ninguno. Todo estaba pactado.

Martino la miró consternado.

–¿Cómo es posible?

–Está claro… Tus precauciones eran del todo inútiles –le aclaró Martina impasible–. Ha sido Constantina quien lo ha planeado todo. Deseaba convertirse en emperatriz y lo conseguirá, tenlo por seguro. Pero Vetranión le servía solamente para atraer la atención de su hermano. En cuanto se puso de acuerdo con Constancio, decidieron deshacerse enseguida del viejo. Le prometieron salvar su vida y una buena compensación si llevaba a cabo esa penosa actuación.

Martino tuvo que apoyarse en la barandilla. Últimamente estaba desarrollando una desagradable tendencia a quedar como un idiota. Es más, a comportarse como un idiota.

Esperaba que la guerra le devolviera un poco de coraje. Al parecer, en la vida real era un incompetente.

CAPÍTULO XIX

–Mi señor, se acerca un pelotón de caballería. Van desarmados y han salido del monte –anunció un explorador que acababa de llegar del frente.

Constancio miró inquisitivamente a los miembros de su Estado Mayor. Y estaba seguro de que todos pensaban lo mismo: ¿cuántos soldados más podría esconder aquel bosque?

–Puede que la información que hemos recibido sobre la consistencia de las fuerzas enemigas esté equivocada –declaró con un ápice de reproche–. Nos aseguraron que, en este momento, disponíamos del doble de efectivos que el usurpador, y solamente por eso nos hemos decidido a salir de Cibalis para entablar un combate. Pero si este número no es exacto, el riesgo de una masacre es realmente demasiado alto. Y sabed que no queremos afrontar una batalla sin la certeza de la victoria.

Los generales se miraron unos a otros, apurados, sin responder. Sabía que era injusto: la victoria solamente está en manos de Dios, y nadie más se la concedería. Pero también sabía que nunca sería un triunfo para el Imperio si otros cien mil romanos se enfrentaban y se masacraban entre ellos. Sapor no esperaba otra cosa en los confines orientales, y los bárbaros se impacientaban a lo largo de las fronteras occidentales; las guarniciones partidas por la mitad no impedirían a los enemigos de Roma hacer lo que hasta ahora no habían conseguido: sustraer al Imperio porciones de su territorio. Y él no deseaba ser recordado como el emperador al que le habían birlado sus provincias, ni como el que había dilapidado la herencia que les dejó su gran padre; ahora que era el único heredero legítimo de Constantino que quedaba, el único que había sobrevivido a las purgas y a los golpes de Estado, era su responsabilidad, y la posteridad juzgaría sus actos.

Así que hizo de todo para evitar aquel enfrentamiento. Se desplazó hasta Panonia para amenazar a Magnencio, pero eludiendo los combates y limitándose a escaramuzas, a la espera de que acudieran la mayor cantidad posible de refuerzos. Pero siempre con la secreta esperanza de que Magnencio, al frente de un ejército imponente, se rindiera. Por otra parte, llegados a este punto, el usurpador no podía hacer más que combatir o darse por vencido. Consciente de que el tiempo jugaba en su contra, Magnencio había buscado pelea varias veces anteriormente, y cuando se dio cuenta de que su oponente no lo aceptaba, decidió cortarle la retaguardia apostándose cerca de Mursa, justo detrás de él. Era la única manera de conseguir que luchara: Constancio tenía setenta y cinco mil hombres que alimentar, y sin las conexiones con las líneas de abastecimiento hacia sus propios territorios, le condenaría a morir de hambre, mientras que por delante únicamente había provincias hostiles.

Así que Constancio se decidió a salir de Cibalis. Pero con la confianza razonable de vencer, con la fuerza de las armas o de la persuasión; según sus informes, Magnencio no contaba con más de cuarenta mil soldados. Y ahora, tras meses de inútil campaña, ambos contendientes se habían alineado con todos sus efectivos el uno frente al otro, a un par de millas de distancia, en la extensa llanura frente a la ciudad de Mursa a lo largo del río Drava. A poca distancia de donde Constantino el Grande había cosechado su primera gran victoria contra su cuñado Licinio.

–Desean hablar contigo, mi señor. Dicen que tienen cosas importantes y urgentes que contarte –informó otro mensajero, que precedía al pelotón de caballería enemiga, escoltado ahora por una columna de arqueros que le tenía a tiro.

Constancio asintió, picado por la curiosidad. Cuando el pelotón estuvo cerca de su posición, se adelantó un oficial que se dirigió hacia él.

–Mi señor, mi nombre es Silvano y soy el *magister equitum* de Magnencio. «A tu servicio» –declaró el recién llegado.

Constancio levantó una ceja.

–¿A nuestro servicio dices? Pero si procedes de las filas enemigas…

–No exactamente, mi señor, si me lo permites –precisó el general–. Vengo del bosque, donde otros cincuenta mil jinetes están a la espera de una señal mía. Teóricamente, de una señal mía para atacar tu flanco cuando la batalla haya comenzado, según lo acordado con el comandante en jefe. Pero yo querría que se unieran a tus filas…

Constancio se sintió aliviado. La llegada de este Silvano era sin duda una señal de benevolencia divina. Vio que los miembros de su Estado Mayor apenas podían disimular su satisfacción. Luego se dirigió de nuevo al desertor.

–Silvano, tú no eres un oficial cualquiera, y nos estás regalando la caballería del usurpador. ¿Por qué lo haces? –quiso saber.

El general sonrió.

–¿Que por qué lo hago, mi señor? Tengo tantos motivos que no querría enumerarlos todos para no aburrirte… Digamos antes que nada que soy cristiano, y no apruebo las políticas paganas de Magnencio. Además, considero que a la larga no hay esperanzas contra ti. En fin, mis jinetes temen a vuestra caballería. Nunca han combatido con los catafractos, pero han oído hablar mucho de ellos; sabemos que los de Sapor os han puesto en un aprieto y que no hay quien se resista a sus ataques. En consecuencia, cunde el miedo entre mis filas; no creo que se enfrentaran al combate con la determinación necesaria.

Esto agradó a Constancio. Había sido una muy buena idea reforzar la caballería con diferentes unidades tomadas del modelo persa: unidades pesadas, blindadas desde la cabeza del jinete hasta las patas del animal, y unidades ligeras de arqueros a caballo. Si durante siglos, desde la derrota de Craso en Carras, las tácticas combinadas de esas unidades habían funcionado para los persas, esperaba que hicieran lo mismo para los romanos. Y, al parecer, ya estaba consiguiendo un primer resultado, y sin luchar. No podría haber deseado nada mejor.

–¿Y qué pides a cambio? –le preguntó.

Quería estar seguro de que podía fiarse.

–¿Que qué pido a cambio? –contestó Silvano–. Solo un premio por haberte ayudado a vencer. Tal vez ser responsable de la defensa de las Galias, una vez que Magnencio haya abandonado la escena. Soy franco, y puedo mantener a raya a mis compatriotas más allá del Rin; podéis pedir informes sobre mi carrera, y descubriréis que soy de fiar. Ya era un alto oficial de caballería bajo vuestro hermano, el añorado Constante, que se valió de mí en innumerables ocasiones durante sus campañas. Magnencio me escogió precisamente por mis óptimas referencias.

Constancio se mordió nerviosamente el labio. En realidad, era demasiado bonito para ser verdad. ¿Cómo asegurarse de que no era una trampa?

–Mi señor, a lo mejor este debería traernos su caballería hasta aquí para demostrarnos su buena fe –propuso uno de sus oficiales, constatando su indecisión.

Silvano rebatió.

–Pero si los traigo ahora, se perderá el efecto sorpresa durante el combate. Si espero a la batalla y luego, en lugar de dirigirlos contra vuestro flanco, los conduzco hacia el de Magnencio, el resultado será devastador para él. Si el usurpador se enfrenta a la lucha todavía convencido de que yo estoy de su lado, ganarás sin lugar a dudas, mi señor. Pero si nos ve entre vuestras filas, podría incluso renunciar al combate. ¿Cuántos seríais con nosotros?

–Ochenta mil –puntualizó Martiniano.

–Ahí está. Él se quedaría con treinta y cinco mil hombres; solo un loco se enfrentaría a la batalla en esas condiciones de inferioridad y tú, mi señor, te verías obligado a prolongar la campaña. Te garantizo que no se rendirá jamás; a estas alturas sabe que no le perdonarás por el asesinato de vuestro hermano –explicó Silvano.

–De todos modos, se verá obligado a luchar –objetó de nuevo Martiniano.

–No ha logrado conquistar Mursa y no puede atrincherarse; está a nuestras espaldas, aislado por su retaguardia, y no puede volver a los territorios bajo su control. Luchará.

Para Constancio fue la objeción ganadora. Si el objetivo era evitar una masacre que únicamente iba a resultar ventajosa para Sapor y los bárbaros allende las fronteras, entonces la mejor manera era exhibir toda su superioridad; si tampoco Magnencio estuviera dispuesto a rendirse, quizá lo estarían sus soldados, a quienes el miedo podría empujarles a abandonarle. La solución de Silvano, aunque eficaz e incluso decisiva, implicaba una cruenta batalla y una matanza.

–Está decidido. Haz venir aquí a tus hombres. Mañana le mostraremos a Magnencio y a los suyos lo poderosos que somos –dijo por fin, con el propósito de ir cuanto antes a dar las gracias al Señor por aquel inesperado apoyo.

Martino se había marchado de Cibalis aquella mañana con dos certezas: una era que aquella noche la campaña habría terminado. La otra, que él tendría que hacer algo extraordinario si no quería seguir siendo el hombre más detestado de la guardia palatina.

Escuchaba hablar a los camaradas de más edad sobre las hazañas de Sexto Martiniano en Cibalis treinta y cinco años atrás. Él nunca tuvo la oportunidad de que se las contara en persona su padre, y le odiaba por ello; pero se detestaba también a sí mismo por ni siquiera haberlo intentado: recordaba cuando, de niño, su padre venía a casa y él corría a esconderse en lugar de salir corriendo a abrazarlo como habría querido. Decían que había salvado al ejército de Licinio del fracaso, que se había batido con el mismo Constantino y había llegado incluso a derribarlo; la historia del mundo, afirmaban, habría sido diferente si aquel día hubiera podido dar el golpe de gracia al emperador, en lugar de terminar engullido por el regreso de las otras tropas, que habían separado a los dos contendientes.

—Desde luego, ¡nada que ver con el hijo, que ha hecho carrera solo gracias a la fama de su padre y lamiendo el culo al emperador!

Era la frase que más le había dolido. Él también había llevado a cabo gestas prometedoras, pero parecía que nunca eran suficientes, comparadas con las de su padre, para ganarse la estima de sus compañeros e incluso de sus subordinados. Así que debía contribuir a convertir en memorable aquel ajetreado día si quería conservar la pizca de amor propio que le quedaba. Oía a sus camaradas reír y hacer bromas mientras marchaban hacia Mursa, donde se había asentado el ejército enemigo. Todos daban por sentado una aplastante victoria, después de que la caballería de Silvano, destinada a una emboscada, se uniera al ejército de Constancio; muchos, de hecho, esperaban que los hombres de Magnencio no huyeran o se rindieran inmediatamente: estaban ansiosos por luchar, mientras que él sabía muy bien que una rendición era precisamente lo que el emperador deseaba, tan preocupado como estaba de perder soldados para defender las fronteras de los enemigos externos.

Sin embargo, él no tenía ganas de bromear. No porque considerase difícil la victoria, sino porque buscaba, sobre todo, una victoria personal, una rehabilitación, y era una proeza harto complicada. El emperador, de hecho, en caso de batalla tenía la intención de resolver el asunto empleando solamente la caballería creada según el modelo persa: ruptura de las líneas enemigas con los catafractos y dispersión de las filas restantes con los arqueros a caballo. Tras lo cual, era lícito suponer que el ejército enemigo se rendiría; aquel Silvano le había hecho entender que los hombres de Magnencio, galos y bárbaros que nunca se habían enfrentado a los persas, estaban aterrorizados ante la idea de luchar con tropas para ellos tan desconocidas.

Pero todo esto implicaba que no habría espacio para él. Formaba parte de una de las unidades de élite de la guardia palatina, y tendría que permanecer junto al emperador para protegerlo; y sabía perfectamente que Constancio tendía a no exponerse, por lo que no tendría oportunidad de heroísmos. Tuvo la confirmación cuando, poco antes de llegar a las posiciones enemigas, vinieron a decirle que el emperador pretendía pararse a rezar, dejando que el ejército continuara. Se quedó abatido: ¡existía el riesgo de que ni siquiera participase en la batalla! Incluso sus soldados rezongaron: también ellos tenían ganas de tomar parte en lo que se auguraba como una victoria fácil.

—¡Centenario, haz algo! Somos soldados, no sacerdotes. ¡Debemos luchar! —le dijo un subordinado.

—Pero ¿qué nos queda por hacer aquí? El emperador no necesita protección si permanece en la retaguardia —protestó otro.

—Nosotros no ganamos recompensas ni botín como tú, solo por llevar tu nombre. ¡Los pobres mortales como nosotros necesitamos combatir para hacer carrera! —llegó a decir otro, más veterano e irrespetuoso.

Procuró no enfadarse. En parte, compartía sus lamentaciones. Asintió y dijo:

—Voy a hablar con el emperador.

Entonces dio la vuelta con el caballo y emprendió el galope hacia el lugar donde se había parado Constancio. El soberano estaba rodeado por los sacerdotes, encabezados por el obispo de Mursa Valente, a quien Martino reconoció como el hombre que le había ayudado a salvar al príncipe Juliano, hacía casi quince años. Trajinaban con cruces y otros objetos sacros, y el soberano estaba a punto de arrodillarse frente a un altar que los sirvientes estaban instalando sobre un pequeño montículo.

El centenario se dirigió hacia él. Debía hablarle antes de que empezara a rezar; después, el emperador no permitiría que nadie lo molestara.

—Mi señor, perdóname si te interrumpo, pero deseo pedirte que me enviéis a primera línea con mi unidad. No necesitas a toda la guardia palatina aquí en la retaguardia —le propuso.

Constancio le observó contrariado.

—Hoy no se necesita a la guardia palatina en primera línea. La caballería se encargará de todo. Será una victoria fácil —respondió, disponiéndose a arrodillarse frente al altar.

—Mi señor, discúlpame si insisto, pero nunca se sabe. Si las fuerzas de Magnencio se resistieran, se necesitará el empuje de la guardia palatina. Permíteme ir, te lo ruego; acuérdate de Singara, los *scholae* fuimos muy valiosos.

Constancio resopló.

—No queremos desperdiciar nuestras mejores unidades en una batalla con un resultado previsible. Y no pretendemos perder a un solo hombre más de lo necesario.

Martino no quería resignarse. Incluso a costa de hacerlo enfadar. Ya no tenía nada que perder: su vida era un infierno.

—Te lo ruego, mi señor. Ninguna batalla tiene un resultado previsible. Es únicamente por precaución… Aquí no te somos de utilidad…

El emperador hizo un gesto de fastidio, pateando el suelo.

—El Señor vino en nuestra ayuda, enviándonos a Silvano. ¡Claro que tiene un resultado previsible!

—Pero, mi señor…

—¡Basta! ¡Da gracias a tus grandes méritos que no te hagamos ajusticiar por insubordinación! —perdió la paciencia Constancio—. Quedarás detenido hasta mañana. Guardias, coged sus armas —añadió, dirigiéndose a sus guardaespaldas, los protectores.

Cuando vio a dos bestias bárbaras acercarse a él, Martino tuvo la tentación de resistirse, pero comprendió que ya no había nada que hacer, y él mismo desenfundó su espada y ofreció el mango. Luego inclinó la cabeza, en una demorada muestra de deferencia. Ahora sí que no le quedaba nada a lo que aferrarse.

Constancio había acabado de rezar hacía rato, sin embargo, nadie había venido aún a darle noticias del término de la batalla. La enésima decepción en aquella jornada descabellada en la que nada iba bien. Miró desconsolado al obispo Valente, quien con gesto cándido le invitó a seguir con la plegaria.

Los mensajeros se sucedían desde el frente, a pocas millas de distancia, y no había habido ninguno, hasta el momento, que le hubiera satisfecho. Ni el primero, que vino muy de mañana a describirle el despliegue de los dos ejércitos, sin ser capaz de hablarle de una retirada del enemigo ante la desproporción de las fuerzas; ni el segundo, llegado a última hora de la mañana refiriéndole que sus comandantes habían esperado en vano durante horas, sin atacar, la rendición de Magnencio; ni el tercero quien, a primera hora de la tarde, le había hablado de la carga de los caballeros catafractos contra el ala derecha enemiga, del avance, del apoyo de los arqueros a caballo, pero no de la derrota del ejército de Magnencio; ni el cuarto, al final de la tarde, refiriéndole cómo los adversarios habían cerrado las filas de los que quedaban en pie y habían opuesto una fuerte resistencia sin retroceder un paso tras los primeros momentos de desbandada; ni tampoco el quinto, llegado hacía poco, y solo para informarle del estancamiento en que se encontraban ambos ejércitos, lo que hacía inútil esperar una conclusión victoriosa de la batalla antes del anochecer.

Constancio estuvo tentado de seguir el consejo del prelado, pero evidentemente el Señor ya había decidido no ponerle la vida demasiado fácil: la felonía que había cometido en Constantinopla catorce años atrás, evidentemente, no había sido todavía expiada. Quizá nunca lo sería. ¿Qué hacer entonces? Miró al cielo y observó que las nubes y el azul celeste habían dado paso a una tonalidad negruzca uniforme. Luego miró a su alrededor y observó que los contornos de los elementos del paisaje se estaban difuminando.

Se acercaba la noche, y no había vencido.

¿Y ahora? ¿Debía continuar el combate, como en Singara, con todos los riesgos que comportaba pelear en la oscuridad, donde de nada servía la superioridad numérica? ¿O debía ordenar a sus tropas que se replegaran para después retomar la lucha al día siguiente, pero con la moral hecha trizas por no haber vencido a un ejército claramente inferior?

Los últimos correos le habían hablado de que se avecinaba una masacre. Caían como moscas, de un lado y del otro, y el Drava se estaba llenando de cadáveres, sus aguas se teñían de rojo y en las orillas trataban de no hundirse centenares de heridos, atravesados por las flechas y las lanzas. Y Constancio escuchaba aquellas espeluznantes descripciones con creciente desesperación, pensando en cuántos soldados valientes de ambas partes del Imperio estaban sacrificándose por la ambición de Magnencio, y que nunca jamás volverían a vigilar las fronteras de las amenazas provenientes del exterior. ¿Qué habría hecho ahora si Sapor le hubiera atacado? ¿Quién habría podido combatirlo, aparte de los novatos reclutados la víspera, no solo carentes de experiencia sino incluso de adiestramiento?

Sin embargo, sus hombres tenían la ventaja de aprovechar su superioridad numérica para turnarse en la línea del frente y tal vez a la larga hubieran prevalecido agotando al enemigo, obligado a luchar sin descanso. Suspender los combates por la noche, por tanto, habría favorecido a Magnencio y a sus soldados, que al día siguiente afrontarían un segundo encuentro con entusiasmo renovado.

No, debía proseguir el combate. Pero en Singara no había ido bien en absoluto. De hecho, si no hubiera sido por el espíritu de iniciativa de Martiniano, habría acabado en desastre…

¡Martiniano! Si había alguien que sabía luchar de noche era él. Y además siempre estaba ansioso por sobresalir, era diligente, le movía una dedicación absoluta; le había molestado hacerlo detener por la mañana, pero su insistencia no le había dado opción. Tal vez fuera él el instrumento del Señor, como lo había sido en Singara. Sin embargo, si lo liberara y le diera la razón, tendría que admitir ante un súbdito suyo haber errado, debilitando su posición…

Al diablo, se dijo: si había un subordinado frente al cual podía permitirse hacer concesiones de este tipo, era precisamente Martiniano; al fin y al cabo, era él a quien había acudido a pedir consejo antes de Singara, y también fue él quien quitó de en medio a Constantino cuando su hermano perdió la luz de la razón.

Lo mandó llamar y, cuando llegó, licenció a Valente e hizo acto de contrición: el Señor predicaba humildad, y un gran hombre debía aprender a practicarla cuando hacía falta.

—Martino Martiniano, la batalla aún no ha terminado. Tenías razón cuando dijiste que no había que dar nada por hecho —comenzó diciendo–. Los hombres de Magnencio se están revelando más tenaces de lo previsto y, aunque su estado es precario, no quieren ni oír hablar de rendirse.

Tuvo que admitir que a Martiniano le costó disimular su satisfacción. Pero no lo consiguió del todo. Su «lo siento, mi señor», no pareció muy sincero. Pero lo entendía.

–En tu opinión, ¿por qué no hemos logrado una rápida victoria? –le preguntó, sinceramente interesado en su criterio de veterano, lo cual ya era su centenario, a pesar de su juventud: apenas le sacaba cuatro años.

–Mi señor, tendría que ver la disposición de las tropas para emitir un dictamen –respondió precavido Martiniano–. Lo único que puedo decir es que los galos y los bárbaros de Magnencio poseen mucha más experiencia que nosotros. Todos son veteranos, mientras que una buena parte de nuestro ejército, al menos un tercio, está formada por reclutas, o en cualquier caso por soldados novatos en su primera o segunda campaña. Y, en estos casos, la experiencia nos enseña que es mejor un ejército pequeño pero formado por soldados con experiencia, que era el caso de vuestro padre en el puente Milvio, por ejemplo, que uno inmenso, pero con muchos reclutas, como era el caso de su adversario Majencio en aquella circunstancia.

Constancio asintió, reflexionando sobre la verdad en las palabras del centenario.

–Y, si me lo permites, en ocasiones los reclutas son incluso más dañinos para un ejército, porque obstaculizan y ralentizan los movimientos, frustrando en parte la eficacia de los veteranos –añadió Martiniano.

El emperador sonrió amargamente.

–¿Nos estás criticando por no haber confiado el avance a los veteranos, como hicimos dándote a ti el liderazgo de la columna en Singara? –le provocó.

El oficial levantó los brazos.

–Jamás se me ocurriría, mi señor –se apresuró a decir–. Pero es un hecho que muchos de los catafractos eran simples jinetes que tuvieron que ponerse el uniforme acorazado al cual no estaban acostumbrados. Era su primera batalla, al menos de esa guisa. Estoy convencido de que su ataque no ha sido tan eficaz como el de los persas, más habituados a ese tipo de armamento. De igual modo estoy seguro de que no hemos sido capaces de mantener el tiempo suficiente la coordinación entre las unidades pesadas y las de arqueros a caballo: se requiere mucho entrenamiento para esta táctica, y estamos hablando de tropas relativamente nuevas, formadas hace poco y que nunca han realizado nada semejante con anterioridad. En cambio, los persas lo llevan en la sangre.

Constancio suspiró. Tenía toda la razón, maldita sea.

—Y, entonces, ¿qué harías tú ahora?

—No puedo saberlo hasta examinar personalmente la situación observando el campo de batalla, mi señor.

—Pues démonos prisa. Si no, dentro de poco no verás nada —dijo, señalando al gajo de sol anaranjado que desaparecía lentamente en el horizonte en dirección a Mursa—. Toma cinco centenas de *scholae palatinae* y utilízalas de la forma más eficaz posible. Emitiremos inmediatamente una orden para que los comandantes te concedan libertad de acción y el mando de la reserva.

Y lo único que podía hacer era esperar que Martiniano fuera realmente el instrumento del Señor.

Martino tuvo que soportar las miradas hostiles de los generales mientras se pasaban la orden de Constancio asignándole el mando de la reserva, con la facultad de retirar una parte de sus unidades para enriquecer sus propias filas. No le cabía la menor duda de lo que estaban pensando: un simple centenario que se había trabajado al emperador cómodamente en la retaguardia, privándoles del mando en el momento decisivo de la batalla. Encima ahora le odiarían también sus superiores, además de sus subordinados.

Pero en ese momento no le importaba. Lo único que contaba era merecer la confianza de su soberano y estar a la altura de su padre para que todos sus detractores se tragaran todas las críticas que habían difundido sobre él. Cuando los comandantes consintieron a regañadientes, pudo por fin considerar la situación.

—Necesito saber en qué punto estamos y cuánto terreno hemos conquistado —dijo, consciente de la humillación a la que les estaba sometiendo.

Nadie respondió. Al menos, ningunos de los generales. Ante la indicación de uno de ellos, un asistente habló.

—En realidad, no hemos ganado mucho terreno –confesó–. Y es posible que hayamos tenido más bajas que ellos. El problema ha sido que basamos toda nuestra estrategia en la caballería, y esta no ha conseguido liderar un avance determinante. Ha penetrado un poco en el ala derecha enemiga, pero luego se ha cerrado sobre sí misma, impidiendo que los arqueros a caballo hicieran su labor. En la pelea que se ha desencadenado, se han producido numerosas víctimas en ambos bandos, y los cadáveres han formado una barrera tras la cual se han atrincherado los hombres de Magnencio. Y encima el terreno sembrado de caídos y heridos ha impedido a la caballería llevar a cabo más ataques, con lo cual ha quedado anulada una parte de nuestros efectivos. Los galos se han cerrado como un erizo y desde entonces ha sido difícil minar su cohesión. Les hemos presionado por tres lados a lo largo del río, pero solamente hemos obtenido un exterminio recíproco, que ha aumentado el tamaño de las pilas de muertos y ha favorecido en última instancia su defensa. Aunque podemos permitirnos perder más hombres que ellos, y con el tiempo lo haremos, si logramos presionarlos de nuevo esta noche…

Martino sacudió la cabeza.

—No es eso lo que desea el emperador. Ya hemos perdido más hombres de los que esperaba –precisó.

Luego trató de atisbar en la penumbra. Las luces de las primeras estrellas en el cielo, prácticamente despejado, se reflejaban ya en las aguas del Drava, mostrando con claridad los márgenes del campo de batalla y las siluetas de los combatientes a lo largo de la orilla, cada vez más difusas a medida que el despliegue se extendía tierra adentro. Muchas unidades de Constancio se encontraban a cierta distancia del enemigo, inmóviles, en espera de dar el relevo a los que estaban en primera línea.

Efectivamente, había muchas secciones a disposición para formar una sólida reserva. Solo debía interpretar cómo utilizarlas.

Estudió el campo de batalla. El ala derecha del emperador y el ala izquierda del usurpador se movían a lo largo del Drava, mientras que la línea del frente, marcada por las pilas de muertos que había mencionado el ayudante, discurría perpendicular al río durante al menos un tercio de milla. La visibilidad era sin duda mejor en las inmediaciones del río, gracias al reflejo de las luces sobre el agua;

probablemente, se dijo, cuando cayera la noche cerrada, esa sería la única zona en la que se podría ver algo. De repente, le vino a la cabeza lo que pasó en Singara cuando los romanos fueron a buscar agua y se acercaron al río con las antorchas.

—¡Reunid a todos los arqueros que podáis encontrar, luego esperad mis indicaciones! ¡Yo voy a primera línea con mis *scholae*! —gritó a los generales, que le miraban desconfiados o, peor aún, como si se hubiera vuelto loco. Y no podía culparlos: hacer combatir a los arqueros durante la noche podía parecer de idiotas. Pero si consiguiera hacer cambiar de posición al ejército enemigo, obligándole a rotar, les demostraría que podían ser los arqueros precisamente el arma vencedora. Galopó pendiente abajo desde el cerro donde se había apostado el Estado Mayor, haciendo señas a sus huestes para que lo siguieran. Se acercó a la retaguardia de la formación imperial encabezando una columna de quinientos hombres.

Cuando Martino llegó hasta los soldados, encontró a muchos que sencillamente estaban tendidos en el suelo descansando, tras haberse quitado su equipamiento. Otros estaban dando buena cuenta de su rancho, que seguramente habían tenido que aplazar desde primera hora de la mañana; algunos jugaban a los dados o a las tabas, como si en las inmediaciones no se estuviese librando ninguna batalla. Negó con la cabeza, disgustado: sin Constancio vigilándoles, se volvían indolentes. Empezó a gritar:

—¡En pie! ¡El emperador cuenta con vosotros! ¡Nunca venceremos si no os movéis! ¡Vamos!

Ordenó a su guardia palatina que obligaran a los más lentos y a los más reacios a ponerse en marcha, y enseguida lo que se había convertido en un campamento al aire libre para pasar la noche, se reactivó. Entre gruñidos, protestas y preguntas, una buena parte de la unidad que descansaba estuvo por fin lista, pero mientras tanto la oscuridad ya era absoluta.

Martino mandó reunir a sus comandantes.

—Nos colocaremos todos hacia el interior —les indicó—. Debemos posicionarnos al final de la línea del frente, justo en el flanco, y empezar a presionar al ejército enemigo hacia el río. ¡Y sin darles un respiro, hasta que estén todos pegados al Drava!

Recibió las mismas miradas que había tenido que soportar del Estado Mayor. Pero tampoco en este caso podían oponerse a sus órdenes. La reserva que había organizado así se desplegó en formación de marcha y se preparó para recorrer la distancia que la separaba de los márgenes de la batalla. Martino se puso a la cabeza de la columna con sus unidades, ansioso por llevar a cabo sus planes.

Con la ayuda del Señor, reservaría para los hombres de Magnencio el mismo tratamiento que Sapor había infligido a los de Constancio en Singara.

CAPÍTULO XX

Martino esperó a que su reserva terminara de alinearse paralelamente al Drava, a continuación, apuntó con su espada hacia delante y gritó «al ataque». Ahora se encontraba en el punto de la batalla más lejano al río, y la oscuridad era absoluta; los adversarios solamente percibían sombras furtivas moverse delante de ellos, pero también podían pensar que eran sus camaradas ocupando la primera línea. Cabalgó al trote liderando su formación, que había querido que estuviera extendida para envolver todo el frente enemigo. A medida que avanzaba, los recuerdos de Singara volvían a su mente. Imágenes de espectros despedazándose unos a otros, de flechas zumbando en la oscuridad que fulminaban a soldados ajenos al peligro, siluetas humanas que solo se materializaban en el último momento, emergiendo de la oscuridad a pocos pasos de distancia, el destello repentino de una lama blandida sobre su cabeza, el eco del choque de espadas que se cruzaban cerca de él sin que pudiera verlas… Había sido una experiencia surrealista, que aún le ponía la piel de gallina solo con pensarlo, y ahora se disponía a repetirla no sin cierto temor; cuando le insistió a Constancio para ir a la primera línea, no pensaba que llegaría a esto. Llevar a cabo hazañas en la oscuridad no era precisamente el mejor viático para hacerlas públicas y salvar así su reputación.

Pero no le quedaba más remedio. Cuando empezó a vislumbrar las espaldas de los imperiales que estaban en primera línea, hizo sonar las trompetas para advertirles del relevo. Poco a poco, los camaradas empezaron a separarse, retirándose o abriéndose para dejar sitio a la reserva. Martino y sus hombres siguieron avanzando precavidos, con las lanzas en ristre por si las fuerzas de Magnencio aprovechaban la bajada de tensión para infiltrar algunos soldados entre las líneas enemigas. El centenario tuvo la oportunidad de observar a algunos de los hombres que pasaban por su lado a los que estaba sustituyendo: parecían desconsolados, exhaustos, decepcionados de haber visto, hora tras hora, desvanecerse la certeza de la victoria, sucios, ensangrentados, renqueantes, llenos de cortes y rasguños. Había llegado justo a tiempo: una hora más sometidos a aquel tormento, y puede que hubieran cedido. Y si claudicaba un lado de la formación, existía el riesgo de que su colapso se contagiara al resto del ejército.

Empezó a entrever la línea que señalaba el límite entre las dos formaciones. Venía marcada por hacinas de muertos que habría que despejar para volver a ejercer presión y romper la situación de *impasse*. Señaló los cadáveres a los guardias que le acompañaban, y los hombres asintieron. Eran soldados expertos y habían entendido lo que tenían que hacer. Un poco más allá de los montones, se distinguía en la oscuridad el brillo de las puntas de las lanzas, listas para desgarrar a cualquiera que se acercara. No sería fácil.

Dividió a sus hombres en centurias alternas, una asignada al levantamiento de cadáveres, y otra a mantener ocupados a los adversarios mientras sus compañeros trabajaban. Cuando vio que todos los oficiales habían entendido qué hacer con sus hombres, ordenó el nuevo avance. Ya se encontraban a pocos pasos de la barrera.

–¡Ahora! –gritó, y los soldados encargados de retirar los cuerpos avanzaron con sus escudos extendidos hacia delante y las lanzas apuntando al suelo.

Usaron las astas para apartar los cadáveres, los escudos para defenderse de las embestidas enemigas. Los chasquidos de las puntas de lanza contra los broqueles resonaban como tambores en la oscuridad. Los adversarios trataban de impedir el abatimiento de la barrera, aglomerándose rápidamente detrás de ella para sujetarla, pero decenas de lanzas usadas como palanca se revelaron lo suficientemente eficaces como para derribar por lo menos los cuerpos de más arriba.

–¡Una brecha! ¡Basta con abrir un paso! –gritó varias veces Martino, incitando a sus soldados.

Por mucho que le detestaran, comprobó que le obedecían: sabían de su valentía, aunque nunca lo hubieran admitido abiertamente. Siguieron apartando cadáveres con las lanzas, y quizá también heridos que yacían inertes entre los cuerpos sin vida de rivales y camaradas. De vez en cuando las armas enemigas alcanzaban a algún soldado, que se desplomaba y hacía crecer la barrera, y había que empezar de nuevo la tarea, en una frenética lucha contra el tiempo, para ensanchar las brechas antes de que los hombres de Magnencio, con los pies y a empujones, reconstruyeran las barricadas.

Los soldados encargados de defender a los camaradas extendían a su vez las lanzas más allá de la barrera, dificultando la labor de los adversarios y ofreciendo una protección muy valiosa para sus compañeros.

Cuando consideró que la brecha era suficientemente amplia para un frente de al menos una veintena de hombres, Martino ordenó la avanzada, se bajó del caballo y se puso a la cabeza de la formación que, instantáneamente, se estrechó en una columna para poder pasar por el angosto boquete: la centena que había desplazado los cuerpos dejó que la otra la reemplazase y se sumó a la fila, haciendo más profunda la falange. Ahora los cadáveres estaban desparramados por el suelo y tenían que pasar por encima, pero al menos ya no constituían un impedimento. El centenario empezó a dar espadazos para defenderse de las puntas de lanza que se cernían sobre él. Al cruzar la fisura, se vio envuelto por una masa indistinta de sombras, en un terreno inestable, sufriendo empujones y sacudidas. Pero su objetivo era empujar a sus adversarios, tanto para hacerlos retroceder y dar espacio a los hombres que venían detrás de él, como para impedirles usar sus lanzas, que eran demasiado largas para el combate cuerpo a cuerpo. Alguien intentó arrancarle la espada, pero la aglomeración se había hecho tan compacta que era imposible. En cambio, detrás de él, donde había más margen de maniobra, Martino oyó cómo desenvainaban muchas espadas: sus hombres afrontarían la refriega con la ventaja de tener en sus manos un arma adecuada para tal fin.

–¡Todos a la vez! ¡Empujad! –gritó, y la presión aumentó.

No le interesaba matar; no lo necesitaba en aquel momento, de hecho, le habría alejado del objetivo que se había fijado de repeler al enemigo hacia la orilla del río. Concentró toda su energía en el impulso, dando codazos, patadas y empujones para ganar espacio y obligar al enemigo a ceder terreno. Los oficiales de Magnencio gritaban a sus hombres que aguantaran, pero la línea era demasiado poco profunda respecto a la de los asaltantes, y empezó a hacer sitio. Martino cada vez tenía más camaradas a su lado, lo que contribuyó a aumentar la presión sobre las líneas enemigas.

El centenario sentía el aliento de sus adversarios en la cara, escuchaba su respiración jadeante, los gritos de estímulo y los ruidos de los pertrechos, se cruzaba con sus miradas desesperadas y abatidas; eran hombres que llevaban combatiendo horas sin parar, sin haber recibido un relevo, y enseguida se dio cuenta de que estaba ganando terreno con rapidez. Si al principio avanzaba a pequeños pasos, ahora podía alargar la zancada antes de encontrar una nueva y cada vez más débil oposición. Algunos de sus hombres, al verlos retroceder, se sintieron tentados de reanudar las estocadas y las embestidas para matarlos.

–¡No! –gritó Martino–. ¡Limitaos a empujar!

Pero no todos le oían. Algunos comenzaron a enzarzarse en duelos, no siempre vencedores, y en algunos sectores la presión aflojó, lo que permitió a los adversarios reconstituir las filas y reafirmar su posición. El oficial siguió desgañitándose para recordar a los suyos que destinaran toda su energía en el empuje, sin arriesgar el combate. Sin embargo, cada vez era más difícil mantener la formación cerrada en falange; afortunadamente, le pareció notar un mayor resplandor y, aunque tenía delante la masa de soldados que le impedía ver más allá, supuso que ya estaría próximo al río.

Pero tenía que cerciorarse. Debía dar a los arqueros la mayor visibilidad posible. Empezó a dar tajos para abrir un boquete. Su hoja rebanó limpiamente la nariz al hombre que tenía enfrente, que cayó al suelo proporcionándole un espacio que Martiño aprovechó para blandir su espada y mantener alejados a otros contrincantes. Los suyos le siguieron, contribuyendo a crear un corredor. Le bastó avanzar unos pocos pasos más para vislumbrar el resplandor de la superficie del agua justo detrás de los pocos soldados que aún lo separaban del Drava.

Podía regresar. Debía regresar, antes de que la formación contraria se cerrara de nuevo frente a él y lo dejara bloqueado entre sus filas. Se giró y se encontró de cara con sus hombres.

–¡Ya está, nos volvemos! –gritó, mientras dos muros de escudos y lanzas les rodeaban por ambos lados.

Martino sintió que le ardía el muslo. Instintivamente se apartó y vio una lanza pasar como un rayo junto a sus piernas. Cojeando, asestó un golpe al hombre que la empuñaba y atravesó su cota de malla desde el hombro hasta el esternón. Ganó espacio para retroceder, pero sus hombres, frente a él, no se movían.

Comprendió que estaban incomunicados. Pero no podía comprometer toda la estrategia para salvar a un puñado de soldados y a sí mismo. Si hubiera esperado más para dar la orden de retirada, se habría creado un tumulto a lo largo de la orilla y los arqueros ya no habrían podido disparar con seguridad. Les gritó que pasaran la voz al grueso de la reserva: era el momento de tocar las trompetas a retirada y de que los arqueros entraran en acción.

–¡Mi señor, ahora la victoria es segura, aunque el usurpador ha logrado huir!

El anuncio de Valente de Mursa dejó un regusto amargo en la boca a Constancio, que observaba el pálido disco del sol naciente preguntándose cuánto le habría costado aquella victoria.

Y cuánto le habría costado al Imperio.

Pero, sobre todo, estaba ansioso por saber cómo había logrado ganar su ejército. Durante la noche pensaba que no lo conseguirían, y más de una vez se había visto vencido por el abatimiento, viendo que su inmenso ejército era incapaz de vencer al de Magnencio.

–¿Cuándo cedió finalmente el enemigo? –quiso saber.

–No lo sé con exactitud, mi señor –admitió el prelado–. Me he cruzado con un correo que se ha limitado a informarme de la victoria. Luego se fue corriendo para recabar más detalles. Seguro que los próximos mensajeros sabrán ponerte al día de los pormenores.

Constancio hizo una mueca y se interrogó sobre el papel de Martiniano: ¿habría sido el hombre de la Providencia? Esperó de verdad que así fuera, significaría que aquella victoria era más suya que de los generales; más suya, que había tenido la intuición de confiar a un oficial de rango inferior la responsabilidad del mando. En este caso, daría todo el protagonismo al papel del centenario, sobre todo para poder atribuirse el mérito de la decisión, reduciendo la actuación de sus oficiales y recuperando finalmente el respeto de los militares, que lo consideraban un pálido reflejo de su padre. Aguardó ansioso a los siguientes mensajeros. Sin embargo, estos se limitaron a confirmarles que los supervivientes del ejército oponente se estaban dando a la fuga, y que el Drava y sus márgenes estaban sembrados de cadáveres de ambos bandos. Comenzó a preguntarse cómo reemplazaría esos miles de soldados caídos, cuya presencia necesitaba urgentemente en las fronteras.

Por fin llegó un mensajero capaz de contarle lo sucedido.

—Mi señor, la intervención de la reserva ha sido decisiva —explicó el soldado—. Tu guardia palatina ha liderado las legiones más frescas contra el flanco de la formación enemiga, aplastándola progresivamente contra el Drava. Cuando los hombres de Magnencio se han acumulado a orillas del río, la reserva de repente ha dado marcha atrás para que la sucedieran los arqueros. El resplandor del agua ha permitido que nuestros tiradores pudieran ver las siluetas de los rivales, que de todas formas estaban tan apiñados que habría sido difícil no verlos. El caso es que pudimos arrojar una cantidad apabullante de flechas sobre los hombres del usurpador. Y lo mejor fue que con el río a sus espaldas no podían ir a ninguna parte, como mucho, podían lanzarse al agua, pero o han muerto ahogados por el peso de la armadura, o bien han sido arrastrados por la corriente; hemos encontrado muchos cadáveres en el valle. ¡Ha sido realmente una estrategia admirable!

Entonces había sido el mismo Martiniano. Era mérito suyo.

—Vamos a inspeccionar el campo de batalla personalmente. Traedme al centenario Martino Martiniano, a él le hemos confiado la maniobra de la reserva —ordenó.

El emisario asintió y se despidió con una inclinación, luego desapareció rápidamente entre el ajetreo de soldados que iban y venían del frente. Constancio hizo un gesto a su ayudante para que le preparase el caballo y a sus guardaespaldas para que lo siguieran, se montó en la silla y se dirigió hacia Mursa.

Bordeó el Drava y empezó a angustiarse cuando vio los primeros cadáveres. Enredados en los juncos de la orilla, flotando en el agua y arrastrados por la corriente; tendidos a lo largo de la orilla con más de una flecha en el cuerpo, algunos puede que se hubieran arrastrado hasta allí en un intento de salvarse, solo para morir desangrados una vez que emergieron de las aguas del río. Después percibió que el agua no tenía la claridad que debiera. Estaba turbia… No, estaba «roja». Cuando se percató de lo que significaba, tiró de las riendas y detuvo a su caballo. Estaba horrorizado al ver lo que había provocado aquella escena apocalíptica, y estuvo tentado de darse la vuelta.

Había visto campos de batalla anteriormente, pero nunca de aquellas dimensiones. Entonces decidió que no podía mostrarse tan cobarde a los ojos de sus hombres: era un emperador que no participaba en los conflictos, y era consciente de que ello suscitaba el disgusto de los soldados; no podía eludir el campo de batalla por completo.

Sin embargo, nada más llegar a los márgenes de la carnicería, sintió que le subía una sensación de náusea y temió ponerse a vomitar. Cuando sus ojos fueron a posarse en un cadáver con la cabeza escindida como un melón, tuvo un ligero conato, que se apresuró a ocultar inclinándose y apoyando la boca en el borde de la capa. Tuvo que apelar a toda su fuerza interior al ver que aquel cuerpo estaba encima de un soldado con el estómago desgarrado y las vísceras esparcidas por el suelo.

Prosiguió su camino, procurando mirar hacia delante, como siempre hacía en las ceremonias y en todos los actos públicos; pero se dejó vencer por una curiosidad morbosa y, a pesar de sus esfuerzos por mantener el cuello rígido y la nariz al frente, se le iban los ojos a todas partes. Y a medida que se adentraba en el lugar donde se había estado combatiendo toda la noche, el número de muertos aumentaba, al igual que el tamaño de los montones. Los cuerpos yacían unos encima de otros, desgarrados, destripados, mutilados, deformados, ensangrentados, despedazados, en una macabra cornucopia de extremidades, bustos y cabezas dispuestas de modo incongruente y recubiertos de una pátina de sangre y barro, que casi les hacía parecer protuberancias del terreno. Sus miradas fugaces no le permitían realmente comprender lo que les había sucedido, ni quería quedarse a averiguarlo. Pero, muy a su pesar, la escena se le iba haciendo cada vez más nítida, forzándole a vivir una especie de pesadilla despierto: por todas partes se le aparecían ante sus ojos monstruos espantosos, mutilados, con la cara destrozada, el cuerpo hueco, las extremidades mal colocadas, expresión alucinada, ojos desorbitados y la piel en carne viva.

Había visto algunos cadáveres reducidos a esas condiciones, pero nunca tantos juntos, y el dolor era casi insoportable. Ya no importaba si eran enemigos: eran soldados de Roma, combatientes que habrían militado a sus órdenes, si no estuvieran ahora en el fango sobre sus heces, envueltos por sus intestinos y sumergidos en su propia sangre. Las lágrimas velaron sus ojos, las gotas húmedas se refrescaron con la tenue brisa matutina. Era el Imperio gobernado por él el que había orquestado aquella hecatombe. Aunque Magnencio fuera el responsable, era él quien debía soportar el peso.

—Pero ¿cuántos hay? ¿Cuántos hay? —preguntó, casi gritando sin querer.

Los hombres en torno a él se ocuparon de satisfacer su ruego consultando a otros, y al poco un diligente oficial volvió con la respuesta:

—Mi señor, hemos calculado que hay más de cincuenta mil hombres sobre el terreno. Creemos que hay más de los nuestros, pero el ejército del usurpador ha perdido al menos dos tercios de sus efectivos, mientras que nosotros no habremos sufrido más de treinta mil bajas —le explicó.

«No más de treinta mil bajas...». El equivalente a treinta legiones; si aquello era una victoria, habría preferido una derrota con un reducido número de caídos. Otro triunfo como este y no habría tenido más hombres con quienes defender el Imperio. Imaginaba cómo debió sentirse Pirro tras sus victorias sobre los romanos, tan costosas como para haber acuñado la célebre expresión. Y se dio cuenta de que estaba usando exactamente las palabras del rey epirota que había leído en la obra de Plutarco.

—Mi señor, el centenario Martino Martiniano no ha respondido a la llamada. Por desgracia, de momento se cree que está entre los caídos; tampoco está en el hospital de campaña con los demás heridos —vino a decirle el mensajero que había mandado a buscar noticias del oficial—. De todas formas —añadió, señalando a otro centenario de la guardia palatina que había traído consigo—, este ha sido el último en verlo, y quizá sepa algo más de él.

Constancio lanzó al oficial una mirada inquisitiva. El centenario se inclinó y luego dijo:

—Mi señor, Martiniano estaba a la cabeza de la columna que empujó al enemigo hacia el río. Yo estaba a pocos pasos detrás de él. Rompió la línea, pero inmediatamente después dio la orden de retirarse para dejar espacio a los arqueros. Nos replegamos, aunque esto significaba que los oponentes se cerrarían alrededor de él y de los pocos que estaban a su lado. Si no lo han matado ellos, puede que lo hayan hecho nuestros arqueros...

Constancio asintió con el semblante serio, reprimiendo un gesto de rabia. Necesitaba a Martiniano; sin él, ahora los generales se apropiarían del mérito de la victoria. Descorazonado, despidió al oficial y continuó hacia la orilla del río, donde se distinguía claramente una especie de cañaveral construido con las flechas clavadas en los cuerpos de los hombres de Magnencio. Algún soldado aún se movía tratando de arrastrarse por encima de los cuerpos amontonados de sus compañeros.

—¡Salvad a los heridos, sin importar de qué bando sean! —apremió a los legionarios de alrededor, que merodeaban entre las pilas de muertos buscando botín.

Los soldados dejaron de hurgar entre el equipamiento de las víctimas y se pusieron a sacar de los montones a todo el que se quejaba o extendía las manos en busca de socorro.

Examinó el fruto de la estrategia de Martiniano. La orilla del Drava era el sector donde se había concentrado el mayor número de caídos, y casi todos eran enemigos. El centenario había sido realmente hábil, incluso genial, y sintió no poder agradecérselo personalmente. Pero también lamentó que hubiera habido necesidad de una estrategia tan cruenta para alcanzar la victoria. Aquellas víctimas no eran soldados de Magnencio, eran «suyos», ya que él era el único emperador legítimo. El usurpador se había limitado a robárselos. Había perdido cincuenta mil hombres, no treinta mil. Sus cuerpos atravesados por un millar de dardos formaban un dique en las aguas del río. Estaban amontonados a lo largo de la orilla, entre los cañaverales y a lo largo de la pendiente que bajaba hasta el agua, sobre cuya superficie flotaban otros tantos cadáveres, también llenos de púas. No pudo soportarlo más. Ya había visto bastante y sintió la urgencia de volver a su altar para pedir al Señor que no le obligase más a malgastar la vida de tantos valerosos soldados. Porque eran valientes, de eso no había duda; la intervención de Martiniano fue necesaria para vencerlos, a pesar de estar claramente en inferioridad numérica.

Giró sobre sus pasos abatido, confuso, sin ser capaz de concentrarse en una imagen precisa, con el temor instintivo de revivir la pesadilla que representaba aquel cúmulo de cadáveres. Y entonces vio el altar, desmontó y se arrodilló casi con desesperación, lloroso, en busca del consuelo divino.

Pero le interrumpieron casi al instante.

–¡Mi señor! ¡Mi señor! ¡Mira! –le llamaron.

Se dio la vuelta sin levantarse y vio una carreta arrastrada por un caballo. La conducía el hombre a quien había preguntado por Martiniano. Cuando el carro llegó a su altura, una figura cubierta de barro, o de sangre, o de ambas cosas, asomó por el parapeto.

Los momentos de silencio que transcurrieron acto seguido le permitieron identificarle.

–¡Martiniano! –exclamó con un entusiasmo fuera de control.

El centenario trató de incorporarse. Se notaba que le costaba moverse, seguro que estaba herido.

–Mi señor… Hemos… hemos vencido –dijo con un hilo de voz.

–Martiniano, parece que el Señor te ha rescatado de la muerte –dijo Constancio, dejando escapar una sonrisa–. Nos dijeron que habías acabado detrás de la línea enemiga; ¿cómo conseguiste escapar?

–Yo… y mis hombres… nos defendimos hasta que nuestros arqueros comenzaron a lanzar flechas. Entonces nuestros rivales tuvieron que… darse la vuelta y… nosotros… yo usé sus cuerpos como escudo y me dejé caer al agua…

Constancio lo observó con más detenimiento: estaba lleno de cortes, desgarros, cardenales. Debía de haber luchado como un león antes de que los arqueros entrasen en acción. Pero lo había conseguido. El Señor le había protegido.

Y también le había protegido a él.

Osio saltó de la silla, arrojó al suelo la carta de Constancio e hizo llamar a Eusebio, apoyándose de nuevo con los codos en el escritorio y apretando los labios por el dolor de las articulaciones. Aguardó impaciente la llegada del eunuco, procurando elaborar una estrategia alternativa, mientras el enfermero lo recolocaba delicadamente en la silla y lo masajeaba en los puntos que sabía eran más críticos. Había despedido y hecho azotar a innumerables cuidadores incapaces de proporcionarle alivio… Este, en cambio, sabía lo que hacía y el viejo prelado solo esperaba que no cometiese algún error que le obligara a castigarlo y a despedirle a él también.

Constantina le había embaucado y los acontecimientos se le estaban escapando de las manos. Pero no le cedería el cetro tan fácilmente;

no había trabajado durante toda una vida para después entregarle su poder a una mujer pérfida e intrigante, que no tenía nada en el corazón más que la ambición personal de sentarse en un trono. El Imperio no le importaba y dejaría que se echara a perder cuando él ya no estuviera.

Un intenso calor inundó sus partes íntimas. Mientras tanto, el gran chambelán entró en su estudio con su diligencia habitual.

—¿Noticias del emperador, obispo? —le preguntó.

—Sin duda —respondió con una mueca, e hizo un ademán al enfermero para que se fuera—. Ha derrotado al usurpador en una gran batalla. Aunque Magnencio ha conseguido escapar y a estas horas debe de estar ya en la Galia, ha perdido gran parte de sus tropas y no ha podido oponerse a la entrada de nuestro soberano en Italia. Por lo menos en parte, la revuelta está tranquila. O al menos circunscrita a una región de la Galia.

—Bien, diría yo. Considerando que hasta hace poco tiempo la otra mitad del Imperio se escapaba de nuestro control, ¡son buenas noticias! —comentó el eunuco, acercándose a él y empezando esa serie de movimientos que sabía hacer para aliviar las cuitas del obispo cuando tenían que hablar cara a cara.

Sustituyendo al enfermero, se arrodilló frente a él y con delicadeza le quitó el calzón acolchado, empapado, y le ayudó a levantarse con la ayuda del escritorio y las muletas; le limpió los muslos y el trasero manchado por su incontinencia, le puso un pañal limpio y le sentó en la silla de al lado, para luego poder limpiar la que había usado antes.

Osio dejó escapar una sonrisa. Le producía placer observar al principal dignatario de la corte imperial desempeñar tareas tan humillantes. Eusebio era mucho más joven que él —no hacía falta mucho para ser más joven que un nonagenario— y en cualquier momento, con el poder que había acumulado gracias a su protección, habría podido pasar por encima de él y dictar leyes como si fuera el primer ministro: hacerle limpiar sus propias heces servía para recordar al eunuco la subordinación a la que estaba sometido y, sobre todo, su lugar en la jerarquía. Para garantizar la continuidad del Imperio, debía ser él quien le sustituyera después de su muerte. Pero solo después de su muerte, y todavía no tenía intención de irse de este mundo. Sobre todo, con una amenaza como la de Constantina.

–Buenas noticias hasta cierto punto –replicó, enfriando el entusiasmo del gran chambelán–. Gracias a esta victoria, Constantina tiene vía libre y, por lo que me dice nuestro emperador, está ya de camino a Antioquía, donde se reunirá con Galo para casarse con él. Constancio, en cambio, se quedará en Milán para ocuparse de los asuntos itálicos y estrechar lazos con África. Me escribe que debe la victoria en especial a dos personas: a mi ahijado Martino Martiniano, a quien ha decidido nombrar primicerio, y al comandante de la caballería de Magnencio, Silvano, a quien confiará la defensa de la Galia cuando el usurpador haya desaparecido de la escena definitivamente.

Eusebio se quedó pensando.

–Bueno, si Constantina dirige a Galo y no al revés, significa que nos ha hecho caso. Eso es bueno –declaró.

–Cierto. Y debemos seguir por este camino. Si Constancio hubiera decidido confiar a Galo, y por tanto a Constantina, todo el Occidente, habría sido una verdadera desgracia –admitió Osio–. En cierto modo, es una suerte que Magnencio haya sobrevivido, eso obligará a Constancio a quedarse en Occidente para neutralizarlo, mientras el césar se limitará a supervisar la frontera oriental contra la amenaza de Sapor. Y nosotros debemos aprovechar esta situación.

–¿Y cómo?

–Manteniéndola tal cual. Debemos hacerlo de manera que Constantina y su césar reinen solamente en Siria, restringiendo su área de control. Así el resto, todo el resto del Imperio, estará bajo la total responsabilidad de Constancio y, por ende, nuestra. Mientras Magnencio siga vivo, aunque sea como un fugitivo, y los persas representen una amenaza, el poder de esa maléfica mujer estará limitado, *de facto*, al de un gobernador provincial, y a Constancio no se le ocurrirá compartir el Imperio con ella o con su exánime primo.

–Entonces, ¿quieres ayudar a Magnencio? –le interrogó Eusebio, que conocía bien los mecanismos que regulaban habitualmente sus intrigas.

–Solo lo suficiente para que viva un par de años más. El tiempo que necesitamos para demostrar a nuestro amado soberano que su primo no es capaz de gobernar… Y creo tener a la persona adecuada para proporcionarnos las pruebas de su incapacidad y de la deslealtad de Constantina –respondió, complacido por su nueva estrategia.

CAPÍTULO XXI

Constancio contempló a su esposa mientras se acercaba y se preguntó si era digno de una belleza semejante. Era emperador, cierto, y podía permitirse lo mejor; pero su primer matrimonio había ido bastante mal, y solamente después de morir ella, unos meses antes, se había dado cuenta de que había sido culpa suya: Constancia era una mujer torpe y tímida, y él nunca había hecho nada por que se sintiera a gusto. Los raros momentos de intimidad que habían compartido habían sido un tormento; ninguno de los dos había tomado nunca la iniciativa, ambos paralizados por la vergüenza y el pudor, pero también por la escasa atracción recíproca. Y como su educación le había impuesto una continencia absoluta en sus costumbres, el emperador temía decepcionar a una mujer que exigiera un amante fogoso y experimentado. Él, como bien sabía, no era ni lo uno ni lo otro.

Pero la deseaba con todas sus fuerzas. Después del inesperado fallecimiento de su esposa, que murió asfixiada por una espina de pescado, empezó a pensar en sustituirla por la hermosa joven que le habían presentado en Naisso dos años antes. En realidad, había pensado mucho en ella desde entonces, y era la primera vez que su mente dedicaba toda su atención a una mujer. Se avergonzaba de no haber sentido dolor alguno por la muerte de su primera esposa, que por otra parte le había sido impuesta por su padre y por la razón de Estado. Pero esta vez la había elegido él, y seguía repitiéndose a sí mismo que habría escogido a Eusebia, aunque no hubiera sido exponente de una de las familias más importantes del Imperio.

Cuando la vio descender del carro a la cabeza del séquito que la había escoltado hasta Milán desde Macedonia, le pareció que sus ojos brillaban incluso desde lejos. El carruaje estaba recubierto con decoraciones de oro, plata y latón, como todos los que lo seguían, y Eusebia, flanqueada por su madre, ya iría vestida de emperatriz si no hubiera sido por la ausencia del color púrpura, que solo podría lucir cuando se convirtiera en verdadera soberana.

Quién sabe lo que pensaría en realidad aquella muchacha… ¿Se habría sentido halagada con su propuesta de matrimonio? ¿Estaría contenta de haber sido elegida por el emperador o, simplemente, no había podido negarse? Pero, sobre todo: ¿le habría encontrado atractivo como hombre cuando se conocieron en Naisso? Se sorprendió al darse cuenta de que esperaba gustarle; no se conformaba con saberla su esposa, deseaba que ella también fuera conquistada. Sabía que dependía de él hacer que ella se enamorara del hombre, más allá del respeto que le debía al emperador. Y eso era lo que más le asustaba.

La vio acercarse y, con todo, se sintió contento. Habría sido incluso feliz si no hubiera sido por Magnencio, quien había conseguido llevarse Hispania, aunque no la Galia, y por los informes que Osio le hacía llegar sobre Galo y Constantina, instalados desde hacía dos años en Antioquía. Su primo se pasaba la vida en el hipódromo y en los juegos de gladiadores, delegando en su hermana sus obligaciones de gobierno; y Constantina, con sus soberbios modales, se estaba enemistando con todos los administradores de Oriente, y estaba matando de hambre al pueblo para sustentar los gastos de una corte dedicada al lujo más desenfrenado. A Constancio le hubiera gustado intervenir, pero no quería dar la impresión a los ojos de sus súbditos de que renegaba tan pronto de la decisión que había tomado, ni de que seguía habiendo desavenencias con los demás miembros de la familia, después de las que habían caracterizado la relación entre él y sus hermanos. Con Magnencio aún en circulación, los paganos y cualquiera que pusiera en tela de juicio su política habrían aprovechado la ocasión para denunciar la ineptitud de la dinastía reinante, poniendo aún más en peligro su trono.

Observó a Eusebia mientras se disponía a subir las escaleras que la conducirían al interior del palacio imperial, donde él la esperaba, sentado en un trono recubierto de piedras preciosas. La etiqueta imponía que el soberano permaneciera inmóvil, mientras su prometida venía a su encuentro. Pero de repente, mirándola desde lo alto de la escalinata, lo encontró humillante para ella. Sin pensárselo dos veces, se levantó de un salto y, obviando la consternación de los cortesanos y de los esclavos que le rodeaban, comenzó a bajar las escaleras. Eusebia y su madre se mostraron desorientadas y se pararon en el primer peldaño, mirando a su alrededor sin saber qué hacer. Ningún súbdito podía quebrantar la etiqueta sin arriesgarse a incurrir en delito de lesa majestad.

También la multitud, que hasta el momento daba gritos de júbilo, calló de repente, y una atmósfera de tenso silencio descendió sobre la plaza frente al palacio. Constancio se percató entonces de lo que había hecho. Había olvidado que un gesto imprevisto del emperador podía materializar las pesadillas más inquietantes en la mente de sus súbditos. Lo hizo instintivamente, y solo para mostrarle que ella le importaba y que deseaba que estuviera a gusto, y en cambio produjo el efecto contrario: al igual que los demás, Eusebia también estaba asustada.

Apretó el paso y se apresuró a llegar hasta la base de la escalinata, a riesgo de tropezarse con el largo ropaje púrpura. Tenía que poner fin cuanto antes a aquella embarazosa situación; jamás había sentido ninguna emoción de placer en demostrar su poder ante la gente y hacerles depender de cada una de sus palabras; cumplía con su cometido con espíritu de servicio, para complacer al Señor y seguir el destino que había trazado para él, consciente de la responsabilidad que pesaba sobre sus espaldas al administrar y conservar un Imperio de varios siglos. Cuando se reunió con Eusebia, se le hizo un nudo en el estómago de la emoción, pero se esforzó por no dejar ver su incomodidad; tenía que dar la impresión de que estaba seguro de sí mismo. La miró y se quedó más prendado que nunca de su belleza, que de cerca resaltaba aún más y lo encandilaba como si una estrella hubiera bajado del cielo para conocerle. Ninguna de las dos mujeres se atrevía a pronunciar una palabra hasta que él hablara. Entonces Constancio extendió el brazo y le ofreció su mano a Eusebia, quien esbozó una tímida sonrisa y, tras dudar un poco, la agarró. Constancio tembló al contacto con aquella criatura, luego empezó a subir las escaleras, midiéndose a cada paso, para asegurarse de que ella estuviera siempre a su lado. Se giró solamente para indicar a su madre que los siguiera y, sin decir nada, ascendió por la escalinata hasta llegar al trono.

Finalmente, se dio la vuelta hacia la plaza, donde la multitud esperaba todavía en silencio, casi conteniendo la respiración, a que aquella escena cobrara sentido. Sin soltar la mano de Eusebia, señaló a la mujer con la otra y luego levantó los brazos de ambos en alto, para recibir la ovación del pueblo, que no se hizo esperar.

Por fin habían comprendido. Ahora era su mujer y su emperatriz.

El césar quiso liderar personalmente la campaña en Galilea para reprimir la revuelta llevada a cabo por ese tal Patricio, que sublevó a los hebreos masacrando la guarnición romana de Cesarea. Envió una carta a la augusta Constantina para comunicarle la destrucción y el incendio de cuatro ciudades a título de ejemplo y le anunció su retorno triunfal con diez mil deportados. Pero hay quien dice que ha exagerado. Si no hubiera sometido Cesarea a una feroz represalia, masacrando indiscriminadamente incluso a quien no se había adherido a la iniciativa del rebelde, probablemente las otras ciudades no se habrían sublevado, y no se habría visto obligado a no dejar piedra sobre piedra. Ese Patricio encontró tal apoyo que alguno llegó a llamarle «rey». Finalmente, el césar le derrotó y le mató, pero al precio, se dice, de muchos caídos de ambos bandos, lo que molestó a las comunidades hebreas de todo el Imperio oriental, ya objeto de discriminaciones y restricciones cada vez más onerosas. Concretamente, la prohibición de utilizar esclavos hebreos para sus fábricas textiles, el mismo motivo que desencadenó la rebelión en Galilea, provocó algunas revueltas que las tropas no han podido apaciguar. También muchos decuriones de las ciudades sirias han manifestado su descontento por los excesos de la represión que han comprometido, quién sabe por cuánto tiempo, las actividades comerciales del sector. El descontento entre los administradores con el césar es palpable y solamente él parece no darse cuenta. Constantina, en cambio, lo sabe perfectamente, pero reacciona a su manera, humillándoles y haciendo que su poder pese aún más sobre ellos.

—Señora, la augusta te pide que te prepares para la fiesta en honor al regreso del césar Galo. Dentro de una hora deberás estar en el palacio para el banquete —le avisó un esclavo llegado desde la residencia de Constantina.

Martina asintió, firmó con su nombre ficticio, Minerva, la carta que acababa de escribir y releer, y la puso en la saca para su envío. Sabía perfectamente en qué consistiría el convite organizado por la emperatriz y cuál habría sido su papel: a sus treinta y siete años seguía siendo la mujer más requerida en esas fiestas de sexo desenfrenado con las que, ahora, Constantina se había atraído a la mayoría de los que tenían motivos para quejarse de su gestión del poder.

Y ella seguía prestándose de buena gana. No solo porque halagaba su ego, o porque le permitía ejercitar un poder sobre los hombres e incluso sobre las mujeres, sino sobre todo porque su escandalosa conducta le permitía mantenerse en estado de gracia ante la emperatriz y ello le facilitaría su ruina.

Desde que el obispo de Córdoba Osio la había contactado, había descubierto que existía una manera más eficaz que la muerte para vengarse de su amiga. Arrebatarle el poder que le había costado toda una vida obtener era mucho peor que matarla. De alguna manera Osio, quizá conociendo su historia con Nepociano, había sospechado que ella albergaba motivos de resentimiento hacia Constantina y le había propuesto tenerlo informado de todos los pasos que daba la pareja imperial en Antioquía para poder denunciarla ante el emperador Constancio. Y ella, que se estaba devanando los sesos desde hacía tiempo para encontrar el modo de asesinar a Constantina y salir impune, había visto en la oferta del prelado una vía de escape del tormento que la reconcomía desde hacía tiempo. Ahora tenía una nueva razón de vivir, y su existencia por fin cobraba sentido: liberar al Imperio de un personaje abyecto y dañino. Cada día tenía que ahogar el impulso de agredirla, de escupirle a la cara todo el rencor que había acumulado durante años por haber sido utilizada, humillada, decepcionada, y por la muerte del único hombre que había amado jamás. Antes de comprender de qué pasta estaba hecha en realidad, la había querido de verdad, con toda la pasión de que era capaz, le había estado agradecida y la había considerado una benefactora; ahora la odiaba porque la había vuelto como ella. Ahora se miraba al espejo y le parecía no tener más emociones, no ser capaz de sentir ningún afecto. Encariñarse con alguien significaba sufrir, antes o después, de un modo u otro. Todas las personas a las que había estado ligada estaban muertas o la habían decepcionado, empezando por sus padres, por eso le había resultado fácil endurecer su corazón y volverlo insensible ante cualquier atrocidad.

Se percató plenamente de ello cuando registró con desapego las noticias de la masacre llevada a cabo por Galo en Galilea que Constantina, como mujer sanguinaria que era, le había contado con evidente complacencia. Y no porque detestara a los judíos más que a los demás: simplemente, ya nada la impresionaba. Y todo esto la convertía en un valioso instrumento de ruina y de muerte, el cual quería utilizar. Osio había sido listo al darse cuenta de ello.

Terminó de vestirse y maquillarse a tiempo para cumplir con las disposiciones imperiales. Tomó el carruaje en dirección al palacio. No tenía intención alguna de hacer enfadar a Constantina; muy al contrario, deseaba complacerla todo lo posible para conquistar cada vez más su confianza. La frialdad en su relación de la época con Vetranión era solo un lejano recuerdo; la emperatriz no había tenido necesidad de amenazarla de nuevo para obligarla a hacer lo que necesitaba. Martina se prestaba con entusiasmo a satisfacer cada petición suya, y se había convertido en una presencia fija en el cubículo de Galo. Constantina enseguida la enredó en sus juegos a tres, pero pronto se cansó de su marido y había invitado expresamente a Galo a que usara a su amiga como concubina o, mejor dicho, como objeto sexual. Y el césar se la repartía de buena gana con su círculo de amigos, que se mostraban generosos con ella y la colmaban de regalos que la estaban enriqueciendo cada vez más.

Llegó a la residencia imperial justo cuando, oyó decir, el césar había entrado en la ciudad a la cabeza de un cortejo con el botín de esa guerra absurda. La condujeron hasta el triclinio, donde encontró las mesas puestas y a los esclavos listos para servir, tanto los platos como a ella misma, durante el banquete que pronto degeneraría en una orgía. Constantina observaba desde un rincón, evaluando y controlando que todo estuviera a punto, mientras algunos convidados se sentaban en su sitio. Alguno reconoció a Martina y la examinó con ojos libidinosos; eran viejos, gordos, pero no le importaba. Lo esencial era tenerlos en un puño y, al parecer, siempre lo conseguía. Le sonrió complacida con una expresión intencionadamente lasciva, que prometía chispa para la sobremesa.

Uno de aquellos cerdos que había tenido ocasión de divertirse con ella anteriormente se le acercó, sin quitarle los ojos de encima.

–No veo la hora, señora mía, de extender sobre tu magnífica piel algún manjar, cuando estés desnuda, y de lamerte toda… –le dijo, humedeciéndose los labios con la punta de la lengua.

Martina le sonrió con malicia.

–Y yo no veo la hora, mi querido Arbizón, de sentir tu lengua sobre mí –le respondió melosa–. Sobre todo, en los pezones; ya sabes cuánto me gusta que jugueteen con ellos…

La expresión de arrobamiento que mostró su interlocutor la enorgulleció y la hizo sentir poderosa, incluso más que quien se sabía influyente. Todos pensaban que era un objeto suyo, su esclava sexual, y en realidad eran ellos los cautivos de su propia lujuria y, por ende, de ella. Lanzó una ojeada a Constantina y esta asintió complacida; la augusta siempre estaba contenta cuando hacía de puta con alguien a quien quería corromper.

–Diría que las proporciones entre los dos ejércitos son las mismas que en Mursa. Somos más del doble –declaró el primicerio de la *schola palatina* Martino Martiniano, observando el despliegue de las tropas de Magnencio alineadas en las pendientes alpinas de Mons Seleucus, en la parte más meridional de la Galia. Constancio asintió, examinando el mismo escenario.

–Cierto, pero el usurpador, esta vez, tiene la pendiente a su favor –comentó, indicando la ladera sobre la que se había atrincherado–. Nos veremos obligados a atacarle en contra de la pendiente y perderemos muchos hombres, en el mejor de los casos. Tampoco podemos usar a la caballería, que habría sido nuestra baza vencedora. Y él lo sabe, no ignora que no queremos desperdiciar soldados. Sabe que no queremos repetir una nueva Mursa. Si perdemos otros cincuenta mil hombres del Imperio, será una derrota, aunque ganemos. Por eso se siente seguro…

–Sin embargo, mi señor, has dicho tú mismo que debemos acabar con él –declaró Martiniano–. Convendría arriesgarse de una vez por todas. Los beneficios que nos reportaría recuperar la Galia entera compensarían las pérdidas.

–Lo dudamos –replicó decididamente Constancio–. En este momento, si las cosas marchan como esperamos, su hermano Decencio en Tréveris será apresado por los francos y por los germanos que hemos pagado para que cruzaran la frontera. Después, no será fácil deshacernos de ellos; necesitamos cada soldado que podamos conseguir para hacerlos retroceder más allá del Rin.

Martiniano calló unos instantes.

—Y entonces —dijo por fin— que se entere Magnencio.

—¿De qué?

—De que no podrá recibir ninguna ayuda de su césar. Y que tendrá que guardarse las espaldas de las invasiones bárbaras. A lo mejor algún oficial suyo, como en su día hizo Silvano en Mursa, empezará a preguntarse si todavía vale la pena apoyarlo.

A Constancio le impresionó la idea. Al parecer, Martiniano no solamente sabía de tácticas, sino que era un excelente estratega. Y deseaba con todo su ser que tuviera razón: esa usurpación había durado ya demasiado.

—Sea —declaró—. Enviaremos un mensajero a Magnencio y a su Estado Mayor para que le alerte de la situación en la frontera. Luego esperaremos un par de horas y atacaremos.

Martiniano asintió y se alejó para acatar la orden con su acostumbrado celo. Poco después, Constancio vio partir a un jinete en señal de paz hacia la formación enemiga y detenerse brevemente frente a la primera línea. Se lo imaginó voceando a los soldados las palabras que había acordado con el primicerio y deseó que dejaran huella en las tropas gálicas del usurpador. Tenía prisa por volver a Milán, donde se encontraba su esposa, con quien solo había podido estar un breve tiempo tras los esponsales.

Pero esos días le habían bastado para comprender que quería permanecer junto a ella el mayor tiempo posible.

Había descubierto que Eusebia era tan inteligente como hermosa. Mostraba interés por la política y, en un par de ocasiones, le había proporcionado valiosos consejos. La idea de sobornar a los bárbaros del otro lado de la frontera había sido suya y, aunque arriesgada —lo suficiente para provocar el desconcierto de muchos cortesanos y generales—, probablemente pronto se revelaría decisiva: si Magnencio había llegado a dominar los Alpes con un ejército tan exiguo, era precisamente porque tenía las espaldas en continua amenaza. Lo único que el usurpador ignoraba por el momento es que pronto los bárbaros no se limitarían a hacer incursiones, sino que llevarían a cabo una auténtica penetración de sus fuerzas.

Vio que el correo regresaba. Ahora Magnencio estaba al tanto. Y lo sabían también sus hombres. Únicamente quedaba por ver si los cálculos de Martiniano se revelarían exactos. Oró al Señor para que así fuera; hacía solamente unos días que había logrado consumar el matrimonio con su esposa y lo había disfrutado infinitamente. Ella le había ayudado a superar todas sus rémoras, mostrando una ternura que había terminado por hacerle sentir realmente a gusto. No tuvo el valor de desnudarla, pero se prometió hacerlo cuando entre ellos surgiera una mayor confianza. Sentía vergüenza al desearla también como amante; la finalidad de aquel matrimonio debían ser los hijos y solamente ellos, y la lujuria debía ser desterrada. Pero Eusebia le hacía sentir por fin como un hombre, con todos sus impulsos naturales, y tenía la necesidad de abandonarse con voluptuosidad. Expiaría todas sus culpas poniendo más empeño que nunca en conseguir la unidad de la Iglesia. De hecho, no tenía prisa por volver a Milán solamente para ver a su mujer, sino para convocar un nuevo concilio y poner de acuerdo a los obispos orientales y occidentales sobre la cuestión de la Trinidad, que sacudía a la comunidad cristiana.

—Es la hora, mi señor —dijo Martiniano cuando transcurrió el tiempo acordado para dar ocasión a las tropas de Magnencio de evaluar su posición.

Constancio suspiró y, con reticencia, dio su consentimiento.

—Acabemos con esto —se limitó a decir, con la esperanza de no enviar a sus hombres a una carnicería, pero también de no provocar estragos en las filas enemigas.

Se quedó inmóvil observando a su ejército avanzar hacia la ladera donde se había asentado el del usurpador. No pudo por menos que notar el desnivel entre sus tropas y las enemigas, pero, sobre todo, se fijó en los arqueros dispuestos en los flancos del despliegue rival, listos para lanzar nubes de flechas sobre sus efectivos. Se fijó en los surcos y barrancos diseminados al pie de las colinas, los árboles, los montículos, las grietas, los arbustos, y se preguntó cómo sus solda-dos podrían alguna vez mantener la cohesión necesaria, tanto para protegerse de los dardos enemigos como para echar por tierra las defensas con un ataque decisivo y penetrante. Por muchos efectivos que tuviera a disposición, jamás conseguirían provocar un avance en esas condiciones.

Sentía planear sobre su cabeza el espectro de una implacable derrota. No había considerado que el riesgo de perder era mayor que el de vencer a un precio demasiado alto. Tal vez no debería haber autorizado el ataque. Estuvo tentado de cabalgar hacia la primera línea para detenerlo todo, pero comprendió que solamente se pondría en ridículo, dando una clamorosa impresión de debilidad, ya fuera ante sus tropas o frente a las enemigas. Le devolvería la confianza a Magnencio, y puede que hasta le indujera a contraatacar. No, ahora se encontraba en un callejón sin salida: demasiado tarde para cambiar sus propias órdenes. Si el anuncio del mensajero no surtiera efecto, se estaría enfrentando a un desastre. Ahora la idea de dividir el Imperio con Magnencio no le parecía tan horrible ante la perspectiva de perderlo todo.

Empezó a temblar de miedo cuando su primera línea se cerró casi en la base de la colina ocupada por el enemigo, lista para implementar lo que parecía, cada vez más, una acción suicida. Todavía había grandes lagunas en su alineación. Algunas unidades tenían que terminar de colocarse, mientras que las últimas filas se habían quedado atascadas a causa de la dificultad del terreno. Si Magnencio decidiera desencadenar una tormenta de flechas sobre sus cabezas en aquel momento, sus filas se habrían disgregado completamente. Se le hizo un nudo en el estómago: en aquel momento se lo estaba jugando todo. Y habría podido evitarlo.

—¡Constancio emperador!

—¡Alabado sea el augusto Constancio!

—¡Él es nuestro emperador!

—Es el hijo de Constantino el Grande. ¡Salve a Constancio!

Los gritos resonaban en el valle, cada vez más intensos y más frecuentes, hasta que se convirtieron en un coro prácticamente unánime.

Y provenían de las filas del ejército de Magnencio.

Juliano miró hacia proa y contempló, lleno de alegría y esperanza, el perfil de Éfeso. Es posible que en esa ciudad encontrara finalmente la salvación de su alma, el conocimiento, la Verdad, la reconciliación con los dioses que habían contribuido a mantener poderoso y duradero el Imperio. Agradeció a quienquiera que rigiera los destinos de los hombres por haberle dado la libertad que buscaba desde niño, con la posibilidad de recurrir al conocimiento donde más lo necesitaba.

Y ahora sabía que debía aprovecharse de Éfeso. Se lo habían dicho todos los filósofos que había conocido en Nicomedia: Máximo de Éfeso le había aclarado todas sus dudas y le había reconciliado con la divinidad. Y había partido inmediatamente después de recibir el permiso de su hermano, a quien había escrito simplemente que deseaba realizar un viaje educativo por Asia. Galo, sin embargo, le había advertido varias veces que no se relacionara con eminencias de reputación dudosa, supuestos filósofos, nigromantes y hierofantes, sino que se atuviera a compañías más acordes con su rango que le mantuvieran firme en el camino que conducía a Cristo.

Pero no podía hacerle caso. Era imposible. Cristo nunca le contestaba, nunca respondía a sus necesidades. Plotino solía decir, a quien lo criticaba por no frecuentar los templos, que eran los dioses quienes debían ir a él y no él hacia ellos; pues bien, Cristo no había venido nunca a buscarlo, y él ya no tenía intención de ir a indagar en las iglesias ni las basílicas, donde las fórmulas que pronunciaban los sacerdotes le resultaban cada vez más vacías, privadas de significado; esas historias y esas patrañas le alejaban de su alma inmortal en lugar de acercarlo. La teología elaborada por los Evangelios le parecía pobre y simple comparada con las teorías neoplatónicas del Uno, de la unidad absoluta, la plenitud de la que deriva todo ser hasta la materia bruta, donde la cosmogonía era tan amplia que lo abarcaba todo y ofrecía una explicación para todo.

Rechazaba la idea de que alguien hubiera venido a salvarlo haciéndose clavar en una cruz como un delincuente común; la salvación debía buscarse en el interior, a través del estudio y la meditación, con un comportamiento recto y adquiriendo una conciencia plena. Constantino había renegado del dios de sus antepasados, el Sol invencible, que ahora era vilipendiado y despreciado por todos, pero cuyo esplendor se manifestaba por todas partes ante sus ojos, otorgando sus dones al universo entero. El Sol era un dios capaz de contener a todos los dioses, no de excluirlos, como el cristiano. Esos mismos dioses que habían proporcionado a los griegos y a los romanos el genio necesario para construir espléndidas civilizaciones, un Imperio de siglos, y para producir obras artísticas, filosóficas y políticas ricas en sensibilidad y espíritu. Él, en cambio, deseaba entrar en contacto con ese mundo que le había sido negado desde niño, pero del que había ido tomando conciencia a medida que se sumergía en sus estudios y avanzaba en sus investigaciones. Era un mundo, el de Homero y Aristóteles, Platón y Esquilo, que ahora la dinastía reinante y la cultura imperante estaban ahogando, pretendiendo incluso que la gente olvidara que habían existido. Él también formaba parte de la dinastía reinante, del que era su exponente más joven, y se avergonzaba de ello. Era una familia que estaba llevando a la ruina al Imperio, matando no solo la tradición, sino incluso a sus mismos miembros.

Recordaba las palabras de Sexto Martiniano en las mazmorras del palacio imperial de Constantinopla, muchos años atrás: «Yo me limito a ser un individuo que respeta las tradiciones y las divinidades que le han otorgado el privilegio de ser un romano. Y no me identifico con un carpintero hebreo crucificado por los mismos judíos y por nosotros los romanos; de hecho, me sorprende que ahora haya emperadores, príncipes y senadores que simpaticen con él».

Se sentía exactamente igual. Sexto Martiniano le había indicado el camino que debía seguir. Tardó quince años en darse cuenta. Miró de nuevo hacia Éfeso mientras la nao se disponía a atracar en el puerto. Tal vez allí, tras aquellos muros, el camino indicado por el valeroso pretoriano llegaría a su fin.

Martino vio abrirse ante él las puertas de Lyon. Miró con desconfianza a los soldados encaramados en las almenas y en las torres, luego recomendó a sus hombres que mantuvieran las armas bien agarradas y los escudos en alto. Incluso si los acuerdos estipulaban que Magnencio se entregara, siempre existía la posibilidad de algún arranque por parte del usurpador o de alguien de su Estado Mayor. Los defensores de las murallas corearon el nombre del emperador Constancio, como lo habían hecho en el campo de batalla de Mons Seleucus. De las puertas salió una delegación de notables de la ciudad formando una procesión para recibirle: todos parecían civiles y, además, sin escolta. Esto le tranquilizó; no se habrían expuesto así si no hubiera estado todo en orden.

El emperador le había concedido el gran honor de ir a prender a Magnencio, quien se había rendido tras saber que su hermano Decencio estaba siendo asediado y que la frontera gala estaba en manos de los bárbaros. Después de haber perdido gran parte de su ejército en los Alpes, sin siquiera combatir, el usurpador se había atrincherado en Lyon, pero ni allí había encontrado ningún apoyo; en consecuencia, había enviado a Constancio una carta en la que se declaraba dispuesto a rendirse si el emperador le garantizaba salvar su vida.

Constancio no tenía intención alguna de perdonarlo. Ni a él, ni a los máximos exponentes de su partido. De todas formas, le comunicó que consideraría una amnistía para facilitar el proceso de paz. Pero entonces, al final, solo la aplicaría a los funcionarios de menor rango. Martiniano no estaba de acuerdo, no le parecía cristiano comportarse de un modo tan hipócrita, pero no era quien para discutir las decisiones imperiales; él no cargaba con la responsabilidad de Constancio y quizá, si estuviera en su pellejo, habría estado obligado a reaccionar de la misma manera para salvaguardar el Imperio de futuros disidentes. Además, era urgente reforzar las defensas a lo largo del Rin frente a los bárbaros que merodeaban por todas partes y cruzaban la frontera a su antojo. Por lo tanto, no era necesario ser demasiado sutil.

—Primicerio Martino Martiniano, tenemos el honor de recibir a un héroe de guerra en nuestra ciudad. Estamos trabajando por la paz, y esperamos que se lo transmitas fielmente al emperador. Como puedes comprender, nosotros también hemos sufrido esta usurpación, que habríamos evitado de buena gana si hubiéramos podido deshacernos del yugo de Magnencio —se presentaron los decuriones, poniendo de inmediato bien claro lo que esperaban de él.

Pero de ningún modo pretendía convertirse en el recadero de esos oportunistas. Desde lo alto de su silla, los miró con desprecio y les dijo:

—Estoy aquí para cumplir las órdenes del emperador, nada más. Hacedme, por tanto, el favor de escoltarme hasta la residencia del usurpador.

Resentidos y a disgusto, los hombres se miraron los unos a los otros, pero finalmente consideraron oportuno no replicar. Martino dispuso su columna a los lados para mantener a los civiles como rehenes en caso de que alguien hubiese preparado una emboscada, y les siguió hacia el interior de la ciudad. Nada más entrar, le acogió una multitud jubilosa, gritando una vez más el nombre de Constancio. El pueblo siguió aclamándolo también por las calles que conducían hasta el palacio de Magnencio. Todos estaban contentos porque la guerra había terminado, las privaciones y las restricciones acabarían y podrían retomar sus actividades; y también ellos se afanaban por demostrar que jamás habían deseado traicionar al emperador legítimo, y que habían sido simplemente víctimas de las circunstancias.

Sin embargo, a medida que avanzaban por las calles se veía menos gente. Al parecer los habitantes satisfechos con el cambio de régimen habían acudido todos a la puerta. A menos que la ciudad se hubiera vaciado, la mayoría de los ciudadanos debían haberse quedado en casa.

–¿Cómo es que veo tan poca gente por las calles? –preguntó al decurión que tenía más cerca.

El hombre miró a sus colegas y luego extendió los brazos. No le agradaba tener que responder a aquella embarazosa pregunta.

–Bueno, general… –hizo un esfuerzo por encontrar las palabras adecuadas–, aunque los habitantes de la Galia, fieles súbditos del Imperio desde los tiempos de Augusto, se alegren ante la perspectiva de volver plenamente al redil del Imperio, algunos sectores no poseen grandes razones para alegrarse del cambio de régimen…

–¿A quién te refieres en particular? –le apremió Martino.

–Bien, me refiero a los idólatras, por ejemplo. Con Magnencio, se les han devuelto sus bienes confiscados a favor de los cristianos y pueden ocupar diversos cargos públicos que antes les eran vetados; además, se les permite celebrar sacrificios sin restricciones. Por eso le apoyaron. Y luego están los judíos…

–¿Los judíos?

Su mente voló hacia Raquel.

–Así es. Últimamente han sufrido discriminaciones bastante peores que las de los paganos –le confirmó el hombre–. Excepto en la Galia. Magnencio…, ejem, el usurpador, mejor dicho, se valió de ellos para obtener financiación, y no ha aplicado la rígida legislación que se ha instaurado en el resto del Imperio. Aquí en la Galia se permitían los matrimonios entre hebreos y cristianos; los judíos pueden utilizar mano de obra cristiana para sus actividades, e incluso esclavos cristianos... Pueden acceder a cargos públicos, profesar libremente su fe y mantener abiertas sus escuelas rabínicas. No me parece que todo esto sea posible en otros lugares... No es casualidad que en los últimos años haya habido un aumento significativo de la presencia judía, tanto aquí en Lyon como en otras partes de la Galia.

Martino se quedó callado. Sabía que el decurión tenía toda la razón. Una vez en Italia, Constancio se había ocupado de restablecer las leyes relativas a los judíos que Magnencio había suspendido cuando llegó al poder. Se preguntó si el padre de Raquel, que ya se había mudado una vez, no habría aprovechado la ocasión para emigrar nuevamente. Escribiría a su hermana en Antioquía para que se informase. Si no hubiera sido por Raquel, Martino habría considerado un deber sacrosanto castigar a los hebreos por lo que le habían hecho a Jesús y por su obstinado rechazo a reconocerlo como Hijo de Dios. Ahora, en cambio, albergaba serias dudas sobre el efecto de semejantes discriminaciones, sobre todo porque las generaciones actuales no tenían nada que ver con el error cometido por sus lejanos antepasados.

Pero era hora de arrestar a Magnencio. Accedió al palacio, donde autorizó a que lo siguiera una veintena de sus subordinados, todos satisfechos y orgullosos de ser comandados por un general que les dio la oportunidad de poner fin a una guerra que había durado cerca de tres años. Parecían lejanos los tiempos en los que le detestaban; ahora se contaba entre los poderosos y, pensaran lo que pensaran de él en su fuero interno, le respetaban e incluso le temían.

Le informaron de que el usurpador le estaba esperando en el *tablinum* junto a sus familiares y al círculo de amigos cercanos. Se preparó para tragarse el desprecio que profesaba por aquel idólatra y traidor, y para mostrar el respeto debido a un personaje de alto rango que había que llevar con vida a presencia del emperador: Constancio pretendía exhibirlo como trofeo antes de ajusticiarlo.

Pero cuando entró en la habitación comprendió de inmediato que no sería posible. Los mismos sirvientes que le condujeron hasta el lugar se mostraron sorprendidos cuando vieron la carnicería que había tenido lugar allí dentro. Martino reconoció a Magnencio por las imágenes que había visto en las monedas acuñadas por el usurpador: yacía desplomado sobre su escritorio, con las manos aún aferradas al puñal que se había clavado en el estómago. Había más hombres en el suelo, todos apuñalados y muertos excepto uno, que se arrastraba hacia la puerta, herido en un costado. Oyó decir a los sirvientes que se trataba de Desiderio, otro hermano de Magnencio. Y vio también a una mujer anciana, degollada; dijeron que era la madre del usurpador.

Martino se mostró decepcionado, aunque por dentro aprobó la decisión del usurpador y sintió por él, finalmente, un atisbo de admiración. Constancio no obtendría su venganza. Pero ahora el Imperio era todo suyo.

CAPÍTULO XXII

Era difícil seguir la carrera con todos los gritos de los espectadores que no iban dirigidos a los aurigas. Los mismos participantes parecían perdidos, desorientados, y no sujetaban las riendas de sus caballos con la habitual audacia: sus cuadrigas iban a menor velocidad de la normal, derrapaban y se golpeaban contra la espina. Los animales percibían que sus amos no los controlaban, y tendían a correr cada uno por su cuenta, estorbándose unos a otros.

Era la carrera más espantosa que Martina había visto en su vida.

Cada grada del hipódromo de Antioquía estaba impregnada con la rabia del público, pero la carrera no tenía nada que ver. Los espectadores estaban enojados con el césar y su consorte. Martina estaba sentada junto a ellos, pero también al lado del prefecto, Talasio. Y la jornada estaba transcurriendo de manera muy diferente a la esperada.

Al salir de casa, se había preparado para la enésima y aburrida serie de pasatiempos con los que se entretenía la pareja imperial desde que Galo había regresado de su última y victoriosa campaña en Isauria: durante el día, juegos de gladiadores, carreras de cuadrigas y representaciones teatrales; por la noche, banquetes y orgías. Pero ni ella ni los soberanos habían contado con la cólera del pueblo.

–¡Ingratos! –exclamó Galo, indignado por los insultos que le vociferaba la multitud–. Hace un mes que les entretenemos con todo tipo de espectáculos, ¡y mira cómo nos lo agradecen!

El prefecto se inclinó hacia él, echándole el aliento a Martina, que se encontró con su cara entre la suya y la arena. Ni se inmutó: lo había tenido incluso más cerca en alguna bacanal nocturna.

–Mi señor, sabes bien que no son espectáculos lo que quieren, sino pan –se atrevió a especificar–. Preferirían que se abordara la hambruna comprando cereales de las provincias africanas.

Galo se lo quedó mirando con acritud.

—¡Pero tengo que celebrar mi victoria sobre los bárbaros! —replicó irritado, haciendo referencia una vez más a la modesta guerra que había librado contra los forajidos atrincherados en las montañas al norte de la ciudad.

Desde que había regresado no hablaba de otra cosa; oyéndole, parecía que había derrotado a Sapor en persona y conquistado el Imperio persa. Pero todos conocían la realidad, y Martina más que nadie, tanto que se lo había contado por escrito a Osio: el césar se había limitado a chamuscar los refugios de los bandoleros en las montañas, asolando pueblos indefensos donde no había encontrado resistencia; los verdaderos bandidos habían huido antes de su llegada, para esconderse en sus cuevas de las montañas, donde Galo no se había atrevido a adentrarse.

—Los fondos del erario no son inagotables —prosiguió—. Si los gastamos en el circo, no quedará nada para pan. Y no me negarás un triunfo, prefecto: Trajano, después de conquistar la Dacia, celebró su victoria con un mes de festejos de la mañana a la noche…

Talasio apretó los puños. Estaba claro que le costaba controlarse.

—Mi señor, como ves, aquí nos arriesgamos a una revuelta. Quieren comer. También recurriste a los fondos provinciales para estas celebraciones que, con todos mis respetos, no son por la conquista de la Dacia. Te he pedido repetidamente que me permitas disponer para afrontar la carestía; llevo tiempo avisándote de que este año las cosechas serían escasas y que habría que importar grano…

Martina conocía lo suficiente a la pareja imperial como para saber que el prefecto estaba yendo demasiado lejos. Vio a Constantina temblar de desdén.

—Talasio, en tu afán por complacernos, nos señalaste esta necesidad con demasiada timidez. ¿Y ahora quieres culparnos de la situación? Tú eres el responsable de esta provincia, y deberías ser tú quien pensara en el bienestar de la población. Pero durante el día estabas demasiado ocupado pensando qué harías por la noche con esta bella señora —especificó la augusta, señalando a Martina.

Talasio se golpeó los muslos con los puños en un gesto de frustración.

—Mi señora, ¿cómo puedes decir eso? Habéis agotado las arcas de las provincias y he tenido que subir los impuestos para disponer de más dinero y mantener una reserva de emergencia. La gente tiene muchos motivos para estar descontenta: no tienen para comer y encima todo cuesta más…

Martina sabía que el gobernador tenía razón. Para garantizarse el tren de vida que Constantina consideraba digno de una emperatriz, la pareja de soberanos había esquilmado no solo el tesoro imperial, sino también los fondos provinciales y, para terminar, el patrimonio de los senadores, que se habían visto obligados a contribuir con enormes donaciones bajo amenaza de muerte. Ella misma había visto a muchos padres conscriptos de la ciudad abandonar las fiestas firmando documentos en los que se comprometían a pagar grandes sumas de dinero al césar y a la augusta para subvencionar esas mismas fiestas, las pequeñas escaramuzas contra los enemigos del soberano y los majestuosos triunfos correspondientes. Y, en ocasiones, quien se negaba a pagar las sumas requeridas no volvía a ser invitado a la siguiente fiesta. Y no porque no lo desease, sino porque su cuerpo había sido encontrado en el Orontes con un cuchillo en la espalda.

Galo estaba a punto de decir algo, pero la mujer le puso una mano en el brazo y le susurró algo al oído. El césar escuchó, luego sonrió dejando ver toda su perfidia, entonces se levantó y observó el final de la carrera; en ese preciso momento el vencedor atravesaba la línea de meta ante la indiferencia general, mientras el público centraba toda su atención en el palco imperial. Los espectadores gritaban al unísono, y era difícil entender sus palabras; pero las expresiones no dejaban lugar a dudas. Galo levantó los brazos al cielo para pedir silencio, y sus guardaespaldas empezaron a golpear sus escudos con las lanzas para hacer callar al público.

Las voces se fueron apagando gradualmente, y solo entonces Martina fue capaz de escuchar con claridad lo que decían aquellos enardecidos que no fueron capaces de callarse cuando Galo dio la orden.

–¡Tirano!

–¡Nos estás matando de hambre!

–¡Nosotros pagamos tus vicios!

–¡No eres digno de tu primo! ¡Él pensaba en el bienestar de sus súbditos!

Tendría muchas cosas que contarle a Osio aquel día. Esos dos desgraciados estaban arruinando la provincia, se dijo Martina con satisfacción.

Galo avanzó hacia el parapeto y gritó:

–¡Fieles súbditos, vuestras protestas me entristecen! ¡Dios es testigo de que he hecho todo lo posible por mi parte, y siempre con la estimada ayuda de mi admirable esposa, para aliviar vuestro sufrimiento! He prodigado ingentes recursos tanto para vuestro entretenimiento como para vuestro alimento, y si el hambre está poniendo al pueblo de rodillas, ¿quién tiene la culpa sino el propio prefecto de la provincia?

Talasio abrió los ojos de par en par.

–¡Si el prefecto es un incapaz o, peor aún, un malhechor que no utiliza el dinero de la recaudación de impuestos para dar de comer a los ciudadanos, me encargaré de su destitución! –retomó Galo–. ¡Me preocupo por el bienestar de mis súbditos más que nadie, y no digamos por los de la ciudad donde he elegido vivir! ¡Me comprometo a ver dónde han ido a parar los fondos que he transferido al prefecto para afrontar la emergencia de la hambruna, sacados de mi patrimonio personal! Y si los indicios revelaran su culpabilidad, sufrirá un justo castigo. Es más, para demostraros cuánto tengo en cuenta vuestra opinión, ¡os lo encomiendo ahora mismo para que vosotros lo castiguéis!

Acto seguido, Galo hizo un ademán a los guardias, que agarraron por los brazos al pobre prefecto y lo arrastraron fuera del palco imperial, para depositarlo en las gradas más cercanas, justo en medio de la multitud. Talasio estaba demasiado atónito para reaccionar. Miró a la pareja imperial con incredulidad, sin patalear ni acobardarse, y una vez en medio del pueblo llano recorrió con la mirada perpleja a quienes le rodeaban sin decir nada, mientras los curiosos se acercaban profiriendo amenazas.

–¡Canalla!

En el desconcertante silencio generalizado, se oyó el primer grito.

–¡Te enriqueces a nuestras espaldas y a costa del emperador!

Se escuchó otro.

–¡La pena de muerte no es suficiente para carroña como tú!

De repente, como si se hubiera convenido una señal, las personas más próximas al prefecto se abalanzaron sobre él, y lo hicieron desaparecer de la vista de Martina y de los miembros del palco real. La mujer oyó un desgarrador grito de dolor, estaba segura de que provenía de Talasio. Le siguió otro, y luego uno más, hasta que sus gritos se fueron apagando por la turba enardecida. A los empujones siguieron patadas y puñetazos, y luego todos se le echaron encima. A Martina le pareció ver la hoja de un cuchillo blandida en el aire, brillando con el sol. Luego la volvió a ver, pero se había tornado carmesí. Observó a los espectadores agolpándose alrededor del prefecto y tirando con todas sus fuerzas. Finalmente, un hombre se irguió y alzó el brazo hacia el cielo.

En su mano agarraba una extremidad, de cuyos jirones goteaba sangre sobre su cabeza.

A la enésima noticia de un fracaso, Constancio perdió la paciencia. Rompió su habitual autocontrol y pateó el suelo con el pie como un niño.

–¡No es posible! –se quejó con voz estridente–. Este es el quinto puente de pontones que intentamos construir, ¿y vienes a decirme que los germanos no nos lo permiten?

El nuevo *magister militum* de las Galias, Silvano, extendió los brazos en un gesto de impotencia.

–Mi señor, arremeten sobre nuestros ingenieros con balsas y arqueros, y no hay forma de repelerlos mientras seamos tan pocos. Saben que nuestro ejército es limitado y carecen de escrúpulos.

–¡Basta! ¡Queremos verlo con nuestros propios ojos! –ordenó, invitando al general y a los guardaespaldas a escoltarlo a la primera línea.

Mientras cabalgaba hacia la orilla del Rin, Constancio se preguntaba cómo salir de este embrollo. Se encontraba entre dos fuegos: por un lado, estaban los germanos que había pagado para atacar a Magnencio y que continuaban saqueando las regiones al oeste del gran río; por el otro, las tropas *comitatenses* estacionadas tierra adentro, en Chalons, molestas por la caída del usurpador, de quien no habían recibido sus atrasos, se habían rebelado y se negaban a seguirle. Así que había tenido que dejar en el sur a Martino Martiniano, el hombre del que más se fiaba, y había partido hacia la frontera para hacer retroceder a los invasores más allá de los confines.

Cuando le vieron llegar, los germanos se habían replegado, pero llevándose un pingüe botín. Era necesario perseguirlos más allá del Rin y darles una buena lección para que escarmentaran de una vez por todas; pero el río era realmente una barrera infranqueable: no había manera, en aquellos días, de construir un puente con el que atravesarlo. Con las tropas en estado de rebelión, los bárbaros dedicándose impunemente al pillaje y los informes cada vez más preocupantes de Osio en Oriente, urgía establecer cuanto antes el prestigio imperial. Necesitaba una victoria rotunda, pero a estas alturas, a no ser que Martiniano le brindase tropas adicionales, sería prácticamente imposible obtenerla.

El emperador llegó justo a la orilla occidental y le bastó una ojeada para comprender que los romanos no tenían ninguna posibilidad de cruzar a la ribera opuesta. Era uno de los puntos donde el lecho era más estrecho, pero los puentes en construcción no habían superado ni la mitad. Las embarcaciones flotaban a la deriva y los maderos, sin ninguna sujeción, se derrumbaban miserablemente en el agua, haciendo fracasar el trabajo de los ingenieros, que ni siquiera tenían la posibilidad de retomar las obras en un momento más propicio.

Los germanos pululaban en la orilla opuesta, emitiendo sus gritos de guerra, golpeando las armas sobre los escudos y lanzando chanzas e improperios a los romanos. Había numerosas balsas atracadas o flotando en el agua con arqueros que apuntaban con sus armas a cualquiera que intentara reconstruir los puentes.

Constancio se acordó de la carta de Osio, entregada la víspera por el gran chambelán Eusebio. Como si no tuviera bastante con los problemas en Occidente, en Oriente Galo y su hermana se estaban comportando de un modo que, según el obispo, presagiaba la posibilidad de una usurpación. El césar había incitado a la chusma para que linchara al prefecto Talasio, quitando de en medio a la única persona que podía impedirle aprovecharse a manos llenas del tesoro público. Debía tomar medidas urgentes. Muy urgentes. Apenas había derrotado a un usurpador y ya se encontraba de nuevo con otro, para más inri en el seno de su propia familia.

—Mi señor, los guías han encontrado un vado más al norte. ¿Lo intentamos? —le sugirió Silvano.

Constancio suspiró.

–Por lo que parece, no nos queda más remedio. Debemos probarlo todo, cueste lo que cueste –dijo.

Luego rogó al Señor que Martiniano tuviera éxito en su misión.

–Esta carta de Antioquía es para ti, general. De tu hermana, supongo –dijo el gran chambelán Eusebio, tendiéndole la mano con la misiva.

Martino se preguntaba cómo diantre el eunuco podía suponer que se trataba de Martina. Pero en ese momento tenía asuntos más urgentes que despachar con aquel espurio individuo.

–¿Has terminado de repartir el dinero entre las tropas? –le preguntó con impaciencia.

El eunuco levantó las cejas y extendió los brazos.

–Señor, nos llevará todo el día asignar la paga. Hay muchos soldados y mucho dinero. Ayer solamente nos dio tiempo a distribuir una parte…

–¿Lo dices en serio? ¿Todo el día para pagar únicamente a una parte de las tropas? En tres horas los quiero a todos listos para partir; no tenemos tiempo que perder –le apremió.

–¿Y cómo lo haremos? No podemos decir a los soldados sencillamente: «¡Aquí están los carros, entrad y coged lo que queráis!» –replicó Eusebio.

Martino reflexionó. No, no podía hacerlo. Pero sí que había una manera de acelerar la operación.

–Informa a las tropas de que se preparen para salir en tres horas y déjales bien claro que no partiremos sin que todos hayan cobrado lo suyo –ordenó.

–¿Y cómo piensas hacerlo? –quiso saber el eunuco, intrigado.

–Tú ocúpate de traer a las tropas frente a los carros de las pagas. Del resto me encargo yo –expuso seguro de sí mismo.

Eusebio asintió perplejo y se alejó. Martino llamó a su ayudante y le mandó que reuniera a su unidad. Estaba a punto de levantarse para ir con él cuando se acordó de la carta que le había entregado el eunuco. Estuvo tentado de abrirla: Martina no le escribía muy a menudo y, en general, solamente lo hacía para responderle a sus misivas. Era una melliza bastante atípica, que no sentía un gran lazo de sangre. Pero él había tomado la decisión hacía tiempo de ser tolerante con ella; era todo lo que le quedaba.

Pero oyó fuera del pretorio los silbidos de los centenarios reuniendo a su legión y decidió salir. Llevó la carta consigo, para leerla en el primer momento de tranquilidad que tuviera. Una vez frente a los soldados, se aseguró de que se presentaran bien pertrechados y después dijo en voz alta:

–El emperador nos necesita. De inmediato. No tiene suficientes hombres para dar un buen escarmiento a los germanos. Tenemos que conseguir ponernos en marcha dentro de tres horas, pero para hacerlo debemos lograr que las legiones destacadas en Chalons reciban su paga «ahora». Y cuando digo ahora, quiero decir ya mismo. Por tanto, como confío en vosotros más que en ninguna otra unidad de todo el Imperio romano, quiero que cada decena se posicione frente a un carro y ayude a los secretarios del gran chambelán Eusebio a repartir la paga. Vosotros, una vez en el frente, recibiréis una gratificación; me ocuparé personalmente de informar al emperador de vuestros méritos, ya sabéis que podéis confiar en mi palabra.

En cuanto terminó de hablar, los legionarios elevaron un rugido de aprobación entusiasmados, halagados por haber sido elegidos para una tarea tan delicada y deseosos de ponerse a prueba contra los bárbaros en el frente.

Martino los miró emocionado y pensó cuánto habían cambiado las cosas últimamente. Ahora también era un héroe para ellos; cuando había que completar las filas por cualquier retiro o deceso, los soldados de las demás unidades hacían cola para entrar a formar parte de la suya. Le adoraban, le respetaban y lo seguían ciegamente.

No habría podido pedir más a la vida.

Si exceptuaba a Raquel.

Poco después se puso en cabeza dirigiéndose al campo de maniobras a las afueras de Chalons donde Eusebio había reunido a las legiones de regulares. Encontró a la tropa desplegada pero nerviosa, y solo parcialmente pertrechada. Habían guardado las tiendas y las habían puesto en los carros, pero no todos llevaban la coraza, el casco y el escudo. Los legionarios esperaban a Eusebio y sus colaboradores junto a los carros sombríamente, pero cuando le vieron a él muchos se relajaron: ahora era conocido en todas partes, igual que lo había sido su padre, y esto le llenaba de orgullo, hasta el punto de que a menudo debía expiar su vanidad con plegarias y confesiones.

–¡Soldados, quien no esté bien pertrechado no recibirá su paga antes de salir! –gritó.

Inmediatamente, muchos salieron corriendo de las filas para terminar de prepararse, provocando las risas de los compañeros que ya estaban listos. Con un gesto de Martino, la guardia palatina empezó a extraer de los carros los estipendios y a contar las monedas para meterlas en las bolsitas delante de los secretarios. Estos últimos, sentados en sus escritorios con los registros, llamaban uno a uno a los soldados, anotaban en los cuadernos la suma y el nombre, y entregaban la bolsa que les habían pasado los guardias.

Martino se acercó a uno de los carros y empezó a compartir el trabajo de contar las monedas y llenar las bolsas con sus soldados. En un momento de espera en que los esclavos se disponían a abrir las últimas cajas, decidió leer la carta de su hermana. La abrió y le bastó dar una ojeada a las primeras líneas para comprender que la ironía del destino le enfrentaba a una elección devastadora.

¿Cumplir con su deber y ayudar al emperador o intentar ser realmente feliz?

–Pero ¿quién te lo ha dicho?

Silvano, irritado, se lamentaba con su Estado Mayor mientras Constancio callaba frente a aquel nuevo fracaso.

–Señor, hemos tenido desertores entre los germanos que militaban en nuestras filas –explicó uno de los generales–. «Esto es lo que ocurre cuando se llenan las filas del ejército con bárbaros» –le entraron ganas de decir–. Quizá hayan sido ellos quienes han comunicado a Gondomaro y Vadomaro el punto por el que vadearíamos el Rin…

Silvano resopló y se dirigió al emperador:

–Podemos insistir, mi señor –dijo con un tono casi desesperado–. Las aguas están bajas y la corriente es débil, de modo que los nuestros pueden atravesar en masa. Si nos empleamos a fondo, podremos abrirnos paso…

Constancio observó la serpiente de legionarios que se había formado a lo largo del río entre ambas márgenes. No lograban avanzar ni un paso frente al despliegue masivo de germanos que se encontraba preparado en la otra orilla. Efectivamente, los bárbaros debían haberse enterado por dónde pensaban cruzar los romanos, o tal vez ya conocieran ese vado. Cada legionario que intentaba tocar tierra era atravesado por alguna lanza, mientras los arqueros seguían disparando una lluvia de flechas sobre el resto, que los romanos solamente podían sortear pegando sus escudos los unos con los otros, por lo que debían quedarse quietos y ello les privaba del empuje necesario para defender la primera línea.

–¿Y después? Carecemos de hombres suficientes para rodearlos o perseguirlos –se lamentó–. Casi todos se darían a la fuga, y se mofarían de nosotros como han hecho hasta ahora. Si están todavía allí, delante de nuestras narices, es porque saben que no arriesgan nada; de lo contrario, habrían huido con todo el botín. A decir verdad, solamente con muchos más hombres, que habríamos tenido si no hubiera sido por aquella rebelión, habríamos podido abrirnos camino, para luego rodearles e impedirles la huida…

–Te lo ruego, mi señor, déjame intentarlo. Llevaré al campo otras tres legiones. Si ampliamos el frente de ataque, tendremos más posibilidades.

Constancio reflexionó. Le habría gustado esperar a Martiniano, pero calculando la distancia de Chalons a Augst, donde se ubicaba su cuartel general, habría tardado por lo menos tres días, y eso suponiendo que hubiera salido dos días después de la llegada de Eusebio con las pagas. En tres días los germanos habrían desaparecido, después de burlarse del ejército romano, lo cual habría supuesto una humillación para el emperador en persona. Llegados a este punto, si existía aunque fuera una sola posibilidad de salirse con la suya, valía la pena intentarlo. Asintió, y Silvano no tardó en dar una retahíla de órdenes que, en breve, llevaron a otros tres mil hombres a unirse a la serpiente paralizada en el agua. Se formó un nuevo reptil que, lentamente, muy lentamente, fue aproximándose a la orilla opuesta. Como era predecible, parte de los arqueros enemigos escogieron como objetivo a los recién llegados, que opusieron sus escudos a las ráfagas. Pero, tal y como Silvano esperaba, se aflojó la presión sobre la primera columna, lo que permitió a sus miembros avanzar unos pasos. Constancio empezó a albergar esperanzas: tal vez era el momento adecuado. Ahora ambas columnas avanzaban y cada una iba encontrando menor oposición que la que habían ofrecido los germanos hasta que quedó solo una. El emperador apretó los puños cuando vio a Silvano en la orilla agitando los brazos y dando órdenes a voces, animando, amenazando y exhortando a los legionarios y auxiliares, hasta que metieron los pies en el agua.

Le habría apetecido hacerlo él también. Entusiasmado, estuvo tentado de imitarle, pero luego se dio cuenta de que sería perjudicial: perdería su imponente carisma, sin dar ejemplo a los hombres que combatían en la primera fila. Mejor despegarse del resto del mundo, distante, en un plano superior, como una divinidad que escudriña desde arriba las acciones de los hombres comunes. Así los soldados le respetarían como a un dios, o incluso más, como se honra a un caudillo.

Entonces vio que los legionarios conseguían llegar a la otra orilla en grupos, y no aisladamente. Era una buena señal. Pero su potencia de choque seguía pareciendo modesta, y los bárbaros se replegaban lo justo para reagruparse y contraatacar.

Los romanos que lideraban las columnas se movían en el borde del agua, con un pie dentro y otro fuera, pero no conseguían crear una cabeza de puente lo suficientemente amplia como para permitir asentarse a un buen número de sus compañeros. Siempre se quedaban en inferioridad numérica respecto al enemigo y Constancio enseguida comprendió que el avance había sido solo aparente. Solo había conseguido someter más hombres a merced de los bárbaros, provocando más víctimas para nada; no tendría la batalla campal que pretendía, simplemente porque nunca llevaría a la otra orilla suficientes hombres para combatir.

Negó con la cabeza y decidió llamar de nuevo a Silvano, aun sabiendo el efecto devastador que produciría en la moral de los hombres la orden de retirada. En cualquier caso, no pretendía desperdiciar más soldados en una acción destinada al fracaso. Estaba claro que no iba a celebrar sus treinta años de reinado como césar con una gran victoria. Debía reajustar sus objetivos, y esperaba no tener que festejarlos con una nueva cesión. Se convenció de que debía adoptar cuanto antes el consejo que le había dado Osio en su última carta, deseando que Galo no sospechara nada. De lo contrario, habría una guerra, y precisamente contra los territorios que él había gobernado personalmente desde hacía tres años.

—Mi señor, ¡las legiones lideradas por la guardia palatina del primicerio Martiniano se encuentran a pocas millas de aquí!

Este increíble anuncio lo sacó de sus pensamientos. Se quedó mirando al mensajero que se aproximaba preguntándose si habría oído bien.

—El primicerio te pregunta si debe desplegarlas ya para la batalla dirigiéndolas hacia el Rin, o si las puede desviar hacia el campamento para descansar. Han marchado día y noche, sin apenas descanso —especificó el soldado.

Y así era, en efecto. Martiniano había cumplido el enésimo milagro. Constancio se permitió una sonrisa. Sí, debían de estar exhaustos, pero no tanto como para no poder siquiera empujar a sus compañeros en primera línea.

—¡Dile que venga aquí al vado y que disponga sus hombres detrás de la columna de ataque! —gritó.

Y fue una liberación.

—¡Constancio *alamannicus maximus*! ¡Constancio *alamannicus maximus*!

Los soldados de la primera fila, todos pertenecientes a la guardia palatina, aclamaban al emperador mientras los jefes bárbaros, los hermanos Gondomaro y Vadomaro, se postraban a sus pies. Constancio permanecía imperturbable, sentado en su trono dispuesto en una peana construida a propósito para aquella ceremonia de paz, con la mirada al frente, mientras los cortesanos que le acompañaban se intercambiaban miradas de satisfacción entre ellos, y de desprecio hacia los reyes germanos.

Sin embargo, los legionarios del ejército regular que no se habían desplegado en la primera línea, callaban con el semblante contrariado. Aquella paz tan precipitada les había privado del codiciado botín y de la gloria en el campo de batalla. Los guerreros que habían acompañado a los dos hermanos germánicos al campamento romano estaban a un lado, supervisados por los imperiales, sin mostrar ninguna emoción frente a aquella humillación pública de sus cabecillas. Tal vez, pensó Martino, más tarde los ignorarían; entre los bárbaros siempre comandaba el más fuerte, y los dos hermanos acababan de demostrar que, al fin y al cabo, no lo eran tanto. Gondomaro y Vadomaro se quedaron postrados hasta que uno de los ayudantes del emperador les instó a que se levantaran. Mantenían la cabeza baja, como correspondía a su condición de derrotados.

Y ni siquiera habían combatido.

Los soldados romanos golpearon sus escudos con las espadas para mostrar su aprobación. Pero solamente los de las primeras filas, los más próximos al emperador. Todos los demás sostenían una mirada hostil.

Martino comprendía su punto de vista, pero sabía lo limitado que estaba. Habían salido de Chalons haciéndose ilusiones con victorias y rapiñas, convencidos de poder saquear las aldeas de los germanos y recuperar lo que los bárbaros habían expoliado, y ahora se quedaban con dos palmos de narices. A los enemigos les había bastado ver llegar los refuerzos romanos y contemplar el potente despliegue del ejército imperial para ofrecer la rendición. Constancio, siempre propenso a evitar la pelea y la muerte de sus hombres, no había dudado en aceptar, estableciendo una precaria alianza en lugar de un servilismo más obligado. Además, una de las condiciones impuestas por los bárbaros consistía en dejarles a ellos el botín, lo cual implicaba fuertes indemnizaciones en favor de los habitantes de las provincias saqueadas que pesarían sobre las finanzas imperiales.

Por tanto, todos sabían que las aclamaciones de la guardia palatina eran injustificadas. No había sido una victoria real, y la humillación de los dos jefes era solo formal, puramente ceremonial, pero Martino estaba seguro de que, a los ojos de Constancio, se trataba de una victoria auténtica, obtenida con el mínimo esfuerzo. Aunque en ese momento no le importaba; otros pensamientos y otra persona ocupaban su mente, y no veía la hora de que terminara toda esa farsa para encontrar la manera de resolver su problema.

—¡Soldados!

El emperador le sorprendió levantándose de repente, pidiendo silencio y empezando a hablar.

—Sabemos que muchos de vosotros estáis desilusionados por la resolución de esta guerra. Puede que no haya sido gloriosa como otras en las que habéis participado; quizá no habéis obtenido los beneficios que esperabais; a lo mejor no os habéis vengado como deseabais de quienes han hecho daño a vuestros y nuestros compatriotas; pero sabed que esta victoria, más diplomática que militar, ha sido un gran éxito para el Imperio, que ahora puede curarse las heridas producidas por la usurpación y las invasiones, y prepararse para afrontar desafíos aún más difíciles. Desafíos para los cuales os encontraréis preparados, gracias a las fuerzas y a las vidas que hemos ahorrado en esta ocasión. Existen adversarios más peligrosos y más arrogantes que acechan el momento oportuno para agredirnos una vez más, y nosotros debemos estar listos para soportar esas agresiones, e incluso para perpetrar los ataques nosotros mismos.

El emperador se detuvo unos instantes para tomar aliento, y quizá también para comprobar la reacción de los soldados. Martino observó muchos semblantes que no daban crédito.

—De todas formas, este éxito —continuó Constancio, sustituyendo oportunamente el término «victoria» por «éxito»— coincide casi con las celebraciones del trigésimo aniversario de nuestro reinado. Esto nos obliga a compartir moralmente con vosotros nuestro júbilo y nuestra gratitud hacia el Señor, que nos ha honrado con un reino. En consecuencia, en cuanto regresemos a nuestras sedes, gozaréis de una recompensa adicional a las pagas que os acaban de ser satisfechas. ¡Os lo habéis ganado!

Finalmente, el anuncio fue seguido por esa ovación que faltó al principio del discurso. Esta vez el título *alamannicus maximus* fue pronunciado por todos, no solamente por los *scholae*.

Sin embargo, Martino permaneció en silencio. Ahora lo único que quería era volver. Su gratificación sería un permiso para regresar a Chalons y encontrar a Raquel.

De hecho, fue allí donde se trasladó su familia, según las noticias referidas por su hermana. Llevaba allí unos días sin saber de su presencia, y ahora que debía regresar a Milán, temía haber perdido una preciosa, tal vez única, oportunidad. Por unos instantes, incluso estuvo tentado de retrasar su partida para ir a verla.

Esperaba con toda su alma que el emperador le complaciera.

CAPÍTULO XXIII

–La situación que he encontrado es vergonzosa. ¡El emperador será informado!

–¿Cómo te atreves, sucio patán? ¡Soy el césar!

–Y yo soy el enviado especial del emperador. Del «augusto».

–Estás delante de la augusta. ¡Te conviene mostrar el debido respeto!

–Sois vosotros quienes no habéis respetado esta pobre provincia. Pero yo ya he redactado mi informe para el emperador. ¡Y ahora dejaréis de sangrar a estos desgraciados!

–No harás nada semejante. ¡Primero léenos este informe lleno de embustes!

–Lo redactaste nada más llegar a Antioquía, incluso antes de nuestro encuentro y de escuchar nuestra versión. Sin siquiera rendirnos honores. ¡Hemos tenido que convocarte nosotros! Esto es vergonzoso: serás aniquilado solo por tu insubordinación.

–¡Vosotros seréis aniquilados! Pero sucederá, tenedlo por seguro; mientras tanto, dispongo que no sigáis recibiendo la asignación provincial.

–¿Cómo? ¡Esto es un abuso!

–No, precisamente es para impedir otros abusos por vuestra parte.

–¡Es inaudito! ¡Cuestor Moncio, arréstalo!

Silencio.

–Cuestor Moncio. Mi esposa la augusta ha ordenado que le detengas. ¿A qué esperas?

–No, mi señor, no puedo hacerlo.

–¿Y eso?

–Tus actos se consideran los de un rebelde, mi señor. Es oportuno que el emperador sepa y decida las medidas que debe tomar.

–¿Cómo? ¡Esto es una rebelión! ¡Guardias! ¡Guardias!

Martina empezó a temblar de miedo. Estaba almorzando con la pareja imperial cuando llegó a palacio el nuevo prefecto invitado por Constancio en sustitución del anterior linchado por la plebe, y se había visto envuelta en la discusión. Domiciano, que así se llamaba el recién llegado, únicamente se había presentado porque lo habían convocado, y no por propia iniciativa, y esto había molestado enormemente al césar y a la augusta. Además, llegó con el cuestor Moncio, seguramente para tener un testigo con él, y a la pareja imperial no le gustaba que los funcionarios se presentaran en palacio sin haber sido citados. Se mascaba la tensión desde el principio, y pronto la discusión subiría de tono: tendría mucho que contar a Osio, aunque tenía la impresión de que aquel Domiciano era más un comisario imperial que un prefecto.

Los guardias irrumpieron en el triclinio y, antes de que Domiciano y Moncio pudieran tomar cualquier iniciativa, les bloquearon la salida. Constantina avanzó hacia los invitados y dijo:

—Soldados, esos dos hombres nos están insultando. Están acusando a vuestro césar y a vuestra augusta de sedición respecto al emperador. Y esto significa que os acusan también a vosotros, que siempre habéis estado a nuestro lado como nuestros fieles y leales súbditos. Si lograran convencer a nuestro hermano de alguna culpa nuestra, vosotros también seríais castigados. ¡Os los dejamos a vosotros, pues, para que hagáis lo que consideréis oportuno!

Domiciano y Moncio se clavaron los ojos incrédulos y miraron a su alrededor, en busca de una vía de escape.

—Pero… ¡no tenéis derecho! —murmuró el prefecto.

—Has cometido un delito de lesa majestad, Domiciano. ¿Entendido soldados? «Lesa majestad» —especificó—. Existe la pena de muerte para semejantes ofensas.

Martina suspiró. Aquel Domiciano había sido poco inteligente: convencido de que, como protegido del emperador o de Osio, no podía ocurrirle nada, se había enfrentado a los soberanos con dureza soltándoles a la cara incluso que había redactado un informe en su contra. La mejor manera de buscarse problemas: no había comprendido que, en Oriente, Constantina y Galo se comportaban como si fueran ellos los emperadores, y no los vicarios de Constancio.

Los soldados no se hicieron de rogar. Los cuatro guardias aferraron por los brazos a los dos dignatarios y se los llevaron. Domiciano y Moncio continuaron gritando y pataleando en vano; Martina siguió escuchando sus gritos mientras se alejaban. Después oyó un gran alboroto en el patio del palacio; poco después pudo distinguir las risas de los soldados y los relinchos de los caballos y, movida por la curiosidad, se asomó por la ventana. Lo que vio la dejó anonadada.

Habían atado a Domiciano y Moncio por los tobillos con cuerdas uncidas al lomo de un caballo. Estaban siendo arrastrados por el suelo mientras ellos intentaban liberarse y toda la guarnición del palacio se arremolinaba a su alrededor, pateándoles e insultándoles. Luego alguien golpeó al caballo. La bestia se encabritó, levantándose sobre sus patas traseras, después volvió a caer levantando una nube de polvo y salió al galope hacia la muralla, que rodeó sin dejar de correr. Y mientras tanto los cuerpos cada vez se zarandeaban con más violencia. Al cabo de un rato, cesaron de resistirse y se convirtieron en dos muñecos desarticulados sin un hálito de vida, mientras los soldados no paraban de reír.

Martina tragó saliva horrorizada. Constantina había perdido cualquier contención; se creía omnipotente, invencible, infalible, y no le hacía ascos a pensar que, si hubiera podido, habría quitado de en medio también a su hermano. Había que detenerla a toda costa.

—¿Han muerto? —le preguntó la augusta con indiferencia.

—Sin duda —le respondió débilmente.

—Ahora solo debemos preocuparnos por la reacción del emperador —comentó Constantina, y le dio un bocado a una manzana.

Martina vio a Galo agitarse en su triclinio.

—Esta nos la hará pagar, estoy seguro. Puede que nos hayamos pasado… —confesó nervioso.

—No si demostramos con pruebas que había una conjura contra nosotros —declaró su mujer.

—¿Una conjura? ¿Y cómo?

—Tenemos que involucrar a todo aquel que tenga algo que decir sobre este linchamiento. Detengámoslos, llevémoslos a juicio y, si es necesario, torturémoslos; les obligaremos a hacer confesiones antes de ejecutarlos.

—¿Y si no confiesan nada?

—Entonces nosotros escribiremos los testimonios, luego se los haremos firmar y finalmente los mataremos –respondió la augusta con determinación–. Diremos que querían derrocarnos primero a nosotros y después a Constancio. Mi hermano vive con el temor permanente de ser destronado, así que imagínate si no va a caer en la trampa.

Galo pareció tranquilizarse. Cada vez estaba más sometido a su esposa, que le estaba llevando a la ruina. Pero Martina no solo se fijó en eso. Solían discutir sin reservas de asuntos delicados y comprometidos en su presencia, sin tenerla en cuenta, como si fuera un mueble. Ni siquiera una esclava, que habría podido hablar: «un mueble». Un instrumento sexual del que se habían servido hasta ahora para sus sórdidos fines.

Escribiría a Osio de inmediato. Sería precisamente ella, a quien consideraban un mero ornamento, quien provocaría su hundimiento.

–Debo decírtelo, hijo mío: tu hermano está muy preocupado por ti.

Juliano miró con curiosidad al sacerdote que le había sido impuesto para que le diera cobijo en Éfeso. Devoraba con un apetito insaciable toda la comida que los esclavos, cumpliendo sus peticiones, seguían trayendo a la mesa.

–Disculpa, ¿en qué sentido? Gozo de una salud envidiable –respondió, pensando que era su comensal, llamado Ecio, quien sería más propenso a tener algún problema a causa de todo lo que engullía.

–Corre la voz de que tus relaciones siguen siendo poco recomendables también aquí en Éfeso. El césar me ha pedido expresamente que compruebe hasta qué punto ejercen una influencia sobre ti –replicó el cura.

Juliano se había dado cuenta desde que, la víspera, su anfitrión se había presentado en casa diciendo que era uno de los confesores de Galo y que estaba de viaje en Constantinopla.

–El gran Constantino nunca persiguió a aquellos que no creían en Cristo –objetó–. La religión cristiana es solamente una más de las creencias profesadas en Imperio: la fe que sigue la familia reinante, de acuerdo. Pero también existen otras que son consideradas igual de legítimas. Soy una persona curiosa y no discrimino a las personas por su religión. Si son gente interesante, o si se trata de filósofos que tienen algo que enseñarme, no veo por qué debería descartar su compañía. Eso es todo. Mientras que el cristianismo no sea declarado como religión de Estado y todas las demás consideradas herejías, no creo que esté haciendo nada ilegal.

—Cierta curiosidad, si se satisface, podría llevar por mal camino. Quien se aleja de Cristo pierde la posibilidad de salvarse cuando él vuelva de nuevo a la Tierra. ¿No quieres salvarte? –le amonestó Ecio.

Juliano estuvo tentado de responder que pretendía salvarse solo, pero entendió que no podía exponerse tanto; siempre existía el riesgo de que Galo o Constancio le encerraran otra vez, aunque no comprendiera el motivo.

—Dudo que el criterio seguido por el Señor para salvar a las personas sea distinto a lo que distingue a los buenos de los malos. Y relacionarme con filósofos o incluso con personas que piensan diferente a mí no me convierte en malo –replicó.

Ecio se permitió una sonrisa.

—Tal vez no, evidentemente. Pero si relacionarte con esos filósofos o ciertos místicos te induce después a cometer malas acciones, como traicionar la confianza de tus seres queridos, entonces te arriesgas a no poder salvarte ni de la justicia humana, no solo de la divina…

El joven creyó captar una indirecta. ¿Que su hermano le temía?

—¿Y qué malas acciones queréis que cometa? –protestó–. Soy un hombre de letras, me han permitido desarrollar mis competencias solamente en este campo; no amenazaría a nadie.

Pero nada más pronunciar esas palabras, se preguntó si eran verdad. En algún momento había envidiado a su hermano por la oportunidad que le había dado el emperador; e incluso había llegado a pensar que, si le hubiera sucedido a él, habría cumplido con su labor de soberano mucho mejor que Galo.

—Tú, querido Juliano, eres descendiente directo de Constantino el Grande –le explicó Ecio–. Incluso si no te has dado cuenta, en ti existe, debe existir a la fuerza, la ambición de reinar, de sobresalir entre los hombres. Para vosotros es un impulso natural. Y te entendería: si le sucediera cualquier cosa a nuestro amado soberano, tu hermano le sucedería, y entonces, ¿a quién crees que nombraría su césar? A nadie más que a ti. Y si vosotros dos sois tan diferentes en el aspecto religioso, se originarían graves problemas en el Imperio. Los hubo entre Constancio y Constante, ¿recuerdas?

A Juliano le sorprendieron las palabras de Ecio. ¿Podría la ambición de Galo llegar al punto de albergar aspiraciones de rebelión hacia su primo? ¿O era simplemente una conjetura arriesgada y provocadora del sacerdote?

—Tanto Constancio como Galo tendrán hijos y la herencia del Imperio recaerá en ellos. Estoy fuera del juego —afirmó.

Y lo dijo en serio, aunque con pesar.

—Pero todavía no los han tenido —precisó con un atisbo de malicia el sacerdote—. Como sabrás, el embarazo de la nueva mujer de Constancio se ha interrumpido tempranamente, y pasará algún tiempo antes de que puedan intentarlo de nuevo. En cuanto a tu hermano…, la augusta Constantina tiene una edad avanzada, no le será fácil tener una prole.

Juliano se encogió de hombros. Para él eran asuntos realmente insondables.

—Pase lo que pase, no hay motivos para preocuparse por mi hermano. Y los intereses religiosos de mis amistades deberían ser la menor de sus preocupaciones, ya que los soberanos tienen que lidiar a diario con un Imperio desgarrado por las disputas religiosas en el ámbito del mismo credo. Ahora resulta que no se discute solamente entre los seguidores de Nicea y los partidarios de Arrio, sino que también hay disputas entre los mismos arrianos, que a su vez se han dividido en dos facciones… —rebatió.

Ecio, por primera vez, esperó a tragar la comida que tenía en la boca antes de hablar. Juliano sonrió: debía de haber tocado un nervio sensible.

—¡Claro que los arrianos discutimos! —contestó indignado—. Hay quien quiere desfigurar la doctrina de Arrio definiendo al Hijo semejante al Padre en la voluntad… El hijo «no» es semejante al Padre, ¡punto final! ¡No lo es de ninguna manera! Los que ellos llaman *homeos* querrían poner a todo el mundo de acuerdo, pero al hacerlo lo único que consiguen es disgustar a todos. ¿Crees que los nicenos están satisfechos con su definición? En absoluto. Tampoco nosotros, que nos definen como *anhomeos*.

Juliano extendió los brazos.

—Así es, ¿lo ves? Pero si ni siquiera los cristianos logramos ponernos de acuerdo en la interpretación de nuestra religión, ¿con qué derecho pretendemos que nuestro credo sea el absoluto y verdadero? –declaró, dejándose llevar por el fervor–. No creo que haya habido muchas discusiones de carácter religioso entre nuestros antepasados; cualquier credo que se profesara en el Imperio tenía el mismo derecho a existir que el tradicional. Nadie aspiraba a luchar por imponer un credo sobre los demás. En el pasado, los romanos tuvieron muchos motivos para combatir, pero la religión nunca fue uno de ellos. Ahora también tenemos este, y me parece que Constantino ha minado la cohesión del Imperio apoyando al cristianismo: no es tan sólido como otras religiones. Si viera dónde estamos hoy, tal vez se lo pensaría dos veces…

Ecio soltó una carcajada inesperada.

–Esto sí que es una conversación sediciosa… –comentó divertido–. Aunque comprendo que un joven filósofo esté desorientado frente a todas estas disputas. Solo por esto haré como que no he oído nada y no se lo contaré al césar. Pero recuerda que la nuestra es una religión «humana», más humana que cualquier otra, basada en el sacrificio de un dios que se ha hecho hombre, y como hombre murió para redimir nuestros pecados. ¿Hay algo más noble y, al mismo tiempo, más humano? Es fácil creer en dogmas vinculados a dioses indefinidos. Pero aquí nos encontramos ante alguien que realmente vivió, sufrió, murió y resucitó. Es algo tangible, real, y como tal está vinculado a la fugacidad humana, a interpretaciones personales en función de las necesidades de cada uno. Es muy difícil conciliar la naturaleza humana con la divina…, y creo que tendrá que pasar mucho tiempo para encontrar una línea común antes de establecer que cada uno siga la suya en función de sus necesidades; Cristo está en nosotros, no por encima de nosotros, a diferencia de los ídolos de nuestros antepasados…

En cuanto a él, pensaba Juliano, aquel Cristo que había muerto en la cruz tres siglos antes no tenía una naturaleza divina superior a la suya. Y estaba seguro de que no estaba en él. Pero guardó silencio; Ecio había demostrado ser un interlocutor tolerante, pero no debía abusar de su paciencia…

–Martina, he querido que estés hoy presente con nosotros porque necesito tu compañía en un largo viaje –declaró Constantina, dirigiéndose también a su esposo.

Martina sospechaba que algo estaba a punto de suceder. Por fin.

–Lo que desees, mi señora. Estoy a tu disposición, como siempre –respondió melosa, esperando que la augusta estuviera convencida de que podía hacer con ella lo que quisiera.

Constantina no asintió ni sonrió, obviamente dando por descontado que así era. Llevaba tantos años aprovechándose de ella, que la trataba como si no tuviera voluntad propia.

–Entonces, querido esposo, me temo que no podremos eludir por más tiempo las exigencias de mi hermano –dijo la augusta.

–Pero me matará si obedezco su petición de ir a verle a Milán… Con toda la gente que hemos torturado y asesinado últimamente… –se lamentó Galo–. Te dije que no debíamos abusar.

Martina sabía perfectamente que había sido Constantina quien había presionado a los notables de la provincia tras del linchamiento de Domiciano y Moncio. Galo, carente de la personalidad necesaria para oponerse a aquella maléfica arpía, había protestado débilmente en alguna ocasión, pero su mujer le había puesto punto en boca, justificando su reiterada exigencia con su supervivencia: cuantos más eliminaran, argumentaba, menos adversarios tendrían capaces de denunciarlos ante el emperador.

–Hemos demostrado que había una conjura. Tenemos pruebas irrefutables al respecto. Formalmente, Constancio solo quiere vernos para hablar con nosotros –procuró tranquilizarlo Constantina–. Él también ha sufrido usurpaciones y ya sabes lo atemorizado que está ante la perspectiva de enfrentarse a otra más. Le hemos dado motivos para pensar que nuestra familia está siendo atacada, tanto en Oriente como en Occidente, por lo que es plausible que desee acordar una línea de acción común. Pero también debemos tener en cuenta que no se lo tragó, claro; seguramente el maldito Osio está haciendo todo lo posible para ponerlo en mi contra, y tal vez le haya convencido de que represento un peligro.

Martina sintió un escalofrío. Si Constantina hubiera sospechado siquiera remotamente que era ella quien ayudaba a Osio, se lo haría pagar muy caro.

–¡Ese tiene más de noventa años! Probablemente ni siquiera está bien de la cabeza… ¿Será posible que el emperador todavía le escuche? –estimó Galo, incrédulo.

–Él está muy en sus cabales. Y además tiene la suerte de contar con una mano derecha como el gran chambelán Eusebio, igual de peligroso y ambicioso –le explicó su mujer–. Incluso después de que Osio muera, tendremos que vigilarlo muy de cerca. Desde siempre me han hostigado y apartado, sabiendo que si alcanzaba el poder no podrían meter la cuchara en la parte del Imperio administrada por mí, como hicieron con mi padre y mi hermano…

–Te olvidas de que yo soy el césar. Soy yo quien administra el Imperio –señaló Galo con un deje de orgullo, molesto por el desenfrenado egocentrismo de Constantina.

–¡Y tú te olvidas de que yo soy la augusta, superior en dignidad a ti! –espetó su mujer, casi comiéndoselo vivo, con su semblante transformado en una máscara de furia.

Pero Galo, esta vez, no estaba dispuesto a dejarse avasallar.

–¡Escucha! ¡Tu hermano decidió que me encargara de la prefectura oriental incluso antes de que tú le persuadieras para casarte conmigo! –reaccionó–. ¡No te necesitaba para gobernar!

–¿Ah, sí? Eres joven y has vivido recluido casi toda tu vida, eres un pervertido y un irresponsable, ¿y de verdad crees que vas a poder gobernar tú solo? –lo acosó Constantina–. Más bien te he hecho un favor: he sido yo quien te ha proporcionado el apoyo de la aristocracia y quien te ha dado los instrumentos y la experiencia para ser césar… De lo contrario, tu título habría estado falto de significado, y tú te habrías limitado a ser una marioneta en las manos del emperador, de Osio y de Eusebio. Eso era exactamente lo que pretendían hacer contigo. ¡Deberías darme las gracias por haberte permitido ser un verdadero gobernante!

– ¡Pero de qué apoyo de la aristocracia hablas! ¡Hiciste tabla rasa a mi alrededor con tu crueldad! Y lo hiciste para poder gobernar tú sola. Llegados a este punto, era mejor ser una marioneta de tu hermano que tuya; por lo menos no me habría metido en problemas. Y con el tiempo, quizá, habría aprendido a apreciarme. Ahora pagaré por todos tus errores, de una manera u otra.

Galo, desesperado, arrojó al suelo la copa de vino que estaba bebiendo y salpicó el vestido de su esposa. Martina sabía que el césar tenía razón. Galo no era más que un sibarita absolutamente incapaz de adaptarse al papel que le había sido asignado, pero la mujer era un monstruo que lo había arrastrado por un camino sin retorno. Encima, el césar ignoraba que estaba en medio de una antigua lucha por el poder entre Osio y Constantina, y esto le volvía aún más impotente. Galo le dio pena.

La augusta le miró con desdén, pero se impuso la calma. Replicó en tono glacial:

–Bien, si consideras que tienes problemas, que sepas que soy la única que puede sacarte del atolladero.

–¿Y cómo? ¿Cómo? –lloriqueó su marido.

–Primero hablaré con mi hermano y le convenceré de nuestra buena fe –respondió–. Para cuando tú llegues, me lo habré trabajado tanto, que nos concederá aún más autonomía, ya verás. Mañana partiré con Martina. Tú me seguirás dentro de un mes. Y tendrás otro motivo para estarme agradecido: Constancio sufre porque todavía le culpan de la muerte de tu padre y de otros parientes; jamás querría mancharse las manos con otro delito familiar, créeme.

Galo suspiró.

–No parece que tenga otra opción. Como siempre, me tienes en un puño –admitió abatido.

Martina se preguntó si sería realmente como decía. Constantina tenía influencia sobre su hermano y, además, podía contar con la culpabilidad de Constancio. Sí, con toda probabilidad esta vez también se saldría con la suya.

Había trabajado y arriesgado en vano.

Martino se quedó parado antes de llamar a la puerta. No, esta vez no se dejaría echar por un familiar; ahora sería ella quien le dijera que no quería verlo más. Sería lo mínimo, después de haber obtenido un breve permiso del emperador, que había aprovechado para correr de Arles a Chalons en el menor tiempo posible. Había tenido que asistir a la celebración del triunfo sobre los germanos, debía regresar para el comienzo del concilio que Constancio había convocado en Arles para definir las diferencias entre las distintas corrientes cristianas y las disputas entre obispos.

De hecho, solamente disponía de un día en la ciudad, y no tenía intención de marcharse sin haberse explicado con Raquel.

No obstante, decidió esperar a que saliera. Volvió a bajar las escaleras, salió del edificio y se puso a esperar, de pie, paseando de un lado a otro frente al portal. Repasó mentalmente lo que quería decirle, casi seguro de que luego, frente a ella, le diría algo distinto por completo. Pero, según pasaba el tiempo, se iba poniendo más nervioso; tenía pocas horas a disposición y las estaba desperdiciando en una espera estéril. Empezó a preguntarse si no habría hecho una locura: presentarse al cabo de los años, además de haberla tratado de un modo tan humillante…, a lo mejor incluso estaba casada, o ya no seguía viviendo con sus padres… Nada más llegar a la ciudad se había dirigido al barrio judío y había preguntado por su padre, pero no tenía ninguna certeza sobre la presencia de la hija. Sabía que se había comportado como un estúpido, un iluso, un perfecto idiota. Debía haberse informado mejor antes de emprender semejante viaje.

Observaba a las personas que pasaban y las que entraban y salían del edificio, intentando reconocer a algún miembro de la familia de Raquel; ya no recordaba bien sus caras y, además, Jonás, después de diez años desde su primer encuentro, ya debía ser un hombre. Y cada vez que veía a una mujer de la presunta edad de Raquel, se le encogía el estómago.

Al cabo de tres horas, empezó a pensar en subir. En pagar a alguien para que le dijera que bajara. Incluso se planteó marcharse. Se odió por estar tan indeciso. Cuando se trataba de ella perdía el control. O, mejor dicho, cuando se trataba de sus sentimientos: no sabía amar, y se lo había demostrado claramente aquella vez en su encuentro íntimo. Pero se había propuesto aprender si Raquel le daba la oportunidad. Y únicamente con ella quería tener la posibilidad.

–«Ma-i-no».

Una voz a sus espaldas le hizo saltar el corazón. Realmente se necesitaban demasiadas consonantes para pronunciar su nombre, ella siempre le llamaba de aquel modo incomprensible que a él le llenaba de ternura.

Se dio la vuelta de un brinco, devorado por la ansiedad. Raquel conducía un carro lleno de mercancías y le miraba incrédula, con una expresión difícil de interpretar.

–Sí, soy yo, Ma-i-no –se le ocurrió decir tontamente, mirándola aturdido.

Habían transcurrido diez años desde que la conoció y ya no era tan joven. Algunas arrugas surcaban su rostro, las ojeras rodeaban sus ojos, la piel de sus mejillas no estaba tersa. Ni un ápice de maquillaje y el pelo desaliñado. No parecía importarle su aspecto, pero para él seguía siendo realmente la mujer más deseable del mundo.

Ella se quedó callada mirándole, sin bajarse del carro. Su expresión tampoco se suavizó.

—Necesito hablar contigo… Llevo años queriendo hablar contigo.

—Yo -o.

Al parecer, no tenía intención de facilitarle las cosas. Pero no importaba: se lo merecía. Se merecía el peor trato del mundo. Igual que había hecho él. Simplemente debía insistir, aunque le humillara.

—Ahora no digas nada. Hablaré yo —dijo—. Lo último que deseaba en el mundo era hacerte sufrir. Tampoco yo quería sufrir por amor. Pero todo lo que ha sucedido es culpa mía y de mi incapacidad para afrontar un sentimiento tan intenso. Tan poderoso que no consigo dominarlo. Tuve miedo. Es más, tuve pánico. Yo, el soldado de valor sin par en la batalla, considerado un héroe en todo el Imperio, me asusté ante mi pasión por tu belleza, por tu sensualidad y por la magnitud de mi deseo. Me preocupaba el pecado, temía convertirme en alguien como mi hermana, me inquietaba abandonar el camino de la salvación, me atemorizaba perderme en una oscuridad privada de la luz divina.

Lo había dicho todo del tirón. No eran exactamente las palabras que se había preparado, pero se había aproximado bastante. Cogió aire, con la esperanza de que ella aprovechara para hablar.

Le pareció que sus ojos se humedecían.

—Yo… no te gu-to —dijo Raquel.

—¿Que no me gustas? ¿Lo dices en serio? ¡Precisamente porque me gustas a morir, y porque me gustó lo que hicimos, salí corriendo espantado! —se esforzó por explicarle—. Yo… a lo mejor al hablar doy una impresión equivocada, pero nada me ha gustado más en toda mi vida que yacer contigo. En aquel momento, no existía nada más. Por eso después me sentí tan culpable: por primera vez me había olvidado de Cristo. Ni siquiera en el campo de batalla me olvido de él, imagínate; así que en aquella ocasión llegué a pensar que tú eras el diablo tentador que me alejaba de él. Pero luego comprendí que no podía ser así; nuestro amor es… era un amor puro, sincero, no había nada diabólico en él.

Se dio cuenta de que nunca había hablado tanto ni tan apasionadamente.

–Yo -oy -udía. Para -i -oy e dia-b-o. Pen-a-ba que -e ave-gon-aba -e mí, -e habe-e aco-ado -on una -udía –murmuró Raquel casi llorando.

Martino se sintió animado. Todavía le importaba. De lo contrario no se habría emocionado. La había hecho sufrir de una manera insoportable, pero estaba dispuesta a perdonarle.

–Puede que pensara eso antes de vivir aquella experiencia. Pero, desde entonces, no pienso en otra cosa que en repetirla –declaró, acercándose a ella.

Raquel se puso rígida.

–La ley p-ohíbe re-acio-es en-e c-is-iano y -udío. Con-igo suf-i-ía –respondió sollozando.

–¡Pero a mí no me importa! –protestó él–. ¡De verdad que no me importa! ¡La ley no puede impedirme amar a quien yo quiera!

–Te sien-es culpa-b-e y tie-e ca-go de con-ien-ia. Y me ha-ía suf-i: tú e-e un cri-tia-o conven-ido.

–¡No! ¡Ya no! ¡Te lo juro! –gritó desesperado.

Sacudió la cabeza, agitó las riendas de su caballo y siguió adelante sin mirar atrás. Martino tuvo el impulso de seguirla, de impedirle que entrara en casa, de suplicarle.

Pero se quedó petrificado mirándola, preguntándose si no tendría razón. ¿Estaría la fe cristiana demasiado arraigada en él como para amar a una judía?

Siguió preguntándoselo, inmóvil, incluso cuando desapareció tras el portón.

–¿La augusta necesita algo, mi señora?

El propietario de la posada de Caeni Gallicani, en Bitinia, mostró a Martina por enésima vez su preocupación por el estado de Constantina. Parecía genuinamente atemorizado ante la perspectiva de que la terrible mujer vinculara el recuerdo de su enfermedad a aquella hostería y le hiciera pagar por ello. Por ese motivo, desde su llegada dos días antes, había hecho todo lo posible por enviar a la augusta a los mejores médicos de aquella remota región y por proporcionarle abundantes medicinas y alimentos.

El problema era que estaba consiguiendo curarla.

–Diría que has hecho todo lo posible, buen hombre. Ahora su curación está en manos de Dios –respondió al posadero; luego cogió el plato con la sopa que había preparado y se encaminó hacia las escaleras que subían hasta su habitación.

El hombre pareció tranquilizarse y volvió a sus ocupaciones mientras la angustia de Martina crecía a cada peldaño. Cuando de improviso le subió la fiebre a Constantina dramática e implacablemente, esperó que realmente se la llevara. En aquel remoto lugar donde se habían visto obligadas a parar, en ese tugurio maloliente y sucio donde habían encontrado asilo, no sería fácil recuperarse. Así que la había estado cuidando y le había administrado los remedios que los médicos le habían prescrito, pero con la esperanza de que no sirvieran de nada.

Sin embargo, por algún motivo, Dios no quitaba de en medio a las personas dañinas. Si ocurría, era porque las personas a las que había perjudicado pensaban en ello; la intervención divina no tenía nada que ver.

Entró en la habitación y la encontró despierta. Demasiado despierta.

–¡Cuánto has tardado! Tengo hambre. Eso es buena señal. Hasta ayer no tenía ganas de nada –protestó con expresión arisca.

Sí, decididamente estaba mejor, por desgracia. Dos días antes deliraba, y ardía como un horno, pasaba casi todo el tiempo en un estado de inconsciencia o tenía accesos de ira más violentos de lo habitual. Ya no cabía esperar que Dios se la llevara con él. Y esto era realmente una desgracia.

–Vamos, ¿a qué esperas? ¡Dame esa sopa! –la apremió la augusta.

Martina se acercó a la cama y dejó la sopa en la mesilla, cogió la bandeja y se la colocó en el regazo, depositó encima el plato caliente y le ofreció la cuchara.

–¿Estás de broma? Estoy mejor, ¡pero no tan bien como para comer sola! ¡Dame de comer! –despotricó la augusta, empujando el plato con el caldo, parte del cual se derramó en la bandeja.

Cuando estaba enferma se volvía aún más intratable. Y a pesar de tener una multitud de esclavos en su séquito, desde que enfermó solamente quería que la cuidara ella; según los retorcidos cánones de Constantina, era una señal de cariño, pero para Martina era solo otra forma de ejercer su tiranía sobre ella.

Asintió.

–Perdón, mi señora –se limitó a decir, antes de darle la primera cucharada.

–Tenemos que enviar una carta a mi hermano para disculparnos por el retraso –dijo la augusta entre cucharada y cucharada–. Después haz llamar al secretario de la cancillería. Toma nota mentalmente de algunos conceptos por si acaso luego se me olvida algo; para empezar, debemos exagerar mi enfermedad y decir que he estado entre la vida y la muerte. Es timorato y fácil de conmover, y estas cosas funcionan con él. También se me ha ocurrido que podemos aprovechar la conjura, de la cual le enseñaré las pruebas, para incrementar mi poder y el del césar.

–¿Y cómo lo harás? Si te ha mandado llamar, seguramente es porque tendrá sus dudas, ¿no? –objetó Martina.

–Y yo se las disiparé enseguida: siempre he ejercitado cierta influencia sobre él –apuntó Constantina–. Sobre los demás hermanos tenía menos, pero él es más sugestionable; por eso Osio hace de mi hermano lo que quiere y le ha puesto en mi contra. Estoy segura de poder convencerle de que la conjura ha tenido lugar porque en Oriente, con él ausente y con la sola presencia de un césar, lo cual viene a ser una especie de delegado imperial, ciertos personajes sospechosos consideraban que existía un vacío de poder. Eso sería motivo suficiente para hacer de Galo otro augusto y para asignarnos el Oriente a nosotros.

–¿Estás segura de que lo conseguirás?

–Lo estoy, sí. Como lo estoy de poder eliminar de una vez por todas a Osio. Ya es hora de que ese viejo malvado abandone la escena; mientras esté vivo el verdadero emperador es él, no Constancio ni ningún otro miembro de la dinastía cuyo poder le pertenece por derecho divino. He preparado pruebas que vinculan al obispo con los conspiradores.

–¿Pruebas? ¿Qué pruebas?

A Martina se le encogió el estómago: ¿habría descubierto algo sobre ella?

–Tú no te preocupes, es fácil instilar la sospecha en mi hermano, y bastará la más mínima insinuación para que empiece a desconfiar del obispo: ¡será su fin!

A Martina no se le ocurría una perspectiva peor, para sí misma y para el Imperio. Constantina realmente poseía los medios para engatusar a Constancio y dar la vuelta a los acontecimientos a su favor.

No. A Dios, o a quienquiera que velara por los designios del mundo, no le importaba. Pero a ella sí. Dejó la cuchara con la que estaba dando de comer a la augusta, tiró de una de las almohadas que tenía detrás de la espalda y con un rápido movimiento se la puso en la cara antes de que Constantina tuviera la oportunidad de reaccionar.

Y presionó. Presionó con todas sus fuerzas mientras los brazos de aquella a la que había amado forcejeaban en el vacío, atiborrándola de puñetazos y bofetadas que, poco a poco, iban perdiendo vigor. Lo que quedaba de sopa en el plato se derramó por la cama. La oyó toser, dar arcadas y, finalmente, jadear cada vez con más dificultad. Luego, un largo estertor, acto seguido el cuerpo se puso rígido y sus brazos resbalaron por el borde de la cama. Se hizo el silencio. Martina solo oía su propia respiración, agitada por el esfuerzo.

Retiró la almohada y contempló el rostro que había besado infinidad de veces convertido en una máscara de terror, desencajado por la asfixia, carente de color y de vida. Entonces levantó el cuerpo y volvió a colocar la almohada detrás de la cabeza: estaba sucio de sopa y de vómito, al igual que las sábanas.

–¡Socorro! ¡Socorro! –se puso a gritar, esforzándose por hacer surgir lágrimas de sus ojos.

Las esclavas vinieron corriendo.

–Se ha atragantado tosiendo mientras comía… No… no he podido salvar a mi mejor amiga, y no me lo perdonaré nunca –exclamó desesperada en cuanto tuvo público ante el cual exhibirse.

Después pensaría en hacer desaparecer los documentos que atestiguaban esa conspiración inventada.

Constancio dejó la carta que el esclavo le acababa de entregar y miró a Eusebia consternado.

–Nuestra hermana Constantina ha muerto de fiebres en Bitinia durante el viaje…

Su esposa se llevó la mano a la boca.

–¡Oh, Señor, cuánto lo siento! Sé lo mucho que aprecias a tu familia, a ella incluso más que a Elena…

–Siempre la hemos considerado como una hermana mayor, a pesar de ser más joven que nosotros –le explicó–. Y, según nos cuentan, la fiebre le sobrevino por su afán de reunirse con nosotros lo más rápido posible… Es probable que las acusaciones formuladas contra ella sobre sus aspiraciones al trono le afectaran hasta el punto de hacerla enfermar. A lo mejor no eran ciertas…

–Pero no debes sentirte culpable por esto, mi señor.

–Eso es imposible. Somos nosotros quienes la hemos sometido a esa tortura, presionándola. Sin querer, hemos provocado otra muerte en la familia –se le escapó.

Pero no le importó, necesitaba de desahogarse.

–¿Qué quieres decir con eso, mi señor?

Con su dulzura habitual, Eusebia se acercó a él y le acarició el rostro, dándole el consuelo que necesitaba. Realmente no tenía precio y ahora sabía más que nunca que no podría vivir sin ella. La fragancia de su aroma hizo menos sombrío su estado de ánimo.

–Lo que dicen por ahí es cierto, ¿sabes? Al día siguiente de la muerte de nuestro padre provocamos la muerte de nuestros familiares –le confesó.

Y fue una liberación.

–Lo que cuentan en realidad es que fueron los soldados quienes se dejaron llevar… –protestó ella.

–La verdad es que nosotros nos creímos a la primera la teoría de la conjura, esbozada en la última carta de nuestro padre, y nos dejamos llevar, sin hacer indagaciones ni un juicio –le explicó–. Dejamos que corriese la voz de la conspiración y los soldados se abandonaron a sus más bajos instintos. Pero, después, la verdad es que nos callamos sin profundizar en los hechos ni esclarecer si las acusaciones de nuestro padre eran fundadas. Quizá, en nuestro interior, deseábamos su muerte para repartirnos el Imperio solo entre los hermanos.

–No digas eso… Hiciste lo que te pareció oportuno. Estoy segura de que el Señor te ha perdonado cualquier eventual error que cometieras entonces.

Constancio suspiró.

–No creemos que me haya perdonado. Hemos perdido tres hermanos desde entonces y, según parece, nos ha maldecido privándonos de una descendencia directa, dado que ha dejado morir al nacer a nuestro heredero. Y ahora nuestro primo, el único que queda junto a su hermano, se revela del todo inadecuado para el papel que le hemos asignado… Por no hablar de los usurpadores como Magnencio…

—Es la carga que ha de soportar un emperador. Pero ahora comprendo por qué eres tan precavido en tus juicios sobre Constantina y Galo… No deseas que se repita la ligereza de hace casi veinte años —comentó Eusebia.

—Exacto. Tanto ahora como entonces, fue Osio quien nos dio la prueba de la confabulación —le explicó—. En aquel momento la carta de nuestro padre, que podía ser el delirio de un anciano enfermo, y ahora los informes del propio Osio, que tiene treinta años más de los que tenía nuestro padre en aquella época. Necesitamos pruebas más contundentes antes de creer que nuestra hermana y nuestro primo hayan conspirado para usurpar el trono…

—Haces bien. Y ahora que tu hermana ya no está, debes conceder el beneficio de la duda al joven Galo.

—Es lo que pretendemos hacer, de hecho. Renovaremos nuestra petición para que venga a visitarnos. Debemos asegurarnos de que viene de buena fe y con buenos propósitos.

—Pero ten cuidado de no meterle miedo —le sugirió Eusebia—. Ahora que ya no tiene a tu hermana para interceder por él, estará aterrorizado y podría cometer alguna tontería o negarse a venir por temor a un castigo. A fin de cuentas, hizo que mataran a vuestro prefecto…

Constancio esbozó una sonrisa.

—Como siempre, haces que la espada caiga de nuestras manos, señora —dijo—. Eres tan maravillosa, que tus encantos limpian nuestras almas de malos pensamientos. Sí, deseemos que nuestro primo simplemente se haya dejado llevar por la inexperiencia. No tiene treinta años de gobierno sobre sus espaldas, como nosotros. Y es realmente la única persona de la familia con quien podemos compartir este inmenso Imperio, después de tantas muertes. Nunca podremos contar con su hermano Juliano, que es solo un ratón de biblioteca, y que además se relaciona con personajes de moralidad dudosa, mostrando simpatías por los idólatras. Y hasta que el Señor no nos gratifique con un nuevo heredero… —añadió, acordándose del dolor que había experimentado cuando le habían comunicado que la criatura que acababa de parir su esposa había nacido muerta.

El rostro de Eusebia se ensombreció con el recuerdo. Constancio la acarició, y sintió el deber de contribuir a que su deseo se hiciera realidad. La besó con pasión y se dejó llevar.

CAPÍTULO XXIV

El hipódromo de Constantinopla retumbó con los gritos de entusiasmo de los seguidores de los azules cuando su auriga cruzó la meta a tres pasos de distancia entre su cuadriga y la del segundo clasificado. Galo se puso en pie de un salto apretando los puños, había estado animando enloquecidamente al ganador durante las nueve vueltas. Osio le miró con lástima: no parecía un hombre que acabase de perder a su esposa. Ni tampoco alguien que había sido convocado por el emperador varias veces para someterlo a juicio.

Era realmente un irresponsable. Es verdad que lo había elegido por ese mismo motivo, tres años antes, cuando se lo sugirió como césar a Constancio. Pero el problema es que Galo había demostrado ser «demasiado» irresponsable. Un vividor sin ningún sentido de Estado. Si Constantina había podido dominarlo y manipularlo a su antojo, cualquier otro habría podido hacer lo mismo si el joven hubiera seguido ejerciendo sus funciones como vicario del emperador.

Osio reflexionaba mientras el césar se unía al clamor de la multitud, manifestando de un modo del todo inapropiado su felicidad por la victoria de su héroe. La noticia de la muerte de Constantina en Bitinia había tenido el efecto de aplacar, al menos por unos días, los fuertes dolores que le afligían a todas horas del día y de la noche, haciéndole cada vez más difícil dormir o concentrarse en su trabajo. Su vida se había convertido en un auténtico infierno, como si el Señor, o quienquiera que estuviese en su puesto, quisiera castigarlo por haberse permitido vivir muy por encima de todos los demás hombres. En fin, le estaban haciendo pagar cara su «inmortalidad», y la única razón por la que se aferraba a la vida era su voluntad de continuar manteniendo el Imperio unido bajo un solo cetro.

El suyo.

El poder alimentaba su alma, se nutría de él sin saciarse nunca;

361

durante demasiado tiempo se había convertido en su razón de vivir, de hecho, ya ni siquiera recordaba si había habido algún momento en el que hubiera prescindido de él. Haber aniquilado a la que consideraba su rival más peligrosa, Constantina, era para él un motivo de enorme satisfacción que le había devuelto las ganas de vivir; y había recibido con alegría a la hija de Minervina, Martina, que había regresado a Constantinopla y había solicitado su protección. Aquella mujer le recordaba a su madre, y jamás habría podido negarle nada. Era mucho menos inocente, etérea y espiritual que Minervina, pero poseía la misma sensualidad natural, un arma que la volvía mucho más peligrosa y poderosa de lo que ella misma pudiera imaginar. Hasta había llegado a sospechar que ella había matado a la augusta, a la que odiaba desde hacía tiempo, hasta el punto de ayudarlo de buena gana a incriminarla. Pero no había insistido para que se lo confesara; al fin y al cabo, para él eso no cambiaba nada. Martina podría resultarle muy útil en el futuro, igual que se había valido de Constantina; aunque solo fuera para ejercer presión, llegado el caso, sobre su hermano, que se había convertido en uno de los hombres más cercanos a Constancio.

–Cuánto me gustaría coronar personalmente al vencedor… –murmuró Galo extasiado, mientras el auriga azul cosechaba los aplausos de su escudería.

–¿Y qué te lo impide? Eres el césar… –se apresuró a decir Osio, que enseguida vio en el ingenuo entusiasmo del joven una oportunidad.

–Lo sabes perfectamente, obispo, coronar a los aurigas con el laurel es una prerrogativa únicamente del emperador… Y yo ya tengo demasiadas críticas sobre mi cabeza como para añadir una más –respondió Galo.

–Pero tú eres el representante del soberano, mi señor. Será una nimiedad que tu primo ni siquiera notará. Y si tanto te apetece, ¿por qué privarte de tal placer? Tus escrúpulos te honran y confirman que cualquier insinuación sobre tu persona es pura falsedad. Si me permites que te lo diga, están fuera de lugar –le sugirió.

–¡Por supuesto que son falsedades! –protestó Galo–. Mi esposa me arrastró por un camino que no pretendía recorrer; ¡si ha sucedido algo que haya suscitado la dura crítica del emperador, fue por su culpa! –se justificó.

Y Osio registró con mucha atención sus palabras.

–No me cabe la menor duda, mi señor –replicó el obispo–. Tú solamente has mostrado gratitud hacia tu primo por haberte protegido durante tantos años y haberte elegido después como segundo hombre del Imperio. Por tanto, no debes sentirte en absoluto culpable si te concedes el privilegio de coronar al atleta al que has animado tan calurosamente. Serás tú mismo quien informe al emperador cuando te presentes ante él, de ese modo demostrarás que no hay nada que temer y que tienes la conciencia tranquila.

Osio vio cómo se iluminaba el semblante del joven. Galo llamó la atención de uno de los guardias y le dijo que fuera a buscar al vencedor para que el césar pudiera recompensarle en el estrado imperial. Y mientras tanto Osio preparaba mentalmente el texto de la carta destinada a Constancio informándole de que Galo se atribuía prerrogativas que solo concernían al emperador, poniendo en entredicho su capacidad de aspirar a convertirse en augusto y traicionando la memoria de la venerable Constantina, soberana de rara magnanimidad y devoción. También se reservó el derecho de escribir a Eusebio para asegurarse de que el soberano tomaba las medidas oportunas…

–¡Ya viene! –señaló el explorador–. Y trae un numeroso séquito de sirvientes y guardaespaldas.

Martino se dijo que no había nada de que tener miedo; nada por lo que emocionarse. Si había matado a un augusto, catorce años atrás, bien podía arrestar a un césar. Y si Galo era realmente el tirano que decían, no debía albergar ningún reparo. Saludó con la cabeza al *comes* Barbacio, que le hospedaba en la fortaleza de Poetovio, y comprobó que todos los soldados estuvieran desplegados por si los guardaespaldas de Galo ofrecían resistencia.

Cuando Constancio le ordenó proceder por la Via Egnatia para ir al encuentro de su primo y arrestarlo, no se sorprendió. Hacía tiempo que se hablaba de los excesos del césar y de su esposa en Antioquía, y había estado tentado varias veces de escribir a su hermana para preguntarle sobre la verdad de estos hechos. Pero estaba desmoralizado por el rechazo de Raquel y había perdido interés por los asuntos que no le concernían directamente. Esperó inútilmente una nueva guerra para descargar en el campo de batalla toda su frustración sobre los enemigos, pero no tuvo lugar, así que acogió de buen grado la misión asignada por el emperador, a pesar de ser una simple labor de policía.

Cuando la caravana se aproximaba al fuerte, el mensajero que iba a la cabeza de la columna se adelantó y entró solo, examinó detenidamente las inmediaciones y, viendo a los legionarios repartidos por las murallas y el patio, desmontó de su caballo y, dirigiéndose a Martino y Barbacio, declaró:

—Os anuncio la llegada del césar Flavio Galo. El césar desea que esté a su disposición el pretorio, donde pretende pasar la noche y, si fuera necesario, el siguiente día también. Espera tener preparada una bañera con agua caliente para dentro de una hora, y a continuación la cena; esta es la lista de los alimentos que le gustaría encontrar sobre la mesa —terminó su discurso con autoridad, extendiendo la mano para entregarle un folio de papiro.

Martino no respondió. Miró más allá del mensajero, hacia la columna que en ese preciso instante estaba atravesando la puerta de entrada. Luego pidió a su asistente que le entregara el paquete que había traído consigo, avanzó hacia los recién llegados y se acercó hasta el carruaje en el que viajaba Galo. Miró a su alrededor, estaba rodeado únicamente por ocho guardaespaldas. Ningún problema.

—¡César Galo! —llamó, y al instante se asomó por las cortinas.

Martino apenas le reconoció, la última vez que le vio fue diez años atrás en su prisión dorada de Capadocia, cuando acompañó al emperador para visitarles, y el muchacho de entonces se había convertido en un hombre de casi treinta años. Un joven apuesto, de elegante cabello rubio y barba apenas visible, sano y robusto; Martino pensó que podía haber sido un buen caudillo si la familia le hubiera reservado un destino diferente.

—¿Quién eres, primicerio? —contestó Galo altanero, observándolo con desconfianza.

—Soy Martino Martiniano, primicerio de la guardia palatina del emperador Flavio Constancio. El *comes* Barbacio, responsable de la defensa de la región, ha puesto a mi disposición sus tropas para ejecutar la orden de arresto dictada por el emperador contra ti. Serás trasladado a Dalmacia, a Pula, donde te espera una comisión de investigación para interrogarte y juzgarte. Por tanto, te ruego que bajes del carruaje y me entregues tu insignia real. Esta es la ropa que te pondrás –concluyó, ofreciéndole el paquete.

El césar le miraba sin salir de su asombro.

–Pero… esto es sedición. Una traición… –protestó–. Traigo conmigo las cartas de mi primo el emperador invitándome cortésmente a entrevistarme con él…

Aturdido, se puso a hurgar en una cesta entre montones de documentos.

–César, dejadlo estar, estas son mis órdenes. Te lo ruego una vez más, cámbiate y ven conmigo –insistió.

Mientras tanto, sus guardaespaldas le miraban de reojo, aferrándose con fuerza a sus lanzas.

–No es posible, no es posible… Queréis secuestrarme y tenerme como rehén para pedir un rescate al emperador… Pero no lo conseguiréis. ¡Guardias, a mí! –reaccionó Galo.

Martino se dio la vuelta hacia los soldados.

–Os aconsejo que consideréis bien lo que hacéis –amenazó–. Habéis sido asignados por el emperador a la persona del césar, por lo tanto, responderéis ante Flavio Constancio; si le desobedecéis, pagaréis las consecuencias. Además, estáis rodeados, como podéis ver, y a tiro; si osáis hacer cualquier cosa al enviado del emperador, no viviréis para contarlo.

Los ocho hombres vacilaron, se miraron los unos a los otros y luego a su entorno, comprobando que tenían miles de ojos fijos en ellos. Su decisión no podía ser más que una, y Martino no dudaba que la que tomarían. Tras unos instantes, se relajaron y soltaron las lanzas que empuñaban.

Galo emitió un largo suspiro. Mientras tanto, había encontrado la carta que buscaba.

–¿Lo ves? Aquí está escrito…, debe de haber un error… El emperador quiere hablar conmigo. Mi primo siempre me ha protegido… Escucha esto: «Querido primo, estamos deseando verte para felicitarte personalmente por haber mantenido a raya a los persas y haber reprimido las revueltas y la plaga de vandalismo. Tus hazañas han ennoblecido nuestro nombre y nos han hecho enorgullecernos por nuestra elección…». ¿Lo ves? Me estima; nunca me haría esto.

¿Cómo puedo saber que no me estáis secuestrando? ¡A lo mejor el *comes* Barbacio es un usurpador y tú su secuaz!

Martino tenía una carta con un tono muy diferente: la orden de arresto. Galo estaba literalmente aterrorizado, confundido; parecía un niño a merced de los acontecimientos, sin un ápice de la dignidad que debería haber mostrado; tal vez fuera verdad que no estaba a la altura. Se compadeció de él y decidió enseñarle la carta que revelaba las verdaderas intenciones de Constancio con la esperanza de que recuperase un mínimo de valentía; fue el emperador quien le había nombrado césar, y verlo en ese estado degradaba la dignidad imperial personificada por Constancio.

–Por si no me crees, aquí la tienes –dijo, desenrollándola para mostrársela–. Lleva el sello del emperador, como puedes comprobar.

–¡No, no, es falso, no me lo creo, no me lo creo!

Ahora Galo hacía aspavientos, miraba a todas partes, parecía estar al borde de una crisis nerviosa. Martino encontró aquella misión muy desagradable, habría deseado estar en otra parte. Miró a los guardias de Galo y dijo:

–¡Hacedlo vosotros!

Los guerreros dudaron, luego dos de ellos se dirigieron hacia el carruaje, entraron, inmovilizaron al césar y le quitaron sus vestiduras color púrpura, poniéndole la sencilla túnica que le había traído Martino. Galo dejó de gesticular en el momento en que se le echaron encima. Se limitó a lloriquear y a hacer reproches, repitiendo sin cesar:

–No es justo, no es justo…

Martino miró al *comes* y negó con la cabeza, decepcionado y hastiado. Lo único que deseaba ahora era terminar con este asunto lo antes posible. Decidió partir para Pula al amanecer y, una vez más, se preguntó por qué el emperador había escogido aquella ciudad de Dalmacia para hacer prisionero a su primo. Por lo que sabía, Pula había sido simplemente la ciudad en la que había sido ajusticiado, casi treinta años atrás, su hermanastro Crispo, el hijo que su madre había tenido con Constantino el Grande.

Constancio arrojó al suelo el nuevo informe de los inquisidores. Al parecer, el lugar donde había muerto su verdadero padre, Crispo, sería también el de la ejecución de su primo. Quizá por este motivo había elegido Pula como emplazamiento para la detención del césar, en su interior sabía que terminaría de igual manera.

Por otra parte, las palabras de Galo y sus pueriles explicaciones no le dejaban otra opción. Esta vez estaba de acuerdo con su conciencia. Le había dado la posibilidad de justificarse, le había concedido el beneficio de la duda, se había negado a tomar al pie de la letra las acusaciones de Osio y no había dejado piedra sin remover: le había ofrecido a su primo la posibilidad de documentar la conspiración de la que despotricaba, pero Galo no pudo aportar nada concluyente. Según leyó en los informes, el césar al final se había derrumbado, y había asegurado que todo había sido una confabulación de Constantina para justificar sus horrendos delitos. Él solamente se había dejado arrastrar por el afán de poder de su mujer, complaciendo sus delirantes caprichos y aceptando ajusticiar o eliminar a todos aquellos que habían ofrecido motivos de descontento a la augusta, aunque fueran banales. Un individuo repugnante. Un cobarde. Un embustero. Constancio sentía vergüenza de sí mismo por haberle nombrado césar. Descargar todas sus culpas sobre Constantina, a quien en Roma, según había oído decir, ya veneraban como a una santa por todas las obras benéficas que había llevado a cabo y por la ayuda que había proporcionado a la Iglesia, era el peor insulto que podía escupir. Le había honrado vinculándole a sí mismo mediante el matrimonio con su hermana, y él se lo pagaba insultando su memoria. No existía mejor prueba que demostrara su culpabilidad, estaba claro que había aspirado al poder supremo y que ahora, viéndose al descubierto, echaba todas las culpas a quien no podía defenderse.

Además, hacía tiempo que había decidido no perjudicar a ningún miembro de su familia después de todo lo que había ocurrido en Constantinopla. Su conciencia no habría soportado otro golpe semejante; aún le perseguían las pesadillas por la muerte de sus parientes. Seguramente no se libraría jamás. No, no podía hacerlo. Mandó llamar a Eusebio.

El gran chambelán se presentó ante él con su habitual diligencia.

–Hemos decidido que el césar Galo es claramente culpable, pero no podemos ajusticiarlo sin incurrir en la condena divina por el asesinato de un pariente cercano. Le relegaremos de nuevo a Macellum, en

Capadocia, como cuando era niño. Siempre estará bien vigilado. Y para siempre. Dispón lo necesario para que así sea –declaró.

El eunuco calló, observándole con expresión perpleja.

–Gran chambelán, te hemos dado una orden y esperamos que la cumplas con tu habitual rigurosidad –reiteró.

Eusebio cambió el peso del cuerpo de un pie a otro.

–Mi señor, perdóname, pero si actúas de este modo, daremos al césar la oportunidad de vengarse –dijo con gravedad–. O a cualquier adversario tuyo para sacarlo de allí y utilizarlo contra ti. Ya has tenido que soportar a suficientes usurpadores, y todavía os queda uno: acabo de recibir una carta de Silvano comunicando a sus colaboradores su intención de hacerse augusto. Aquí la tenéis.

Constancio dio un respingo.

–¿Y a qué esperabais para decírmelo? –clamó, cogiendo la carta.

–Mi señor, ha llegado hace poco y primero quería hacer algunas comprobaciones. Es fácil calumniar a las personas… –se justificó Eusebio.

Constancio leyó por encima el texto y le pareció bastante inequívoco.

–Ese bárbaro…, con todo lo que hemos hecho por él… –murmuró consternado.

–Exacto, mi señor –le acosó el eunuco–. Las insidias te alcanzan incluso por parte de aquellos que deberían estar agradecidos. Imagínate qué pasaría con los que se sienten castigados por ti. En cuanto a Silvano, nos reservaremos el derecho de comprobar si es cierto. Pero Galo, mientras tanto, que echa toda la culpa a vuestra hermana, es probable que se sienta víctima tuya y urdirá su venganza. No puedes fiarte de él, y menos teniendo que marcharte a la Galia, deberías tener las espaldas bien cubiertas.

El emperador se mordió el labio inferior.

–Deseamos rogar al Señor. Estamos seguros de que nos enviará una señal que nos indique el camino que debemos seguir –dijo finalmente.

–Mi señor, creo que acaba de mandártela con la noticia de la usurpación de Silvano. Te recuerda tus deberes como emperador, eres responsable de mantener unido el Imperio. Su Imperio, que te ha confiado en su sabiduría para que lo administres en su nombre –insistió Eusebio.

–Tú no nos dejas elección, gran chambelán –se lamentó Constancio.

–Es tu papel el que no te deja elección. Yo solamente cumplo con el deber de recordártelo cuando te asalta un momento de debilidad por el debido afecto que sientes por tu pariente y que, quizá, no te permite ser objetivo.

El emperador suspiró, esforzándose por contener las lágrimas.

–Es una carga bien pesada lo que nos ha tocado llevar. Pidámosle una vez más ser dignos de ello. Que así sea, pues. Dad la orden.

El eunuco inclinó la cabeza con deferencia y le extendió un folio que tenía ya preparado con el decreto de condena a muerte, solamente faltaba el sello imperial, que Constancio estampó casi mecánicamente.

–Sin duda acabas de dar muestra de serlo, mi señor –comentó el gran chambelán.

Acto seguido, se esfumó.

Constancio siguió atormentándose durante largo rato, después se arrodilló apoyando los codos en un triclinio y oró pidiendo al Señor que le perdonara por sus dudas y por los delitos contra su propia sangre que se veía obligado a cometer para preservar el Imperio. Se sentía profundamente desgraciado. Había visto a su presunto padre asesinar a su madre, se había enterado de que su verdadero padre era en realidad su hermanastro, había provocado la muerte de tíos y primos, había perdido a un vástago recién nacido y, antes de eso, a una mujer que no había amado jamás. Al parecer, el Señor había decidido hacerle sufrir, tal vez para expiar la culpa de haber nacido de una relación incestuosa y sacrílega: sus otros hermanos habían pagado con una muerte prematura, él con una vida aparentemente más larga pero llena de padecimiento. Pero si así lo había dispuesto, debía aceptarlo y además agradecérselo por haberle elegido como su principal servidor, y por haberle dado al menos el consuelo de una mujer maravillosa y comprensiva.

Necesitaba estar con ella. Se levantó y se dirigió hacia los aposentos de Eusebia, a quien encontró conversando con sus doncellas. Tenía que liberarse *ipso facto* del peso que imponía sobre sus hombros, así que despidió a las esclavas y le dijo:

–Acabamos de dar la orden de enviar a la muerte a nuestro primo: ha hablado mal de nuestra hermana y la ha culpado de todo. Hay una nueva usurpación en la Galia y no podemos permitirnos dejarlo con vida, aunque nuestra conciencia sufra.

Eusebia se compadeció de él. Se levantó y lo abrazó.

–Pobre mío. Sé muy bien cuánto te cuesta dar esta orden –le susurró al oído haciéndole estremecerse–. Tanto que os exhortaría a revocarla hasta que erradiquéis la usurpación. Siempre estarás a tiempo de emitirla después. Tal vez deberías condenar a Galo a muerte con la mente fría, sin dejarte condicionar por circunstancias ajenas como la usurpación o la rabia por lo que dijo sobre Constantina…

Constancio se separó de ella y se la quedó mirando, sabiéndose aún más enamorado de ella. Era dulce y sabia, como de costumbre. Hasta el momento había convivido con el sentimiento de culpabilidad por lo que había sucedido en Constantinopla tantos años atrás, y había sido un tormento. Si ahora hubiera tenido que añadirle el arrepentimiento por haberse dejado llevar por las emociones, dudaba de si podría mantener el equilibrio necesario para gobernar un Imperio.

Ciertamente, podría ajusticiarlo más tarde. A lo mejor Galo merecía la muerte, pero también un juicio más sereno y ecuánime. Y solamente en ese caso, quizá, habría podido aceptar el hecho de asesinar a otro primo.

Besó a Eusebia en la frente.

–No sabríamos qué hacer sin ti –dijo.

Luego salió de la habitación dando grandes zancadas y se dirigió al *tablinum* de Eusebio. Irrumpió en la estancia sin hacerse anunciar, y lo encontró inmerso entre sus papeles.

–Gran chambelán, consideramos oportuno aguardar un poco más para condenar a muerte a nuestro primo. No envíes ese decreto a Pula –declaró.

–Pero, mi señor… Acabamos de acordar que… –balbuceó el eunuco, desorientado.

–Haz lo que te digo y punto. Lo evaluaremos más tarde –rebatió con decisión.

–Pero, mi señor, el mensajero ha partido inmediatamente después de firmar la condena… –objetó Eusebio.

Constancio se golpeó con el puño la palma de la mano.

–¡Pues ya estás enviando otro! Redacta inmediatamente una contraorden y manda a un nuevo mensajero que llegue antes que el otro. ¡Que cabalgue sin parar!

El eunuco asintió con una expresión que dejaba entrever su desacuerdo. Pero a Constancio no le importó; abandonó la estancia con una sensación de alivio que hacía tiempo que no sentía.

Aparentemente, el Señor había ordenado que tuviera dos monarcas en su conciencia. Después de Constantino II, Martino debía supervisar también la muerte de Galo. El mensaje con la pena capital emitida por Constancio, en realidad, no le había cogido por sorpresa. Había presenciado algunos de los interrogatorios del césar, y no le cabía la menor duda de que el augusto le haría pagar caro su exasperante actitud.

Descargar todas sus faltas sobre su esposa equivalía en realidad a firmar su propia sentencia. Si hubiera tenido que elegir, Constancio habría optado mil veces por sacrificar a su primo antes que a su hermana; además, Constantina gozaba de un importante apoyo por parte del clero romano. Cuando falleció, la corte de Milán recibió innumerables cartas de condolencia por parte de la Iglesia; en la urbe, se decía, alguien había propuesto instaurar el culto a su persona. Y el emperador tenía el deber de preservar la atmósfera sagrada que se estaba creando en torno a su hermana. Constancio estaba seguro de que, si Galo hubiera asumido toda la responsabilidad, habría acabado perdonándole para no mancharse las manos con un nuevo parricidio; pero ahora no le quedaba más remedio: Galo debía morir.

Le vio llegar con las muñecas atadas y las manos juntas, con aspecto de perro apaleado. Aunque no conocía a Constantina en profundidad, no le costaba creer que se pudieran achacar a la augusta la mayoría de los errores por la despreciable conducta de la pareja en Antioquía; pero si la mujer había podido jugar a dos bandas y dar rienda suelta a su crueldad, era únicamente porque su esposo, que habría debido reinar y hacerse respetar, se había mostrado del todo inadecuado para el papel de césar.

–Te lo ruego, príncipe. Mantén la dignidad –le dijo a Galo cuando pasó por su lado–. Te acusarán de cualquier cosa con tal de salvar la memoria de tu esposa; que no te acusen también de una muerte cobarde…

Aquel consejo era la única ayuda que podía prestarle, además de evitar a Constancio las críticas por haber conferido el vicariato imperial no solo a un traidor, sino también a un canalla.

Galo le miró y no dijo nada, pero en sus ojos Martino creyó leer gratitud por aquella sugerencia no solicitada. El césar fue empujado hasta el tocón en medio del patio del palacio del decurión en Pula entre dos filas de soldados. Luego le obligaron a arrodillarse. No ofreció ninguna resistencia, ni derramó una lágrima, ni pronunció una palabra. Miraba al frente, dando muestra del mismo desapego de su primo Constancio cuando se dejaba ver en público.

Al parecer, el joven había decidido seguir su consejo. Martino recordó el día en que salvó la vida de su hermano. Ahora salvaba la muerte del otro hermano, haciéndole conservar un ápice de dignidad. Parecía poder influir en la existencia de aquellos dos desafortunados jóvenes, a quienes la razón de Estado había convertido en huérfanos demasiado pronto, en prisioneros durante la mayor parte de sus vidas y, al menos en cuanto a Galo, en soberano sin estar preparado para ello. Se preguntó qué le depararía el destino a Juliano y si sus caminos se cruzarían de nuevo. Ciertamente, después de la triste experiencia de Galo, difícilmente Constancio le daría una oportunidad al primo menor; así que era altamente improbable que se volvieran a ver.

El verdugo obligó a Galo a agachar la cabeza sobre el tocón, luego levantó el brazo con la espada.

–No te muevas, césar, si no quieres sufrir –le susurró, pero no lo suficientemente bajo para que no llegara a los oídos de Martino.

Galo entrecerró los ojos con expresión sufriente, y solo entonces el primicerio vio que se le humedecían las mejillas. De todas las figuras de alto rango que habían muerto tras la gran purga de Constantinopla diecisiete años antes, de Constantino II a Constante, así como Magnencio y Constantina, Galo le pareció la única víctima trágica de un mecanismo más grande que él que había terminado por triturarlo; todos los demás se lo habían buscado a conciencia. Y una vez más sintió lástima por él.

La espada descendió y la cabeza cayó limpiamente, rodando por el suelo un par de pasos y dejando rastros de sangre en el polvo. El torso decapitado cayó hacia un lado con un golpe sordo. Ya estaba hecho. Martino dijo:

–Limpiadlo todo, enterrad el cuerpo y luego traedme la cabeza en un saco. Se la llevaré al emperador.

A continuación, se dirigió a su alojamiento con la intención de rezar por el alma de Galo, para que encontrara en el cielo la serenidad que nunca había hallado en la tierra.

Sus plegarias se vieron interrumpidas una hora más tarde, cuando vinieron a decirle que acababa de llegar un mensajero de Milán que traía una contraorden del emperador.

Galo no debería haber muerto.

Osio dejó la carta de Eusebio sobre el escritorio y soltó un suspiro de alivio que, sin embargo, le provocó una atroz punzada en el cuello que se le extendió hasta la mitad derecha de la cabeza. Blasfemó apretando los dientes: ¡maldita sea, ni siquiera podía disfrutar de los momentos de triunfo!

El asunto de Silvano se había resuelto en el plazo de un mes solamente, desde que aquel bárbaro se había hecho alzar sobre los escudos por sus soldados y se había investido de púrpura. Así que ahora, por fin, tras dieciocho años de urdir confabulaciones, intrigas y asesinatos, el Imperio volvía a estar bajo un único emperador.

Un emperador al que él era capaz de manipular.

Es verdad que ahora se veía obligado a valerse de Eusebio, de hecho, podría decirse que dependía completamente del gran chambelán. Pero había elegido bien. El eunuco se había comportado de manera impecable en la eliminación de Galo y de Silvano. Por iniciativa propia, había retrasado oportunamente la partida del mensajero con la misiva de gracia para el césar, de manera que su llegada se había producido después de la ejecución, y había sido hábil en aplicar al pie de la letra sus instrucciones en cuanto a Silvano.

Estaba satisfecho consigo mismo. Estuvo acertado con el *magister militum* de las Galias. Sabía que Constancio se habría dejado amilanar por sus escrúpulos de conciencia en relación con la perspectiva de asesinar a otro pariente, y había sugerido al eunuco que hiciera temer al emperador una usurpación por parte del general bárbaro. Acto seguido, una comisión de investigación había determinado que la carta hábilmente elaborada para incriminarlo era una falsificación, pero las sospechas sobre él y el miedo a ser castigado habían llevado a Silvano a tomar el poder; sin embargo, bastó con sobornar a un par de oficiales suyos para asesinarlo y resolver el asunto.

Después de tantos esfuerzos, había vuelto al punto de partida, cuando solamente estaban Constantino y él. Con la diferencia de que Constancio no le llegaba ni a la suela del zapato a su presunto padre, y por tanto era más maleable. Llamó al esclavo encargado de los masajes y le indicó el punto de dolor, pidiéndole que tuviera en cuenta todos los demás; cuando le molestaba el cuello, el resto de la espalda estaba tan contraída por los dolores articulares que se había convertido, *de facto*, en una especie de paralítico que necesitaba ayuda para levantarse y para andar. Y tenía que andar para no bloquearse por completo; así que le obligaban a pasear, apoyándose al menos en una persona, durante unos minutos cada dos horas.

Procuró distraerse pensando en cuánto le quedaba por hacer. Con la constante amenaza del rey Sapor en la frontera oriental, no se podía descartar que Constancio buscara a alguien que lo apoyara como césar; y la única alternativa posible era el primo que le quedaba, Juliano. Debía evitar que esto ocurriera, pero por el momento podía estar tranquilo: Constancio había salido escaldado de su experiencia con Galo.

Además, había mucho que hacer para dar unidad a la Iglesia. Habían pasado exactamente treinta años desde que creyó haber puesto fin a las disputas desencadenadas en el seno de la cristiandad a partir del fin de las persecuciones; sin embargo, las luchas se habían recrudecido de un tiempo a esta parte. Culpa del emperador, que intentaba poner de acuerdo a todas las facciones, y lo único que conseguía era incomodar a todos. Y, a fin de cuentas, culpa de Minervina, que le había impulsado a simpatizar con la doctrina de Arrio, lo que le hacía más abierto a las desviaciones respecto a los acuerdos de Nicea establecidos por Constantino y él.

Aun así, no perdía la esperanza de poder arreglar la situación. Ahora que solamente había un emperador, podría convencerle de que jamás encontraría una solución compartida y que, por tanto, era el momento oportuno de imponer a los obispos beligerantes, de una vez por todas, la línea oficial trazada treinta años antes. De conseguirlo, por fin tendría unificado el Imperio bajo un mismo cetro.

El suyo.

Juliano emitió un profundo suspiro y subió al carruaje, repitiéndose a sí mismo una y otra vez que había llegado el momento. La muerte de Galo le había hecho comprender por fin lo intolerante de una religión en nombre de la cual habían muerto su padre y su hermano. Ya estaba harto de escuchar que Constancio tenía el deber de preservar la unidad del Imperio que Cristo le había confiado. El Imperio cristiano construido por Constantino el Grande no le había traído más que luchas, encierro y marginación. Y aquel predicador hebreo no había causado más que divisiones en un Imperio que durante siglos había encontrado precisamente en la religión el elemento unificador cuando los acontecimientos políticos llegaban a un momento crítico.

Hacía tiempo que se sentía ajeno a una fe impuesta contra todos sus impulsos internos, que siempre le habían empujado hacia una religión más real, majestuosa, que no era la de los marginados, sino la de los grandes hombres que habían hecho de Roma un Imperio universal. Que no era aquella que le hacía sentir indigno, marcado por un pecado original solo para mantenerlo bajo amenaza con la esperanza de la salvación en determinadas condiciones, sino la que le hacía sentir importante de verdad y artífice de su propio destino. Un dios en sí mismo, como todos los que contribuían a mejorar el mundo real, sin necesidad de rezar por un mundo de resucitados cuyo advenimiento era *a posteriori*. Cristo, o las personas que decían actuar en su nombre, había hecho tabla rasa a su alrededor. Y la religión que profesaban sus adeptos estaba convirtiendo al Imperio en rehén de discordias insalvables, de mezquinas rivalidades entre obispos que se alimentaban de la ingenuidad del pueblo llano para crear seguidores con quienes sustentar sus pretensiones. Roma, la capital del mundo, estaba destruyendo su grandeza en una vorágine de discusiones estériles sobre algo que era imposible de demostrar, como la naturaleza de Jesús. Y mientras el Imperio se desmoronaba, los pueblos que presionaban en las fronteras se fortalecían cada vez más y se preparaban para atacarlo de todas las formas posibles, desde fuera con sus cruentas invasiones, y desde dentro ascendiendo paso a paso en las jerarquías militares.

Constantino tenía la intención de salvar al Imperio con una nueva religión. Pero esa misma religión estaba minando sus cimientos, fragmentando cada certeza sin ser capaz de crear una nueva, es más, aumentando la confusión con interminables disputas; ahora ya no eran los emperadores y los usurpadores quienes luchaban, sino también los representantes del clero, lo que creaba una inestabilidad que no hacía más que crecer.

Últimamente, y cada vez con más frecuencia, Juliano recordaba las palabras de Sexto Martiniano que se le habían quedado grabadas de manera indeleble en su memoria. Y cada vez más a menudo deseaba ser él, revivir sus celebradas hazañas y tener la oportunidad de defender los valores en los que creía; Constantino los había pisoteado, vilipendiado y humillado, mientras que el clero cristiano buscaba más que nunca eliminarlos de la faz de la Tierra, como si la filosofía creada y la religión profesada por las mentes más preclaras que había leído jamás no tuvieran ningún peso, ningún valor. Y encontraba increíble que alguien, después de haber leído el *Timeo* de Platón, pudiera seguir creyendo en las invenciones que se contaban sobre aquel carpintero galileo. No lo soportaba más. Y tampoco toleraba más el tener que sofocar su necesidad de descubrir la divinidad que había en él y en lo que le rodeaba. Aun a costa de ser denunciado, castigado e incluso asesinado como sus familiares, debía descubrir qué había más allá de lo que veía todos los días ante sus ojos.

Encontró a Máximo de Éfeso de pie esperándole frente al santuario de Hécate.

—¿Estás seguro de querer proceder a la iniciación? —le preguntó el místico con la mirada severa.

—Nunca he estado tan seguro de algo —contestó decidido.

Máximo asintió y le hizo un ademán para que le siguiera. En silencio, ambos entraron en la gruta a cuya entrada Juliano siempre se había asomado con curiosidad, preguntándose qué mundo habría más allá de ese umbral. Siempre había tenido miedo de lo que podría encontrar allí, consciente de que sería un viaje sin retorno: un paso adelante hacia la vía del conocimiento que le impulsaría a dejar atrás definitivamente la fe y las convicciones que le habían obligado a continuar. Además, no quería ofrecer al emperador pretextos para que continuara discriminándolo. Pero ahora, con la muerte de su hermano, sabía que estaba condenado a permanecer prisionero y vigilado de por vida, confinado a una condición de perpetua inactividad, del todo inútil para el Imperio a pesar de su ilustre cuna. Y por ello al menos quería sentirse libre interiormente, hacer volar su espíritu allá donde le llevara su voluntad, para poder ser feliz consigo mismo, ya que no podía serlo con los demás.

Oyó cerrarse la puerta de la caverna a sus espaldas. La única luz en el interior provenía de la antorcha colgada en la pared que Máximo agarró y utilizó para abrirse camino en la oscuridad. La luz solamente permitía ver un reducido círculo a su alrededor que ni siquiera llegaba a las paredes de la cueva. Juliano temía tropezarse en cualquier momento y avanzó cauteloso escaleras abajo hasta que sus fosas nasales inhalaron un olor repugnante, penetrante, nauseabundo, que casi le atufó. Tuvo que aminorar el paso para no perder el equilibrio, pero Máximo caminaba ligero y en silencio. Le habría gustado pedirle que se detuviera, pero no se atrevió y se esforzó por continuar. Procuró recuperar terreno, pero un ruido sordo inundó la gruta y provocó un estruendo tal que lo dejó inmovilizado por unos instantes. Máximo no decía nada y esto le animó a retomar el camino. Todo debía de ser normal si su maestro hacía caso omiso. Casi lo había alcanzado cuando un repentino resplandor les cortó el camino frente a ellos. Fue un destello, pero suficiente para percibir que tenía forma humana y que dejaba un rastro de fuego tras de sí.

«Un demonio», sin duda.

Ese era el lugar que comunicaba a los seres humanos con las entidades sobrenaturales, estaba claro. Por instinto, buscó la cruz que llevaba colgada de una cadena en el cuello, y la apretó con fuerza, percatándose tras unos instantes de que se trataba del mismo objeto del que había decidido deshacerse una vez terminada su iniciación. La soltó como si quemara, en el preciso instante en que otro espectro encendido pasaba por delante.

Máximo seguía andando y sin hablar, como si aquel mundo mágico fuera su casa. Oyó un rumor, al principio quedo, luego más fuerte, como el de un tambor, y después un grito que no habría sabido decir si era animal o humano. O puede que no fuera ninguno de los dos. A lo mejor era así como chillaban los demonios.

De nuevo aquel hedor, aún más penetrante. Parecía haber viento en aquella caverna. Tenía la sensación de encontrarse muy por debajo de la superficie, entonces llegó a un espacio circular en cuyo centro había un altar. Justo detrás, la estatua de Hécate, con cuerpo de mujer y tres cabezas: de perro, de serpiente y de caballo; en la mano llevaba teas encendidas y a sus pies tenía esculpida una jauría de perros aullando. A los lados pudo ver a dos hombres encapuchados.

Máximo se detuvo. Juliano adivinó en la penumbra otras figuras encapuchadas pegadas a las paredes laterales y tuvo miedo. De nuevo se aferró a la cruz y esta vez no la soltó ni cuando se dio cuenta de la incongruencia.

–¡Flavio Juliano!

La voz de Máximo retumbó en la caverna.

–Has venido ante la presencia de Hécate, diosa de la magia, para descubrir que ha creado este universo y que lo mantiene vivo para comprender qué es el alma, de donde viene, adónde va, lo que la hace caer y lo que la levanta, lo que la debilita y lo que la exalta, qué es la prisión y la libertad, cómo se puede evitar la primera y llegar a la segunda. El esplendor de la verdad tomará posesión en tu alma, arrinconando las mentiras con las que has crecido. ¿Estás preparado para todo esto?

Juliano notó que estaba temblando. Los ojos de Máximo parecían echar llamas, su voz sonaba como un conjunto de voces, un coro de fuerza inaudita. Pero deseaba, con todas sus fuerzas, llegar al conocimiento de la verdad, la que los sacerdotes le habían ocultado durante un cuarto de siglo. Dijo:

–Lo estoy.

Al principio, algo inseguro, luego más contundente, sintiendo su propia voz resonar en torno a él.

–Tú estás aquí, Flavio Juliano, porque has comprendido que el verdadero Dios, el Sol Invencible, el Salvador que prodiga sus dones por todo el universo y cuya gloria se manifiesta en todas partes frente a nuestros ojos, el dios de tu abuelo Constancio Cloro, y también de tu tío Constantino antes de que su alma se corrompiera, es despreciado –continuó Máximo–. Sus sacerdotes son vilipendiados y ultrajados, como el Imperio mismo, gobernado por un hostigador que te ha relegado a una ínfima posición entre el clero. Helios ha posado su mirada sobre ti, el último representante de la más divina de las dinastías, aquella a la que el Salvador había prometido un insigne cetro. Él te ha permitido descender hasta aquí sembrando una chispa de fuego divino. Tal vez te llame, un día, cuando se necesite salvar al Imperio y sus tradiciones, algo que nuestros antepasados más remotos cultivaron y construyeron con paciencia y dedicación durante siglos y siglos. ¡Quizá te corresponda devolver la verdad al mundo para salvarlo de una religión traidora y despreciable! ¡A lo mejor serás tú quien haga entender a los necios quién genera el verano y el invierno, los animales y las plantas, quién guía el conjunto de los astros y dirige la armonía divina de los planetas, el señor de la ciudad del mundo!

Juliano sintió que se le hinchaba el pecho de orgullo. Sí, era realmente el último representante de una dinastía tocada por lo divino, pero que había equivocado el camino. Si el dios le permitiera luchar por él, consideraría un privilegio y un honor restaurar los antiguos cultos y devolver a las divinidades el lugar que merecían en el corazón de los hombres, ahora ajenos a su poder infinito.

Cayó de rodillas, extasiado, y esperó a que la luz divina lo iluminara.

CAPÍTULO XXV

–¿Qué tienes, esposo mío? Te noto siempre preocupado…

Eusebia se acercó a Constancio y le abrazó. El emperador forzó una sonrisa, agradeciendo al Señor una vez más que le hubiera dado una mujer tan atenta, un auténtico consuelo en un mar de problemas y tormentos. Mientras ella estuviera a su lado, nunca se sentiría solo y siempre encontraría la firmeza para soportar la carga que pesaba sobre sus hombros. Suspiró.

–Acabamos de recibir el enésimo informe inquietante de las Galias: las ciudades fronterizas renanas que han conquistado y destruido los francos, germanos y sajones llegan a cuarenta, según dicen –afirmó abatido–. Si a esto le sumamos que en el último mes los cuados y sármatas han devastado Panonia y la Mesia Superior sin que las unidades fronterizas hayan podido contrarrestarlos, y que Mesopotamia y Armenia están continuamente expuestas a los saqueos de Sapor, entonces te darás cuenta de que no podemos gestionar el legado de nuestro padre. Es realmente demasiado para un solo hombre, y no entiendo cómo él era capaz de hacerlo… Por no hablar de las usurpaciones; si no logramos garantizar la protección de las diócesis, pronto habrá más rebeliones que la población local esté dispuesta a apoyar si les prometen defenderla de las invasiones… ¿Y si hablamos de las disputas entre nuestros obispos? No hay manera de ponerlos de acuerdo, y ahora también Osio está descontento por cómo pretendemos resolver las controversias doctrinales. Él se quedó estancado treinta años atrás, no se da cuenta de que ahora las facciones están más diferenciadas y de que es necesario hallar una solución compartida. Nunca conseguiremos imponer el punto de vista de Nicea.

Eusebia lo acarició. Constancio sabía que sus preocupaciones le impedirían incluso abandonarse a la intimidad de su dormitorio e intentar engendrar un nuevo heredero. El médico había manifestado que la emperatriz había superado los problemas debidos al dramático parto en el que había perdido al neonato y que podía ser fecundada de nuevo; pero la virilidad del soberano se había debilitado frente a las presiones que lo afligían. Sin embargo, no sabía renunciar a la ternura y a las muestras de cariño que, a pesar de todo, ella seguía mostrándole.

–¿Y qué dicen tus consejeros? –quiso saber Eusebia.

Constancio se encogió de hombros.

–¡Imagínate! Compiten para engatusarnos y ganar puestos… Hay quien se ofrece como gobernador o general para controlar un frente, quien propone un aumento de impuestos, otro más, para comprar la paz a los bárbaros del otro lado de la frontera y reclutar nuevo personal para el ejército, naturalmente entre los propios bárbaros; quien llega incluso a nombrarse césar encubiertamente o a apoyar a algunos de sus secuaces… Todo soluciones impracticables; no podemos sacar más dinero a nuestros súbditos y ya no nos fiamos de nadie después de tantas usurpaciones.

–Sin embargo, hay una persona en quien podrías confiar… –propuso ella.

–¿Quién?

–Tu primo Juliano, obviamente.

Constancio la miró con una expresión más dura de lo que hubiera querido.

–Te estás burlando de nosotros… Ya viste cómo terminó la experiencia con Galo… –precisó, y sintió una punzada de dolor en el estómago: si no le hubiera nombrado césar, no se habría visto obligado a cargar en la conciencia con la muerte de otro pariente.

–Pero Juliano es muy distinto a Galo. Le conocí en Macellum hace muchos años –objetó Eusebia.

–Son todos iguales. Una vez en el poder, quieren más y más…

–Él no –insistió la emperatriz–. Es joven, honesto y poco mundano, ha pasado toda su vida entre libros y, al no tener experiencia alguna de gobierno, no albergará la habitual tendencia a intrigar con tus cortesanos.

–Tú lo has dicho: no tiene experiencia, acabaría cayendo en las tentaciones ofrecidas por los nobles. Y seguramente cometería demasiadas estupideces que luego tendríamos que arreglar –observó el emperador.

–Bien pensado, esto es más una ventaja: si la fortuna le es favorable, te podrás beneficiar de sus éxitos. Si falla, tendrás un pretexto para desembarazarte de él y no tendrás nada más que temer de tu familia –le apremió su mujer.

Constancio reflexionó. Su razonamiento era bueno. Si no fuera por un problema de conciencia.

–La idea de provocar la enésima muerte de un familiar nos repugna; sabes perfectamente cómo intentamos expiar cada día con plegarias y obras pías las que ocasionamos en el pasado.

–Y entonces, en lugar de ajusticiarlo, le harás volver a la prisión donde estuvo durante tanto tiempo –insistió su esposa–. Pero reconocerás que la elección de un pariente es preferible a la de cualquier otro. Y si de verdad, como has dicho, no eres capaz de administrar el Imperio solo, no queda más remedio…

El emperador se mordió el labio. Puede que su padre lograse gobernar solo durante doce años, desde que eliminó a Licinio, porque de hecho había compartido la responsabilidad con Osio. Pero Osio solo había uno, y ahora estaba demasiado decrépito como para servir de ayuda; es más, su intransigencia de viejo obstinado, que a pesar de las evidencias seguía pretendiendo aplicar al pie de la letra las deliberaciones de las que había sido artífice, ahora se demostraba más un obstáculo que una ventaja. Se preguntó si Eusebia tendría razón. A lo mejor aquel ratón de biblioteca era realmente la única opción posible…

Juliano vio que el emperador le tendía la mano. Le ofreció la suya, y Constancio le hizo avanzar unos pasos tras la balaustrada de la tribuna construida sobre un terraplén frente al palacio imperial de Milán; luego levantó el brazo y mostró a su primo las tropas de la guarnición alineadas en el patio, detrás de las cuales se había permitido el acceso al pueblo llano. Se escuchó un clamor como Juliano nunca había oído. Y se sobrecogió al darse cuenta de que iba dirigido hacia él.

Rodeado de águilas, estandartes y lábaros, el emperador pidió silencio y, una vez alcanzado, declaró:

–Nos presentamos ante vosotros, los mejores defensores del Estado, para apoyar una causa de interés público con unanimidad de propósitos; de esta causa os informaremos brevemente, proponiéndoos que se os trate como justos jueces. Una vez eliminados los usurpadores del título imperial, los bárbaros, como si ofrecieran sacrificios a las almas impías de sus muertos utilizando sangre romana, merodean por las Galias, rompiendo la paz en las fronteras; los anima la confianza de que graves dificultades nos inmovilizan en territorios lejanos. Pero todo esto puede acabar: basta con que vosotros, soldados, reforcéis con vuestra confirmación la esperanza que nosotros tenemos para el futuro. Aquí tenemos a Juliano, hijo del hermano de nuestro padre. Su modestia lo hace tan querido para nosotros como sus lazos de sangre. Su juventud dedicada a los estudios ha hecho brillar su amor por el esfuerzo. Nosotros deseamos vincularlo al poder, elevándolo a la dignidad de césar. Si la elección os complace, os ruego que la ratifiquéis con vuestra aprobación.

Se escuchó una ovación más fuerte que la anterior que hizo temblar el palco bajo los pies de Juliano. El joven estaba conmovido: ¡estaban contentos! También los soldados lo querían como césar. Le parecía un sueño: el oráculo con el que Máximo de Éfeso había regalado sus oídos hacía solo unos meses en el santuario de Hécate se estaba haciendo realidad.

El emperador aguardó a que el clamor de la multitud se apaciguase, luego retomó la palabra.

—Vuestro clamor lleno de júbilo es testigo de que tenemos también vuestra aprobación; por lo tanto, este joven de vigor sosegado, cuyo temperamento mesurado ha de ser imitado más que celebrado, se erige para asumir este cargo con buena fortuna; creemos haber mostrado claramente su ilustrado carácter, educado en la cultura, precisamente al elegirlo. ¡Con la validación favorable de la divinidad celestial, le investiremos con el manto imperial!

Entonces Constancio hizo que le entregaran la capa, la colocó personalmente sobre los hombros de Juliano y se la abrochó a un lado. A continuación, fue a él a quien dirigió sus palabras:

—Recibiste a temprana edad la flor resplandeciente que pertenece a tu familia, queridísimo hermano nuestro, y nuestra gloria se ha visto acrecentada. Permanece cerca de nosotros como partícipe de las dificultades y peligros; asume la tarea de defender las Galias, procurando dar alivio a esta región devastada del Imperio con todas las buenas obras posibles. Si es necesario luchar contra los enemigos, mantente firme incluso entre los abanderados; ínstales con cautela a ser valientes cuando sea necesario; alienta a los combatientes liderándolos con prudencia, ayuda a quien esté desorientado; reprende con mesura a quien muestre pereza; procura ser el testigo más fiel de quienes se esfuerzan dándolo todo y de quienes no. Ante una gran hazaña, ve, pues, y sé valiente entre soldados igualmente valerosos. Nos apoyaremos unos a otros con amor constante y fuerte, realizaremos juntos el servicio militar, procurando guiar el mundo pacificado con igual moderación y afecto. No echarás en falta nuestro apoyo en todo lo que te propongas hacer. Por lo tanto, en conclusión, ¡te apremio con los votos unánimes de todos a defender tu puesto con esmero y siempre vigilante como si el mismo Estado te lo hubiera asignado!

Esta vez los soldados golpearon sus escudos sobre las rodillas durante largo rato, lanzando al nuevo césar gritos de apoyo. Juliano se sentía tan emocionado que tendió instintivamente las manos hacia el emperador para estrecharle el brazo. Constancio lo esquivó mirándole con un atisbo de sonrisa. Después el emperador dirigió los ojos a su mujer, que, situada en un lateral, asentía satisfecha, y luego se volvió hacia Juliano. El joven le devolvió una mirada llena de gratitud: desde que había sido convocado para ir a Milán sin haber sido informado de los motivos del emperador, había vivido en la incertidumbre; solo las cartas de Eusebia tranquilizándolo le habían evitado sucumbir al terror de acabar como su hermano.

A pesar de las grandes manifestaciones de cariño y afecto que mostraba delante de los soldados, Constancio no se había entrevistado con él en ningún momento antes de la ceremonia; y solo desde hacía cinco días sabía que la razón por la que le habían hecho acudir a la capital era su nombramiento como césar. Días que había pasado en el palacio imperial con docenas de dignatarios, eunucos y ministros aprendiendo la etiqueta, y con numerosos sacerdotes con la misión de controlar su fe, bajo la mirada constante de los soldados, que no le habían dejado solo ni un instante.

De hecho, su estancia en el palacio le había parecido una especie de arresto. Cuando lo dejaban solo, cerraban la puerta de su habitación con llave, y no había tenido manera de comunicar a sus conocidos lo acontecido: se enterarían por los mensajeros imperiales de que se había convertido en césar. Le había sido prohibida toda correspondencia, e incluso sus sirvientes eran registrados por si le llevaban algún mensaje del exterior. Le permitieron conservar solamente a cinco personas de su círculo, entre ellas a su médico personal Oribasio y al criado Evenemero, el único que estaba al tanto de su creencia en los dioses; solían practicarla juntos, pero aquellos días tuvieron que evitarla por temor a ser descubiertos. Por lo menos, había sido informado de que pronto partiría a la Galia septentrional, donde combatiría contra los germanos, y la idea le llenaba de emoción. Por las noches, cuando los cortesanos le dejaban en paz, estudiaba ininterrumpidamente a Tácito y Julio César para aprender lo más posible sobre el tablero donde debía actuar y sobre los pueblos a los que se enfrentaría. Estaba trastornado por todo lo que estaba sucediendo, pero su impaciencia por partir al frente crecía a cada instante. Ya se veía a la cabeza de las tropas, como había afirmado su primo, para añadir su nombre a la larga lista de comandantes que habían contribuido a perpetuar el poder de Roma y a imponer su soberanía en el mundo. Por fin tenía la posibilidad de ser útil para el Imperio, según lo que le había predestinado la ilustre estirpe a la que pertenecía. Estaba deseoso de demostrar a todo el mundo que no era simplemente un torpe ratón de biblioteca, y sobre todo quería hacerse merecedor de la confianza que el emperador había depositado en él.

Desde que se enteró de que ocuparía el puesto de césar, había empezado a ejercitarse para aprender a disimular el odio que sentía por Constancio, y para acostumbrarse a la idea de compartir el mismo techo con las personas que sabía habían sido los verdugos de su familia. Pero también para ocultar sus tendencias religiosas, que ya andaban en una dirección distinta por completo a la exigida por el emperador.

Solamente quedaba una formalidad por llevar a cabo antes de salir al encuentro de la gloria. La más desagradable de todas.

Antes de subir al carruaje junto a Constancio, lanzó una ojeada a la hermana menor del emperador, la insulsa Elena.

La mujer con la que se disponía a casarse.

Martino albergaba serias dudas de que aquel afable muchacho fuera un buen caudillo. Todos sus compañeros estaban igual de sorprendidos que él; era extremadamente improbable que aquel joven desmañado, que no tenía nada de regio, de movimientos nerviosos y exagerados, que se veía como un pez fuera del agua y poco carismático, tuviera la capacidad de conducir a la victoria a sus propias tropas. Al fin y al cabo, se trataba simplemente de un estudioso, que había pasado toda su vida leyendo libros, o hablando en público frente a un auditorio, sin haber tenido jamás una espada en la mano.

De acuerdo, decían algunos, tampoco Constancio era un guerrero, y prefería rezar durante la batalla antes que compartir los riesgos de la tropa o incluso asistir al encuentro. Pero era un auténtico emperador: carismático, hierático, grandioso y dueño de sí mismo, como debía ser un soberano que sacaba su propia fuerza interior directamente de Dios. Sabía hacerse respetar. Juliano, en cambio, no tenía la más remota idea de qué era la realeza. Los días anteriores a su toma de posesión, Martino había recibido instrucciones de velar por él con una cuadrilla y, al mismo tiempo, de vigilarlo, procurando, según le habían ordenado, no darle demasiadas confianzas. En consecuencia, había dado poca cuerda a los frecuentes intentos del césar por entablar una conversación; de hecho, Juliano había intentado muchas veces pegar la hebra con él, quizá también porque era el único rostro que conocía en un ambiente cortesano formado por extraños. Y no escatimó muestras de agradecimiento, repitiendo hasta la saciedad que, si estaba allí y a punto de asumir el papel de césar, se lo debía sobre todo a él.

A pesar de todo, debía gustarles. Sería su comandante para las próximas campañas. Constancio había decidido apoyar a su inexperto primo con un equipo de generales experimentados, quienes vigilarían sus movimientos y evitarían que cometiera imprudencias. Y le informarían sobre sus recelos y sobre su comportamiento. Esto era lo que menos le gustaba; contribuir a las victorias del Imperio era una cosa, hacer de espía era otra muy distinta. Esperaba únicamente que no hiciera falta y que Juliano no le diera motivos para lidiar con su conciencia; apreciaba a aquel muchacho y deseaba sinceramente ayudarle a convertirse en un césar digno del papel que se disponía a desempeñar, así como un líder mínimamente aceptable. Tenía la esperanza de que no albergara intenciones de vengarse de su primo y confiaba en que estuviera hecho de una pasta diferente a la de su hermano.

Pero de esto último no le cabía la menor duda; por lo poco que le conocía, parecía un joven serio y sosegado, incluso ingenuo, y sin pájaros en la cabeza. Y, por lo menos, no corría el riesgo de que su mujer le hiciese perder el sentido de la mesura; se veía de lejos que la plácida Elena no tenía nada de la víbora de Constantina. Juliano, pues, se mostraba deseoso de ser útil y de hacer cualquier cosa buena para el Imperio, y no era en absoluto arrogante. Era una persona con la que se podía entablar amistad fácilmente, no como Constancio, que mantenía las distancias con todo el mundo. Él, que había tenido el privilegio de estar cerca del emperador en momentos de duda o tribulación, y que gozaba de su verdadera estima, no se hacía ilusiones de que el soberano le considerase un amigo; por el contrario, estaba seguro de que Juliano estaría dispuesto a trabar amistad con él; pero ahora no podía permitírselo sin suscitar las sospechas del receloso emperador.

A pesar de todo, le había estado observando en todo momento para discernir qué sería capaz de dar al Imperio aquel joven de quien se sentía en cierto modo responsable. Juliano era vehemente, totalmente ajeno a los cánones de la etiqueta imperial. Los dignatarios de la corte le habían reformado, cortándole la barba que le gustaba llevar según la ya anticuada moda griega, enseñándole cómo debía hablar, caminar, vestirse y comportarse para ser un soberano. El joven tendía a tratarles a todos con demasiada efusividad, mientras que su papel imponía un desapego y una frialdad que a sus tutores les costaba trabajo inculcar. Nunca conseguía estar quieto: gesticulaba y abría mucho los ojos, tanto cuando hablaba como cuando escuchaba. Usaba demasiadas palabras para expresar un concepto y, en lugar de susurrar como se esperaba de un personaje en la cúspide del poder, tendía a declamar en voz alta también las ideas más banales. A los ojos del personal de la corte parecía pueblerino y torpe, y en más de una ocasión Martino los había visto reírse a sus espaldas, mirándole mal o buscándole defectos. Ignoraba si Juliano era consciente de ello, pero, si lo sabía, no parecía darle importancia. Era el tipo de persona que tendía a creer en la buena fe de la gente por principio, y esto le agradaba.

Ignoraba si sería un buen soberano, pero desde luego era un buen hombre.

De verdad anhelaba que no tuviera el mismo final que Galo.

–Es... increíble... lo que sabes hacer... –murmuró el senador aferrándose a la cintura de Martina, que se movía sobre su pelvis a una velocidad asombrosa desde hacía rato–. Vales todo lo que pides.

La mujer le sonrió y aprovechó para ponerle las manos en el pecho y arañarle.

–No, no..., mi mujer se dará cuenta –se quejó el amante al ver las gotitas de sangre que brotaban de la piel desgarrada.

Pero siguió sometiéndose a sus movimientos, emitiendo gemidos de placer cada vez más intensos. Martina se alegró de haber encontrado la confirmación a sus sospechas: las marcas de uñas femeninas afiladas eran inequívocas y el senador seguramente tendría problemas al llegar a casa. Era exactamente lo que deseaba; eso también entraba en el pago que requería a sus amantes, que la estaban haciendo cada vez más rica, no solo en dinero y joyas, sino también en satisfacciones. Podía decirse que en ese momento era una de las mujeres más poderosas de Constantinopla, y no solo debido al apoyo de Osio, sino también gracias sus habilidades sexuales.

No lo hacía por dinero. No le importaba. Lo hacía simplemente por castigar a la clase aristocrática por todas las decepciones que le había infligido: por haberle arrebatado al padre que tanto le habría gustado conocer, el marido que siempre había soñado, la amiga con la que había crecido y el sentido de su propia existencia. Le complacía descubrir que cada vez era más poderosa que los hombres más influyentes, y ese era su verdadero placer, más que los continuos orgasmos que sus intensas actividades sexuales le procuraban. Disfrutaba cuando los veía empobrecerse colmándola de regalos para ganarse su atención; disfrutaba sembrando la discordia con sus esposas; disfrutaba cuando les sonsacaba secretos que luego entregaba a Osio para que los tuviera en un puño políticamente. Y disfrutaba al constatar que su sexualidad era capaz, a sus casi cuarenta años, de hacer perder la cabeza a quien le viniera en gana. Aumentó el ritmo. Ya había obtenido lo suficiente de su amante, y la noche no había terminado para ella, tenía otra cita con el jovencísimo hijo del hombre que estaba aullando bajo su cuerpo. Sin que lo supiera el padre, naturalmente. Estaba esperando a que ambos estuvieran en su punto antes de que lo descubrieran y se destrozaran mutuamente por celos, lo que acabaría arruinando su familia. Eso era lo que deseaba

Osio para todos sus adversarios políticos, para los paganos que hostigaban al cristianismo y para los cristianos arrianos que se oponían a la línea oficial perseguida por el obispo. A ella no le importaban sus posiciones políticas ni religiosas, solo se preocupaba por encontrar un pretexto para provocar la ruina de aquellos hombres que creían tener en sus manos el destino de las personas sencillamente porque eran ricos e influyentes. Como Constantina y todos los demás personajes de alto rango que había conocido, a excepción de Nepociano.

Los movimientos del amante se aceleraron. Estaba a punto de correrse y Martina le incitaba verbalmente, insultándolo con un lenguaje soez propio de un cuartel. Sabía que el placer de los hombres aumentaba si se acompañaba de palabras que sus esposas jamás habrían osado pronunciar. Después se apartó para no hacerse fecundar, acercando el rostro al pene abultado que, justo en ese momento, eyaculaba con ímpetu. Se dejó embestir con brusquedad, otra cosa que su esposa nunca habría hecho, luego se acercó a él y le besó salvajemente. Finalmente se tendió a su lado, fingiendo jadear tanto como él. En realidad, no estaba fatigada en absoluto. Empezaría otra vez de inmediato, y con un hombre distinto, sobre todo para no aburrirse.

–No puedo vivir sin ti –le susurró al oído el hombre–. Sé que tienes otros amantes y eso me molesta. Me gustaría ser el único; si tú quisieras, estaría dispuesto a darte cualquier cosa para que no estés con nadie más.

Ella se giró hacia él, le sonrió y le acarició.

–No descarto que pueda suceder. Cuando estoy contigo me siento cada vez que más atraída por ti –mintió.

Luego se le ocurrió una idea.

–Pero, para ser la única, tendría que ser tu esposa…

El hombre la miró sorprendido.

–¿En serio? ¿Tendría que divorciarme? Me encantaría…, pero la familia de mi mujer es aún más poderosa que la mía… Perdería muchos apoyos en el Senado y también algún lucrativo negocio.

«Perfecto –pensó Martina–. Sería excelente para Osio. Y para mí también».

–Si de verdad me amas, eso no debería ser un problema. Pero no tengo prisa. Piensa en ello. Puedo ser toda tuya si tú quieres. Y dedicarme a ti por completo –declaró.

A continuación, le dio un beso y le acarició todo el cuerpo, rozando con los dedos los arañazos que le había hecho, lo que le hizo estremecerse de dolor y de placer al mismo tiempo.

–Nunca había… tomado en consideración el asunto… Por supuesto que lo pensaré –respondió él.

Aún se quedaron unos instantes el uno junto al otro, luego ella se levantó.

–Ahora creo que debes marcharte. No querrás llegar tarde a la sesión del Senado –dijo, dejándose admirar en todo su esplendor.

Notó cómo se la comía con los ojos.

–Tienes razón –respondió el hombre, y empezó a vestirse–. Debo darme prisa. Nos veremos pronto.

Y mientras se daban el beso de despedida, Martina pensó que sería divertido hacerle la misma proposición al hijo.

Cuando se fue, la mujer se tiró de nuevo en la cama y dijo en voz alta:

–Ya puedes salir.

Pasados unos instantes se abrió la puerta de servicio y Osio, sujetado por un esclavo robusto, apareció tras el umbral. El siervo le acomodó en una silla, donde el viejo se desplomó con expresión dolorida. Martina le miró con lástima: estaba en muy mal estado. Parecía haber ido más allá de la muerte, estaba en un momento en el que el cuerpo ya no podía sobrevivir, pero la mente seguía alerta y con las mismas necesidades. Por este motivo el obispo le había pedido asistir a sus encuentros íntimos, para poder disfrutar al menos con los ojos. Y a ella no le había disgustado, pues le agradaba tener público durante sus actuaciones para exhibir su poder frente a espectadores capaces de apreciarlo.

–Entonces, ¿lo has pasado bien? –le preguntó con una sonrisa maliciosa.

Osio a veces tenía ataques, como si tuviera algo dentro de la cabeza atormentándole.

–Lo siento, me dan punzadas en la mitad derecha de la cara. Terrible –se justificó–. Pero sí, sí lo he pasado bien. Me acuerdo mucho de tu madre, pero eres mucho más liberal y le das mil vueltas. Seguramente te comportas como ella lo hacía con tu padre.

–Supongo que debo tomarlo como un cumplido –comentó–. Sé que mi madre era importante para ti.

–Has estado muy bien tendiéndole la trampa. Muy astuta. Tengo la impresión de que pronto en el Senado su apoyo a los seguidores de Arrio disminuirá… –valoró Osio.

–Estarás satisfecho. Te van bien las cosas, ¿no?

El obispo resopló contrariado.

–En absoluto, para ser sincero –se lamentó–. Como sabes, nuestro amado emperador ha tenido la pésima idea de intentarlo de nuevo con su primo. Tenemos otro césar inexperto e influenciable, y ya has visto cómo acabó el primero.

–Es extraño que el augusto haya tomado esta decisión sin consultarte… –comentó maliciosa, sabiendo cuánto le importaba a Osio tener bajo control todas las resoluciones de Constancio.

El obispo extendió los brazos.

–Por desgracia está enamorado de su mujer, y sigue todos sus dictados –declaró–. Por más que intento que sea independiente y que siga una línea de poder único, como su padre, siempre llega alguien para aguar la fiesta. Pero estoy convencido de que ese Juliano no durará mucho. Estamos tomando medidas para sacar a la luz sus limitaciones, ya verás… –concluyó sibilino.

Martina se preguntó cómo un hombre tan anciano, que no tenía nada más que pedir a la vida, podía aspirar todavía tan obstinadamente al poder absoluto. Pero luego arrinconó este pensamiento: eran todos iguales. Y por eso le odiaba.

Escombros aún humeantes. Cadáveres putrefactos a lo largo de las calzadas. Puentes cortados y abandonados. Niños con ojos más grandes que sus caras, demacrados, esqueléticos, vestidos con harapos. Bosques calcinados, cultivos devastados. Una atmósfera fantasmal bajo un cielo plomizo donde se respiraba la muerte en el aire. Juliano leía desesperación en los semblantes de las personas, y en los gritos de júbilo por su llegada veía la esperanza de que las cosas, por fin, cambiaran.

El cortejo del nuevo césar avanzaba por las calles de Colonia, apenas liberada de los germanos, asaltada y saqueada durante días antes de atacar otro de los numerosos e indefensos objetivos en las proximidades del Rin. Cuando Juliano se asomaba desde el carruaje se topaba con la mirada de hombres, mujeres y niños que le tendían la mano entusiasmados, en busca tanto de un trozo de pan como de una promesa. No había más que ver la devastación en la que vivían desde hacía tiempo para comprender que su llegada significaba para ellos la primera señal verdadera de que formaban parte de un Imperio y de que alguien, en la administración central, se había acordado de ellos.

–César, nos salvarás, ¿verdad? ¿Impedirás que esas bestias vuelvan a violar a nuestras hijas, a robar nuestras pertenencias y a privarnos de un hogar? –le gritó un anciano ciudadano que apenas se tenía en pie.

Juliano no habría sabido decir si era porque estaba herido o por desnutrición.

–Han matado a mi hijo delante de mis ojos, césar. Te vengarás, ¿verdad? –exclamó una mujer entre lágrimas.

–Mira a mi hijo, se muere de hambre. Nos darás comida, ¿cierto? Estás aquí para esto, estoy segura –gritó otra mujer, mostrándole a un niño famélico.

–No me queda nada, césar. Nada. ¿Cómo me ayudará el Estado? –gritó otro.

–Aquí ya no podemos vivir. Los bárbaros van y vienen a voluntad. Tus soldados son los primeros que vemos en mucho tiempo. Los apostados en los bastiones son tan pocos que permanecen a buen resguardo en sus cuarteles. Los bárbaros atacan ciudades indefensas, no fortalezas bien protegidas.

Juliano habría querido parar y saludar a cada uno de ellos, tranquilizarles, consolarles, incluso llevárselos al interior de lo que quedaba del palacio del decurión y cuidar de ellos. Pero su primo, mientras le acompañaba a la frontera de la Galia, le había recomendado hasta la saciedad que mantuviera siempre las distancias con la población durante sus apariciones públicas. Si hubiera sido complaciente con la gente, habría parecido demasiado terrenal y habría conseguido justo el efecto contrario al esperado: ya no lo verían como un dios bajado a la tierra para salvarles, infalible e invencible, sino como uno de ellos, y perdería instantáneamente su confianza.

Además, le había recomendado no perder tiempo y no desviarse por nada del mundo de su principal tarea, que consistía tanto en respetar el calendario para avanzar simultáneamente con el emperador, que se dirigía más al sur con otro ejército, como en destinar todos los recursos disponibles al mantenimiento del ejército, sin pensar en los civiles, por el momento.

Tal vez su primo le había dado estas directrices para evitar que adquiriese demasiada popularidad, para frustrar el riesgo de que fuera más querido que él; no tenía manera de saberlo, pero desde luego esa era la actitud que Constancio mantenía respecto al vulgo. Antes de conquistar la confianza de la gente, por desgracia, debía conquistar la del emperador si quería continuar siendo césar, así que no tenía elección: debía hacer todo lo que Constancio le ordenaba.

Lo que sí tenía claro es que no tendría demasiada autonomía en sus decisiones. Los generales que el emperador le había asignado en el Estado Mayor tenían mucha más que él y solamente tenían que rendir cuentas a Constancio. Durante el viaje habían estado debatiendo largamente sobre las maniobras que deberían llevar a cabo para la liberación de la Galia sin pedirle su opinión en ningún momento; se limitaban a comunicarle sus decisiones sin esperar a que él expresara su parecer. Ni siquiera Martino Martiniano, el recluta que le había salvado de niño y que ahora se había convertido en un destacado general, le mostraba el respeto debido a un soberano: era cortés, incluso afable, pero demasiado reservado y formal. De todas formas, en el fondo podía considerarlo dispuesto a concederle un voto de confianza, al menos comparado con todos los demás, y en particular el *magister militum* Marcelo, que lo trataba incluso con desprecio, mirándolo de arriba abajo, con ojos de militar experimentado que evalúa a un recluta privilegiado. La tropa lo acogió con bastante más entusiasmo, y le aclamaba con júbilo cada vez que decidía pasearse entre los soldados acampados. Los legionarios, felices de ser liderados por un nieto de Constantino el Grande, estaban dispuestos a darle crédito, aunque solo fuera por pertenecer a su estirpe. Pero él ansiaba conquistar su consideración con hechos, en el campo de batalla, con opciones vencedoras y con un comportamiento valeroso. Si los demás generales se lo permitían, se entiende. Es verdad que seguían controlando su correspondencia, y en las misivas a sus amigos filósofos y místicos, e incluso a Máximo de Éfeso, no podía dar señales de su verdadera fe, de los dioses en los que creía ni de su visión del cosmos.

A su vez, sabiéndose vigilado, se sentía en el deber de escribir cartas al menos afectuosas a su esposa, con la que solo había pasado unos días en Milán. En ese breve tiempo ni siquiera había sentido la necesidad de aproximarse a ella y de compartir intimidad; había hablado con ella, es cierto, y había sido amable, pero la timidez de aquella mujer insípida, esa devoción que la llevaba a hablar en todo momento de Cristo y de los Evangelios, se lo habían impedido, y había llegado a la conclusión de que con una persona así jamás podría tener nada en común. De modo que había estado contando los días que faltaban para su marcha, usando como pretexto las numerosas tareas que le habían absorbido con la campaña en ciernes, y se había limitado a desear que se uniera a él en la Galia lo más tarde posible.

Se estaba preparando para una gran guerra. Cada noche, junto a su fiel servidor Evenemero, celebraba los rituales con plegarias a sus dioses, el Sol Invicto, Mitra y todos los demás, para que le ayudaran y le protegieran, y para que le dieran la fuerza necesaria para resistir la tentación de manifestar su frustración por ser un soberano únicamente nominal y un comandante solo sobre el papel. Por el momento, ni siquiera era el vicario de Constancio, como lo había sido Galo; era solo un estandarte que ondear ante los ojos de la población marginada para recordarles que existía un emperador.

Se preguntó qué debía hacer una vez que estuviera frente al enemigo. Pronto tendría que combatir: los germanos ya estaban cerca. Y no estaba seguro de cómo reaccionaría; además temía que, mostrando valor, haría quedar mal a su primo, que nunca se había arriesgado en la primera línea de batalla. Se repetía una y otra vez que no debía hacer nada que pudiera molestar al emperador, que avanzaba con su ejército a unos centenares de millas al sur para acorralar a los bárbaros. Si la operación de pinza lograra enjaular al enemigo y obligarle a firmar la paz, tal vez Constancio le concedería más autonomía para la siguiente campaña. Y entonces tal vez pudiera convertirse en un auténtico soberano, no solo tomando decisiones estratégicas por sí mismo, sino disponiendo medidas por iniciativa propia para aliviar el sufrimiento de una población atormentada por décadas de invasiones sin correr el riesgo de ser considerado un usurpador.

CAPÍTULO XXVI

–¡César, pésimas noticias!

El explorador que detuvo a su caballo frente a Juliano tenía el semblante serio y preocupado.

–¡Habla! –le apremió el césar, angustiado.

–Los germanos, mi señor. Están marchando hacia nosotros. Y son muchos. Se encuentran a menos de diez millas de aquí y claramente este fuerte es su objetivo.

Juliano se llevó las manos al rostro en ademán desesperado. No quería que se le notara su abatimiento, pero era consciente de que todavía era incapaz de controlar todas sus emociones, a diferencia de Constancio y de un emperador.

–¿Cómo es posible? Estamos en pleno invierno… Los bárbaros no atacan con el frío –afirmó con tono quejumbroso.

–Es obvio que se han enterado de que somos pocos, que eres tú y que careces de tu guardia palatina. Para ellos somos un blanco fácil.

El joven se culpó por haber infravalorado la amenaza. Había creído que, tras haber recuperado parte de las ciudades arrasadas y saqueadas a lo largo del Rin, habría podido pasar un invierno tranquilo, dividiendo sus fuerzas para defender la frontera que le correspondía. Y ahora se arriesgaba a haber dejado la quietud de su búsqueda interior para venir a morir a una tierra desolada…

–Está Marcelo, destacado a unas cincuenta millas de aquí. Y tiene consigo a mi guardia palatina –dijo–. Mandemos enseguida a un mensajero. Si parte de inmediato, atacará a los bárbaros por detrás y les atraparemos en un cerco.

El explorador asintió y salió a escape. Luego Juliano llamó a su ayudante.

–Antes de que lleguen debemos almacenar provisiones. Nuestro objetivo es resistir hasta que vengan en nuestra ayuda, así que enviemos patrullas cuanto antes para que traigan de fuera todo lo que sea comestible. Y también leña para calentarnos.

—Mi señor, sabes bien que por los alrededores no hay nada —respondió, extendiendo los brazos—. Recordad lo que encontramos cuando llegamos aquí: la región está despoblada, los bosques calcinados, los animales y la caza han huido o son carroña. Y la nieve ha cubierto lo poco que quedaba. No creo que podamos encontrar provisiones ahí fuera. Además, si mandamos patrullas, nos arriesgamos a que la vanguardia enemiga los empale.

Juliano se reprochó haber sido tan ingenuo como para que un subordinado le tuviera que reprender.

—Entonces, tendremos que racionar lo que tenemos. Supongo que deberíamos aguantar una semana —declaró—. Tiempo suficiente para que Marcelo encuentre una columna que venga a darnos apoyo.

El ayudante asintió.

—¿Y en cuanto a las defensas? La muralla no está en buenas condiciones… —le sugirió.

Juliano se odió por no haberlo dicho él primero.

—Atranquemos las puertas —respondió.

Pero sabía bien que el problema eran los tramos de muralla semiderruidos, ya fuera por falta de mantenimiento, o por haber sufrido daños en anteriores ataques bárbaros.

—Pero tendremos que salir obligatoriamente y buscar materiales para rellenar los huecos —especificó.

—Todo lo que se pueda encontrar: leña, piedras, tierra, maleza. Quiero tenerlo aquí antes de que oscurezca, y antes del alba quiero que la muralla esté reparada. Ensanchemos el foso de alrededor, así sacaremos más tierra, y, ya que estamos, quitaremos la nieve que se ha acumulado y romperemos el hielo donde se haya formado. No debe haber una superficie sólida por donde poder escalar el muro.

El subordinado salió corriendo, pero mientras tanto, en su mente, el joven comandante recordó las imágenes que se formó leyendo *De bello gallico* de Julio César: los ataques invernales de los galos a las guarniciones que dejaba el procónsul en el territorio recién pacificado, la masacre de Atuatuca, los asaltos bárbaros a plazas fuertes aisladas, la triste suerte de quienes acabaron en manos de los galos… Le entró pánico.

Corrió hacia las almenas, subió la rampa y escudriñó los alrededores. Realmente era un paisaje espectral, como le había dado a entender el soldado. Detrás del fuerte de Sens yacían las armaduras de lo que habían sido las casas y tiendas que habían surgido alrededor de la guarnición; había que limpiar el terreno para evitar que los bárbaros utilizaran los escombros y rellenaran el foso, levantando rampas con las que acceder a las murallas. Se veían algunos árboles desnudos y chamuscados en una extensión de nieve y fango bajo un cielo preñado de nubes. A lo lejos se divisaba el contorno de una aldea en ruinas, pequeñas colinas y bosques aún intactos. De allí surgirían pronto las siluetas de los guerreros germanos, a los que hasta entonces solo había visto actuar en discretas escaramuzas entre avanzadillas, en las que los bárbaros se habían limitado a unas pocas refriegas antes de ceder terreno y huir para reunirse con el grueso de sus fuerzas.

Hasta el momento nunca había estado en primera línea. Los generales siempre le habían sugerido quedarse en la retaguardia. Aún no había tenido ocasión de ver a los combatientes degollarse, ni correr la sangre. Pero, según parecía, los dioses habían decidido que había llegado la hora; ya no habría ningún general protegiéndole del enemigo, ni existía la posibilidad de escapar del enfrentamiento y de una posible derrota. Había llegado el momento, ahora debía demostrarse a sí mismo, a Constancio y al mundo entero que era digno heredero de la estirpe de Constantino y un césar adecuado a las circunstancias. Y debía aceptar su destino, sin importar lo que los dioses hubieran preparado para él.

«Lo que te consuela a ti, me consuela a mí, oh, Cosmos –escribió Marco Aurelio–. Cuando llega la hora de retirarse, hay que someterse como la aceituna que al caer da las gracias a la rama que la sostuvo».

Y así era. Necesitaba garantizarse una suerte digna para el momento en que dejara este mundo. Debía aceptarlo, planteándose dos opciones: o se despedía con una resistencia heroica, que le haría ser recordado como un césar valiente pero desafortunado, o utilizaba esa misma resistencia heroica como punto de partida para conseguir la autonomía de gobierno y mando que anhelaba y merecía.

No había lugar para la cobardía, la incompetencia o la rendición.

–¿Cuándo partimos, *magister militum*?

Martino llevaba dos días reprimiéndose para no ir a presionar al general supremo de la defensa gálica, Marcelo. Pero ya no podía más y había irrumpido en su pretorio sin siquiera anunciarse.

El general levantó los ojos de su escritorio y le miró de soslayo.

–Primicerio, ser comandante de la guardia personal del emperador no te da derecho a comportarte como un insubordinado –reaccionó–. Ni tampoco puedes entrar en mi despacho y atacarme de este modo.

Martino se dio cuenta de que había sido demasiado impulsivo. Pero no había logrado contener la frustración que había acumulado desde que habían recibido la petición de ayuda del césar.

–Mis disculpas, general, pero el tiempo apremia y me sentí en el deber de saltarme las formalidades. La situación es grave –afirmó, procurando mantener una conducta más moderada.

Marcelo resopló.

–Necesito tiempo para encontrar tropas. No puedo ir en auxilio del césar con los pocos efectivos de los que disponemos aquí. He mandado llamar a las de otras guarniciones cercanas –explicó.

Martino no pudo por menos que indignarse.

–¿Qué disparate es este? Tenemos diez mil hombres, y podríamos tranquilamente marchar hacia Sens con seis mil y dejar cuatro mil a cargo de la seguridad. ¡Seis mil hombres contra una banda de saqueadores son más que suficientes para hacerles huir!

Marcelo hizo un gesto negativo con la cabeza.

–No es seguro. El césar, en su afán de pedirnos ayuda, ni siquiera ha esperado a ver aparecer al enemigo para comprobar con cuántos hombres se enfrentaba –replicó–. Podría ser un ejército de inmensas proporciones, por lo que sabemos. Y si así fuera, enviaría al desastre a mis soldados, además de condenar a las tropas del mismo césar.

Le parecieron excusas pueriles. Respondió:

–¿Qué me estás diciendo? Sabes perfectamente que los bárbaros nunca se moverían en pleno invierno con un gran ejército, y mucho menos en un territorio ya devastado y despoblado. No tendrían medios para subsistir… Seguro que se han enterado de que el césar está allí y de que dispone de pocos hombres. Es una incursión premeditada.

–¡No hay manera de saberlo! –rebatió el general–. Y, además, nosotros tampoco tenemos recursos para mantenernos. ¿Me permites que me lo piense no una, sino mil veces, antes de aventurarme en pleno invierno en lo que parece otra vez territorio enemigo?

–El emperador será informado de tu inacción –le amenazó.

No le quedaba más remedio.

–Y también se le informará de que tú denuncias a quienes deberían controlar al césar tanto como tú, en lugar de cumplir con la tarea que se te ha encomendado, que es vigilarlo. El emperador nos ha dicho a ambos que no confiemos en Juliano, y eso me basta para no exponerme al desastre por salvarle. Lo haré si puedo, eso es todo.

A Martino le entraron ganas de darle un puñetazo.

–¿Pero no comprendes que así no haces más que fomentar disensiones entre los dos primos? –insistió–. Juliano pensará que la orden de no ayudarle viene del emperador, y se crearán tensiones. Está claro que Constancio le necesita y quiere mantenerlo con vida; y si muere, será culpa tuya. El emperador no estará satisfecho, ya que hasta ahora su primo no ha hecho nada para contrariarlo que confirme su desconfianza.

–Sabremos arreglárnoslas. Puedes retirarte, primicerio –contestó secamente el *magister militum*.

Martino salió aún más frustrado de lo que había entrado. El asunto no prometía nada bueno, y le parecía inexplicable el comportamiento de Marcelo. Tendría que haber cogido al vuelo la oportunidad de infligir una derrota a los bárbaros; lo habría hecho cualquier comandante con ganas de remediar una campaña terminada con resultados bastante más modestos de lo previsto. Ciertamente los romanos habían recuperado varias de las ciudades caídas en manos enemigas, pero solo gracias al repliegue progresivo de los germanos, que se habían quedado satisfechos con el botín de la rapiña. Además, los romanos no habían conseguido cerrar el cerco sobre los invasores, quienes lograron evitar a tiempo la maniobra enemiga buscando refugio al otro lado del Rin con sus filas relativamente íntegras. Tan íntegras que, como era de esperar, habían considerado oportuno renovar sus ataques durante el invierno.

En cambio, Marcelo se estaba tomando su tiempo, poniendo en jaque la seguridad de césar.

Y no había nada que pudiera hacer para remediar la situación.

–¡Ya están aquí, nos atacan otra vez! –gritó el centinela que vigilaba desde la torre sobre la puerta de entrada.

Juliano corrió hacia las almenas y, por enésima vez en casi un mes, vio a los sitiadores formar una cuña y avanzar contra las murallas. Y por enésima vez agradeció a los dioses que no hubieran encontrado madera con la que construir máquinas obsidionales, o que no fueran capaces de hacerlo.

–¡Dos centenas aquí, rápido! –gritó.

A estas alturas ya había aprendido cómo actuar. En sus asaltos, los bárbaros siempre seguían la misma táctica: formaban una cuña con el grueso de sus efectivos y atacaban un sector determinado, pero mantenían las columnas de presión en otro lugar para impedir que los defensores concentraran todas sus fuerzas en la zona amenazada. Y él debía distribuir sabiamente los pocos soldados de los que disponía, mermados tras aquellas semanas de asedio. En cada asalto perdía alguno, y otros tantos estaban postrados en la enfermería por las heridas causadas en el combate o debido a la debilidad provocada por el desesperado racionamiento de la escasa comida que les quedaba.

Él mismo no comía más que un mendrugo de pan al día. Se había impuesto, de hecho, compartir las privaciones y los esfuerzos de los soldados para conquistar su aprecio. De este modo, no solo no se había concedido ningún privilegio en las comidas, sino que participaba en otras tareas como el relevo de los centinelas en los turnos de guardia, o colaborando en los trabajos de reparación de las secciones de los muros que los bárbaros demolían moviendo escombros o incendiándolos; por suerte, el frío intenso ayudaba a los defensores a sofocar las llamas con rapidez suficiente para evitar que se propagaran a las edificaciones del interior. Por último, durante los asaltos, Juliano se apostaba en las almenas, protegido por sus escuderos, desde donde alentaba continuamente a sus soldados.

Pero difícilmente los romanos habrían podido soportar más asaltos. Esto lo tenían todos muy claro a estas alturas. Juliano sabía lo que pensaban sus hombres: nadie había venido en su ayuda, por lo que habían tenido el infortunio de ir a parar con un césar condenado desde el principio. Había quien decía que, enviándolo a la Galia, el emperador había conseguido librarse de él sin tener que cometer un nuevo delito, después de todos los asesinatos que había perpetrado en su propia familia. Era una manera de que, por lo menos, este no recayera sobre su conciencia. En consecuencia, había ordenado a sus generales que no movieran un dedo por él. Tal vez, como le había sugerido su ayudante, incluso habría pagado a los bárbaros para que lo atacaran, como hizo en su momento con Magnencio.

A Juliano le costaba trabajo aceptar que semejantes insinuaciones tuvieran algún fundamento. El caso es que nadie había venido en su auxilio, así que no le quedaba más que rendirse ante la evidencia: su primo le había condenado a muerte. Afrontó resignado el nuevo asalto enemigo, pero con la determinación de caer como un héroe: Por lo menos, obligaría a Constancio a capear el descontento del ejército por haber dejado morir a un valioso pariente que, en el breve tiempo en que había tenido la posibilidad, se había demostrado como un digno heredero de Constantino el Grande.

Los bárbaros golpearon las lanzas contra sus escudos y emprendieron el ataque con escaleras, mientras sus arqueros desencadenaban una lluvia de dardos contra la muralla. Una táctica conocida, a la que Juliano sabía cómo responder, mientras tuviera fuerzas para llevarlo a cabo; exhortó a todos los soldados a agazaparse detrás de las almenas con los escudos levantados, de modo que muchas de las flechas impactaron contra ellos. Algunos legionarios salían despedidos hacia atrás por la violencia del impacto, abriendo instintivamente la guardia y exponiéndose a más flechazos que les atravesaban. Algunos incluso acababan cayendo al suelo y se partían la espalda.

Ocurría al principio de cada acometida, pero esta vez hubo más víctimas. Juliano notó que la debilidad, el frío y la fatiga hacían mella en los soldados mermando su resistencia, y temió que los bárbaros consiguieran llegar hasta las almenas y se enzarzaran en un cuerpo a cuerpo. Existía el riesgo de que los suyos sucumbieran con facilidad: los veía moverse con lentitud, casi a rastras, y ni siquiera el instinto de supervivencia era capaz de revitalizar las escasas energías que les quedaban.

–¡Vamos, soldados! ¡Demostrémosles que cada romano vale por diez de los suyos! –gritó–. ¡Listos para rechazar las escaleras en cuanto las apoyen!

Sin embargo, la lluvia de flechas obligó a los defensores a permanecer agazapados mientras la infantería pesada enemiga, desgañitándose y golpeando los escudos con las lanzas, cruzaba el foso y adosaba las escaleras. Fue entonces cuando los legionarios, seguros de que los arqueros no podían seguir lanzando flechas sin arriesgarse a dar en alguno de sus compañeros, se levantaron y empezaron a contraatacar.

Los romanos ya no podían arremeter con lanzas, flechas o piedras para mantener alejados a los adversarios, habían acabado con todos los proyectiles en anteriores escaramuzas. Pero cada uno de los defensores empuñó su lanza desde detrás de las almenas y empujó la parte superior de las escaleras para separarlas del muro. Sin embargo, los bárbaros hacían fuerza desde abajo y, para no ser alcanzados, permanecían pegados a la pared, tratando de mantener las escaleras ancladas al terreno. La parte superior de las mismas se balanceaba de un lado a otro en el aire, dependiendo de quién se impusiera en el empuje, si defensores o atacantes.

A medida que el tiempo transcurría, los germanos iban subiendo peldaños, aumentando el peso de la escalera, lo cual hacía más difícil para los romanos conseguir moverla. Y por fin el primer rostro bárbaro de mirada hostil y barba rubia surgió entre las almenas.

Al instante, de aquella cara solamente quedó la mitad inferior: un legionario asestó un golpe que hizo volar por los aires el casco y la parte superior hasta debajo de los ojos. El cadáver se quedó unos momentos ondeando en lo alto de la escalera, luego se ladeó y desapareció. Acto seguido surgió otro guerrero, y esta vez le partieron la cabeza en dos mitades exactas aun con el casco: el golpe de otro soldado le vino desde arriba, atinando en la mitad del cráneo. Y, mientras tanto, iban colocando más escaleras, más bárbaros las subían y más guerreros aparecían entre las almenas. Y abajo un aluvión de combatientes se agolpaba junto a la muralla.

Los legionarios pasaron a las lanzas. Ahora las puntas sobresalían más allá de las almenas, empujando o clavándose en quienes se acercaban a la barrera, hubo incluso alguno que la usó como palanca para apartar las escaleras. Juliano lanzó un rugido cuando un soldado consiguió despegar una escalera hasta hacerla quedar perpendicular al suelo. Los bárbaros que estaban subidos en ella se aferraron a los peldaños intentando empujarla hacia delante para que recayera de nuevo en el muro, pero su propio peso la inclinaba hacia atrás, y por fin se desplomó en el foso y aplastó a los hombres agarrados a ella.

Desde el adarve se oyó un grito al unísono de triunfo, y pareció que los soldados sacaban de dentro nuevas energías. Juliano apretó la lanza que tenía en el puño y, apartando con el cuerpo a sus escuderos, se acercó a un legionario que intentaba empujar otra escalera para ayudarle. Juntos, golpearon repetidamente al hombre que estaba en lo alto, que se resistía a caer aferrándose a los peldaños, pero al hacerlo, desplazó la escala y provocó su caída. Un nuevo grupo de bárbaros acabó en el foso con la espalda hecha trizas y, una vez más, un grito de triunfo celebró el éxito romano. Sin embargo, esta vez los gritos fueron más fuertes, observó Juliano, porque en la acción había participado el césar.

Sabía que Constancio jamás había hecho nada parecido, mientras que su padre Constantino siempre estaba en primera línea, al igual que su adversario Martiniano. Era a ellos a quienes quería parecerse, no a su primo, y puso aún más empeño en repeler a los enemigos. Las lanzas de los germanos que lograban sobrepasar las almenas a veces alcanzaban a algún legionario y provocaban su desplome sobre el adarve o su caída hacia delante, precipitándose fuera del bastión. Pero por cada romano que caía, al menos diez bárbaros sufrían la misma suerte. Juliano esperó que con el tiempo su ataque se debilitara y perdiese fuerza, y finalmente les indujera a replegar. Los suyos podían actuar a máxima potencia solo en combates breves; si se prolongara el asalto, habrían sucumbido al cansancio antes incluso que el enemigo.

Juliano era consciente, como todos en el fuerte, de que los defensores podían vencer en ese encuentro, pero estaban destinados a claudicar en el siguiente. Estaban al límite, y, si no morían a manos del enemigo, el hambre acabaría con ellos. No obstante, había logrado transmitirles su voluntad de combatir hasta el último aliento de vida, y esto le llenaba de orgullo. Puede que sí tuviera madera de caudillo.

Se convenció aún más cuando, tras casi tres horas de lucha, vio replegarse a los germanos. Cuando no quedó ninguna escalera apoyada en el muro, se asomó para ver qué dejaban atrás. Observó que, en la base de la muralla, donde yacían decenas de cuerpos amontonados a lo largo del foso y escaleras despedazadas, sus compañeros se alejaban llevando a sus espaldas o ayudando a caminar a numerosos heridos. Todavía quedaban bastantes capaces de pelear, creyó contar cuatro o cinco mil guerreros que daban la espalda al fuerte. Si hubiera tenido a disposición los efectivos que solían respaldarle, habría sido fácil repelerlos de una vez por todas; pero con el limitado número de hombres de la guarnición, había sido un milagro poder resistir durante tanto tiempo manteniendo una actitud puramente defensiva.

Agotado y hambriento como todos los demás, le habría gustado irse de inmediato a tumbarse en el catre, pero se quedó escuchando el recuento de los caídos y corrió a confortar a los heridos que habían trasladado a la enfermería. Ya se habían acabado hasta las vendas y las medicinas, según le había comunicado el médico antes del enfrentamiento, por lo que ignoraba cuál sería la suerte de aquellos desgraciados.

—César…, ejem…, necesitaríamos comer —le recordó su ayudante.

—¡Claro! ¡Si no nos alimentamos, mañana, en la próxima escaramuza, caeremos redondos sobre el adarve antes de que aparezcan los enemigos! —respondió.

—Pero solamente queda para una única comida ordinaria. Debemos racionarlo más todavía si queremos que dure unos días más. Esta noche no tocaremos a más de una galleta por barba —especificó el hombre.

Juliano reconoció con dolor que una galleta por cabeza equivalía a nada, pero se vio obligado a dar su consentimiento. Creyó oportuno dirigirse a los hombres que le rodeaban.

—¡Soldados, hoy habéis estado muy valientes! ¡Siempre a la altura de la tradición de Roma! ¡Estoy orgulloso de vosotros y he memorizado vuestras hazañas una por una, así que, cuando estemos frente al emperador, podré contárselo y haré que recibáis vuestra recompensa! Os pido que aguantéis un poco más, que os conforméis con un rancho una vez más exiguo para que nos duren las provisiones hasta que el *magister militum* venga en nuestro auxilio. ¡Su llegada está próxima, estoy seguro!

Las reacciones fueron calurosas, y no solo porque estuviera rodeado sobre todo de heridos que apenas eran capaces de escucharle. Al igual que él, sabían que, a estas alturas, nadie vendría en su ayuda. La única esperanza era que los bárbaros se hastiaran, o que agotaran los recursos en una región ya asolada y sin más medios para alimentar a un ejército tan grande. Pero era una esperanza muy endeble, comparada con la certeza de que la guarnición estaba al límite y que no habrían resistido ni un par de días más.

Juliano se fue a su aposento y se desplomó sobre la cama. Evenemero casi tuvo que meterle la galleta en la boca para que comiera. Pero lo que el césar pretendía era que le ayudara a quemar incienso en favor de Helios. El dios le había mantenido con vida hasta el momento y le había permitido conseguir su objetivo primordial: ganarse la consideración de los soldados y mostrar valor ante el peligro.

Se quedó dormido plácidamente, sabiendo que había hecho todo lo posible y que no podía reprocharse nada. Si hubiera muerto, habría sido porque los dioses habían decidido su destino con anterioridad, a través de su primo Constancio, que seguramente no encontraría la paz hasta que todos los miembros varones de su familia hubieran sido exterminados.

Pero cuando, a la mañana siguiente, vinieron a despertarle diciéndole que los bárbaros habían levantado el campamento durante la noche y que habían emprendido la marcha hacia el Rin, pensó, aliviado y contento, que los dioses aún tenían guardados muchos proyectos para él.

Martino no pudo por menos que alegrarse por dentro al notar la expresión contrariada de Marcelo cuando estaba al lado del emperador. El *magister militum* acababa de entrar en la sala de audiencias del palacio imperial de Milán, donde había sido convocado por el soberano para justificar su falta de ayuda al césar Juliano. A sus espaldas, Juliano se había reunido antes con el emperador para exponerle su punto de vista, imaginando que el general habría hecho y dicho de todo para argumentar su inacción. Y Constancio le había escuchado con atención antes de hacer llamar a Marcelo.

El comandante llegó hasta el podio donde estaba instalado el trono y se postró como era costumbre, quedando a la espera de que el emperador, inmóvil como siempre, le dirigiese la palabra. Y por el tiempo que Constancio dejó pasar en silencio, dejándolo en el suelo, Martino comprendió que había logrado predisponer al soberano en contra de su subordinado.

–Y bien, *magister militum* Marcelo, hemos sabido que este invierno, en el septentrión, las cosas no han ido del todo como esperábamos –empezó diciendo por fin el emperador.

Sus palabras eran la señal que permitía a Marcelo levantarse. Permaneció de pie con la cabeza baja frente a Constancio y respondió:

–Mi señor, aunque los bárbaros rehuyeron nuestro cerco, recuperamos casi todas las ciudades ocupadas en verano y reforzamos las guarniciones fronterizas. Sin duda tendremos que afrontar nuevas invasiones, pero esta vez partiremos de una posición defensiva más sólida. Así que tal vez las cosas no hayan ido tan mal…

–Nos referimos, en particular, al gran peligro que el césar, nuestro amado primo Juliano, corrió en Sens, donde estuvo bajo asedio y tuvo que resistir sin que, inexplicablemente, nadie acudiera en su ayuda.

Martino vio que Marcelo se ponía lívido.

–Mi señor, el césar estuvo muy hábil rechazando a los bárbaros con celeridad, antes incluso de que pudiéramos reunir un ejército de socorro –se justificó.

–¿Con celeridad?

Constancio se puso en pie de un salto.

–¿Un mes de asedio lo consideras un asunto rápido? Si no me equivoco, ¿no estabas a cincuenta millas de él?

–Sí, pero… Para hacernos cargo de la frontera debimos fraccionar las tropas y tuve que esperar para armar… Estábamos en pleno invierno… –continuó el general, buscando pretextos.

–Nos consta que tenías hombres suficientes para prestarle ayuda tú mismo, y de inmediato.

–Pero habría dejado vulnerable mi fuerte, y los bárbaros, entonces, habrían podido aprovecharse para penetrar por esa parte…

–Pero tu primer deber era proteger al césar. Se te ha dicho una y otra vez –le acosó Constancio.

Rara vez había visto Martino al emperador tan enfadado.

–¡Por tu culpa ahora la gente piensa que quisimos ponerle en peligro para librarnos de él sin tener que ajusticiarle como a su hermano!

Marcelo estaba realmente violento. Cambiaba el peso del cuerpo de un pie al otro continuamente, sudaba, miraba a todas partes menos al frente.

Finalmente dijo:

–Mi señor, tal vez sea algo que había que hacer. El césar alberga intenciones de usurpación.

Martino abrió los ojos como platos y vio que también el emperador se quedaba de piedra.

–¿Y en qué te basas para lanzar esta tremenda acusación? –le apremió Constancio.

Marcelo reflexionó unos instantes.

–Yo…, un soldado, antes de que el césar fuera asediado, vino a hablar conmigo para denunciar sus discursos sediciosos –declaró.

–¿Qué discursos? ¡Habla!

–Bueno, decía haber oído al césar jactarse de poder ser mejor emperador que tú y que pronto lo demostraría. Además, decía que pretendía hacértelas pagar… por el asesinato de sus seres queridos.

–¿Eso es todo?

Marcelo se mostró sorprendido.

–En fin, no me parece poco. Además, también dijo que pretendía liberarse pronto de mi tutela y de la de los demás generales para conquistar fama y gloria junto a los soldados y atraerlos hacia él para preparar el golpe de Estado y la guerra civil. Por eso dudé en prestarle ayuda… Pensé que te facilitaría las cosas causándole problemas.

–…Y sin embargo has hecho de él un héroe, permitiéndole conquistar méritos junto a sus soldados, resistiendo con un puñado de hombres a una gran masa de bárbaros… –soltó el soberano, apretando los labios.

Marcelo se quedó callado.

–Y dinos, *magister militum*, ¿crees que es posible hablar con el soldado que te reveló esta información tan valiosa?

–Por desgracia no, mi señor. Cayó en Sens.

–Una verdadera desgracia. Y dinos algo más: ¿cómo es que, si te enteraste de esto antes del asedio de Sens, hace más de tres meses por lo menos, no nos lo comunicaste? –siguió apremiándole el emperador.

Marcelo estaba cada vez más apurado.

–Yo… no quería preocuparte y pensé en resolver el asunto yo solo, ya que me habías confiado la tarea de vigilar al césar… –masculló.

Constancio hizo un gesto con la mano invitando a Martino a hablar.

El primicerio avanzó un paso y se dirigió a Marcelo.

–Es obvio que ese soldado no existe, porque el césar jamás ha pronunciado semejantes palabras, ni en público ni en privado. He estado con él casi todo el tiempo y me habría dado cuenta. Por no decir que no es un hombre tan estúpido.

–¿Y respecto al comportamiento del *magister militum*, primicerio? –inquirió Constancio.

–Estuve con él, como sabes, mi señor, y a pesar de mis continuas y apremiantes demandas, no movió un dedo. Desde que recibió la petición de tu primo puso innumerables pretextos para no moverse. Además, contábamos con más soldados de los que tenían los bárbaros que asediaron Sens.

–Pero… yo no podía saber que los germanos carecían de un gran ejército… –protestó Marcelo–. Siempre he actuado buscando preservar la vida de los soldados, como sueles hacer tú, mi señor.

–Pero no en perjuicio de la vida del césar que hemos elegido, ¡y con una prudencia que raya la cobardía! Puedes retirarte, *magister militum* –le ordenó el emperador.

Marcelo permaneció unos instantes en su sitio con expresión desorientada, luego los guardias golpearon el suelo con la base de las lanzas; entonces se repuso de su estado de confusión y caminó marcha atrás hasta llegar al umbral y desaparecer.

–Nuestro primo no lo ha hecho tan mal, a fin de cuentas, para ser su primera campaña –valoró Constancio cuando Martino y él se quedaron a solas–. Y si tú nos aseguras que no alberga propósitos de traición, podemos hacer que reanude las operaciones en primavera con plena confianza.

–También lo he pensado yo, mi señor –coincidió Martino–. Asimismo, creo que podrías concederle más autonomía, al menos en el ámbito militar. Es un hombre voluntarioso y deseoso de contribuir al bienestar del Imperio y de la familia, piense lo que piense de ti en su fuero interno.

–Que así sea, pues. Realmente necesitamos confiar en alguien. Pero tú estarás siempre con él –dictaminó Constancio.

Martino acogió la noticia con agrado. Y no solo porque apreciara a Juliano.

Regresaría a la Galia, donde seguía esperando encontrar a Raquel.

Esta vez Osio no logró experimentar ningún placer observando las actuaciones de Martina con su nuevo amante. Debería haber gozado del extraordinario espectáculo de aquella mujer de increíbles dotes sexuales, y más aún del abismo de perdición al cual estaba arrastrando al senador debajo de ella, quien había dilapidado ya la mitad de su considerable patrimonio para complacerla, pero sin conseguirla.

Ciertamente sufría dolores articulares y musculares y espasmos nerviosos que le atormentaban lo indecible, pero también eran las malas noticias que seguían llegando de Occidente lo que le inquietaban más que cualquier otra cosa.

El emperador se mostraba cada vez más independiente en las cuestiones religiosas, ignorando sus consejos de volver a someter al Imperio a las deliberaciones del concilio de Nicea. Para Osio era la única solución posible; el compromiso no satisfaría a ninguno, es más, habría alimentado más disputas. Hubo un tiempo en que lo consideró factible, pero los acontecimientos habían demostrado que no funcionaba. En cambio, Constancio perseveraba en su intento; ahora deseaba convocar otro sínodo para imponer sus discutibles soluciones, y no se avenía a razones; el obispo se había dado cuenta de que su pupilo se le estaba escapando de las manos, y ello podía poner en riesgo todo por lo que Constantino y él habían trabajado durante décadas. Así que no le quedaba más remedio que apoyar la causa de los nicenos e instarles a resistir las presiones de Constancio mandándoles recursos, sacados incluso de su propio y mermado patrimonio personal, con objeto de que siguiera siendo un partido lo suficientemente fuerte como para obligar al soberano a no poder ignorar sus solicitudes.

Aunque en ese momento esto no era lo único que le impedía disfrutar de aquella exhibición. Miraba a Martina revolcarse desnuda, con su habitual desenvoltura, sobre las caderas de su víctima de turno, y pensaba en el miserable fallo de Marcelo en la Galia. Ese imbécil había gestionado pésimamente la situación, y ahora era su turno de perjudicar a su familia, como le había prometido si no le satisfacía.

Pero, sobre todo, debía hallar otro modo de detener el ascenso de Juliano.

Marcelo no había conseguido desacreditarlo ni que lo mataran. Y ahora era necesario empezar desde el principio. Había que contar con el sentimiento de culpa de Constancio, que por el momento vencía sobre su natural desconfianza. Y ahora la situación se había complicado aún más: tras el paso en falso de Marcelo, que claramente había obstaculizado al césar, el emperador había decidido conceder a su primo más autonomía. Esto significaba que Juliano ejercería de verdadero césar, como Galo en Antioquía, y por tanto sería mucho más difícil sobornar a cualquier general de su Estado Mayor para inducirlo a cometer errores, ya fueran estrategias equivocadas o tentativas de usurpación.

Juliano amenazaba con convertirse en un peligro. Si Constancio se dejara convencer para confiarle una parte del poder, volvería a los tiempos en que él, Osio, no tenía facultad alguna de influir en la política de parte del Imperio. Y sin una coordinación única, ni la supervisión de un hombre sabio y experimentado como él, la admirable construcción cincelada a través de los siglos por grandes mentes acabaría arruinada.

Tenía que hacer algo, pero no ahora. Ahora estaba cansado. Había ido a casa de Martina para distraerse, para obtener un poco de placer de una vida que se estaba convirtiendo no solo en un dolor continuo, sino en una frustración constante; el poder parecía rehuirle cada vez más, y no alcanzaba la paz.

Observó a Martina arquear sus hermosos hombros en uno de sus orgasmos, para luego desplomarse sobre su amante, que la abrazó y la besó apasionadamente, como el ferviente enamorado que era. Y encontró cierto consuelo; no había logrado provocar la ruina de un césar, pero por lo menos estaba ocasionando la de un senador.

Había que aprender a contentarse, en espera de tiempos y oportunidades mejores.

CAPÍTULO XXVII

–Nada que hacer, césar; el *magister peditum* Barbación no nos manda ninguna barcaza. De hecho, ha quemado varias delante de mis ojos, afirmando que prefiere eso antes que dártelas a ti.

Juliano abrió los ojos como platos.

–¿En serio ha dicho eso?

El mensajero asintió, mientras los gritos de burla de los bárbaros atrincherados en los islotes del Rin retumbaban en los oídos del joven soberano, lo que acrecentaba su frustración.

–Exactamente eso, mi señor.

El césar miró a su alrededor, desconsolado. Frente a él había un puñado de bárbaros saqueadores riéndose, tranquilamente refugiados en mitad del río, donde no podrían ser alcanzados a menos que los romanos construyeran puentes de pontones. Pero había también un *magister peditum*, asignado por Constancio para llevar a cabo una maniobra de pinza, que una vez más se negaba a colaborar.

No sabría decir si Barbación era un inepto o si iba de mala fe. Es verdad que, el hecho de que se tratara del hombre que había arrestado a su hermano Galo tres años atrás, provocando su condena a muerte, había dificultado su relación desde el principio de su segunda campaña gálica en primavera: los rencores, las recriminaciones y la desconfianza mutua habían vuelto cada acción más complicada, lo que había permitido a los germanos escapar a su control. Además, aunque Juliano había obtenido el mando supremo gracias a los buenos oficios de Martino Martiniano, que había hablado en su favor en el anterior conflicto con Marcelo, el emperador, que no se fiaba de él, había evitado concentrar bajo su mando un número excesivo de hombres; y el resultado era que el joven césar apenas contaba con la mitad de los efectivos que tenía a disposición su subordinado Barbación.

–Yo… no puedo permitir que esos bárbaros queden impunes delante de nuestros propios ojos. Mi prestigio quedaría en entredicho –murmuró, mirando los islotes donde habían encontrado refugio los germanos. Entonces se dirigió hacia Martiniano, que observaba el mismo espectáculo con semblante preocupado–. Y tampoco puedo permitir que esta campaña termine en agua de borrajas. Es mi primer mandato operativo, y si acabara en fracaso, le daría al emperador una excusa para quitármelo y volver a unirme a generales más experimentados.

–Desafortunadamente, Barbación sigue afirmando que invadiste sus territorios cuando hiciste que te persiguieran los saqueadores de Reims, y se ha empecinado –admitió Martiniano.

–Sí, y él les ha dejado escapar más allá del Rin sin hacer nada. La verdad, por desgracia, es que ningún subordinado osaría ser tan irreverente con un superior si no estuviera seguro de gozar de la protección del emperador –comentó amargamente, consciente de que Constancio le había otorgado una autonomía puramente formal; de hecho, tolerando las insubordinaciones de Barbación y adjudicando al *magister peditum* más soldados, había convertido al otro en el verdadero comandante de la campaña.

–Mi señor, quizá haya una manera de llegar hasta esos bárbaros –propuso Martiniano con la mirada fija en el río.

–¿Y cómo? No tenemos carpinteros para construir barcazas, y las pocas que tenemos no nos permitirán montar un puente lo suficientemente largo como para llegar ni al islote más cercano… –se lamentó Juliano, extendiendo los brazos.

–Sin contar con que –especificó otro general del Estado Mayor–, aunque pongamos a trabajar más cuadrillas para construir balsas, tardaríamos demasiado tiempo, lo cual daría la oportunidad a los bárbaros de largarse a la otra orilla y buscar refugio en sus bosques.

–Existe una manera más rápida –insistió Martiniano.

Todos lo miraron con curiosidad.

–Estamos en agosto, y es el momento en que las aguas del río están más bajas. Por tanto, la corriente es menos fuerte –afirmó el primicerio.

Los demás seguían mirándose sin entender nada.

–Podemos atravesarlo a nado con pequeños grupos de legionarios y auxiliares y atacar la isla más cercana –continuó explicando Martiniano–. Y lo haremos de noche, así no se darán cuenta. Una vez en la isla, les cogeremos por sorpresa y nos apoderaremos de las barcazas que nos llevarán acto seguido hasta las demás, sin darles tiempo para llegar a la orilla opuesta.

Ahora las miradas eran de perplejidad.

–Pero… la corriente… –objetó el césar.

–No será un problema. Escogeremos hombres más robustos, pesados y resistentes. Yo mismo lideraré el ataque, mi señor, en cuanto oscurezca. Y verás que daremos a esos bandidos una buena lección –especificó Martiniano.

Los demás generales hicieron ademán de no tener nada mejor que proponer. Juliano se quedó pensando unos instantes y luego asintió. La seguridad del primicerio le daba tranquilidad. Martiniano parecía exactamente el hombre enviado por los dioses para sacarlo de los atolladeros en cada circunstancia. Llevaba haciéndolo desde que era niño, cuando le salvó de una muerte segura en Constantinopla. Era el instrumento de quien se servía la divinidad para velar por él. Y, por una extraña paradoja, habían escogido precisamente a un ferviente cristiano. Quizá para hacer hincapié en su poder sobre los hombres.

–Es sorprendente lo fría que puede estar el agua de noche incluso en pleno verano –pensó Martino entre una brazada y otra mientras, apoyado en su escudo, avanzaba en la oscuridad hacia el perfil indefinido del islote que se dibujaba frente a él en la superficie del río.

Y a medida que se acercaba a su objetivo, al mirar a su alrededor y ver que cada vez tenía menos soldados junto a él, se cuestionaba la ligereza con la que había prometido un éxito al césar. Como toda acción nocturna, esta que había propuesto a Juliano tenía un resultado cualquier cosa menos predecible. Entre la corriente, la escasa visibilidad y la desigual resistencia de los hombres, el contingente con el que había dejado la orilla meridional del Rin había mermado considerablemente. En muchos puntos del lecho del río se hacía pie, y esto permitía a los soldados respirar de vez en cuando; pero el trayecto no era corto, y no estaba seguro de que algunos compañeros no se hubieran dejado vencer por la fatiga arrastrados por la corriente, o si, en la oscuridad, simplemente habían errado el camino y tomado una dirección equivocada hacia otra isla.

Pero llegado a este punto no podía echarse atrás. Tendría que arreglárselas con los hombres que le quedaban. Y esperar que la isla no diera cobijo a demasiados bárbaros, o que casi todos estuvieran dormidos en el momento del ataque. Por suerte, se trataba de una lengua de tierra bastante reducida, donde difícilmente encontrarían muchos enemigos.

El escudo le ayudaba a flotar en los puntos donde no hacía pie, pero tenía que mover los brazos de todas formas para no dejarse llevar por la corriente. El cansancio empezó a apoderarse de él. Imaginó que a los demás les estaría pasando lo mismo. Era un contratiempo añadido: en el cuerpo a cuerpo, aquellos bárbaros eran tan fornidos que hacían falta hombres en plena forma para dominarlos. Cada vez más arrepentido de su propia iniciativa, prosiguió casi con resignación, escudriñando la silueta oscura de la isla, de la que solo le separaban unas pocas brazadas. Era tan pequeña que podían divisarse los dos extremos. Ralentizó la frecuencia y la intensidad de sus movimientos para no ser oído por sus rivales, y observó el escenario para intentar adivinar dónde habían colocado los bárbaros a los centinelas.

Vio a dos hombres paseando por el lado que daba a la orilla meridional. Solo dos, uno en cada extremo. Era obvio que no consideraban probable un ataque nocturno. Era una buena señal, que le devolvió algo de confianza.

Tenía en mente una estrategia, pero cualquier orden que hubiera dado, no habría podido llegar a todos y alguno habría apuntado directamente a los guardias, alertándoles. Por tanto, debía llegar a tierra el primero y encargarse de eliminar a los vigías.

—Seguidme y haced lo que yo haga —susurró a un soldado en las proximidades.

Después se liberó del escudo, respiró hondo y se sumergió para nadar bajo el agua con decisión, emergiendo solo para coger aire. Agotó sus fuerzas, y cuando alcanzó la parte de menor profundidad, apoyando los pies sobre el lecho de cantos rodados del río, pudo finalmente respirar.

Pero solo por unos instantes. Hizo señas al hombre que le había seguido.

—Tú ve a la derecha, hacia aquel centinela, yo iré a la izquierda, a por el otro. Hagámoslo rápido y en silencio.

Esperaba que el soldado fuera competente. Se encaramó a la superficie de la isla, donde reinaba un silencio total, y comenzó a arrastrarse por el suelo en dirección a su objetivo. Algunos de los suyos empezaban a llegar. Le habría gustado saber de cuántos hombres disponía, pero era imposible. Continuó arrastrándose hasta que estuvo cerca del centinela. Llevaba en la mano una francisca, esa hacha grande que usaban los guerreros que no podían permitirse una espada. Aferró el puñal que tenía en el cinturón y se acercó lo suficiente como para agredir al bárbaro de un brinco.

Cogió impulso y dio un salto. Al instante estaba encima del germano y la puñalada que le asestó en la garganta solo le dio tiempo a emitir un gorgoteo ahogado. El guerrero cayó redondo con un ruido sordo, salpicando a Martino de sangre caliente y provocándole un calor pasajero, en contraste con el frío causado por el agua del Rin.

Miró a su alrededor y vio una sombra que se le acercaba. Se sacó la espada y se puso en guardia hasta que reconoció al soldado que había mandado a eliminar al otro centinela. El hombre asintió, dándole la confirmación de que había cumplido con su tarea, y juntos esperaron a que se les unieran los demás. Poco después, y en silencio, empezaron a llegar más soldados. Martino contó veinticuatro, de los sesenta con los que se había aventurado en el agua. Vio a otros que salían a la superficie y se dirigían a tierra. Pero no podía esperar más: existía el riesgo de que algunos hubieran ido a parar justo donde los germanos, poniéndoles sobre aviso, o que los bárbaros hubieran percibido sus movimientos. Tenía pocos hombres y habría que conformarse con el efecto sorpresa.

Sin esperar a los que todavía seguían en el río y confiando en que le siguieran una vez en tierra, hizo señas a sus soldados para que se quedaran junto a él. Caminó agazapado con la espada en la mano, invitando a los demás a hacer lo mismo, procurando no hacer ruido. Vislumbró débiles fogatas en torno a las cuales se distinguían figuras humanas en actitud relajada. El resplandor de las estrellas hacía relucir las hojas de sus espadas, los escudos y las puntas de las jabalinas apoyadas junto a sus propietarios dormidos o amontonadas en pilas.

Durmiendo habría poco más de un centenar de guerreros. Incluso contando con el efecto sorpresa, habría sido casi imposible, para menos de una treintena de hombres, dominar la situación. Miró a sus subordinados y por sus expresiones desorientadas dedujo que estaban pensando lo mismo. No debía mostrar sus dudas: si mataban a muchos de golpe, los demás quizá se asustarían y se rendirían. Y entonces, en el ínterin, tal vez se les unirían más romanos para apoyarles de entre los que aún no habían tocado tierra.

Hizo un gesto enérgico a los demás agitando la espada en dirección a los germanos, luego se la pasó por la garganta para hacerles entender que no debían mostrar piedad ni titubeo. Apretó el paso y se acercó aún más, hasta llegar a los primeros cuerpos. Dio el primer golpe, seco, derecho al cuello. El hombre pasó del sueño a la muerte sin siquiera darse cuenta ni emitir un sonido. Sus hombres eligieron uno o más objetivos y empezaron a asestar golpes. Martino repitió la misma operación con el guerrero más próximo, luego se movió hacia el siguiente. Al poco, empezaron a oírse algunos lamentos. No todos los golpes habían sido definitivos. De repente un bárbaro gritó de dolor. Acto seguido se oyó una llamada de alarma; alguno debía de haberse despertado a tiempo.

Las cosas se complicaron de mala manera.

—¡Poneos entre los hombres y las armas! —gritó.

Había que intentar que los adversarios continuaran indefensos. Pero muchos de los que estaban despertando y aún no habían sido alcanzados por los romanos tenían sus armas a mano; algunos tuvieron tiempo de agarrarlas y ponerse en pie de un salto, listos para el combate. Martino vio a un romano lanzarse contra un guerrero pertrechado, pero otro de los que estaba todavía tumbado y sin espada ni lanza le agarró por los tobillos y lo tiró al suelo, y su compañero lo remató clavándole la espada en la garganta. Por su parte, el primicerio siguió arremetiendo a todo el que estaba al alcance de su espada, hasta que se topó con uno perfectamente capaz de defenderse.

Evitó un golpe y luego otro aprovechando los reflejos todavía lentos del adversario, atontado por el sueño interrumpido. Las espadas se cruzaban provocando chispas, pero la de Martino asestó la estocada más poderosa y desequilibró al bárbaro, que acto seguido bajó la guardia por un instante, lo que permitió que el romano lo apuñalara en el hombro. Ningún bárbaro llevaba puesta la cota de malla y dondequiera que golpeaban los romanos, se revelaban letales. Mientras tanto, algún otro soldado había llegado hasta las hogueras y se había unido a la matanza, reemplazando a los caídos. Martino soltó un suspiro de alivio y renovó la confianza.

Algunos germanos que no habían podido alcanzar sus armas intentaban escapar de las espadas romanas arrojándose al agua, otros levantaban las manos en señal de rendición, pero los soldados no albergaban intención alguna de parar y siguieron enarbolando sus armas. Martino oyó cómo algunos de los suyos les echaban en cara a sus víctimas todas las burlas que les habían lanzado a lo largo del día.

Ahora parecía hecho. Miró hacia la orilla de la isla y observó que había algunas embarcaciones. Llamó a un legionario que se hallaba momentáneamente sin más bárbaros que matar y le dijo:

—Vuélvete con algún compañero, llevaos todas las barcazas y traed más soldados. En cuanto seamos unos pocos más, usaremos las embarcaciones para asaltar aquella isla de allí, donde a lo mejor todavía no se han percatado de nada —ordenó, indicándoles el siguiente objetivo.

Al hombre le brillaron los ojos ante la posibilidad de continuar la carnicería en otro lugar.

En realidad, Martino estaba seguro de que habría que combatir en serio, era bastante improbable que los bárbaros no hubieran oído los gritos del recién terminado asalto. Pero los romanos tenían una ventaja táctica: el enemigo ahora era vulnerable.

Cuando le dijeron que también la tercera isla había sido tomada, Juliano no pudo evitar un suspiro de alivio. La táctica ideada por Martiniano había tenido éxito; a pesar de los intentos de sabotaje por parte de Barbación, había logrado infligir una buena lección a esos bárbaros insolentes. Ahora se lo pensarían dos veces antes de provocarle, aunque era consciente de que el problema estaba bien lejos de solucionarse. Los germanos muertos o capturados eran solo unos pocos centenares, allí destacados por el rey Chonodomario para frenar su avance hacia Reims e impedir así que los romanos les hicieran la pinza. Y seguramente el rey germano consiguió su propósito, salvando de esta manera el grueso de sus tropas y manteniéndolas armadas para atacar de nuevo en la siguiente primavera o, quizá, durante el invierno como ya había ocurrido con anterioridad. Ahora, de hecho, no había esperanza de atraer al enemigo a la pelea. El verano tocaba a su fin y la temporada de guerra había terminado. Los bárbaros disfrutarían al otro lado del Rin del fruto de su pillaje, los romanos volverían a sus cuarteles de invierno y reconstruirían lo que los invasores habían destruido. Un proceso que se repetía de año en año agotando poco a poco los recursos del Imperio, cada vez más débiles frente a las presiones externas y vulnerable a las internas.

A pesar de las buenas noticias que le acababan de traer, Juliano se sentía insatisfecho. Profundamente insatisfecho. Habían transcurrido casi dos años en guerra desde que había obtenido el mando de las fuerzas romanas y todavía no había hecho nada lo suficientemente bueno. Únicamente discretas victorias, que no habían erradicado la plaga de las invasiones. El fracaso de ambas pinzas concebidas por el Estado Mayor imperial había vuelto a los bárbaros cada vez más audaces. Cabía esperar, el año próximo, ataques aún más contundentes. ¿Pero con qué espíritu los afrontaría? Y, sobre todo, ¿con un mando efectivo o puramente formal? Constancio podría aprovechar los escasos resultados obtenidos para justificar una nueva reducción, que tal vez fuera lo que siempre había deseado.

No había más que ver los documentos que le había mandado firmar para darse cuenta de ello. Los cogió y los leyó de nuevo. Varias veces, durante la noche, su secretario le había instado a sellarlos para enviárselos al emperador lo antes posible, pero Juliano estaba demasiado absorto en los acontecimientos del Rin como para prestarles atención. Ahora tal vez podría examinarlos.

El primero que analizó le molestó. Su primo quería que firmase junto con él un decreto que preveía la clausura de todos los templos y la pena de muerte para todo el que se obstinara en adorar y hacer sacrificios a los ídolos, además de confiscarle sus bienes. Y la misma suerte correrían quienes consultaran a los adivinos, videntes, nigromantes y magos. En teoría, por tanto, estaba en contra de las personas como él. Al parecer, el emperador había decidido aumentar la presión sobre los que no se habían adherido al cristianismo y estimó providencial haber ocultado sus creencias.

Su primo debía considerar urgente la aplicación del decreto, le había enviado los documentos para que los firmara con celeridad. Cuando cogió el sello y lo estampó al pie del texto, se le ocurrió pensar que estaba firmando su propia condena a muerte. Pero se encogió de hombros y se dijo que quizá la estaba firmando, en ese momento, por no haber logrado acabar con la guerra contra los germanos. O por ser el único heredero vivo de Constantino que podía hacerle sombra a su primo emperador. Su vida, al fin y al cabo, pendía de un hilo, y solamente podía esperar que los dioses siguieran protegiéndolo, y que le tuvieran reservado el brillante destino pronosticado por Máximo de Éfeso.

Se preguntó qué peligros podrían correr sus amigos místicos y los filósofos que le habían iniciado en los cultos mistéricos. Habría deseado avisarles de que tuvieran más cuidado que nunca, pero estaba seguro de que Constancio seguía controlando su correspondencia, y no podía arriesgarse a ser descubierto, ni a descubrirles a ellos. Si en verdad era él el hombre destinado a salvar el Imperio de la corrupción de la superstición cristiana, encontraría la manera en el futuro de dar valor a su papel.

Examinó el segundo decreto y lo encontró irritante. Preveía un aumento de las contribuciones estatales en favor de las iglesias en las ciudades donde los obispos se habían adherido a la profesión de fe deliberada en el concilio de Milán, en el que Constancio tenía la intención de que se aceptara una versión suavizada del arrianismo, con el Hijo semejante al Padre. No igual, ni distinto, sino semejante, para intentar poner de acuerdo a todos. Y todo esto mientras el Imperio era atacado por los germanos en occidente y por los persas en oriente. Nada de esto había ocurrido mientras los romanos veneraban a los dioses tradicionales; ninguna disputa doctrinal que desviase la atención y los recursos destinados a la defensa y la expansión de las fronteras. Más le hubiera valido a Constancio emplear su peculio en mejorar las fortificaciones a lo largo del Rin y del Danubio y reclutar y adiestrar soldados, en lugar de despilfarrarlo en naderías teológicas que parecían no resolverse nunca.

En el documento se enumeraban otros privilegios para el clero cristiano: exención del impuesto territorial y de beneficios vinculados al servicio postal estatal, prohibición de los obispos a comparecer ante un tribunal público «para privar a los espíritus fanáticos de la posibilidad de acusarlos injustamente».

También tuvo que firmar aquel decreto, pensando que no hacía más que reforzar a sus enemigos, a quienes debería combatir por el bien del Imperio. Luego pasó a un tercero y vio que tenía que ver con los hebreos. También este era irritante. No tenía nada contra los judíos, aunque solo fuera porque no se habían creído los cuentos sobre Jesús difundidos a la humanidad por Pablo de Tarso y por los evangelistas. Durante siglos se habían ganado la fama de agitadores, y desde luego a Roma le habían dado más de un quebradero, pero no se habían apoderado del Imperio, llevándolo a la ruina, como habían hecho los cristianos en el transcurso de unas cuantas décadas. Y ahora estaba obligado a firmar una ley que los discriminaba onerosamente, castigando con la muerte a quien hiciera entrar a una mujer cristiana en una comunidad hebrea «sometiéndola a sus propios vicios», o a quien circuncidara a un esclavo cristiano. Se le confiscarían sus bienes a quien tuviera esclavos cristianos o incluso paganos, o a un cristiano que se convirtiera al judaísmo, mientras que estaba prevista la hoguera para el judío que obstaculizara la conversión de un correligionario al cristianismo. Juliano se dio cuenta de que Constancio obligaba a los judíos a renunciar a cualquier actividad fundada en la esclavitud, poniéndoles en condiciones de inferioridad respecto a los cristianos.

Se sintió profundamente disgustado. Últimamente, su primo había desencadenado una oleada de intolerancia hacia cualquiera que no profesara su credo. Y la ofensiva había coincidido con su nombramiento como césar. Por tanto, la gente asociaría el recrudecimiento de las discriminaciones a su nombre: precisamente a él, que habría dejado a cada uno libre de practicar su propia religión.

Cuando estampó su sello también en el tercer decreto, se sintió mal consigo mismo. Tal vez fuera un cobarde, ¿por qué no tenía el valor de proclamar a los cuatro vientos sus convicciones? ¿Era un oportunista, que por conservar el poder abandonaba a sus amigos? ¿Un pobre hombre, que no conseguía influir en las decisiones del emperador? Si los dioses, como le había dicho Máximo, esperaban tanto de él, quizá habían escogido a la persona inadecuada. Pero ¿qué podía hacer? Era prácticamente un prisionero, rodeado de enemigos que aguardaban un solo paso en falso suyo para dejarlo fuera de juego. Debía esperar; con el tiempo se vería de qué pasta estaba hecho.

Procuró buscar consuelo en la pequeña victoria que estaba obteniendo gracias a la iniciativa de Martiniano. No dejaría de realzar en la corte el valor del primicerio. El sol ya había aparecido en el horizonte y la columna dirigida por el general había rastreado todas las islas y llegado a la orilla opuesta del Rin, cortando el camino a los bárbaros fugitivos.

Por fin había tenido una buena noticia que comunicar al emperador. Puede que esto evitara que en la corte le ridiculizaran por la exigüidad de sus resultados.

CAPÍTULO XXVIII

Era la primera vez que Martino se abría ante el césar. Llevaba días sofocando risas, y sabía perfectamente el porqué: por el mismo motivo que él también se reía. Era hora de conceder un poco de aquella confianza que Juliano buscaba desde que habían empezado a colaborar juntos.

–César… –le dijo–. No puedo culparte si el regreso a Italia de Barbación te hace sonreír de antemano. Dudo que el emperador le reciba con los brazos abiertos.

El semblante de Juliano se iluminó. Por lo que parecía, no esperaba otra cosa.

–¡Eso creo! Ojalá le inflija el justo castigo por todos los desaires que me ha hecho y por la ineptitud que ha demostrado dejándose sorprender por un puñado de bárbaros: un escaso millar de germanos ha provocado la huida de un ejército de veinticinco mil hombres, obligándolo a abandonar las minas de carbón en sus manos… –respondió.

–Sin embargo, por su culpa, aquí en la Galia nos hemos quedado únicamente con trece mil efectivos. Diría que es una situación bastante peligrosa –opinó Martino, poniéndose serio.

Juliano se encogió de hombros.

–La estación casi ha tocado a su fin. Hablaremos de ello el año que viene –replicó, observando a los soldados que trabajaban reforzando las defensas de la avanzadilla renana de las Tres Tabernas que el césar había decidido fortificar para impedir eventuales infiltraciones enemigas hacia el interior.

–En realidad estamos a mitad de agosto. Todavía queda un mes bueno para combatir. Y ahora estamos en inferioridad numérica –insistió Martino.

–No comparados con Chonodomario –precisó Juliano–. También

será un rey, pero su soberanía no se extiende más allá de su tribu y su clan. Los demás reyezuelos actúan por su cuenta y apenas toleran su autoridad sobre la federación. Eso nos beneficia: si estos bárbaros fueran un pueblo unido, como lo fueron los dacios, o incluso antes que ellos los queruscos, los suevos o los marcomanos, probablemente los romanos habrían perdido hace tiempo una buena parte de la Galia.

A Martino le habría gustado estar tan convencido. No podía ocultar su satisfacción por la precaria actuación de Barbación, pero al mismo tiempo, tampoco podía disimular su preocupación ante el panorama que suponía la deserción de dos tercios de las fuerzas galas. Juliano era tan apasionado, inexperto y estaba tan henchido de sueños de gloria, que no tenía en cuenta los aspectos negativos del asunto: él, en cambio, tenía el deber de hacerlo. Esperaba que la construcción de líneas de defensa avanzadas fuera suficiente para disuadir a los germanos de nuevos ataques.

Había elegido bien la zona. Justo al sur, la cadena montañosa de los Vosgos era un obstáculo natural contra los invasores y el paso por el collado de las Tres Tabernas conducía a la gran meseta detrás de las montañas, separándola de la llanura más allá del Rin. Un paso obligado para cualquiera que quisiera entrar en el corazón de la Galia. El césar había dispuesto una muralla continua allí donde el terreno no era abrupto, con un terraplén sobre el que se levantaba una empalizada de la altura de un hombre. Un foso completaba la estructura, aunque Juliano, influido por sus lecturas sobre Julio César, también había previsto que hubiera agujeros a lo largo del terreno con puntas ocultas en su interior.

Terminaron juntos de dar la vuelta a la fortificación, todavía bastante incompleta en muchos puntos.

—Sabes, Martiniano, siempre estás presente en mis plegarias al Señor —le dijo de repente Juliano—. Debe de haberte elegido como mi ángel de la guarda si te condujo hasta mí para salvarme cuando tenía solo seis años y ahora, después de tanto tiempo, ha hecho que vuelvas a mi lado para ayudarme a conquistar la confianza de mi primo consiguiendo éxitos que avalan mi nombramiento como césar.

A Martino se le escapó una sonrisa. También el emperador le dijo una vez algo por el estilo. No era la primera vez que el vicario imperial sacaba ese tema, pero lo inédito era que lo atribuyese al Señor. Esto acrecentó su simpatía por el joven; si además era devoto, sería realmente el césar perfecto, y deseó que los dos primos siguieran estando de acuerdo: el Imperio no podía pedir más que la armonía entre un augusto y su césar. No sucedía desde los tiempos de Diocleciano.

–Me honra tu consideración, mi señor –respondió–. Y estoy sinceramente contento de haber tomado aquella decisión, hace ahora exactamente veinte años. Eres un heredero digno de Constantino el Grande y estoy seguro de que el augusto pronto se convencerá de ello. Y además...

Un mensajero llegó al galope, tiró de las riendas justo delante de ellos.

–¡César, una delegación de bárbaros desea hablar contigo! –gritó.

Juliano lanzó una mirada interrogativa a Martino, que se había quedado tan sorprendido como él. Sin embargo, el que los bárbaros quisieran parlamentar podía ser un buen auspicio. Lo captó también el césar cuando dijo al soldado:

–Hazlos venir a mi pretorio. Pero que esperen hasta que esté listo para recibirles. Y tú, Martiniano, reúne a todo el Estado Mayor: que todos lleven su uniforme completo. Les impresionaremos con nuestro poderío, como hizo Aureliano con los jutungos.

Martino cumplió la orden y fue a buscar a todos los oficiales superiores, empezando por el prefecto del pretorio gálico Florencio y por el nuevo *magister peditum* Severo, y descubrió que ya se había corrido la voz sobre la presencia de los germanos. Luego fue a su aposento, se puso la coraza con todas las condecoraciones, el casco con el penacho y después se dirigió al pabellón del césar. Encontró a Juliano sentado en su trono sobre una peana, rodeado por sus protectores y vestido de púrpura, con la diadema en la cabeza. Se puso a su lado junto a los demás generales y todos aguardaron en silencio, empezaron a sonar las trompetas y los soldados que no estaban ocupados en los trabajos de la muralla, también completamente equipados, se dispusieron en dos filas paralelas, creando un corredor por el que tendría que pasar la delegación.

Los bárbaros aparecieron en la lejanía, escoltados por guardias que les condujeron en presencia de Juliano. El césar, sin duda, había aprendido las maneras de la realeza, pensó Martino complacido, y sabía cómo representar al emperador, aunque su actitud podría haberse tachado de excesivo afán.

Juliano quedó a la espera de que los bárbaros se postrasen. Pero los cuatro germanos que condujeron al pie de la peana no lo hicieron. Se quedaron mirándole con la cabeza bien alta. Los soldados empezaron a murmurar, algunos a vituperarles.

El césar hizo un ademán con la mano para que todos callaran. Luego la extendió con la palma abierta hacia la delegación, invitándoles a hablar. Uno de los cuatro, el más anciano, avanzó un paso.

—¡César Flavio Juliano! —declaró en un latín con marcado acento—. ¡El rey Chonodomario te sugiere que te marches de estos lugares que los germanos han conquistado con valentía y que merecen poseer! De lo contrario, ¡serás golpeado por fuerzas tres veces mayores que las tuyas!

Juliano se lo quedó mirando atónito.

—Todos sabemos que tu rey no dispone de tantos hombres. Es más, el poder de Roma es grande y puede llevar al campo de batalla, si es necesario, treinta veces sus efectivos. Le recomendamos, pues, que se vaya y que se quede tranquilo al otro lado del Rin —contestó.

—Nosotros en cambio sabemos que te has quedado solo con trece mil hombres y que nadie vendrá en tu ayuda —replicó sin perder tiempo el bárbaro—. Por eso precisamente el rey ha convencido a los demás jefes de la federación de que se unan a él para recuperar sin esfuerzo todos los territorios que estaban bajo nuestro control antes de tu llegada. ¡Vete, entonces, o te expulsaremos con un ejército que ahora asciende a treinta y cinco mil valientes guerreros, todos deseosos de derramar sangre romana!

Los legionarios comenzaron a murmurar. Martino no estaba seguro de si era por desconcierto o por indignación, o por ambas cosas. De ser cierto, era de temer: la situación amenazaba con volverse aún más seria que el año anterior, cuando Juliano había sido asediado en Sens.

—¿Y por qué deberíamos creerte, bárbaro? —le interpeló Juliano, procurando adoptar un tono sarcástico. Pero Martino percibió que también él estaba preocupado.

—Porque un escutario desertor del ejército del *magister peditum* Barbación al que ayudamos a escapar nos ha informado de la magnitud de tus fuerzas. Por otra parte, si no nos crees, tú mismo puedes ver cuán poderoso es nuestro ejército. En breve llegará aquí el rey y se asentará a poca distancia de tu campamento para mostrarte que no mentimos.

De nuevo, el vocerío de los soldados aumentó de intensidad. Y la indignación, ahora, se llevaba la palma. Una vez superado el primer momento de temor frente al peligro, legionarios y auxiliares se morían de ganas por vengar aquella ofensa. Martino se preguntó cómo reaccionaría Juliano. Solamente había una respuesta que un romano pudiera dar ante semejante amenaza, pero no sabía si un novato en la guerra como él sería capaz de dársela. Miró a los soldados y sospechó que también se estaban haciendo la misma pregunta; todos temían que se retirara, dando la razón a Barbación y a todos sus detractores, que le consideraban un simple ratón de biblioteca despistado prestado para la guerra.

Juliano se puso en pie y, de repente, todos contuvieron la respiración.

Hubo unos instantes de silencio.

–Pues entonces que venga tu rey –dijo por fin–. Le demostraremos que para nivelar los cálculos tendría que traer ciento treinta mil hombres. Puesto que cada soldado del ejército imperial vale por diez germanos, ¡sois vosotros los que estáis en inferioridad numérica!

La tropa estalló en una ovación. El césar se había ganado una vez más el respeto de sus soldados.

Conquistar la victoria, pensó Martino, sería otro cantar.

–Teutoburgo… –murmuró Juliano, observando el escenario de operaciones hacia donde se dirigía con todo el ejército–. Teutoburgo… –repitió, obsesionado con aquella idea.

–¿Cómo dices, césar? –preguntó Martino.

–Mirad allí –dijo Juliano a los oficiales del Estado Mayor que cabalgaban a su lado–. Hace cuatro horas que marchamos bajo el sol implacable de agosto. Según los exploradores, nos esperan al menos cinco millas de bosques y senderos tortuosos antes de llegar a la explanada donde se han apostado los germanos. Los soldados estarán cansados. A lo mejor es el momento de acampar para que descansen y reemprender la marcha mañana. De lo contrario, en esos bosques nos arriesgamos a terminar como Varo en Teutoburgo.

–Pero son solamente cinco millas –declaró el prefecto Florencio–. Y estarán bajo la sombra de los árboles. No hay espacio para albergar a cincuenta mil hombres en esa espesura. En mi opinión no corremos el riesgo de ser agredidos. Puede que, como mucho, nos molesten, pero no creo que nos ataquen.

–Sin mencionar que no podemos acampar tan cerca del enemigo. Correríamos el riesgo de que nos atacaran de noche y nos rodearan –especificó Severo.

Juliano se odió a sí mismo por parecer tan incauto. Miró a Martiniano buscando consuelo.

–¿Tú qué piensas, primicerio? –le preguntó.

Martiniano se quedó pensando y luego dijo:

–¿Ves a los soldados, césar? Rechinan los dientes, están ansiosos por pelear y hacer tragar a los germanos sus palabras de desafío. Sobre todo, están ansiosos por demostrar que los romanos no son como Barbación, que huyó en cuanto perdió unos cuantos hombres. Si nos detenemos ahora, demostraremos miedo y daremos a los bárbaros aún más coraje y seguridad, acrecentando su fuerza. En cambio, si atacamos hoy mismo, permitiremos que los soldados desfoguen toda su furia y podremos estar seguros de que cada uno de ellos valdrá por diez enemigos, como dijiste al embajador. En el peor de los casos, pues, siempre podremos buscar refugio en las defensas de las Tres Tabernas.

–Además –añadió el prefecto–, debemos aprovechar el hecho de que los germanos se han reagrupado. Cuanto más tiempo pase, más divididos estarán, con lo que podrán atacarnos por todos los flancos y cercarnos.

–Y si atacamos ahora, les sorprenderemos a todos concentrados en un único punto y con nuestra caballería catafracta les machacaremos –añadió Severo.

Juliano miró uno a uno a los miembros de su Estado Mayor.

–¡Pero esto significa afrontar una gran batalla campal tras una larga marcha! ¡Craso se condenó así en Carras! –se lamentó.

–Perdóname, césar, pero cada situación tiene su propia historia –objetó Severo–. Craso se enfrentaba al ejército organizado de un Imperio floreciente, los suyos llevaban tiempo sin comer ni beber y habían marchado por el desierto, bajo un sol aplastante mucho peor que este. Los nuestros no están tan mal, bien mirado.

¿Sería esta una crítica velada del general a su cultura solo teórica, basada en la lectura de los textos y no en la experiencia militar directa? Juliano se sintió ridículo por haber alardeado de sus conocimientos sobre César, Plutarco y las gestas de los grandes caudillos del pasado, sin haber consumado nada memorable por sí mismo. Ahora se le presentaba la ocasión y tenía sus dudas. Se hallaba ante un enorme desafío contra uno de los mayores ejércitos a los que Roma había tenido que enfrentarse jamás. La batalla campal parecía inevitable. En cualquier caso, alguien hablaría de él y de aquella batalla como una de las más importantes de la historia de urbe. Y sería un triunfo o una derrota: Zama o Cannas, Alesia o Carras. No había un término medio.

En su fuero interno, sabía que estaba en vísperas del momento decisivo de su vida. Y tenía miedo, pero procuraba relegarlo. Lo que le aguardaba al otro lado de aquellos bosques era verdaderamente un acontecimiento de enormes dimensiones.

O puede que en estos mismos bosques. Levantó el brazo y dio orden de proceder, observando la inmensa satisfacción de sus subordinados. Y no pudo por menos que pensar en Varo, en sus tres legiones masacradas por Arminio hacía tres siglos y medio. Al entrar en el bosque, hizo que la caballería se situara en los flancos y en vanguardia, en patrulla, para proteger a la columna principal y al cuerpo, que avanzaba en escuadra con los carros dentro, los escudos de los soldados lo más juntos posible y girados hacia los lados para hacer frente a posibles salvas de flechas. El camino era estrecho y la columna se alargó. Los cuadrados se volvieron rectángulos, los exploradores tuvieron que dispersarse por la imposibilidad de mantener las formaciones en una floresta cada vez más espesa. Juliano aguzaba los oídos, tratando de detectar ruidos sospechosos. Pero lo único que escuchaba eran los pasos de sus hombres y los cascos y resoplidos de los caballos, el chirrido de las ruedas de los carros, e incluso el gorjeo de los pájaros y el cantar de los grillos, el sonido de las hojas de los árboles que se movían a merced del viento. Un silencio plagado de colores, desgarrado de vez en cuando por el aullido de algún lobo en la lejanía.

A medida que pasaba el tiempo, se debilitaba la luz del sol, retenida por el follaje de los árboles y las ramas que se entrecruzaban cada vez más densamente, creando una celosía abovedada: Juliano tenía la impresión de estar metiéndose en una caverna; como aquella vez en Éfeso, cuando fue iniciado en los misterios de Hécate. Entonces vio la verdad en las cosas, y lo interpretó como una señal. Tal vez los dioses le estaban recordando que estaban de su lado. Sin embargo, se sobresaltaba a cada sonido desconocido. Observó los pantanos a lo largo del camino y le parecieron ciénagas en las que se atascaría el calzado de sus soldados. E imaginó a un arquero acechando en cada árbol de la espesa fronda.

Miraba a los miembros de su Estado Mayor y los veía avanzar tranquilos. Vigilantes, pero tranquilos. Esperaba que no se le notara el temor que le estaba atenazando y procuró contenerse, pensando que los dioses le protegerían. Y cuando vio los primeros rayos de sol filtrarse a través de la bóveda, emitió un suspiro de alivio. Los exploradores, jinetes germanos procedentes precisamente de las tribus de alamanes derrotadas con anterioridad, vinieron a informarle de que estaban a punto de abandonar el bosque y que les esperaban campos de cultivo.

–Había cuatro centinelas enemigos, césar –le explicó uno de los rastreadores–. Tres iban a caballo y han huido en cuanto nos han visto, pero hemos capturado al que iba a pie.

El segundo grupo de jinetes de avanzadilla llegó enseguida con el prisionero.

–César, le hemos interrogado –declaró uno de los caballeros–. Dice que el ejército ha tardado tres días y tres noches en atravesar el Rin y que ha acampado a ocho millas de aquí, en el camino hacia Estrasburgo.

Juliano notó que los hombres a su alrededor se pusieron tensos. Al parecer, los enviados de Chonodomario no habían hecho amenazas vacías. Tuvo nuevamente la tentación de detener a la columna para acampar y descansar, pero a estas alturas estaban realmente demasiado cerca del enemigo. No había más remedio que combatir si Chonodomario aceptaba la batalla.

Acto seguido, los soldados se pusieron a golpear sus escudos con las lanzas y a pedir a grandes voces la pelea. Ya debía de haberse difundido lo que había contado el prisionero y, lejos de amedrentarse, parecía que había sido un incentivo más para afrontar el desafío. Juliano observó la columna encabezada por él. Muchos de los soldados ni siquiera eran ciudadanos del Imperio: eran francos, germanos, y sin embargo se habían imbuido del espíritu romano tradicional, el que había llevado a los legionarios, durante siglos de historia, a no retroceder jamás, ni ante desafíos imposibles. Era precisamente el fruto de esas tradiciones y de ese espíritu lo que había hecho grande Roma, y lo que él quería restaurar.

Tenían razón sus oficiales. No podía frenarles. Habría sido como negarse a sí mismo y a todo en lo que él creía.

–¿Que han tardado tres días en atravesar el Rin, soldados? –gritó, dirigiéndose a la tropa–. Pues bien, nosotros les haremos salir por piernas al otro lado del río en unas horas, os lo aseguro. ¡Porque somos «romanos»!

La muralla de Aureliano. Alta, imponente, maciza, con torreones desde los cuales, tiempo atrás, la ciudad había dominado el mundo. Constancio contempló su silueta y no pudo por menos que sentir el peso de aquella tradición que su padre había derribado. Aunque se sentía acompañado por Cristo en aquella visita aplazada durante tanto tiempo, sabía que si había un lugar en el mundo donde los dioses tradicionales podían ejercer su influencia era precisamente la urbe. Sentía una especie de temor respetuoso, aunque su raciocinio le decía que no había motivo, que no existían, que no podían hacerle nada. Sin embargo, los senadores aún creían que estaban ahí, y no podía granjearse su enemistad; precisamente por ello había decidido celebrar su vigésimo aniversario de reinado como augusto en la que había sido la capital del Imperio en un tiempo ya lejano.

Recorrió con la mirada su entorno para comprobar que todo estuviera a punto para su entrada triunfal. Y decidió que sería la vez que se movía: los romanos debían verlo como la imagen de un dios, como una estatua, una proyección del Señor llevada en procesión por sus soldados. No debía dejar nada al azar, tenía que impresionarles y mostrarles el poder del Imperio construido por Constantino el Grande en el nombre del Señor. Tal vez así reduciría su arrogancia por la tradición de la que se sentían herederos, considerándose los custodios exclusivos de los grandes triunfos celebrados por sus conciudadanos sobre los cartagineses, dacios, godos y muchos otros pueblos.

Algún miembro de su Estado Mayor le había recalcado que los

romanos no estarían a favor de un triunfo sobre otro romano como Magnencio, además después de tantos años de su victoria. Pero Constancio sabía que no había mucho más de que jactarse desde el punto de vista militar; si hubiera celebrado un triunfo sobre los persas, todos habrían dicho que no había nada que celebrar, y con razón: con Sapor las escaramuzas no acababan nunca, y ninguno de los dos contendientes podía afirmar haber sometido al contrario. Si hubiera presumido de sus victorias sobre los sármatas y godos, todos habrían comentado que se vanagloriaba de acontecimientos poco importantes, y quizá también en aquel caso tendrían razón. Para un Imperio de inmensos recursos como el romano, erradicar modestas incursiones como aquellas era una simple tarea administrativa. La verdad era que no se sentía un caudillo y que nunca había obtenido una auténtica, gran victoria en el campo de batalla, a excepción de la de Mursa, seis años atrás. Por tanto, era esta la que se disponía a celebrar, marchando por las calles de la urbe a la cabeza de una comitiva triunfal a la manera de los grandes desfiles de los jefes militares del pasado, desde César hasta Augusto y Trajano. Por otra parte, también César y Augusto habían celebrado triunfos sobre adversarios romanos, Cneo Pompeyo el Joven y Marco Antonio, respectivamente. ¿Por qué no iba a hacerlo él también? Además, Magnencio era pagano, así que a todos los efectos era un enemigo del Imperio, ahora cristiano.

No obstante, sabía que los romanos no pensaban como él. Para muchos, Magnencio había sido un héroe: se habían alineado con él, más aún que con Nepociano, y esto decía mucho de la guarida de traidores a los que se disponía a visitar. La multitud de soldados que había traído consigo no era simplemente una patente exhibición de poder, sino también una cuestión de seguridad; no había lugar en el Imperio donde corriera más riesgo de un atentado contra su vida.

Cuando vio abrirse las hojas de la Puerta Triunfal, le invadió la emoción. Era uno de los emperadores romanos más longevos de la historia, con veinte años de reinado como augusto y treinta y cinco desde que había sido nombrado césar, y sin embargo no había estado en la urbe ni una sola vez hasta ese momento. En breve vería con sus propios ojos todo lo que había oído decir desde niño.

Y esperó que los romanos le temieran tanto como él a ellos.

Martino se había unido desde el principio al grupo de los que anhelaban la batalla. Sin embargo, sentía cierta angustia desde el momento en que los germanos se habían dejado ver por los romanos formados en cuñas para avanzar contra el enemigo. Hacía tiempo que no veía frente a sí a un ejército de aquellas proporciones: un bosque interminable de guerreros cuyo final no alcanzaba a ver, ni a derecha ni a izquierda, precedido por la infantería ligera, que pululaba en tierra de nadie entre los dos ejércitos. Distinguía sus jabalinas mitad de metal y mitad de madera, sus largas espadas, los escudos pequeños y redondos de broquel apuntado con la luna y las estrellas, la barba y la melena suelta, pelirroja o rubia. Y divisaba con claridad a Chonodomario al frente de todos sus hombres: un adalid colosal a caballo con una banda rojo fuego en la cabeza blandiendo su jabalina. Quería convencerse de lo que había dicho a Juliano, que cada uno de sus hombres valía por diez enemigos. Tenía que ser así, de lo contrario habría sido un enfrentamiento con un final anunciado. Y tras la exigua victoria de Barbación, una derrota supondría el colapso radical de las defensas romanas en la Galia y la entrega de las provincias renanas a la federación germánica. Miró a Severo, a la cabeza del sector en el ala izquierda donde se había dispuesto con su *schola palatina*, asumiendo también el mando de algunas unidades de auxiliares bátavos, y comprendió que el comandante de la infantería estaba pensando lo mismo que él: los bárbaros corrían con frenesí hacia los romanos, y solo cabía esperar que llegaran descompaginados al primer contacto. Parecían posesos, gritaban y blandían sus armas de defensa sin preocuparse por permanecer cerca de sus compañeros, corrían hasta quedar sin aliento y a cada paso sus cuñas perdían forma, transformándose en una masa indefinida de atletas que hacían carreras para ver quién llegaba primero a chocar con el enemigo.

Se preguntó cómo reaccionaría Juliano en el ala opuesta, junto a la caballería de catafractos a los que había confiado el avance de la línea adversaria y el posterior flanqueo. El césar había depositado toda su estrategia en la caballería pesada, contando con que esos seiscientos hombres revestidos de metal fueran capaces de reventar ellos solos el despliegue germano. Sin embargo, le había visto dudar desde el inicio de la marcha al amanecer, y seguramente seguía preguntándose, ahora más que nunca, si no había sido mejor parar primero en el bosque para que los hombres descansaran. Frente a aquellas decenas de miles de salvajes colosos bramando, incluso el más valiente de los legionarios podía vacilar, y Martino observaba en los semblantes de los soldados menos arrojo del que les había impulsado hasta allí. Continuaban la marcha manteniendo formaciones unidas tal y como imponía la disciplina, pero su paso no era tan decidido como antes. Ahora parecían reclutas en su primer encuentro.

Sintió el deber de hacer algo.

–¡No temáis! ¿No veis que se están entregando a vuestras espadas uno a uno? –gritó a sus soldados al ver su consternación–. Pensad solo en agarrar bien el escudo y mantenerlo sobre la cabeza para protegeros de las jabalinas que os lanzarán antes de llegar a vosotros. ¡Y luego, veréis que en el cuerpo a cuerpo estáis en superioridad numérica!

Sus palabras parecieron reanimar a sus hombres, que siguieron blandiendo sus lanzas. Era sorprendente, se dijo, lo rápido que podía cambiar el estado de ánimo de un soldado antes y durante la lucha; era suficiente un episodio insignificante, incluso una palabra, para transformar a un león en un cordero o viceversa.

Se dio cuenta de que sus palabras también le habían servido a él. Vislumbró la posibilidad real de derrotar a los adversarios uno a uno, según iban llegando desordenadamente a contactar con los romanos. Los germanos ya se habían acercado lo suficiente como para lanzar sus jabalinas, así que recalcó a sus hombres que mantuvieran los escudos en alto.

Las ráfagas comenzaron inmediatamente después. Los bárbaros se detenían un instante, plantaban los pies firmemente en el suelo, tomaban impulso cargando el hombro derecho y lanzaban su arma con un feroz rugido. Ninguna orden de sus superiores, nada de coordinación. Cada uno se paraba donde consideraba oportuno y tiraba, sin prestar atención a lo que hacían sus compañeros. Luego desenvainaba la espada y salía a la carrera. Mientras tanto, las jabalinas llovían sin parar sobre los escudos de los romanos, acribillándoles a golpes, impidiéndoles observar los movimientos del rival y obligándoles a avanzar a ciegas y a trompicones.

Cayó algún soldado imperial atravesado por jabalinas que habían pasado por las fisuras entre los escudos, o alcanzados en el muslo. Al caer abrían un hueco que dejaba expuesto al compañero de detrás a los tiros del adversario. En otras ocasiones, el proyectil atravesaba el escudo y llegaba a golpear al soldado en el hombro o en el casco; el impacto hacía tambalearse a la víctima, que se desplomaba abriendo otra brecha. El hombre a sus espaldas se tropezaba con su cuerpo y perdía el equilibrio, descomponiendo las filas. Otras veces el impacto del arma hacía pararse al afectado, aminorando la marcha y rompiendo de ese modo la línea continua.

Pero la mayor parte de las jabalinas rebotaban en los escudos y caían al suelo. La barrera, en su conjunto, parecía mantenerse, y Martino deseó que los romanos llegaran al cuerpo a cuerpo todavía formados de manera relativamente compacta. Podían conseguirlo; paradójicamente, los bárbaros estaban más desordenados, aunque todavía no habían sufrido ninguna ráfaga o presión. Se posicionó al lado del soldado más externo de la formación y desenvainó la espada, preparado para afrontar el combate sin renunciar a compartir los riesgos que corrían sus hombres.

De repente, apareció por su flanco un germano que se acercaba hacia él gritando. Martino, por un momento, se quedó desorientado: no podía provenir de las filas de la armada que tenía enfrente. Luego apareció otro como surgido de la nada. Y otro más; esta vez se fijó en que habían salido de las inmediaciones. Vio a un bárbaro levantar una rejilla y salir de un foso, y enseguida cayó en la cuenta…

Chonodomario mandó excavar agujeros a lo largo del flanco de la vanguardia enemiga y allí escondió un contingente, dándoles órdenes de atacar cuando los romanos estuvieran a su altura.

Ahora, les asaltaban de frente y por el flanco. De manera súbita, la pelea se complicaba.

Se complicaba terriblemente.

CAPÍTULO XXIX

Caballería acorazada contra caballería ligera. Aunque los efectivos de Chonodomario eran mucho más numerosos, difícilmente habrían podido ofrecer resistencia a la carga de los catafractos. Juliano estaba razonablemente confiado. Los caballeros acorazados eran una novedad en aquella región, y el césar contaba con su poder disruptivo para amedrentar al adversario y privarle de fuerza para reaccionar. Confiaba en sembrar el pánico entre las filas enemigas antes incluso de llegar al choque y que ello les indujera a descomponer sus filas, descubriendo el flanco del rey germano y haciéndolo vulnerable al avance de la infantería.

Chonodomario, más corpulento que los demás jinetes, se mostraba bien visible al frente de su ejército, listo para cargar con las lanzas en ristre. Pero a diferencia del resto de la formación, que se precipitaba hacia delante como una manada enloquecida, no se movía. Parecía un auténtico suicidio para el rey germano, se dijo Juliano con satisfacción. Esperar parado en el sitio a una carga de catafractos significaba ser arrollado por ella. Quizá confiaba en la infantería ligera que había diseminado en la vanguardia para atosigar al desfile de los romanos, pero el césar no veía claro cómo unos centenares de infantería dispersos, sin protección en el cuerpo y armados solamente con jabalinas, podían condicionar la explosión de poder de sus caballeros acorazados. Lo había intentado el hijo de Craso en Carras con sus galos, como narraba Plutarco, pero habían acabado sucumbiendo todos.

Levantó el brazo e hizo sonar las trompetas. Los caballos se impacientaron, los jinetes les golpearon repetidamente los flancos con los talones, sujetando sus larguísimas lanzas con las dos manos. Un estruendo azotó el valle junto al Rin. El terreno bajo los cascos de los caballos parecía vibrar como si hubiera un terremoto. Los estandartes en forma de dragón silbaban al viento mientras, todos juntos y en filas apretadas, los catafractos partían al galope levantando una nube de polvo.

Juliano se quedó contemplándolos, extasiado por la belleza de sus majestuosas figuras, parecían estatuas de metal relucientes al sol que surcaban el aire cual dioses descendidos a la tierra. Y estaban de su parte, eran sus soldados, su arma vencedora. A mitad de camino entre las dos formaciones, se les acercaron los primeros soldados enemigos de infantería ligera. Cada uno disponía de al menos dos jabalinas. Una la arrojaban hacia el jinete, y si bien, aunque acertaran el golpe, no lograban atravesar la coraza, sí le ralentizaban. Entonces se hacían a un lado, se colocaban bajo la panza del caballo y utilizaban la otra jabalina para clavársela.

Juliano se dio cuenta con pesar de que habían sido adiestrados. Los que no lograban frenar el avance del catafracto eran arrollados por él. Después un segundo soldado de infantería intentaba la misma táctica, y si no tenía éxito, el siguiente sí lo conseguía. La mayoría eran pisoteados por los cascos de los caballos cuando trataban de meterse debajo, pero alguno lo tenía éxito: el césar vio a un caballero caer de la silla y terminar aplastado por su propio animal, derrumbado y con el vientre abierto.

Las cosas no estaban yendo tan bien como había planeado. Incluso si conseguían librarse de la infantería, los catafractos deberían prácticamente echar a andar desde cero, cada uno por su cuenta, a destiempo y descoordinados. La cohesión inicial ya no existía y su fuerza, tras contactar con la caballería adversaria, se reveló casi nula. Esperaba que su comandante Inocencio, que cabalgaba junto al abanderado más avanzado, lograra reunirlos de nuevo. En total sus pérdidas habían sido insignificantes, pero ya no tenían la capacidad de desempeñar un papel decisivo en la batalla.

Tal y como había previsto, vio a Inocencio esforzándose por compactarlos, pero ya se encontraban muy cerca de la caballería enemiga; aunque lo hubiera logrado, no tendría impulso suficiente para desplegar toda su energía. Mientras tanto, Chonodomario hizo partir a los suyos al contraataque. Los jinetes germanos avanzaban con un movimiento envolvente y pronto estuvieron encima de los catafractos. Juliano enseguida comprobó que la pesadez del equipamiento de sus soldados, que habría supuesto una ventaja en una carga, los colocaba a merced del enemigo en una lucha cuerpo a cuerpo. Obstaculizados por las armaduras de escamas y sus largas lanzas, los hombres y caballos de Inocencio actuaban con lentitud en comparación con sus oponentes, que les rodeaban blandiendo sus lanzas, más cortas, pero más manejables en el cuerpo a cuerpo. Las estocadas de los catafractos, previsibles y esforzadas, acababan en vacío, mientras que las de los germanos siempre daban en un blanco casi inmóvil, incluso si la armadura lo protegía de eventuales heridas.

Vio horrorizado que Inocencio tiraba su inútil lanza y sacaba la espada, pero la pesada coraza enlentecía los movimientos de su brazo y los golpes iban a parar a la nada. Tres de los germanos se percataron de que era el comandante, se le echaron encima y lo acribillaron con sus lanzas. Su armadura no pudo impedir que, al enésimo impacto, el general perdiera el equilibrio y cayera del caballo. Juliano no lo volvió a ver, pero, a cambio, tuvo que asistir al espectáculo de las lanzas rivales clavándose repetidamente en el suelo, en el mismo sitio donde había visto al general engullido por la turba.

Un catafracto fue testigo del final de su comandante, arrojó la lanza, dirigió a su caballo hacia las líneas romanas y salió corriendo. Acto seguido los demás le imitaron.

En un abrir y cerrar de ojos toda la caballería acorazada se dio a la fuga.

El flanco derecho estaba al descubierto.

Constancio se sintió abrumado por la magnificencia de la ciudad cuyos esfuerzos seculares le habían permitido dominar el mundo. Veía las grandes *insulae*, los templos, los acueductos, los circos y los anfiteatros, las grandes *domus* de las antiguas familias de los senadores, el perfil de las colinas, y en su interior dudaba de la fe que había profesado siempre al Señor: ¿cómo podían sus predecesores paganos haber construido semejante maravilla? Le habría gustado ir acompañado en el desfile por Martino Martiniano; no solo porque el primicerio era descendiente de una antigua familia senatorial romana y podría haberlo ayudado en el diálogo con los padres conscriptos, sino también porque la fe del general en Cristo y en el Imperio era incondicional, sólida, sin fisuras ni vacilaciones, y habría sido un alivio para él.

Pero había decidido colocarlo junto a su primo y seguramente era mejor así: nadie más podría contarle con veracidad el comportamiento del césar. Y tras el asunto de Marcelo y el fracaso de Barbación, estaba más seguro que nunca de necesitar personas de confianza; había demasiada gente interesada en enfrentar a ambos primos para poder aprovecharse de las delegaciones que un emperador estaba obligado a repartir entre sus colaboradores. Hacía tiempo que la sucesión de Osio estaba en suspenso, y si no podía depositar toda su confianza en el único pariente que le quedaba, muchos otros personajes, ambiciosos y sin prejuicios, aún más que el venerado obispo de Córdoba, habrían podido erosionar poco a poco su poder y desviarlo de su familia.

No escuchaba el clamor de la multitud como se esperaba. Le habría gustado ver el rostro de los ciudadanos, sus expresiones, para comprobar si estaban contentos de tener por fin un emperador en su ciudad; había transcurrido mucho, muchísimo tiempo desde la última vez que esto había acontecido: con Constantino el Grande, unos treinta años atrás. Y, por lo que sabía, no había sido una experiencia edificante para su presunto padre: le habían puesto en tela de juicio por su legislación contra los idólatras en un momento de fuerte confrontación con Licinio, que estaba a favor de ellos. Ahora él les desafiaba viniendo a celebrar un triunfo sobre un hombre que les gustaba tanto como Licinio.

Tenía que resistir continuamente el impulso de mirar hacia los lados, pero se propuso no ceder. Siempre miraba al frente, inmóvil, sin inmutarse siquiera cuando la carroza dorada, resplandeciente con piedras preciosas multicolores, se sacudía por los baches del camino, y no movía ni un músculo cuando le alcanzaba el clamor de alguna ovación ocasional. Se obligaba a no rascarse la nariz cuando le picaba y apenas inclinaba la cabeza cuando tenía que pasar bajo un arco; se mostraba ajeno a cualquier manifestación de la gente hacia él, y avanzaba como una estatua entre los soldados. A su alrededor había estandartes con forma de dragón hechos de tela color púrpura, atados en lo alto de palos dorados y engastados con gemas. El viento les hacía sisear cuando penetraba directamente en sus mandíbulas y agitaba sus colas, haciendo que los pequeños monstruos estuvieran más vivos que nunca.

Sus soldados avanzaban en doble fila por los costados, completamente equipados con su uniforme de desfile, con el lábaro en alto sobre sus cimeras, la insignia con el monograma de Cristo que recordaba a todos los romanos qué religión debían seguir y a qué dios debían adorar.

Se dijo que no podía sorprenderse si el público seguía en gran parte atónito la coreografía que había estudiado atentamente junto a sus colaboradores para impresionar a los romanos y dejarles claro quién mandaba. Y estaba convencido de que les impresionarían aún más sus catafractos. Avanzaban junto a él con la visera bajada y sus láminas metálicas relucientes al sol, provocando un reflejo cegador para los espectadores, con sus penachos colgando de los cascos como melenas bárbaras, los caballos enjaezados del mismo modo, con una coraza completa que les hacía imponentes a los ojos de los ciudadanos, y sus larguísimas lanzas capaces de alcanzar y desgarrar a cualquiera.

El ruido metálico que producían le impedía entender los murmullos de los espectadores. Habría querido que le admirasen y le exaltaran como el más poderoso de los soberanos, como el digno heredero de la tradición de la que estaban tan orgullosos, y que se quedaran encandilados con su triunfo igual que sus bisabuelos durante el último desfile triunfal llevado a cabo en Roma para celebrar una victoria militar, la de Aureliano sobre Zenobia y Tétrico, hacía casi un siglo.

Sabía que jamás conseguiría ganarse la admiración de los soldados, que nunca habían visto en él un caudillo digno de su padre. Ciertamente gozaba del respeto, como hijo de Constantino el Grande, pero no del aprecio. Esperó conseguir al menos el de los ciudadanos romanos.

En el momento en que los germanos empezaron a salir de los agujeros, Martino temió que el flanco izquierdo romano se derrumbara. No sabía cómo iban las cosas en el derecho, donde se encontraba el césar con la caballería, pero era evidente que el colapso del ala izquierda habría restado valor a cualquier hazaña que pudieran hacer los catafractos en la facción opuesta.

Tenía que mantenerse a toda costa. Le habría gustado hablar con Severo, que se hallaba más hacia el centro, para establecer el modo más adecuado de enfrentarse al ataque enemigo, pero la presión se había vuelto de repente insoportable, y la turba no permitía a nadie moverse. Los auxiliares bátavos y su unidad habían sido empujados por los adversarios de frente y de lado, pero también por los romanos más al centro, en el lado contrario, y por las legiones desplegadas en segunda línea. Prácticamente rodeados, pues, estaban obligados a combatir en el sitio, sin poder maniobrar para evitar los golpes enemigos, mientras que los germanos, al no tener a nadie a sus espaldas, podían retroceder para coger aliento en caso de necesidad. El resultado era un vaivén continuo, con los bárbaros que a veces cedían terreno, pero solo con objeto de coger impulso y hacerse sitio para blandir sus hachas, lanzas y espadas.

Martino se vio privado de la posibilidad de hacer grandes movimientos con su espada. Recibía empujones y codazos tanto de sus rivales como de sus compañeros y no conseguía despegar del cuerpo el arma, cuya hoja, que apuntaba hacia arriba, a menudo le rozaba la cara. Pero también muchos germanos, por el mismo motivo, no lograban arremolinar sus hachas. El general tuvo que utilizar sobre todo su escudo para mantener las distancias con el bárbaro más cercano y hacerse sitio para hundir su arma; pero también el germano usaba el suyo, que tenía el broquel apuntado como si fuera otra arma ofensiva similar a un cuchillo que podía hendirse entre las costillas del adversario.

Todos sus esfuerzos se concentraron en procurar ganar espacio. Pero cada vez que creía conseguirlo, antes incluso de cargar el brazo para asestar el golpe, recibía el empujón de un camarada ocupado a su vez con otro rival y se descompensaba de tal modo que el adversario podía atacar nuevamente. Martino empezó a dar patadas, luego intentó golpear al germano con cabezazos, aprovechando el grosor extra de su casco, y finalmente consiguió apartar al bárbaro lo suficiente como para levantar el brazo y dejar caer la espada sobre su hombro. La cota de malla se partió y los anillos penetraron en la carne mientras el hombre emitía un rugido de dolor. Cayó de rodillas y Martino aprovechó para darle un rodillazo en la cara, que quedó convertida en una máscara de sangre.

Detrás de su víctima, enseguida llegó otro bárbaro empuñando una jabalina. La punta del arma impactó en su parapeto y luego se lo arrancó. El hombre perdió el equilibrio y Martino le asestó una estocada directa al pecho que le atravesó la armadura y le destrozó el tórax. Mientras tanto, sus compañeros también habían conseguido distanciar a sus respectivos rivales y ganar terreno. Podían entonces usar sus armas con toda la fuerza que les quedaba, pero también debían estar al tanto de no dejarse rodear por los bárbaros que presionaban desde los flancos.

Martino trató de disponer un semicírculo con los auxiliares más cercanos para poder afrontar los ataques provenientes de otros puntos, pero en la línea se abrió de repente un hueco cuando un germano hincó su francisca en la cabeza de un romano y le partió en dos el casco y el cráneo. El primicerio se apresuró a golpearlo en el esternón antes de que retirara el hacha de su víctima, pero otro bárbaro le enfiló con su lanza. La punta se detuvo a un palmo de su abdomen: el germano se quedó petrificado unos instantes, mirándose el pecho destrozado por la estocada de un auxiliar.

La resistencia imperial determinó un alivio de la presión enemiga y Martino consideró que la situación estaba bajo control. Si Chonodomario no hubiera hecho uso del contingente oculto, quizá los romanos habrían podido incluso estar ya contraatacando. Entre los bárbaros, envalentonados por su superioridad numérica, quien quería descansar se limitaba a apoyar la rodilla izquierda en el suelo apuntando con la lanza para provocar al adversario. En cambio, entre los romanos, nadie paraba para tomar aliento; el único momento en que los soldados respiraban era cuando se encontraban tan apretados que no podían hacer nada más.

De repente, Martino se vio presionado por detrás. Se dio la vuelta y reconoció a la unidad de *Brachiati* y *Cornuti* que Severo había dispuesto en el centro.

–¿Qué está pasando? –preguntó a un *ducenario*.

–Severo temía el desplome del ala después de la emboscada del contingente escondido, y pensó en mandar refuerzos –respondió el oficial.

A Martino le sentó mal.

–¡No hacía falta! ¡Nos estábamos apañando! Ahora el centro estará debilitado, ya estabais en inferioridad… –se quejó.

El otro extendió los brazos. De todas formas, gracias a la llegada de las nuevas unidades, los romanos ganaron aún más terreno y pudieron barrer a los que quedaban del contingente oculto, eliminando paulatinamente la amenaza en el flanco. Ahora podían concentrarse en el frente. Martino reordenó las filas de sus hombres y organizó una *ducena* de bátavos para pagar a los germanos con la misma moneda. Pretendía llevar a cabo un movimiento giratorio y asaltarles por el flanco. Pero justo en ese momento llegó un emisario del centro, que se detuvo a pocos pasos de él.

—¡El *magister peditum* Severo está herido y ha tenido que abandonar el campo! ¡Se ha abierto una brecha en el centro y los bárbaros han penetrado hacia la segunda línea! La formación está partida en dos. ¡Replegar!

Martino, desesperado, golpeó el escudo con la espada. Lo que temía había sucedido. Ahora, para ir a cubrir el centro, los romanos se arriesgaban a echar a perder todos los avances conseguidos en el ala y a exponerse también en aquel sector. No, no podía ocurrir.

Tenía doscientos soldados preparados para el ataque. Decidió que no sería una acción lateral contra los germanos del despliegue principal, sino un asalto por detrás de su columna más avanzada.

Juliano vio el espectro de la derrota flotando sobre él. Sus catafractos habían fallado: en lugar de insistir con sus intentos de avanzar, habían dado la vuelta a sus caballos y estaban huyendo hacia él, con lo que abrían el camino al contraataque de la caballería de Chonodomario. Toda su estrategia se apoyaba en aquellos seiscientos cobardes; si su acción se frustraba, la batalla estaría destinada al fracaso.

Además, no tenía preparado ningún plan alternativo.

Estaba tan convencido de que la caballería acorazada allanaría el terreno para la victoria que no había concebido nada más. Y ahora los veía galopar en la dirección equivocada.

Los soldados de infantería próximos a él le miraban consternados. La fuga de los catafractos significaba que el flanco de los legionarios y los auxiliares estaría al descubierto, y expuesto al contraataque de la caballería germana.

Comprendió que debía hacer algo. Los hombres se esperaban que tomara alguna decisión. Tenía que demostrarles que sabía ser un caudillo, que era capaz de influir en el curso de una batalla y no ser un simple espectador. Solo así ganaría credibilidad ante sus ojos, y no solo ante los suyos. Reunió a sus guardaespaldas, un grupo de jinetes ligeros que lo rodeaban constantemente, espoleó a su caballo y partió al galope hacia los fugitivos.

Los catafractos estaban más ocupados dándose la vuelta para ver lo cerca que estaban sus perseguidores, que mirando al frente. Así que ninguno de ellos se fijó en el grupo de caballeros que venía hacia ellos. Y cuanto más se les acercaba Juliano, más temían verse arrollados.

Empezó a darse cuenta de lo que significaba que aquellas imponentes estatuas de metal se te echaran encima. Aunque estuvieran huyendo, eran capaces de emitir una fuerza inaudita y él solamente contaba con unos cuantos jinetes ligeros para enfrentarse a ellos. Irónicamente, se le ocurrió pensar que aquella era la primera vez que realmente arriesgaba su vida en el campo de batalla, y lo estaba haciendo contra una carga de subordinados suyos, no de enemigos. Esperaba que reconocieran su estandarte con el dragón que el abanderado junto a él agitaba aterrorizado.

Pero los catafractos no aminoraban la marcha. Era imposible saber si era porque no se habían dado cuenta de su presencia, o porque tenían demasiado miedo a los germanos a sus espaldas. Sus guardaespaldas empezaron a gritar y a mover los brazos para que ralentizaran la carrera, pero aquellos monstruos relucientes seguían espoleando a sus caballos. Juliano escuchaba tanto los fuertes gritos de su escuadrón desgañitándose como el estruendo de los cascos de los fugitivos, de los que ya distinguía las escamas de sus armaduras. Frenó hasta pararse y sus hombres hicieron lo mismo, de este modo crearon una barrera con unas cuantas decenas de caballería ligera que parecía irrisoria ante el equivalente de una avalancha, con cientos de jinetes pesados aún galopando.

Estuvo tentado de hacerse a un lado para dejarles pasar y que no le arrollaran, pero habría dado una pésima imagen de sí mismo, además de abrir el camino a Chonodomario. Se forzó a quedarse en el sitio sin moverse, obligando a sus guardias a hacer lo mismo.

El ruido de los cascos de los caballos tan pesadamente pertrechados se hizo insoportable, tanto que ahogó los gritos del pelotón. Juliano se dio cuenta de que estaba temblando. Sus hombres enmudecieron, resignados a ser atropellados.

Entonces un catafracto tiró de las riendas. Otro hizo lo mismo. Enseguida le imitaron varios caballeros más y alguno de los del fondo acabó encima de su compañero, lo que provocó su caída. La repentina frenada de gran parte de los caballeros acorazados levantó una nube de polvo que envolvió a Juliano, cegándolo momentáneamente. En la niebla, oía únicamente el ruido de los arneses, el clamor del metal y los relinchos de los caballos, ignorando si todos habían conseguido detenerse. Entonces, en un abrir y cerrar de ojos, un demonio plateado surgió del polvo y se precipitó sobre uno de sus hombres, arrollándolo y aplastando caballo y jinete bajo su propio peso. Otro surgió de la niebla y cruzó la línea sin chocar con nadie.

Al poco el polvo se depositó en la tierra y los catafractos se materializaron de nuevo, confundidos, desorientados, avergonzados. Juliano no podía ver sus rostros, cubiertos por la malla, pero por su actitud percibía su bochorno.

No había tiempo que perder.

—¡Todo el mundo a formar! ¡Lanzas en ristre! —gritó varias veces, moviendo los brazos para indicar a cada uno su posición mientras no quitaba ojo al contraataque enemigo.

Los jinetes germanos se estaban aproximando al galope. Todo sería inútil si no desplegaba a los suyos para formar una barrera.

Empujó a algunos personalmente, a otros los exhortó a voces, hasta que todos estuvieron dispuestos en dos líneas bastante compactas. Juliano se apresuró a cerrar los huecos apretando a los jinetes donde había quedado alguno, luego se posicionó a sus espaldas. Si les arrollaban, él también estaría implicado, pero era esta precisamente la sensación que deseaba darles.

—¡Caballeros! ¡Os traje aquí porque erais los artífices de la victoria! ¡Procurad no serlo de la derrota y de la muerte de vuestro césar! —gritó solo unos instantes antes de que los germanos llegaran a la barrera.

Al ver que los romanos se habían reorganizado, la caballería enemiga vaciló. Algunos aminoraron, haciendo perder intensidad a su ataque y disipando la cuña y la cohesión. Pero ya no podían evitar el choque.

Y cuando se produjo, los catafractos permanecieron firmes en su posición, sin retroceder un paso. Un muro contra el que se batieron armas, caballos y hombres, formando un amasijo unos encima de los otros, impotentes frente a las largas lanzas de los romanos que asestaban golpes sin hallar ninguna resistencia.

Constancio se subió a la tribuna de los *Rostra* convencido de que podía ganarse el respeto de la ciudadanía y, sin embargo, tras contemplar durante unos instantes el escenario que le rodeaba, se dio cuenta de que solo era un actor secundario en ese contexto lleno de historia y esplendor. Veía a su alrededor las estatuas de los héroes de la república y del Imperio y se sintió sobrecogido ante lo que percibía como su presencia en carne y hueso. Era como si se encontraran allí observándole, juzgándole y reprochándole que no estuviera a su altura.

Seguramente toda la gente que había venido a oírle hablar, voluntariamente o a la fuerza, pensaba lo mismo.

Él, allí, era un intruso.

Desde aquella tribuna habían arengado a la plebe demagogos, líderes, políticos de larga trayectoria, los padres de la república, los fundadores del Imperio, gente de inmensa talla ante la que él se sentía pequeño. Su credo, ahora, estaba siendo cuestionado por los majestuosos perfiles de los templos dedicados a los dioses que él se había comprometido a borrar; y su empeño por dotar a Constantinopla de monumentos e iglesias dignos de admiración se minimizaba ante la grandeza de los edificios históricos construidos por sus predecesores.

Le bastaba con levantar la mirada para observar el techo del templo de Júpiter Capitolino en el Capitolio. Lo sagrado del lugar le había asustado mientras ascendía por la colina, como era costumbre al finalizar la ceremonia triunfal. Se respiraba una atmósfera de intensa espiritualidad, que impregnaba cada palmo de la cima del montículo, aplastando en un torbellino de sumisión incluso al más seguro y decidido de los gobernantes. Y él era consciente de no ser ni el más seguro ni el más decidido; solo la convicción de tener al Señor a su lado le daba las fuerzas para afrontar con espíritu de sacrificio y de resignación los mil desafíos en que le ponía su posición.

Le habría gustado olvidarse de dónde estaba, concentrarse en su propia misión y en su fe, pero dondequiera que miraba veía algo que le intimidaba. Frente a sí, en medio del gentío que aguardaba sus palabras, la columna de Furio Camilo, el segundo fundador de Roma, uno de los héroes más antiguos de la urbe; las siete columnas conmemorativas de Diocleciano, uno de los héroes más recientes, e incluso la columna de Cayo Duilio, el vencedor de los cartagineses en el mar; a los lados las dos imponentes basílicas, la Julia y la Emilia, con su galería que albergaba las estatuas de muchos otros héroes; y a continuación dos imponentes edificios, el templo de Cástor y Pólux, dos ídolos que pertenecían a la más antigua tradición romana, y el de Antonino y Faustina, dedicado al emperador Antonino Pío, que el Senado todavía recordaba con veneración, y a su esposa. En el centro, el pequeño y antiguo templo de Jano, cuyas puertas se cerraban solo en tiempos de paz. Al fondo, el templo de César, con las seis columnas de la fachada y el frente decorado con las tribunas saqueadas en Accio por Octavio. A un lado se encontraba la Curia Julia, escenario de muchas sesiones épicas del Senado, donde se habían decidido los destinos del mundo, y justo detrás los tres vanos del arco de Septimio Severo, en el que se distinguían los relieves que narraban su campaña en Mesopotamia.

Pero eran las estatuas lo que más le inquietaba. En la misma tribuna, las ecuestres de Sila, Pompeyo el Grande, César y Octavio, las de los embajadores asesinados por la reina Teuta y las de los asesinados por los fidenatos. Junto a la tribuna estaban las de Rómulo, las Tres Parcas y Horacio Cocles. A la izquierda, la estatua ecuestre de su abuelo Constancio Cloro, la de Septimio Severo, y un poco más allá la de Maximiano, la del mismo Constancio y la de Constantino. Más atrás, la estatua del Divino Julio.

Y todos parecían estar observándolo, poniéndole a prueba y atentos a sus palabras para increparlo en cuanto dijera algo inapropiado o desmentirle en caso de que reclamara algún derecho que no le correspondía. Como lo de ponerse a la par de ellos.

Tuvo que apelar a toda su fuerza interior para empezar a hablar.

–¡Aquí están! ¡Allá! ¡Empujémosles contra la reserva!

Martino avistó la columna germana penetrando a través de la formación imperial. Apuntaba hacia la segunda línea, evidentemente para romperla y atacar a todo el ejército romano por detrás, presionándolo en un ataque con los bárbaros de frente.

El primicerio tenía muy claro qué iba a hacer: atacar la columna e impedirle que abriera el camino al resto del ejército enemigo, aislándola de este modo en mitad de la alineación romana. Los imperiales podrían así reconstruir la fractura y restablecer las conexiones entre la unidad. Esperaba haberse llevado un número suficiente de hombres. Los germanos estaban agrediendo a lo que representaba el último baluarte del despliegue imperial: la legión Julia. Los legionarios le esperaban inmóviles, pero solamente eran un millar, mientras que en la brecha abierta por los bárbaros en la primera línea podrían entrar varios miles de enemigos. Se arrojó primero contra las espaldas de sus adversarios, que se apiñaban contra los legionarios, y empezó a asestar tajos salvajes, acuchillando, apuñalando, decapitando, seccionando miembros, partiendo cráneos. Sus hombres hicieron lo mismo, presionando a los rivales y empujándoles hacia la Julia. Los germanos se encontraron entre dos fuegos: tenían lanzas apuntándoles al vientre y a la espalda, y su ímpetu, gracias al cual habían roto la alineación romana, se debilitó.

En pocos minutos los doscientos romanos que Martino tenía consigo consiguieron intercalarse entre la cabeza de la columna enemiga y el resto de los bárbaros que buscaba penetrar en la brecha. Los germanos recibieron hachazos en pleno vuelo, y el general se abrió paso entre ellos, saltando sobre los cadáveres y pisoteando a los heridos, hasta que estuvo a la vista de los legionarios. La vanguardia enemiga había sido tragada por la formación romana y cada bárbaro de los que quedaban con vida tenía decenas de lanzas apuntándole. Pero ninguno se rendía; había que matarlos a todos para que la Julia se reincorporase a la primera línea y pusiera en marcha el contraataque.

Los legionarios empezaron a avanzar de forma compacta en disposición de tortuga, arrollando a los bárbaros que blandían sus hachas frente a ellos. Cuando una francisca conseguía caer sobre los escudos romanos, un instante después el hombre que la sostenía era empujado por la falange y quedaba descompensado, y acababa atravesado por los hombres de Martino y pisoteado por los legionarios que avanzaban. Los auxiliares que el primicerio llevaba consigo se unieron a la Julia, extendiendo su formación, y barrieron los restos de la columna enemiga de vanguardia, con lo que llegaron a contactar con la primera línea. Ahora las dos líneas de imperiales, la de los auxiliares y la de los legionarios, se habían fundido constituyendo una falange firme y cohesionada, que con los escudos primeramente contuvo cualquier otro intento de penetración germana, y luego pasó al contraataque.

Martino empujó junto con todos los demás, pero encontró la firme oposición de los bárbaros quienes, en lugar de retroceder ante la presión romana, apoyaban de nuevo la rodilla izquierda en el suelo y clavaban sus lanzas. Los romanos, en pleno avance, encontraron una resistencia inesperada y retrocedieron, descomponiendo sus filas. Pero los bárbaros, a su vez desorganizados por los supervivientes de la vanguardia, no pudieron formar sus cuñas y no se aprovecharon de ello. De este modo, los imperiales tuvieron la ocasión de reagruparse de nuevo, formar tortugas y empezar a empujar. Martino sentía vibrar su escudo con cada golpe, pero se esforzaba por mantenerlo unido a los de sus compañeros a ambos lados y levantado sobre su casco para no ser derribado con cada culatazo. Clavaba su espada a ciegas, pero raramente fallaba. La aglomeración era tal, que cada estocada golpeaba a alguien: atravesando muslos, rebanando pantorrillas y tobillos, penetrando ingles, pasando por encima de víctimas embravecidas. Los bárbaros no se esperaban esa reacción y ya no combatían con la misma determinación del principio. Sus gritos se iban apagando mientras las características acometidas de los auxiliares galos del ejército imperial aumentaban de intensidad. Los *Brachiati* y los *Cornuti* siempre empezaban con un suave susurro que poco a poco se convertía en un aterrador grito coral, haciendo vibrar todo el campo de batalla aún más que el estruendo de las armas.

Martino no sabía cuánto tiempo había pasado desde el inicio de la avanzada, y de repente se percató de que su escudo no recibía ningún golpe más y que sus adversarios preferían pasar por encima de sus compañeros heridos antes que hacer frente a sus andanadas. Observó que la línea romana avanzaba a paso más ligero y que las paradas ante cualquier obstáculo eran cada vez más cortas. Los germanos se dieron cuenta de que no podían disgregar la falange romana y el desánimo se apoderó de sus filas. Habían estado a un paso de la victoria y ahora se sabían a un paso de la derrota.

Y cuando el general vio que no se limitaban a retroceder combatiendo, sino que daban la espalda al enemigo y echaban a correr, comprendió que la victoria era suya. Fue de los primeros en sentirse seguro como para bajar el escudo. Ahora podía ver bien a sus enemigos.

Huían hacia el Rin.

CAPÍTULO XXX

–Has ganado, mi señor –dijo el prefecto del pretorio Florencio, viendo junto a Juliano escapar a los bárbaros–. Ya no hay duda: has obtenido una de las victorias más grandes de la historia de Roma. La jornada de Estrasburgo será recordada para siempre.

Juliano se llenó de orgullo. Le costaba creer que le hubiera ocurrido a él y a cada instante recordaba las palabras de Máximo de Éfeso y su oráculo; al parecer, realmente estaba predestinado a restaurar la gloria de la urbe. Constancio nunca había obtenido un triunfo similar, ni contra los bárbaros ni contra los persas. Las de su primo siempre habían sido medias victorias, y hasta derrotas, pero las adornaba con títulos altisonantes para emular a su padre. Además, Constancio jamás había acercado la nariz a la primera línea ni por asomo, mientras que él había sido incluso decisivo en aquel triunfo del que, estaba convencido, se hablaría y escribiría durante siglos.

Ya no había ningún peligro, así que se encaminó hacia el Rin siguiendo el flujo de fugitivos y perseguidores. Los romanos parecían más exaltados que nunca en su sed de sangre. Deseosos de vengar todas las humillaciones sufridas durante años de invasiones, se ensañaban con los adversarios que escapaban, a quienes, a su vez, no les importaba pisotear a sus compañeros más lentos o heridos para alcanzar la orilla del río. Blandían sus espadas sin parar entre los cuerpos de los bárbaros, que cada vez estaban más enrojecidos, con una energía insospechada para quien había estado combatiendo durante horas. Y si alguno levantaba las manos en señal de rendición, lo único que conseguía era convertirse en un blanco más fácil para las armas romanas.

–Quizá deberías detenerles –sugirió Juliano–. Al emperador le gustaría reclutar el mayor número posible de ellos para el ejército de Roma.

El prefecto le puso una mano en el brazo.

–Déjalo estar. Dales lo que quieren. Hace mucho tiempo que no disfrutan de una victoria semejante. Están cansados de medias victorias o de derrotas. Créeme, te beneficiará a ti y les beneficiará a ellos mucho más que la adquisición de algún recluta poco de fiar –declaró.

El césar asintió. Puede que tuviera razón.

–Ya –admitió–. Si seguimos tratando con respeto a los bárbaros que se rinden, y encima les hacemos partícipes de los privilegios que comporta entrar en el ejército romano, los germanos y todos los demás pueblos seguirán amenazando al Imperio sabiendo que no tienen nada que perder; si ganan, vuelven a casa con un buen botín, y si pierden, se convierten en romanos *de facto*, lo cual es incluso mejor. A partir de ahora es posible que, sabiendo que se arriesgan a una masacre, se lo piensen dos veces antes de atacarnos de nuevo.

–En realidad es lo mismo que yo pensaba –confirmó el prefecto, que evidentemente no aprobaba la política del emperador.

Y los germanos ciertamente estaban recibiendo una lección que difícilmente olvidarían. Pasaba junto a montones de cadáveres de bárbaros abandonados a lo largo del camino hacia el Rin, bajo los cuales, tal vez, oía algún lamento. Al echar un vistazo, se daba cuenta de que se trataba de un hombre herido que suplicaba que acabaran con él. Y los cuerpos seguían acumulándose los unos encima de los otros a medida que se iba acercando al río, en cuya orilla se aglomeraban los fugitivos apresados por los romanos. Los vencedores se mostraban cada vez más endemoniados, como si la sangre que provocaban sus golpes alimentara su fuerza. Algunos habían terminado usando sus espadas como garrotes, pues habían atravesado tantas cotas de malla que las hojas habían perdido el filo. Los soldados se ensañaban incluso contra germanos que aún tenían la jabalina en la mano; aturdidos por el ímpetu del adversario, los bárbaros no lograban defenderse de la lluvia de golpes no letales, algunos incluso les arrebataban el arma y la utilizaban para clavársela.

Juliano llegó a la orilla y le costó sostener la mirada ante semejante carnicería, que estaba tiñendo las aguas de rojo. Los romanos trataban de impedir a los fugitivos que se lanzaran al agua huyendo de su espada, agarrándoles por la ropa cuando ya estaban con el agua en los tobillos, luego los arrastraban hasta la orilla y los degollaban como a los cochinos. Los bárbaros que llegaban después se encontraban de frente con una barrera de cadáveres que les separaba del agua, intentaban pasar por encima, pero al hacerlo exponían la espalda a una espada o una lanza y terminaban aumentando la altura del montón.

En algunos casos eran los romanos mismos quienes, en plena euforia, empujaban las pilas al río para hacer sitio y alcanzar a los que habían logrado cruzar. Miles de combatientes se revolcaban en un lodazal de barro y sangre.

Si ya al principio costaba distinguir el armamento, de lo semejante que era el de los auxiliares romanos y el de los adversarios, ahora todas las armas parecían iguales: solo se sabía a qué formación pertenecía fijándose en quién golpeaba y quién sufría el golpe. Juliano vio a un romano sumergirse en el agua hasta el pecho para seguir a su presa y terminó a merced de la corriente. Justo después se fijó en que otro acababa de igual manera, mientras muchos bárbaros intentaban llegar a la otra orilla a nado o apoyándose en sus escudos, que utilizaban como salvavidas. Sintió que debía intervenir: la orgía de sangre había hecho perder la cordura a sus propios hombres.

—Convoca a los arqueros —dijo el prefecto— y tráelos hasta aquí donde yo estoy.

Luego se acercó a la orilla, hasta llegar casi al borde de la carnicería. Oía los estertores de los moribundos y la respiración entrecortada de sus carniceros. Trató de hacerse oír:

—¡Soldados de Roma, deteneos! ¡No os arriesguéis a terminar en el agua como vuestras víctimas! Os quiero vivos y fuertes para que os hagáis cargo de la frontera. ¡No os abandonéis al regocijo de esta gran victoria dejándoos llevar por la desesperación de vuestros rivales! ¡Mantened la lucidez que os ha permitido dominar a los bárbaros y no os volváis como ellos!

Pero los soldados estaban ebrios de sangre y no le escuchaban. Juliano ordenó a sus guardias que se interpusieran entre la línea romana y la germana. Los jinetes usaron las lanzas para hacer retroceder a los romanos, mientras que grupos de arqueros iban llegando a lo largo de la orilla.

—¡Dejad hacer a los arqueros su trabajo! —gritó de nuevo Juliano, y acto seguido dio la señal.

Los tiradores empezaron a lanzar flechas contra los bárbaros en el agua, ahora fuera del alcance de la infantería. Solo entonces algún legionario se dio cuenta de lo que estaba sucediendo y se separó de los fugitivos, que aún más caóticamente se arrojaban sobre los montones y se tiraban al agua. Pero todo el que lo intentaba terminaba atravesado por la espalda. Con el tiempo, se creó espacio suficiente entre ambas formaciones para que los arqueros pudieran dar en el blanco. Y quien no caía víctima de sus dardos, acababa extenuado a las pocas brazadas, a merced de la corriente y tragado por las aguas. Juliano pensó, satisfecho, que muy pocos habían alcanzado la otra orilla. Pero para que la victoria fuera verdaderamente decisiva, Chonodomario no debía estar entre ellos.

¿Dónde estaba el rey?

A Martino no le interesaba la masacre. No tenía la sed de sangre de los demás soldados: no se habría sentido cristiano. Combatía para defender al Imperio, no para satisfacer sus instintos más primitivos. Y no deseaba matar si no era estrictamente necesario. Siempre había aprobado la política de Constancio de ahorrarles a los soldados el riesgo de caer en la batalla; si hubiera sido Juliano, habría tratado de impedir a los legionarios y auxiliares que se cebaran con los rivales, poniendo en peligro su propia vida para causar más víctimas.

Lo que le interesaba era la suerte de Chonodomario. Hasta el momento, había sido muy difícil hacer prisioneros; los que se mostraban dispuestos a rendirse eran inmediatamente acribillados por los bátavos, a quienes el primicerio había utilizado para la acción decisiva, siempre ávidos de sangre enemiga. De este modo se había liberado y había recuperado la caballería de su *schola* que, por lo menos, era mucho más disciplinada y capaz de mantener el control.

—Pregúntale dónde se encuentra Chonodomario y asegúrale que si te lo dice salvará su vida —urgió a uno de los germanos que tenía a sus órdenes, cuando tuvieron en sus manos un bárbaro dispuesto a colaborar.

El soldado habló en su lengua y el prisionero parecía bastante locuaz.

—Dice que se le ha visto huir hacia su propio campo en el sur, al otro lado del Rin —explicó el intérprete—. Allí hay algunas barcazas con las que seguramente pretenderá cruzar el río. Parece estar indignado con su jefe.

–Pregúntale por qué.

El otro siguió hablando.

–Dice que los guerreros habían exigido que todos los caudillos y reyezuelos desmontaran de sus caballos y se separaran para evitar que huyeran en caso de dificultad. Chonodomario se negó, con el pretexto de que tenía que dirigir la carga de caballería. Pero aprovechó la ocasión para abandonarlos a todos y largarse. Por lo que parece, solamente le ha seguido su guardia personal de doscientos hombres, la mayoría a pie, además de sus amigos más cercanos.

Doscientos hombres. Él tenía a su disposición un centenar más, y todos a caballo. Si se daba prisa, podría alcanzarle y obligarle a rendirse.

–¡Vamos! –ordenó, espoleando y avanzando por la margen izquierda del río, donde seguía teniendo lugar la mayor masacre que jamás había visto.

Observó a sus hombres y, por sus expresiones, comprendió que ansiaban participar, querían hacer tragar a los germanos, con sus espadas, todas las provocaciones que habían sufrido. Pero pertenecían a la *schola palatina*, y estaban acostumbrados a obedecer y a velar por los intereses de la familia imperial. Y eran conscientes de que, en aquel momento, lo más conveniente para Juliano y Constancio era la captura del hombre que siempre había sido una espina clavada, solo superado por Sapor.

Tuvieron que adentrarse en un bosque pantanoso que ralentizó la marcha. Pero, pensó Martino, también debía haber sido un obstáculo para los fugitivos. Sin embargo, el chapoteo de los cascos en la ciénaga resonaba contra la bóveda formada por el ramaje de los árboles anunciando su llegada, y el general empezó a preocuparse. Chonodomario podía tenderles una emboscada, o bien podía haber dejado unos cuantos hombres vigilando el camino que se sacrificarían para favorecer su fuga. En consecuencia, hizo avanzar a su pelotón en abanico y con la discreción más absoluta para poder captar cualquier ruido que anunciara la presencia de una amenaza.

Aunque al final la vio antes de oírla. Frente a él, a unos cientos de pasos, entre el follaje de los árboles, divisó a un caballo lisiado y unos hombres que escapaban. Podía ser una trampa y avanzó con cautela. Cuando se aproximó a los germanos, distinguió uno más corpulento que los demás. Corría cojeando hacia una colina boscosa mientras otros intentaban defenderlo.

Chonodomario, sin duda.

Llegó hasta el caballo lisiado y vio clara la táctica que habían utilizado. No había que temer ninguna emboscada. El rey había tenido un accidente, renqueaba y algunos de los suyos se habían parado para esperarle. Recordó aquello que le habían contado de su padre cuando persiguió al emperador Severo, herido y cojeando, por los pantanos de Rávena y lo había capturado. Se sintió orgulloso de poder emularle, aunque un rey bárbaro no fuera un emperador romano; pero ahora se hablaría de él, una vez más, sin hacer despiadadas comparaciones con el último de los pretorianos. Y más camaradas estarían obligados a admitir que estaba a la altura del gran Sexto Martiniano, despreciable en sus convicciones políticas y religiosas, pero admirable como soldado.

Estas reflexiones pusieron alas a sus pies. Desmontó para que no le ocurriera lo mismo que al soberano bárbaro: el terreno fangoso hacía inestable el avance de los caballos. Chonodomario había desaparecido en la espesura del bosque, pero Martino había visto con claridad hacia dónde se dirigía. Fue hacia la colina, ordenando a los soldados que avanzaran un poco más en abanico para rodearlo. Se creó un semicírculo a medida que los romanos se adentraban entre los árboles subiendo la pendiente, la línea se extendió, pareciéndose cada vez más a un círculo. Martino siguió rastreando el monte con la esperanza de que Chonodomario cayera en la red.

–¡Ríndete, rey Chonodomario, no tienes escapatoria! –gritó–. ¡No desperdicies tu vida!

Vislumbró siluetas detrás del follaje. Estaban muy quietas para pasar desapercibidas, pero el metal de las corazas traicionaba su presencia. Uno de sus hombres hizo amago de saltar sobre él, pero Martino lo detuvo con un gesto.

–No –dijo–, dejemos que se rindan. No quiero perder hombres ni provocar la muerte del rey innecesariamente.

–Sabemos que estáis ahí. ¡Salid! –gritó–. Somos muchos más que vosotros y quedan más por llegar. No tenéis ninguna posibilidad de arribar a la otra orilla.

Aguardó unos instantes en silencio, hasta que un hombre gigantesco apartó las ramas y matorrales, avanzó hacia él y tiró sobriamente su espada al suelo. Martino se encontró frente a frente con la pesadilla de los romanos, pero su rostro barbado y lleno de arrugas carecía de la expresión feroz de un soberano indómito que tantas dificultades había causado a sus enemigos, y que fue capaz de reunir a todas las tribus y los jefes de su pueblo. Chonodomario, ahora, era un hombre resignado, desilusionado y sin fuerza.

Una presa consciente de haber sido capturada.

Acto seguido, sus secuaces empezaron a salir desde detrás de los árboles con las manos en alto y desarmados.

Se acabó. Martino apenas podía contener su satisfacción. Habría deseado que su padre estuviera vivo para restregarle su nuevo éxito. Para hacerle ver que el Señor le había ayudado en la misma medida en la que sus ídolos habían ayudado a Sexto. Llevaría a un soberano cautivo ante el césar, como había hecho su padre entregando a Severo a Maximiano y Majencio.

Y la diferencia más importante era que Juliano era un soberano legítimo y cristiano.

Hacía tiempo que Juliano había tocado las trompetas anunciando la retirada, pero los soldados regresaban al campamento en pequeños grupos, reacios a interrumpir la matanza que se había prolongado durante todo el día. Los oficiales se desgañitaban tratando de hacer respetar las órdenes y también procurando salvar a los prisioneros del ansia de sangre de los legionarios, aún dispuestos a mantener sus espadas ocupadas.

Había un clima de gran exaltación en el campamento, donde el césar había dispuesto como baluarte a los soldados que habían participado en menor medida en el combate, uno junto al otro con los escudos apretados.

Una vez puesto Chonodomario bajo custodia, después de felicitar a Martiniano por haberlo capturado, hacer el recuento de las bajas –unos centenares entre romanos, casi todos auxiliares que habían luchado en primera línea–, y de las pérdidas enemigas que debían sumar varios miles, solamente quedaba una cosa por hacer. Y Juliano tenía muchas ganas de hacerla, para que las tropas comprendieran que sabía ser tan magnánimo y generoso con quienes le ayudaban a alcanzar la victoria, como implacable con quienes se la negaban. Como césar, no podía premiar a Martiniano por su gesta, ni a los auxiliares y los legionarios más destacados en el combate; era una tarea propia del emperador. Pero podía castigar, al menos simbólicamente, a quienes le habían decepcionado profundamente. Dio la señal. Las trompetas tocaron asamblea y, lentamente, los soldados presentes y en condiciones de caminar se fueron congregando a los lados de la Via Decumana. Alguno resoplaba; los hombres tenían ganas de comer y tenderse en el catre para comentar las hazañas que habían llevado a cabo aquel memorable día; pero la mayoría estaban muy satisfechos y sentían curiosidad, por lo que no se quejaron, preparándose de buen grado para asistir al espectáculo, ampliamente anunciado por los pregoneros.

Cuando consideró que todos los soldados disponibles estaban presentes, el césar dio de nuevo una señal. Se hizo el silencio y tras unos instantes hicieron su aparición. Salieron de sus tiendas uno por uno, formando una columna, y en cuanto los vieron los soldados rompieron a reír. Silbidos y comentarios jocosos acompañaban la marcha de los jinetes catafractos, sin su caballo y vestidos con ropa de mujer, incluso maquillados, y con las cabelleras de los germanos muertos en la cabeza. Sin pantalones y descalzos, avanzaban con la túnica solamente, que habían alargado para la ocasión hasta llegar casi a los pies, cosiendo al dobladillo trozos de vestimenta de los cadáveres de los bárbaros. Juliano no pudo por menos que sonreír también. Se veían realmente ridículos, pero no menos de lo que lo habían estado huyendo ignominiosamente frente al enemigo. Marchaban cabizbajos y encorvados, casi arrastrando los pies por la humillación, hacia la puerta del campamento, para salir y pasar la noche al raso. Los soldados no paraban de reír, lanzándoles palabras obscenas y provocativas, instándoles a ir a los burdeles de Estrasburgo para afanarse con la clientela más desvergonzada. Algunos se bajaban los calzones y mostraban el miembro invitándoles a chupárselo, otros hacían lo mismo enseñando las nalgas, mientras los camaradas hacían gestos lascivos con la lengua.

La procesión llegó a su fin cuando el último de la divertida comitiva salió del campamento, atravesando también la línea de soldados armados. La soldadesca siguió durante un rato desternillándose y haciendo comentarios sobre la pinta de sus desafortunados compañeros, hasta que cayeron presa del cansancio. Cuando el alboroto se había reducido a un mero murmullo, de repente estalló un grito aislado:

–¡Flavio Juliano augusto!

En unos instantes cesó hasta el murmullo. Luego alguien más se hizo eco en otra zona:

–¡Flavio Juliano augusto!

Siguieron otros a continuación, primero aislados, luego más en grupo, hasta que todos los soldados a lo largo de la vía acabaron coreando su nombre asociado al título de emperador. Juliano miró consternado a los miembros del Estado Mayor. Todos, incluido Martiniano, tenían la mirada baja, aparentemente avergonzados. En realidad, y Juliano estaba seguro de ello, solo querían ver cómo reaccionaba. Debía tener mucho cuidado con su proceder. Era consciente de que Constancio había puesto a su lado a Martiniano no solo para ayudarle, sino también para vigilarle: cualquier movimiento equívoco habría sido juzgado con el mismo rasero de un usurpador.

Sintió todas las miradas sobre él. Pero no tenía opción. Se dejó regalar los oídos un poco más con el título que los legionarios le atribuían, luego levantó los brazos e invitó a la tropa a guardar silencio. Avanzó un paso sobre la tribuna y declaró en voz alta:

–¡Soldados! ¡Vuestra estima me gratifica y me conmueve, pero augusto solo hay uno y es Flavio Constancio, de quien me honra ser primo! He obtenido esta victoria junto a vosotros para su mayor gloria, para el Imperio y para el Señor Dios nuestro, no para mí mismo. Yo soy el representante del emperador y aprovecho la ocasión para agradecerle una vez más haber depositado su confianza en mí, que honraré y respetaré mientras viva. ¡Soy vuestro césar, nada más, y eso pretendo seguir siendo si continúo sirviendo al Estado y al Señor con toda la dedicación de la que soy capaz, como creo haber hecho hoy!

Los soldados prorrumpieron en otra ovación, esta vez sin pronunciar el título de augusto. Y a Juliano le pareció que a los generales se les escapó un suspiro de alivio. Pero reflexionó sobre las palabras que había pronunciado: no, no había obtenido aquella victoria para la mayor gloria del Señor y de Constancio. La había obtenido, firmemente deseada, para su propia gloria y con la ayuda de los verdaderos dioses que él había elegido venerar.

Habría preferido que le ensalzaran como el nuevo Sexto Martiniano, el auténtico defensor de Roma. Pero, ciertamente, no podía decírselo a su hijo, ferviente creyente cristiano.

Un mes de festejos. Como Trajano cuando regresó de la guerra con los dacios. Solo que él no había conquistado nada. Pero, a fin de cuentas, los tiempos habían cambiado, pensó Constancio mientras asistía a los juegos de gladiadores. Ahora era necesario salvaguardar el Imperio, no ampliarlo. Excepto que, desafortunadamente, ni siquiera había logrado una gran victoria al defenderlo.

Los confidentes, durante aquellas semanas en las que permaneció en Roma, le habían referido muchos comentarios irónicos de la gente común. Todos estaban felices de beneficiarse de aquellas dádivas de dinero y grano, la ciudad era un hervidero de espectáculos y de carreras en cada teatro, anfiteatro o circo, e incluso se habían restaurado temporalmente –aunque suavizados– los juegos de gladiadores, que habían estado prohibidos, como todos los espectáculos sangrientos, desde tiempos de Constantino el Grande. Pero los ciudadanos se preguntaban qué estaban festejando, además del vigésimo aniversario del reinado del emperador y de su presencia en la urbe después de tantos años de ausencia de un soberano al sur de Milán. Y decían que más le habría valido a Constancio limitarse a festejar su vigésimo aniversario como rey sin pretender imitar a los héroes del pasado, incluido el pasado reciente, que tenían muchos más motivos para celebrar sus gestas militares.

Tal vez tuvieran razón: habría causado mejor impresión. Quizá había pecado de orgullo. Tendría que pedir perdón al Señor, y esperaba que fuera suficiente expiación la convocatoria del nuevo concilio con el que ambicionaba imponer su fórmula de compromiso. Si lograba implantar la paz entre los obispos y hacer profesar a todos una fe única, tal vez el Señor le premiaría como su siervo fiel. A pesar del agitador de Atanasio de Alejandría, e incluso de Osio, que seguía cada vez más aferrado a su creación de Nicea, se esforzaría todo lo posible por dar al Imperio aquella cohesión religiosa que su presunto padre había anhelado y perseguido en vano. Nadie le consideraba tan grande, ni podía aspirar a estar a la altura de un caudillo; pero al menos en esto le superaría consiguiendo mejores resultados, aun a costa de resultar un tirano.

Firmó una serie de convocatorias para el sínodo mientras seguía distraídamente el espectáculo: un desafío entre un mirmilón y un reciario. El público aplaudía sin mucho entusiasmo, conscientes de que no verían correr la sangre: tendrían que conformarse con alguna magulladura, como mucho. Constancio imaginó lo que diría la gente: el emperador era tan cobarde que no solo le disgustaba la sangre en el campo de batalla, sino también en la arena. Por otra parte, las gradas del anfiteatro Flavio no estaban tan abarrotadas como habían previsto, a pesar de tratarse de una diversión gratuita e inédita que no se veía por allí desde hacía bastante tiempo.

Vio aparecer en el Palatino al gran chambelán Eusebio, a quien había dejado en palacio. Parecía muy nervioso, mientras se abría paso entre los invitados del palco imperial con impaciencia, y ansioso por hablarle. Cuando llegó hasta él, le susurró al oído:

–Mi señor, noticias increíbles…

Constancio se quedó mirándole con curiosidad.

–El césar Juliano… ha obtenido una espectacular victoria sobre los germanos en los alrededores de Estrasburgo –continuó diciendo Eusebio–. Ha vencido con los únicos trece mil hombres de los que disponía contra los treinta y cinco mil que Chonodomario había logrado reunir. Ha matado y hecho prisioneros a miles, y casi todos los reyezuelos implicados en la lucha han caído en el campo. Asegura que solamente ha sufrido doscientas treinta y cuatro bajas. Y anuncia en su misiva que está a punto de enviarte al mismísimo Chonodomario, que fue capturado por el primicerio Martiniano.

Constancio se quedó de piedra. No sabía si regocijarse por el éxito del Imperio, por la sabia elección que había hecho dándole el mando general de la Galia a su primo y poniéndole a su lado a Martiniano, o si caer en la desesperación ante la despiadada comparación que pronto, en cuanto se corriera la voz en Roma, harían sus súbditos entre la capacidad militar del augusto y la del césar. Se quedó un rato pensando en ello y atormentándose. El gran chambelán debió de intuir su estado de ánimo porque dijo:

–Esta es una victoria «tuya», mi señor. Solo tuya. Como todas las de tus generales. De hecho, el césar no es más que otro general tuyo; tú tuviste la agudeza de elegirlo y de ponerle hábiles colaboradores a su lado. Ningún general de Augusto, ni siquiera de Agripa, que era amigo suyo y que en cierto modo compartía con él el poder como césar, celebró jamás un triunfo personal, todos se atribuían a Augusto, el emperador...

Constancio le miró. Una luz de esperanza se encendió en el ánimo angustiado por la envidia y la frustración.

–Era como si estuvieras tú en el campo de batalla. El césar es tu imagen, tu proyección, y no existe sin ti –continuó Eusebio–. Es una victoria obtenida en nombre del Señor, y tú eres el vicario de Cristo en la tierra, como bien saben todos, incluido tu primo. Por tanto, si puedo permitirme sugerirlo, redactaremos una declaración oficial en la que hablaremos de «tu» victoria sobre Chonodomario. Ninguna alusión a Juliano, para no generar confusión en la gente ni eventuales dualismos. Todos deben tener bien claro que solamente existe un único emperador.

Constancio se mordió los labios. Moralmente, era un comportamiento discutible por el cual se sentía culpable. Pero era por el bien del Imperio. Eusebio tenía razón: si hubiera vencido cualquier general, nadie habría tenido dudas sobre el hecho de atribuir la hazaña al soberano. Pero aquella victoria la había obtenido el césar, y un excesivo clamor sobre sus gestas habría podido producir en la gente la creencia de que había dos augustos o, peor aún, que «debía haberlos». Tragó saliva y dio su consentimiento, pidiendo al Señor que le perdonase.

CAPÍTULO XXXI

–¡No es posible!

Juliano manifestó su disgusto en voz alta, aunque no había nadie más en la habitación del pretorio en el interior del fuerte abandonado donde se había instalado tras haber cruzado el Rin persiguiendo a los germanos para exigirles la paz. Era consciente de que en la corte le despreciaban llamándolo «topo charlatán», «mono vestido de púrpura», «plumilla fracasado griego», e incluso «cabra», por la barba que había llevado mientras se lo permitieron. Pero no pensaba que llegarían a tanto. Arrojó al suelo la carta que había recibido de Italia y se llevó las manos a la cabeza, apoyando los codos en el escritorio. Luego dio varios puñetazos a la mesa, lo que atrajo la atención de Evenemero, que estaba justo detrás de la puerta. El sirviente se apresuró a entrar en el *tablinum* y le preguntó qué había ocurrido.

–El emperador… se ha apropiado de mi victoria –se lamentó con desesperación–. En el comunicado que ha difundido por todas las provincias ni siquiera menciona mi nombre… Habla de «sus legiones», que han expulsado más allá del Rin a los germanos y capturado a Chonodomario.

–El comunicado aquí no ha llegado… –objetó Evenemero.

–Claro. Los mensajeros tienen que distribuirlo todavía. Pero a mí me ha enviado una carta anunciándomelo a mí primero y tiene el detalle de agradecerme «sinceramente» mi contribución a la victoria… –observó irónicamente.

El criado bajó la cabeza.

–Lo siento. Sé cuánto te importaba que se reconocieran tus méritos –comentó.

–No tanto por ambición personal, ya lo sabes –se justificó, sabedor de que debía combatir la vanidad–. Sino para hacerme digno como césar ante los ojos del pueblo, y hacerles ver que no he sido nombrado para este cargo solo por ser el primo del emperador…

Evenemero se quedó pensando.

–¿Y qué piensas hacer?

Juliano se desplomó en la silla señalando un folio de papiro que tenía sobre la mesa.

–¿Ves eso? –respondió–. Es el panegírico que estaba escribiendo en honor del emperador para su vigésimo aniversario de reinado. Obviamente, no hacía más que alabarlo. ¿Y ahora qué? ¿Cómo puedo obligarme a ser tan hipócrita, después de este desaire? Me gustaría escribir todo lo contrario, que me ha privado de los méritos de la victoria igual que privó antes a mi padre, y a mi hermano después. Que es un monstruo codicioso y cruel, ávido de poder y estúpidamente anclado a una superstición intolerante y despreciable, que utiliza para justificar su incompetencia. Y querría añadir que su gesto es solamente una mezquina venganza hacia un pariente que ha demostrado ser un caudillo más valiente y un soldado más audaz que él. Se limita a rezar en la retaguardia mientras sus soldados luchan, yo he compartido todos los riesgos de mis hombres, ¡y su Martiniano puede demostrarlo! Y, para terminar, ¡le echaría en cara que él y sus sacerdotes, antes o después, serán castigados y pagarán el precio de sus culpas por el olvido en el que pretenden confinar a los verdaderos dioses y por el tormento que dan a quienes aún creen en ellos!

–¿Quieres revelarle tus tendencias religiosas?

Evenemero abrió los ojos de par en par.

Juliano resopló.

–Querría hacer muchas cosas… Pero sé que cada una de ellas acabaría provocando mi condena a muerte –admitió–. Mi primo es despiadado, suspicaz y falto de escrúpulos. He de tener en cuenta siempre que pudo haberme hecho césar con objeto de que diera un paso en falso y así tener la excusa para ajusticiarme a mí también. Es más, puede que esto sea solamente una provocación, la enésima, después de las de Marcelo y Barbación, para instigarme a rebelarme y poder librarse de mí.

–¿Ves como tú solo te das cuenta? Ya sabes dónde tienes que tener cuidado –comentó el criado.

El césar negó con la cabeza.

–No soy de los que saben disimular –se explicó–. Me dejo llevar por el instinto, el entusiasmo, y odio tener que esconder mis emociones. Si me convocara a la corte en este momento, no respondo de cómo reaccionaría. Seguro que se daría cuenta de mi resentimiento. Por suerte estamos lejos y no creo que me quiera cerca.

–Pues entonces aprovéchate –replicó el sirviente–. Deja que pase la ira y sigue trabajando en su panegírico. Hagamos un sacrificio a los dioses hoy mismo para agradecerles una vez más haber hecho lo correcto para que tú asumas el papel de césar y para que sigan protegiéndote y te ayuden a trazar el camino y el destino que te espera. Y si a lo largo del camino hay que fingir, poco es en comparación con lo que podrás obtener. Recuerda siempre el oráculo y la misión para la que has sido investido incluso antes de ser elegido césar. No lograrás devolver el Imperio a sus legítimos dueños, los dioses y todos aquellos que los veneran, si no actúas con astucia.

Juliano reflexionó y asintió. Pero tenía razón, no debía olvidar lo que le habían vaticinado en Éfeso y lo rápido que se le confirmó con su ascenso a la condición de césar. Era la demostración de que los dioses creían en él. No podía decepcionarlos.

–Haré un sacrificio a Mitra antes que a cualquier otro –decidió–. Él exige que cada uno esté en su puesto, y me ayudará a no aspirar a más de lo que el emperador me concede.

Luego despidió a Evenemero, dándole las gracias por sus preciosos consejos, y retomó el escrito sobre el que trabajaba antes de ser interrumpido por la desoladora misiva de su primo. Cogió la pluma, la metió en el tintero y releyó lo que había escrito, aunque ahora le parecía irritante el retrato del soberano modelo que había atribuido a Constancio: pío, buen hijo y buen hermano, serio, laborioso, moderado, sobrio, experto en el manejo de los ejércitos y capaz de perdonar la vida a los soldados desarmados. Aún más insoportable era la celebración de sus insulsas victorias poniéndole a la altura de Homero; no se reconoció cuando leyó que en Mursa, a orillas del Drava, Constancio había sido más valiente que Aquiles en las orillas del Escamandro, en la defensa de Nísibis había sido más fuerte que Áyax, más grande que Héctor al vencer la resistencia de los defensores de Aquilea, más astuto que Ulises al dejar fuera de combate a Vetranión con la elocuencia como única arma.

Realmente no tenía ganas de añadir hipérboles sobre las grandes hazañas realizadas por el augusto en Estrasburgo. Habría sido demasiado. Sin embargo, el acercamiento a la *Ilíada* le hizo recordar que podía hablar de la comparación entre Aquiles y Agamenón, cuando el segundo le robó al primero la recompensa por su valor. Habría sido una amenaza si no hubiera precisado que el poeta advertía a los generales que no reaccionaran ante las insolencias del rey y les invitaba a soportar sus críticas con autocontrol y serenidad. Era eso lo que realmente pretendía hacer con la esperanza de que su primo se lo tomara como una muestra de su obediencia.

Pero también estaba seguro de que todos los cortesanos de su entorno, que la tenían tomada con él por considerarlo un obstáculo para su ansia de poder personal, habían empujado al soberano a semejante mezquindad. Por tanto, no pudo dejar de resaltar las dificultades que podría encontrar un príncipe a la hora de elegir colaboradores, tachando de infamia la astuta picardía de los intrigantes que se las daban de virtuosos para ganarse a las personas demasiado confiadas. Le invitó a no ceder a la calumnia, que devoraba el corazón y hería la carne. Y cuando releyó un pasaje en el que no dudaba en invocar a los dioses y demonios para que recompensaran a los buenos y castigaran a los malos, pensó que Evenemero no habría estado de acuerdo. Precisó entonces que el sabio considera a la divinidad como la expresión simbólica de la realidad y la verdad espirituales. Después se desplomó en su silla, agotado por el esfuerzo creativo. No podía hacer más; le había adulado suficientemente, y no estaría en paz consigo mismo si no se hubiera sacado alguna china del zapato y no hubiera afirmado también su propia personalidad. Luego rezó a Mercurio para que llegara pronto su momento, pues no estaba seguro de poder interpretar durante mucho más tiempo aquella ridícula pantomima.

Osio intentó maldecir otra vez al cochero por la sacudida que había provocado al conducir con tan poco cuidado, pero su voz ahogada solo pudo ser oída por su esclavo. El dolor constante a causa de sus numerosas contracturas se había transformado en punzadas atroces, y era la enésima vez que le ocurría en aquel interminable viaje que le llevaba de Constantinopla a Sirmio.

Si llegaba vivo, claro está.

Hacía tiempo que ya no se movía de la capital. Ni siquiera para ir a la sede de su obispado, en Córdoba, Hispania. Los achaques de la edad se habían multiplicado hasta el punto de dejarlo casi inmóvil, obligándole a vivir solo con su cerebro, aún lúcido y capaz de afrontar los numerosos compromisos que su cargo implicaba cada día, aunque lo más acuciante y permanente era la necesidad de concentrarse y no prestar atención al dolor.

Sin embargo, el emperador había querido someterle a la tortura de un viaje por el Danubio para que firmara, en el inminente concilio convocado en Sirmio, la declaración doctrinal que pondría de acuerdo a todos los obispos del Imperio.

Era un castigo, obviamente, y, además, una prueba de que Osio ya no ejercía influencia sobre las decisiones de Constancio. Su antiguo protegido, el hombre en torno al cual había hecho tabla rasa para que reinase él solo, estaba demostrando ser un desagradecido, arrinconándolo y renunciando a sus valiosos consejos. Hacía tiempo que no le escuchaba sobre las cuestiones religiosas, haciendo más caso a Valente de Mursa y llegando incluso a deportar al obispo de Roma Liberio. Su prolongada permanencia en Occidente le había impulsado a dar crédito a una multitud de cortesanos incapaces y ambiciosos que lo habían apartado de su ascendente. Por suerte, estaba Eusebio, que era un hombre suyo y que le informaba puntualmente de todas las decisiones del emperador, y que aún en ocasiones lograba llevarlo donde ellos pretendían.

A fin de cuentas, Osio estaba seguro de poder seguir fiándose del eunuco. El gran chambelán era un hombre ambicioso, y en cualquier momento habría podido deshacerse de un viejo que cada vez resultaba menos capaz de condicionar la política del emperador. Pero a su vez era avaricioso, y sabía bien que no habría visto ni una moneda del enorme patrimonio que el obispo había acumulado a lo largo de su existencia de intrigas y latrocinio si no seguía sus disposiciones hasta el último momento. La perspectiva de ser nombrado como único heredero en el testamento del obispo había vuelto a Eusebio extremadamente diligente con él, aunque no siempre con resultados positivos: los colaboradores elegidos para perjudicar a Juliano, desde Marcelo hasta Barbación, no habían estado a la altura, y el césar parecía estar en su mejor momento.

La única manera de provocar la ruina de Juliano y obligar a Constancio a gobernar solo valiéndose de Eusebio –y, por ende, de él– era enfrentar a los dos primos. La ocurrencia de sugerir al emperador apropiarse de la victoria de Estrasburgo se había revelado excelente, y aunque el césar, aparentemente, no había mostrado resentimiento, juraría que se la tenía guardada. Si no, no sería un hombre. Era una pequeña semilla depositada en el terreno de la discordia y antes o después daría su fruto, impulsando a Juliano a reaccionar de una vez por todas, y a Constancio a tomar medidas antes de arriesgarse a una nueva guerra civil. Con la desaparición del último de sus parientes varones y la incapacidad de Eusebia de traer al mundo más hijos, Osio podía estar seguro de que el emperador no tendría más remedio que confiar de nuevo en él. Y una vez de vuelta en Constantinopla, Constancio volvería a ser como arcilla en sus manos para modelar a su antojo.

Ahora también podía complacer al emperador y firmar el decreto doctrinal en Sirmio; sin embargo, por un lado, estaba seguro de que al igual que todas las soluciones de compromiso, la deliberación del concilio no contentaría a nadie, y, por el otro, de que en el futuro encontraría el modo de reconducir la cristiandad bajo los auspicios de Nicea: la gran labor tanto política como religiosa y la suprema demostración de poder de Constantino el Grande.

Solamente este objetivo le mantenía vivo: la posibilidad de recuperar plenamente el poder. Mientras hubiera una sola expectativa, no podía morir. El demonio interior que le había permitido hacer realidad todas sus ambiciones y que le había mantenido con vida hasta ahora no le permitiría irse antes de completar su misión. Había sobrevivido a Constantino, y ahora sobreviviría a sus hijos, representando el único y verdadero elemento de continuidad en la fase de transición del Imperio romano, durante la cual había obrado sin descanso para plasmarlo con una forma totalmente nueva que le permitiría vivir eternamente. Como él.

Pensó en el Imperio que se había encontrado cuando irrumpió en la escena, durante el corrupto gobierno de Carino, hacía más de setenta años. No había estabilidad en el trono, con emperadores que iban y venían sin cesar, sin que los capaces como Aureliano pudieran hacer mucho más por Roma que los incompetentes como el mismo Carino. Ahora los soberanos duraban más gracias a sus intrigas, y podían imponer una política coherente y beneficiosa. Los cristianos, obligados durante siglos a profesar su religión en secreto, sistemáticamente discriminados y periódicamente perseguidos, ahora ocupaban gran parte de los puestos de poder y su credo no solo era considerado legal, sino que se encaminaba a convertirse en una religión de Estado. Y los bárbaros, que entonces representaban solamente una amenaza y un elemento desintegrador, ahora eran un factor de fuerza y una reserva inagotable de donde sacar soldados para fortalecer a los ejércitos de Roma y prepararlos hasta que llegaran a la altura de los de Sapor. Y luego estaba él, un oscuro oficial del ejército de Diocleciano, que llegó a ser obispo y consejero personal de dos emperadores.

Habían cambiado muchas cosas respecto a aquella época, setenta años antes. Y él no solo las había vivido todas, sino que también las había provocado. Y todavía quedaba mucho por hacer. Ahora iba a Sirmio para firmar su rendición y aplacar a Constancio. Pero ¿cómo reuniría a todos una fórmula que prohibía el uso de términos no bíblicos y que se limitaba muy genéricamente a afirmar que Padre e Hijo eran dos personas divinas, evitando decir que no había habido un tiempo en que el Hijo no existiera, pero afirmando a su vez que el Padre era superior en honor, dignidad y divinidad? No era el sometimiento de los seguidores de Arrio, sino la contradicción implícita en la declaración, muy cercana a la que él y Constantino habían condenado como herejía en Nicea, y que muchos, incluido el propio Liberio, aún pretendían seguir. Pero de momento el emperador lo quería así, para afirmar su autoridad sobre la Iglesia y mostrar a todos quién era el amo. Pronto se daría cuenta de que no funcionaría, así que era mejor no malgastar las pocas energías que le quedaban contradiciéndole; como por otra parte había hecho el propio Juliano con aquel nauseabundo panegírico que, en cualquier caso, delataba su resentimiento en algunos pasajes.

Ambos, tanto él como Juliano, sabían que era solamente una manera de ganar tiempo.

Civilización, por fin. Por décima noche consecutiva, Martino saboreó el privilegio de dormir en su alojamiento de la ciudad, con todas las comodidades y calidez que ello conllevaba. Había sido una campaña muy larga, iniciada en primavera, culminada a final de verano con la enorme victoria de Estrasburgo y seguida de todo el otoño en Germania al otro lado del Rin, donde el césar, entusiasmado por su éxito, había querido ir para dar una lección duradera a los germanos, privados ahora de su líder más representativo.

Aquel apéndice de la campaña había sido el más duro, y Juliano había tenido que emplear toda su elocuencia para convencer a los soldados de que le apoyaran. Incluso en el Estado Mayor había encontrado resistencia, pero el césar no quiso atender a razones: una victoria como la de Estrasburgo debía ser aprovechada y finalizada obligando al enemigo a firmar la paz. Así que se habían adentrado en la foresta germana, en mitad del bosque Hercínico, donde tantas veces las hordas bárbaras habían sorprendido a los romanos y entregado a la historia algunas de sus derrotas más atroces.

Pero después de la derrota que habían sufrido, los germanos no estaban ansiosos por enfrentarse nuevamente a su vencedor en la batalla. Así pues, las columnas imperiales incendiaron impunemente las aldeas y liberaron a cientos de prisioneros esclavizados, arrasaron las cosechas y les despojaron de todo el ganado que pudieron, con lo que abocaron a los germanos a morir de hambre. Después encontraron las ruinas de una antigua fortaleza construida por Trajano dos siglos y medio antes, la transformaron en un fortín lo suficientemente seguro y se instalaron allí. Y había sido precisamente aquel asentamiento en el corazón de sus territorios lo que había inducido a los bárbaros a estipular una tregua de diez meses, un resultado que había contentado a Juliano y le había impulsado a regresar finalmente a la Galia.

Pero ni siquiera al oeste del Rin había terminado. Cuando empezaban a caer las primeras nieves y las heladas dificultaban la marcha de los soldados, hubo una breve correría de francos, que se habían apoderado de dos fortalezas en el Meno. Tuvo que asediarles y pasaron varias semanas antes de que se rindieran y aceptaran ser enviados a Milán como regalo al emperador para engrosar las filas del ejército imperial, como a él le gustaba. Solo entonces los legionarios y auxiliares, agotados por la incansable actividad de su comandante, pudieron regresar a los cuarteles de invierno que Juliano había establecido en París. Martino estaba realmente impresionado con la intensa actividad del césar. Aparentemente era el hombre adecuado para reconducir la Galia bajo la plena soberanía imperial. Hacía lo que había que hacer, con la combinación adecuada de prudencia y audacia, era meticuloso e incluso más resuelto que Constancio persiguiendo la seguridad y el bienestar del Imperio. Y, por cuanto podía afirmar, era tan devoto como su primo, aceptando de buen grado y sin quejarse que los méritos de la victoria de Estrasburgo fueran atribuidos únicamente al emperador. Ni una sola queja por no haber sido siquiera mencionado en los edictos, ni un reproche; ciertamente no era como su hermano Galo, menos meritorio que él, pero mucho más polémico y ambicioso.

En cuanto a él, no podía quejarse: Juliano no había escatimado elogios hacia su persona y, como artífice de la captura de Chonodomario, Constancio había deseado premiarlo con un ascenso, atribuyéndole el título de *magister peditum*. Una enorme satisfacción, que, por fin, lo situaba prácticamente en el vértice de una carrera comparable a la de su padre. Ahora era querido por todos y ya no temía el parangón con su progenitor, con quien le habría gustado hablar de sus campañas. Y con su hermana se escribía regularmente, tras haber aprendido a no juzgar su conducta, antaño libertina y escandalosa. Podría haber estado satisfecho y en paz si las cosas con Raquel no se hubieran torcido.

Todavía pensaba en ella a menudo. Durante las largas marchas en mitad de los bosques germánicos, en la apartada desolación del fuerte de Trajano, su rostro de contornos cada vez más difuminados le había reconfortado y frustrado al mismo tiempo, al verse privado de la oportunidad de volver a verlo. Sin embargo, jamás se había dejado arrastrar por los compañeros a los burdeles que frecuentaban los soldados en tiempos de paz, ni había participado en las masacres ni las violaciones a las que se había abandonado la tropa durante sus correrías en Germania. Más de una vez había estado tentado de olvidar a Raquel entre los brazos de otra mujer, pero luego siempre había desechado la idea: solo habría sido una excusa para desahogar su lujuria y lo habría hecho sentir aún más sórdido y culpable.

Trató de dormirse temprano para evitar una vez más reprocharse sus errores, pero, como de costumbre, a pesar del cansancio acumulado en la campaña, no lo consiguió. Estaba tan habituado al suelo desnudo y a los catres militares que aquella cama mullida y confortable, en el cubículo de una de las casas más elegantes de París, que podía utilizar como oficial de alto rango, le resultaba incómoda. Había nacido rico, heredero de una familia senatorial de alto linaje, pero desde hacía años compartía la dura vida de los soldados y no se adaptaba a los refinados lujos de la vida civil.

Tal y como le había pasado cuando llegó a la ciudad, le entraron ganas de tumbarse en el suelo, que estaba tibio, pero justo en aquel momento oyó llamar a la puerta. Entró uno de los esclavos que el amo de la casa había puesto a su disposición y le dijo:

—Tienes una visita, general. Una mujer.

Martino hizo una mueca. Con el ascenso, habían aumentado las responsabilidades y el papeleo. Incluso cuando podía considerarse libre, sucedía que venían del cuartel para hacerle firmar alguna orden de servicio, o le traían alguna comunicación de Juliano; o simplemente recibía la petición de algún civil que lo elegía como su patrón, o un decurión de la ciudad le enviaba una invitación para alguna recepción, solo para presumir de tener en su mesa a un héroe de guerra.

No era tan tarde como para negarse a recibir a la gente. Era él quien no tenía muchas ganas de socializar y prefería volver pronto a casa una vez cumplidos todos sus compromisos cotidianos. Pero Juliano quería que sus oficiales fueran amables con la población y con los civiles para evitar habladurías de su comandante supremo. Así que se resignó y se encogió de hombros, ya que de todos modos no podía dormir y, tras ponerse los pantalones y la dalmática, salió de la habitación. Recorrió los elegantes pasillos de la *domus*, ricamente decorados con frisos y pinturas, y entró en el *tablinum*.

Y se la encontró frente a frente.

Tuvo que mirarla fijamente para comprobar que realmente era ella en carne y hueso. Se quedó callado sin saber qué decir, esperó a que fuera ella quien hablara primero. Su particular dicción le convencería de que efectivamente era Raquel.

—¿No e-tás -ontento de ve-me? —dijo por fin la mujer.

Martino dio un paso inseguro hacia delante. Luego otro más decidido, hasta encontrarse a un palmo de su rostro.

—¿Que si estoy contento? Estoy feliz… Y lo estaré aún más si me dijeras que has venido aquí por mí…

–¿Y po- quien -i no? –replicó ella sonriendo cohibida.

Martino se quedó escuchándola, encantado, mientras ella le explicaba, con aquel lenguaje suyo, que la legislación contra los judíos impuesta en la Galia por Constancio y Juliano había comprometido los negocios de su padre, quien finalmente había decidido regresar a Oriente, donde al menos podía tener más apoyo por parte de las comunidades hebreas. Pero ella se acordaba de él, de su desesperación cuando fue a buscarla a Chalons, y había pensado que, quizá, merecía una segunda oportunidad. Después supo que había vuelto a la Galia y que se había establecido en París. Así que, en el momento de la partida, hacía solo unas semanas, había dicho a su familia que se reuniría con ellos únicamente si él la rechazaba. Había llegado a la ciudad aquella misma mañana, con nada más que lo puesto y algún dinero, y había empezado a buscarle. Cuando averiguó dónde estaba alojado, se presentó allí temiendo haber hecho un viaje en balde y barruntando que merecía el mismo rechazo que ella le había infligido a él con anterioridad. Era consciente de que la ley imperial prohibía los matrimonios entre cristianos y hebreos, pero ella estaba dispuesta a hacerse cristiana para casarse con él, si él lo deseaba. Para ella no era ningún problema la diferencia de credo, pero sabía que para él sí, así que estaba dispuesta a adaptarse: el amor, para ella, era más fuerte que la fe.

A Martino se le humedecieron los ojos.

–¿Rechazo? ¿Cómo podría jamás rechazarte? –le dijo abrazándola y estrechándola con fuerza–. ¿Y quién soy yo para ser intolerante con tu fe, si tú te muestras tolerante con la mía hasta el punto de aceptarla por amor? No, yo no cambiaré tu fe. Significará que no nos casaremos; pero te garantizo que seremos como cualquier pareja unida en matrimonio. Durante mucho tiempo mi padre y mi madre no estuvieron casados, pero se amaban intensamente y pasaban juntos todo el tiempo que podían. Así que haremos lo mismo.

Y mientras ella le devolvía el abrazo y le llenaba de besos llorando de emoción, a Martino se le ocurrió pensar que el amor, un amor imposible y desesperado, era otro campo en el que acabaría emulando a su tan detestado padre, además de las hazañas militares en común.

CAPÍTULO XXXII

–¡No quiero seguir estando a las órdenes de ese griego afeminado!

–¡Puedes decirlo bien alto: es un auténtico imbécil!

–¡Más que imbécil, es un impostor que nos ha prometido oro y plata y no nos ha dado nada en dos años!

–Es oriental; más le valdría estar con los persas que con los romanos. ¡No nos entiende!

Lo decían siempre de noche, cuando, protegidos por el anonimato que les garantizaba la oscuridad, los soldados se abandonaban a sus protestas sobre su comandante. Y Juliano, como siempre durante las horas nocturnas, ocupado escribiendo en su pabellón, no conseguía encontrar una solución. Había hecho de todo para ser aceptado por la tropa. De todo. Había compartido los riesgos, los disgustos y la adversidad en las numerosas campañas en las que había liderado a legionarios y auxiliares, siempre había escuchado sus quejas y había procurado complacer sus deseos, siempre se había mostrado disponible al diálogo, les había conducido a la victoria como ningún otro líder romano tras Constantino el Grande... Pero sin dinero no podía contentarles. Y el emperador no se lo proporcionaba, sus arcas estaban vacías. No podía premiar a los soldados por sus gestas, que le habían permitido, esto era innegable, estabilizar la frontera septentrional del Rin y recuperar territorios que los bárbaros habían robado al Imperio.

Pero todavía quedaba mucho por hacer y era consciente de ello. Sin dinero, que la corte de Milán le escatimaba, no podía reconstruir las ciudades incendiadas y destruidas ni pagar a los soldados. Ni tampoco podía rescatar a sus numerosos camaradas aún prisioneros. Este era el problema que suponía lidiar con una confederación y no con un reino. Aunque Chonodomario hubiera logrado reunir bajo su mando a otros reyezuelos, cada tribu era como un pueblo distinto, y lo que acordaba con uno no valía para otro. Podía vencer a una comunidad, pero al mes siguiente otra estaba preparada para cruzar el Rin y lanzarse al territorio imperial para saquearlo, arrasarlo y destruirlo. Y según los romanos salvaban una ciudad, perdían otra en el sur o más al norte. Era el trabajo de Sísifo: cuantos más reyes derrotaba, más salían a la palestra.

¿Y qué más podía hacer? ¿Seguir desafiándoles uno por uno e imponer la paz a cada soberano que lograba vencer o incluso solo intimidar? No solamente tenía el dinero contado, sino también los soldados. Los que hacía prisioneros se los enviaba al emperador, que se los quedaba para él o los mandaba al frente oriental para reforzar la frontera con los sasánidas y mantener a raya la presión de Sapor. Era un césar, pero no gozaba de mayor crédito que un general cualquiera; su soberanía, aunque subordinada a la del augusto, era solo aparente. No podía emitir leyes que no llevaran también la firma de su primo, ni tomar iniciativas independientes de ningún tipo. Incluso cuando los gobernadores de las provincias y los decuriones le presentaban instancias, a no ser que fueran temas banales y de administración ordinaria, debía redirigirlos a Constancio y esperar su aprobación.

Por suerte, tenía cierta libertad en el ámbito militar. Pero era una libertad tremendamente condicionada por la falta de fondos y de efectivos. Los pocos recursos de los que disponía debían bastarle para dominar la totalidad del confín renano, reforzar las guarniciones y, en ocasiones, lanzar alguna contraofensiva. Y había muchos, muchísimos territorios ahora despoblados, con aldeas destruidas y ciudades abandonadas, campos descuidados; tenía el deber de devolverles una nueva vida, de dar un hogar y recursos a los numerosos desplazados que se amontonaban en los centros más recónditos viviendo de limosnas, y de volver a proteger las zonas fronterizas que los bárbaros podían utilizar como cabezas de puente para empujar más al oeste.

Y encima tenía que soportar las protestas de los soldados. Si perdiera también su apoyo, su experiencia de césar terminaría en un fracaso como el de su hermano, y su primo encontraría finalmente un pretexto para deshacerse de él o, peor aún, ajusticiarlo.

Se levantó de la cama de un salto y salió del pabellón con lo que llevaba puesto encima, sin pensar en lo ridículo que podía parecer. Vio un corrillo de legionarios iluminado por la tenue luz de una antorcha. Seguramente, pensó, las protestas provenían de ellos, aunque un poco más allá había otros grupos pequeños, o parejas de soldados conversando. Le extrañó que hubiera tanta gente levantada a esas horas. No era tarde, pero normalmente estaban en sus tiendas jugando a los dados o durmiendo. Pero también era verdad que no estaban enzarzados en ninguna campaña, por el momento, así que no estaban tan exhaustos como para buscar el descanso a toda costa.

Debía encontrar algo que pudieran hacer.

–¡Soldados! –voceó, dirigiéndose a los más próximos–. Dentro de dos días partiremos para una nueva incursión al otro lado del Rin. ¡Los bárbaros necesitan otra lección, y es mejor dársela cuando menos se lo esperan! ¡Nos haremos con un buen botín!

Un legionario se le acercó.

–César, se dice por ahí que los germanos no tienen nada que ofrecernos. No vengas a hablarnos de ningún botín…

–Pero tienen a nuestros camaradas. A todos los que hicieron prisioneros en los fuertes y en las ciudades conquistadas. Todavía tienen a muchos. ¡Iremos a rescatarlos! –le apremió, sabiendo que se trataba de un tema delicado para la tropa.

Ya tenía una idea al respecto, pero se cuidó mucho de decírsela a los soldados.

El hombre extendió los brazos.

–Nosotros somos soldados profesionales, mi señor –especificó–. Ya tenemos bastante con arriesgar la vida en lugares perdidos por una miseria, o para que no nos paguen en absoluto. ¿Por qué crees que estamos aquí en el campamento en lugar de ir a la ciudad a divertirnos en nuestros momentos de ocio? Porque no tenemos dinero. A ver, ¿con qué cara me presentaría en una taberna o en un burdel? –añadió, señalándose la cara–. Ni siquiera tengo dinero para ir al barbero y que me afeite. Parezco uno de esos bárbaros con los que nos mandas a pelear… ¡Ni las rameras me querrían!

Juliano negó con la cabeza. Tenía razón, ¡por todos los dioses! ¿Qué podía decirle?

–Espera un momento –se limitó a manifestar.

Entonces fue a su pabellón y cogió algunas monedas de la caja fuerte de su tesoro personal. Salió y se las entregó al soldado, especificando:

–Ahora no puedo darte más, pero quiero que tú, y todos los demás, sepáis que en cuanto tenga dinero ¡lo repartiré entre mis valerosos soldados! Las finanzas del Imperio son las que son, y yo también tengo que conformarme. Ayudadme a restablecer la soberanía de Roma en los territorios fronterizos y, cuando los tengamos de nuevo seguros y prósperos, ¡estoy seguro de que el emperador se dará cuenta de que muchos de sus recursos deberán ser destinados también a nosotros aquí en la Galia!

Se esperaba que los legionarios acogieran con gritos de júbilo su discurso, sin embargo, solo obtuvo un gran silencio, semblantes perplejos e incluso alguna sonrisa burlona. Alguno movió la cabeza, resignado. Después se fueron, sin decir nada más.

Juliano se quedó frente a la entrada de su tienda, de pie, humillado. Ser césar con un augusto tan envidioso, suspicaz y mezquino como Constancio, que no hacía nada por favorecer las condiciones de su tarea, era un suplicio.

O un calvario, como dirían los cristianos.

–¿Han llegado todos a la ciudad?

Constancio temblaba de impaciencia. Desde que había arribado a Nicomedia, no había hecho más que trabajar redactando documentos para que los firmaran los obispos convocados al enésimo concilio, que deseaba fuese el definitivo.

Después de tantos años en Occidente, por fin había decidido volver a Oriente para afrontar el aumento de la presión persa. Y pretendía iniciar la nueva fase de su gobierno rematando de una vez por todas cualquier desacuerdo de carácter religioso. La decisión no se había tomado por casualidad: Oriente era su verdadera patria, su prefectura original de destino, y era allí donde su esfuerzo por reconciliar las creencias nicena y arriana recibiría el mayor apoyo; Arrio había hecho adeptos sobre todo en el este, donde los exponentes del clero se habían mostrado más propensos a someterse que el obispo de Roma con todos sus acólitos en el oeste.

Eusebio extendió los brazos.

–Mi señor, todavía falta alguno, pero si lo prefieres podemos comenzar con el sínodo mañana mismo, tal y como hemos establecido. Algunos obispos nicenos se han reunido ya en la iglesia de San Teodoro y están discutiendo si aceptar tus argumentos o no. Pero el hecho de que estén debatiendo sobre ello es una buena señal, ¿no?

El emperador hizo una mueca y sintió la necesidad de lanzar una perorata que, reconoció, los presentes habían oído antes.

—Pero ¿qué tienen que discutir a estas alturas? ¿No saben lo que queremos?

Una sola letra separaba las dos facciones en la definición de Hijo. Una iota. *Homoousios*, de la misma sustancia, consustancial, para los nicenos; *Homoiousios*, semejante en la sustancia, para aquellos que habían venido a instancias suyas para llegar a un acuerdo y habían renunciado al extremismo de los arrianos, para quienes el Hijo era solamente una creación del Padre. En Sirmio, Constancio había evitado referirse a la *ousia*, la sustancia, pero no había funcionado.

—Por nuestra parte, estamos más decididos que nunca a ejercer nuestro papel de señor supremo del Imperio y de la comunidad cristiana para imponer de una vez por todas nuestra voluntad: el Hijo es como el Padre en todo, como las Sagradas Escrituras declaran y enseñan. Solo esta definición puede unir a aquellos que lo consideran como tal según la sustancia, y por tanto igual al Padre, y a quienes lo consideran Padre solo por acción y voluntad, y por tanto subordinado.

—Más que justo, mi señor. En tu infinita sabiduría, has encontrado una fórmula que puede satisfacer a todos. No es casualidad que incluso el obispo Liberio de Roma se haya mostrado favorable —comentó con su voz entrecortada el viejo Osio, con un cambio de opinión bastante sorprendente. El año anterior, en Sirmio, prácticamente le había arrancado la firma para que renunciara a sus convicciones nicenas y ahora se encontraba en Nicomedia, donde, dicho sea de paso, no había sido invitado, para darle la razón de forma incondicional. Había pasado más de un año desde entonces, y el obispo se mostraba cada vez más anquilosado, dolorido, devastado y en franca decadencia. Por lo visto, el Señor había decidido dejarle vivir eternamente, mucho más allá de la capacidad de resistencia de un cuerpo humano, y no podía rebatir esa decisión divina excluyéndolo radicalmente de los asuntos imperiales.

Pero puede que el obispo solo estuviera siendo irónico. Osio sabía muy bien que Liberio había firmado únicamente para poder salir de su forzado exilio y volver a tomar posesión de su sede episcopal. Decidió no indagar. Aquel venerable anciano era una especie de consejero honorario, sin capacidad de influir en los acontecimientos y, tal vez, no lo bastante lúcido como para darle consejos válidos. Entrar a polemizar con él habría sido pueril; tenía mejores cosas en que pensar y espinas que sacarse.

–Entonces, empezaremos mañana, según lo dispuesto. ¿Has preparado nuestra respuesta a la insolente misiva de Sapor? –preguntó a Eusebio, para cambiar de tema y evitar una conversación incómoda.

–Estoy en ello, mi señor –declaró el eunuco.

–¿Qué misiva?

Osio, siempre vigilante, mostró curiosidad, pero también, según le pareció a Constancio, cierto fastidio por no haber sido informado. Al menos es lo que creyó interpretar en aquella máscara de arrugas y sufrimiento en que se había transformado el rostro del obispo con el paso de los años.

Eusebio miró al emperador, quien hizo un ademán de aprobación.

–El rey de reyes exige que el Imperio pierda interés en Mesopotamia y Armenia, territorios históricamente pertenecientes a los persas, «como un médico o un animal que amputa una parte enferma para salvar al resto del cuerpo», dice. Y luego acusa al predecesor de nuestro amado Constantino, Galerio, de haber obtenido el tratado de Nísibis mediante engaño y traición, olvidando las derrotas sufridas por los persas en aquel momento. En fin, nuevas amenazas e invasiones más virulentas para la próxima primavera… –explicó.

Osio pareció revivir de repente.

–¡Ah, ahora tendremos que darle una respuesta adecuada a ese insolente! –declaró–. ¡Echémosle en cara todas nuestras victorias y la modestia de sus logros en veinte años de invasiones! ¿Cuántas veces ha atacado Nísibis sin conseguir conquistarla, por ejemplo?

Constancio hizo un gesto con la mano para que parase.

–Está bien, está bien. Ya hemos acordado con el gran chambelán cómo responder. Y será una respuesta adecuada, no te preocupes, viejo amigo.

No tenía ganas de entrar en liza también sobre aquella cuestión. Ya estaba todo establecido.

Observó la decepción del obispo, que sin embargo se quedó callado. Intervino Eusebio, aclarándose la voz y cambiando de tema, seguramente para evitar que la discusión subiera de tono.

–Mi señor –siguió el eunuco–. También quería avisarte de que la emperatriz me dijo que te informara de que se dirigía al lugar del concilio para recibir a los obispos ya reunidos. Como sabes, ella también ha puesto mucho empeño en el éxito del sínodo, y ha querido asegurarse de que los participantes estuvieran dispuestos.

Constancio torció el gesto, mirando por la ventana. El viento ululaba haciendo vibrar las contraventanas laterales. Era tan fuerte que al abrirla entraba el polvo que se levantaba en la calle.

–No debería salir con este tiempo, el aire es de tormenta –estimó–. Esos nubarrones no me gustan nada y sopla un viento muy fuerte.

–Creo que ya es tarde, mi señor. Me lo comunicó hace rato. Puede que ya se encuentre con los obispos, así que ya estará a resguardo en la iglesia, en el peor de los casos.

Constancio asintió, tranquilizado en parte. Pero poco después el aullido se convirtió en un rugido. Notó que el suelo temblaba por la forma en que, frente a él, la silla en la que estaba sentado Osio se deslizaba, moviéndose unos palmos primero hacia la derecha y luego hacia la izquierda.

Entonces se dio cuenta de que él también se movía.

Cuando Martino vio al enésimo auxiliar ensañarse contra unas miserables chozas y prenderles fuego sin prestar atención a los gritos de quienes habían encerrado dentro, se preguntó qué estaba haciendo allí, en medio del bosque herciniano, cazando fantasmas, cuando tenía una adorable compañía que le esperaba en casa y a la que había hecho esperar demasiados años.

Ciertamente, la estrategia de hacer tabla rasa exigida por el césar estaba dando sus frutos. Un reyezuelo germano, tras ver destruidas sus aldeas, vino a implorar piedad a Juliano y a estipular una alianza. Y los soldados habían aplacado en parte sus agravios encontrando satisfacción, si no en otra cosa, en la venganza. Y él…, él estaba en su primera campaña como segundo al mando del vicario imperial, que era más de lo que se habría atrevido a esperar para su carrera. Y la estaba llevando a cabo al este del Rin, donde pocos caudillos romanos después de Julio Cesar se habían aventurado. Todos los soldados le respetaban, de hecho, era uno de los comandantes más famosos de la Galia, e incluso del Imperio; complacía al augusto y complacía al césar, se podía definir como amigo de ambos, si es que un soberano podía tener amigos.

Por otra parte, amaba y era amado como nunca antes, por fin gozaba de una relación estable que su ánimo había sido capaz de aceptar, tras un arduo trabajo interior. En aquellos tiempos, no era fácil para un cristiano estar junto a una judía, pero al ser soldado, el hecho de no poder vivir con una mujer y de pasar mucho tiempo fuera, en cierto modo le facilitaba las cosas, haciendo menos patente su unión. Y mientras un cristiano se complaciera ocasionalmente con una judía, los demás lo tolerarían. Si se hubiera casado con ella o si vivieran juntos, en cambio, habrían tenido que soportar la hostilidad de la gente y la intolerancia de las leyes, que ahora, desde que Juliano había subido al poder, se habían endurecido ferozmente contra los asesinos de Cristo. La población cristiana afirmaba explícitamente que los hebreos no solamente habían cometido aquel imperdonable homicidio, sino que eran criminales natos, perpetraban asesinatos rituales y mataban por placer. Él sabía que no era verdad, pero si el Estado llevaba a la gente a pensar así, no había manera de restablecer la verdad.

Sin embargo, algo indefinido le robaba la serenidad que debería haber alcanzado con la consecución de todos sus objetivos. Tal vez, se dijo al ver a un bárbaro romper las contraventanas de la choza incendiada y saltar con la ropa en llamas, presagiaba un aire de tormenta. Admiraba a ambos soberanos, pero sabía que tenían muchos motivos para odiarse mutuamente. A lo mejor conseguían ocultarlos por conveniencia, pero estaba seguro de que antes o después esos conflictos latentes aflorarían.

O puede que se sintiera cada vez más incómodo a la hora de conciliar su espíritu cristiano con la intolerancia demostrada por quienes profesaban su misma fe, desde los emperadores hasta las tropas y el pueblo, que negaban todos los preceptos evangélicos de amor y caridad. Desde que el cristianismo se había convertido en la religión profesada por la dinastía reinante, la gente odiaba a quien pensara diferente; para los soldados, la necesidad de reafirmar en todas partes el nuevo credo era un pretexto más para masacrar incluso a los civiles y ensañarse con los guerreros; para los sacerdotes y obispos, una manera de conseguir adeptos y ricas prebendas con las que librar guerras personales contra sus semejantes utilizando como excusa matices doctrinales; para los gobernantes, el cristianismo parecía más un instrumento de poder que una misión. El amor por Raquel, era consciente de ello, le impulsaba a pensar de una manera menos drástica respecto a muchos de sus correligionarios. Pero también las enseñanzas de su madre, quien había hecho de los preceptos originales de Cristo un modelo de vida, le hacían sentir intolerancia hacia ciertos aspectos de la vida del soldado. Y le llevaban a pensar si no harían bien esos objetores que, antes de las persecuciones, se negaban a servir en el ejército para no tener que matar al prójimo, ya fuera bárbaro, persa o romano.

Siempre había querido ser soldado, desde que podía recordar. Pero era consciente de haberlo deseado sobre todo para demostrar a su padre que merecía su aprecio. Quién sabe, a lo mejor no era su verdadera vocación; no sentía placer matando como sus camaradas, a no ser que fuera en la batalla, frente a un hombre de quien debía defender a sus compañeros o al Imperio mismo. Tal vez su carácter fuera más parecido al de su madre; quizá debería haber entrado en el clero para contribuir personalmente a que la Iglesia siguiera el camino trazado por Cristo, en lugar de perseguir intereses más mundanos. En su momento, con la influencia que ejercía Minervina sobre Constantino, habría podido fácilmente emprender una carrera que le habría llevado a desempeñar un importante papel en las jerarquías eclesiásticas, al menos en la misma medida en que lo hacía como militar.

Tuvo el impulso de detener a los soldados. Quedaban pocas casas en la aldea que no hubieran sido alcanzadas por las llamas, y no había necesidad de masacrar a las pocas mujeres y niños que seguían con vida. Los supervivientes veían arder desconsolados sus míseras pertenencias y miraban aterrorizados a los soldados, sabiendo lo que les harían. Pero ninguno lloraba, se desesperaba, gritaba o imprecaba.

Eran personas valientes y orgullosas, y esto le hacía aún más oneroso tener que llevar a cabo ese tipo de operaciones. No era eso lo que esperaba hacer como soldado, y estaba seguro de que si hubiera podido hablar con su padre habría descubierto que él tampoco lo habría hecho nunca. Era un idólatra obstinado, pero todos hablaban de él como un hombre intachable y orgulloso, jamás se habría envilecido hasta ese punto.

Pero los tiempos habían cambiado. Todos los conflictos se habían exacerbado, en cada ámbito y a todos los niveles. La sociedad y la vida se habían vuelto más despiadadas, a pesar de los buenos auspicios que había traído consigo la afirmación del cristianismo. Y eso, al parecer, en ausencia de salarios, era la única manera de mantener contentos a los soldados y obtener resultados con los germanos. No, no tenía intención de darle problemas a Juliano.

—General, hay una delegación de bárbaros a las puertas de la aldea. Traen dos prisioneros romanos con ellos para hacer de traductores. Dicen que el rey Ortario quiere parlamentar —vino a decirle un explorador.

Decididamente, aquella estrategia funcionaba. Juliano, que se fiaba de él, le había dado un amplio margen de negociación, por lo menos en la fase de acercamiento. Sabía lo que quería el césar, así que respondió:

—De acuerdo. Hazlos venir hasta aquí. Yo hablaré con ellos.

Se presentó un grupo de bárbaros desarmados y no demasiado jóvenes. Los dos prisioneros obviaron sus datos personales y las unidades a las que pertenecían, disueltas hacía tiempo o absorbidas por la vorágine de invasiones que habían despoblado las tierras fronterizas tras la caída de Magnencio.

—El gran rey Ortario desea poner fin a esta guerra que está perjudicando a ambos pueblos y forjar una alianza con el valeroso césar Flavio Juliano —dijo uno de los intérpretes bajo el ojo vigilante de los embajadores, entre los cuales seguro que había alguno que hablaba al menos algo de latín para controlar que dijeran lo que el soberano había designado.

Que Ortario fuera un gran rey habría que demostrarlo; por lo que Martino sabía, era uno de tantos de la confederación y con un área territorial no muy extensa respecto a otras.

—Bien, dile al rey —respondió decidido— que la primera condición que debe respetar, si desea complacer al césar, es la devolución de los prisioneros. De todos los prisioneros. Además, es obvio que deberá abstenerse de futuras incursiones y entregar también una parte de sus guerreros para que militen en el gran ejército imperial.

Los intérpretes asintieron y refirieron sus palabras a los bárbaros, que le miraban perplejos. Martino añadió:

–Y, de nuevo, el rey estará obligado a suministrar provisiones a las columnas romanas siempre que el césar o sus colaboradores lo estimen oportuno, extendiendo un recibo de lo suministrado que deberá mostrarse a cada requerimiento, so pena de expedir un nuevo suministro. Y, por supuesto, deberá venir personalmente al campamento del césar a hacer acto de sumisión ante Juliano, comprometiéndose con el juramento de respetar las condiciones. Finalmente, deberá proporcionar hombres y madera para enviar a los territorios saqueados con el fin de reconstruir las poblaciones que han destruido.

La traducción dejó aún más desconcertados a los bárbaros. Eran condiciones duras, pero la vida misma se había endurecido a lo largo de la frontera. Era un mundo en el cual la doctrina de Cristo parecía realmente inaplicable. Y si lo era incluso entre los mismos cristianos, con los bárbaros ni siquiera valdría la pena intentarlo. Ser soldado significaba ahora ser verdugo, incluso antes que guerrero, se dijo Martino con un mohín de amargura.

CAPÍTULO XXXIII

Martina tuvo que aferrarse al alféizar de la ventana para no caerse al suelo. No le había hecho mucha ilusión acompañar a Osio a Nicomedia para el concilio. Le había encomendado la tarea específica de persuadir con sus artes a algunos prelados para que votaran favorablemente las disposiciones del obispo de Córdoba. Pero ahora que el mundo entero parecía estar patas arriba, se arrepentía profundamente de haber dejado Constantinopla. Se dio la vuelta y vio al prelado con quien había estado hasta hacía unos momentos tumbado en la cama. Tenía trozos de yeso sobre el cuerpo, y tuvo que mirar más detenidamente para darse cuenta de que habían caído del techo.

Por suerte, ella se había levantado a las primeras señales del terremoto e, intrigada, se había acercado a la ventana. Pero ahora que el edificio seguía temblando desde los cimientos y que el suelo se movía bajo sus pies, no estaba tan segura de salir bien parada. Todo vibraba a su alrededor y cada vez se abrían grietas más profundas en las paredes, en el techo e incluso en el pavimento.

Solamente se podía hacer una cosa. Salir. Estaba desnuda y corrió hacia la cama para recoger del suelo como pudo la ropa llena de polvo. Se puso la túnica y trató de abrir la puerta, pero fue presa del pánico cuando vio que no se movía: los temblores la habían descuadrado. Se puso a gritar y a aporrearla, pero al otro lado solo se oían gritos, ráfagas de viento, el repiqueteo de la lluvia y un ruido de fondo, en la lejanía, que se hacía cada vez más intenso y envolvente.

Empezó a dar empellones en la puerta. Solo entonces se abrió una fisura que, forzando, se agrandó lo suficiente para permitirle el paso. Una vez en el rellano, Martina vio las barandillas derrumbadas sobre los peldaños y gente que se agolpaba aterrorizada en las escaleras, intentando alcanzar la planta baja y la salida. No le quedó más remedio que unirse al gentío. Era una *ínsula* densamente poblada, donde el Estado había puesto a disposición del prelado un aposento en alquiler, y no sería fácil salir a tiempo. Afortunadamente, ella estaba en el primer piso, en la planta noble, y solo tenía que bajar un tramo. El edificio amenazaba con derrumbarse de un momento a otro y, justo cuando Martina se unía a la cola de las escaleras, una parte de la rampa se desmoronó y las personas que estaban en ella cayeron al vacío. Los de detrás perdieron el equilibrio y cayeron también, hasta acabar estrellándose contra los cuerpos aún aturdidos de quienes les habían precedido.

Sin importarles sus convecinos, enseguida muchos aprovecharon la oportunidad de caer sobre blando y salieron disparados hacia el portal. Los que iban detrás no tuvieron reparos en seguir su ejemplo y, tras unas cuantas pasadas, los cuerpos de debajo, pateados una y otra vez, dejaron de moverse o de arrastrarse.

Los estruendos aumentaron. Cayeron más fragmentos de yeso en el hueco de la escalera, que enterraron a las personas que estaban debajo. Martina sintió que la empujaban y ya no fue capaz de controlar dónde ponía los pies. Perdió el equilibrio y se cayó también, pero luego se dio cuenta de que era la escalera misma, o mejor dicho, lo que quedaba de ella, que se agrietaba bajo sus pies. Se encontró, atontada, entre los cascotes y los cuerpos, envuelta en una nube de polvo. Veía hombres vagar entre los escombros buscando ayuda, otros pateaban y braceaban para liberarse del peso de los materiales, personas vivas y muertas, oía llorar, gritar, exasperarse, invocar a todos los dioses de los que había oído hablar. Intentó levantarse, pero recibió codazos y rodillazos, arañazos y puñetazos. Alguien la agarró de los brazos para que lo sacara de debajo de una viga donde estaba atrapado. Pero ella ni siquiera podía ver su cara, prácticamente oculta debajo del polvo.

Trató de tirar, pero no consiguió mover el cuerpo ni un palmo. Entonces procuró soltarse, pero seguía aferrado con fuerza. Después hubo un nuevo derrumbe, esta vez de la pared lateral, que acabó sepultando al hombre que la había agarrado y obligándole a soltarla. Por fin libre, Martina se levantó procurando mantener el equilibrio sobre el amasijo de cuerpos y escombros que la rodeaban. La salida estaba a solo unos pasos, pero había que sortear infinidad de cascotes.

Sintió un retumbo a sus espaldas. Se dio la vuelta. Ahora era la parte posterior del edificio la que había cedido. Los muros se abrieron literalmente, como fauces que quisieran tragarla. Instintivamente, dio un salto hacia delante y fue a estamparse contra más escombros. O quizá fueran muertos: el polvo lo cubría todo, uniformando cuerpos y materiales. Se encaramó a cuatro patas sobre los escombros e intentó mover con las manos los que obstruían el camino.

Le escocían los dedos por los arañazos, pero no le importó. Boqueaba, casi no podía respirar por culpa del polvo. Vio a otros supervivientes junto a ella moverse como fantasmas, lentos y perdidos, heridos y aturdidos, e imaginó que debía estar igual que ellos. Terminó arrastrándose hasta la puerta de entrada, reptando sobre los escombros y lacerándose el cuerpo con más rasguños, moretones y cortes. Y cuando por fin consiguió salir, le bastó un instante para darse cuenta de que en absoluto estaba fuera de peligro. La tierra parecía haber dejado de temblar, pero las construcciones de alrededor seguían derrumbándose. Se levantó y se dirigió tambaleándose al centro de la calle, donde la gente pasaba corriendo despavorida. Y todos corrían hacia el interior. Veía personas despuntar entre las ruinas de los edificios, muchas aún vivas, pero paralizadas por el peso de los escombros, sin que nadie se atreviera o pudiera sacarlos de ahí. Oía lamentos y gritos, pero no veía de dónde provenían. De repente, todos los sonidos se vieron superados por otro mucho más fuerte y rotundo. Se giró y comprendió por qué huían las personas que casi la habían arrollado: el mar.

El mar estaba a punto de arrasar la ciudad.

Olas más altas que los edificios; formaban una especie de cueva que iba engullendo la zona construida, devorando y demoliendo las casas por donde discurría. Se llevaba todo a su paso, estructuras, hombres, animales, carruajes, atropellando y destruyendo todo lo que el terremoto había dejado en pie.

Y venía hacia ella.

El instinto de supervivencia le sugirió salir corriendo hacia el interior, como todos los demás. Pero sabía que no podría conseguirlo. La ola iba más rápido que cualquier ser humano. Corrió todo lo que pudo, preguntándose por qué lo hacía, si su vida era tan inútil como siempre había creído. Podía haberse abandonado a su suerte, dejarse arrollar por aquella enorme garra que estaba a punto de apresarla, y nadie la echaría de menos, excepto como instrumento de placer. Tal vez ni siquiera su hermano, que ahora había encontrado un amor embriagador con esa judía, según le había escrito, y ya no estaba solo.

Sin embargo, su cuerpo la conducía hacia la vida. Todavía deseaba disfrutar, quizá, o seguir destruyendo la vida de las personas que la habían humillado y hecho sufrir. Una vida inútil, para nada cristiana como le había enseñado su madre, pero una vida.

Se giró una vez más al ver a una madre avanzar a duras penas con un niño en brazos y a un anciano detenerse y caer al suelo, vencido. Y la ola a sus espaldas, veloz pero menos imponente. Buscó entonces un lugar más elevado y lo encontró en un edificio parcialmente derruido, donde los escombros de la parte desmoronada habían creado una especie de rampa desde donde acceder a la zona todavía en pie. Corrió con todas las fuerzas que le quedaban mientras sentía el agua haciendo espuma justo detrás de ella. Alcanzó la construcción, trepó sobre los cascotes lastimando nuevamente sus numerosas heridas, llegó al segundo piso y se agarró al marco de una puerta un instante antes de que el agua embistiera el inmueble y lo sacudiera con violencia. Martina sintió las salpicaduras lamerle las magulladas piernas, la superficie en la que se encontraba vibraba, y temió ser atropellada por la ola o por los cascotes producidos por el impacto.

Cerró los ojos y aguardó. No podía hacer otra cosa. Se vio como el anciano con el que se había cruzado un poco antes, vencida y sentenciada. Pero no sucedió nada. Cuando los volvió a abrir, vio que el agua fluía lentamente por debajo. Y lo que quedaba del edificio seguía en pie.

—El rey Ortario reconoce tu superioridad, césar Flavio Juliano, y declara que de ahora en adelante será un fiel aliado del Imperio romano, así como un fiel súbdito del inigualable augusto Constancio.

El intérprete recitó en voz alta las frases rituales de rendición del soberano germano, quien se postró al pie del podio dispuesto por Juliano en el interior del campamento.

Algunos asistentes se prepararon para entregar a Ortario y a sus acólitos los habituales regalos: caballos, armas y collares de oro que habían acordado para sellar la paz y la alianza. Pero Juliano los detuvo con un ademán, observando con desconfianza el pequeño grupo de prisioneros que el rey bárbaro había traído consigo. Durante el trienio de guerras casi ininterrumpidas había derrotado repetidamente a germanos, francos, cuados y sajones, y todos los reyes con los que había estipulado frágiles tratados de paz siempre le habían hecho la misma burla: la devolución parcial de los prisioneros.

Sin embargo, esta vez estaba preparado y sabía cómo hacer frente a su deslealtad.

–¿Son estos todos los prisioneros, rey Ortario? –preguntó, dirigiéndose al soberano todavía postrado–. ¿Después de todos los años de incursiones, conquistando fuertes y ciudades a lo largo de la frontera, traéis solamente estos soldados? Yo creo que tú te los has quedado para ti y para tus nobles como esclavos en los pueblos donde ejerces tu autoridad.

Aguardó a que el intérprete tradujese, luego vio al rey levantarse levemente y hacer aspavientos de consternación. Dirigió un torrente de palabras hacia el traductor, llegando incluso a arrancarse sus largos cabellos y a implorar al cielo, como si invocase a sus dioses para que testimoniaran sus declaraciones.

«Lo que me quedaba por ver», se dijo Juliano, torciendo el gesto. Le tradujeron que Ortario juraba y perjuraba que los supervivientes eran aquellos que había traído, y que sentía que el césar no lo creyera digno de su confianza. Mantenía que muchos se habían escapado, otros habían muerto de agotamiento o se habían suicidado, pero en total nunca habían sido muchos más que los presentes. Evidentemente, decía, muchos habían aprovechado los desórdenes que seguían a las guerras fronterizas para desertar y desaparecer sin dejar rastro. Cobardes que no cumplieron con su deber.

Una vez escuchada la traducción, muchos soldados murmuraron indignados, y más de uno lanzó una mirada de odio al soberano germano y a sus acompañantes. Juliano a duras penas podía contener su satisfacción; esta vez tenía una auténtica ocasión de impresionar no solo a los bárbaros, sino también a sus hombres, a quienes había ocultado la estratagema que había ideado para recuperar a todos sus camaradas desaparecidos.

Exhortó a los prisioneros a dar un paso adelante diciendo su nombre y la unidad a la que pertenecían. Luego hizo un gesto a sus secretarios y escribanos, que estaban sentados a sus espaldas, para que tomaran nota en sus listas. Los prisioneros, bastante maltrechos, desnutridos, con la ropa raída y llenos de cicatrices de las palizas recibidas, desfilaron junto al estrado, declarando quiénes eran y de dónde provenían, y fue rápido. No eran muchos.

Juliano extendió la mano y pidió los listados, donde solo vio algunos nombres tachados de registros mucho más extensos: se habían redactado basándose en las declaraciones recogidas antes de la campaña de soldados que habían conseguido escapar de su prisión y que habían informado a los secretarios del césar sobre la suerte de los compañeros que se quedaron en las aldeas germanas. Sacudió la cabeza, hizo un mohín y luego declaró con gravedad, dirigiéndose a los delegados y al rey en particular:

—Os anuncio que, a partir de este momento, se reanudarán las hostilidades, y sin cuartel. Vosotros no habéis respetado los pactos, así que no habrá paz. ¡Marchaos y preparaos para una nueva y despiadada ofensiva que arrasará hasta los cimientos vuestras aldeas!

Después de que sus palabras fueran traducidas, los bárbaros se miraron abrumados, y el rey se puso en pie hinchando el pecho en un arrebato de orgullo. Los soldados romanos murmuraron y enseguida insultaron a los germanos a voz en grito. El intérprete declaró solemnemente, traduciendo de nuevo las palabras del rey, que los prisioneros serían devueltos en su totalidad.

Juliano devolvió las listas a los escribanos y les dijo que le refrescaran la memoria con nombres, aldea por aldea. Una vez instruido, exigió silencio y, cuando lo obtuvo, se dirigió nuevamente a los bárbaros.

—En la aldea donde vive el rey todavía están el *ducenario* Flavio Niger, el centenario Julio Félix y los soldados Flavio Valente, Vibio Sereno, Julio Longo, Marcio Clemente, Cerficio Fusco, Flavio Prisco, Sextilio Germano, Atilio Numeriano; además de los auxiliares Silvano, Croco, Arbogaste.

Esperó a que tradujeran el elenco, luego retomó la palabra, regocijándose con la expresión pasmada de Ortario.

—En el pueblo de tu primo Suomario están el centenario Sosio Celere, los soldados Claudio Optato, Gayo Septimio, Gayo Severo, Ursicio, y también los auxiliares Arbición, Seneción, Vadomario, Urio, Vestralpo.

La nueva traducción puso a los bárbaros en un brete. Hablaron entre ellos, mientras el rey Ortario observaba a Juliano, literalmente aterrorizado. Se arrodilló de nuevo, parloteando nervioso en su idioma.

–¿Qué ha dicho? –preguntó el césar al intérprete.

–El rey dice que estás protegido por una fuerza divina muy poderosa, que todo lo sabe sobre los hombres y que te ha revelado lo que él pretendía ocultarte –le explicó el traductor.

–Exacto. Y que sepa que no podrá mentirme más, si no quiere ser castigado a causa de su deslealtad, por mí, por el Imperio y por las fuerzas divinas que me protegen. Nuestra venganza será muy severa –especificó.

Tras esta última traducción, el rey habló largo rato.

–Ortario dice que se apresurará a complacerte en todo. Te pide un plazo de diez días, dentro de los cuales hará cuanto esté en su mano para traerte a todos los hombres que faltan. Se compromete a hacerlo por su honor, y también se compromete, te asegura, a convencer a los demás reyes de que no se opongan a tu extraordinario poder y de que acudan a ti en busca de una paz justa y duradera, devolviendo a su vez a los prisioneros que todavía estén en su poder.

Juliano esperó unos instantes para hacer valer su magnanimidad.

–Diez días, pues. Ni uno más, durante los cuales los demás nobles permanecerán en este campamento como rehenes –estableció–. ¡Y por cada prisionero que no sea devuelto entre los que sabemos que están en vuestras aldeas, un rehén se quedará con los romanos cuando retomemos las hostilidades! Y ahora, Ortario, aprovecha el poco tiempo que tienes a tu disposición.

El soberano no se lo hizo repetir. Profundamente turbado, se postró una vez más y luego se alejó con sus escuderos, dejando allí, perplejos, a los nobles que formaban parte de la delegación, mientras los soldados romanos se desternillaban de la risa y les lanzaban todo tipo de pullas. Luego se dirigieron a su comandante y aclamaron su nombre con admiración.

Juliano apenas podía contener la emoción. Cuando sentía su aprecio se sentía realmente heredero de los emperadores y un emperador él mismo. Pero no el heredero de Constantino el Grande, que había arrasado con la tradición heroica inaugurada por Julio César y Augusto, y que había entregado Roma a una camarilla de supersticiosos fanáticos que solo pensaban en luchar entre ellos y en rezar a un carpintero hebreo, en lugar de defender o expandir el Imperio.

No, él era el heredero de Grecia y de Roma, de la admirable civilización que había proporcionado al hombre las más altas cotas del conocimiento y de la conciencia. Luego reflexionó sobre las palabras del soberano bárbaro. Y rezó a Helios por que fuesen ciertas: que él verdaderamente estaba protegido e iluminado por una fuerza divina, y que esa fuerza le permitía cumplir lo mejor posible su misión restauradora. Sabía que los espíritus de todos los grandes personajes que le habían precedido antes de Constantino le estaban mirando a él, y no a Constancio, para restablecer su legado, el honor y la dignidad que su misma familia había pisoteado. Sexto Martiniano careció de los medios para lograrlo. Fue césar, aunque sin la posibilidad de convertirse en augusto. Pero le había indicado el camino.

Él conseguiría lo que el pobre y valeroso pretoriano no pudo lograr. Al fin y al cabo, no se enfrentaba a un personaje extraordinario como Constantino el Grande, sino a su pálido reflejo. Constancio entendería, antes o después, que le necesitaba no solo como subordinado, sino como su igual: un augusto, como había habido en tiempos de Constante, cuando el vasto Imperio se dividió en dos mitades en las que cada soberano actuaba con autonomía plena. Si lo hicieron dos hermanos, ¿por qué no dos primos?

–Mi señor, tengo una terrible noticia que darte.

Eusebio, con la cabeza gacha, se encontraba junto a Osio en el *tablinum* del emperador cuando Constancio entró en su despacho con la túnica real polvorienta tras haber estado por las calles comprobando personalmente la magnitud de los daños causados en Nicomedia por el terremoto y el maremoto.

El emperador pareció no haber oído a su gran chambelán. Se le veía alterado y algo ausente.

–Es increíble… La cólera del Señor se ha desencadenado por doquier aquí en la ciudad. Decenas y decenas de muertos, puede que centenares… Tendrá que pasar mucho tiempo antes de que florezca de nuevo…

Parecía estar hablando consigo mismo, como si ellos no estuvieran delante, sin mirarlos.

—Hemos visto personas aún vivas bajo los escombros implorándonos ayuda. Enviamos a nuestros guardaespaldas a mover cascotes, pero no siempre con éxito. Es terrible… Nosotros… queríamos darles coraje y ánimo, pero nos han faltado las fuerzas. Hemos visto más horrores que en un campo de batalla: no solamente había soldados muertos, destrozados, desgarrados, sino también mujeres y niños. Personas a las que se supone debíamos proteger…

Osio y Eusebio se miraron.

—Mi señor —dijo el obispo—, no puedes reprocharte nada. Este cataclismo era imprevisible y no existe un solo ser humano que pueda controlarlo. Es evidente que el Señor lo ha querido así para castigar a los cristianos por sus divisiones y sus continuos litigios. Para recordarnos que debemos estar todos unidos en la fe común en Cristo y en el amor al prójimo. No es casualidad, la iglesia donde se habían reunido los obispos con la intención de responder a tus intentos de compromiso se ha desmoronado, y están todos muertos. Una clara señal de la voluntad divina, debo admitirlo…

Solo entonces Constancio pareció despertar de su sopor. Miró a Osio y preguntó:

—Pero… nuestra esposa…, la emperatriz…, ¿no había ido allí precisamente?

Eusebio avanzó un paso.

—Así es, mi señor, eso es exactamente lo que quería anunciarte —intervino—. La emperatriz Eusebia tuvo la desgracia de hallarse en el lugar equivocado en el momento inadecuado. En cuanto empezó el cataclismo, me encargué de enviar personal para buscarla y protegerla, pero llegaron demasiado tarde…

Constancio le miró trastornado.

—¿Cómo…? ¿Demasiado tarde?

Eusebio se arrodilló.

—Mi señor, se vio afectada por el derrumbe y recibió un violento golpe en la cabeza cuando le cayeron los cascotes encima. No se pudo hacer nada. El Señor se la ha llevado con él.

Al emperador le fallaron las piernas. Tembló y se tambaleó, y Eusebio se apresuró a sentarle en una silla antes de que se cayera.

–Eusebia… No podemos creerlo –lloró Constancio, llevándose las manos a la cara–. Era una criatura extraordinaria… ¿Cómo puede el Señor haber decidido llevársela?

–Ninguno de nosotros conoce los caminos por los que obra el Señor –le consoló Eusebio–, aunque seguramente tienen siempre una finalidad superior a las contingencias humanas. Tal vez lo entendamos en el futuro. Todos estamos profundamente afligidos por tu pérdida y nos esforzaremos por encontrar una razón. Todos los que la conocían la querían y sabían cuán valiosa era para el Estado y para ti, mi señor.

Osio jamás había visto a Constancio sollozar de aquel modo. Había asistido a muchos momentos de debilidad del soberano, momentos de los cuales se había aprovechado para guiarlo por donde él quería. Pero ahora estaba realmente postrado por el dolor. Sin ella, volvía a ser el vulnerable, influenciable y patético hijo de Constantino el Grande.

–Me uno al dolor del gran chambelán, mi señor. Todos echaremos de menos su brillante inteligencia y su extraordinaria ecuanimidad –se sintió obligado a decir.

El emperador no levantó la cabeza. Siguió llorando largo rato. Finalmente dijo:

–Dejadnos solos con nuestro inmenso dolor. No queremos que nos veáis así. Cuando estemos preparados, nos llevaréis a verla.

Eusebio y Osio asintieron. El gran chambelán se dejó ayudar por el esclavo de Osio para llevar al obispo a la estancia contigua, en espera de que el emperador se recompusiera y los llamara.

Osio despidió a su esclavo.

–¿Qué ha sucedido en realidad? –preguntó al gran chambelán en cuanto estuvo seguro de que nadie le oía.

Las sacudidas del terremoto habían agudizado sus dolores, en aquel momento insoportables, pero la noticia de la muerte de la emperatriz poseía el poder de hacerlos más llevaderos.

–Según parece, el Señor había decidido salvarla, ¿sabes? –respondió el eunuco–. Cuando mi hombre llegó allí, la iglesia se acababa de derrumbar, pero a ella no le había dado tiempo a entrar. Por suerte, le había dado instrucciones muy precisas. Se aprovechó del caos que reinaba en aquel momento y, sin que nadie le viera, la empujó hacia los escombros, entre una densa polvareda, y la golpeó en la cabeza. Nadie será capaz de descubrir que no murió en el derrumbe –concluyó, muy satisfecho con su trabajo.

Y tenía motivos para estarlo, pensó Osio. Le había entrenado bien.

–Mi más sincera enhorabuena, gran chambelán. Yo no podría haberlo hecho mejor –admitió, sabiendo cuánto le gustaban sus comentarios al eunuco–. Has demostrado una capacidad insuperable para adaptarte a las circunstancias. No sé si a mi edad habría estado tan receptivo.

–Estoy seguro de que sí –le aduló Eusebio–. Estoy convencido de que también se te habría ocurrido la idea de aprovechar el terremoto para librarte de la emperatriz. Lo habíamos comentado tantas veces que no lo he dudado ni un momento…

Por un instante, Osio olvidó todos sus tormentos, disfrutando de esa sensación de omnipotencia que había alimentado su espíritu durante un siglo. El emperador pensaba que él ya no valía nada, y sin embargo era capaz de manipular a los personajes más influyentes del Imperio tanto o más que antes. Para recibir su herencia, Eusebio se mostraba siempre dispuesto a complacerle y a llevar a cabo sus estrategias. Con su esterilidad, Eusebia impedía al emperador tener un heredero por quien apostar en lugar de Juliano, y con su personalidad, condicionaba las decisiones del soberano; a Osio le había bastado con expresar el deseo de liberarse de aquella mujer dañina para que Eusebio se asegurase de que aconteciera.

Al parecer, aún era capaz de orientar la política del gran chambelán, quien, a su vez, orientaba la del emperador. Todavía era él, por tanto, el amo del Imperio, o al menos de una parte: lo sería de todo el dominio de Roma cuando se librara también de Juliano. Constancio no era consciente, pero ahora Eusebio y él podrían volver a influir en sus decisiones como antaño.

–Ahora se trata de encontrar una nueva esposa, joven y fecunda, para nuestro señor –declaró, volviendo a ser pragmático–. Así podrá aspirar a un hijo, que crecerá bajo nuestra tutela, en lugar de pensar en su primo, demasiado listo y demasiado independiente como para tenerlo en nuestra esfera de control.

–No será un problema –le tranquilizó el eunuco–. Solamente la convicción de Eusebia de que los dos primos debían ponerse de acuerdo por el bien de la familia y del Imperio evitó el enfrentamiento. Ambos desconfían el uno del otro, Constancio porque es suspicaz por naturaleza, Juliano por todo lo que ha tenido que soportar en el pasado con el emperador, y no hará falta gran cosa para complicar sus relaciones. Encontraré la manera de que el emperador escatime cada vez más soldados y recursos al césar; tenemos la excusa perfecta con las amenazas de Sapor y me será fácil convencer a Constancio. Y, además, Eusebia era la única que le protegía de todas las calumnias que le llovían al césar en la corte... Ahora será más fácil impulsar a Constancio a aborrecerle.

—Claro que existe el riesgo de provocar una guerra civil... —reflexionó Osio.

—Pero sería la última —contestó Eusebio convencido—. La definitiva que nos entregaría el poder sobre todo el Imperio, sin la amenaza de que cualquier otro nos lo quite. Y, además, si seguimos quitándole recursos a Juliano, será una lucha con un final anunciado, como lo fue con Galo. Ese sabihondo tendrá el mismo final que su hermano, puedes estar seguro.

Osio encontró fuerzas para sonreír. Tenía cien años, pero todavía tenía muchos alicientes para vivir, muchos planes y muchos objetivos que hacer realidad. Un privilegio que debía agradecer a su tenacidad y a su ambición, se dijo, mirando a su creación y frotándose las manos con satisfacción.

CAPÍTULO XXXIV

–¡Esto es inaudito!

Juliano se desplomó sobre la silla frente a su escritorio del *tablinum* en su residencia de París y miró consternado a Martiniano, que le acababa de dar la noticia más desconcertante que podía recibir.

–¿Qué es lo que quiere mi primo, que entregue la Galia a los bárbaros? Todo el trabajo que he hecho en estos cuatro años se echaría a perder en un instante… –se lamentó.

–Según me han dicho los oficiales que recibieron a su embajador, parece ser que es la frontera oriental la que se está colapsando –explicó Martiniano–. Tras veinte años sin conquistas, Sapor finalmente se ha apoderado de Amida, exterminando a seis legiones. Un duro golpe para el prestigio del Imperio. Y para pasar al contraataque el augusto necesita más hombres, lo antes posible, para la campaña de primavera…

Juliano sacudió la cabeza, se puso en pie, se acercó a su general y casi le arrebató de la mano el listado que llevaba.

–Veamos… Mi primo exige a los hérulos, bátavos, petulantes, celtas, escutarios y gentiles de la escolta, además de a ti, por supuesto, y a un tercio de los efectivos de las legiones. Y no solo eso: ¡no ha venido a pedírmelo a mí, sino a mis oficiales!

Martiniano le miró incómodo.

–En efecto, es extraño que no se haya dirigido directamente a su césar sino a sus subordinados… –admitió–. Debe encontrarse realmente bajo presión a causa de Sapor para cometer un error semejante…

–¿Error? –saltó Juliano–. ¿Qué error? ¡Esto es una ofensa deliberada, te lo digo yo! ¡Hace más de un año, desde que murió nuestra querida Eusebia, que tengo que soportar todo tipo de provocaciones! Me humilla de todas las formas posibles…

–No creo… Aquí has llevado a cabo una labor encomiable –protestó Martiniano.

–¿Lo dices en serio? Solo ella me defendía en la corte –rebatió Juliano.

–Claro que he hecho un buen trabajo, por eso mismo mi primo, que se ha dejado robar territorios en vez de conquistarlos, me envidia y presta oídos a los chismosos que quieren que acabe como Galo… ¿Crees que no sé lo que piensan de mí? Cada vez que envío mis trofeos de guerra al emperador, me llaman «Victorino», «mono vestido de púrpura…». Me consideran débil, afeminado, un charlatán espabilado que sabe venderse pero que no ha hecho nada concreto. Dicen que hago ensalzar mis hazañas con grandilocuencia, ¡yo que he cruzado tres veces el Rin y recuperado veinte mil prisioneros, reconquistado y reconstruido todas las ciudades tomadas a los bárbaros, alistado miles de nuevos soldados y enviado a mi primo unidades selectas de soldados de infantería y de caballería! ¡Tú estabas allí, Martiniano! Siempre estuviste a mi lado: ¿acaso estoy vanagloriándome?

–Ejem, por supuesto que no, césar –se apresuró a confirmar Martiniano, y a Juliano le pareció sincero–. Has hecho todo esto y mucho más, no se puede negar. Pero yo que he servido en la corte sé cuánta mezquindad campa por allí. Es gente que nunca ha estado en el frente ni en la guerra, pero se atreve a emitir juicios militares sobre cualquiera…

–¡El problema es que el emperador los escucha! –le interrumpió Juliano, cada vez más agitado–. ¿Sabías que hace tiempo llegaron a acusarme de sobornar a los soldados por darle unas monedas a un legionario para que fuera al barbero a afeitarse? ¡Y está claro que él escucha a las malas lenguas si ahora me quiere arrebatar dos tercios de las tropas galas! Dos tercios, ¿te das cuenta? Igual que cuando le esquilmó las tropas a mi hermano. ¡Me quiere dejar fuera, esto seguro!

Martiniano extendió los brazos.

–Recuerda, césar, que yo también tendré que regresar a Oriente, y me ocuparé de contarle al augusto la verdad…

–Pero si tiene la intención de acabar conmigo como lo hizo con mi hermano, no hay verdad que valga –declaró desconsolado Juliano.

Ahora tenía miedo no solo de los bárbaros, frente a los cuales se quedaría indefenso sin la mayor parte de sus tropas, sino de su propio primo.

–Pero hay un problema –precisó Martiniano–. No te será fácil convencer a las tropas, sabes perfectamente que los auxiliares germanos se enrolaron a condición de no dejar la Galia para combatir en otros frentes. Armarán un alboroto; todos tienen familia, y me temo que habrá desórdenes en todos los lugares donde los hospedan.

Juliano reflexionó sobre las palabras de su subordinado. Sin duda tenía razón. Y esto le daba cierto margen de maniobra: si el emperador era capaz de dejar toda una prefectura expuesta e indefensa para ponerla en una posición de inferioridad, entonces quería decir que, para Constancio, eliminar a su césar demasiado entrometido era una prioridad absoluta, incluso más que la de defender el Imperio. Así que debía intentar el todo por el todo para evitarlo; tenía una misión que cumplir en nombre de los dioses y no se rendiría fácilmente.

–Entonces, deberemos reunir a todas las tropas aquí, en París. Tendré que hablarles –dijo–. De lo contrario, nos exponemos a una revuelta.

Martiniano asumió una expresión recelosa. Puede que hubiera comprendido adónde quería ir a parar.

–¿Aquí, en París? ¿Estás seguro? ¿Quieres concentrar aquí todo su descontento? Se podría desatar un infierno… –objetó.

–Mejor un hervidero único que pueda mantenerse bajo control, que muchos focos imposibles de calmar repartidos por todo lo largo y ancho del territorio –replicó decididamente Juliano, con la esperanza de convencer a su interlocutor.

Aunque a ambos los unía el respeto mutuo e incluso la amistad, Martiniano seguía siendo uno de los colaboradores más fieles del augusto, y el césar sabía bien cuáles eran las prioridades del general. Y con su reacción instintiva a las peticiones de Constancio, ya le había dado motivos para dudar de sus intenciones.

El general se quedó mirándole, ahora sin decir nada, dando la impresión de escudriñar su alma.

–Sabes bien, *magister peditum*, que, si hay alguien que pueda convencer a los soldados para partir hacia Oriente, ese soy yo –insistió–. Ahora me respetan. Soy su comandante desde hace un cuatrienio y juntos hemos obtenido grandes éxitos; además, los bárbaros que han entrado al servicio del Imperio han firmado pactos personales conmigo, y solamente me escucharán a mí. Ahora son «mi» ejército, y partirán únicamente si yo se lo pido.

Martiniano asintió, sorprendido.

—Pero se lo pedirás, ¿verdad? —le preguntó.

Juliano también se lo quedó mirando.

—No importa lo que pienses, yo dispongo de una prefectura y mi primo de tres; no estoy tan loco como para desafiarle, aunque quiera. Y no quiero —declaró solemnemente.

—Eso espero, césar —respondió también con solemnidad Martiniano—. Recuerda siempre lo que debes a un augusto que te ha nombrado césar después de haber cuidado de ti desde el momento en que te quedaste huérfano.

Luego hizo una inclinación y se dirigió hacia la puerta.

—¡Martiniano! —le detuvo en el umbral Juliano.

—¿Sí, césar?

—¿Y quién me dejó entonces huérfano sino el asesino de mi padre? —no pudo evitar decirle al hombre que lo había salvado de ese mismo destino.

Martino contempló el campo de ejercicios abarrotado de soldados que habían acudido en masa a los suburbios de París desde toda la Galia, luego vio a Juliano subir a la tribuna para hablar a las tropas. Y se preguntó qué le diría el césar a aquellos hombres que se quejaban y protestaban desde el momento de su llegada. Solo tenía que aguzar el oído y escuchar sus conversaciones, que silenciaban cuando se percataban de su presencia, para entender que incluso al más motivado de los comandantes le costaría trabajo convencer.

Y Juliano, lo sabía bien, no estaba en condiciones de sentirse motivado. Esperaba equivocarse. Deseaba que el césar fuera consciente de la situación y se comportase con prudencia. Su experiencia le hacía olfatear aires de rebelión.

—Mi mujer —oyó decir a un soldado— se me acercó mientras amamantaba a nuestro hijo pequeño y me preguntó si iba a tener el coraje de abandonarlos.

—Lo comprendo, mis padres temían que hubiera otra invasión

cuando han visto partir a mi unidad. Y cuando les he contado lo que teníamos que hacer, han perdido la esperanza diciendo, con razón, que una vez que nos marchemos las invasiones serán un hecho.

–Y serán más cruentas que nunca: ¡masacrarán a todas nuestras familias porque no habrá quien las defienda!

–¿Es que no tienen soldados en Oriente? ¿Por qué los persas son peligrosos y los germanos, francos, cuados y todos los demás no? ¿En qué están pensando en Constantinopla?

–¡Y a quién le importa Constantinopla! En lo que a mí respecta, es como si fuera otro Imperio. Igual que el persa: ¡mi Imperio está aquí, en Europa!

–Te lo digo yo: el augusto ha querido hacer un desaire a su primo. Y los que perdemos somos nosotros.

–¡Y nuestras familias!

Conversaciones peligrosas. Muy peligrosas. Martino estaba cada vez más preocupado. No presagiaba nada bueno, pasara lo que pasara. Si por un casual, aquellos hombres fueran trasladados a la frontera oriental, dudaba mucho que combatieran con valor y convicción. Muchos de ellos eran auténticos y verdaderos bárbaros que no conocían otro mundo fuera de la cuenca renana: realmente no los veía con su piel blanca y sus melenas rubias bajo el sol abrasador del desierto de Mesopotamia; otros pertenecían a tropas fronterizas que habían formado una familia y se consideraban asentados. Con toda probabilidad, habrían desertado a la primera oportunidad.

Estaba verdaderamente intrigado por ver cómo se enfrentaría Juliano a aquella turba enfurecida, así que se apresuró a imponer silencio cuando el césar se preparó para hablar.

–¡Soldados! –comenzó Juliano tras asegurarse de que su voz podía escucharse más allá de las primeras filas–. ¡Os debo mucho por todo lo que habéis hecho por mí, por mi primo el augusto y por el Imperio durante todos estos años en los que hemos combatido juntos! ¡Y os debo mucho también por haber venido diligentes, respondiendo a la llamada del emperador para ayudarle contra los persas! Todo esto me une a vosotros. ¡Reconozco a muchos de los que estáis en las primeras filas: ¡tú, Víctor! ¡Recuerdo perfectamente cuando rompiste tú solo la cuña enemiga de los sajones mientras les atacábamos en el bosque! ¡Fui yo mismo quien te puso el primero de la lista de los premiados para enviarle al augusto! ¡Y tú, Decencio: pienso a menudo en aquel duelo tuyo con el reyezuelo germano que obligaste a rendirse a pesar de éstar rodeado de sus escuderos! ¡También a ti, si mal no recuerdo, te conseguí una buena recompensa!

Las personas citadas le saludaron con entusiasmo, y también sus compañeros.

–Recuerdo las gestas de cada uno de vosotros, porque he compartido vuestros riesgos: ¡estaba presente mientras combatíais, no rezando en la retaguardia o en la ciudad, delegando en mis válidos generales las duras campañas que nos permitieron afianzar los territorios donde ahora viven vuestras familias! –retomó Juliano–. Territorios que, por la suprema necesidad del Imperio, deberéis abandonar ahora, al menos hasta que podamos alejar el peligro persa. ¡Pero sabed que Sapor lleva veinte años amenazando la frontera oriental, y podría no ser algo rápido o fácil! Yo haré todo lo posible para que os reunáis con vuestras familias, con vuestros hijos a los que he visto crecer junto a vosotros. Y veréis que allí, en países lejanos, encontraréis recompensas que aquí os han sido vetadas, ¡yo solamente soy el césar, no un augusto, mientras que al combatir por el emperador podréis llegar a lo más alto! Veréis que vuestro sacrificio no será en vano, el emperador sabrá ser generoso con los más valientes. ¡E incluso si esta tierra que habéis defendido durante años con vuestro heroísmo fuera devastada y vilipendiada, tendréis la satisfacción de haber contribuido a afirmar el poder de Roma sobre un adversario mucho más prestigioso que las tribus bárbaras, y a las órdenes de un comandante de mucha más gradación que yo!

Martino negó con la cabeza. No, no le estaba gustando en absoluto lo que decía el césar. Formalmente les exhortaba a ir, es verdad, pero llenándoles de arrepentimiento y recriminaciones. De hecho, durante la siguiente pausa, los soldados no parecían muy convencidos.

–Si él también fuera augusto, no tendría que entregarnos a su primo –dijo un auxiliar–. Cada emperador tendría sus tropas y haría lo que quisiera. Se ve que nos aprecia y, si por él fuera, no nos dejaría partir.

–Puedes estar seguro –confirmó otro–. Es un buen comandante y sería un soberano mejor que ese meapilas de su primo si tuviera la posibilidad de gobernar.

–En cualquier caso, el Imperio es demasiado extenso para un solo emperador. Mirad lo que pasa ahora, para defender una frontera se necesita desguarnecer completamente otra.

El tono de los comentarios indujo a Martino a preguntarse si Juliano, aprovechando su hábil retórica y sin que se notara, estaría aspirando al objetivo del que hablaban los soldados.

–Os despediré como se dice adiós a los hermanos –continuó el césar–. Mañana invitaré a todos los oficiales a un banquete de despedida para hablar de los viejos tiempos, pero también para escuchar sus peticiones. ¡Es lo mínimo que puedo brindaros, «yo que solo soy un césar», para que comprendáis que me limito a obedecer órdenes superiores y que, si por mí fuera, os quedaríais aquí consolidando esta frontera que recuperamos con grandes sacrificios, a fin de que esta prefectura goce de la paz y la prosperidad que busca desde hace más de un siglo! Pero sois soldados, y debéis ir donde vuestros comandantes supremos os ordenen. ¡Yo mismo, «que no soy comandante supremo», estoy obligado a obedecer a quien es mi superior! Y a mí se me ordena que me quede aquí, con unos pocos camaradas vuestros que permanecerán a mi disposición, para defender estas tierras martirizadas en las que han crecido vuestros hijos. ¡Ignoro si nos encontraréis aún vivos a vuestro regreso, pero podéis estar seguros de que cumpliremos con nuestro deber igual que vosotros cumpliréis con el vuestro hasta el final!

Juliano saludó a todos, luego bajó del palco y se fue con su guardia personal. Y cuando Martino oyó a los soldados despedirse con entusiasmo y muchos de ellos felicitándole como augusto, dejó de preocuparse por la actitud de Juliano, quien mostrando desinterés desapareció de la vista de la tropa.

Ahora nadie podía sacarle de la cabeza que, bajo la apariencia del respeto a las instituciones, era en realidad un intento de golpe de Estado.

–¡Flavio Juliano augusto!

–¡Sí, que sea augusto, no césar! ¡Como augusto le seguiré hasta el fin del mundo!

–¡No, como augusto nos dejaría aquí para defender la Galia y todo el Occidente romano!

–¡Nosotros no iremos a Oriente! ¿Quién ha visto alguna vez al emperador? ¡Juliano es mi emperador!

–Nuestros enemigos no son los persas. Son los bárbaros al otro lado del Rin, ¡preferimos luchar contra ellos!

–¡Yo no dejaré a mi familia!

–¡César, sal y hazte proclamar augusto como hizo tu tío Constantino el Grande!

–¡Él sí tenía arrestos!

–¡Sal, o te sacaremos nosotros!

–¡Queremos un augusto que nos defienda y que nos proteja! ¡Un césar no nos sirve de nada, ni a nosotros ni a la Galia, si sucede esto!

–¡Acabemos con ese emperador que no nos ofrece nada y solo nos impone sacrificios! Queremos un nuevo emperador. ¡Salve Flavio Juliano!

–¡Los bátavos no se van, se quedan a defender a sus familias y sus tierras!

–¡Lo mismo haremos nosotros, los celtas!

–¡Sal, Juliano, no seas un cobarde como tu primo! ¿Te has escondido para rezar como él? ¿Qué clase de hombre eres? ¿Te han humillado y no reaccionas?

Juliano no soportaba más aquella horrible noche: gritos, insultos, ruido de ferralla, espadas golpeando los escudos. Los muros del palacio de París retumbaban con las pedradas de los soldados amotinados. Llevaban así desde el anochecer, después de que el césar terminara su arenga y se recluyera en su residencia. Pero la tropa se había quedado muy agitada y le había seguido hasta rodear el palacio. Reclamaba los agravios que había sufrido, exigía una toma de posición. El césar lo había previsto, pero no pensaba que la situación fuera a llegar hasta ese punto.

Un punto sin retorno.

–¿Los escucháis? –preguntó a sus amigos, el esclavo Evenemero y el médico Oribasio–. Me quieren a mí. No sé dónde van a llegar si no les complazco de inmediato.

–Son los dioses que están dando voz a los soldados –declaró Oribasio–. Te están diciendo por enésima vez lo que debes hacer, por el bien del Imperio y por tu salvación personal.

–¿Por mi salvación personal? –rebatió Juliano, que se sentía presa de un irreprimible estado de agitación–. Mi primo me lo hará pagar caro… Todavía no estoy preparado.

–Desde luego que lo estás –le apremió el médico–. ¿No te he enseñado las cartas de Éfeso? Máximo y todos los demás opinan que ha llegado la hora, y tu primo no podrá hacerte nada, porque tiene a Sapor pisándole los talones…

–También tenía a Sapor encima en tiempos de Magnencio, y aun así salió victorioso –objetó.

–Los persas nunca han estado tan intimidantes como ahora. Y Magnencio había asesinado a su hermano. No le quedaba más remedio que vengarse.

Hacía tiempo que Juliano sabía lo que sus amigos y sus maestros esperaban de él: que aprovechase la oportunidad que le brindaba su posición para devolver al Imperio la dignidad pisoteada por los nuevos emperadores cristianos. Por lo menos sus éxitos le habían servido para disminuir la vigilancia de su correspondencia, y sus colaboradores más cercanos habían conseguido hacerle llegar sin riesgos las misivas de sus partidarios orientales, quienes le habían iluminado sobre sus creencias espirituales y sobre su verdadera misión dinástica. Y en cada carta las expectativas crecían, cargando sobre él una responsabilidad cada vez mayor.

Él deseaba complacerles. Lo quería de verdad, porque sabía que de ese modo también se complacería a sí mismo. Y había arengado a los soldados precisamente para tomarle el pulso a sus tendencias. Pero, aunque la respuesta de la tropa había sido alentadora, tenía miedo de tirarlo todo por la borda por un capricho. Y de no estar a la altura. Era verdad lo que había dicho Martiniano, no podía usurpar el título de emperador disponiendo únicamente de un cuarto del Imperio. Habría acabado como Magnencio, pero más rápido que el usurpador anterior, que tenía muchos más recursos a su disposición.

–Estas piedras que los soldados lanzan contra los muros son los dioses llamando por enésima vez a tu puerta, Juliano –insistió Oribasio–. Si desaprovechas también esta ocasión, no tendrás otra.

–Mi señor –intervino Evenemero–. No creo que tengas mucho donde elegir. Tu primo siempre actúa de la misma manera cuando quiere deshacerse de alguien: le quita los soldados para debilitarlo, como hizo con tu hermano, y le acusa de exceso de ambición forzándolo a convertirse en un usurpador, como hizo con Silvano. No me sorprendería que redactaran una carta falsa afirmando tu deseo de ser augusto. Sabes bien que en la corte se rumorea que celebras y presumes de tus victorias porque aspiras a un título más alto…

–También tu hermano fue sospechoso de querer usurpar el título de augusto. Pero no tenía los medios ni el coraje de actuar, y mira cómo terminó… En cualquier caso, el emperador está celoso de ti, y te hará pagar antes o después, sin importar cuál sea tu comportamiento –confirmó Oribasio.

Juliano suspiró.

–Deseaba tanto conquistar el título de augusto gracias a mis méritos… Ojalá Constancio hubiera reconocido la necesidad de un colega en todo y para todo… –se lamentó.

–Eso habría sido lo ideal, de hecho. Pero este mundo está lleno de calumniadores, aduladores y personajes ambiciosos y traicioneros como Osio y Eusebio. Y el emperador está cegado por ellos, que se lo trabajan a diario –continuó Oribasio.

El césar permaneció en silencio, y siguió escuchando las protestas de los soldados, que no daban señales de amainar. Sí, tal vez no le quedara más remedio, como afirmaba Evenemero. Pero debía intentarlo todo para no aparecer como un usurpador, sino como el legítimo soberano exigido por los soldados.

–Esperadme aquí. Debo hablar con alguien antes de decidir. Si tampoco ella me pone el veto, seguiré la voluntad de los dioses –concluyó, y salió de la habitación ante las miradas perplejas de sus amigos.

–Esta noche no dormiremos. Prepárate para partir mañana temprano, tú sola –le dijo Martino a Raquel cuando volvió de patrullar las calles de París.

–Po- qué debo pa-ti sin ti? ¿Y adó-de i-é? –respondió la mujer, levantando levemente la cabeza de la almohada.

–Tras el discurso del césar, los soldados han entrado en la ciudad y están asediando su palacio –la informó–. Los civiles han salido a las calles y están de su parte, porque no quieren perder las guarniciones que les defienden de los bárbaros. Temo lo peor. Aquí ya no estamos seguros. Así que es mejor que te marches, enseguida, antes que yo, y que te quedes esperándome en la primera estación de correos después de París. Si todo va bien, pronto llegaré allí con mi unidad.

–¿Qué pue-e sali- mal?

–Muchas cosas –le respondió angustiado, sentándose en el borde de la cama y acariciándola con dulzura–. He pasado por aquí ex profeso para contártelo y para verte.

La besó apasionadamente, descargando por un momento, en su suave respiración y en su delicado olor, las tensiones que había acumulado en aquella jornada infernal. Luego dejó que ella le abrazara y lo estrechara contra sí, acunándose en su calidez, antes de obligarse a levantarse y a marcharse de nuevo. La miró intensamente, dando las gracias al Señor por haberle hecho un regalo tan especial, permitiéndole recoger una flor única en un jardín al que creía no poder acceder, y donde pensaba que no había más que malas hierbas. Sí, el Señor era mucho más grande y magnánimo que los hombres que lo representaban; decían que el hombre estaba hecho a su imagen y semejanza, pero no era así en absoluto. La crisis en curso venía a interrumpir la época más feliz de su vida, pensaba mientras se reunía con sus hombres, algunos de los cuales le estaban esperando a las puertas de su casa. Habría deseado quedarse así eternamente. Había demostrado ser un excelente soldado y había ascendido en el escalafón gracias a sus hazañas, hasta un punto más allá del cual solo se podía llegar con los conocimientos adecuados y la voluntad de compromiso. De modo que ya no temía que le comparasen con su padre. Si Sexto había llegado a ser césar, seguro que fue porque eran otros tiempos y, quizá, por mostrar menos prejuicios. Por otra parte, era un pagano dispuesto a todo por defender su mundo anticuado y decadente. Pero, a diferencia de su padre, Martino había encontrado un amor sereno y correspondido, y pretendía disfrutarlo, porque le hacía sentir un hombre mejor. El amor entre Sexto y Minervina siempre había sido doloroso y frustrante, incluso destructivo, y las consecuencias habían sido devastadoras para sus hijos. El suyo, en cambio, era como una luz que le iluminaba desde el interior. Se sentía resplandecer, y era como si él también tuviera una chispa divina en su interior; ya no tenía esa desesperada necesidad de buscarla en otra parte que los sacerdotes le habían hecho creer que poseían para poder ser siempre los interlocutores necesarios entre Dios y él. Con el espíritu predispuesto para el amor, sentía que Cristo ya estaba dentro de él, sin necesidad de intermediarios. Pero, cuando se puso en camino hacia el palacio de Juliano, se dio cuenta de que, sobre todo en aquellos dramáticos momentos, nadie en la ciudad pensaría como él. Por las calles oscuras se movían furtivamente decenas de sombras, con armas o sin ellas, todas dirigiéndose hacia la residencia imperial para presionar al césar. Todos deseaban que el ejército permaneciera en la Galia, todos tenían más miedo de quedarse indefensos que de la enésima guerra civil. Se preguntó qué podría hacer con una unidad de *schola palatina* para hacer respetar el orden público, teniendo a toda la ciudad y al ejército en contra. Provocar aunque fuera un solo muerto extendería la revuelta y la convertiría en una masacre. El tenso silencio de sus hombres le convenció de que conocían bien los riesgos sin que él tuviera que explicárselos; por otra parte, todos eran veteranos, le respetaban y podía contar con la firmeza de su temple.

Al menos, eso esperaba al ver la aglomeración en torno al edificio.

Había de todo: legionarios y auxiliares armados, que parecían decididos a echar abajo el portón y a sacar a Juliano a la fuerza; pueblo llano que le instaba a actuar, arremetiendo contra el emperador y protestando por el triste destino que corría el riesgo de afrontar sin las guarniciones; decuriones y notables de París, deseosos de que el césar les recibiera para enterarse con antelación de sus intenciones y comportarse en consecuencia; e incluso sacerdotes, observó, dispuestos a aprovecharse del descontento popular en beneficio propio.

Y una vez más se preguntó cómo podría, en aquellas condiciones, hacer respetar las disposiciones de su emperador Flavio Constancio.

CAPÍTULO XXXV

Incluso en su estado, Elena debió de haberlo oído, se dijo Juliano mientras entraba en el dormitorio de su esposa. La encontró despierta, en efecto, pero recostada en la cama, como siempre desde que había perdido al bebé.

—¿Cómo estás, mi señora? —le preguntó, esperando dar la impresión de que se preocupaba por ella.

—He tomado unas hierbas para descansar mejor esta noche, pero parece que no va a ser posible, ¿verdad? —le respondió, con la débil voz que la caracterizaba, que apenas era ya un susurro.

Nunca había sido una mujer muy vital, pero desde la interrupción de su embarazo sufría y se había debilitado mucho. Los médicos no le habían dado muchas esperanzas de recuperación a su esposo, y Juliano estaba convencido de que ella también lo sabía. Pero nunca habían hablado del tema.

En realidad, nunca habían hablado de nada. Jamás se habían hecho ninguna confidencia, ya fuera porque Juliano no la encontraba atractiva, o porque ella no hacía el menor esfuerzo para serlo. Era sosa, tímida, reservada, carecía del temperamento fuerte de los Constantinos, y a Juliano, en un primer momento, no le había disgustado: habiendo estudiado a Marco Aurelio y a los estoicos había aprendido que el sabio debía respetar la virtud de la moderación, y una mujer más provocativa le habría distraído de sus propósitos. Así que se había limitado, con ella, a contactos formales en ocasiones públicas y a escasos encuentros nocturnos para engendrar un hijo. Juliano se había resignado hacía tiempo a no tener un heredero a corto plazo, como le pasaba a Constancio con la pobre Eusebia. Y estaba seguro de que cuando Elena muriese no le afectaría tanto como cuando se enteró del trágico fin de la augusta, a quien debía su posición y la posibilidad de conservarla hasta aquel día.

–No, no creo que sea posible. ¿Has oído lo que están diciendo? –le preguntó.

La mujer asintió. Asintió y ya.

Pero Juliano debía conocer su opinión, si es que aquella mujer carente de personalidad tenía alguna al respecto. Necesitaba que la hermana del emperador, la que Constancio le había entregado por esposa, justificara sus prácticamente forzadas decisiones. Al fin y al cabo, Fausta, la hija del emperador Maximiano con quien se había casado Constantino, había comprendido los abusos que su padre pretendía cometer contra su marido y se había puesto del lado de este último.

–¿Y tú qué opinas? –la apremió.

Elena se veía incómoda. Se mordió los labios descarnados y descoloridos, miró a todas partes menos a él, pareció incluso ponerse nerviosa.

–Yo…, nunca me ha interesado la política –dijo por fin.

–Pero yo no te estoy pidiendo un juicio político –la urgió él–. Te estoy preguntando si crees que tu hermano está preparando el camino para darme el mismo fin que al mío, o que si tengo el derecho de protegerme. No, no te estoy consultando si es justo que me haga elegir augusto sin que sea él quien me nombre.

La mujer bajó la mirada y se rascó las manos. A Juliano le daba mucha pena; no se le ocurría ninguna persona más triste que ella, y con un destino más triste que el suyo; era la hija del gran Constantino, y sin embargo se estaba muriendo joven sin haber experimentado la alegría, o incluso únicamente la satisfacción, de ser amada. Solamente había sido mercancía de cambio en el juego del poder. Su hermana Constantina, al menos, hasta donde sabía, había disfrutado de la vida, aunque de un modo que él aborrecía.

–Bueno, entiendo que le tengas miedo. Quizá… le atribuyes la muerte de todos tus seres queridos…

Luego se quedó parada, aterrorizada.

–Sigue, no temas –la exhortó.

–Pero también tienes que comprenderle: ha sufrido tantos ataques a su trono, que ya no se fía de nadie. Si no hubiera tenido tantas decepciones en el pasado, tal vez ya te hubiera hecho augusto y habría restaurado la diarquía que existía con Constante.

508

–Entonces tú, en mi lugar, ¿qué harías?

–Yo intentaría esto. Que él te nombrara augusto, alegando que es lo que quieren los soldados y que es necesario para el bien del Imperio –expuso la mujer, algo más animada–. Yo… yo no le privaría de una tarea que solo le pertenece a él, no a los soldados. Es lo que yo haría, eso es todo. Trataría de proponérselo como la solución más razonable en lugar de usurpar el título.

–Pero él demanda los soldados ya mismo. Si no se los mando, me considerará un traidor, tanto si acepto el título por parte de ellos como si no –objetó.

–Pues mándale una parte, alegando que los demás te hacen falta para no dejar la Galia desguarnecida, o que no quieren ir y que temes un levantamiento si son obligados a trasladarse. Y al mismo tiempo le pides que te haga augusto.

–Pero llegados a ese punto se negará, aunque solo sea por transgredir sus órdenes. Y porque las personas de su entorno le convencerán de que soy un traidor y que ambiciono su trono –replicó.

–Si le dejas claro que deseas ser un augusto a su lado, no amenazas su trono: simplemente, requieres más autonomía. Puede que acepte. Aunque en ese punto, amado esposo, ya no será mi problema. Deberás arreglártelas tú solo, porque yo ya no estaré aquí.

Juliano no pudo por menos que dedicarle una tierna sonrisa. Se acercó al lecho y la acarició, despidiéndose de ella.

Y al salir de la habitación, se percató de que era la primera demostración de cariño sincero que le había hecho nunca en cinco años de matrimonio. Y se la había dispensado no solo porque la había visto consciente de su propia suerte, sino también por el valioso consejo que le había dado.

–¡Ahí está, le he visto! ¡Está en el portón, rodeado de sus guardaespaldas!

En cuanto empezó a clarear en el centro de París, alguno entre la multitud gritó que había visto aparecer a Juliano. Pero Martino ni siquiera pudo verlo. En aquel momento, estaba ocupado en mantener separada la masa de civiles de la de los militares que se agolpaba en torno al edificio asediado. Más de una vez, a lo largo de la noche, había tenido que montar un cordón con su unidad para impedir que la tropa enfurecida se abalanzara sobre la puerta y la derribara. Ahora estaba simplemente tratando de evitar que algún civil saliera perjudicado al entrar en contacto con los militares exasperados por el silencio del césar.

Pero habría preferido volver al lugar donde se hallaba unas horas antes. En el sitio donde estaba en ese momento, tenía que tragarse los sermones de un obispo enardecido que se había subido en el pretil de una fuente y se había puesto a disertar sobre la degeneración de los tiempos. Alguien le explicó que se trataba de un santón muy conocido en la Galia: Hilario de Poitiers, se llamaba. La gente enmudeció al reconocerle, y muchos le seguían con atención, manifestando su aprobación con frecuentes aplausos y gritos, de indignación o de júbilo, según la reacción que el orador quisiera provocar.

Pero a Martino no le gustaba en absoluto lo que decía Hilario. Tiempo ha, pensó, puede que él también le hubiera aplaudido con entusiasmo; pero ahora, tras haber empezado a comprender la distancia que se abría entre las palabras de Cristo y las de los que pretendían hablar en su nombre, permanecía indiferente, por no decir incluso molesto.

–¡Todos podéis ver ahora la situación en la que nos encontramos por culpa del hijo del diablo! –clamaba el obispo–. ¡El Imperio naufraga bajo los golpes de los necios, que confunden las mentes débiles haciendo creer que conocen la palabra de Dios, o escupiéndonos en la cara, y nosotros nos encontramos solos, indefensos, frente a la barbarie! ¡Hace tiempo que los cristianos, los verdaderos, los que creen sinceramente en la palabra del Señor, son hostigados por hombres soberbios y vanidosos, que suponen conocer mejor que nadie la naturaleza de la divinidad de Cristo sin respetar las Sagradas Escrituras, o sin entenderlas! ¿Y vosotros os consideráis asediados por los bárbaros? ¿Suponéis que esas bestias feroces que, al otro lado del Rin, esperan un momento de debilidad nuestro, son los únicos enemigos de los que debemos guardarnos nosotros los cristianos? ¡No, por supuesto que no! Es más, tal vez los bárbaros ni siquiera sean los enemigos más peligrosos. Lo son mucho más aquellos que se fingen cristianos y que nos confunden con sus enrevesadas teorías, creando con malas artes sectas, desviaciones que fracturan la cristiandad y la debilitan frente a las amenazas. Y aún lo son más los malditos judíos, que no se limitaron a matar a Cristo, sino que son homicidas natos. Tened cuidado con ellos: ¡igual que han asesinado al Señor, exterminarán con gusto a los cristianos, porque los judíos no cambiarán nunca!

Martino puso los ojos en blanco. Pero oyó decir a alguien:

—¡Sí, matémoslos a todos antes de que ellos acaben con nosotros!

—¡Estoy de acuerdo! ¡Si nos libramos de los hebreos y de los herejes, seremos más fuertes contra los enemigos de fuera!

Palabras que le hicieron temblar de indignación. Mientras tanto, parecía que el césar había salido del palacio. Pero Hilario no tenía visos de apaciguarse. Ahora contaba con toda la audiencia para sí, y no tenía intención de renunciar a ella.

—¡Debemos poner remedio a esta plaga judía! —continuaba mientras tanto el prelado—. En el mejor de los casos, debemos dispersarlos para siempre, que vaguen por el mundo como los apátridas, que sean esclavos de otros pueblos, o mejor aún, debemos exterminarlos a todos. ¿No deberíamos nosotros mismos cumplir con la profecía sobre quien ha crucificado a Cristo? ¿«Su sangre recaerá sobre vosotros y sobre la de vuestros hijos»? ¿Y qué daño habría en borrarlos de la faz de la Tierra? ¿Es que acaso no son moralmente pervertidos, detestables, sucios, insolentes, con hábitos de vida nocivos como la peste?

—¡Yo los tengo justo al lado! —gritó alguien del público—. ¡Es intolerable!

—¡Y yo! ¡Y sé dónde viven más!

Hilario no se arredraba.

—¿Recordáis al rico zafio de la Biblia, cuya ruina se profetiza en el salmo 52? Simboliza, por supuesto, al pueblo judío que, poseído por Satanás, solo es capaz de cometer malas acciones. ¡Los judíos no son ni los descendientes de Abraham ni los hijos de Dios, como se definen a ellos mismos, sino esclavos del pecado y de la depravación, una ralea de serpientes que deben ser aplastadas! No se salva ninguno de ellos. Efrén dice con razón que sus reyes eran criminales, sus jueces sinvergüenzas: ¡todos ellos, sin excepción, son noventa y nueve veces peores que los no hebreos!

—¡Entonces degollémoslos como a cerdos! —gritó un hombre.

—Yo te llevaré hasta ellos, ven conmigo. ¡Conozco a varios de esos perros, sobre todo entre aquellos que se han vinculado a los cristianos y tienen el poder de supeditarlos con sus vilezas!

Martino sintió que se le helaba la sangre en las venas.

–¡Silencio! ¡Habla el césar! –gritaron los soldados de las últimas filas–. ¡Dejad escuchar!

Se oyó a lo lejos la voz de Juliano.

–¡Soldados! –dijo finalmente el hombre tan largamente esperado–. ¡Os pido calma y que pongáis fin a vuestra rebelión! Pondré todo mi empeño en que ninguno de vosotros baje más allá de los Alpes y se aleje de la Galia a menos que así lo quiera, y os prometo que intercederé ante el emperador para que cualquiera que haya participado en esta sedición sea perdonado. Tenéis razones de sobra y las defenderé hasta el final con el augusto, quien, estoy seguro, sabrá ser comprensivo. Su sabiduría y su prudencia le ayudarán a entender vuestros… nuestros motivos. ¡Él tiene dificultades en sus fronteras, igual que las tenemos nosotros! ¡Así que acabará aceptando las tropas que le enviemos, escogidas entre los que deseen trasladarse!

–¡Solo estás perdiendo el tiempo! –gritó un soldado, mientras Martino observaba cómo algunos civiles se movían y se iban cada uno por su lado.

–¡Vayamos a sacarlos de sus madrigueras! –gritó un hombre que venía de escuchar a Hilario.

–¡Son solo tretas para tranquilizarnos! –gritó otro soldado–. ¡Si no quieres ser nuestro augusto significa que estás con tu primo! Eres su perro faldero, ¿verdad?

–¡Solo como augusto podrás proteger realmente nuestros derechos y la Galia misma! Si no aceptas el título, no mereces ser nuestro comandante.

–¡A estas alturas, si no lo acepta, nos hará ajusticiar a todos! ¡El emperador no pasará por alto nuestra revuelta, podéis estar seguros! ¡O nos defiende convirtiéndose en nuestro augusto, o nos deshacemos de él; de lo contrario, nos denunciará uno por uno para salvar el pellejo con su primo!

Martino no sabía adónde mirar, si al pueblo llano, que en grupos más o menos numerosos se estaba separando del gentío en torno a Hilario, para dirigirse con decisión hacia sus objetivos, o a la puerta del palacio imperial, donde los soldados se estaban acercando cada vez más hacia Juliano, que en este momento corría realmente el riesgo de ser linchado. Se preguntaba por qué el césar no entraba de una vez en el edificio y se atrincheraba. Pero la respuesta a su pregunta no se dejó esperar cuando vio a tres soldados aproximarse a él. Sus guardias debieron detenerles, pero la turba alrededor era abrumadora, y a Martino le pareció ver que Juliano hacía señas a los suyos para que se acercaran. Dos de ellos agarraron al césar por los brazos mientras el otro se cubría la cabeza con el escudo.

Acto seguido, Juliano fue izado sobre el escudo. En cuanto los demás le vieron emerger por encima de la multitud sentado en aquel trono improvisado, el título de augusto, coreado por todos a voz en grito, resonó potente y espontáneo por toda la plaza ahogando cualquier otro sonido.

Martino, estupefacto, fue testigo de la escena que jamás habría querido ver. Pero no pudo por menos que darse la vuelta y seguir con la mirada a los civiles que, en número creciente, corrían hacia otros lugares.

También en dirección a su casa.

Juliano se cruzó con la mirada preocupada de sus guardaespaldas, pero con un fugaz gesto de la mano, les indicó que se quedaran quietos. Procuró afianzar su postura sobre el escudo donde le habían alzado, luego levantó las manos y saludó a la muchedumbre para hacer comprender a los soldados que aceptaba el privilegio que le estaban ofreciendo. Su clamor se hizo más intenso, y Juliano sintió que le vencía la emoción: fue como si el mundo entero se postrara a sus pies. Ya no podía dar marcha atrás. Había aceptado su ofrecimiento, a lo mejor incluso lo había buscado, deseado. Nada de lo que hiciera a partir de aquel momento podría inducir a Constancio a considerarle algo que no fuera un ingrato traidor; a menos que, como había dicho a los soldados, el sentido común y la prudencia le sugirieran confirmar aquella elección irregular, convenciéndose de que no tenía nada que temer de un primo augusto, es más, que solo podía ganar. Eso esperaba, pero nada más. Y también debía prepararse para lo peor. Mientras tanto, había que demostrar a aquellos valerosos guerreros que le habían permitido crecer como caudillo y madurar como hombre, que era merecedor de su estima. Tenía que hacerles ver que no había aceptado su propuesta porque no le quedaba más remedio, o porque tuviera miedo de su reacción, sino porque deseaba continuar creciendo con ellos, devolver al Imperio, y no solo a la Galia, la dignidad y el honor que le habían otorgado sus predecesores de antaño.

—¡Flavio Juliano augusto! ¡Flavio Juliano augusto! —los gritos de los soldados seguían resonando en sus oídos, cada vez más entusiastas, cada vez más convencidos.

Al principio solo le invocaban, ahora le aclamaban, y se apreciaba una diferencia abismal entre las dos sensaciones. Ahora era pura euforia y se sentía más orgulloso que nunca. Se percató de que podía afrontar cualquier obstáculo con la fuerza interior que le confería el título. Era como si la energía de todos aquellos soldados estuviera dentro de él, o incluso como si la de los dioses se concentrara en su persona: como si él se estuviera transformando en un instrumento divino con la tarea de llevar a Roma y sus tradiciones al centro del mundo. No más bárbaros amenazando las fronteras, no más persas capaces de robar territorio al Imperio, no más supremacía de supersticiones y credos que minaban Roma desde dentro.

Y los dioses, ahora lo tenía claro, habían decidido que fuera él quien recobrara lo que ellos habían dispuesto y el hombre había destruido.

—¡Confiad en mí, soldados! ¡Si llego a ser vuestro augusto, nunca os defraudaré! —se sintió en el deber de proclamar.

Estuvo también tentado de revelar sus verdaderas tendencias religiosas y de mostrarles a todos que eran precisamente esas convicciones las que le daban las fuerzas para afrontar la misión que ellos le habían asignado; pero luego consideró que aún era demasiado pronto, de momento, habría sido únicamente un motivo más de discrepancia con Constancio, y no tenía intención de añadir más leña al fuego. En cualquier caso, decidió evitar cualquier referencia a la religión. «Por lo menos, acabaré con la hipocresía», se dijo.

—Os aseguro que contribuiré por todos los medios a llevar la paz al Imperio y la guerra más allá de sus fronteras, para que todos sepan que ni la religión ni otros asuntos pueden condicionar la cohesión que un gran Estado debe mostrar al mundo. ¡Veréis que con el tiempo todos nos temerán de nuevo y nadie volverá a atacarnos, como están haciendo ahora, conscientes de nuestras debilidades y divisiones! ¡Seremos nosotros otra vez los agresores, y no las víctimas!

Era esto lo que los soldados querían oír, pero también era sorprendentemente cercano a lo que él deseaba.

—¡Una corona! ¡Necesitamos una corona para el augusto! —gritó uno de sus soldados más cercanos, después de que se atenuara la nueva oleada de aclamaciones.

—¿Tienes una corona, augusto Juliano? —le preguntó uno de los que le sujetaba.

—No…, en realidad no… ¿Cómo iba a tenerla? —contestó, bastante sorprendido.

—¡Necesitamos una corona, si no, no podremos considerar oficial tu elección! ¡Debemos ceñir una tiara a tu cabeza! —gritó su interlocutor, y todos los de alrededor asintieron convencidos.

—¡Entonces pidamos a uno de tus guardaespaldas que vaya a buscar alguna de tu esposa, incluso un collar nos valdrá! —propuso un hombre.

—¡Yo… no creo que un adorno femenino sea apropiado! —respondió Juliano, pensando que no era momento de molestar más a Elena—. Inaugurar el reinado con algo así es verdaderamente inadecuado, ¿no creéis?

Muchos asintieron, sonriendo.

—Entonces, ¿qué pensáis de los collares con los que nuestros caballeros adornan el cuello de sus animales? —propuso otro.

Juliano negó con un gesto de la cabeza.

—¡Sería una deshonra! ¿Un augusto con un arnés de caballo? Anda ya… —comentó, haciéndoles reír de nuevo.

De repente, sintió que alguien por detrás le ponía algo alrededor del cuello. Se volvió instintivamente y vio que un lancero abanderado extendía las manos a su paso. Inmediatamente, el soldado las levantó en señal de rendición.

—Es mi collar, augusto. Tal vez la cadena de un portaestandarte sirva, a falta de algo mejor.

Juliano dudó, pero luego vio que los soldados de las inmediaciones estaban satisfechos. Sí, podía valer, a fin de cuentas. La multitud se calmó, en espera de su veredicto. El joven miró a la cara a todos los que tenía alrededor y comprobó que estaban pendientes de cada una de sus palabras. Ahora era su líder más que nunca.

–¡Que así sea! ¡Aquí tenéis a vuestro augusto! –gritó con decisión, abrumado por el clamor.

Pero también sabía que debía añadir algo más. Antes de salir del palacio había hablado con su tesorero para saber hasta dónde podía llegar con la gratitud hacia quienes querían verlo en la cúspide del poder. Había estudiado historia lo suficiente como para saber que especialmente los emperadores elegidos solamente por los soldados, como fue el caso de Constantino el Grande, el vínculo con la tropa venía reforzado, sin falta, por una gratificación. La tropa así lo esperaba, y si no se lo hubiera concedido enseguida le habrían tratado como si no hubiera aceptado que le elevaran sobre el escudo.

Esperó a que se apagaran las aclamaciones, luego declaró, recalcando las palabras para que todos pudieran oírlo y repetírselo después a los camaradas que no tenían la posibilidad de escucharle:

–¡Os debo a vosotros toda mi gloria! ¡Si hoy me habéis elegido como augusto es porque, gracias a vosotros, he llevado a cabo gestas para el Imperio que me han proporcionado un lugar de prestigio en la historia de Roma! ¡Y yo no soy desagradecido: mi ascenso a augusto pronto será celebrado con una bonificación de cinco áureos y una libra de plata para cada soldado!

Acto seguido, el júbilo de los soldados se tradujo en un grito de triunfo, que hizo temblar los edificios de alrededor y que el nuevo augusto del Imperio romano basculara sobre el escudo.

Y el primero desde hace mucho tiempo, se dijo Juliano, decidido a respetar el ejemplo de los augustos que defendían la tradición de Roma.

No pudo por menos que dedicar un pensamiento afectuoso a Sexto Martiniano, quien, sin saberlo y sin que él, en aquel momento, fuera plenamente consciente de ello, le había indicado el camino que debía seguir; y también a su hijo quien, salvándole la vida, le había permitido recorrerla.

Se preguntó dónde estaría Martino Martiniano en medio del caos que había en el centro de París. Aunque sabía que el general no estaba de acuerdo con su decisión, habría deseado tenerlo a su lado en aquel momento, el más importante de su existencia hasta ahora.

Había sucedido, pues. Juliano había tomado el título de augusto, aun sabiendo a qué se enfrentaba y el daño que podría causar al

Imperio. Sorprendido, Martino observaba de lejos la escena frente a la entrada del palacio, cada vez más angustiado por la seguridad de Raquel.

Había salvado la vida de un futuro usurpador, más de veinte años atrás. Y ahora se preguntaba por qué Cristo le había empujado a una elección que se revelaría catastrófica para el destino de Roma. Sin embargo, cuantos más civiles abandonaban la plaza, más anhelaba regresar a casa de su mujer. Ahora Juliano no parecía correr ningún peligro, pues se hallaba entre sus compañeros; los había comprado con un puñado de oro, y le defenderían a costa de provocar una guerra civil y de llevar el Estado a la ruina… Había cumplido con su deber hasta el final. Durante años había estado cerca de Juliano en nombre del emperador, controlando sus movimientos e informando al augusto con objetividad, a diferencia de tantos otros; había contribuido, con sus juicios sensatos, a reforzar la posición del césar, pero también para garantizar que sus acciones fueran evaluadas en la corte con la serenidad adecuada, sin la acritud dictada por la envidia y la ambición de quienes rodeaban a Constancio. Le había ayudado en sus iniciativas, consolidando su fama de caudillo, permitiéndole adquirir una experiencia bélica y de mando que, temía, se volvería contra el emperador mismo. Y ese día había priorizado su seguridad, velando por él para que no corriera peligro mientras le asediaban en palacio las turbulentas tropas, que en realidad podrían haberlo hecho pedazos si él no las hubiera complacido.

Pero Juliano no se había comportado como un hombre sin opciones. A su manera, con una hábil retórica y aplacando a los soldados como pocos serían capaces de hacer, se los había metido en el bolsillo. Podía ser un instrumento en sus manos, y tal vez la sedición se había iniciado así; pero ahora la realidad era que eran los soldados los que se habían convertido, sin darse cuenta, en una herramienta en manos de su nuevo emperador. Juliano había dado un vuelco a la situación, y ahora él no podía estar de su parte.

Era hora de marcharse. De coger a Raquel antes de que la situación se deteriorase también para los judíos, y de regresar a Oriente, plenamente al servicio del único y legítimo augusto. Juliano había declarado públicamente que dejaría ir a quien quisiera, y en cualquier caso parecía decidido a mantener un atisbo de armonía con su primo, probablemente para retrasar la inevitable reacción o para ganar tiempo y reforzar su propio poder.

No le importaba. Sabía que volvería a Occidente cuando llegara la hora del enfrentamiento entre ambos primos, como sucedió en Mursa entre Constancio y Magnencio. Pero ahora era el momento de demostrar al emperador que él no tenía nada que ver con aquella vergonzosa usurpación.

—Vosotros, id a decir al césar que la *schola palatina* partirá cuanto antes, como ha ordenado el emperador Constancio —anunció a dos de sus hombres. Luego dijo a los demás—: Que cada uno vuelva a su alojamiento y termine de preparar sus cosas. Saldremos de inmediato; nos veremos dentro de tres horas en la puerta oriental. ¡Y recordad que sois una de las unidades punteras del legítimo augusto! En lo que a mí respecta, quien no se presente será considerado un rebelde.

Sus soldados le respetaban demasiado como para atreverse a protestar o desobedecerle, así que estaba seguro de que los encontraría a todos en el lugar acordado. Respecto a las demás tropas que él comandaba como *magister peditum*, ni valía la pena intentarlo. Después se dirigió hacia su casa, liderando el pelotón de subordinados que, al no tener familia, residían en los cuarteles en las inmediaciones de su domicilio. Había mucha más gente de lo habitual después de la salida del sol. Hombres enardecidos por las palabras de Hilario, pero también gente que pretendía aprovecharse de la revuelta de los soldados para saquear tiendas y fondas, o simplemente personas que no habían asistido al término del asunto de Juliano y pensaba huir de la ciudad, convencidos de que pronto estallarían más disturbios.

Se fijó en unos hombres que desvalijaban un taller. Al ver el grupo de soldados, algunos huyeron, mientras que otros se atrincheraron en el interior del local. Martino sabía que debía intervenir: no podía dejar impunes tales delitos en la ciudad donde también era responsable del orden público como oficial de más alto rango. Pero en aquel momento le urgía reunirse con Raquel y asegurarse de que estaba bien.

Puede que ya se hubiera aventurado a salir a la calle. Lo esperaba ardientemente, pues había quien sabía que convivía con una judía, y tal vez su casa hubiera sido objetivo de los facinerosos. Por las calles nadie la reconocería como hebrea. O quizá todo lo contrario, en casa nadie se acordaría de ella, o no se atreverían a golpear a la protegida del *magister peditum*, mientras que por la calle estaba expuesta a cualquier peligro. Ahora, viendo cómo había acabado la elección de Juliano, habría querido cerciorarse antes sobre el paradero de la mujer. Ella le necesitaba mucho más que el usurpador.

A cada paso crecía su inquietud. Había cometido una estupidez. Debería haber tenido en cuenta el clima que se había impuesto contra los judíos desde que las leyes que los discriminaban se habían recrudecido. Había sucedido precisamente en el último cuadrienio, es decir, desde que Constancio había concedido a su primo compartir el poder con él. Martino siempre había considerado a Juliano una buena persona, pero con el tiempo se dio cuenta de que no era un buen cristiano, desde luego no era un fanático como Hilario de Poitiers, pero tampoco un devoto como él. En realidad, nunca había entendido del todo su posición religiosa, y esto les había impedido desarrollar una amistad verdadera, como podría haber sido, en nombre del vínculo que los había unido de por vida mucho tiempo atrás.

Sin embargo, después de ver a Juliano comportarse de un modo tan artero con los soldados, solicitando el ascenso a augusto que simplemente había fingido no querer aceptar, había comprendido que se encontraba frente a un hipócrita. No era capaz de precisar qué tipo de hombre era y, en cualquier caso, no era una persona de fiar. Constancio, por lo menos, tenía una misión que cumplir y siempre había actuado con coherencia, aunque navegaba entre los bandazos provocados por las presiones de los cortesanos.

Vio a hombres manchados de sangre e intuyó que la matanza había comenzado. Ellos también salieron corriendo cuando advirtieron la presencia de los soldados. Su inquietud se transformó en pánico. Sus hombres conocían el motivo de su angustia, y estaban de acuerdo con él. Apretaron el paso, tal y como estaban las cosas ya no le importaba Juliano, ni el Imperio, las condiciones de la ciudad, su unidad, el ejército romano, los bárbaros y los persas que presionaban las fronteras, ni las disensiones religiosas.

Ahora solamente le importaba Raquel.

Vio la puerta de la casa abierta. Entró corriendo y descubrió que todo estaba hecho un desastre, sus cosas tiradas por el suelo. Pero ella no estaba. A lo mejor habían saqueado la vivienda después de que ella se hubiera marchado. Recorrió el vestíbulo, entró en el *tablinum* y no vio a nadie. Ni siquiera a los esclavos. Continuó con las habitaciones, pero tampoco encontró nada allí. Llegó al triclinio.

Y vio dos cuerpos tirados en los divanes.

Ella tenía la garganta degollada de lado a lado, y a un esclavo lo habían apuñalado en el estómago. Quizá el único que no había salido huyendo y que había intentado defenderla. En su lugar.

CAPÍTULO XXXVI

–Es increíble…, increíble…

Constancio estaba a punto de llorar. Por la tristeza, por la ira, por la decepción. En cuanto recibió noticias de la Galia tuvo que abandonar de improviso el nuevo e importante concilio que había convocado en la capital.

–¿Mi señor?

El gran chambelán avanzó un paso y se acercó al escritorio sobre el cual se había dejado caer el busto del emperador. Constancio estaba ansioso por desfogarse y en ese momento cualquiera le habría valido. Cualquiera. Mejor si era su primer ministro, que ya había leído al menos una de aquellas dos desafortunadas misivas. Aunque quizá hubiera preferido enfrentarse a Osio.

–No podemos… No podemos aceptar lo que afirma ese traidor, ingrato, ese renegado…

–No, por supuesto que no –se apresuró a confirmar el eunuco.

–¿Pero te das cuenta? –continuó–. Le hemos pedido decenas de miles de hombres para desplegarlos contra Sapor, y nos ofrece, como si fuera una concesión, únicamente el cuerpo de la guardia, los jóvenes reclutas de los *laeti* y unos cuantos caballos españoles de cuya calidad se jacta… ¡Como si fuéramos unos mendigos a los que hay que contentar! Desaconseja la requisa de galos y de voluntarios germanos. ¡Nos trata como iguales, es más, incluso como subordinados! ¡Se aprovecha porque sabe que los persas nos están pisando los talones!

–He leído su carta, mi señor –admitió Eusebio–. Es cierto que esconde estas insinuaciones tras sus palabras de gran cortesía y respeto…

–Sí, por supuesto… –se lamentó Constancio–. Según él, solo ha sido víctima de las circunstancias y afirma no haber hecho nada para instigar a los soldados; lo único que nos pide es repartir el poder como hermanos, por el bien del Imperio, por los intereses de la Galia y de la dinastía. ¿Te has fijado en que está dispuesto incluso a aceptar a los nuevos funcionarios que nosotros designemos, pero especifica la necesidad de rodearse también de colaboradores de su confianza?

—Sin duda, gente que poco a poco hará subir en la jerarquía hasta desautorizar a los tuyos —admitió el eunuco—. Lo suyo es simplemente una estrategia para ganar tiempo y fortalecerse en vistas al inevitable encuentro, está claro.

—Cierto. Sabe que ahora no podemos atacarle por culpa de los persas, y que pondremos al mal tiempo buena cara —replicó el emperador.

—Sin embargo, no debemos legitimarlo de ninguna manera. Si cedemos en algún punto, le permitiremos conseguir apoyo también en Italia, Hispania y África, con lo que perderemos por lo menos la mitad del Imperio —especificó sabiamente Eusebio.

Constancio reflexionó sobre las palabras del eunuco. No, ciertamente, no podía ceder en nada. Quizá el pueblo, en Occidente, quería un augusto para sentir el poder imperial más cercano, para no sentirse abandonado sino defendido permanentemente, para volver a ser el centro del mundo como cuando la capital del Imperio era Roma. Y también porque en Occidente el partido niceno dominaba respecto a su orientación de compromiso, que precisamente en ese momento intentaba imponer como la línea oficial del Imperio en el concilio de Constantinopla.

—Desde luego que no lo haremos —confirmó—. Sobre todo, por el contenido de la segunda de sus cartas.

—Esa no la he leído, naturalmente, mi señor. Era estrictamente personal, como venía indicado —se preocupó por especificar adulador el eunuco—. Pero sabía que existía, y me preguntaba cuál sería su contenido…

Constancio negó con la cabeza.

—Recriminaciones, en su mayoría. Por eso te decimos que es un desagradecido. Nos acusa de haberle obstaculizado de todas las maneras posibles, de haber restado importancia a sus méritos, de haberle escatimado recursos; esencialmente, de haberle mandado a la Galia para encontrar una muerte sin gloria y librarnos de él de un modo menos vergonzoso que como nos deshicimos de su hermano y de su padre.

—¡Realmente ignominioso! ¡Y pensar que siempre le he protegido y favorecido, mucho más allá de sus méritos! –arremetió Eusebio–. Es más, podría decirse que, si ha obtenido algún éxito, ha sido precisamente gracias a los medios que has puesto a su disposición y bajo tus auspicios.

–Así ha sido exactamente. También le dimos a nuestro mejor general, Martiniano, y sabemos cuánto ha contribuido a frenar a los bárbaros con su valor y su experiencia. Por suerte, Martiniano está de regreso; ha sido un consuelo saber, con la carta que se apresuró a enviarnos, que no ha secundado la usurpación.

–En realidad, han sido muchos los que no lo han hecho entre los altos funcionarios y oficiales, empezando por el prefecto Florencio –confirmó Eusebio–. Prueba de que tus hombres han permanecido fieles a ti. Así que verás que, antes o después, se le echará el mundo encima.

–Entonces, según tú, ¿debemos esperar?

–Esperar activamente, se entiende –explicó Eusebio–. Y para hacerlo se necesita dinero. Algunos jefes germanos estipularon en su día alianzas contigo. Sobornémosles e instiguémosles a atacarle, como hicimos con Magnencio. Estará ocupado con ellos, no podrá expandir su esfera de poder más allá de la Galia y, mientras esté allí confinado, siempre tendremos una clara superioridad. Por otra parte, empleemos más recursos en fortificar la frontera contra Sapor; puede que en poco tiempo el rey de reyes se dé cuenta de que tendrá que esforzarse demasiado para conquistar otras ciudades como Amida y que no le valdrá la pena…

Constancio tuvo que admitir que se trataba de la única estrategia posible.

–¿Y qué hacemos con él?

–Como hemos dicho, no lo legitimaremos de ninguna manera –le presionó el gran chambelán–. Y para ponerle las cosas más difíciles, será mejor no destituirle, como merecería, sino ordenarle que se atenga a su papel de césar. Así comprobaremos si es víctima de las circunstancias o si quiere ser augusto a toda costa. Cuando llegue tu carta, los soldados sabrán que tú no lo has aceptado como augusto. Si iba de buena fe, demostrará que lo ha intentado y renunciará. Pero si sigue en sus trece, se habrá afirmado como un traidor.

–Excelente –aprobó el emperador, satisfecho–. Y esperemos que suceda lo primero. Bien sabes que no pretendemos mancharnos con otro delito familiar, sea por razón de Estado o por maldad, como todos los demás… –aclaró, más para sí mismo que para su interlocutor.

–Exacto, mi señor, exacto. Todo lo que haces es por el bien del Imperio, por desagradable que pueda parecer a veces. Y hablando de esto, todavía hay una última cosa que me permito recordarte…

Constancio le miró con aire interrogativo. Luego le vino a la cabeza.

–Ah, sí. Faustina…

–Sí. Ha llegado el momento de casarse, mi señor. Tu hermana Elena ha muerto y pasará un tiempo hasta que Juliano tenga descendencia. Debes tomar medidas lo antes posible para fortalecer tu posición. Piensa cuánto aumentarían tus apoyos si se supiera que tienes un heredero.

El emperador suspiró, resignado a arrinconar el recuerdo de Eusebia y tomar por esposa a una joven que Eusebio y Osio habían elegido para él.

–Que así sea. Nos casaremos con esta mujer. Vamos, ya es hora de volver al concilio –declaró–. A ver si por lo menos logramos resolver este problema de una vez: si no consigo que todos firmen la fórmula «Hijo semejante al Padre según las Escrituras», incluso después de haber descartado toda definición o término anterior o futuro, no acabaremos nunca, y ya es hora de poner fin a este tema.

–¿Qué significa esto, «césar»?

El enviado del augusto, León, miró a su alrededor con asombro y recelo cuando vio al ejército congregado frente al palacio imperial de Viena, donde Juliano le había convocado.

–Nada de lo que debas preocuparte, León –respondió Juliano, contemplando a su vez, desde lo alto de la escalinata, la concurrencia que habían conseguido reunir tan rápidamente sus colaboradores–. Solamente quería que vieras con tus propios ojos cómo reaccionan los soldados a las nuevas órdenes del emperador. Para que no haya dudas sobre la honestidad de mi conducta.

El embajador le miró aún más desconfiado.

–Tú estás obligado a respetar las órdenes del augusto, no a seguir la corriente al populacho –replicó.

–Se trata de un populacho muy armado, que es capaz de imponer su voluntad incluso al emperador –contestó Juliano con decisión–. Para los galos y para los aliados germánicos, su supervivencia y la de sus familias es incluso más importante que la del Imperio mismo.

León puso una expresión airada pero no protestó, y Juliano decidió que había llegado el momento de hablar a la tropa.

–¡Soldados! –voceó–. ¡Ayer recibí la embajada de mi ilustre primo Flavio Constancio, con la que el augusto responde a mis razonables peticiones de confirmar mi ascenso como colega suyo y de enviarle solamente una parte de la milicia para estar en condiciones de defender adecuadamente la Galia y a vuestras familias!

Hizo una pausa para que la curiosidad de los soldados se transformara en ansiedad. Hacía tiempo que esperaban aquellas noticias con la creciente angustia de quien sabía que se arriesgaban a una guerra civil para defender sus derechos.

Los soldados permanecieron en silencio, tensos y preocupados, pendiente de cada una de sus palabras, procurando interpretar su actitud a través de sus gestos. Los tenía en un puño.

–Pues bien, ¡sabed que el emperador prefiere arriesgarse a perder la Galia antes que ceder ni siquiera un ápice de su poder! –continuó–. Impugna vuestra decisión de nombrarme augusto e, incluso, amenaza con severos castigos a quien persevere en lo que él considera una traición, me ordena permanecer en mi condición de césar y renueva su petición de trasladaros a Oriente. ¡No ha accedido a ninguna de nuestras demandas, de hecho, nos ha amenazado duramente si no hago lo que él dice!

–Podrías plantearlo de otra manera, césar –susurró el enviado mientras la muchedumbre explotaba en un fragor de indignación–. No son las palabras de un súbdito leal, sino las de un agitador.

–Tú mismo puedes ver que puedo ser leal solamente como su igual, no como súbdito suyo. Las circunstancias obligan, ya verás –replicó, levantando las manos para pedir silencio.

–¡Soldados! –prosiguió–. ¡Os respeto demasiado, en nombre de las numerosas campañas que hemos combatido codo con codo, como para rechazar vuestra consideración y renunciar al papel de augusto que habéis querido asignarme! Pero para evitar la posibilidad de afrontar la amenaza de una guerra civil, o de ir en contra de mi misma sangre, estoy dispuesto a condescender a las demandas de mi primo y volver a ser césar. Lo cual significa, naturalmente, que partiréis sin mayor dilación hacia Oriente. En vosotros está valorar si consideráis más arriesgado abandonar la Galia a su suerte o afrontar un conflicto civil, que, en cualquier caso, de seguro no será inminente, puesto que la presión persa mantiene ocupado a Constancio. Ya no tenemos elección. Ninguno de nosotros la tiene. ¡Yo no os abandonaré si me necesitáis!

No le dio tiempo a terminar. El grito al unísono de los soldados, apenas pronunciadas estas palabras, sacudió hasta los cimientos del palacio.

—¡Flavio Juliano augusto! ¡Flavio Juliano augusto!

El nuevo emperador observó de manera elocuente al embajador de Constancio, quien, con expresión disgustada, negó con la cabeza y se despidió apresuradamente. Juliano le siguió con la mirada hasta donde pudo, luego volvió a contemplar a la masa que le aplaudía y le aclamaba, saboreando una vez más el sonido de aquella majestuosa palabra, «augusto», que ahora se convertía, por fin, en parte de su nombre: ni siquiera podrían quitársela después de su muerte. Ese calificativo también era parte del instrumento que le permitiría recuperar el curso de la historia y el respeto de los dioses.

—¿Cómo es posible que el Señor quiera hacernos esto? —se preguntó Constancio, contemplando el enésimo intento fallido de su ejército para reconquistar Bezabde. Las tropas retrocedieron tras el conato de asalto a la modesta brecha abierta por las balistas. Los generales le habían aconsejado lanzar el ataque antes de que el paso se hiciera más amplio, pero el emperador tuvo miedo de que, como en anteriores ocasiones, durante la noche la guarnición persa reforzara el trecho de muro destruido y se había jugado el todo por el todo.

Sin embargo, desde los primeros momentos de la acción comprendió que no saldría bien. Los soldados romanos habían conseguido llegar hasta la base de las murallas gracias a la cobertura de dos torres móviles, pero luego se habían agrupado frente a la brecha y los defensores situados en las almenas no tuvieron que esforzarse mucho para descargar sobre sus cabezas una andanada de dardos y proyectiles de todo tipo, alcanzando objetivos a diestro y siniestro sin necesidad siquiera de apuntar. Y bajo la mirada de desaprobación de sus subordinados, incluso del fiel Martiniano, Constancio se lo pensó dos veces antes de ordenar la retirada, con la esperanza de que alguna señal divina intercediera en favor de los asediantes. Pero no había llegado ninguna señal divina. Ni una sola desde que se habían trasladado a Mesopotamia para intentar recuperar las cabezas de puente abiertas por Sapor con objeto de desencadenar la siguiente invasión. Ya la visión de las ruinas de Amida, destruidas por el rey de reyes el año anterior, había sumido a Constancio en el abatimiento. Tenía la esperanza de recuperar al menos Bezabde al asalto, pero había encontrado la ciudad bien dotada y se había visto obligado a un largo asedio, que no parecía prometer nada bueno. La campaña corría el riesgo de acabar en tablas, y precisamente en un momento en que tenía que demostrar frente a sus adversarios, internos y externos, orientales y occidentales, todo su prestigio como emperador invencible.

Al parecer, el Señor le había abandonado realmente, se dijo a sí mismo al contemplar a los maltrechos soldados cuando regresaban del ataque. Tal vez se hubiera servido de Juliano para castigarlo por todos los crímenes que había cometido contra su propia familia. Aunque había hecho lo indecible para ganar su perdón a lo largo de todo su reinado: había promovido por todos los medios la afirmación de la palabra del Señor, incluso la había impuesto a los obstinados, había procurado en varias ocasiones poner de acuerdo a la comunidad cristiana para servir a la Iglesia, había gratificado a las comunidades más pobres con donaciones, propiedades, y caudales de dinero aún más abundantes que los de su padre, había expiado sus pecados con penitencias interminables y una vida casta, recta y piadosa, dedicada al servicio del Estado.

Pero no había sido suficiente. Era obvio que el Señor le consideraba un Caín por haber asesinado a sus parientes y le había condenado para la eternidad. Tenía poco más de cuarenta años, pero se sentía viejo por el dolor y las cargas que había tenido que soportar a lo largo de su existencia, por las amarguras y decepciones, por las traiciones y calumnias. Ser emperador se había convertido en un tormento insoportable. Una condena, más que un privilegio. Una penitencia no solo por los pecados que había cometido, sino también por los que habían recaído sobre él: ser el fruto de una especie de incesto, el haber visto a su presunto padre matar a su madre.

Vio cómo los soldados le miraban con desprecio. Sus guardaespaldas, por instinto, se desplegaron de nuevo en línea frente a él. Los había enviado a la muerte por puro orgullo: otro pecado que expiar. Precisamente él, que siempre había hecho todo lo posible por ahorrar vidas entre sus hombres, ahora se dejaba llevar por la frustración y tampoco siguió el principio que había procurado observar durante todo su reinado, estipulando pactos hasta cuando podía liderar guerras victoriosas para no sufrir pérdidas notorias.

Incluso lo había hecho con Juliano. Le había dejado claro que le perdonaría si obedecía, y había evitado golpearle a la primera, cuando su poder aún era débil. Pero su primo era un ingrato: había rechazado cualquier acuerdo y ahora le obligaba a causar destrucción y luto en la Galia. De todas formas, siempre sería mejor que las masacres que habrían provocado una guerra civil; una invasión germana para mantener ocupado al usurpador y ponerle en un aprieto era la solución menos cruenta entre todas las posibles.

¡Señor, qué avergonzado estaba! Mira que enviar contra su primo, sobre todo por una cuestión de supremacía y de principios, a un soberano extranjero. Cómo le habría gustado tener otra opción, pero no la había. Sin embargo, tal vez podría haber aguantado un poco más; no había necesidad dar su consentimiento de manera inmediata a las propuestas de Eusebio, que le hacían sentirse aún más maldecido. Tras partir hacia Mesopotamia, más de una vez se había arrepentido y había estado tentado de mandar una carta al gran chambelán para impedirle que contactara con el rey Vadomaro. Pero luego había temido quedar como un pelele y lo había dejado correr. Y estaba consumido por el sentimiento de culpa y el miedo de haber añadido otra mezquindad a las que el Señor podía atribuirle.

Cuanto más piadoso intentaba ser, más culpable se sentía de faltas moralmente reprobables. Y no lograba justificarse diciéndose a sí mismo que había tenido que administrar un enorme poder desde muy joven, aprendiendo sobre la marcha el cometido de emperador. Podía hacerlo mejor. Mucho mejor. Y ahora se encontraba agotado, desgastado, sobre todo porque estaba constatando que todos sus esfuerzos siempre le llevaban al punto de partida. No se hacía ilusiones de que las deliberaciones del concilio de Constantinopla zanjaran de una vez por todas las disputas religiosas, en las que obispos obstinados de las facciones más extremas, entre nicenos y *homeos*, seguían negándose a someterse; tampoco contaba con que Sapor se muriera de una santa vez, después de tantos años dominando la situación, y dejara el puesto a un heredero más dócil; ni mucho menos imaginaba que la usurpación de su primo tuviera visos de acabar pronto: los germanos podían darle problemas, pero eliminarlo era cosa suya, y aún no veía cómo ni cuándo.

–Mi señor, tal vez esta humillación haya sido demasiado para los soldados. Sugiero encarecidamente regresar a Antioquía –vino a proponerle Martiniano, apartándolo de sus pensamientos.

Y enfrentándolo a su enésimo fracaso.

–Mira, uno de los muchos beneficios de ser aliado del Imperio romano –comentó complacido el rey germano Vadomaro, sentado junto a Juliano en el palco imperial del circo de Viena–. En nuestras sedes de Germania jamás asistiríamos a semejantes espectáculos.

El augusto contemplaba la carrera de cuadrigas en el momento álgido de su desarrollo. El auriga a la cabeza percibió que el que llevaba detrás estaba a punto de adelantarle por el lado externo y viró con maestría para cortarle el paso. El público dio un chillido, de indignación o de terror según la afición, ahogando el rugido de los cascos al galope y los relinchos de los caballos, pero también el sonido del violento choque entre los dos carros, que hizo que el de fuera saliera volando por los aires. El auriga salió disparado por encima de la balaustrada y volvió a caer en el borde, tratando por unos instantes de agarrarse a la misma. Pero su intento se vio frustrado por las sacudidas causadas por el movimiento descoordinado de los cuatro animales: unos seguían corriendo, otros se frenaron, y al final el hombre cayó al suelo.

Pero el auriga que había provocado el choque no disfrutó de su triunfo como esperaba. La fricción le hizo perder unos instantes dando a quien le seguía la posibilidad de virar bruscamente y adelantarlo. El público se entusiasmó todavía más y el estadio vibró con el clamor de los espectadores. Juliano observó a su invitado, que lanzó un rugido de aprobación. El rey bárbaro se estaba divirtiendo de lo lindo: parecía un niño con un juguete nuevo. Vadomaro había aceptado con gusto su convocatoria para reunirse con él en Viena y estipular una alianza directa, dejando así de lado los pactos firmados años antes con Constancio, y parecía sinceramente deseoso de complacerlo. Tras haber obligado a rendirse a los francos, recién derrotados más al norte, habría estado bien cosechar, sin siquiera combatir, el apoyo de los germanos destacados más al sur. De ese modo, la Galia tendría menos necesidades defensivas y Juliano podría estar más atento a los peligros que amenazaban con llegar desde el este.

Pero, al parecer, no era posible. Por lo menos, no sin derramar sangre. El augusto esperó a que terminase la carrera, luego se puso en pie señalando con el dedo al vencedor, a quien instó a subir al palco para la entrega de premios. Estudió sus movimientos cuidadosamente, tomándose su tiempo para salir de la penumbra. Solo cuando hubo terminado de hablar y se fue apaciguando la oleada de entusiasmo de los aficionados, avanzó hasta la balaustrada y se dejó ver a plena luz. Y todos vieron que, por fin, y por primera vez en público, llevaba la indumentaria de un emperador.

Una corona de diamantes, la túnica y el manto de color púrpura. Esperó unos instantes con el alma en vilo, temiendo no parecer lo bastante regio a sus ojos, o que ni siquiera se fijaran en él. Pero poco a poco se empezaron a escuchar gritos de aclamación entre los espectadores a medida que, fijándose en el vencedor, dirigían su mirada hacia el palco imperial. Acto seguido se elevó una ovación aún mayor que la que había acompañado a los aurigas cuando cruzaron la línea de meta.

Juliano sintió que se le hinchaba el pecho de orgullo. Miró a Vadomaro, que le devolvió la mirada con patente satisfacción, luego volvió los ojos al público nuevamente. Sus súbditos. Contaba con todo su apoyo y ahora podía actuar.

Invitó a la muchedumbre a calmarse y, cuando reinó el silencio, hizo un fugaz ademán a sus guardaespaldas para que se aproximaran y declaró:

—¡Pueblo de Viena! ¡Vuestro emperador os saluda y os asegura que se preocupa por vuestro destino! Sabemos que teméis nuevas invasiones, subida de impuestos, guerras civiles y más sufrimientos. Sabemos que teméis que los bárbaros os ataquen mientras nosotros estamos ocupados lidiando con la deslealtad y el rencor de nuestro primo. Pero no debéis tener miedo: ya hemos tomado las medidas pertinentes para la defensa de la prefectura, y tomaremos otras en breve para garantizar su protección plena y merecer el título que la suerte y el destino nos han deparado, y que vosotros, con vuestro entusiasmo, apoyáis y confirmáis. Estad seguros de que no solo no tendréis nada que temer de los francos, a quienes acabamos de derrotar y cuya rendición hemos obtenido, sino tampoco de los germanos. Su rey Vadomaro está aquí conmigo, prisionero y en espera de ser castigado por su traición.

Calló por un instante, regodeándose con la expresión estupefacta del soberano bárbaro y dejando que el público asimilara el mensaje que acababa de expresar.

Luego continuó, lanzando la segunda y más dura ofensiva contra su primo:

—Sabed que el emperador Constancio es tan enemigo vuestro como el propio Vadomaro, pues hemos oído que le ha inducido a atacar nuestras tierras y saquearlas con intención de crearnos una situación comprometida. ¡Por tanto, para su personal beneficio y no por el bien del Imperio, estaba dispuesto a someternos a indecibles sufrimientos, a que vuestras hijas fueran violadas por rudos bárbaros, a arrasar vuestras casas e incendiar vuestros campos! ¡Pero afortunadamente hemos tomado medidas para detener esta amenaza y ahora, con su rey en nuestras manos, los germanos serán nuestra próxima presa fácil, y dejarán de representar un problema para todos nosotros!

Inmediatamente después, los guardias agarraban a Vadomaro por los brazos. El público gritaba desconcertado, profiriendo insultos de todo tipo en dirección al otro augusto. Muchos le desearon la muerte en manos de Sapor.

—Pero… ¿cómo puedes hacerme esto? Yo he venido a rendirte pleitesía… —protestó débilmente Vadomaro.

—Sí… Nos has respondido con una carta llamándonos augusto y declarándote dispuesto a adherirte a nuestra causa —replicó cortante Juliano—. Lástima que en una posta interceptaran a uno de tus mensajeros con otra carta para nuestro primo, en la que hablabas de nosotros como del «césar insumiso» del que te harías cargo, según lo acordado… —concluyó, dejando al bárbaro de piedra y sin palabras.

CAPÍTULO XXXVII

Martina sintió que le hacía bien abrazar a su hermano y le costó despegarse de él. Era la primera persona con la que entraba en contacto físico, desde hacía muchos años, que no le provocara disgusto o que no le fuera indiferente, y era la primera manifestación auténtica de afecto sincero hacia un ser humano desde que había muerto Nepociano. Fue él quien se apartó, y después de un tiempo interminable. Su melliza comprendió que Martino también la necesitaba. Antes de ir a verla, la había informado por carta de su pérdida y compartía su dolor. Decidió no abordar el tema si él no lo hacía. Le invitó a acomodarse en el triclinio frente al suyo y luego llamó a la esclava, quien depositó en la mesa un cesto con fruta de temporada y algunos dulces.

—Por lo que veo, te sigue gustando rodearte de boato, como de costumbre. Incluso más —manifestó su hermano, mirando a su alrededor mientras se instalaba en el diván.

Parecía una velada de reproches, se dijo Martina. O quizá no: era simplemente su modo de ver las cosas y la costumbre de hablar así. Decidió aceptarlo como era. Del mismo modo que él se había esforzado con ella. Y también decidió no callarse nada: si debían acogerse el uno al otro como dos hermanos mellizos, ambos solitarios, para apoyarse mutuamente como deberían haber hecho desde siempre, no tenía sentido esconderse.

—Me agrada impresionar a las personas que vienen a verme, eso es todo. El dinero en sí mismo no me interesa —contestó.

Martino hizo un mohín.

—Y vienen todavía muchos, ¿eh? —replicó.

—No pretendo ocultártelo, hermano. Sí, a pesar de mi edad, los hombres, y en ocasiones también las mujeres, se interesan por mí.

El hombre sonrió. Una sonrisa forzada, quizá, pero siempre mejor

que las reacciones de antaño. Sí, él también anhelaba desesperadamente que se llevaran bien.

–En fin, he aprendido que juzgar a los demás es una actitud nega-
tiva que conviene evitar –respondió Martino para su sorpresa–. La
Iglesia me ha enseñado y exhortado a hacerlo durante años, y siempre
reprobaba a todo el que no pensara como yo, pero mis experiencias
personales me han hecho comprender que no tengo ningún derecho
a hacerlo: a menudo no soy mejor que los otros a los que me permito
enjuiciar. Tal vez nuestros obispos deberían pensar en ello de vez
en cuando…

–¿Cuáles…, los que vienen a menudo a visitarme? –ironizó ella.

Martino arqueó una ceja, luego negó con la cabeza.

–O el que ha provocado la muerte de Raquel. Pero ya no me sorprende nada. He comprendido que a Cristo debo buscarlo siempre dentro
de mi corazón y mi espíritu, no a través de ellos –comentó amargado.

–Yo hace mucho tiempo que dejé de buscar a Cristo en todas partes –rebatió ella–. Quizá desde que nuestra madre nos lo impuso.
Aunque, en realidad, no he buscado nunca nada que lo sustituya.
Al contrario que nuestro padre, que sabía en qué creer y se atuvo a
ello toda su vida. Cuánto me habría gustado conocerle mejor, puede
que me hubiera dado las fuerzas para vivir una existencia de la que
estar más orgullosa.

El hombre resopló.

–Yo todavía no me he hecho una idea coherente sobre nuestro padre.
Ha sido como una sombra que ha condicionado toda mi vida, pero
no sabría decirte si para bien o para mal…

–Seguro que, aunque jamás hayas querido admitirlo, le admirabas
y sentías no haber tenido relación con él, siempre quisiste imitarlo
como soldado. Y lo has conseguido, ¿no? Eres un gran héroe.

–Quizá. Pero no sé si lo hice por amor o por odio; por espíritu de
emulación o de rivalidad.

–A lo mejor son las dos caras de la misma moneda.

Martino sonrió y se quedó pensando unos instantes.

–Cierto, querida hermana, si pienso lo mucho que nuestros padres
han condicionado nuestra vida… Su relación era muy desequilibrada,
eran tremendamente distintos y no estoy segura de si ella le amó de
verdad.

–Él sí que la amaba –precisó ella–. Seguro. Ella no lo sé, realmente. Pero tienes razón: dos personas tan diametralmente opuestas, que han sido ejemplos tan diferentes para sus hijos, no podían más que generar profundas contradicciones en sus vástagos. Ambos tenemos una sensación de estar incompletos, de ser indefinidos, porque recibimos estímulos contradictorios. Estábamos condenados desde el principio a ser así, inseguros e indecisos.

–Efectivamente. Era imposible seguir a ambos. Tuvimos que tomar partido: yo con nuestra madre y tú con nuestro padre, en la medida de lo posible, ya que él nunca estaba –coincidió el general–. Pero lo hicimos con dolor y sufrimos las consecuencias. Quién sabe qué habría sido de nosotros si hubiéramos crecido con unos padres más común y corrientes…, tal vez yo no sería un soldado y tú no serías…

–… ¿una puta?

Martino sonrió con ternura y extendió los brazos.

–Ya te lo he dicho, no te juzgo. Yo maté a un emperador hace veinte años para hacer carrera.

–Pero también salvaste a otro tres años antes, según parece –ironizó Martina.

–Un usurpador, querrás decir –puntualizó Martino, poniéndose serio.

Martina se encogió de hombros.

–Bien, si nos ponemos así, yo también maté a un soberano.

Su hermano la miró asombrado y ella temió que reaccionara mal. Pero se atuvo a su propia decisión de revelarle todo.

–Constantina. No murió de enfermedad: acabé con ella asfixiándola –confesó–. Es la persona que más daño me ha hecho en mi vida. Me utilizó y me convirtió en su esclava. Y me quitó a Nepociano, el único hombre que he amado jamás.

Martino guardó silencio durante largo rato, lo que hizo que ella se preocupara.

Luego asintió.

–También a mí Juliano me quitó a la única persona que he amado jamás, aunque no voluntaria ni directamente –dijo por fin–. De todas formas, podría decirse que cada uno tenemos un emperador sobre nuestra conciencia. Para ser dos personas insignificantes, hemos tenido una gran influencia en los destinos del Imperio. Aunque no

534

parece haber servido de mucho: los dos únicos supervivientes de la familia están actualmente enfrentados entre sí…

–Esta era la última aldea de Vadomaro, augusto –confirmó el general, mostrando al mismísimo comandante supremo los restos del poblado germano con el que se acababan de ensañar los legionarios–. Ahora podemos decir que todos sus territorios están bajo nuestro control. Esta zona de la frontera se puede considerar segura, así que podemos incluso pensar en reducir las guarniciones.

Juliano asintió, pensativo. Observó las filas de prisioneros que avanzaban custodiados por los soldados y dejando atrás sus viviendas incendiadas, luego contempló los cadáveres de los guerreros que habían tratado de resistir en vano. Le desagradó haber perdido potenciales combatientes que habría podido reclutar para su propio ejército y reprochó a su primo el haberle obligado a actuar de aquel modo. Vadomaro ya era un aliado de los romanos, desde hacía tiempo proporcionaba reclutas, y habría bastado una palabra de Constancio para que continuara haciéndolo. Si de repente se había convertido en un enemigo del Imperio era solo culpa de su primo. Caminó entre el humo de las hogueras y se preguntó cuántas matanzas más tendría que llevar a cabo antes de imponer su soberanía. Acababa de infligir sufrimientos descabellados a presuntos aliados de los romanos, pero pronto, quizá, también tendría que hacerlo con los romanos mismos.

–Si esta franja es segura y, tras tus victorias sobre los francos, también lo es la del norte, ahora quizá puedas dirigir tu atención hacia proyectos más… ofensivos –sugirió Oribasio, que casi parecía interpretar sus pensamientos.

Tribalcio, uno de sus amigos de Éfeso que se había apresurado a visitar al nuevo augusto tras su proclamación, se hizo eco del médico.

–Si tu destino es el de restaurar en el Imperio la dignidad perdida y a los dioses el respeto que merecen, no creo que debas esperar. El emperador se halla en una situación precaria y no tiene forma de oponerse a la fuerza que emana de tu persona gracias a la protección divina.

Juliano notó la mirada de odio que el general dirigió a sus amigos y, con un gesto, lo invitó a marcharse. Sabía bien que los militares no veían con buenos ojos que se rodeara de civiles incluso durante las campañas; todavía le consideraban una creación suya, ignorando que, en realidad, él era una criatura de los dioses, y ellos habían sido solamente su instrumento.

–Nos preguntamos si tenemos suficientes soldados para lanzar una ofensiva y dónde sería más oportuno llevarla a cabo –replicó–. Italia sería una presa apetitosa y estamos seguros de que, si nos proponemos como restauradores de la antigua libertad de culto, seremos recibidos con entusiasmo. Ahora mismo no tememos invasiones del sur, la península itálica era un territorio completamente pacificado y Constancio no dejó muchas tropas allí. Así que podríamos tomarla. De allí iríamos a África y finalmente asumiríamos de ese modo el control de la mitad del Imperio, poniéndonos realmente en igualdad de condiciones con nuestro primo. Esa sería la mejor manera de hacer frente a la lucha…

–Es cierto, te fortalecería, pero también tendrías más territorios que defender en caso de que intentara flanquearte –insistió el médico–. Y, además, también él tendría tiempo para afianzarse. Tarde o temprano la crisis persa acabará y Constancio podrá pasar al ataque, o al menos desplegar más recursos contra ti. Es ahora cuando tiene problemas.

–Mientras que tú posees un pequeño reino, pero compacto y seguro. Te encuentras en el límite oriental de tus posesiones, incluso más allá, listo para dar un nuevo salto hacia el este –intervino Evenemero.

–¿Lo ves? Los dioses te allanan el camino –insistió Tribalcio–. Estoy seguro de que han sido ellos quienes han empujado a Sapor a la ofensiva para castigar a tu primo por su perfidia y ponerte en disposición de tomar lo que te espera por derecho divino. Debes aprovechar todas estas oportunidades.

Juliano tenía un torbellino de pensamientos en la cabeza. Una cosa era aprovecharse del descontento de los soldados y fomentar su deseo de elevarle al trono. Y también estaba en todo su derecho a defenderse de los intentos de agresión de su primo. Pero atacarle… Atacar a Constancio era algo que ni Magnencio se había atrevido a hacer.

Sin embargo, contaba con efectivos. Para la campaña de castigo contra los germanos de Vadomaro se había traído quince mil, más que suficientes para atacar a un emperador con problemas y robarle territorios. La región del Danubio y Panonia, incluso Tracia, estaban allí sin defensas, al alcance de la mano. Habría podido tomarlos apenas sin esfuerzo, y en ese momento habría estado en una posición de ventaja territorial y de recursos; al cerrar el paso del emperador hacia Europa, podría haber abarcado fácilmente Italia y quizá incluso África. Y entonces su primo estaría obligado a reducir sus exigencias, además de aceptarle sin reservas como colega para no perder lo poco que le quedaba. Sí, a lo mejor era eso lo que querían los dioses. De lo contrario, no habrían impulsado las ambiciones de Sapor justamente en ese momento; ni le habrían permitido enterarse de la traición de Vadomaro al interceptar aquel providencial correo.

Deseaban que él tomara el Imperio. Y él lo aceptaría: la mitad, si su primo tuviera la intención de compartirlo. O todo, si se opusiera. Con el apoyo de las divinidades, que anhelaban la revancha sobre el dios de los cristianos, cualquier proeza era factible.

Quién sabe, puede que Sapor atacara al día siguiente. O en cualquier otro momento en los días sucesivos. El rey de reyes estaba allí, al otro lado del Tigris, con todo su inmenso ejército, dispuesto a desgarrar el Imperio romano una vez más, pero esta vez se encontraría con la horma de su zapato, se dijo Martino; el emperador había reforzado los confines como nunca antes y los persas pagarían caro cada palmo conquistado de terreno al oeste del río. La actividad en la frontera bullía especialmente gracias a la presencia de Constancio y de su Estado Mayor.

Martino observó al emperador y de repente se dio cuenta de cuánto había envejecido. Constancio se hacía llevar en un carruaje a lo largo de todo el frente en Edesa para supervisar los movimientos de los soldados y el posicionamiento de los defensores en las almenas de las fortalezas a lo largo del Tigris, manteniéndose constantemente en primera línea. Siempre había sido cumplidor, pero en la retaguardia, delegando en sus subordinados las tareas que asignaba a la tenue luz de las antorchas en el interior de su pabellón. En cambio, ahora trabajaba personalmente para verificar que todas sus disposiciones se aplicaran, las corregía cuando lo consideraba necesario y añadía nuevas sugerencias.

Sin embargo, se le veía sufrir. No padecía de ninguna enfermedad externa, sino de algo que lo consumía por dentro y que hacía que el tiempo para él corriera más rápido que para los demás. Constancio nunca había sido un hombre alegre, como podía serlo Juliano, pero desde su regreso, Martino le había visto cada vez más preocupado, triste, amargado. Era como si su capacidad de aguante, claramente representada por su habilidad para permanecer inmóvil en público ajeno a lo que ocurriera alrededor, se hubiera agotado.

Aquel hombre ya no podía más, y era evidente. La rebelión de su primo había sido un duro golpe para el emperador. Con la muerte de Eusebia, su vida se había quedado desierta, y él, Martino, lo sabía muy bien: su propia existencia se había hecho insoportable desde que había perdido a Raquel; aquella mujer había llenado su espíritu con tanto amor en esos últimos años, que la ausencia de todas las emociones a las que se había acostumbrado le producía un gran vacío, y se sentía despojado de toda virtud. Ya no tenía impulsos ni deseos, excepto castigar a Juliano por aquella execrable usurpación que había causado la muerte de su amada y precipitado al Imperio al borde de una guerra civil, precisamente en un momento en que uno de los enemigos más implacables y tenaces de su historia estaba a sus puertas.

No obstante, los motivos que le hacían sentir cercano a Constancio eran variados, y más de una vez, durante las acciones en la frontera oriental, había esperado que el emperador diera por fin rienda suelta a aquella amistad entre ellos que nunca había germinado plenamente. Pero, en los últimos tiempos, Constancio se había encerrado aún más sobre sí mismo, y, por otra parte, Martino no creía haberse vuelto menos huraño. Eran dos hombres desilusionados, que habían pasado muchas vicisitudes y que cada vez les costaba más fiarse del prójimo.

El emperador le había mantenido el grado que había conseguido en la Galia, pero la tropa no le quería ni le admiraba como antes. Entre los partidarios más acérrimos de Constancio, alguno le veía como el principal artífice de los éxitos de Juliano, gracias a las gestas logradas bajo su mando, y le consideraba veladamente responsable del poder adquirido por el usurpador. Por tanto, ahora muchos le culpaban por estar al borde de una guerra civil; se había pasado de la raya, decían, y ahora todos pagarían caro su afán por distinguirse.

Él lo dejaba correr. En realidad, ya no tenía ningún interés en forjarse una posición, hacer carrera o conquistar la estima de sus camaradas. Lo que tenía que demostrar ya lo había demostrado hacía tiempo, y ya no tenía intención de que el fantasma de su padre siguiera condicionándole.

–¡General, los persas han levantado el campo! ¡Se están marchando!

Un mensajero llegó a caballo y apuntó hacia el horizonte al otro lado del Tigris. La gran polvareda a lo lejos atestiguaba el movimiento, nada más.

–¿Cómo puedes estar seguro? –replicó–. ¿Qué noticias hay?

–Tenemos desertores. Dicen que el gran rey ha levantado las tiendas tras recibir algunos auspicios desfavorables… –confirmó el explorador.

Martino se sintió vigorizado. Era evidente que Sapor se largaba porque había comprendido que esta vez no sería fácil. El emperador había conseguido detenerlo, y era un éxito del que Constancio podía estar orgulloso. Se reservaba el derecho de confirmarlo, pero consideró que era hora de ir a decírselo al soberano, así tal vez encontraría un motivo para animarse un poco. Se subió a su caballo y galopó en busca del carruaje imperial, pero descubrió que, mientras tanto, Constancio había sido llamado de vuelta a su pabellón. Cambió de dirección y llegó al cuartel general del emperador, donde vio una reunión de funcionarios de alto rango alrededor de la tienda.

Desmontó y preguntó qué había sucedido.

–Ese cobarde del primo… Mira que atacarlo justo ahora… –masculló uno.

Sin entender, irrumpió en el pabellón, donde encontró a Constancio con los codos apoyados en su escritorio, la nariz encima de una carta y las manos en la corona. Rodeándole, sus secretarios y otros generales. Ninguno de ellos, se dijo, podía saber nada de la retirada persa, probablemente porque tenían su atención concentrada en una noticia más relevante.

–¿Noticias de Occidente, mi señor? –preguntó directamente al emperador.

Constancio levantó la cabeza lentamente, parecía más abatido por el sufrimiento que nunca. Se lo quedó mirando unos instantes, como si no le reconociera, entonces se le encendió un destello de luz en los ojos y habló.

–El usurpador… Está marchando hacia nosotros… Está ya en

Panonia y tomará toda la región del Danubio, dado que nosotros estamos aquí todavía.

Martino se alegró de poder darle la única noticia que le daría consuelo.

–Mi señor, no debemos quedarnos aquí por más tiempo. Sapor se ha ido, tus defensas le han obligado a renunciar. ¡Y esto es una señal inequívoca del favor divino del que gozas! ¡Significa que puedes marchar contra el usurpador! –manifestó prácticamente a voces.

En medio del clamor entusiasmado de los presentes, Martino vio resplandecer aquella chispa de luz en los ojos de Constancio.

Juliano se mordió el labio por enésima vez, tratando de interpretar los rumores que escuchaba en la oscuridad. Si hubiera tenido alguna vez problemas para apoderarse de la prefectura ilírica, habría sido precisamente allí, en su capital, en Sirmio, a pocas millas de distancia de su posición entre la desembocadura del Drava y la del Sava.

El destacamento de caballería ligera que había enviado durante la noche para sorprender a la vanguardia del *comes* Luciliano, el héroe de la defensa de Nísibis y uno de los generales favoritos de Constancio, tenía la misión de prevenir el riesgo de un largo y extenuante asedio a la bien dotada fortaleza en el Danubio: la velocidad era la clave de toda la operación y hasta el momento había mantenido la estrategia dinámica que se había impuesto cuando había decidido marchar hacia el este. Que su avance continuara más allá del lado oriental del continente europeo, desde Tracia hasta Constantinopla, dependería de Constancio y de su capacidad de reacción.

Se sentía cansado, acalorado, cubierto de polvo, pero la euforia de la operación le mantenía despierto desde hacía varias noches y no tenía intención alguna de caer rendido precisamente en lo que podía representar el episodio decisivo de la campaña. Confiaba en que Luciliano no esperara verlo aparecer tan pronto. Por ello había avanzado con un destacamento de tres mil hombres seguido por el grueso del ejército dividido en dos partes, que más tarde embarcaría en el Danubio para ir más rápido, junto a los pertrechos.

Una maniobra digna de Julio César, o del mismo Constantino el Grande. Desde luego no de Constancio, que ni siquiera era capaz de imaginarla, se dijo mientras contemplaba cómo las naves de transporte de su flota atracaban en la orilla y los hombres desembarcaban en tierra, preparados, en caso de necesidad, para apoyar la acción de la vanguardia con un asalto a las murallas de la capital al amanecer. Estaba en el vórtice de los acontecimientos. Era el centro de atención de los dioses, que le estaban favoreciendo de todas las maneras posibles. Estaba en el centro de la historia de Roma. Estaba decidiendo los destinos de los hombres y del Imperio. Y no decepcionaría a quien apostaba por él, desde las deidades hasta los hombres. Su primo siempre se había considerado un emperador al servicio del Estado y de su Señor, pero él encontraría el modo de superarlo, honrando sus compromisos con el verdadero legado que le habían dejado sus predecesores, que no era el importado e improvisado por Constantino y Constancio. Llamó a Evenemero y le dictó otra carta.

–Esta es para el Senado de Roma –le informó–. Toma nota, luego los secretarios la redactarán. Por encima de todo, queremos señalar los agravios que nosotros y nuestra familia hemos sufrido, desde niños, a manos de ese hombre ingrato, siempre atrincherado tras la excusa de tener que soportar las presiones de la soldadesca primero, y el deber de que prevaleciera la razón de Estado después. Centrémonos en lo que le pasó a Galo por confiar en él. Si no hubiera sido por la piadosa, bella y virtuosa Eusebia, hace mucho tiempo que ya habríamos encontrado el mismo fin. Pasemos luego a nuestras hazañas en la Galia; enumerémoslas todas detalladamente, te lo ruego, para subrayar su ingratitud y su inquina. Y también el hecho de que nos escatimó recursos, haciéndonos partir con trescientos sesenta soldados. A pesar de ello, servimos fielmente a la misma persona que mató a nuestro padre y a nuestro hermano. A continuación, justificaremos nuestro comportamiento en la revuelta, diremos que, a pesar de todo, intentamos apaciguar el descontento de los soldados contra Constancio. En cuanto descubrimos que había llegado a lanzar contra nosotros, y contra la misma Galia, a los mismos bárbaros que la habían destruido antes de llegar nosotros, empezamos a dejar de vernos como subordinados, considerando que ya no era digno de darnos órdenes, ¡puesto que hacía prevalecer sus intereses personales sobre los del Imperio!

De repente, vio llegar a un caballero. Interrumpió su dictado, con el corazón en un puño. Habían pasado por lo menos cinco horas desde que los había enviado contra la vanguardia de Sirmio.

–Mi señor, todas las posiciones defensivas de Sirmio están bajo nuestro control. Hemos capturado al *comes* Luciliano, que está aquí con nosotros. Estaba durmiendo cuando lo apresamos. Está custodiado por nosotros, pero quiere hablar contigo –anunció el explorador.

Juliano no pudo ocultar su satisfacción, apretando los puños y emitiendo un profundo suspiro de emoción. Sí, efectivamente, los dioses nunca le negaban su apoyo: quizá había llegado el momento de hacer público su credo. Asintió y acto seguido el soldado dio la vuelta con su caballo y desapareció en la oscuridad. Se presentó de nuevo poco después con un pelotón al completo. Juliano avanzó unos pasos y escrutó entre los caballeros, iluminados por la tenue luz de las antorchas, hasta que identificó a un hombre vestido solamente con dalmática y pantalones, sin las enseñas de mando ni equipamiento militar.

Así que ese era Luciliano. Era el segundo héroe de guerra que se cruzaba en su vida, después de Martino Martiniano, y no le causó la misma impresión que su antiguo salvador. Pero Luciliano era más viejo, le habían despertado en mitad del sueño y seguramente se sentía humillado por haberse dejado sorprender de ese modo, faltando a la estima que Constancio había depositado en él.

Sin embargo, cuando el *comes* percibió que fijaba en él su mirada, se enderezó en su silla y asumió una actitud orgullosa.

–Emperador –le dijo, sorprendiéndole por haber usado el título–. Es una temeridad aventurarse con pocos soldados en territorio ajeno, ¿no crees?

Juliano sonrió amargamente. Supuso que debía acostumbrarse a soportar desprecio y sarcasmo.

–Guárdate tus consejos para Constancio –le respondió diligente–. No te hemos concedido audiencia para escuchar tus consejos sino para calmar tus miedos. Ahora Sirmio está en nuestras manos. Por tanto, este ya no es territorio ajeno sino nuestro.

Y el héroe de guerra, frente a la realidad, no supo qué responder. Sí, pensó Juliano, había llegado el momento de hacer público en nombre de quién y de qué combatía.

CAPÍTULO XXXVIII

El obispo de Antioquía Euzoio cogió del brazo al emperador vestido de penitente, con paso inseguro, y lo condujo hacia la fuente bautismal. Uno de los asistentes invitó a Constancio a entrar junto a él. Euzoio se acercó al que iban a bautizar, le puso la mano sobre la cabeza y declaró:

—¿Crees en Dios, Padre omnipotente?

—Creo —respondió Constancio, mientras el obispo le derramaba un hilo de agua en la cabeza.

—¿Crees en Jesucristo, Hijo de Dios, nacido del Espíritu Santo y de la Virgen María, crucificado bajo Poncio Pilatos, muerto y sepultado, que al tercer día resucitó de entre los muertos, subió al cielo y está sentado a la derecha del Padre, que volverá para juzgar a vivos y muertos?

—Creo.

—¿Crees en el Espíritu Santo, en la santa Iglesia y en la resurrección de la carne?

—Creo.

Euzoio tomó el óleo de acción de gracias y ungió nuevamente su frente diciendo:

—Te unjo con el óleo santo en el nombre de Jesucristo.

El ayudante le invitó a salir de la fuente bautismal. El oficiante se acercó de nuevo a Constancio murmurando una plegaria.

—Oh, Señor, invoco el descenso de la gracia de Dios sobre este hombre piadoso, para que pueda servirte según tu voluntad.

Le ungió de nuevo la frente con el óleo, trazó la señal de la cruz y le besó, diciendo:

—El Señor esté contigo.

A lo que el emperador respondió:

—Y con tu espíritu.

Los presentes, con su nueva esposa Faustina en primera fila, aplaudieron. La gruta donde san Pablo, tres siglos atrás, había predicado y celebrado la eucaristía, estaba repleta de dignatarios y representantes del clero de Antioquía donde, en su último día de estancia antes de partir hacia la campaña contra Juliano, el emperador había querido ser bautizado. Y una larga cola de gente se agolpaba a la salida de la oquedad que Constancio había elegido y exigido para sentirse más cerca del Señor y expiar mejor sus culpas.

–Ahora, Flavio Constancio Augusto, estás en la gracia de Dios –proclamó el obispo cuando el clamor se hubo calmado–. Tu santo padre se hizo bautizar justo antes de morir, mientras que tú recibes el sello del Señor en plenas facultades físicas y morales, con todavía muchos años por delante para brindar a Cristo los servicios que tanto te has esforzado por ofrecerle.

De nuevo, la multitud aplaudió y celebró su nombre y el del Señor. Constancio se preguntaba si de verdad sería así. Había sentido el impulso de bautizarse desde que había soñado, hacía unos días, que un niño le arrebataba de la mano el globo terráqueo, símbolo de su Imperio universal, y lo arrojaba. Y a partir de aquel momento, puede que también desde antes, tenía la sensación de que el espíritu que le había guiado hasta entonces le había abandonado. De esta manera, confiaba recuperarlo con ese gesto extremo, al que aún no se había sometido durante su largo reinado siguiendo los pasos de su padre, como todos esperaban.

Pero no tenía buenas vibraciones. Tal vez fuera simplemente la fatiga. Debería haber descansado un poco antes de emprender esa campaña que tanto le estaba costando, más en el aspecto moral que físico. Pero no se lo podía permitir: Juliano le estaba acuciando, y no podía quedarse esperando, concediéndole espacio, territorios, soldados y recursos. Debía actuar con presteza, igual que su primo. La marcha atrás de Sapor había sido juzgada por todos como una señal del favor divino, pero él ya se veía condenado, y temía, en cambio, que fuera una especie de artimaña de Dios para que cayera en una trampa.

Le habría gustado gritar al mundo que en absoluto estaba seguro del perdón divino. Que el Señor tenía mucho por lo que castigarle y maldecirle, y quizá ni el bautismo era suficiente para garantizarle la salvación, al menos en aquella vida. Pero habría quedado como un cobarde y se habría condenado a la derrota él mismo; sería un suicidio político y militar que ensombrecería aún más su capacidad de gobierno y de mando, ya en entredicho por los desafíos que había tenido que afrontar. Su padre…, no, el padre de su padre y el asesino de su madre, eligió a Cristo y luego le dejó a él la tarea de poner de acuerdo a los cristianos. Reunió el Imperio bajo su cetro, pero luego lo repartió entre cinco herederos, haciendo imposible la labor; preparó una campaña contra los persas y luego le legó la obligación de llevarla a cabo; tuvo que matar a un buen número de parientes por razones de Estado, forzándole a recorrer una vía en contra de su voluntad por la que había pagado un alto precio.

Le odiaba. Odiaba a Constantino el Grande por haber tenido que lidiar con su pesada sombra toda su vida, consumiéndose en un anhelo de emulación que siempre le había hecho sentir inadecuado.

Había sido el hombre más poderoso del mundo durante más de un cuarto de siglo. Sin embargo, también había sido el más infeliz.

Después de una noche de espera a la intemperie y de rodillas rezando en el paso al este de Naisso, que representaba el cuello de botella entre Iliria y Tracia, Juliano vio que el augur apagaba la linterna, entonces se levantó y estiró las piernas; luego se preparó para la ceremonia de inauguración que deseaba celebrar para mostrar al mundo bajo qué auspicios quería hacer nacer su reino. Había dispuesto que un augur capaz de oficiar la ceremonia acudiera a esa ciudad, la ciudad natal de Constantino el Grande. Según sus deseos, el rito debía recordar en todos los aspectos al de la investidura del segundo rey de Roma, Numa Pompilio, transmitido por la tradición. En mitad de la noche había subido a la cima del desfiladero, ahora guarnecido por sus enfervorizadas tropas, para que la ceremonia recordara a la celebrada en el monte Capitolino de Roma, en la cumbre septentrional. Luego se había arrodillado, según las instrucciones, de cara al mediodía, donde el antiguo rey contemplaba los signos celestes, o auspicios del cielo, con el augur a su izquierda, es decir, hacia el este. Juntos habían esperado el amanecer y con él la afluencia de soldados y habitantes de Naisso.

—¡Júpiter padre! Si es tu divina voluntad que este augusto Flavio

Juliano, cuya cabeza sostengo, sea emperador de los romanos, manifiéstanoslo, dentro de los límites que he definido –proclamó el arúspice con la cabeza velada y sosteniendo un bastón en forma de gancho y sin nudos, como exigía el ritual.

Luego pasó a enumerar los auspicios que esperaba recibir. Al terminar su discurso, los asistentes, con paso solemne, avanzaron hacia la pareja y depositaron en el altar frente a ellos los dones enviados por los dioses.

–¡Y bien, los dioses han manifestado sus deseos! –declaró el oficiante–. ¡Oh, Júpiter, cuando truenas, señor de la luz, tiemblan ante ti cuantos dioses en el cielo te oyeron tronar! ¡Truena por tu protegido Flavio Juliano augusto para que hasta sus enemigos huyan ante sus admirables hazañas! ¡Que recuerde a todos los hombres tu poder, tu justicia y tu magnanimidad!, ¡que, con la ayuda de todos los dioses que dominas, libere a los que ya no pueden pagarte el justo tributo por la inmensa obra que has hecho por Roma en su larga historia, repudiada por una camarilla de sacerdotes supersticiosos y fanáticos!

Juliano escuchó complacido las palabras que había deseado añadir a la plegaria del rito, para mostrarle al pueblo de Naisso lo que pretendía hacer con el legado de su mejor conciudadano. Los soldados le aclamaron con entusiasmo, pero había muchos reclutados de entre los bárbaros: las cuestiones religiosas entre los romanos les dejaban indiferentes; tenían sus propias deidades, que él no pretendía cuestionar. La mayoría de los civiles, en cambio, se quedaron atónitos. Hubo alguna aclamación esporádica, pero en su conjunto, pensó el augusto, debían considerar una auténtica provocación, incluso un sacrilegio, ofender de aquel modo la memoria de su tío. Seguramente se habían convertido todos al cristianismo tras Constantino solo para disfrutar de los emolumentos con los que el emperador había gratificado al clero de su ciudad natal para construir iglesias y hospicios. No sería difícil reconducirles a sus antiguas costumbres en una región donde aquella maldita superstición tenía una débil tradición. Cuando terminó la ceremonia, descendió sin poder disimular su satisfacción. Acababa de proclamar al mundo su propia fe en los dioses, y lo había hecho en un lugar de enorme valor simbólico. Estaba muy complacido consigo mismo y se apresuró hasta su cuartel general para continuar el dictado de las cartas dirigidas a los órganos de gobierno locales con objeto de captar sus simpatías y su apoyo. Había decidido que tampoco en su correspondencia ocultaría sus tendencias religiosas ni su programa de restauración y tolerancia. Por lo tanto, no tenía intención de limitarse simplemente a dictar los conceptos clave a Evenemero para que los escribas los ampliaran.

–En la carta al Senado y al pueblo ateniense que escribíamos anoche, queremos hacer referencia explícita a los verdaderos dioses –especificó–. Por eso, donde hablábamos de la revuelta de los soldados en París, escribiremos expresamente: «¡Oh, Zeus, oh, Helios, oh, Ares, oh, Atenea, oh, dioses todos, sed testigos de nosotros si de esto teníamos la más remota sospecha antes de esa misma noche! Ya era tarde, al anochecer, cuando nos llegó la noticia, y de repente el palacio se vio rodeado y todos aclamando; mientras nosotros no sabíamos qué hacer, ni nos sentíamos seguros. Entonces subimos (aún vivía mi esposa) a acostarnos en la planta de arriba. Allí, desde una ventana abierta, dirigimos a Zeus nuestras plegarias. Pero como los gritos se hacían más fuertes y todos en el palacio se agitaban, rogamos a Dios que nos diera una señal. E inmediatamente nos la dio y nos confirmó que cediéramos para no ir contra la voluntad del ejército. Sin embargo, incluso tras estas señales, no estábamos listos para ceder, sino que nos quedamos parados, y no queríamos en absoluto aceptar el título de augusto ni la corona. Pero como nosotros solos no podíamos prevalecer contra muchos, y, por otra parte, los dioses, que querían que esto sucediera, avivaban la decisión de los soldados en la misma medida en que nosotros íbamos apagando la nuestra; al final, hacia la tercera hora, nos regaló no sé qué soldado su collar militar, nos lo pusimos y regresamos al palacio, suspirando (¡como saben los dioses!) desde el fondo de nuestros corazones». –Se quedó pensando unos instantes y luego añadió–: Y terminamos: «¡Estas cosas que hemos pensado, ciudadanos de Atenas, las expusimos entonces a nuestros compañeros de armas y ahora las escribimos a las ciudades de toda Grecia! ¡Que los dioses, señores de todas las cosas, nos concedan su ayuda hasta el final, como prometieron hacer, y que permitan a Atenas gozar, a través de nosotros, de los mayores favores, así como tener para siempre emperadores tales que sepan conocerla y venerarla dignamente!».

Se dejó caer sobre el respaldo de la silla satisfecho. Por fin era libre. Ahora su primo no le daría tregua: en su intolerancia, con la violencia contenida en ese credo absolutista que excluía a todos los demás, los cristianos estarían dispuestos a desencadenar una guerra religiosa, además de la civil. Y esto solamente significaba que su objetivo estaba fijado.

Constantinopla.

La puerta del cubículo donde estaba recluido el emperador se abrió y Martino, al entrar, se vio envuelto por un intenso olor a incienso. Alrededor del lecho de Constancio ardían varios recipientes cuyos vapores envolvían como un manto el cuerpo debilitado por la fiebre y por el transvase de bilis negra que había atacado al soberano desde que había dejado Antioquía.

A Martino le bastó una ojeada a lo que quedaba del hombre con quien había compartido una vida entera de servicio para comprender que el emperador estaba en las últimas, y se conmovió no solo por su condición crítica, su color verduzco y su cuerpo consumido, sino porque Constancio había querido que estuviera a su lado en la hora extrema de su muerte.

Según se acercaba a la cama, en torno a la cual se hallaban el gran chambelán Eusebio y otros dignatarios de alto rango, se le ocurrió pensar en la ironía del destino: la vida del soberano terminaba precisamente en Tarso, la ciudad donde había nacido san Pablo, el apóstol que Constancio había querido honrar hacía solo unas semanas bautizándose en la gruta donde había predicado. Parecía una jugada del Señor. O un castigo.

La campaña había acabado antes de empezar. Antes de dejar Asia, al parecer. Y ahora el Imperio amenazaba con caer en las manos de un idólatra: desde Iliria había llegado la noticia de que el usurpador había proclamado a los cuatro vientos su fe en los antiguos dioses y que estaba escribiendo a las comunidades bajo su control para que restaurasen los ritos abolidos y reconstruyeran los templos. Puede que esa noticia hubiera dado el golpe de gracia al emperador; desde entonces se había agravado su estado y, si antes existía la posibilidad de que sanara, cualquier esperanza, según los médicos, se había desvanecido.

Juliano, después de todo, era un nuevo Magnencio, pero aún más peligroso, un anticristo venido al mundo para destruir todo lo que Constantino había hecho en nombre del Señor. Pronto regresaría a las persecuciones, al oscurantismo, al ensañamiento de antaño y, si bien Martino a veces había pensado que los cristianos merecían un nuevo diluvio universal para recomenzar desde el principio sobre bases más sólidas, estaba aterrado. También por este motivo, estaba muy intrigado por saber qué había decidido el emperador con sus consejeros a propósito de su sucesión. Su nueva esposa Faustina estaba encinta, pero nadie se hacía ilusiones de que su heredero tuviera posibilidades de reinar.

Constancio parecía seguir despierto. Percibió su presencia y con un lento movimiento del brazo apoyado en el borde del lecho le invitó a acercarse un poco más. Luego le hizo señas para que se sentara en el lugar del médico, que se apresuró a levantarse.

–Lo… sentimos, Martiniano… Sé que habrías querido marchar junto a nosotros contra… nuestro primo… –le dijo Constancio en cuanto se aproximó lo suficiente.

–A lo mejor será así, mi señor –se sintió obligado a decir–. Ten fe en Cristo y Él te recompensará.

–No, no nos recompensará. Nunca lo ha hecho porque no lo merecíamos –comentó el emperador con un hilo de voz–. O quizá sea esta su recompensa: alejarnos de nuestras preocupaciones y liberarnos de una vida que cada año se vuelve más difícil de soportar…

–No digas eso, mi señor.

–Sabemos lo que decimos –insistió Constancio–. Somos un engendro de la naturaleza: nunca deberíamos haber llegado a ser emperador –añadió, agarrándole del brazo y acercando sus labios a la oreja del general.

Martino pensó que ya estaba delirando. Miró por un instante a los dignatarios, pero sintió que le apretaba la muñeca todavía más fuerte.

–Martiniano, tú lo sabes bien ¿verdad?, cuán oneroso es tener que competir con la sombra de un padre que todos esperan verte emular.

El general le miró sorprendido. Puede que todavía estuviera lúcido, a fin de cuentas. Y se sintió honrado por que, finalmente, el emperador le permitiera compartir sus pensamientos más íntimos. Él asintió con gravedad.

–Sí, lo sé muy bien, mi señor.

–Eso es, exacto. Si ha sido duro para un soldado, imaginémonos para un emperador. Y piensa que… ni siquiera era mi padre… –especificó Constancio.

Martino entrecerró los ojos. Debía de estar desvariando.

–Era… mi abuelo. Por eso estoy condenado.

Y lo dijo en voz aún más baja, hasta el punto de que el general creyó haber entendido mal.

Por instinto se apartó, indagando en los ojos del soberano para comprobar si estaba lúcido. Recibió una mirada consciente, demasiado para pertenecer a un hombre confundido. Asustado, se quedó a cierta distancia de él.

Solo entonces Constancio dirigió su atención a otro lugar, mirando a Eusebio. Reunió fuerzas y, en voz más alta, declaró:

–No queremos guerras civiles… en el Imperio. Por tanto, que sea nuestro primo el nuevo y único augusto.

Eusebio abrió los ojos de par en par. Tampoco Martino daba crédito a sus oídos. El emperador sabía que Juliano era un idólatra, y sin embargo le dejaba su legado. Pensó que estaba delirando otra vez.

–Mi señor, quizá deberíamos pensarlo un poco más. Ya habíamos hablado de esos candidatos… –se aventuró Eusebio.

Pero Constancio le interrumpió. Se incorporó como pudo sobre la almohada, para ser oído por todos los presentes, incluidos los secretarios que estaban en un rincón, dispuestos a redactar su testamento.

–Ninguno de ellos tendría la fuerza suficiente para superar a Juliano –dijo casi ahogándose–. Sería una guerra que provocaría luchas y desolación infinitas, y entregaría el Oriente a Sapor, el Occidente a los bárbaros. No, queremos que sea nuestro primo quien nos suceda. Ya hemos causado bastante mal en nuestra vida. No queremos… que pese una guerra civil sobre nuestra conciencia –añadió, luego apoyó la cabeza sobre la almohada, cerró los ojos y suspiró profundamente.

Lo único que pensó Martino fue que tendría que combatir para un pagano.

Quizá Constancio lo estaba haciendo bien por fin. Pero ese no era el Imperio en el que había crecido. Y no era Juliano, el idólatra, el apóstata, el soberano que le habría gustado.

Martina estudió con cierto temor la silueta de Osio sentado en su pequeño trono sobre ruedas, en la penumbra de un rincón de su *tablinum* escasamente iluminado por las antorchas. Luego dirigió los ojos a su hermano, quien le devolvió una mirada confusa. El intenso olor a incienso en la habitación debía ocultar los efluvios menos agradables, y no podían evitar que les lloraran los ojos.

De la oscuridad surgió una mano temblorosa y huesuda y, lentamente, les indicó que se sentaran. La mujer fue a acomodarse en una de las sillas y, cautelosa, esperó a que el obispo le comunicara por qué les había convocado a ambos, a Martino y a ella. Desde la época del terremoto en Nicomedia, había dejado de prestarse a sus juegos y, después de rechazarle dos veces, Osio la había dejado en paz. Seguía jugando con la gente, arruinando a personas de su clase, pero con total autonomía, sin seguir las indicaciones de su protector. Se esperaba que, antes o después, el prelado, obstinadamente apegado a la vida, le propusiera una nueva colaboración, y al poco de morir el emperador y de la proclamación oficial como augusto de Juliano, no le quedaron dudas: conocía a Osio lo suficientemente bien como para saber que habría desencadenado un torbellino de intrigas para conservar su influencia también con el nuevo régimen, y ella siempre había sido el instrumento privilegiado de los poderosos. Pero le sorprendía que le hubiera pedido que se presentara con Martino.

—Os doy las gracias por haber venido, queridos amigos —empezó el obispo tras un largo silencio.

Martina sintió que se le erizaba el vello: la voz del prelado había cambiado mucho desde la última vez que la había oído. Ahogada, sumisa, arrastrando las palabras, respiración jadeante de quien pagaba caro cada intento de emitir un sonido.

—Dudo que pudiéramos elegir ante el hombre más poderoso del Imperio —respondió Martina secamente.

Osio emitió algo que podía parecerse a una carcajada, pero que resultó como un sonido incongruente, seguido de un ataque de tos.

—¿Poderoso? Ya no soy nada, yo…

Intervino Martino.

—Lo entiendo: un nuevo emperador pagano, los obispos cristianos no contarán mucho.

—Así es —coincidió el prelado—. Ya me costaba antes… que Constancio me escuchara, de manera insensata... empeñado en conciliar las diversas posiciones de los cristianos, en lugar de imponer la de su padre, y... con prejuicios por mi edad. Sin embargo, ignora que soy muy capaz de influir en las decisiones incluso cuando me creía... ya fuera de juego. Eusebio hacía lo que yo le decía, pero ahora el gran chambelán se ha apresurado a hacer acto de sumisión ante el apóstata...

Siguieron unos instantes de tenso silencio, y fue Martina quien lo rompió.

—¿Por qué estamos aquí, Osio? Ya te dije que nunca más trabajaría para ti —expuso.

—No os he llamado para eso. Solamente necesito un último favor —contestó Osio.

—No sé si seremos capaces —replicó Martino.

—Yo creo que sí. Quiero que me matéis.

Los dos hermanos se quedaron de piedra y se miraron estupefactos, sin saber qué decir. Por fin habló Martino.

—¿Y por qué querrías morir, si el Señor te ha mantenido tanto tiempo con vida?

Osio emitió un sonido de desprecio.

—¡Ah! ¡El Señor no tiene nada que ver en esto...! ¡Soy yo, «yo», quien se ha mantenido con vida convencido de ser... la única persona del Imperio realmente consciente... de qué era lo mejor para Roma! —se acaloró.

Su voz sonó aún más ahogada, su sombra empezó a ondear en el ridículo trono que se había mandado hacer, obviamente porque se consideraba el soberano absoluto del Imperio, como por otra parte acababa de afirmar.

—Había emperadores... —objetó Martino.

—¡Eran simples marionetas en mis manos! Todos, incluso Constantino: era yo... quien le dictaba sus estrategias, quien le permitió derrotar a Majencio —protestó Osio—. He resistido al deterioro de los años, a dolores atroces... con los que convivo desde hace años, a los intentos de desestabilizarme y quitarme poder, incluso a las leyes de la naturaleza que buscaban mi muerte, ¡solamente... gracias a mi fuerza interior y a mi voluntad de sobrevivir por el bien del Imperio!

Martina entendió solo una palabra de cada dos de ese circunloquio. Cuanto más nervioso se ponía el obispo, menos se entendía lo que decía.

–¿Y por qué ahora no tienes intención de hacerlo? –preguntó Martino.

–¿Y tú me lo preguntas? –replicó Osio–. Ya no tengo un emperador de referencia… con quien colaborar, a quien indicar el camino, ni cómplices capaces de hacerlo por mí. Juliano es un idólatra, y veréis que hará de todo, con el tiempo, para… anular los privilegios de la Iglesia cristiana, aunque ahora manifieste su voluntad de ser tolerante… hacia todas las religiones. Destruirá… todo aquello que Constantino y yo construimos. Así que no hay nada más que pueda hacer por el Imperio. Y sin mi misión, solamente me queda el sufrimiento, que no consigo… soportar más. Convivo con dolores cada día más espantosos… y únicamente mi compromiso con el Estado me permitía pasarlo por alto…

Acto seguido, el prelado empujó levemente las ruedas de su silla y avanzó lo justo para hacerse visible a la luz de la antorcha colgada en la pared. Martina no pudo por menos que manifestar su repugnancia. Osio se le apareció en toda su decadencia y se sorprendió de lo deforme que estaba desde la última vez que lo había visto. Ya ni siquiera parecía un hombre, con aquel cuerpo en el que la figura parecía haber sido ensamblada al azar y el rostro cubierto por una máscara monstruosa, en la que grietas y cavidades, cubiertas por un laberinto de arrugas tan profundas como tajos, pugnaban por salir. El único elemento común en aquel cúmulo de deterioros era el sufrimiento, que la expresión de Osio evidenciaba, obligándole a guiñar los ojos continuamente y a morderse lo que le quedaba de los labios, a cerrar los puños y a intentar, sin éxito, mover el cuello.

Martina reflexionó y asintió.

–¿Por eso quieres que acabemos contigo? ¿Pero por qué precisamente nosotros? –quiso saber.

–Porque… sois los hijos de la única persona que me quiso y por la cual yo experimenté lo más parecido al afecto.

–Tú eres incapaz de sentir afecto, Osio –rebatió Martina.

–Porque nunca he sido capaz de despertarlo. Así que he aborrecido a todo el mundo porque me aborrecían a mí, excepto vuestra madre. Ella no me odiaba.

–Ella no odiaba a nadie –intervino Martino.

Más silencio. Osio aguardaba sus decisiones.

–Carecemos de motivos para hacerlo, y no tenemos intención de mancharnos las manos con un crimen –dijo por fin Martina, queriendo decir «otro» crimen.

De nuevo, otro áspero sonido que podía interpretarse como una carcajada de desprecio.

–¡Ah! Os daré unas cuantas si queréis –rebatió el anciano–. Maté a vuestros abuelos, hace tres cuartos de siglo, a vuestro abuelo con mis propias manos, y así dejé huérfanos a vuestros padres. Asesiné al primer marido de Minervina, el usurpador Alecto, a pesar de ser su colaborador más íntimo. Luego hice creer a vuestra madre que vuestro padre no era bueno, sembrando rumores completamente infundados sobre él, y la empujé a separarse de él, prácticamente vendiéndola a Constantino para mi beneficio personal. Por si fuera poco, cuando Sexto salió de la prisión lo mandé matar por venganza, y a Minervina para eliminar a un testigo inconveniente. Convencí yo mismo a Constancio para que diera la orden de dejar que los soldados asesinaran a sus padres, corriendo la voz de que vuestra madre había recibido del emperador una carta de denuncia, algo absolutamente falso. Y si todavía no os parece bastante, sabed que os he utilizado repetidamente para mis fines.

Los hermanos se quedaron callados, resistiéndose a dar crédito a semejantes revelaciones.

–Muchas personas en el Imperio tendrían inmejorables motivos para querer verme muerto. Para matarme con sus propias manos. Pero ninguno más que vosotros dos –reiteró el obispo.

–Te estás inventando todo para conseguir tu objetivo –dijo Martino.

–Yo en cambio sí me lo creo. Sí, tú eres capaz de todo esto –añadió su hermana, que veía en los pecados del obispo el mejor de los motivos para no poner fin a su sufrimiento.

Miró a Martino, cuya expresión era cada vez menos incrédula. Al cabo de unos instantes, la mujer estaba segura de que también él pensaba igual que ella.

Se levantaron a la vez, sin decirse una palabra y sin volver a mirar al viejo, luego se dirigieron hacia la puerta.

–¿Qué… qué estáis haciendo? ¡Vosotros… tenéis que matarme…, debéis vengaros…, es humano!

Martina escuchó a Osio lamentarse a sus espaldas. Pero una vez atravesado el umbral, para no seguir oyendo aquella voz cavernosa y lúgubre cerró la puerta y se encaminó hacia la salida, con su hermano siempre a su lado.

Una vez fuera del edificio, respiró a pleno pulmón el aire fresco de la noche, liberando sus fosas nasales de la atmósfera opresiva de aquella prisión dorada. Y por fin se sintió purificada al menos de uno de sus numerosos fantasmas. Le quedaban muchos otros, que la perseguirían durante toda su vida, pero por lo menos ahora sabía quién había contribuido de manera decisiva a convertirse en lo que era.

Su hermano la cogió de la mano y la miró tiernamente. No necesitaron decirse nada para comprender que estaban pensando lo mismo.

Quizá por primera vez en su vida eran verdaderos hermanos mellizos.

Un dolor punzante debajo del omóplato, luego otro en el costado. El grito liberador de un hombre:

–¡Por mi padre!

A Martina le costó trabajo entender lo que estaba sucediendo y solo al cabo de unos momentos se dio cuenta de que alguien la había apuñalado. Fue como si las antorchas encendidas en la entrada de la vivienda de Osio se apagaran de repente; todo ante sus ojos quedó envuelto por la oscuridad, le fallaron las fuerzas, pero sintió que dos fuertes brazos la sujetaban antes de caer al suelo. Oyó la voz de Martino gritar diciendo que siguieran a alguien, le pareció ver que vacilaba entre dejarla tendida o lanzarse él mismo a la persecución, notó que se arrodillaba y la colocaba sobre los adoquines, le oyó llorar, temblar, perder las esperanzas, preguntarle quién era el hombre que la había agredido.

Hizo acopio de las fuerzas que le quedaban, se aferró a su cuello, le acercó hacia ella y le susurró:

–Déjalo estar… Habrá sido… uno de los muchos a los que he arruinado la vida… Osio no era el único… que merecía y deseaba morir…

Sintió las lágrimas de Martino en su rostro. Le oyó decir algo. Pero no lo comprendió. Ya no entendió nada más.

Y tampoco sintió nada más.

EPÍLOGO

Ctesifonte, Imperio persa, dieciocho meses después

Un rayo de fuego cruzó el espacio sobre el Tigris. Luego otro, y otro más hasta que, en el espacio de unos instantes, las aguas del río brillaron a la luz de la retícula de llamas dibujadas en el cielo. Silbidos, gritos, sonidos de impactos, derrumbes y choques en la oscuridad reinante revelaron cuán efectiva había sido la defensa persa en el primer intento romano de crear una cabeza de puente en la orilla opuesta.

Juliano permanecía impertérrito en la orilla, preguntándose una vez más si había hecho bien imponiendo su voluntad sobre la del ejército que aconsejaba renunciar a atravesar el río. Primero la oscuridad y luego la retícula de llamas a continuación, se habían tragado las primeras cinco naves y ahora no se movía ninguna embarcación más, a pesar de su orden de seguirlas. Tenía centenares de naves llenas de soldados, las mismas con las que había transportado al ejército a lo largo del canal excavado por Trajano entre el Éufrates y el Tigris, pero no conseguía que partieran.

No era posible que los dioses le hubieran abandonado. Había traído al corazón del Imperio persa el ejército más grande que Roma hubiera constituido jamás desde la época de Trajano, a diferencia de su primo quien, en treinta años, simplemente se había limitado a una estrategia defensiva, animando así al gran rey a atacarle año tras año; había superado todos los obstáculos que Sapor le había puesto en el camino, había devastado las posesiones del enemigo devolviéndole por fin algunas de las humillaciones sufridas por la urbe durante tantos decenios; había restaurado los cultos de los antiguos dioses y les había rendido todos los honores, había reabierto los templos, había reformado la casta sacerdotal, había atraído los auspicios más favorables para sus hazañas, había dotado a su ejército de una hueste de arúspices que, al igual que los obispos del séquito de Constancio, tranquilizaban a los soldados con sus frecuentes profecías. Y ahora tenía la capital persa al alcance de su mano: estaba restaurando la dignidad de Roma, la estaba convirtiendo en *caput mundi* una vez más, por lo que no podía haberse equivocado. Esa siempre había sido su misión.

Pero los soldados tenían miedo. O quizá le estaban obstaculizando, ya que había muchos, muchísimos cristianos, que habían recibido órdenes de su maldito clero de sabotear al emperador apóstata. Tal vez algún día lucharía solamente con bárbaros y voluntarios para garantizarse lealtad y dedicación absoluta. O puede que esa superstición les hubiera ablandado, y los romanos ya no eran los que solían ser en tiempos de Trajano, que habían llegado a Ctesifonte sin dudarlo, infligiendo continuas humillaciones a los adversarios partos.

Pero no los había llevado hasta allí para dejarse condicionar por sus temores. Los dioses esperaban mucho más. Examinó el espacio frente a él buscando la señal que aguardaba. Seguía viendo únicamente proyectiles incendiarios que surcaban el cielo con una trayectoria oblicua u horizontal: una andanada compacta y contundente, más eficaz que cualquier muralla. Puede que esas cinco naves hubieran tenido un fatal desenlace. Pero no quería decir nada. Podía mandar otras cincuenta, otras cien, y los persas no tendrían suficientes proyectiles incendiarios para todas.

Decidió tomar cartas en el asunto; si los dioses estaban de verdad de su parte, le ayudarían. Espoleó su caballo y descendió la pendiente escarpada de la orilla, arriesgándose a dejar cojo al caballo, para aproximarse al muelle. Examinó las siluetas sobre el puente, tenuemente iluminadas por las antorchas, y llamó al comandante.

–¡Han desembarcado! –gritó–. ¡Desde arriba hemos visto la señal! ¡Adelante!

El capitán fue a su encuentro en popa.

–No es posible, mi señor. En medio de esas franjas de fuego y del humo que han levantado, es imposible ver la señal de los nuestros.

–¡Pues sí! ¡Desde arriba se ve! Hemos visto claramente la franja de llamas vertical lanzada por nuestra ballesta. ¡Daos prisa, si no queréis dejar sola a nuestra gente en la orilla opuesta!

Entonces miró amenazante a los guardaespaldas que le habían seguido, y estos se apresuraron a asentir. El comandante, confundido, no respondió, pero mientras tanto Juliano iba en dirección a las siguientes barcazas, gritando a pleno pulmón:

—¡Id a ayudarles, están allí luchando por vosotros! ¡No los abandonéis! ¡Tenemos la victoria al alcance de la mano! ¡Estamos a un paso de hacer historia! ¿Queréis ser recordados como unos cobardes? ¡Nosotros seguro que no!

Gritó hasta perder la voz y luego, cuando consideró que toda la flota le había escuchado, subió a su buque insignia. Buscó al capitán y le dijo:

—Zarpemos inmediatamente.

El hombre se quedó perplejo, después miró hacia los destellos ardientes que danzaban en el aire a unos centenares de pasos.

—Zarpa de inmediato, hemos dicho, y con los remos a toda velocidad —insistió.

El capitán no pudo hacer más que seguir las órdenes. Mandó levar el ancla, gritó al timonel que eligiera una trayectoria recta, luego ordenó al encargado de los remeros que avanzaran lo más rápido posible. La nave se despegó del lecho menos profundo y empezó a balancearse en el agua hasta que el ritmo que le impartían los remeros la estabilizó. Juliano controló sus flancos: otros barcos habían partido, incluso antes que el suyo, pero aún quedaban varios cerca de la orilla. Ahora corría el riesgo de desmoronarse; la única esperanza de victoria consistía en llegar todos juntos y unidos al otro lado. La oscuridad se hizo menos densa, pero el calor del verano mesopotámico, incluso de noche, aumentaba de forma intolerable a medida que se acercaban a los sitios donde caían los proyectiles incendiarios. Algunos seguían ardiendo en el agua unos instantes, antes de apagarse, regando la superficie con puntos amarillos, azules y rojos que dieron la sensación a Juliano de hallarse en el Hades, no en medio del Tigris sino en el Aqueronte. Los hombres le miraban aterrorizados, y solo esperaba no ser su Caronte.

—¡Ahí están, los he visto! ¡Han llegado realmente a la otra orilla! —gritó alguien de repente.

—¡Es cierto, yo también los he visto! —gritó otro.

Y se oyeron las mismas palabras provenientes de las otras barcazas.

En breve, se corrió la voz y todas las embarcaciones zarparon, y las que estaban en el agua aumentaron el ritmo de la boga. Juliano soltó un suspiro de alivio y levantó los brazos al cielo para agradecer a los dioses que le hubieran escuchado una vez más. Se giró para mirar la orilla de la que había partido; ahora, muchas embarcaciones estaban zarpando con tanta prisa que parte de los soldados que debían transportar se habían quedado en tierra.

Entonces un hombre se tiró al agua y se puso a nadar sosteniéndose sobre el escudo, ancho y cóncavo. Otros lo imitaron, hasta que decenas, tal vez cientos de hombres se encontraron luchando con los remolinos de la corriente para seguir el ritmo de los barcos, algunos tratando de agarrarse a la quilla del más cercano, otros avanzando por su cuenta, con el riesgo de ser arrastrados por el oleaje.

En un abrir y cerrar de ojos, todos se habían transformado nuevamente en leones. Y estuvo seguro de que, con un ejército tan imponente, su capacidad de mando y el evidente favor de los dioses, ningún objetivo le sería vedado. Ni siquiera el de emular a Alejandro Magno.

—Dos mil quinientos caídos persas, contra solamente setenta bajas en nuestro ejército. Ha sido una gran victoria —declaró satisfecho el emperador, firmando el inicio de la reunión del Estado Mayor en su pabellón.

—Prácticamente habíamos entrado en la ciudad —especificó uno de sus sacerdotes, quién sabe por qué, se preguntó Martino, presente en el consejo de guerra—. Si el *comes* Victorio no hubiera dado la orden de retroceder, ahora estaríamos festejando la conquista de Ctesifonte.

—Lo dudo —opinó el general cuestionado—. Tarde o temprano los persas habrían logrado cerrar las puertas, incluso aislando a algunos de sus fugitivos, y los que hubieran conseguido entrar de los nuestros habrían sido aplastados por una masa de enemigos.

—Y habríamos transformado nuestra gran victoria en una derrota, devolviendo la confianza a los adversarios —especificó otro de los generales, el líder de la guardia Joviano.

—No necesariamente. Incluso antes de cruzar el río muchos de vosotros no os atrevíais a avanzar. Hay que ser audaz, esto es lo que nos enseñan los antiguos líderes de nuestra tradición —intervino Juliano–. Claro que, si os remitís a la cautela de Constancio… –sintió la necesidad de añadir.

Sí, pensó Martino. Constancio jamás les habría arrastrado hasta el corazón del Imperio persa arriesgándose a que masacraran al ejército más grande jamás constituido para una ofensiva del Imperio. No estaba tan loco, ni tan trastornado.

–Bien, de todas formas, ahora un asedio está fuera de discusión –observó el otro *comes* Nevitta–. Las murallas están demasiado fortificadas.

–Y Sapor podría presentarse de un momento a otro con su ejército y cogernos por la espalda. A estas horas, ya habrá tenido tiempo de reunir una hueste considerable –añadió Victorio.

Otros manifestaron sus opiniones, y no había ni una que secundara el optimismo del soberano. Martino evitó hablar: sabía bien que, como cristiano, sus consideraciones no eran tenidas tan en cuenta como las de otros comandantes, casi todos paganos. Si hubiera creído en los dioses tradicionales, probablemente a esas alturas habría sido nombrado césar, o posible sucesor, como le había sucedido a su padre y como se decía debía sucederle a alguien del círculo de amigos más cercanos del emperador; pero ya era una suerte que Juliano, teniendo en cuenta el afecto que le unía a él, le hubiera dejado en su puesto, aunque vaciándolo parcialmente de significado.

El emperador pareció finalmente hacer caso de las argumentaciones de sus subordinados.

–Sapor… Sí, efectivamente deberíamos derrotarle a él –murmuró.

–Pero no sabemos dónde está –observó Joviano, otro de los escasos cristianos del Estado Mayor de Juliano.

–Hasta ahora nos ha evitado como la peste. Sabe perfectamente que en una batalla campal se arriesga a perderlo todo –precisó Nevitta.

–Entonces propiciaremos el encuentro –declaró Juliano–. Quemaremos y arrasaremos todo lo que encontremos a nuestro paso después de haber esquilmado todos los recursos para alimentar a la tropa. En ese momento, estará obligado a entrar en batalla para defender su prestigio.

–¿Qué pasaría si nos fuéramos? –propuso Victorio, dando voz a los pensamientos del mismo Martino–. Ya les hemos dado una dura lección, y seguro que se lo pensará dos veces antes de intentar nuevamente invadir el Imperio en los próximos años. Podremos sacarle una paz muy ventajosa.

El emperador lo fulminó con la mirada.

–¿Crees que Alejandro Magno lo habría hecho jamás? ¿Tenemos un Imperio casi conquistado y queremos dejarlo pasar? ¿Es una chanza? Bastará con un último esfuerzo. Y para que nadie esté tentado de volver atrás, prenderemos fuego a todas las embarcaciones, excepto una pequeña parte que desmontaremos y transportaremos en carros para utilizarlas en la construcción de los puentes.

Su declaración sembró el desconcierto. Se elevó una oleada de protestas, que el emperador trató de calmar moviendo los brazos de arriba abajo. Pero cada uno de los generales tenía algo que decir al respecto, y transcurrió un buen rato antes de que se hiciera el silencio.

Juliano hizo un gesto de disgusto y Martino no dudó que se sentía incomprendido. En su exaltación, el emperador había llegado a creer que era el nuevo Alejandro Magno y tenía la intención de emularlo en todo, y sobre todo en sus gestas. Estaba seguro de conocer sus pensamientos: los compañeros de Alejandro jamás habían puesto en duda la voluntad de conquista del caudillo, con más motivo frente a un adversario de rodillas, y él se esperaba que sus generales fueran igual de condescendientes. El gran macedonio solo paró cuando tuvo en sus manos todo el reino persa, de hecho, fue aún más lejos. Y Juliano hasta era más joven que Alejandro cuando llegó a la India. El soberano se arrancó con uno de sus vanos desvaríos y Martino, cada vez más impaciente, tuvo que contenerse para que no se le notara su impaciencia. Pero sabía bien que los demás, incluso algunos de los idólatras, estaban hartos de un emperador al que definían como «crápula», «cíclope», «carnicero de sacrificios», «el que se pasaba el tiempo ensuciándose los dedos con tinta o soplando el fuego de los altares».

–¿Cómo es posible no sentir el peso y la responsabilidad de la enorme tradición de la que somos herederos? –declaró Juliano exasperado–. ¿No sentís la exigencia de vengar todas las derrotas sufridas por mi primo, desde Craso hace siglos…? ¡Los dioses nos observan para ver si somos dignos de ellos! ¿No visteis ayer que, en cuanto vislumbraron la posibilidad de convertirse en héroes, los soldados se lanzaron al agua para tratar de llegar solos a la otra orilla?

¡Este es el espíritu que debería animar también a los comandantes! ¡Tomad ejemplo de la tropa!

—¡Pero si quemamos las naves, no tendremos la posibilidad de volver atrás! —exclamó Nevitta.

—¡Las naves nos las dará Sapor cuando le humillemos como se merece y se convierta en nuestro vasallo! —reaccionó el emperador—. Lo que debemos hacer ahora es remontar el Tigris y unirnos a las columnas de Sebastián y Procopio, y a los refuerzos del rey de Armenia: ¡rodearemos al rey de reyes y le obligaremos a batallar! Si Alejandro lo consiguió con cuarenta mil hombres, ¿no creéis que lo conseguiremos con ochenta mil?

—Mi señor, ni siquiera sabemos dónde están… Y no sabemos si el rey de Armenia ha enviado los refuerzos prometidos…

«Otra objeción con fundamento», pensó Martino.

—¡Le encontraremos! ¡Veréis que las profecías de los augures darán respuestas favorables! Hasta ahora hemos gozado del favor de los dioses, ¿no? Y ya no hay más que hablar —manifestó enérgico, aprobando la conclusión del consejo.

Los generales tuvieron que poner al mal tiempo buena cara, aunque más de uno mostró su descontento. En cualquier caso, empezaron a abandonar la tienda de buena gana.

—Martiniano, tú no. Espera —ordenó el emperador, haciendo también un gesto a los secretarios y a los amigos más íntimos para que se marcharan.

A continuación, le dijo que se sentara.

Martino, sorprendido, no sabía qué esperar: nunca se habían quedado a solas desde que había vuelto a estar bajo su mando directo.

—Tú no has dicho nada —empezó Juliano.

—No tenía mucho que añadir a lo que han dicho mis colegas, mi señor —respondió circunspecto.

El augusto resopló.

—Ya… Incluso los partidarios de la verdadera fe nos atacan, ¿qué podemos esperar de un cristiano? —respondió—. No me malinterpretes: te estimamos, te respetamos y siempre te estaremos agradecidos por lo que hiciste por nosotros, cuando éramos un niño y cuando éramos un césar en la Galia. Gracias a ti podemos extender la soberanía de Roma hasta donde nunca ha llegado. Por eso hemos querido que estés a nuestro lado en esta iniciativa. Y, como sabes, no tenemos ninguna exclusión hacia las creencias religiosas de los demás, hasta el punto de que le hemos dado a nuestro reino la impronta de total tolerancia. Pero son tus correligionarios los que tienen prejuicios hacia nuestras convicciones…

–Tú eres el emperador, mi señor. Eres tú quien decide qué religión debe adoptar el Estado –respondió en tono neutro.

–Pero no tendría que ser así –se enardeció Juliano–. Cada uno debería ser libre de seguir a los dioses que considere oportunos, sin perjuicio del deber civil de rezar por la salvación del Estado –rebatió el emperador–. Pero personas como el obispo Atanasio, cuyo rigor ya detestaba nuestro primo, ha invitado a los soldados cristianos a no combatir, so pena de excomunión, y a desertar, y esto es sabotaje. Sedición. Así que no podemos fiarnos de los cristianos, y si algo va mal en esta campaña, seguramente la culpa será de ellos. Hemos hecho de todo para defenderlos, incluso hemos procurado hacer la religión estatal más atrayente y abierta a sus exigencias, con la esperanza de que renunciaran a la enfermiza superstición creada por un puñado de fanáticos hebreos descarriados. Los cristianos cambian de posición según su conveniencia, ¿crees que somos ignorantes? El Cristo de los Evangelios condena toda forma de violencia, invita a abstenerse de defenderse, exhorta a devolver bien por mal. Sin embargo, uno de los primeros sínodos presididos por Constantino el Grande estipulaba la excomunión para los cristianos que no lucharan y en la obra del obispo de Cesarea Eusebio está escrito, además, que la historia enseña que la guerra trae a los cristianos más ventajas que la paz. ¿Y nosotros tenemos que hacer caso a estos bufones? Cuando excluimos a los cristianos de las magistraturas y del gobierno de las provincias fuimos mucho más fieles a la letra del espíritu evangélico que muchos de ellos, dado que su ley les prohibía llevar espada…

Martino no sabía qué decir. Juliano tenía sus razones para hablar así, sin duda, y en parte estaba de acuerdo con él, pues también él estaba asqueado con las políticas del clero; considerando lo que sabía de Osio y siendo consciente de que muchos obispos tenían tan pocos escrúpulos como aquel anciano, le resultaba intolerable creer en la estructura que Constantino había favorecido y politizado hasta el punto de corromperla irremediablemente. Pero el emperador no le había llamado para oír su opinión, evidentemente, sino para desahogarse.

–Que lo sepas, Martiniano. Cuando regresemos acabaremos con vuestra nefasta secta –continuó Juliano–. Nos han criticado por prohibir vuestros cortejos fúnebres diurnos con el único fin de no contaminar a los que van a los templos a hacer sacrificios; debemos ocuparnos de la pureza de nuestros súbditos, y el paso de cadáveres frente a las puertas abiertas de los santuarios provocaría que emanaciones pestilentes y ruidos de mal agüero penetraran en los templos. Pero esto no es nada comparado con cómo les atacaremos en el futuro, la experiencia ha demostrado que no hay posibilidad de compromiso con tus correligionarios. No todos son razonables como tú. ¡Ni siquiera entre ellos son capaces de llegar a un acuerdo! ¡Y eso que nuestro primo se pasó treinta años intentándolo!

–Por supuesto, mi señor.

–¡Sin embargo era muy fácil! ¿Es que no hemos propuesto un demiurgo, un señor del universo, un Padre universal de todos los dioses y hombres, que podría satisfacer todas las posiciones? En él todo es uno y perfecto, los dioses particulares en cambio se distinguen cada uno por el predominio de una cualidad especial: Ares gobierna las naciones beligerantes, Atenea las que combinan la prudencia y la virtud guerrera, Hermes los ricos en inteligencia… ¿No te parece razonable? Cada uno podría venerar a su dios preferido, al que se sintiera más cercano, o al nacional…

–Sí, mi señor.

Martino pronunció varias veces la misma frase, sin que el emperador necesitara nada más, antes de ser despedido con el más profundo agradecimiento por la comprensión demostrada. Pero el general salió de aquella tienda convencido más que nunca de haber salvado la vida, un cuarto de siglo atrás, a un loco exaltado y peligroso.

–Mi señor, para el almuerzo deberías comer más de lo habitual y descansar en un pabellón adecuado. Te estás debilitando –dijo Oribasio, preocupado por la salud de su emperador.

–Nada de eso, amigo mío –respondió Juliano, que seguía observando las siluetas de los jinetes persas y de sus elefantes, situados en las colinas–. Comeremos como siempre lo hemos hecho en estos veinte días de racionamiento desde que salimos de Ctesifonte: una pequeña ración de gachas, como todos, bajo una lona sujeta con cuatro palos, lo justo para atenuar el calor. Sería intolerable para los soldados que, en estas condiciones, su comandante supremo recibiera mejor trato que ellos; ya les estamos pidiendo suficiente –admitió, volviendo la mirada hacia el ejército que lideraba: una columna formada por millares de fantasmas que caminaban con dificultad, debilitados por el calor insoportable, por la sed, por el hambre y por la agobiante cortina de humo producida por los incendios de alrededor del enemigo para eliminar cualquier forma de sustento al ejército invasor.

El médico extendió los brazos, desesperado.

–Al menos ponte la armadura, te lo ruego. Entre aquellos jinetes que importunan los flancos del ejército hay muchos arqueros y podría alcanzarte alguna flecha… –intentó decir.

–Hace demasiado calor. En ese caso sí necesitaríamos más agua y más comida para mantenernos. Hasta que no sea necesario, no nos la pondremos. Además, están nuestros escuderos para protegernos –respondió con decisión.

Se dio un manotazo para aplastar el enésimo mosquito, o el insecto que fuera, de entre los muchos que infestaban aquellas insalubres tierras. En realidad, era consciente de que los soldados ya no se contentaban con que él compartiera sus penurias. En aquellos veinte días de errores de los guías, que habían sacado a la tropa del camino, la imposibilidad de acoplarse con las otras dos columnas en las que el emperador había dividido el ejército invasor, la ausencia de refuerzos armenios, la carencia de avituallamiento, la aparición del ejército de Sapor, que se mantenía a distancia y se contentaba con hostigar los flancos de los cuadrados romanos, aquellos malditos insectos que atormentaban a la columna a todas horas del día y de la noche, el calor cada vez más devastador, los colapsos cada vez más frecuentes por fatiga, hambre o sed, que inducían a muchos soldados a derrumbarse en el suelo y dejarse morir en el sitio sin que sus camaradas tuvieran fuerzas para socorrerlos y, por último, la certeza de no poder dar marcha atrás tras la destrucción de la flota, hacían que se respirara un aire de sedición.

Juliano sabía que muchos generales habrían preferido simplemente firmar una paz con Sapor y ser escoltados a Siria. Pero estaba seguro de que el rey de reyes les habría hecho pagar a los romanos su invasión, habrían acabado como los Diez Mil de Jenofonte, y recelaba: los persas eran poco de fiar, igual que los cristianos. Y, además, todavía contaba con la ayuda de los dioses; no pasaba un día sin ofrecer sacrificios a Marte, a pesar de que en la madrugada anterior nueve de los diez toros elegidos como víctimas habían caído muertos, lo que se consideraba un mal presagio. Por otra parte, los soldados se alegraron de aquel infortunio, que les había dado la oportunidad de hincar el diente a algo más sustancioso que las escasas galletas que les quedaban y la maleza que no habían quemado los persas.

–¡Mi señor, atacan la retaguardia!

El mensajero frenó su caballo a unos palmos de distancia del de Juliano envolviéndole en una nube de polvo.

–¿Atacada? ¿Con armas, quieres decir?

–Sí. Muchos jinetes catafractos y arqueros, la infantería les sigue por detrás.

Juliano tembló de emoción. Entonces por fin Sapor se había decidido. El gran rey no podía esperar a que los romanos se desgastaran ante sus tácticas cobardes, quería una victoria prestigiosa, pero su propia vanidad lo condenaría. Espoleó a su caballo y se dirigió a la cola del ejército; si era allí donde se luchaba, era allí donde debía estar el comandante supremo. Los escuderos a duras penas podían seguirle. Recorrió toda la serie de cuadrados de la vanguardia, de la que formaba parte, luego del centro, que avanzaba utilizando la infantería ligera para mantener alejados a los elefantes enemigos, hasta llegar a la retaguardia, donde se encontró con una situación mucho más caótica. Los paquidermos de los persas se habían ceñido a los flancos de las escuadras romanas, aplastando entre sus enormes siluetas y las líneas de los legionarios a la caballería ligera encargada de contener sus cargas. Sin embargo, los tremendos barritos de las bestias y el penetrante olor de sus monturas debieron de provocar el pánico entre los caballos, muchos de los cuales se encabritaron y desarzonaron a sus jinetes. Juliano vio a un precioso alazán acabar arrojado encima de los legionarios por el impacto de un elefante. Los soldados de infantería trataron de cerrar de nuevo sus filas, pero la presencia del gigantesco animal se lo impedía, manteniendo de hecho un paso abierto por el que intentaron colarse los jinetes catafractos que les seguían justo detrás.

Algunos legionarios se liberaron del escudo y se tiraron al suelo para intentar cortar con la espada el corvejón de los paquidermos, pero Juliano vio a uno acabar aplastado. Mientras tanto, una columna de jinetes acorazados se había deslizado dentro de la escuadra y se acercaba a los bagajes, detrás de los cuales se atrincheraban los legionarios del flanco opuesto. Por instinto, el emperador se dirigió al galope hacia el sector crítico, sin esperar a sus escuderos ni atender a sus súplicas de que les esperara, después de la alocada carrera hacia la retaguardia.

–¡Cerrad el paso! ¡Cerrad el paso! –gritó en cuanto estuvo próximo a la brecha–. ¡Rodeemos a los que han entrado!

Luego se quedó justo detrás de la línea donde se unían las tropas romanas y las persas, instando a los suyos a reaccionar. Animados por su presencia, los legionarios clavaron sus lanzas contra un elefante, que se levantó sobre sus patas traseras. El emperador observó que tenía una de las patas delanteras rota. El animal hizo caer a los conductores y a los arqueros que se encontraban en la cesta sobre su lomo, luego cayó pesadamente sobre dos jinetes catafractos y los derribó al suelo en medio de una nube de polvo. Acto seguido los romanos se les echaron encima y hundieron sus espadas en las fisuras entre las placas metálicas.

El animal enloquecido encontró la salida obstruida y empezó a dar vueltas sobre sí mismo, desordenando las filas de los persas que le seguían. Su acción dio tiempo a los romanos para reconstruir la línea, y los caballeros enemigos que habían penetrado en el interior de la formación se encontraron aislados. Sin espacio suficiente para efectuar una nueva carga, sus movimientos se hicieron más lentos por la pesada armadura y terminaron a merced de los legionarios, que se lanzaron bajo la panza de los caballos para llegar a las partes desprotegidas y desgarrar piel y corvejones.

Juliano lanzó un suspiro de alivio y decidió dedicarse al sector externo de la escuadra, instando a los soldados a aprovecharse del caos enemigo para contraatacar.

–¡La vanguardia! ¡También están atacando a la vanguardia! –gritó uno de sus escuderos, que todavía intentaba alcanzarlo, pero se lo impidieron los soldados de infantería que corrían de un lado a otro persiguiéndose mutuamente.

–¡Volvamos al frente, mi señor, por aquí!

Juliano se propuso no preocuparse. Deseaba una gran batalla campal y tenía que estar satisfecho de que todo el ejército estuviera involucrado. Pero no quería abandonar aquel sector crucial antes de asegurarse de haber estabilizado la situación. Permaneció cerca de donde se unían ambos despliegues y les exhortó de nuevo, hasta que los legionarios empezaron a ganar terreno con su empuje. Sobre sus cabezas volaban proyectiles de toda clase, lanzados por ambas partes. De repente, sintió una quemazón en el brazo y una atroz punzada de dolor en el costado. Notó que se hundía en su interior, cada vez más profundamente, a la altura del hígado. Empezó a ver borroso, la cabeza le palpitaba con fuerza, le asaltó una sensación de debilidad que le hizo tambalearse en la silla. Se miró el costado y vio una lanza de caballería ahí clavada. Instintivamente, trató de sacársela, pero se percató de que el brazo también le sangraba abundantemente y había perdido sensibilidad en los dedos. Lo intentó entonces con la otra mano, pero no pudo soportar el esfuerzo por la torsión del cuerpo y le fue imposible apretar los muslos para afianzarse en la silla.

Un segundo después estaba en el polvo. Intentó preguntarse por qué los dioses le habían abandonado, pero no tuvo tiempo de concebir una respuesta.

Martino percibió que un legionario tenía sus ojos puestos en él. Se miró la mano que había arrojado la lanza como para confirmar que era la suya. Luego miró al emperador en el suelo y solo entonces se dio cuenta de que había apuntado al blanco que el instinto del momento le había sugerido.

«No ha sido premeditado», se dijo a sí mismo mirando al soldado que le observaba incrédulo, como justificándose frente a un subordinado. Durante la colisión entre los dos ejércitos antagonistas se había sumergido, como era su costumbre, en primera línea, en el ángulo externo de la formación, prestando apoyo a sus soldados con gritos de ánimo y con la espada, procurando cerrar la brecha que los persas habían conseguido abrir en su escuadra. Entonces de repente vio materializarse al augusto, a quien creía en la vanguardia.

Su presencia le hizo perder la atención, le turbó de una manera difícil de explicar, luego se sintió invadido por una rabia que no iba dirigida a los persas. Mientras tanto, volaban flechas, jabalinas, proyectiles de todo tipo, y un jinete en las inmediaciones había caído al suelo alcanzado por una lanza, dejando caer la suya. Justo en ese momento el emperador se había alejado un poco de él y estaba ocupado incitando a los soldados a contraatacar. No llevaba escuderos, quién sabe dónde se habrían quedado en la confusión del choque armado. Y Martino lo hizo casi sin pensar. Recogió la lanza abandonada en el suelo, apuntó a su objetivo y se la clavó. Se volvió de nuevo hacia el soldado. Vio que negaba con la cabeza y que, con una decisión repentina, avanzaba hacia la línea procurando llamar la atención de su superior directo, un tribuno que se encontraba a escasos pasos más atrás. Pero de este modo le dio la espalda al enemigo y acto seguido una jabalina le acertó de lleno por detrás, y lo hizo caer al suelo. Dio unas cuantas sacudidas y no se movió más.

Martino siguió aquellos instantes de agonía, luego volvió a centrar su atención en el emperador, en torno al cual, mientras tanto, se habían inclinado los guardaespaldas que habían conseguido alcanzarlo. Así que regresó a la batalla, cambiándose la espada a la mano derecha, moviéndose mecánicamente, como una estatua de barro que cobra vida lentamente. Pero él no deseaba cobrar vida. Observó que los romanos ganaban terreno y se preguntó si no debería ir a liderar el contraataque. Entonces se preguntó por qué habría de hacerlo, y no supo qué responder. A continuación, empezó a andar, primero despacio, luego más decidido a cada paso, alejándose de la escuadra, sin seguir la dirección de la columna contraatacante.

Caminó entre la nube de polvo levantada por la pelea y los movimientos de los elefantes que, más allá de la línea persa, no encontraban espacio suficiente para cargar. Divisó sus majestuosas siluetas en la niebla de arena, luego empezó a distinguir también los perfiles de la caballería y de la infantería que venía detrás.

Y se preguntó si debería tirar la espada o usarla.

No le importaba. Ya no le importaba nada. Dejó que fueran los persas quienes decidieran.

POSFACIO DEL AUTOR

Juliano, que pasó a la historia como el Apóstata, último de la dinastía inaugurada por el primer emperador cristiano, Constantino I el Grande o, según se quiera ver, por su padre Constancio I Cloro, murió poco después de ser alcanzado por la lanza de un caballero, el 26 de junio del año 363, en su propia tienda, consolado por sus amigos más íntimos, que le leyeron el siguiente oráculo del dios Helios:

Cuando sometas a los persas a tu cetro,
persiguiéndoles hasta Seleucia a golpes de espada,
subirás al Olimpo en un carro de fuego,
que los torbellinos de la tormenta tambalearán.
Liberado del doloroso sufrimiento de tus miembros mortales,
alcanzarás la luz etérea de la corte real de tu padre,
de quien te alejaste una vez al habitar en cuerpo de hombre.

Consolado con esta perspectiva, el emperador tranquilizó a sus afligidos amigos diciendo:

–Es una humillación para todos llorar por un príncipe cuya alma pronto estará en el cielo confundiéndose con el fuego de las estrellas.

Había dejado disposiciones para que le sucedieran sus colaboradores paganos, pero estos no se sintieron a la altura y la púrpura pasó al protector *domesticus* Joviano, un cristiano que se apresuró a firmar un tratado deshonroso pero necesario con Sapor para salvar al ejército y, una vez de vuelta en su patria, se decidió abolir todas las disposiciones religiosas de su predecesor. El intento de restaurar el paganismo había tocado su fin y nadie lo propuso de nuevo; es más, pocos años después, con Teodosio I, el cristianismo se convertiría en la religión del Estado, la única permitida a los súbditos del Imperio.

Para no aburrir al lector con una tercera novela de la saga demasiado larga respecto a las anteriores, he evitado relatar las hazañas de mis protagonistas en los veinte meses de reinado de este particular personaje, objeto tanto de desprecio como de admiración, que sin embargo consideré heredero natural narrativo del «auténtico» protagonista que elegí para esta serie, Sexto Martiniano. En cierto sentido, «el último pretoriano» fue el propio Juliano (una pequeña victoria simbólica para mi personaje, un pertinaz pagano, y una burla para su oponente Constantino), así que inventé un encuentro entre ambos al comienzo de este volumen.

Me imagino que muchos lectores que no están acostumbrados a aprender historia todos los días se habrán sentido decepcionados por la falta de enfrentamiento entre Juliano y Constancio II, pero las cosas no fueron exactamente como las he descrito: el segundo se fue antes de la batalla, no está muy claro si a causa de las fiebres o por un trasvase de la bilis negra. También se habrán sorprendido por la longevidad de Osio, que en realidad vivió cien años, y precisamente por ello le he elegido como el «malo». A pesar de haber forzado y fundido varios elementos, omitido muchos de los personajes que un sabio historiador habría considerado, ignorado diversos factores importantes, manteniendo las cuestiones doctrinales y sus protagonistas en un segundo plano para no poner demasiada carne en el asador y permanecer dentro de los límites de la novela, ciertamente no podía cambiar los acontecimientos y los personajes principales.

Porque es precisamente este el valor y, a la vez, el límite de una novela histórica, en especial de aquellas basadas en personajes muy destacados: hay infinidad de vínculos que no pueden ignorarse, contextos que describir, dinámicas que tener en cuenta, y voy a pescar en la antigüedad precisamente porque, aunque solo sea por eso, hay bastantes zonas grises en las que reconstruir una realidad plausible a partir de la imaginación… Pero también me he preocupado por ser respetuoso con la verdad histórica en cuanto a la evolución de las relaciones entre los dos primos y su ruptura definitiva, las disputas religiosas y la sucesión de concilios, la gran batalla de Estrasburgo, la anécdota sobre el recuento de los prisioneros recuperada por Juliano y sus escritos, desde el panegírico a Constancio hasta la carta a los atenienses, además de poner en boca de san Hilario –el auténtico prototipo del santo– las palabras verdaderas relatadas en sus textos.

Para concluir este trabajo, doy las gracias a mi editora, Alessandra Penna, por sus acertados y sagaces comentarios sobre el texto, y al gabinete de prensa de Newton Compton, en la persona de Antonella Sarandrea, que ha promocionado esta serie en los medios de comunicación de una manera realmente inestimable. Y gracias a todos los que han tenido la paciencia de leer toda la saga: en tiempos de lectura de evasión, abordar un texto que, para bien o para mal, presupone cierto esfuerzo intelectual, es motivo de orgullo…

ÍNDICE